Un parfum de cèdre

ANN-MARIE MACDONALD

Un parfum de cèdre

Traduit de l'anglais par
Lori Saint-Martin et Paul Gagné

FRANCE LOISIRS
123, boulevard de Grenelle, Paris

Titre original : *Fall On Your Knees*
Éditeur original : Alfred A. Knopf, Canada.

Édition du Club France Loisirs, Paris,
réalisée avec l'autorisation des Éditions Flammarion.

ISBN : 2-7441-2988-4

À Cheryl Daniels et à Maureen White
avec amour et gratitude

— Pourquoi ne peux-tu pas toujours être une bonne fille, Cathy ?
— Pourquoi ne pouvez-vous pas toujours être un bon homme, papa ?

EMILY BRONTË
Les Hauts de Hurlevent

Images muettes

Aujourd'hui, ils sont tous morts.

Voici une photo de la ville où ils vivaient. New Waterford. Il y a clair de lune. Imaginez-vous contemplant la scène du clocher d'une église, les vifs dégradés de lumière et d'ombre qui composent l'image. Une petite ville minière à proximité de falaises abruptes qui s'incurvent le long d'étroites plages de galets en contrebas, où la mer d'argent vient rouler et rouler, embellissant la lune. Des arbres rares, des herbes rases. La silhouette de la mine de charbon, tour de fer dressée contre une bande de ciel couleur étain, arrimée au sol par des câbles et des supports qui font des angles de quarante-cinq degrés. Des rails qui s'étirent sur une courte distance, de la base d'un haut et magnifique cône de charbon éclatant à une voûte creusée dans la terre, où ils s'engouffrent. Et, partant des houillères et des amas de charbon, les toits pointus des maisons de mineurs, bâties, une rangée après l'autre, par la compagnie. Les maisons de la compagnie. La ville de la compagnie.

Regardez la rue où ils vivaient. La rue Water. Une avenue de terre battue et de cailloux épars qui, par-delà les limites de la ville, mène au vaste cimetière à l'équilibre précaire qui surplombe l'océan. Ces gémissements sont ceux de la mer.

Voici une photo de leur maison telle qu'elle était à l'époque. Une charpente de bois blanc avec une véranda.

Elle est grande par rapport aux maisons des mineurs. Un piano dans le salon. À l'arrière, il y a la cuisine où maman est morte.

Voici une photo d'elle le jour de sa mort. Elle a eu une attaque en nettoyant le four. C'est ce qu'a dit le docteur. Naturellement, on ne voit pas son visage dans le four, mais on voit qu'elle avait roulé ses bas pour faire son ménage et que, même si la photo est en noir et blanc, sa robe d'intérieur était noire puisque, à l'époque, elle portait le deuil de Kathleen et d'Ambroise. La photo ne le montre pas, mais maman ne parlait pas très bien l'anglais. C'est Mercedes qui l'a trouvée, une moitié d'elle dans le four et une moitié en dehors, comme dans Hänsel et Gretel. Qu'avait-elle prévu au menu, ce jour-là ? Quand maman est morte, tous les œufs se sont gâtés dans l'armoire — c'est ce qui a dû arriver parce qu'une odeur de soufre s'est répandue tout le long de la rue Water.

Voilà donc la maison du 191, rue Water, New Waterford, île du Cap-Breton, dans la lointaine province de l'extrémité est du Canada qu'est la Nouvelle-Écosse. Et voilà maman, le jour de sa mort, le 23 juin 1919.

Voici une photo de papa. Il n'est pas mort, il dort. Vous voyez le fauteuil dans lequel il est assis ? C'est le fauteuil à oreillettes vert pâle. Ses cheveux sont tressés. Il ne s'agit pas d'une coutume ethnique. Ils n'étaient d'origine ethnique que du côté de maman. Ce sont des tresses que Lily lui a faites pendant qu'il dormait.

Il n'y a pas de photo d'Ambroise. On n'a pas eu le temps d'en prendre. Voici une photo de son petit lit encore chaud.

L'Autre Lily est dans les limbes. Elle a vécu une journée, puis elle est morte avant d'avoir été baptisée et elle est allée retrouver les bébés non baptisés et les bons païens dans les limbes. Ils ne souffrent pas, ils demeurent là, suspendus, sans effort et sans conscience. On dit que Jésus se rend à l'occasion dans les limbes et qu'il ramène au paradis un païen particulièrement méritant. C'est donc possible. Sinon... Voilà pourquoi cette photo de l'Autre Lily est toute blanche.

Ne vous en faites pas. Ambroise a été baptisé.

En voici une de Mercedes. Son chapelet en opale n'avait pas de prix. Un chapelet en opale, vous imaginez ? Lorsqu'elle ne s'en servait pas, elle le gardait épinglé à son soutien-gorge, tout contre son cœur. En partie pour la protection divine, en partie pour la commodité de pouvoir dire rapidement une dizaine de chapelet quand l'esprit la visitait, ce qui était fréquent. Même si, comme Mercedes se plaisait à le rappeler, on peut, lorsqu'on éprouve le besoin urgent de prier mais qu'on n'a pas son chapelet, utiliser ce qui nous tombe sous la main. Des cailloux ou des miettes de pain, par exemple. Des mégots de cigarette aussi ? voulait savoir Frances. Oui, à condition d'avoir le cœur pur. Des crottes de souris ? Des taches de rousseur ? Les petits points dans la photo de Harry Houdini que publie un journal ? Ça suffit, Frances. Quoi qu'il en soit, c'est une photo de Mercedes tenant son chapelet en opale, un doigt levé et pressé contre ses lèvres. « Chut », dit-elle.

Et voici Frances. Attendez, on ne la voit pas encore. Cette fois, c'est une projection animée. Le film a été tourné la nuit, derrière la maison. Il y a le ruisseau, avec ses eaux étincelantes qui s'écoulent, noires, entre des rives étroites. Et, de l'autre côté, il y a le jardin. Imaginez que vous entendez le murmure du ruisseau. Comme une petite fille qui dit un secret dans une langue qui ressemble à la nôtre. Une nuit claire, immobile. Il faut vous dire qu'un voisin prétend avoir vu l'image démembrée de son fils dans le ruisseau, avant d'apprendre, à son retour à la maison, pour le souper, que son fils avait été écrasé par un éboulis dans la mine numéro 12.

Ce soir, cependant, la surface du ruisseau est telle que la nature l'a faite. Et certes il est étrange, mais pas surnaturel, de voir la surface se briser et une fillette toute grelottante et détrempée surgir de l'eau, bien vivante, et nous dévisager. Ou regarder quelqu'un qui se trouverait juste derrière nous. Frances. Que fait-elle au milieu du ruisseau, au beau milieu de la nuit ? Et que presse-t-elle contre sa poitrine, dans ses bras maigrichons ? Un petit paquet humide. Ne vient-il pas de bouger ? Que fais-tu, Frances ?

Même si elle répondait, nous ne saurions pas ce qu'elle dit parce que, tout animée qu'elle soit, la projection est muette.

Toutes les photos de Kathleen ont été détruites. Toutes sauf une. Et elle a été rangée.

Kathleen chantait si bien que Dieu a voulu qu'elle chante pour Lui au ciel avec le chœur des anges. Il l'a donc emportée.

LIVRE 1

LE JARDIN

Chercher fortune

Il y a très longtemps, avant ta naissance, vivait à l'île du Cap-Breton une famille du nom de Piper. Le papa, James Piper, réussit à échapper aux mines de charbon pendant la majeure partie de sa vie, car sa mère redoutait plus que tout que, une fois grand, il ne se fît mineur. Elle lui avait appris à lire les classiques, à jouer du piano et à aspirer à quelque chose de plus grand, malgré tout. Et c'était ce que James souhaitait pour ses enfants.

Fille d'un prospère constructeur de bateaux, la mère de James venait de Wreck Cove. Son père était un cordonnier sans le sou de Port Hood. C'est en mesurant le pied de la mère de James que son père tomba amoureux. Il jura au père de sa promise de ne jamais l'emmener au loin. Après leur mariage, il s'établit à Egypt, où naquit James. Egypt était un lieu solitaire, situé de l'autre côté de l'île, dans le comté d'Inverness, et James n'eut jamais ni frère ni sœur avec qui jouer. Le père de James troqua la forme à chaussure en fer contre le crible en fer-blanc, mais jamais personne n'entendit parler d'une ruée vers l'or au Cap-Breton, ni à cette époque-là ni par la suite.

Comme il ne parlait qu'anglais, le père se mettait en colère lorsque James et sa mère parlaient gaélique. Le gaélique était la langue maternelle de James. L'anglais paraissait plat et grossier, comme la lumière du grand jour après la pêche de nuit, mais sa mère veilla à ce qu'il maîtrisât cette langue comme un petit prince, car ils faisaient partie de l'Empire britannique et James devait faire son chemin.

La veille de ses quinze ans, James, à son réveil, comprit qu'il pouvait rendre les coups de poing de son père. En bas, il constata cependant que son père était parti et que, pendant la nuit, on avait, sans bruit, mis en morceaux le piano de sa mère. James mit six mois à le remonter. C'est ainsi qu'il devint accordeur de pianos.

À quinze ans, tout ce que James voulait, c'était donner un bon coup à son père. À quinze ans et demi, tout ce qu'il voulait, c'était entendre sa mère jouer du piano une dernière fois, mais elle est morte d'un bébé mort avant qu'il n'eût terminé. James s'empara d'une couverture en tartan qu'elle avait tissée et des beaux livres qu'elle lui avait appris à lire et fourra le tout dans la sacoche suspendue à la selle du vieux cheval de mine. Il rentra, s'assit au piano et joua les premières notes de la sonate *Clair de lune.* Après quelques mesures, il s'interrompit, se leva, rajusta le *do dièse,* se rassit et entama l'ouverture du *Chant de gondolier vénitien.* Satisfait, il s'arrêta après cinq mesures, se saisit de la bouteille d'alcool qui se trouvait dans le panier à couture de sa mère, en aspergea le piano et y mit le feu.

Puis il enfourcha le cheval aveugle et s'enfuit d'Egypt.

Les parents de Wreck Cove lui proposèrent de sabler des doris. James aspirait à mieux. Il se rendrait à Sydney, où, il le savait, il y aurait plus de pianos.

Sydney, unique ville de l'île du Cap-Breton, se trouvait à des kilomètres au sud. On y accédait par une route qui se perdait en détours de baie en anse, le long de la côte atlantique. James chemina plusieurs jours. Les habitants se faisaient rares, mais ceux qu'il rencontrait avaient toujours un repas à offrir à ce garçon propre et lumineux qui se tenait bien droit et ne demandait rien.

— D'où viens-tu, mon grand ? Qui est ton père ?

La plupart parlaient gaélique comme sa mère, et pourtant il refusait le lit qu'on lui offrait ou même une couche dans la paille : le prochain toit qui abriterait son sommeil serait à lui. La mousse est la consolation de la pierre, et les sapins, qui s'accommodent d'un sol peu profond, déploient sans compter leurs rameaux pour étreindre la maigre terre qui les porte. Il dormit donc à la belle étoile et ne se sentit jamais seul, tant il avait à réfléchir.

Longeant l'océan sur une bonne partie du trajet, James découvrit que rien n'est plus propice à la pensée lucide qu'une vue imprenable sur la mer. Elle aéra son esprit, accorda son système nerveux et récura son âme. Il résolut de l'avoir toujours sous les yeux.

Il n'avait encore jamais vu de ville. La froide odeur de rocher de la mer céda le pas à celle du charbon calciné, et, dans le brouillard gris qui l'enveloppait, des zébrures orange apparurent. Les yeux levés, il aperçut les nuages de feu que crachaient les cheminées de la Dominion Iron and Steel Company. Elles déversaient dans le ciel des épices ambrées qui demeuraient un instant suspendues avant de redescendre en arcs safran qui se distendaient, puis disparaissaient, en une pluie de la plus fine cendre qui fût, sur le quartier appelé Whitney Pier.

Là, des maisons aux revêtements multicolores bourgeonnaient entre les boutiques de forge et les chaudières de la grande aciérie. Et là, James eut peur, n'ayant jamais vu un Africain, sinon dans les livres. Des draps propres battaient au vent. James engagea son cheval sur l'asphalte, puis sur un pont, d'où il considéra, en se retournant, le palace ocre qui s'étirait sur plus d'un kilomètre, le long de la rive, et contempla la netteté de l'acier né de la suie.

Des tresses de rails, une odeur de goudron, à sa droite un étang lugubre, puis, sur la rue Pleasant, des enfants sans chaussures donnant des coups de pied à un bidon rouillé. Il suivit le cri des mouettes jusque sur l'esplanade, où les quais du port de Sydney essaimaient dans tous les sens : des bateaux venus de partout, avec des coques en acier barbouillées d'algues, brûlées par le sel, certaines portant un nom incompréhensible, peint en caractères dansants et barbares. Un homme lui proposa de charger et de décharger des marchandises.

— Non merci, monsieur.

Sur une rue pavée, des rails tout neufs, qui suivaient des câbles suspendus juste au-dessus, le conduisirent au centre de la ville. Un train électrique lançait des flammèches et cliquetait derrière lui ; le soleil apparut. Rue Charlotte. D'élégantes façades en bois, hautes de trois étages, s'étiraient de part et d'autre, des inscriptions ornées proposaient des cures pour tous les maux de la terre, des vitrines proclamaient qu'on pouvait tout acheter tout fait, McVey, McCurdy, Ross, Rhodes et Curry ; Moore, McKenzie, MacLeod, Mahmoud ; MacEchan, Vitelli, Boutillier, O'Leary, MacGilvary, Ferguson, Jacobson, Smith ; MacDonald, Mcdonald, Macdonell. Plus de gens qu'il n'en avait jamais vus, mieux qu'endimanchés, allant tous quelque part. Il vit des glaces. Et, enfin, le haut de la colline où vivaient les riches.

Le cheval, fléchissant sous son poids, broutait le bord d'une pelouse soignée lorsque James tira une conclusion de ses pensées voyageuses. Il aurait assez d'argent pour acheter une belle maison et des choses toutes faites, pour avoir une épouse aux mains douces, une famille qui remplirait la maison de musique et du silence des grands livres.

James avait raison. Il y avait beaucoup de pianos à Sydney.

Son œil gauche

C'est le 31 décembre 1898 que James vit Materia pour la première fois, dans la maison de son père sur la colline. James avait dix-huit ans.

On l'avait fait venir pour accorder le piano à queue des Mahmoud en prévision de la réception qui devait avoir lieu dans la soirée. Ce n'était pas sa première visite. Depuis un an, il s'occupait de leur Steinway, sans savoir qui en jouait avec une assiduité et une énergie telles qu'il requérait des soins fréquents.

Le piano était la pièce maîtresse d'un grand salon rempli de sofas rebondis, de chaises aux broderies dorées, de tapis riches en fioritures et de tables basses aux pattes délicates, recouvertes de marbre. Une pièce à l'atmosphère perpétuellement festive — et même légèrement barbare, aux yeux de James —, avec ses miroirs dorés, ses draperies à pompons et ses ottomanes voluptueuses. Des plats de bonbons et de noix, et des figurines de porcelaine représentant l'aristocratie anglaise, recouvraient les moindres surfaces, et aux murs étaient accrochées de véritables huiles — dont l'une, trônant fièrement au-dessus du foyer, représentait un cèdre sur une montagne.

James était accueilli à la porte de la cuisine par une petite femme ronde à la peau sombre qu'il avait d'abord tenue pour la bonne, mais qui, en réalité, n'était autre que Mme Mahmoud. Avant son départ, elle lui donnait toujours à manger. Elle parlait peu l'anglais, mais souriait beaucoup et disait :

— Mangez.

Au début, il craignait qu'elle ne lui fît avaler des plats exotiques et horribles — du mouton cru, un œil, peut-être —, mais non, c'étaient des tranches de rôti savoureux enroulées dans un pain plat, une salade composée de grains tendres, de persil et de tomates, avec une chose qu'il n'avait jamais encore goûtée : le citron. Des pâtes étranges et délicieuses, des choses marinées, des choses enroulées dans d'autres, de la cannelle...

Un jour, il trouva Mme Mahmoud en train de discuter en gaélique avec un colporteur. James fut étonné mais heureux de trouver quelqu'un avec qui parler sa première langue : en effet, il connaissait peu de gens à Sydney et, de toute façon, les personnes qui parlaient gaélique vivaient pour la plupart à la campagne. Ils s'assirent dans la cuisine, et Mme Mahmoud lui raconta ses premiers jours au pays, l'époque où son mari et elle parcouraient l'île à pied pour vendre des tissus transportés à dos d'âne dans deux valises. C'est ainsi qu'elle apprit le gaélique plutôt que l'anglais. M. et Mme Mahmoud s'étaient fait de nombreux amis, car les habitants de la campagne apprécient toujours les visiteurs, le côté mercantile de l'affaire ne servant que de prétexte à mettre la bouilloire sur le feu. Il arrivait souvent aux Mahmoud de porter des messages à des familles d'un comté à l'autre, mais, à l'insistance de Mme Mahmoud, les bonnes nouvelles seulement. Comme quand elle lisait dans les tasses de thé.

— Je ne vois que le bien.

Lorsqu'elle jeta un coup d'œil aux feuilles accumulées au fond de sa tasse, James ne manifesta donc ni frayeur ni scepticisme. Il se sentit plutôt animé d'une foi involontaire — ce qui est le propre de la foi — en l'entendant déclarer :

— Je vois une grande maison. Une famille. Beaucoup d'amour. J'entends de la musique... Une fille magnifique. J'entends des rires... De l'eau.

Après avoir suffisamment économisé, les Mahmoud avaient ouvert à Sydney une boutique qui avait prospéré.

M. Mahmoud avait offert cette magnifique maison à sa femme et lui avait enjoint de cesser de travailler et de profiter de sa famille. Et pourtant, James n'avait pas encore vu la moindre trace d'une famille. Les jeunes enfants étaient tous à l'école et les grands garçons tenaient boutique avec leur père. Mme Mahmoud regrettait ses amis gaéliques de la campagne et attendait ses petits-enfants avec impatience. Elle ne parlait jamais de son pays natal.

La veille du premier de l'an, Mme Mahmoud accueillit James en disant : « *Bliadhna Mhathœr* », mais ne le conduisit pas au salon. Elle resta plutôt à la cuisine avec la jeune bonne irlandaise, qui avait beaucoup à apprendre. Désormais plutôt à l'aise dans cette maison, il s'y rendit donc seul, ôta sa veste et se mit au travail.

Il avait déjà enlevé quelques clés ivoire et était penché sous le couvercle, derrière le sourire édenté du piano, de sorte qu'il ne vit pas Materia s'arrêter sous la voûte d'entrée.

Elle, cependant, l'avait vu. Depuis la fenêtre de sa chambre à l'étage, elle l'avait vu frapper à la porte de la cuisine, portant avec sérieux son sac à outils — un garçon blond à la coiffure soignée. Tapie derrière la rampe en bois d'acajou ornée de raisins sculptés, elle l'avait vu entrer dans le vestibule et accrocher sa veste dans la garde-robe sous l'escalier — ses yeux bleus, sa peau si claire. Musclé et mince, faux col, cravate et boutons de manchette. Comme une poupée de porcelaine. Imagine-toi touchant ses cheveux. Imagine-le rougir. Elle le vit traverser le vestibule et disparaître sous la haute voûte conduisant au grand salon. Elle le suivit.

Elle s'immobilisa sous la voûte, en faisant porter tout son poids sur un pied, et le contempla un moment. Songea à lui tirer les bretelles. Sourit pour elle-même, s'approcha en silence du piano et frappa sur le *do dièse*. Il bondit en criant — immédiatement Materia craignit d'avoir été trop loin, il s'était fait mal, il allait être très en colère, elle se mordit la lèvre —, se couvrit un œil et contempla la coupable de l'autre.

Les yeux les plus sombres qu'il eût jamais vus, mais trempés de lumière. Des mèches couleur de charbon s'échappant de deux longues tresses. Une peau d'été, de la couleur du sable caressé par les marées. Mince dans son tablier vert et marine du couvent des Saints-Anges. Son œil droit pleurait tandis que le gauche cédait au ravissement. Ses lèvres s'entrouvrirent silencieusement.

« Je te connais », voulait-il dire, mais rien, dans sa vie, ne l'attestait, de sorte qu'il se contenta de la regarder, enchanté et sans surprise.

Elle sourit et déclara :

— Je vais épouser un dentiste.

Elle avait un accent qu'elle ne perdit jamais. Un adoucissement des consonnes, un *r* légèrement liquide, une tendance à couper les mots non pas avec les lèvres, mais avec la gorge. Elle transformait l'anglais en musique pure.

— Je ne suis pas dentiste, dit-il en rougissant jusqu'aux oreilles.

Elle sourit et regarda les dents arrachées du piano, étalées à ses pieds.

Elle avait douze ans, presque treize.

Eût-elle frappé le *mi bémol* que les choses, peut-être, n'auraient jamais été si loin. Mais elle avait frappé le *do dièse,* et ni l'un ni l'autre n'avait de raison d'appréhender un malheur. Ils se donnèrent rendez-vous. Il voulut demander la permission de sa mère, mais elle dit :

— Ne t'en fais pas.

Il l'attendit donc, grelottant sur les marches de la salle de spectacle, qu'on appelait le Lyceum, jusqu'à ce qu'elle franchît les grandes portes du couvent des Saints-Anges, en face. Les autres fillettes descendirent l'escalier par grappes ricanantes ou par paires secrètes, mais elle était seule. Elle l'aperçut et se mit à courir. Elle se jeta dans ses bras et il la fit tournoyer comme un petit enfant, en riant, puis ils s'étreignirent. Il crut que son cœur allait exploser ; il n'avait aucune idée de ce dont cet organe était capable. Ses lèvres effleurèrent la joue de Materia, dont les cheveux avaient une odeur douce et étrange ; il fut libéré d'un enchantement maléfique. La brume salée qui montait du port de Sydney se cristallisait dans le duvet qui ornait sa lèvre supérieure et se posait sur ses cils ; il était Aladin dans un verger où pleuvaient des diamants.

Elle dit :

— J'ai cinq sous. Et vous, m'sieur ?

— J'ai soixante-huit dollars et quatre sous à la banque et un dollar dans ma poche, mais un jour je serai riche.

— Alors, donne-moi ton dollar, Rockefeller.

Il s'exécuta et elle le mena chez Wheeler's Photographic, rue Charlotte, où on les photographia devant la reproduction d'une arche romaine, avec des fougères en cire dans un pot. Il sentit, avant même de connaître les origines de Materia, que la photo les avait unis.

Ils se rendirent ensuite à la pâtisserie Crown, où ils partagèrent une glace à trois parfums et firent fondre leurs initiales sur la fenêtre givrée.

— Je t'aime, Materia, dit-il.

Elle rit et lui dit :

— Répète.

— Je t'aime.

— Non, mon nom.

— Materia.

Elle rit une fois de plus, et il demanda :

— Je prononce bien ?

— Oui, c'est joli, c'est beau de te l'entendre dire, répondit-elle.

— Materia.

Elle rit et dit :

— James.

— Dis-le encore.

— James.

C'est lorsqu'elle prononça son nom de sa douce voix

bourdonnante que son désir se fit pour la première fois franchement charnel — il rougit, convaincu que ses intentions sautaient aux yeux. Elle toucha ses cheveux. Il dit :

— Tu veux rentrer ?

— Non, je veux rester avec toi.

Ils marchèrent jusqu'à l'extrémité du vieux quai, auquel on accédait de l'esplanade, et admirèrent les bateaux venus de partout. Il montra du doigt :

— Voici le *Red Cross Line.* Un jour, je monterai à bord et je partirai.

— Où ?

— À New York.

— Je pourrai t'accompagner ?

— Bien sûr.

Elle était vraiment fiancée à un dentiste, promise à l'âge de quatre ans. Le dentiste vivait toujours dans le vieux pays, mais il devait venir l'épouser quand elle aurait seize ans.

— C'est barbare, dit James.

— C'est très vieux jeu, non ?

— Tu l'aimes ?

— Je ne l'ai jamais vu.

— C'est si... arriéré ; c'est sauvage.

— C'est la coutume.

— De quoi a-t-il l'air ?

— Il est vieux.

— Seigneur Dieu !

Ils rebroussèrent chemin, main dans la main. À leur droite, le soleil falot se couchait, tandis que, à leur gauche, les hauts fourneaux de la Dominion Iron and Steel faisaient éruption pour marquer le coup d'envoi d'une nouvelle journée de travail. Une neige légère et orangée se mit à tomber.

Sydney est une petite ville. Quelques personnes les avaient déjà vus ensemble, et la rumeur avait gagné Mme Mahmoud, qui ne dit rien à M. Mahmoud. On interdit à Materia de revoir l'accordeur de pianos. On la soumit à un contre-interrogatoire.

— T'a-t-il touchée ? En es-tu sûre ?

Et les religieuses furent mises en alerte. Elle n'était jamais seule ; la nuit, sa mère l'enfermait dans sa chambre.

À l'arrivée au port de Sydney, Materia n'avait que six ans. Son père avait dit :

— Regardez. Voici le Nouveau Monde. Ici, tout est possible.

Elle était trop jeune pour comprendre qu'il s'adressait à ses frères. Dans la nuit de son treizième anniversaire, Materia enjamba sa fenêtre et quitta à jamais le vieux pays.

Viens du Liban, ô fiancée. Par une nuit sans lune, le 17 février 1898, *je suis le narcisse de Saron, le lis des vallées.* Ils s'en furent avant l'aube sur un cheval de louage et se marièrent le jour même à Irish Cove. La cérémonie protestante fut présidée par un ex-aumônier de la marine qui, en échange d'une pinte de rhum, ne posa pas de questions. *Tes lèvres, ô fiancée, distillent le miel vierge. Le miel et le lait sont sous ta langue.* En raquettes, ils gagnèrent une cabane de chasseurs sur le lac Great Bras d'Or, que des Américains utilisaient en automne, *tu me fais perdre le sens, ma sœur, ô fiancée.* Elle était entièrement claquemurée, mais il se mit immédiatement au travail — *tu me fais perdre le sens par un seul de tes regards* —, arrachant les planches qui masquaient les fenêtres, leur rendant la vue. À l'intérieur, il ne lui permit d'ouvrir les yeux qu'après avoir donné un coup de balai, allumé le feu et mis la table. Il avait pensé à tout : il avait apporté du vin d'églantier, des draps de lin tout neufs et le tartan du coffre de sa défunte mère, qui sentait la naphtaline, *et le parfum de tes vêtements est comme le parfum du Liban.* Il lui chanta des berceuses en gaélique et sanglota parce que, était-ce possible, il l'aimait encore plus dans sa langue maternelle, *elle est un jardin bien clos, ma sœur, ô fiancée ; un jardin bien clos, une source scellée.* Il l'embrassa tout doucement, par crainte de l'effaroucher. Il avait commandé par la poste *Tout ce qu'un mari devrait savoir*, mais résolut, au besoin, de ne jamais la toucher de cette façon ; il préférait mourir plutôt que de la blesser — elle tendit la main et le caressa derrière la tête :

— *Habibi*, murmura-t-elle, *BeHebak*.

J'ai ouvert à mon bien-aimé.

Le lendemain, elle dit :

— Installons-nous ici pour toujours. Ne sortons que pour aller à New York.

Et il répondit :

— Ne veux-tu pas une grande maison et de beaux enfants ? Ne veux-tu pas entendre tes parents concéder : « C'est vous qui aviez raison, madame Piper » ?

— Non.

Roulant sur James, les coudes des deux côtés de son visage, elle dit :

— Je veux rester ici pendant très, très longtemps.

Pressant son ventre contre le sien, elle ajouta :

— Pour toujours...

Qu'il me baise des baisers de sa bouche.

— Et à jamais, soupira-t-il.

Le troisième jour, alors qu'il sortait du bois pour faire des provisions, James fut saisi au collet par deux costauds qui le ramenèrent à Sydney en voiture, jusque dans l'arrière-boutique du magasin de nouveautés de M. Mahmoud, rue Pitt. M. Mahmoud, homme long et mince aux joues tannées et aux cheveux noirs ondulés, était assis sur une chaise droite en bois.

— Monsieur... dit James.

Les yeux de M. Mahmoud étaient bruns et foudroyants. James y chercha quelque chose de Materia.

— Monsieur... dit James.

M. Mahmoud souleva légèrement l'index, et les deux hommes moins âgés ôtèrent les chaussures et les chaussettes de James — celui-ci nota avec dédain que tous deux étaient mal rasés.

— Où est ma femme ?

M. Mahmoud s'empara d'une lanière de cuir et fouetta la plante des pieds de James, avec une telle violence que, pendant des jours, ils demeurèrent enflés, pelèrent et suintèrent comme du papier bible détrempé.

Ils l'installèrent au YMCA, où ils lui apportèrent ses repas. Lorsqu'il put enfin marcher à l'aide d'une canne, les deux hommes l'escortèrent jusqu'à l'église catholique romaine du Sacré-Cœur.

— Ne me touchez pas, dit James, mais il ne les avait pas entendus dire un mot d'anglais. Sales fils de pute, ajouta-t-il.

Materia l'attendait seule au pied de l'autel, voilée de noir. Elle fut incapable de le regarder en face. Ses cheveux avaient été tondus. Ils échangèrent à nouveau leurs vœux, cette fois devant un prêtre de Rome. C'était la première fois que James mettait les pieds dans une église catholique. « On dirait une odeur de bordel », songea-t-il, même s'il n'avait jamais non plus mis les pieds dans un tel endroit.

Au fond de l'église, Mme Mahmoud avait le cœur brisé. Que pouvait savoir ce pâle garçon sans famille et sans religion véritable des soins à apporter à une épouse ? Il est terrible pour une mère de savoir que sa fille sera moins heureuse qu'elle. Par-delà cette certitude — par-delà son chagrin —, elle avait peur. Elle avait vu quelque chose dans la tasse de James.

M. Mahmoud ne battit pas Materia, et il se reprocha comme une faiblesse de ne jamais avoir pu porter la main sur ses filles, car telle était l'origine du mal. Le lendemain de l'horrible mariage, il ordonna à sa femme de purger la maison de Materia. Il se rendit à son magasin et s'enferma dans l'arrière-boutique pendant que Mme Mahmoud brûlait, déchirait et jetait le souvenir de sa fille. La petite sœur préférée de Materia, la jolie Camille, pleura pendant des jours. Materia et elle avaient rêvé d'épouser deux frères séduisants : ils auraient vécu côte à côte dans de grandes maisons blanches, et leurs enfants auraient grandi ensemble ; tous les soirs, Materia aurait brossé les magnifiques cheveux noirs de Camille, et elles auraient partagé une chambre comme elles l'avaient toujours fait. Camille écrivit à Materia une lettre en gros caractères soignés, avec des *x* à la fin, mais papa mit la main dessus et la brûla. Il fit venir Camille dans la cave et la battit.

Ce n'était pas tant que l'accordeur de pianos fût « *enklese* », ni même qu'il ne fût pas catholique ni fortuné. Le problème, c'était qu'il était venu la nuit, comme un voleur, s'emparer du bien d'un autre homme.

— Et ma fille lui a cédé.

Dans le vieux pays, on avait un mot pour ce genre de situation : *'ayb*. Il n'y avait pas de traduction. Personne dans ce pays ne mesurait l'étendue de sa honte. De cela, Mahmoud était certain. Il n'y avait pas de retour possible, on avait ruiné sa fille.

Mais Dieu est miséricordieux, et M. Mahmoud l'était aussi. Il permit à James de se convertir au catholicisme en échange de sa vie. Et M. Mahmoud fit construire aux nouveaux mariés une maison de taille respectable, à quinze kilomètres au nord, le long de la côte, près de Low Point. S'il avait agi de la sorte, c'était pour éviter de les chasser lorsque, dans un an, ils auraient sombré dans l'indigence. Sa pauvre femme en serait morte.

Quant au chien jaune qui a volé ma fille, qu'il pourrisse. Qu'il se réveille avec le contenu de sa bouche répandu autour de lui, sur son oreiller, et que Dieu dévaste sa demeure... non, peut-être pas sa demeure.

Quant à ma fille, que Dieu maudisse ses entrailles.

La nuit suivant l'horrible mariage, Mme Mahmoud ouvrit son coffret à bijoux en bois de rose. Aussitôt, la petite ballerine bondit et se mit à tourner au son de *La Valse anniver-*

saire. Mme Mahmoud arracha la doublure de velours écarlate qui en tapissait le fond et y coucha, bien à plat, la longue tresse noire de sa fille. Elle la recouvrit de la doublure et remit dans le coffret les objets magnifiques que son mari lui avait offerts au fil des ans — rubis, diamants, pierres de lune et perles. Puis elle alla dans la grande armoire en chêne, où elle savait qu'il ne l'entendrait pas, et pleura.

Materia ne revit plus jamais sa famille. Son père le défendit. Ses sœurs cadettes furent retirées de l'école et gardées à la maison jusqu'à leur mariage. On interdit aux frères aînés de Materia de tuer le sale Anglais, mais il avait malgré tout intérêt à ne jamais se trouver sur leur chemin. À partir de ce jour, elle fut morte pour eux tous.

Un mois plus tard, James et Materia s'établirent dans leur grande maison blanche à deux étages, avec un grenier. Qu'elle fût neuve ne signifiait pas qu'elle n'était pas hantée.

Low Point

Ce qui blessait James par-dessus tout, c'était qu'on le tînt, absurdement, pour *enklese*. Il n'était pas anglais, il n'avait pas une goutte de sang anglais, il était écossais et irlandais, comme quatre-vingt-dix pour cent des habitants de cette île abandonnée de Dieu, mais aussi canadien. Saletés de Syriens à la peau noire.

— Libanais, dit Materia.

— Quelle différence ? Tu es beaucoup mieux sans eux.

À Low Point, il n'y avait ni ville ni village. Il y avait eu de petites mines aux alentours, à l'époque des premiers Français, mais elles étaient toutes fermées. Cependant, il suffisait de gratter n'importe où pour trouver du charbon. Le voisin le plus proche était un juif qui élevait des bêtes cachère, et James gardait ses distances. Dieu sait à quels rituels il se livrait sur les poulets et les moutons...

À l'arrière de la maison, il y avait un ruisseau qui se jetait dans l'océan, un kilomètre plus loin. L'Atlantique était toujours en vue, et James et Materia en vinrent tous deux à compter sur cette présence.

En suivant le ruisseau, vous auriez marché parmi de longues herbes pâles ployant sous le poids de la rosée, en prenant garde aux rochers qui pointaient çà et là, croisant un ou deux conifères trapus, leur parfum vif, des perles de sève recouvertes de pluie. Surpris par le champignon écarlate, vous vous seriez peut-être arrêté pour l'observer. Ou vous vous seriez penché pour sentir la pureté du ruisseau, rafraîchir vos yeux avec les cailloux tachés de fer qui gisaient au fond, étincelants. Puis, les chaussures mouillées et des gouttelettes dans les cheveux, vous auriez rejoint une route de terre qui, à gauche, s'étirait sur quinze kilomètres jusqu'à Sydney et, à droite, jusqu'à Glace Bay. Certains l'appelaient le vieux chemin Lingan, d'autres encore le chemin Victoria ou le vieux chemin de Low Point, mais, avec le temps, on en vint à parler du chemin du Rivage.

Vous auriez traversé ce chemin et fait quelques pas pour atteindre le bord de la falaise. En dessous se trouve l'eau hérissée de rochers. Toute la journée, à moins que le temps ne soit inclément, on peut entendre son bavardage sur la plage de galets. Au loin, elle est mauve comme des lèvres glacées ; plus près, elle est vert cuivre, gris métallique, des algues séduites font la danse des sept voiles malgré le froid, enchaînées aux rochers par la chevelure. Et vous auriez pu vous asseoir au bord de la falaise, même par une rude journée d'hiver, les jambes ballant dans le vide, et laisser le vent salé vous apaiser. Et si vous aviez été, ne serait-ce qu'un peu, comme Materia, vous auriez regardé au loin, loin, loin, jusqu'au coucher du maigre soleil. Et vous auriez chanté. Mais peut-être pas en arabe.

Avec le temps, Materia traça un sentier qui, à partir de la maison blanche à deux étages, longeait le ruisseau, traversait le chemin du Rivage et aboutissait à la falaise.

Au début, ils n'avaient pas beaucoup de meubles. James acheta aux enchères un vieux piano droit. Dans les premiers jours, Materia jouait, et ils chantaient des airs modernes. Parfois, Materia insistait pour qu'il s'asseye au piano, et il interprétait, avec brio, les premières mesures d'une œuvre romantique, puis s'arrêtait net, comme à l'époque où il était accordeur. Materia riait et le priait d'aller jusqu'au bout, ce à quoi il répliquait :

— Je ne suis pas musicien, ma belle. Je préfère t'écouter.

Il lui confectionna un coffre en bois de cèdre. Il s'attendait à ce qu'elle se mît à coudre et à tricoter — sa propre mère faisait sa laine, la filait, tissait, cousait, une chanson différente pour chaque tâche, au point où le petit James associait les tweeds et les tartans à des partitions musicales. Mais le coffre demeura vide. Plutôt que d'en faire reproche à Materia, James le rangea dans le grenier, où il n'y avait rien d'autre.

Il n'était guère doué pour la cuisine, mais il savait faire le porridge et brûler la viande. Elle était jeune, elle apprendrait avec le temps. Le week-end, il accordait des pianos jusqu'à Mainadieu. En semaine, il se rendait à vélo à Sydney, où, le matin, il balayait les planchers du *Sydney Post Newspaper*, et l'après-midi, travaillait comme commis dans un grand magasin chez McCurdy. Puis il faisait les courses, pédalait jusqu'à la maison, préparait le souper et rangeait la maison. Ensuite, il préparait son faux col et ses manchettes pour le lendemain. Enfin, il montait l'escalier et prenait sa tendre épouse dans ses bras.

Au printemps, il lui demanda un jour :

— Que fais-tu toute la journée, mon ange ?

— Des promenades.

— Quoi d'autre ?

— Je joue du piano.

— Pourquoi ne plantes-tu pas un petit jardin ? Tu veux que j'achète des poules ?

— Allons à New York.

— Pour le moment, c'est impossible.

— Pourquoi ?

— Nous avons une maison. Je ne veux pas simplement m'enfuir.

— Moi, oui.

Il ne voulait pas fuir une deuxième fois. Il voulait rester sur place et faire ses preuves aux yeux de son beau-père. Il avait l'intention de payer la maison. Chaque soir, il suivait des cours par correspondance de l'université Saint-François-Xavier — en humanités. Il savait que ses études pouvaient le conduire au droit et que, de là, tout était possible. Il avait avec lui les livres favoris de sa mère, la Bible, Shakespeare, *Le Voyage du pèlerin* et sir Walter Scott, tous usés, mais il était conscient des lacunes qu'il devait combler pour devenir un homme cultivé. Un gentleman. Les livres étaient non pas une dépense, mais plutôt un placement. Après avoir vu une petite annonce dans le *Halifax Chronicle*, il fit venir d'Angleterre une caisse de textes classiques.

Il travaillait au *Sydney Post*, mais lisait le *Halifax Herald* pour s'ouvrir une fenêtre sur le monde au-delà de l'île — le vrai monde. Les petits littérateurs du *Post* ne voyaient en lui qu'un balayeur, et les philistins onctueux du magasin estimaient qu'il avait bien de la chance d'occuper un poste de commis, lui qui n'avait ni famille ni recommandation. Il allait montrer à tous ces vauriens de quel bois il se chauffait.

Un soir du même printemps, il arracha le couvercle d'une caisse recelant des trésors indicibles : des livres magnifiques, Dickens, Platon, l'anthologie Oxford de la poésie anglaise — il s'arrêta sur cette dernière, la soupesa ; il suffit de la parcourir en entier, se dit James, pour aller partout, converser avec la reine. *L'Île au trésor*, une anthologie des plus grands essais du monde, *L'Origine des espèces*. Il les compta ; il y en avait douze, si bien qu'il possédait désormais seize livres. « Difficile d'imaginer, songea James, toutes ces connaissances réunies ici, sous mon toit, dans mon salon. » Il s'assit les jambes croisées et contempla ses richesses. Par où commencer ? Les tranches dorées et les reliures cramoisies, gravées d'or, lui faisaient de l'œil.

Il alla dans la cuisine farfouiller dans un coin et revint armé d'une paire de ciseaux. Il choisit un volume et en souleva la couverture ; le dos craqua et une pluie de flocons rouges s'abattit sur ses genoux — aucune importance, ce sont les mots à l'intérieur qui comptent. À l'aide de la fine pointe des ciseaux, il coupa précautionneusement les premières pages. Il appela Materia — elle était à la maison, mais il ne l'avait pas vue depuis une heure ou deux.

— Materia ! cria-t-il de nouveau en coupant la dernière page.

Lorsqu'elle parut enfin, il lui demanda :

— Où étais-tu, mon ange ?

— Au grenier.

— Ah bon. Pour faire quoi ?

— Rien.

Il laissa tomber. Peut-être cousait-elle en cachette quelque chose pour le coffre, afin de le surprendre. Souriant tendrement à cette pensée, il lui dit :

— Tu es bien jolie.

— Merci, James.

Des tresses toutes fraîches lui enserraient la tête, et elle portait une blouse à manches bouffantes, des rubans assortis et une jupe à cerceau.

— Regarde, mon ange. Voici un livre qui pourrait te plaire.

— Sortons.

— Pour aller où ?

— En ville. Danser.

— Mais, ma chérie, nous pouvons nous divertir ici sans qu'il nous en coûte un sou. Tu verras, ce sera plus amusant.

Il lui sourit chaleureusement, et la fit asseoir près de lui, sur le sofa en crin de cheval. Il passa son bras autour d'elle et se retourna pour feuilleter un des magnifiques volumes. Il lut à haute voix :

— Livre premier. Je me propose de dire les métamorphoses des formes et des corps nouveaux.

Il savourait chacun des mots et la chaleur de son épouse blottie contre lui.

— L'âge d'or fut semé le premier.

Il lut, et la nuit vint.

— Pas un mortel ne connaissait d'autres rivages que ceux de son pays. Jamais encore des fossés profonds n'entouraient les cités.

Il lut, et le charbon dans l'âtre se refroidit, devint gris. S'emparant de la lampe, dont il tira la mèche, il fit observer à son épouse :

— N'est-on pas mieux ici que parmi des étrangers ?

Se tournant vers elle pour obtenir confirmation, il

constata qu'elle dormait à poings fermés. Il l'embrassa sur le front avant de reprendre sa lecture :

— L'âge qui a la dureté du fer est venu le dernier ; aussitôt ont fait irruption sur cette ère d'un métal plus vil les crimes de toutes sortes.

Il poursuivit à haute voix parce que c'était ainsi que sa mère et lui lisaient. Cette pensée prolongea le sentiment de plénitude qu'il éprouvait jusque tard dans la nuit.

— L'homme ne se contenta plus de demander à la terre féconde les moissons et les aliments qu'elle lui devait, mais il pénétra jusque dans ses entrailles ; il en arracha ce qu'elle y avait caché, ce qu'elle avait relégué près des ombres du Styx, les trésors qui provoquent nos malheurs.

Vers le milieu de l'été, elle était enceinte de trois mois et perpétuellement en larmes. James n'y comprenait rien — les femmes n'étaient-elles pas censées se réjouir d'un tel état ? Il redoubla d'attention. Il lui ramena de petites douceurs de la ville et s'efforça de l'inciter à lire, de façon qu'ils aient un sujet de conversation.

Il fut d'abord étonné, puis consterné, par son indifférence vis-à-vis des livres. Afin de cultiver son amour de la lecture, il lui donna à lire chaque jour un chapitre des *Grandes Espérances*. À l'heure du souper, il l'interrogeait, mais elle était une élève lamentable et il renonça. Ayant perdu tout espoir de la voir un jour s'intéresser au travail de maison, il se creusa les méninges en quête d'une distraction convenable. Mais c'était peine perdue, et il s'efforça de ne pas la juger trop sévèrement ; elle était jeune, voilà tout.

Et pourtant, sa patience fut mise à rude épreuve.

— Materia, tu ne peux pas passer ta vie à déambuler le long du rivage et à perdre ton temps au piano.

Récemment, en effet, elle s'était mise à jouer tout ce qui lui passait par la tête, que cela ait un sens ou non — combinant des fragments de morceaux différents de façon bizarre, jouant un hymne à toute vitesse, transformant *En roulant ma boule* en chant funèbre en *si mineur,* avec toute la délicatesse d'un pianiste de taverne malfamée. James jugeait ce comportement troublant, malsain même. D'ailleurs, il l'empêchait d'étudier.

— Je te demande pardon, James.

— Pourquoi ne jouerais-tu pas quelque chose de joli ?

Elle entama une pièce de ragtime. Il éleva alors la voix pour la première fois. Elle rit, heureuse d'avoir provoqué un esclandre. Par la suite, il choisit de l'ignorer, ce qui la fit pleurer — encore une fois —, mais, franchement, il avait vu clair dans son jeu : elle ne cherchait qu'à attirer son attention.

À la fête du Travail, on lui proposa de prendre part, accompagné de sa femme, à une promenade en bateau et à un pique-nique organisés pour les employés de McCurdy, mais il déclina l'invitation. Il se dit qu'il n'avait aucun désir de fréquenter ces nouveaux gentlemen et que travailler à leurs côtés lui suffisait bien. En s'octroyant ne serait-ce qu'une fois le luxe fallacieux d'avoir une vie sociale, il courait le risque de se laisser distraire. Au fond de lui, il grimaçait cependant à l'idée de montrer Materia en public. Il était heureux de vivre au diable vauvert. Il n'avait pas cessé de l'aimer, au contraire. Seulement, il lui était récemment venu à l'esprit que d'autres auraient pu juger sa situation étrange. On aurait pu penser qu'il avait épousé une enfant.

En septembre, elle était bouffie, et sa peau, cireuse. Il commença à dormir sur un lit de camp, près du poêle.

— C'est pour ton bien, mon ange. J'ai peur de blesser le bébé en me retournant.

Cling, cling, cling sur les touches du piano, au beau milieu de la nuit. Plus d'invention, même juvénile, plus de chansonnettes grivoises, que des notes désordonnées. Des accès de colère. Très bien, qu'elle se défoule. Plinc, planc, plounc aux petites heures. Le matin, il se levait de son lit de camp comme s'il avait dormi le mieux du monde, préparait son propre repas, lui caressait la tête et partait à vélo, sur ses roues de fer.

À Halloween, elle était grosse comme une maison. Un soir, il la trouva dans la cuisine avec, devant elle, un bol de pâte à biscuits à la mélasse. C'est du moins ce que laissaient croire les ingrédients étalés sur la table. Il était aux anges. C'était sa première tentative culinaire. Il alla même jusqu'à l'embrasser pour lui témoigner sa satisfaction, mais, en voulant tremper le doigt dans le bol, il constata qu'il avait été raclé à fond.

— Au nom du ciel, que fais-tu là ?

Elle regardait droit devant elle, d'un air nauséeux.

— Réponds-moi.

Elle demeura immobile, ballonnée.

— Qu'est-ce qui ne va pas ? Qu'as-tu donc dans la tête ? N'as-tu donc rien à dire pour ta défense ?

Regard vide, visage flasque. Il s'empara du bol.

— N'es-tu donc qu'une boule de pâte ?

Pas de réponse.

— Réponds-moi !

Il jeta le bol, qui se brisa à ses pieds. Elle courut dehors pour vomir. Il l'observa, énorme et penchée au-dessus des marches du perron. Elle devrait s'épargner cette souffrance ; même l'animal le plus stupide peut éviter de vomir. Il vaut mieux qu'elle reste dehors pendant que je nettoie ce gâchis.

Il balaya le plancher et en profita pour le récurer. Ce soir-là, il trima dur et réfléchit. Il verrouilla le piano et mit la clé dans sa poche. Puis il déclara :

— Je ne fais plus la cuisine ni le ménage. Faites votre travail, madame, car Dieu sait que je fais le mien.

Elle avait l'air si triste et bouffie qu'il fut pris d'un élan de pitié. Les femmes s'enlaidissent-elles toutes de la sorte ?

— Je te demande pardon, James, dit-elle avant d'éclater en sanglots.

C'était au moins préférable à l'étrange manie qu'elle avait

depuis peu de fixer le vide. Il la laissa l'étreindre, sachant que cela l'apaiserait. Il ne voulait pas se montrer cruel. Il espérait que son enfant aurait la peau claire.

Materia monta au grenier. Elle s'agenouilla devant le coffre, l'ouvrit, puis inspira à fond. Si le coffre était demeuré vide, c'était, croyait James, parce qu'elle n'avait rien à y mettre. En réalité, elle avait agi à dessein, de façon que rien ne s'interposât entre elle et l'odeur magique qui la plongeait dans ses souvenirs. Le cèdre. Elle mit sa tête dans le coffre et se laissa porter et transporter par son souffle léger... un sol cuit par le soleil, une oliveraie irriguée, le voile ondulant de la Méditerranée, l'élevage de vers à soie de son grand-père, l'élixir sombre de sa langue, les mains de sa mère, parfumées de cannelle et de persil, sur son front, nattant ses cheveux... les mains de sa mère. L'odeur du coffre. Les cèdres du Liban. Elle cessa de pleurer et s'endormit.

La Juive

Mme Luvovitz avait vu la femme enceinte perchée au bord de la falaise. Comme un phare qui alerte les navires, ou les attire. Autour d'elle, on croyait aux farfadets. L'imagination de Mme Luvovitz s'était enflammée. Comment faire autrement parmi de si nombreux catholiques ? Ils voyaient des présages partout. Au pays de Mme Luvovitz, on les appelait *golems*.

« Peut-être n'est-elle pas normale, se dit Mme Luvovitz, peut-être est-elle simple d'esprit. » Parce que Mme Luvovitz l'avait croisée sur le chemin du Rivage, un jour qu'elle se dirigeait vers Sydney avec une pleine voiture d'œufs, et elle l'avait entendue chanter des mots insensés. « Une pauvre simplette des collines du nord, peut-être. Il leur arrive de se marier entre cousins une fois de trop. » Pourtant, Mme Luvovitz n'avait encore jamais vu le visage de la femme, car elle portait toujours un foulard en tissu écossais qui lui faisait comme des œillères.

Mme Luvovitz demanda à son mari, Benny, s'il avait vu la femme enceinte, mais celui-ci répondit que non.

— C'est impossible, monsieur Luvovitz.

— Puisque je vous le dis, madame Luvovitz.

— Elle est là aujourd'hui.

— C'est peut-être un fantôme.

— Assez, Ben.

Benny rit. Il connaissait le point faible de sa femme.

Mme Luvovitz avait résolu de parler à la femme à la prochaine occasion, par crainte d'être déjà trop « celtifiée ».

Elle devait avoir l'assurance qu'il s'agissait bien d'une femme et non d'un présage. Et si c'était un présage, il fallait impérativement établir certains faits. « Quand la vois-je habituellement ? Le matin ? Le soir ? »

Un présage aperçu le matin signifie que la mort est encore loin. Aperçu le soir, le même présage veut dire qu'il faut faire ses préparatifs. Un enfant annonce la mort d'un innocent.

Ce jour-là, Mme Luvovitz rentrait de Sydney par le chemin du Rivage, comme à son habitude, après avoir vendu tous ses œufs.

— Une douzaine d'œufs juifs, s'il vous plaît.

Elle arrivait à peine à satisfaire à la demande. À l'instar de Benny, qui livrait de la viande dans une voiture réfrigérée.

— Bonjour, dit Mme Luvovitz, en immobilisant son cheval.

Le foulard aux couleurs brillantes voletait sous la brise. Il faisait beau, mais on ne pouvait rien en conclure.

— Bonjour, répéta Mme Luvovitz.

— Bonjour, bonjour, cria le petit Abe, assis à ses côtés.

Le foulard se retourna. « *Gott in Himmel !* » se dit Mme Luvovitz. Une enfant enceinte. La peau foncée, avec ça. Elle doit venir de loin. Ou d'Indian Brook, peut-être. Mme Luvovitz oublia aussitôt les fantômes et les *golems*.

— D'où viens-tu, ma jolie ? Qui est ta maman ? dit-elle, empruntant une formule locale.

— Je n'ai pas de maman.

— Monte, petite.

Elle fut étonnée d'apprendre que l'enfant appartenait à la grande maison blanche visible de l'autre côté de la route. Mme Luvovitz ne l'avait jamais vue aller ni venir et l'avait toujours trouvée là, sur la falaise.

— Quel âge as-tu ?

— Treize ans et neuf mois.

Oïe, oïe, oïe, et mariée à ce jeunot. Bien entendu, c'était illégal. Comment l'avait-il obtenue ? Une enfant promise.

D'outre-mer. Était-elle italienne ? Gitane ? Et cet accent ? Mme Luvovitz fit du thé en se posant ces questions et bien d'autres encore. Elle saurait tout, se jura-t-elle, mais d'abord, le thé. Dans le pays d'où elle venait aussi bien que dans celui où elle vivait, le thé annonçait un festin. Elle posa un plat de biscuits devant Materia, qui demanda :

— Qu'est-ce que c'est ?

— Comment, « qu'est-ce que c'est » ? Mais ce sont des *ruggalech*.

Materia prit une bouchée du biscuit replié, au goût à la fois étrange et familier. Cannelle et raisins.

— C'est bon, dit Materia.

— Bien sûr que c'est bon.

Materia se tourna vers le petit Abe, qui jouait à coucou.

— Où est votre famille, madame Piper ?

— Je n'ai pas de famille. Appelez-moi Materia.

— Quel est votre nom de jeune fille ?

— Mahmoud.

Dieu du ciel ! Tout le monde connaissait les Mahmoud.

— Ibrahim ?

— C'était mon père.

— Et Giselle.

Materia hocha la tête.

Mme Luvovitz se rappela les Mahmoud, qui allaient de porte en porte avec leur âne chargé de paniers d'osier. Des travailleurs acharnés, qui ont accompli ce à quoi nous aspirons tous. Il y a maintenant ce grand magasin de nouveautés, à Sydney.

— Pourquoi dites-vous : « Je n'ai pas de famille » ? Vous avez une famille. Ils sont votre famille.

Materia secoua la tête.

— Je ne leur appartiens plus.

— Pourquoi ?

— Je suis morte.

— Vous êtes morte ? Vous n'êtes pas morte. Qu'est-ce que c'est que cette sottise ?

— C'est une coutume...

— Je connais la coutume.

Observer la *shiva* pour une enfant de son sang qui se porte à merveille, voilà une coutume qu'il vaut mieux laisser dans le vieux pays.

— Buvez votre thé, madame Piper.

— Appelez-moi...

— Et mangez. N'oubliez pas que vous mangez pour deux.

Mme Luvovitz apprit à Mme Piper à faire la cuisine.

— Qu'est-ce que c'est ? demanda James.

— De la soupe au poulet avec des boulettes de *matzo*.

Il lorgna l'éponge inoffensive qui flottait dans le bouillon. Du bout de sa cuillère, il en brisa un morceau qu'il porta à sa bouche. Au fond, c'était un peu comme un gâteau sec trempé dans la soupe.

— C'est un mets arabe ?

— Juif.

Ce n'étaient pas les gens qu'il aurait choisis comme amis pour sa femme, mais, après tout, on ne sacrifiait pas de bébés chez eux. Et elle commençait enfin à se comporter en épouse, même si les résultats versaient plutôt dans le paganisme. James se dit qu'il était préférable que ses voisins fussent étrangers. Ils ne verraient rien d'anormal dans son mariage avec une si jeune fille. Que lui importait l'opinion d'un fermier hébraïque ? Encore que M. Luvovitz donnait toutes les apparences d'un chic type. James s'était rendu chez lui pour se faire une idée.

— Appelez-moi Benny.

— Benny.

— Goûtez-moi ça.

— Qu'est-ce que c'est ?

On aurait dit une chique de tabac MacDonald.

— Goûtez.

— ... hum.

— C'est bon ?

— Pas mauvais. Pas mauvais du tout.

— Fumé par mes soins — si vous voulez, je vous vends

une vache entière pour l'hiver, tout juste descendue du crochet. Faites votre choix, elles sont toutes bonnes.

Le juif n'avait rien de bien étrange, mis à part son accent, sa barbe noire, ses favoris frisottants et son petit chapeau. James lui acheta la moitié d'une vache.

— Je ne la veux pas cachère.

— Que voulez-vous dire ? Elle est cachère puisque c'est moi qui l'ai dépecée.

— Ne lui faites rien de bizarre.

— Ne craignez rien. Vous voyez cette vache ?

— Oui.

— Je vous la réserve. C'est une vache presbytérienne.

— Je suis catholique.

Benny rit. James sourit. Par rapport à la famille de Materia, les Luvovitz avaient l'air tout à fait blancs.

1900

À la toute dernière minute, soit à son neuvième mois, Materia commença d'avoir hâte à la venue de l'enfant. Elle s'était prise d'affection pour Abe Luvovitz, qui avait deux ans, et pour Rudy, âgé de six mois. Bien sûr, elle voulait un garçon. Son père serait bien malvenu de déshériter un premier petit-fils, même s'il lui venait par l'entremise d'une fille. Voilà ce qu'elle se disait. Puis elle pourrait revoir sa mère et ses sœurs — elle n'était pas si mauvaise, après tout. Elle se mit à prier Notre-Dame : s'il vous plaît, Vierge Marie, faites que ce soit un garçon.

James nomma le bébé Kathleen, d'après sa propre mère. Kathleen ne fut pas le premier bébé du siècle, mais il s'en fallut de si peu que James dut galoper jusqu'à Sydney sur le vieux canasson et arracher le médecin à un réveillon de la Saint-Sylvestre. Ils arrivèrent à Low Point juste à temps pour que le docteur concédât à Mme Luvovitz qu'elle ne s'était pas trop mal tirée d'affaire.

« Essaie simplement de faire passer un navet par l'extrémité de ce qui te pend entre les deux jambes, et tu verras qui ne s'est pas trop mal tiré d'affaire », songea Mme Luvovitz. Mais elle eut soin de se faire cette réflexion en yiddish.

Selon Mme Luvovitz, Materia avait bien de la chance.

— J'aime mes garçons, madame Piper, mais une femme veut une fille.

Materia ne dit rien.

— Je t'aime, Materia, dit James.

— *Baddi moot,* répondit-elle.
Il lui caressa la tête et contempla le bébé.
— Kathleen, dit-il. Regarde, elle reconnaît son nom !

Il la fit baptiser par un pasteur presbytérien.
— Nous devons voir un prêtre, dit Materia.
— C'est le même Dieu, trancha James.
Déjà qu'il avait dû s'astreindre à une conversion, il lui paraissait inutile d'exposer le bébé à des simagrées romaines. Pendant les deux premières semaines, Mme Luvovitz s'occupa de Materia et du bébé.
— Tu te mêles de ce qui ne te regarde pas, dit Benny.
— C'est faux. Elle n'a pas de mère.
— Tu n'es pas sa mère.
— Elle a besoin d'une mère.
— Ce qu'il lui faut, c'est du temps avec le bébé. Comment apprendra-t-elle à s'en occuper ?

James se sentait invincible. Pendant deux semaines d'affilée, il enregistra le meilleur chiffre de vente. Il entra dans le bureau de son patron sans y avoir été invité et réclama une augmentation.
— J'ai bien peur que cela soit impossible pour le moment, Piper.
— Je suis maintenant père de famille, monsieur.
— Les autres hommes aussi.
— Je vaux bien trois d'entre eux.
— Tu as eu deux ou trois bonnes semaines — continue, et tu seras l'employé du mois.
James tourna les talons, ravi d'abandonner le bonhomme à son sort — Qu'il essaie seulement de me remplacer, il en sera incapable, c'est impossible.
Dans un état de grande excitation, il rentra sur son cheval poussif. À sa fille, il entendait tout donner. Il en ferait une dame. Elle accomplirait de grandes choses. Ils verraient, tous. Il se sentait comme un roi. Un affaissement soudain, et il se retrouva sur le chemin du Rivage, son

cheval mort entre les jambes. Qu'à cela ne tienne. C'était comme un sac rempli d'argent dans la gadoue, la carcasse valant son pesant d'or en colle.

Il fit à pied le reste du trajet en machinant un plan. Les pianos ont rarement besoin d'être accordés, mais on en joue souvent. Et qui joue du piano ? Des campagnards qui jouent à l'oreille, qui tapent sur le piano au rythme des crincrins et des cuillères, pour le simple plaisir. Et des enfants de citadins qui tiennent à ce que leurs enfants se réalisent. Il allait leur montrer, à ces vauriens prétentieux avec qui il avait travaillé chez McCurdy, sans parler des véritables nantis : « MONSIEUR JAMES H. PIPER ESQUIRE initie à domicile de jeunes dames et gentlemen à la théorie et à la pratique du piano-forte. »

Il n'allait pas même se donner la peine de quitter son emploi au *Sydney Post*. Il cesserait simplement de s'y rendre.

James arriva chez lui au milieu de la journée et trouva Mme Luvovitz dans la cuisine, occupée à faire boire le bébé au compte-gouttes.

— Où est ma femme ?

— Elle dort.

Il monta les marches deux à deux et la tira du lit par le bras. La traîna jusque dans la cuisine. Elle maugréait et gémissait à chaque pas.

— Je vous remercie, madame, mais ma femme va prendre la relève.

Mme Luvovitz se leva en se faisant des réflexions dans une langue autre que l'anglais et quitta la maison.

Sans ménagement, James posa sa femme sur la chaise et lui mit dans les bras le bébé hurlant.

— Nourris-la.

Mais la mère se contentait de bredouiller et de chialer.

— Au nom du ciel, parle anglais.

— *Ma bi'der. Biwajeaal.*

Il la gifla.

— Si elle ne mange pas, tu ne manges pas non plus. Compris ?

Elle hocha la tête. Il déboutonna sa blouse.

Le soir même, James autorisa Mme Luvovitz à revenir : Materia n'avait pas produit une seule goutte de lait, et l'enfant était folle de rage. Elles montèrent. Les hurlements de la mère, tandis que Mme Luvovitz faisait le nécessaire. En bas, dans le salon, James déverrouilla le piano et joua, de mémoire, les premières mesures de divers morceaux, pour tenter d'étouffer le bruit. Il allait devoir se munir de quelques partitions et cahiers d'exercices. Sa fille jouerait.

Quelques jours plus tard, la pompe était en marche, et le bébé tétait. La mère, cependant, pleurait chaque fois qu'elle lui donnait le sein. Un soir alors que Kathleen était âgée de quatre semaines, James l'arracha avec horreur du sein de sa mère.

— Tu l'as blessée, Dieu du ciel, tu lui as coupé la lèvre.

Le sourire du bébé, en effet, était ensanglanté.

Materia demeurait interdite, comme à son habitude, la robe ouverte, les mamelons craquelés et sanguinolents dégoulinant de lait.

James jeta un coup d'œil et comprit que l'enfant, faute d'être sevrée, serait empoisonnée.

James s'était converti au catholicisme, mais il n'oublia jamais la confession des Écossais. Les catholiques croient au salut par la foi — « Très bien, restez assis sur votre derrière et croyez tant que vous voudrez, mais certains d'entre nous savons que le travail est l'unique planche de salut, car la nuit viendra, etc., etc. Retroussez vos manches, on n'a rien sans peine. »

Moins d'un mois plus tard, James avait assez d'élèves de Sydney à Glace Bay pour joindre les deux bouts. Du matin jusqu'au soir, *mi sol si ré fa*, et *la do mi sol*. Le soir, le zombie auquel il était marié. Pourquoi l'avait-il épousée ? C'est quand il se trouva assis sur le banc du piano, à côté de garçons et de filles de douze et de treize ans dont les yeux devenaient ternes à la mention du *do* en dessous du *la* du diapason qu'il comprit brusquement que sa femme avait eu le même âge qu'eux.

Comment avait-il pu se laisser séduire par une enfant ? Il y avait chez Materia quelque chose d'anormal. Les petites filles normales ne s'enfuient pas avec des hommes. Il avait retenu de ses lectures que les débiles mentaux ont une nature animale surdéveloppée. Elle l'avait subjugué. Voilà pourquoi il n'avait pas remarqué qu'elle n'était qu'une enfant. Elle n'en était pas une. Pas une vraie. C'était bizarre. Malsain, même. Il s'agissait peut-être d'une tare raciale. Il se renseignerait à ce sujet.

Tout ce que voulait Materia, c'était tomber enceinte de nouveau pour que Dieu lui donnât un fils. C'était cependant peu probable puisque son mari refusait de s'approcher d'elle et se mettait en colère si elle le touchait. Materia comprit que Dieu ne lui enverrait pas d'autres enfants tant et aussi longtemps qu'elle ne se montrerait pas reconnaissante pour la fille qu'elle avait déjà. Elle pria donc la Vierge Marie. Elle pria dans le grenier parce que l'église la plus proche était à des kilomètres et des kilomètres et que James ne tolérait plus qu'elle vagabondât au-dehors. À genoux, les coudes appuyés sur le coffre, elle disait :

— S'il vous plaît, Marie mère de Dieu, faites que j'aime mon enfant.

Kathleen s'épanouit. Cheveux soyeux et blond-roux, yeux verts et peau toute blanche. Materia se demandait d'où elle pouvait bien venir. Assurément, on la lui avait changée pendant la nuit. Mme Luvovitz n'osait pas se poser de questions.

James vit sa fille grandir chaque jour en beauté et en hardiesse. Et quelles cordes vocales — dans des champs de cailloux, il participait avec elle à des concours de hurlements. Ils s'égosillaient tant et si bien qu'ils se retrouvaient enroués et hilares. Il adorait l'entendre rire. Il lui passait tout.

À la table de la cuisine, Materia faisait manger à l'enfant une purée délicieuse. Elle se pencha et couina :

— *Ya Helwi. Ya albi, ya Amar. Te'berini.*

L'enfant sourit, et Materia rendit grâce en silence, car, en cet instant, elle avait senti le souffle léger de quelque chose qui pouvait ressembler à de l'amour.

— Ne fais pas ça, Materia.

— Quoi ?

— Je ne veux pas qu'elle grandisse dans la confusion. Parle anglais.

— D'accord.

L'or du mineur

Kathleen chanta avant de parler. Un timbre parfait. James était accordeur de pianos — il comprit : sa fille de dix-huit mois pouvait reprendre un air après l'avoir entendu jouer une seule fois, sans faille, quoique sans mots... Il resta immobile au piano, le dos très droit, et la regarda. Elle soutint son regard avec une gravité d'adulte.

C'était un moment d'angoisse et de terreur mêlées, comme après la découverte d'un large filon d'or. Le prospecteur tombe à genoux — il ne cherchait que du charbon. S'il fait jaillir du pétrole, il pousse des cris de joie, se trempe dedans et offre une tournée. Mais la vue de l'or est différente. Il observe un moment de silence. Puis il se relève, les yeux pleins d'eau. Comment l'extraire du sol ? Comment ne pas se le faire voler entre-temps ?

Un jour, il faudrait beaucoup d'argent. Pour le moment, il mit de côté ses propres études et entreprit de faire l'éducation de Kathleen. Il se documenta. Il acheta un métronome et un phonographe, et commença à collectionner les disques. Il fit venir des partitions et des paroles de chansons de New York, de Milan et de Salzbourg. Il décida qu'il n'était pas trop tôt pour utiliser la méthode Vaccai de chant italien. Mozart composait à trois ans. À trois ans, Kathleen chantait : « *Manca sollecita Più dell'usato, Ancor che s'agiti Con lieve fiato, Face che palpita Presso al morir.* »

Materia fut autorisée à renouer avec le piano, mais cette fois en s'en tenant exactement à ce qu'elle avait sous les yeux :

... gammes, intervalles, *i semitoni*
« la leçon doit être d'abord chantée *adagio*, puis, si la capacité de l'élève le permet, on accélère le tempo pour passer à *allegro* »
syncope, ornementation, traduction littérale : « La flamme faiblit rapidement/plus que d'habitude/même si elle vacille/soulevée par un souffle léger »
appoggiatura, introduzione al mordente
« l'*acciaccatura* diffère de l'*appoggiatura* dans la mesure où elle n'exerce aucune influence sur la valeur ni sur l'accent de la note à laquelle elle est jointe comme préfixe », intervalles de tierce, intervalles de quarte, *salti di quinta, salti di sesta*
« le petit oiseau dans une cage étroite/pourquoi ne l'entend-on jamais chanter ? »
Leçon XI, Le tremblement : « J'expliquerais mon angoisse »
Leçon XII, Des roulades : « Je ne puis me fier à mes pensées »
Leçon XIII, *Per Portare la Voce* : « Je ne puis tout taire. »

Materia jouait. Kathleen eut sept ans.

Materia observait tout de très loin. Avec le passage des années, son père lui manquait de plus en plus, et elle oublia tout, sinon qu'il l'avait suffisamment aimée pour lui dénicher un mari. Tous les souvenirs s'estompent avec l'âge, et les bons sont aussi les plus périssables — il y avait belle lurette que sa mère et ses sœurs avaient été poncées au point de n'être plus que des pierres de savon évanescentes, invoquées si souvent qu'elles étaient réduites à néant. Comme des peintures rupestres à la lueur des chandelles, Materia ne pouvait plus les entrapercevoir que dans le noir, du coin de l'œil. Mais le souvenir de son père avait la vie dure. Obélisque érodé au point de n'être plus qu'un dôme rocheux, la pierre de touche de sa perte.

— Tu es trop grasse.

De très loin, Materia leva les yeux sur James et dit :

— D'accord.

Il secoua la tête. Le samedi soir, d'autres hommes se promenaient avec leur femme. Les emmenaient à la messe du dimanche, s'installaient de l'autre côté d'une rangée d'enfants. Pas James. D'abord, il ne voulait pas qu'on s'imaginât qu'il avait épousé une femme qui aurait pu être sa mère. Avec le ramollissement de l'esprit et du corps de Materia, il voulait surtout éviter que l'enfant ne fût stigmatisée. Car, par-dessus le marché, Materia avait la peau foncée. Il s'efforçait de ne pas le voir, mais ses yeux, depuis que les écailles en étaient tombées, lui en rendaient sans cesse témoignage.

Il emmenait Kathleen partout. Ils faisaient de longues balades — elle d'abord dans un magnifique landau anglais, plus tard cheminant main dans la main avec son père. Pendant leurs promenades, ils parlaient gaélique. Avec ses cheveux féeriques et son maintien superbe, elle attirait les regards, car on eût dit une princesse. Ses vêtements venaient d'Angleterre. Rien de voyant, que de la qualité, comme une vraie princesse. Et James, rasé de près chaque matin, ne confiait à personne le soin de blanchir ses chemises. Ensemble, ils faisaient tourner les têtes.

C'était l'année 1907 et il y avait maintenant une ville. Elle avait poussé comme par magie à partir de la mine numéro 12. Les numéros 14, 15 et 16 avaient suivi peu de temps après. Le chemin de fer était arrivé, et avec lui, les mineurs. Dans un premier temps, ils vinrent des Maritimes, d'Angleterre, d'Irlande, d'Écosse et du pays de Galles. Puis de partout. La Dominion Coal Company acheta des terrains et bâtit une mer de maisons — des habitations pratiques recouvertes de bardeaux, attachées deux par deux. Il y eut l'école, l'église catholique, la boucherie-charcuterie cachère Luvovitz, la pharmacie-confiserie MacIsaac et le magasin de la compagnie, où les marchandises étaient suffisamment abondantes pour transformer en démon une femme de mineur.

Le vendredi, les mineurs tendaient leur paie intacte à leurs femmes, qui leur rendaient le prix d'une consommation. Le hic, c'est que, le moment venu de faire les courses du samedi, la paie — avec ou sans le petit verre du vendredi — ne suffisait pas à nourrir ne serait-ce qu'une petite famille de six. Qu'à cela ne tienne. La compagnie avait la solution : les « bons de la compagnie ». Il s'agissait d'une forme de crédit. La dame pouvait consacrer l'argent liquide à sa disposition à l'achat, dans les boutiques de la ville, des rares articles que le magasin de la compagnie n'avait pas en stock. Pour acheter de la nourriture, des chaussures, des vêtements et du kérosène, elle utilisait des bons de la compagnie. L'enveloppe de paie scellée du mari devenait de plus en plus mince, jusqu'à ne renfermer qu'une liste détaillée des sommes dues en loyer, des intérêts imputés à la dette accumulée au magasin et des bons encore disponibles. On en vint à parler du « magasin des pigeons ».

Malgré tout, les gens affluaient, remplissant les rues, qui s'étendaient dans l'axe nord-sud, et les avenues, qui les croisaient dans l'axe est-ouest, nommées tour à tour en l'honneur d'un saint catholique et d'un magnat du charbon. Une ville champignon. Elle n'existait pas officiellement et n'avait pas encore été nommée, mais la maison des Piper se retrouva soudain dans une rue, et la rue avait un nom : la rue Water.

Depuis son mariage, Materia n'avait plus mis les pieds dans une église. Maintenant qu'une église catholique se trouvait tout près, rien ne l'empêchait de s'y rendre. Elle s'en sentait toutefois indigne. Notre-Dame n'avait pas exaucé ses prières. Materia n'aimait toujours pas son enfant, et la faute, elle le savait, lui en incombait :

— Kathleen, *taa'i la hown.*

Materia, prenant l'enfant sur ses genoux, la serra dans ses bras. Puis elle chanta, en ondulant, une chanson impossible à répéter : « *Kahn aa'ndi aa'sfoor, zarif u ghandoor, rasu aHmar, shaa'ru asfar, bas aa'yunu sood, sood metlel leyl...* »

En proie à la tristesse, Materia berça l'enfant — s'était-elle rapprochée de l'amour ? Elle l'espérait. Dans ses bras, l'enfant semblait avoir froid. « Je vais te réchauffer », pensa-t-elle.

Et elle continua de chanter. Kathleen demeurait parfaitement immobile, pressée contre cette masse mouvante. Materia caressa les cheveux d'or et de flamme et passa la main sur les yeux verts, qui regardaient fixement. Kathleen s'efforçait de retenir son souffle. S'efforçait de ne pas comprendre les paroles de la chanson. Elle pensa à papa et à des choses aériennes — l'air frais, l'herbe verte —, craignant qu'il ne se doutât de quelque chose. Et ne fût blessé. L'odeur pouvait la trahir.

Materia libéra l'enfant. C'était inutile. Dieu voyait clair dans les gestes de Materia, dans son cœur. Et son cœur était vide.

Materia n'allait plus pleurer la tête dans le coffre — elle pleurait là où elle était quand l'envie lui en prenait, sans s'arrêter de travailler ni qu'un seul muscle de son visage ne se contractât.

— Donnez-nous un bonbon dur et deux lunes de miel, dit James.

La pharmacie-confiserie MacIsaac embaumait le pin neuf, les herbes amères et le caramel à l'eau salée. M. MacIsaac tendit la main vers un pot débordant d'arcs-en-ciel comestibles. Derrière lui s'étendaient sur les étagères des rangées de bocaux renfermant des poudres, des essences, des huiles et des onguents. Tout pour guérir.

En guise de supplément, M. MacIsaac remit à Kathleen une canne-bonbon en salsepareille, mais celle-ci hésita et se tourna vers James, qui dit :

— Vas-y, ma chérie. M. MacIsaac n'est pas un étranger.

M. MacIsaac, contemplant Kathleen avec gravité, baissa la tête et déclara :

— Vas-y. Touche.

Elle toucha sa tête chauve comme une boule de billard et sourit.

— Il paraît, jeune fille, que tu as une sacrée paire de poumons, dit M. MacIsaac.

Elle opina sagement du bonnet, en suçant la canne-bonbon. MacIsaac pouffa et James se rengorgea. Kathleen et lui sortirent. Perchée sur l'échelle coulissante, Mme MacIsaac déclara :

— Elle est magnifique.

— Oui, c'est une belle petite.

— Trop. Elle finira mal.

Tandis que Mme MacIsaac veillait sur le magasin, M. MacIsaac s'en fut en boitant dans la serre, où il s'offrit une rasade d'alcool. Il avait fait la guerre des Boers.

À la maison, Materia, debout devant le comptoir, roulait de la pâte pour une tourte — viande de bœuf et rognons, comme la mère de James avait coutume de faire — lorsqu'elle mit enfin le doigt sur ce qui la turlupinait depuis toujours : le baptême de Kathleen n'avait pas pris. Il avait été présidé par un pasteur protestant. L'enfant devait être baptisée dans les formes, en latin, par un prêtre catholique. Puis, tout rentrerait dans l'ordre. Elle en parla à James lorsqu'il rentra avec la petite.

— Kathleen a été baptisée. Le baptême a été conféré par un membre du clergé, un chrétien, et on n'en parle plus, répliqua ce dernier.

Kathleen, les joues gonflées par un bonbon dur, faisait peser son regard vert sur sa mère. Aux yeux de Materia, elle n'avait pas du tout l'air baptisée.

James avait appris à sa fille à lire les mots peu de temps après lui avoir appris à lire la musique. À trois ans et demi, elle s'asseyait sur ses genoux et déchiffrait avec difficulté un immense livre aux images terrifiantes : « Au milieu du chemin de notre vie, je me retrouvai par une forêt obscure, car la voie droite était perdue. » À cinq ans, il la mit à l'étude du latin, tout en s'initiant lui-même à cette matière

— elle aurait ainsi plus de facilité à chanter en italien. Il commanda une nouvelle caisse de livres. Des classiques pour enfants, cette fois, qu'ils lurent à voix haute, chacun son tour.

Il n'avait plus beaucoup de temps à consacrer à ses propres lectures, même si sa bibliothèque comptait désormais vingt-trois ouvrages, sans compter l'*Encyclopædia Britannica*. « Lis tout cela d'un bout à l'autre, pense James, et tu sauras à peu près tout sur tout. Et tu pourras aller partout. »

À l'école locale, Kathleen apprit à demeurer sagement assise sans regarder de haut les enfants moins chanceux qu'elle, mais guère plus. La maîtresse frissonnait devant cette fille de porcelaine aux yeux de sirène. On eût dit que l'enfant était déguisée. Elle fixait un coin du plafond ou regardait par la fenêtre, attendant quelque chose, un signe — lequel ? — et pourtant elle avait réponse à toutes les questions.

— Wolfe est mort sur les plaines d'Abraham, mademoiselle.

Les mains croisées sur le pupitre, le dos bien droit.

— Le carré de l'hypoténuse est égal à la somme des carrés des deux autres côtés, mademoiselle.

Chaque trait d'une perfection surnaturelle.

— Mais ou et donc or ni car, mademoiselle.

Autant de qualités incongrues chez une enfant. Mais peut-être n'était-elle pas une enfant.

Dans la cour, Kathleen s'éveillait, mais de la façon la plus bizarre : elle montrait en effet une propension alarmante à jouer avec les garçons. Lançant des balles de suie, brandissant son cartable pour faire bouclier, hurlant de joie dans sa robe à col marin, frisettes au vent, à jamais bannie de la société des filles.

Les genoux noircis et la soie déchirée étaient la rançon du plaisir, et jamais James ne lui fit reproche d'abîmer ses beaux vêtements. Un jour, cependant, Kathleen annonça en rentrant à la maison :

— Pius MacGillicuddy, il a apporté un doigt que son papa a trouvé à la mine, et il le fait pousser dans un pot !

L'heure du départ pour le couvent des Saints-Anges, à Sydney, avait sonné.

Les sœurs de la congrégation de Notre-Dame s'étaient donné pour tâche de former des jeunes filles complètes, de la grammaire à la botanique, de la physique au français. Par-dessus tout, le couvent des Saints-Anges proposait un excellent programme de musique. James avait prévu d'attendre quelques années, jusqu'à ce que Kathleen eût douze ans et qu'il eût économisé assez pour les frais de scolarité, mais il n'y avait rien à faire. D'ici là, on la lui aurait gâchée. Il trouverait bien l'argent.

Il aménagea un jardin dans la cour arrière, de l'autre côté du ruisseau. Il acheta un vieux cheval et une voiture. Traversant l'île, il se rendit à Margaree pour se procurer de la terre exempte de poussière de charbon. La maîtresse de maison allait devoir apprendre à faire le savon, le beurre et ses propres vêtements. Ils n'allaient plus désormais acheter que la viande, et Benny leur faisait toujours des conditions favorables. Benny lui fit aussi un prix d'ami pour le fumier.

— Pour toi, c'est gratuit. C'est de la bouse cachère, naturellement, de sorte que tes carottes et tes pommes de terre le seront aussi. Bientôt, tu seras juif — si tu veux, je te fais une circoncision, sans frais.

Dans les bois, James abattit un jeune pommier. Après l'avoir ébranché, il l'affûta aux deux extrémités et le ficha dans le sol, au milieu du jardin. Il cloua une planche de bois d'épave en travers, puis revêtit le tout d'une robe maintenant trop petite pour Materia et d'un feutre trouvé dans un champ. Ce n'est qu'après qu'il eut confectionné une tête et un torse à l'aide de sacs de farine bourrés de paille et qu'il les eut empalés sur le pieu que le subterfuge se révéla efficace. De temps à autre, il changeait l'accoutrement, affublant la chose tantôt d'une robe, tantôt d'un pantalon, sans jamais toucher au chapeau. Les oiseaux restaient sur leurs gardes.

— Kathleen, viens.

Materia ne s'adressait plus à sa fille en arabe. À quoi bon ? Kathleen suivit sa mère dans la cuisine. La grande bassine de fer-blanc était remplie d'eau fumante. Le lendemain, Kathleen se rendait au couvent pour la première fois, et James tenait à ce qu'elle fût impeccable. Y compris sa tignasse. Autrefois, Materia redoutait le moment de laver les cheveux de l'enfant, à cause de tout le brouhaha qu'elle faisait alors. De l'extérieur, James hurlait :

— Essaies-tu de la tuer, la pauvre petite ?

Mais Materia avait maintenant l'habitude des crises de l'enfant et s'acquittait de la tâche avec célérité. Tout en immobilisant la petite, elle lui frottait le crâne, lui plongeait la tête sous l'eau, essorait ses cheveux et passait le peigne dedans. James avait beau hurler, jamais il n'oserait surprendre sa fille pendant ses ablutions.

Ce soir-là, Materia eut droit aux protestations coutumières — « Ne tire pas ! Mes yeux piquent ! Aïe ! arrêêête ! » —, mais, quand Materia saisit Kathleen par les cheveux comme à son habitude et lui renversa la tête pour le premier rinçage, elle la maintint sous l'eau le temps de dire dans les yeux verts submergés :

— Renonces-tu à Satan ? Oui. Et à ses œuvres ? Oui. Je te baptise *in nomine Patris, et Filii et Spiritus Sancti, amen.*

Voilà. En cas d'urgence, tout catholique peut baptiser un enfant. Et après neuf ans, il y avait bel et bien urgence, se dit Materia. L'enfant, désormais, serait en sécurité. Dieu l'aimerait, même si sa mère en était incapable, et les sœurs ne la jugeraient pas mal. Materia lâcha prise et Kathleen fit surface, haletante.

Kathleen ne pleura pas et n'émit aucune plainte. Pendant que sa mère l'essuyait, prenant garde de passer vite sur les mauvaises parties du corps, elle fit preuve d'une docilité inaccoutumée.

Cette nuit-là, Kathleen s'éveilla aux petites heures en hurlant. Elle criait encore lorsque son père la prit dans ses bras. Elle s'agrippa à lui pendant qu'il allait et venait dans le corridor, s'efforçant de comprendre ce qu'elle disait.

— Qui vient te chercher ?

Après avoir déchiffré quelques mots de plus, il demanda :

— Qui est Pete ?

Elle le lui dit entre deux sanglots.

Avec elle, il descendit, sortit par la cuisine, foula aux pieds les cendres de charbon, franchit le petit pont qui enjambait le ruisseau et alla se planter devant l'épouvantail.

— Frappe-le, ordonna James.

Kathleen était secouée de tremblements incontrôlables, presque étranglée par la peur. Le chapeau de l'épouvantail masquait son visage sans traits. Elle n'aurait su dire s'il souriait ou faisait la grimace.

— Allez, serre le poing.

Elle obéit sans arrêter de pleurer.

— Maintenant, mets-lui une bonne correction !

Elle s'exécuta et fit voler la tête de l'épouvantail, qui s'abattit sur le sol, chapeau compris.

— Bravo ! cria James, qui la projeta dans les airs et la rattrapa en poussant un cri de guerre.

Kathleen rit avec toute l'intensité que, un instant plus tôt, elle avait mise à pleurer. Puis ils tinrent un de leurs concours de hurlements. Seulement, ils avaient désormais des voisins. Bientôt, des lumières s'allumèrent dans les maisons avoisinantes. On entendit des cris de protestation, obscènes et autres. James cria de toutes ses forces :

— Taisez-vous, tous, et écoutez !

Puis il fit chanter à Kathleen :

— Quanto affetto ! Quali cure !
che temete, padre mio ?
Lassù in cielo presso Dio,
veglia un angiol protettor.

Da noi toglie le sventure,
di mia madre il priego santo ;
non fia mai divelto o franto,
questo a voi diletto fior.

Voilà comment James acquit sa réputation d'ivrogne, même si, à l'époque, il ne touchait jamais à l'alcool.

Le lendemain, il remit la tête de paille sur le pieu et cala le chapeau dessus. Il n'y eut plus de cauchemars.

Quelle tendresse ! Quels soins !
De quoi avez-vous peur, mon père ?
Là-haut, au ciel, près de Dieu
un ange protecteur veille sur nous.
La pieuse prière de ma mère
détourne de nous les malheurs :
elle prie pour que ne soit jamais flétrie ou brisée
cette fleur qui vous est si chère.

La mine

Ce n'était qu'une vieille voiture, mais il tint à la peindre en rouge, avec des moulures dorées, de façon qu'elle eût quelque chose de joli pour se rendre à l'école. Sur le côté, il traça les initiales de Kathleen en lettres de fantaisie.

— Votre voiture est avancée, mademoiselle, plaisantait-il.

Même s'il avait fallu pour cela renoncer à quelques leçons de piano, il la conduisait chaque matin ; l'après-midi, il refaisait le trajet de quinze kilomètres et était là à l'attendre lorsque les doubles portes s'ouvraient, et elle venait à sa rencontre en courant. Le vendredi après-midi, ils s'attardaient à Sydney, descendant jusqu'au quai du yacht-club pour admirer les bateaux du port.

— Un jour, mon amour, tu monteras sur l'un de ces paquebots et tu partiras.

Elle voulait qu'il l'accompagnât, bien sûr, mais il ne cherchait pas à la tromper :

— Tu vas chanter dans le monde entier. Je ne serai pas toujours là, mais je serai toujours ton papa.

Sur ce, elle se mettait à pleurer et il l'emmenait manger une glace à la pâtisserie Crown, les cils encore mouillés mais les yeux souriant de nouveau. Sa tristesse était toujours passagère. Partout où ils allaient, on les suivait des yeux parce qu'elle était superbe et que tous deux étaient, à l'évidence, les meilleurs amis du monde.

James savait qu'il lui faudrait un jour la confier à des professionnels, l'envoyer loin, mais pour le moment... Dieu existait. James, dignement, consacrait sa vie à la préservation d'un don de Dieu. Voilà pourquoi il acceptait d'initier les rejetons de la petite bourgeoisie au massacre de *Für Elise.* Je ferai n'importe quoi, promit-il à Dieu et à lui-même. Je me couperai le bras, je vendrai les dents de ma bouche, j'entrerai à la mine. J'autoriserai ma femme à travailler.

— D'accord, dit Materia.

Il se prépara à la voir faire le ménage et la cuisine chez des particuliers, ou dans un hôtel. Il lui enjoignit d'utiliser son nom de jeune fille.

— Si on te croit mariée, on te paiera moins, expliqua-t-il.

Il fallait éviter qu'on sût que la mère de Kathleen Piper était femme de ménage.

Imaginez la surprise de James lorsque, quelques soirs plus tard, Materia sortit de la maison revêtue de sa meilleure robe, bien coiffée sous son chapeau.

— Où vas-tu comme ça ?

— Travailler.

Dans le théâtre *Empire,* rue Plummer, artère principale de la ville champignon, l'écran vacillait, tout comme le piano dans la fosse d'orchestre. Les trilles et les triolets accompagnaient naturellement la danse frénétique de lumière et d'ombre esquissée au-dessus.

Les spectateurs se calent tranquillement dans leur siège lorsque la locomotive paraît à l'horizon. D'abord, elle vient vers eux en faisant entendre sa cloche, les oiseaux chantent — une autre journée sans histoire à la campagne. Puis, on a le premier indice de la malédiction à venir, au fur et à mesure que le train grandit ; la musique passe du mode majeur au mode mineur, tchou tchou, le voici qui arrive, roulant à vive allure, le sifflet faisant entendre son cri strident, ponctué d'avertissements, tut tut, traversant le paysage dans une mélodie d'une folle excitation, les touches martelées jusqu'à ce que tout dégénère en chaos, les notes et les oiseaux volant en éclats, et le cheval de fer emballé passe tout juste au-dessus de leurs têtes en rugissant.

Les spectateurs, le souffle coupé, attendent avec impatience la prochaine terreur, tout ce qu'on peut avoir pour cinq sous. Materia n'arrive pas à croire qu'on la paie pour ce travail.

La scène suivante est encore plus terrifiante. Un homme en tenue de soirée a coincé à mi-hauteur d'un clocher une jeune femme vêtue d'une chemise de nuit aguichante. Aucun préambule narratif n'est nécessaire, *all ist klar*, les ombres menacent, le clocher penche, la musique remonte l'escalier en colimaçon, le méchant aperçoit la note gracieuse d'un ourlet de soie et, en mesure à six-huit, se porte à la hauteur de notre héroïne, qui s'accroche à quelques mesures d'une mélodie enfantine, chancelant au bord du précipice en *mi* aigu, surplombant la rue quelques octaves plus bas. Le scélérat et la vierge exécutent une danse macabre, Strauss se mue en Faust, jusqu'à ce que, au moment précis où elle va tomber, s'éclater la tête sur la clé de *fa* et mourir emmêlée dans la toile de la dernière portée, un ténor apparaisse, fasse *crescendo* et sauve la situation dans un dénouement de cordes.

Peu de temps après, Materia jouait à l'occasion de *ceilidhs* et accompagnait des troupes de music-hall itinérantes.

En décembre 1909, James mit Kathleen en pension au couvent parce que, dans la ville champignon, des enfants mouraient. Scarlatine, diphtérie, choléra, typhoïde, petite vérole, tuberculose laissaient un sillage de petits cercueils blancs. Les poussées de maladies n'étaient pas rares, bien au contraire, mais il s'agissait là d'autre chose, d'une épidémie provoquée par la grève des mineurs. Des rangées de maisons étaient vides, leurs occupants expulsés, certains jetés à la rue nus comme des vers, d'autres tirés des chiottes ou du berceau, sans plus de crédit au magasin de la compagnie. Des gardes de Pinkerton et des hommes de main à la solde de la compagnie allèrent de porte en porte jusqu'à ce qu'il y eût plus de meubles dans les rues que dans les maisons. On expulsa même les mineurs qui avaient acheté leur maison, la compagnie ayant terrorisé les prêteurs hypothécaires. Dans les champs, les familles se tenaient accroupies dans des villes de tentes en lambeaux, sans eau courante ni nourriture, mal protégées contre les vents d'hiver de l'Atlantique. Des taches écarlates bourgeonnaient sur les joues émaciées des enfants, que le pus étouffait ou qui mouraient épuisés de tousser.

Mais rien ne put convaincre les mineurs de reprendre le travail. Pas même la présence d'une mitrailleuse du Régiment royal canadien montée sur le perron de l'église de l'Immaculée-Conception, à Cadegan Brook — et, bien que le père Charlie MacDonald prétendît avoir été absent à l'époque, l'Église catholique n'en fit pas moins son possible pour mettre un terme aux souffrances inutiles causées par la grève : l'évêque dépêcha dans la ville champignon un émissaire spécial chargé de vider le couvent, l'école, le presbytère et l'église des familles de mineurs que le prêtre de la paroisse, l'abbé Jim Frazer, y abritait. Puis l'évêque muta le père Frazer à l'extérieur de l'île.

James ne perdit pas de temps. Il fallait de l'argent pour mettre Kathleen en pension, mais il en trouverait bien. Il n'allait pas la garder en ville, où elle risquait d'attraper une maladie mortelle à cause de la marmaille des mineurs. Ou finir infirme, ou le visage mutilé, Dieu du ciel, jamais. Ils sont responsables de leur propre malheur, ces bâtards entêtés, et c'est leur faute si je dois mettre ma fille en pension dans une école déjà au-dessus de mes moyens. Qui me viendra en aide ? Le syndicat des professeurs de piano ? Le Parti pour l'union des accordeurs de pianos du monde ? Non, je ne puis compter que sur moi-même, aussi vrai que le Christ a été crucifié.

— Ma belle, tu vas aller vivre à l'école, pendant quelques jours seulement...

Elle ne voulait pas.

— Non, je ne serai pas là, et je ne pourrai pas te rendre visite pendant un certain temps.

Il entendait observer une stricte quarantaine.

— Ce sera amusant, tu verras. Et puis, tu vas te faire des amies.

Elle pleura. Il se fit sévère :

— Giuditta Pasta était boiteuse. Que répondit-elle lorsqu'on lui demanda comment elle pouvait chanter et jouer la comédie si magnifiquement, soir après soir, sans trahir son affliction ?

— Je souffre.

— Voilà, répliqua-t-il en lui caressant la tête.

Il ne la reverrait pas avant des mois. « Ce sera un bon exercice pour elle et pour moi », songea-t-il. Conscient du mauvais pas dans lequel la grève l'avait placé, il retourna la situation à son avantage. Avant l'aube, un matin d'hiver, il passa en bandoulière trois pics rutilants, une pelle flambant neuve et un bout de corde. Il remplit d'huile de baleine une lampe en forme de théière, la fixa à son casque à visière, accrocha une cantine à sa ceinture et, accompagné par trois gardes de Pinkerton, s'en fut à la porte numéro 12, où des soldats britanniques vêtus d'uniformes kaki, baïonnette au canon, montaient la garde sur le charbon.

Les soldats qui le firent entrer ne se montrèrent guère plus aimables que l'attroupement de grévistes restés à l'extérieur, même s'ils n'allèrent pas jusqu'à cracher ni à trépigner, en le traitant de « briseur de grève » et en l'accusant de tuer leurs enfants. Ils ne promirent pas non plus de jeter ses couilles aux pourceaux.

Il s'engouffra dans la gueule de la mine, suivant la flamme qui vacillait sur son front et les ombres de ceux qui le devançaient. Il descendit le long du puits incliné de la partie la plus profonde de la mine, suivant les rails, tendant la main à l'occasion pour toucher le fil de fer. Une odeur suffocante de chevaux, de laine et de terre mouillées se répandait par des trappes qui s'ouvraient comme par magie. Une voix d'enfant se fit alors entendre :

— T'as l'heure, mon vieux ?

À gauche, à droite, à droite, puis à gauche de nouveau, plus bas, toujours plus bas, au milieu du labyrinthe de boyaux qui se muaient en galeries obscures, il entendit le pépiement d'un oiseau.

La mine numéro 12 était terriblement humide et regorgeait d'émanations gazeuses, mais James n'avait pas de point de comparaison. Dans une galerie ruisselante qui, il l'ignorait alors, se trouvait sous l'océan, armé d'une pelle, il chargea du charbon dans un wagon. Il travaillait aux côtés d'un homme qui avait de l'expérience. C'est lui qui avait pour tâche de percer le mur, de forer, de poser les charges et de les allumer sans faire sauter la mine. Incapable de reconnaître l'accent de l'homme, James ne sut jamais qu'il était noir, de La Barbade. C'était Albert, et il ne les avait jamais fait périr, voilà tout. La Barbade, l'Italie, la Belgique, l'Europe de l'Est, le Québec... Pour briser la grève, la Dominion Coal Company avait étendu très loin ses tentacules. Dans l'obscurité, on entendait très peu parler anglais, et toujours avec un fort accent. Pour lutter contre la poussière, James buvait du thé froid et chiquait du tabac. Il cacha d'abord ses sandwichs à la viande, puis les partagea. Le wagon pouvait contenir un peu plus d'une tonne de charbon. Quand il était rempli, Albert et lui le poussaient jusqu'au boyau principal et l'arrimaient à un convoi. Après dix heures de labeur, ils remontaient à la surface pour se retrouver une fois de plus dans le noir.

On escortait alors les étrangers jusqu'au camp de travail fortifié qu'on appelait le Chantier quatorze, où ils chantaient, dormaient ou s'adonnaient au jeu, tandis que le Régiment royal canadien montait la garde. James rentrait à la maison accompagné par les salopards de Pinkerton, entre des rangées de galeux qui, si on leur en avait donné l'occasion, l'auraient volontiers mis en pièces — à leurs yeux, en effet, James n'avait aucune excuse car il ne mourait pas de faim et n'était pas étranger —, à proximité de femmes assises sur leur perron qui le regardaient d'un œil mauvais en marmonnant :

— Que Dieu vous pardonne.

L'une d'entre elles dit une prière à son intention, puis lui jeta un butoir en fer qui le manqua d'un cheveu.

James gagnait plusieurs fois ce que lui rapportaient ses leçons de piano. Pendant les premières semaines, il pleura en silence au début de chaque quart, jusqu'à ce que son corps se fît aux rigueurs du travail. Une fois redevenu blanc, le soir, à la maison, il se mettait à genoux, croisait les mains et demandait pardon à sa mère d'être passé sous terre.

Le prix d'une chanson

Un soir, pendant le souper, James dit à Materia :

— Tu as un peu maigri. C'est bien.

Elle haussa les épaules.

— À quoi rêvasses-tu toute la journée ?

James avait utilisé le terme un peu à la légère, car elle passait ses journées à bayer aux corneilles.

— À Houdini, répondit-elle.

— Qui ?

— Houdini.

Il ne se donna pas la peine de poursuivre. À question idiote... Depuis longtemps, il avait renoncé à lui faire la conversation, heureux seulement que Kathleen n'eût hérité ni de la stupidité ni du teint basané de sa mère. Et que sa femme eût enfin appris à faire la cuisine.

— Qu'est-ce que c'est ?

— *Kibbeh nayeh*.

— C'est une spécialité juive ?

— Libanaise.

Benny lui avait obtenu la recette en douce.

N'importe qui peut faire du *kibbeh nayeh*, n'importe qui peut suivre une recette, mais pour réussir le plat... il faut un sacré doigté. Certains prétendent que tout est fonction de la longueur des doigts de la cuisinière, d'autres que le secret réside dans son odeur, aussi unique que les empreintes digitales. Il s'agit assurément d'un don.

Le *kibbeh*, plat national de la Syrie et du Liban, ne peut se faire qu'avec de la viande de tout premier choix, de sorte que les Mahmoud ne s'approvisionnaient qu'à la boucherie cachère Luvovitz. Pendant que Mme Luvovitz et les garçons s'occupaient de la boutique, M. Luvovitz faisait ses livraisons à Sydney, s'arrêtant toujours, en fin de parcours, à la maison des Mahmoud sur la colline. Là, une petite femme ronde à la peau foncée, dont les cheveux noirs coiffés en chignon grisonnaient, lui ouvrait la porte de la cuisine. Benny ne parlait pas gaélique, et l'anglais de Mme Mahmoud était toujours approximatif, mais ils parvenaient à converser. Benny faisait comme si l'intérêt de Mme Mahmoud pour les Piper était purement fortuit.

— Bien sûr que je connais les Piper. Mme Piper est une charmante dame, libanaise elle aussi, je crois, vous devez la connaître — non ? —, ah bon ! Oui, ils ont une petite fille adorable, Kathleen, qui va au couvent des Saints-Anges. Elle chante comme un oiseau.

Ce matin-là, quand Benny lui avait demandé la recette du *kibbeh,* « pour ma femme », elle n'avait pas sourcillé. Elle s'était plutôt dirigée vers ses armoires, où elle avait pointé du doigt les ingrédients. Benny notait tout sur du papier brun de boucher, Mme Mahmoud mimant toutes les étapes, y compris le tracé de la croix sur la viande préparée. Benny rit et dessina à la place l'étoile de David.

Mme Mahmoud haussa les épaules et dit :

— Comme vous vouloir.

Puis elle lui fit goûter la première bouchée rituelle de *kibbeh* imaginaire.

— Délicieux.

Ce soir-là, Mme Mahmoud, observant son mari en train de manger, songea à sa fille perdue qui, en ce moment même, servait peut-être le même plat à son mari. Serait-il content ? L'aimait-il toujours ?

Quinze kilomètres plus loin, James goûtait le *kibbeh.*

— C'est délicieux, dit-il.

— Il faut manger avec du pain.

Il suivit l'exemple de Materia, aspergeant d'huile la viande épicée et les petites boules molles de blé concassé, déchirant de petits morceaux de pain dont il se servait pour faire des bouchées de viande.

— Où as-tu appris à faire cuire cela ?

— Ce n'est pas cuit. C'est cru.

Il s'interrompit.

— C'est cachère ?

Elle hocha la tête. Il recommença à manger. Materia eut un pincement au cœur.

« Nous sommes heureux sans la petite », songea-t-elle.

Elle lui effleura la nuque.

— Qu'est-ce que tu fais ? demanda-t-il.

— Rien, répondit-elle en regagnant l'évier.

Jusque-là, les troupes de music-hall se composaient de Blancs, qui effectuaient leurs numéros de troubadours et de négrillons le visage noirci, mais, maintenant que des hommes et des femmes de couleur affluaient vers Sydney, attirés par les bassins houillers, de véritables artistes de couleur venus des États-Unis faisaient leur apparition. Materia n'arrivait pas à comprendre pourquoi eux aussi se noircissaient le visage en se faisant une énorme bouche rouge, mais elle les préférait aux autres. Elle se constitua un imposant répertoire de ragtime, de pas de deux, de *cake-walk*, d'hymnes processionnels, de chansons tristes, de berceuses issues des plantations et de gospels.

Elle joua pour les Blackville Society Tap Twizzlers, dont l'accompagnateur attitré avait été arrêté à Glace Bay. C'était un trio de frères auxquels la mère servait d'impresario. Le plus vieux avait baptisé ses pieds. Le gauche s'appelait Alpha, et le droit, Omega. Des chaussures à percussion, des pieds étincelants qui bavardaient, cliquetaient, voletaient et faisaient le tour du monde sans quitter la scène du théâtre *Empire*. Materia se contentait d'observer leurs pieds et laissait ses mains aller, des fragments de *Rigoletto* bousculant *Coal Black Rose*, *Una Voce Poco Fa* faisant contrepoids à *Jimmy Crack Corn*, le tout plaqué sur ses propres improvisations — un peu comme au cinéma. Au moins, avec les danseurs, il y avait un échange. Ils s'acharnaient, flagornaient, ripostaient et virevoltaient, les chaussures à claquettes ébène, ivoire et nickel bataillant ferme jusqu'à la disparition de la mélodie au profit du rythme et de l'allure.

Materia devint une sorte de célébrité dans le coin, particulièrement auprès des jeunes.

— Ho ! Materia, comment vas-tu, ma grande ?

— Madame Piper, mon vieux, je te prie, rétorqua James.

C'était un dimanche de mars, qu'ils employaient à blanchir la maison à la chaux. Après le passage du jeune homme, il se tourna vers Materia :

— Comment le connais-tu ?

— Du spectacle.

Les Blackville Society Tap Twizzlers l'invitèrent à venir avec eux en tournée, à titre d'accompagnatrice permanente. Ils se rendaient en Europe. Materia refusa. En rentrant à la maison, elle pleura à la pensée du plaisir que James et elle éprouveraient à découvrir le monde avec une troupe itinérante. Mais elle se garda bien de lui en parler.

Peu de temps après, les artistes de couleur cessèrent de venir : le bruit courut en effet que les nouveaux arrivants antillais qui travaillaient dans les houillères de Sydney ne s'intéressaient pas trop aux divertissements des Noirs des États-Unis. Materia, qui comptait toujours sur le music-hall et le cinéma, était heureuse tant qu'on la laissait jouer. Dans la fosse d'orchestre, elle se consolait parfois en ajoutant une touche personnelle. De temps à autre, une locomotive fonçait sur les spectateurs au son de *I Love You Truly* et leur passait dessus aux accents de la sonate *Clair de lune.* Pendant que des jouvencelles avaient maille à partir avec des scélérats, on entendait *La Marche nuptiale,* et des ténors sauvaient la situation avec, en toile de fond, *Turkey in the Straw.* Les artistes rouspétaient, mais les spectateurs, heureux de voir des lapins sortir de hauts-de-forme dans une clameur discordante et des femmes se faire scier en deux aux accents de *Plus près de toi mon Dieu,* en redemandaient. En jouant, Materia avait toujours souri, mais il lui arrivait désormais de pouffer sans s'en apercevoir. Les spectateurs, à qui il plaisait qu'elle fût un peu toquée, ne l'en aimèrent que davantage.

À cette époque-là, James faisait ses courses à Sydney. Mis à part Benny et M. MacIsaac, il n'honorait aucun établissement de la ville champignon de sa clientèle. Pourquoi se faire insulter quand on dépense un argent durement gagné ? Les mineurs n'étaient pas les seuls à souffrir de la grève. Toute la ville était touchée, et on aimait haïr un briseur de grève. Pour éviter de donner aux gens la satisfaction de traverser la rue en l'apercevant, il n'allait jamais à pied, ne se déplaçant qu'en voiture. « Tout cela parce que j'ai assez de jugeote pour subvenir aux besoins de ma famille. » Les rares fois où Materia l'accompagnait, il était donc particulièrement exaspéré d'entendre répéter :

— Bien le bonjour, Materia, comment va le merveilleux monde du spectacle ?

Ceux-là mêmes qui auraient levé le nez sur lui s'arrêtaient pour causer avec son illettrée de femme de sa carrière de pianiste. Naturellement, c'était le propre de ce genre d'individus de s'intéresser à cette musique vulgaire. Et pourquoi dépensaient-ils en entrées au théâtre *Empire* l'argent qu'ils n'étaient pas censés avoir ? La ville comptait désormais trop d'Irlandais au goût de James. Une maison sur deux abritait un débit de boissons clandestin. Catholiques et ivrognes, tous autant qu'ils sont. S'ils travaillaient davantage et faisaient un peu moins la fête, tout irait beaucoup mieux. James songea à la cigale et à la fourmi de la fable d'Ésope et se promit de la joindre à sa prochaine lettre à Kathleen.

James, qui achetait un sachet d'amidon chez M. MacIsaac, s'entendit dire :

— Votre femme est très douée, monsieur Piper.

James paya.

— Et comment se porte la petite ? enchaîna M. MacIsaac.

— Elle va bien.

— Elle a un don, cette petite.

James hocha la tête. M. MacIsaac sourit.

— Elle le tient de sa mère, sans doute.

James tourna les talons et sortit du magasin. Jamais plus il n'y viendrait avec Kathleen. Il décida que le chauve n'était pas digne de confiance. La grosse face rouge du marchand et la façon qu'il avait de dévisager les enfants de ses yeux bleus humides lui déplaisaient. Si MacIsaac aimait tant les enfants, pourquoi n'en avait-il pas ?

Après le départ de James, Mme MacIsaac dit à son mari :

— Nous ne devrions pas laisser Piper entrer chez nous.

M. MacIsaac lui sourit doucement avant de se retirer dans la serre :

— *À chaque jour suffit sa peine.*

Tout le monde aimait MacIsaac, mais on ne comprenait pas qu'il tolérât un homme comme Piper. MacIsaac ne voyait pas pourquoi il fallait punir toute une famille pour les fautes d'un seul, et c'était précisément ce qu'on faisait en refusant de servir quelqu'un. On haussait les épaules en se disant que MacIsaac avait la vraie foi. C'était vrai, en un sens : il consacrait beaucoup de temps à la cueillette de plantes médicinales dans des champs où d'autres ne voyaient que des cailloux et des arbustes. Il les cultivait en serre. Ne réclamait jamais le remboursement d'une dette. Dommage qu'il fût adepte de la dive bouteille.

À la fin de la semaine, James, prenant place devant des *latkes* et de la mélasse, déclara :

— Je ne veux plus que tu travailles. Je gagne assez à la mine.

Pas de réponse. Il leva les yeux. Difficile, parfois, de savoir si elle comprenait ce qu'on lui disait.

— Tu m'entends ?

— ... d'accord.

— Et que je ne te prenne plus à vagabonder toute seule en ville.

Qu'ils sont malheureux, ceux dont les talents sont

condamnés à germer dans le noir. La plante malingre fait des racines invisibles et tire de leur sang son existence blanche.

La première semaine qui suivit son départ de l'*Empire* fut la plus dure. La maison vide et, le soir, James qui exigeait d'être nourri et rien d'autre. Ayant cherché en vain la clé du piano, elle força le couvercle avec un couteau. Après quelques morceaux, elle s'abîma dans le silence. Il lui fallait une scène, pas un grenier. Sans spectateurs, pas de spectacle. Materia rangea ses partitions dans le coffre.

Elle récura la maison et cuisina beaucoup. Elle mangea. À cause des garçons, Abe et Rudy, qui étaient comme un reproche vivant, elle n'avait guère envie de passer beaucoup de temps avec Mme Luvovitz. Comment pouvait-elle aimer les enfants d'une autre, et pas sa propre fille ? L'interlude de l'*Empire* s'estompa et devint irréel. Maintenant qu'elle était de nouveau seule face à elle-même et qu'elle avait tout le temps de réfléchir, Materia fut une fois de plus confrontée à sa méchanceté, envahie par elle : en quittant la maison de son père, en désobéissant à ses parents et en les déshonorant, elle était allée à l'encontre des Commandements.

« Je dois me confesser », pensa-t-elle, mais... pour obtenir le pardon, on doit se repentir sincèrement. Demander pardon d'avoir fui, c'était condamner toute la suite. Voilà qui était impossible. Elle désirait toujours son mari, et c'était encore un péché : désirer l'homme, mais pas l'enfant né de l'acte conjugal. Elle revenait donc ainsi se buter au péché originel.

Elle recommença de prier la Vierge Marie. Lorsqu'elle comprit que, tout ce temps, elle n'avait pas eu une seule pensée pour la petite, son cœur fut transpercé, et une vapeur fétide sembla s'échapper de la plaie. Pas un mot, pas un petit colis rempli de douceurs maison. Jamais elle n'avait demandé à James :

— Comment va la petite ?

Materia vit enfin clair dans son âme, et c'était monstrueux.

À qui se confesser ? Il n'y avait personne. Pourtant, il fallait parler ou mourir.

Pendant la deuxième semaine, Materia se rendit sur la falaise, mais elle n'y musarda pas comme naguère. Elle descendit avec peine sur le rivage rocailleux et marcha. Là, elle ne chanta pas, mais, dans sa langue maternelle, parla, parla aux rochers, jusqu'au vertige. Le jour tomba, et elle ne sut plus très bien où elle était. Enfin, comme cela se produit parfois dans ce coin du monde, les nuages se dissipèrent. Un ciel de feu embrasa la mer, parcourue de filaments rouges et or. Materia se tut. Faisant face à l'horizon, elle écouta, le temps que les mots de la mer trouvassent un sens :

— Décharge-toi sur moi, ma fille. J'emporterai ta faute et la laverai dans un pays lointain, et ce sera non plus ton péché, mais plutôt une curiosité à la dérive, échouée et inoffensive.

Jour après jour, Materia laissa donc son esprit partir lentement à la dérive. Jusqu'à être prête à s'en détacher une fois pour toutes.

Quanto dolor

J'aime beaucoup diviser, classifier et examiner. Je suis très seule, voyez-vous, j'ai beaucoup de temps pour réfléchir, et papa m'apprend à penser.

Claudia, par Une dame d'Angleterre

La grève prit fin en avril 1910, et James, en échange de sa loyauté, obtint un poste en surface, à titre de peseur. Il s'attendait à y retrouver Albert, son camarade de la mine, et espérait le voir enfin à la lumière du jour, mais ce dernier avait été licencié. Avec nombre d'autres du Chantier quatorze, il s'était rendu à Sydney, où il s'était établi à Whitney Pier, dans le quartier connu sous le nom des Fours à Coke. Il y avait là de nombreux ressortissants des Antilles ; la Dominion Iron and Steel Company reconnaissait la valeur d'un homme fort, habitué à la chaleur. Les Fours à Coke étaient une communauté douillette, dont les maisons étaient peintes de toutes les couleurs, le blanc excepté, blottie tout contre l'aciérie. L'aciérie mettait du pain sur la table et une fine poussière orange sur le pain.

Dans la ville champignon, les maisons de la compagnie furent louées de nouveau, le magasin recommença à accepter les bons des mineurs, les derniers enfants furent enterrés et Kathleen rentra. James l'attendait avec une surprise : des lumières électriques et une salle de bains moderne, équipée d'une toilette, d'une baignoire en émail et de robinets nickelés, l'eau chaude, l'eau froide.

Avec son horaire à la mine, James ne pouvait plus conduire Kathleen au couvent ni aller l'y chercher. Il retint les services d'un type des Fours à Coke qui possédait un cheval et une voiture. Déconcerté par son jeune âge — Leo Taylor avait à peine seize ans —, James tint à s'assurer de son sérieux.

— Pas de détours. Vous allez là-bas directement, et vous rentrez directement.

— Oui, monsieur.

— Je te défends de lui parler.

— Oui, monsieur.

— Ne la touche pas.

— Jamais, monsieur.

— Je te tuerais.

— Ne vous en faites pas, monsieur.

James se dit que, pour conduire sa fille, il préférait un jeunot timide à un homme plus déluré. Comme Taylor était noir, James était encore plus convaincu que la distance nécessaire entre le conducteur et la passagère serait respectée.

Même si elle n'avait plus d'amies dans la ville, Kathleen fut soulagée de retrouver la maison. Au pensionnat, elle s'était sentie seule. Au début, elle s'endormait en pleurant et trouvait son unique réconfort dans les lettres et les gâteries que son père lui envoyait. Consciente des sacrifices consentis pour elle et de ses obligations, elle ne flancha pas. Elle étudia avec application, obéit aux sœurs et ne se plaignit jamais, même s'il lui arriva de prier pour qu'une bonne fée lui fît don d'une amie, car il n'y avait personne avec qui jouer au couvent des Saints-Anges. Pas de garçons. Pas de cendres incrustées dans les genoux. Les autres filles ne s'intéressaient ni aux combats à l'épée ni aux aventures et il leur importait peu de savoir qui pouvait feindre l'agonie la plus spectaculaire. Elles se passionnaient pour de subtils secrets féminins dont Kathleen ignorait tout. Qui plus est, nulle d'entre elles n'avait de carrière en vue. D'abord, elles s'étaient disputé l'amitié de Kathleen — elle était si jolie, si brillante. Mais Kathleen s'était montrée incapable de décoder les ordres hiérarchiques, avait refusé de gracieuses invitations à tresser les cheveux d'autres filles et avait fait un lasso de la corde à danser. Elles la trouvèrent bizarre, puis l'évitèrent franchement.

Kathleen se jeta à corps perdu dans son travail et cultiva un non-conformisme insouciant — la ceinture portée bas et nouée à l'avant, le chapeau de guingois, les mains dans les poches que sa mère avait dû — à son injonction — coudre sur ses uniformes, les cheveux dénoués. Les sœurs fermaient les yeux. Elle avait un don.

À l'automne 1911, ils se rendirent en bateau sur le continent — James, Kathleen et son professeur de chant, sœur Sainte-Cécile — pour prendre part à un récital au Conservatoire royal de musique de Halifax. Les invités étaient tous des professionnels.

— Regarde-moi dans les yeux.

Elle obéit. Il invoqua les esprits.

— Que disait Stendhal d'Elisabetta Gafforini ?

— Votre péril était égal, que vous la voyiez ou l'entendiez seulement.

— Voilà, dit-il en lui assenant affectueusement un petit coup sur la tête, selon son habitude. Maintenant, montre-leur qui commande ici.

Kathleen chanta, tiré des *Nozze de Figaro*, le poème d'amour de Chérubin pour Suzanne. Des professeurs de New York laissèrent leur carte à James. Tous étaient en quête de la nouvelle Emma Albani. Ils lui dirent ce qu'il savait déjà.

Henriette Sontag débuta à six ans, Maria Malibran, à cinq ; Adelina Patti, légende vivante, rajeunissait chaque année. Mais James prenait tant au sérieux la carrière de Kathleen qu'il pouvait attendre. La patience est la marque du grand joueur. Sa voix durerait au lieu de s'étioler dans un brasier de gloire adolescente. Il allait l'envoyer à Halifax pendant un an pour l'aguerrir. À dix-huit ans, elle irait à Milan.

Kathleen eut douze ans.

— Un jour, Malibran apprit par son père, qui jouait Otello, qu'elle devait remplacer Giuditta Pasta dans le rôle de Desdémone. La regardant droit dans les yeux, il lui jura que, si elle n'interprétait pas parfaitement la scène où Otello tue Desdémone, il la tuerait pour de vrai.

— Tu es un vieux bonhomme mélodramatique, non ? dit Kathleen en riant.

Materia n'en revenait pas. Kathleen était insolente et méritait une bonne gifle pour parler de la sorte à son père, au lieu de quoi il rigola et lui fit un clin d'œil.

Kathleen posait toujours un peu, même immobile, particulièrement lorsqu'elle était appuyée au piano. Sans savoir à quel point elle était belle, elle s'en doutait déjà. Elle avait commencé à soigner sa démarche, à mesurer l'effet qu'elle produisait sur autrui. Devant le miroir, elle s'exerçait à feindre le dégoût du monde. Elle chercha dans le dictionnaire le mot *languissant*. Elle adopta un ton de mépris amusé. Par ailleurs, elle adorait taquiner son père à propos de son obsession romantique pour *la Voce*, lui ordonnait d'aller lui chercher des raisins et même de les lui peler.

— Puisque je serai une diva, tu as intérêt à me traiter comme telle.

Il adorait son attitude : se montrer désinvolte, travailler comme une bête de somme, chanter comme un ange. Pas « de façon angélique ». La voix d'un ange. Ailée, fatale, proche du soleil.

— Quand Malibran mourut trop tôt, trop jeune...

— Je sais, je sais, sa voix passa dans le violon de son mari. Et les poules ont des dents.

Elle avait le monde à ses pieds. Une fille moderne. James avait lu des articles au sujet de la « femme nouvelle ». Voilà ce que sera ma fille.

Un vendredi de mars 1912, Kathleen paraît sous la porte voûtée du salon, tandis que, à la cuisine, Materia prépare en silence un magnifique souper et que James est à moitié enfoui dans le vieux piano.

Elle porte son uniforme des Saints-Anges. Elle a grandi. Dans l'embrasure de la porte, elle fait porter son poids sur une hanche, elle sent venir l'adolescence, pourtant encore éloignée d'une année. À la vue de son vieux papa empêtré dans les cordes de ce dur à cuire tout décrépit, un sourire lui vient aux lèvres. Elle baisse les yeux, se mord la lèvre, puis court jusqu'au piano et frappe une touche.

James se relève et vient sur elle. Même si le marteau ne l'a qu'effleuré, il la frappe du revers de la main, puis du poing fermé, avant de comprendre ce qu'il a fait, lui qui n'a jamais... pas même Materia, et Dieu sait pourtant...

Sa fille pleure. Elle est en état de choc. Il l'a blessée, lui ? De ses propres mains ? Doux Jésus.

Il tend la main, frôle son bras, son coude, trouve le creux de son dos, l'écrase contre lui, il n'a jamais, ne ferait jamais rien qui puisse la blesser, plutôt mourir, me couper le bras. Il sent sa peine avec une telle acuité, s'accroche à elle, « Ne pleure pas », une empathie vacillante, « chut », la gorge en feu, serrée, « chuuut », il doit la protéger — il doit la mettre à l'abri de — quoi ? ... De tout. D'absolument tout.

Montent en lui une vitalité et une chaleur qu'il n'a pas ressenties depuis — qu'il a rarement ressenties. Avec lui, elle sera en sécurité, « je te protégerai, mon amour », oh ! qu'il l'aime. Il la serre fort, pas de mal, jamais de mal, ses cheveux ont l'odeur brute du printemps, sa peau est douce comme la soie d'un millier de rouets, son haleine fraîche et fragrante, *le miel et le lait sont sous ta langue*. C'est alors qu'il sursaute, horrifié. Il la lâche et recule vivement. Il veut éviter qu'elle ne comprenne ce qui lui arrive. Fou. Je suis fou. Il quitte la pièce, sort précipitamment par la porte de derrière, traverse la cour, franchit le ruisseau et se rend dans le jardin, où il parvient à se calmer assez puis à vomir.

À l'entrée du salon, Materia se remet sur pied. James l'a

renversée en sortant. Elle est venue, attirée par le brouhaha, puis s'est immobilisée dans l'embrasure de la porte pour regarder. Elle regarde encore. Elle s'approche de sa fille.

Une des dents de Kathleen branle. Elle est jeune, tout rentrera dans l'ordre. Sur le tapis, il y a une quantité de sang insensée. Plus de peur que de mal. Par la main, Materia entraîne Kathleen dans la cuisine, où elle la nettoie à la pompe à eau. Elle la met au lit et lui apporte à manger des choses molles. Chante jusqu'à ce que les yeux verts se ferment. Prend un oreiller et le pose doucement sur le visage endormi.

Mais l'enlève aussitôt. Si la plénitude était dans son cœur, Materia saurait quoi faire. Qui sauver. Comment. Aimer sa fille paraît désormais plus facile que la protéger. C'est parce que j'ai raté la première épreuve que je suis confrontée à la seconde.

Materia se demande quoi faire. Dans une telle situation, réfléchir ne lui a jamais été d'aucun secours. Elle inhale une bouffée d'air salin, le froid lui lèche les joues, le plancher bouge sous ses pieds, le lit tangue, elle est à bord d'un paquebot à destination de New York, la fille aux cheveux de feu à ses côtés, appuyée au bastingage. Mais l'instant s'envole avant que Materia n'ait eu le temps de le saisir, message télégraphié faiblement par-delà un espace-temps distendu, un mot sur deux manquant.

Materia sait maintenant qui a envoyé Kathleen, et pourquoi. C'est sa faute si Dieu est contraint d'agir ainsi. Par ma faute, par ma faute, par ma très grande faute.

Kathleen savait que son père l'avait frappée par erreur, qu'il regrettait amèrement son geste. Elle savait qu'il avait trop travaillé, uniquement pour elle. Il n'y avait pas de mal ; la dent s'était enracinée de nouveau dans la gencive. Elle confectionna une carte pour lui signifier son amour et lui fit un petit poème amusant à propos de « la touche perdue ». Ils n'y pensèrent plus.

La première solution

La nuit suivante, Materia conçut Mercedes.

Materia se surprit à attendre avec impatience la venue de l'enfant, sans même souhaiter qu'il s'agît d'un garçon. Elle était *Hebleh* une fois de plus, et, cette fois, cela lui plaisait. Elle se sentait plus proche de sa mère, corps en expansion, avalanche de seins, cuisses alanguies. Ses problèmes entrèrent en rémission.

James ne l'emmenait toujours nulle part, mais, la nuit, il reprenait vie — C'est ma femme, après tout. Son corps à la peau sombre et son esprit ramolli lui permettaient de jouir d'elle sans complication. Pourquoi chercher à converser avec elle ou à trouver en elle une source de stimulation intellectuelle ? C'était injuste de sa part. Pour ces choses, un homme s'adresse ailleurs. James se sentait enfin normal.

Il prit un peu de poids. Elle le nourrissait, lui préparait son bain du soir, lui savonnait le dos, léchait son oreille et insinuait sa main sous l'eau. Soulagé, il la laissait faire. Il avait déjoué le démon qui s'était emparé de lui le jour où il avait frappé Kathleen.

Materia s'efforça de concevoir dans la tristesse. Elle se disait que c'était pour éviter à son mari un péché encore plus grand qu'elle jouait les courtisanes, le séduisait alors même qu'elle se savait déjà enceinte. La luxure dans le mariage est assimilable à l'adultère. L'adultère est un péché mortel, disent les Commandements. Materia pria pour que

Dieu lui pardonnât l'impureté de son cœur. Après tout, elle était dans le droit chemin.

Mercedes naît à la fin de 1912. Materia l'aime. Sans effort, elle l'aime, c'est un mystère joyeux. Merci, Jésus, Marie, Joseph et tous les saints. Dieu aussi.

Materia n'envie pas Mme Luvovitz d'avoir eu un troisième fils, Ralph, qui a deux mois de moins que Mercedes. Peut-être se marieront-ils un jour.

Lorsque Materia fait baptiser Mercedes par le prêtre de l'église catholique de la paroisse voisine de Lingan, James ne soulève aucune objection et ne fait aucun commentaire. Elle recommence à aller à l'église, pas seulement le dimanche mais tous les jours. De l'eau bénite dans le désert. Elle ne se savait pas si assoiffée. Materia allume des cierges et s'agenouille pour prier, avec Mercedes dans les bras, devant une magnifique Marie haute de trois mètres. Mais Materia ne lève pas la tête. Elle regarde droit dans ceux rubis du serpent grimaçant qui agonise aux pieds de la Vierge.

Materia lui offre un sacrifice. Elle ne jouera plus qu'à l'église, et seulement des cantiques. Elle fera une exception pour le recueil de chansons yiddish de Mme Luvovitz. C'est le moins qu'elle puisse faire pour une amie qui a tant fait pour elle. Il s'agit du même Dieu, après tout.

Onze mois plus tard, Mme Luvovitz est de nouveau mise à contribution quand Materia donne naissance à Frances. Heureusement, car Frances se présente par les pieds. Mme Luvovitz passe la main et la retourne. Il n'y a pas beaucoup de différence entre un veau et un enfant. Frances naît coiffée. Pour les insulaires, il s'agit d'un présage particulièrement heureux ; la coiffe, en effet, protège contre la noyade.

Frances, qui a l'air quelque peu famélique, est chauve comme un œuf. Materia pense que c'est parce qu'elle est née trop peu de temps après Mercedes, avant que les richesses de sa matrice ne soient entièrement restaurées. Et son lait n'est pas aussi abondant. Raison de plus d'aimer aussi celle-là.

Frances est baptisée au théâtre *Empire,* qui abrite temporairement l'église catholique Notre-Dame-du-Mont-Carmel.

Mercedes est un bon bébé qui suit tout de près avec ses yeux bruns, dort quand il le faut et tient sa tasse sans rien renverser. Frances rit à sept semaines.

Avec Frances, la ville naît officiellement en 1913. La ville champignon a un nom : New Waterford.

James ressent la fierté toute naturelle d'un homme dont la famille grandit. Il effectue deux quarts de travail chaque jour, mais son sacrifice est payé de retour : les bébés en sont la preuve. Le démon est maintenant loin derrière lui. Avec le recul, il voit clair : il était surmené. Il avait frappé sa fille par erreur et s'en était trouvé profondément bouleversé. Dans la panique qui avait suivi, un incident physique s'était produit. Sans importance. « Bon Dieu, même les pendus bandent. »

Materia est encore enceinte.

James est heureux de constater que sa femme a recouvré ses esprits. Plus d'errance sur la plage, à marmonner. Plus de visions déconcertantes, par exemple Materia au grenier, la tête dans le coffre, profondément endormie ou en transe. À son retour du travail, il ne la trouve plus occupée à tourmenter le piano. « Aveuglée par la religion, mais les femmes sont ainsi faites. Après le bébé, elle retrouvera sa forme. »

Les deux petites semblent bien se porter : Mercedes donne le sein à une poupée et gazouille pour Frances. Frances a maintenant des cheveux. Des boucles blondes, des yeux noisette sertis d'éclats d'un vert rieur.

— Bou !

Son premier mot.

Il pleut tout l'hiver. L'avenue Plummer, qui porte bien son nom *, est transformée en champ de boue, mais les

---

* *N. d. t.* Jeu de mots sur « Plummer » et « *plumber* » (plombier), dont la prononciation est semblable.

Piper ont une provision de charbon amplement suffisante pour dissiper l'humidité. Le feu s'allume et les radiateurs cliquettent dès que Kathleen rentre de l'école.

Materia regarde Kathleen monter l'escalier pour se rendre à sa chambre, puis retourne à la cuisine, où elle prépare des boulettes de pâte en mélangeant de la farine et de l'eau, tandis que James se débarbouille à la pompe. Elle le suit du regard pendant qu'il se dirige vers le salon, déjà absorbé dans le *Halifax Herald* : « Des nouvelles de la bonne vieille Angleterre : depuis 1880, l'Union Jack a été déployé sur deux acres de nouveaux territoires à chaque seconde qui passe. »

Cinq minutes plus tard, Materia s'essuie les mains sur son tablier et, dissimulée dans les ombres du corridor, jette un coup d'œil à James. Oui, il est sagement assis dans le fauteuil à oreillettes, sous la lampe de lecture — « Sozodont : bon pour les mauvaises dents, inoffensif pour les bonnes... »

Materia rentre dans la cuisine : le souper mijote et Mercedes berce Frances. Elle met la table. Douze minutes plus tard, elle monte l'escalier et jette un coup d'œil sur Kathleen par la porte entrebâillée. Elle a l'habitude de déambuler en petite tenue, de se draper sur le côté du lit en lisant — elle laisse des marques d'orteils sur le papier peint à motifs en relief —, en brossant ses cheveux et en s'exerçant à divers accents. Oui, elle est seule. En silence, Materia ferme la porte, tourne les talons et va tout droit à la cave, où elle alimente la chaudière. Il ne fait jamais trop chaud pour l'orchidée du premier.

De retour à la cuisine, Materia prépare un grog au miel et au citron, traverse une fois de plus le vestibule — cette fois, James est assoupi, le journal à ses pieds, « La Serbie mécontente » —, monte à l'étage, ouvre la porte de la chambre de Kathleen — « Maman ! Ne t'ai-je pas demandé de frapper ? » —, tend à la jeune dame son tonique apéritif et l'observe boire la boisson fumante à petites gorgées. Une veine verte, sous l'effet de la chaleur, chatoie à la surface du cou de Kathleen, blanc comme le lis. Une autre descend du repli d'une aisselle pour disparaître sous la camisole en soie véritable. Une rougeur s'étend de ses joues à sa gorge, irradie sa poitrine.

Materia redescend lourdement à la cuisine, agite le contenu de la marmite et hurle :

— À table !

James, tiré de son sommeil, arrive à la cuisine en se frottant les mains.

— Quelque chose sent rudement bon, ici.

En criant, Materia appelle de nouveau Kathleen, qui fait son apparition, vêtue d'un kimono négligemment noué.

— Faut-il absolument que tu cries ? Je suis là.

Elle s'affale sur une chaise.

— Qu'est-ce qu'on mange ?

— Du bouilli, répond Materia.

— Oh ! oh ! dit James.

Kathleen grogne ; il rit.

— C'est bon pour la santé, ma vieille. Un vrai repas d'homme.

Elle fait la grimace ; il est si prévisible.

De la vraie cuisine du Cap-Breton. Des pommes de terre, des navets, du chou, des carottes et, lorsqu'on en a les moyens, des pieds de cochon. Si vous en avez jamais mangé un qui soit réussi, l'eau vous vient à la bouche rien que d'y penser. Dans la cuisine, Materia continue de se surpasser : tout ce qu'elle touche se transforme en or. Elle pose le chaudron sur la table et sert de grosses portions. Pour le moment, Kathleen est anglaise :

— Pas de chou pour moi, je vous prie, mère très chère, *je refuse* *.

James rigole. Il observe Kathleen, qui déplace les aliments dans son assiette. Après un délai de rigueur, il se lève et lui prépare un sandwich grillé au fromage.

Materia mange son repas, puis celui de Kathleen, en

* *N. d. t.* En français dans le texte.

épongeant la sauce avec du pain. James évite de la regarder — penchée au-dessus de son assiette, mastiquant lentement —, il cherche à fuir le mot, qui s'impose malgré tout : bovin. Kathleen avale son sandwich d'un air dégoûté, laisse la croûte. La princesse et le petit pois.

Si James a oublié le démon, Materia, elle, s'en souvient. Elle l'a vu. Il l'a regardée. Il revient, elle le sent. Materia a deux vraies filles qu'elle aime. Tout lui apparaît donc très clairement. Une neuvaine n'attend pas l'autre, elle parcourt des kilomètres et des kilomètres le long de chemins de croix et médite sur le sens des mystères du rosaire — joyeux, douloureux, glorieux. Elle accumule des indulgences partielles, n'ose pas aspirer à une indulgence plénière, incapable de renoncer au péché, malgré de fréquentes confessions.

La magnifique Marie de trois mètres de hauteur, avec sa robe bleue et son beau visage chagriné, a quitté Lingan pour la toute nouvelle église de Notre-Dame-du-Mont-Carmel. Dans sa propre grotte, elle domine le petit Jésus et le serpent.

Dans la fraîcheur de l'obscurité, Materia s'agenouille aux pieds de Notre-Dame et prie pour que James demeure à l'abri du démon le plus longtemps possible. Elle prie le démon. Et allume un cierge de plus à son intention.

C'est un printemps contre nature. Il fait si chaud que Materia a peine à bouger. Elle est énorme. « Que peut-il bien y avoir à l'intérieur ? se demande James. On dirait un boulet de canon de trente centimètres. » Malgré tout, elle se rend à l'église tous les matins avec ses deux enfants dans le vieux landau anglais de Kathleen. Mme MacIsaac, qui la voit passer près de la pharmacie, s'inquiète d'elle : personne ne devrait être si près de Dieu. Mme MacIsaac l'invite à boire un soda à la framboise. Materia refuse — tout l'écœure —, mais les petites boivent et, après, arborent de petites moustaches roses.

Plus elle grossit, plus elle prie, car James a de nouveau

cessé de l'approcher et Kathleen est chaque jour plus jolie et insouciante. Materia les voit la tête penchée sur une ardoise où figure une addition ; elle voit Kathleen sautiller devant lui dans sa robe toute neuve ; elle voit son visage quand la petite chante juste pour lui.

Ensevelie sous la chair, Materia n'arrive plus à respirer à fond. Dès le mois de juin, elle dort sur le lit de camp de la cuisine. Plus d'escalier pour elle. Le bébé lui prend toutes ses forces — elle n'épie plus ni James ni Kathleen, pas dans son état.

Elle n'a plus rien à se mettre. De trois robes, elle en fait une : boutons de rose devant, taffetas vert sur les côtés, tissu écossais derrière. Elle passe une journée à son aise mais, à son retour, James s'écrie :

— Au nom du ciel, qu'est-ce que c'est que ça ?

Elle lui demande de l'argent. Elle achète les chutes d'un rouleau de calicot à motif floral extravagant et, avec l'aide de Mme Luvovitz, se confectionne trois amples robes. Mme Luvovitz lui propose à la place quelques mètres de mousseline bleu pâle, mais Materia n'en veut pas. Les fleurs lui plaisent. James secoue la tête, mais ne dit rien.

À cette époque-là, Materia n'arrête pas de marmonner ; ses lèvres bougent sans cesse, qu'elle raccommode une chaussette ou change une couche. Pis encore, quand elle se rend à l'église, lente comme un glacier.

— Je t'interdis de te promener sur l'avenue Plummer en parlant toute seule.

— Je ne parle pas toute seule.

— À qui parles-tu ?

— À Marie.

Seigneur Dieu !

De la gueule de sa fournaise, le démon lui sourit de nouveau. De jour et de nuit, Materia sécrète et tisse un linceul vaporeux de prières dans lequel elle emmaillote Kathleen. Elle voit le corps de sa fille enveloppé avec soin, suspendu, ses yeux verts grands ouverts. Mais nul ne peut tisser éternellement, et les cocons s'ouvrent un jour pour libérer un repas ou un papillon. Qu'a-t-elle d'autre à offrir en sacrifice ? Il y a longtemps qu'elle a renoncé à la musique. Elle mortifierait bien sa chair, mais elle risquerait, ce faisant, de porter atteinte à l'enfant à naître. Elle n'a plus d'amour-propre à flageller, de sorte qu'elle offre sa graisse, ses robes élimées, ses cheveux frisés qui se raréfient. Mais le démon n'est pas satisfait.

Dans l'obscurité fraîche de l'église Notre-Dame-du-Mont-Carmel, Materia toise la face étroite et verte du serpent et fait le signe de la croix. À ses côtés est agenouillée la petite Mercedes, qui, dans ses menottes gantées de blanc, tient son propre chapelet. Derrière elles, Frances rampe parmi les bancs, traîne sa robe dans la poussière, récolte des objets brillants. Materia plonge son regard dans les yeux rouges du serpent et lui propose un marché : s'il accepte de se contenter d'une seule fille, Materia, le moment venu, le laissera prendre Kathleen. Le démon sourit. Affaire conclue.

Puis Materia lève les yeux sur le visage d'albâtre de Notre-Dame, empreint de sérénité, et lui demande de retenir le démon. Materia récite le *Memorare* :

— Souvenez-vous, ô très pieuse Vierge Marie, qu'on n'a jamais entendu dire qu'aucun de ceux qui ont eu recours à votre protection, qui ont imploré votre secours et demandé votre intercession ait été abandonné. Animée d'une pareille confiance, ô Vierge des vierges, ô ma mère, je viens à vous et, gémissant sous le poids de mes péchés, je me prosterne devant vous. Ô mère du Verbe, ne méprisez pas mes prières, mais écoutez-les favorablement et daignez les exaucer. Ainsi soit-il !

Notre-Dame trouvera une solution. Grande est sa miséricorde.

Le troisième secret de Fatima

Je me demande, observa Emma, si les catholiques romains cultivés croient à tous les miracles étranges réputés avoir été faits par leurs saints.

Claudia, par Une dame d'Angleterre

Juillet est étouffant. Il y a assez de légumes pour nourrir une armée. L'épouvantail mijote dans les vieilles bottes de mineur de James, la robe bigarrée de Materia, boutons de rose, taffetas et tissu écossais, le feutre posé de guingois sur sa tête sans expression, comme toujours. Si vous avez un jour mis votre main dans une botte de paille pour l'en retirer aussitôt, comme s'il se fût agi d'un four, vous savez de quoi la paille est capable. Pete se réchauffe doucement. James arrose le jardin avec l'eau du ruisseau. Materia accumule les conserves, sur lesquelles elle inscrit : « Été 1914. »

James n'assiste pas au match de baseball du 3 août 1914, de sorte qu'il n'est pas témoin de la liesse populaire engendrée par la victoire de New Waterford sur Sydney, mais il en lira le compte rendu à la une du *Post* du lendemain. Avec son travail, le jardin et sa fille, James a largement de quoi s'occuper. Voilà pourquoi on ne le surprend jamais à assister aux matchs de baseball, à parler politique devant le magasin de M. MacIsaac, ni à jouer aux cartes dans l'arrière-boutique. Ainsi, il contrecarre les efforts de la plupart des habitants de New Waterford, qui tiennent à lui rappeler qu'il ne sera jamais qu'un briseur de grève.

James, qui va acheter le journal, descend l'avenue Plummer. Il ne prend plus la carriole. Pourquoi, en effet, se priverait-il de marcher en ville ? Il vivait là avant même que la ville n'existe, avant l'arrivée de la compagnie de charbon et du premier mineur.

De loin, on croirait que James marche sur l'eau, mais ce n'est que le miroitement des cendres. Rien ne bouge, cet après-midi ; il n'y a pas un souffle de vent. Ceux qui n'ont pas trouvé refuge au magasin restent assis, sans bouger, sur le perron, les pieds dans une bassine d'eau glacée. Pour une fois, il fait meilleur sous terre.

Comme à l'accoutumée, James est vêtu en gentleman. Il n'y a que les bêtes et les hommes à demi civilisés pour réagir aveuglément aux vicissitudes de la nature. Les masses ignorantes se baladent en sous-vêtements, et voilà justement le cœur du problème. Aussi se promène-t-il calmement en ville. Flegmatique dans son costume de laine.

Il achète le *Post* chez MacIsaac, où deux ou trois vieillards immobiles clignent à l'occasion de l'œil. Derrière sa caisse, MacIsaac dort profondément. James pose ses pièces sur le comptoir avant de sortir. À la vue de la manchette, il ne peut réprimer un élan de fierté civique devant le match de baseball remporté haut la main par sa ville. Les vieux épient son départ, puis rompent le silence pour se demander ce qui peut rendre un homme insensible à la chaleur.

Au coin de la 7e Rue, une vieille Antillaise qui vend des oranges sur une charrette fait tinter sa cloche. Au sommet d'une pyramide de fruits trône un échantillon en quartiers de sa marchandise. Jus rouge sang. James achète un fruit.

Le soleil a amorcé sa descente, le soir étendra sous peu son baume rafraîchissant. Les lilas se détendent et l'air est chargé de parfum bleu. Un chien aboie, ressuscité par la fraîcheur, et quelqu'un joue un *strathspay* au violon, car il fait encore trop chaud pour un *reel*. James regagne la rue Water à temps pour voir Leo Taylor immobiliser sa voiture devant la maison. Kathleen rentre de sa répétition. Elle attend que Taylor descende et déplie pour elle le marchepied. Elle descend à son tour avec l'aisance d'une aristocrate-née. Kathleen ne dit pas un mot, et Taylor se tait aussi. Kathleen n'a pas un regard pour lui. Voilà le genre de moment que James savoure. Le soleil brille à l'ouest, inondant l'île de teintes rares de rose et d'ambre — un tel moment renferme toute la vie. Dieu dans son ciel, et moi dans le mien.

Kathleen aperçoit James et court vers lui comme si elle avait de nouveau sept ans, rompant un charme pour en jeter un autre. Elle est si agitée, si nerveuse.

— J'ai failli vomir !

— Quelques-uns des plus grands chanteurs vomissent avant chaque spectacle, dit James.

Elle rit, ravie et dégoûtée, tout en lui faisant les poches, en quête de la gâterie qu'il a pour elle, elle le sait. Et voilà ! — une orange dissimulée dans le journal.

Elle répète depuis des semaines. Ce soir, elle chantera pour la première fois en public devant des spectateurs payants. Seulement à la salle de spectacle de Sydney. Seulement avec des amateurs et devant des gens du coin. Mais qu'à cela ne tienne, un spectacle est un spectacle.

— Chante toujours comme si tu étais au *Metropolitan Opera,* dit James. Chante toujours comme si tu étais à la *Scala,* et n'oublie jamais ton public.

Ils ne parlent pas de débuts. Mais c'est une première, d'une certaine façon. Et ils sont tous deux énervés au possible.

Ce soir :

LA SOCIÉTÉ ORPHIQUE DE SYDNEY PRÉSENTE

Des scènes d'une élégance toute particulière
Des dispositifs mécaniques ingénieux
Des effets électriques mystérieux
Dans une production des plus méritoires

Des grands moments de l'opéra

Don Juan disparaît dans un flamboiement de lumière, traîné en enfer par une statue. Silence. Applaudissements.

— Bravo !

— *Bis !*

— Vas-y, mon vieux !

La salle est bondée, il n'y a plus une seule place assise. On a vu Tosca embrocher Scarpia avant de sauter, tout de suite après, dans un trou au fond de la scène. Nagasaki a succédé à Séville, et des femmes ont marché tout endormies, ont été ensevelies en Égypte et dans la peinture corporelle brune, se sont poignardées le jour de leurs noces et ont sombré dans la folie. Rien que les temps forts. Entracte. Sous le plafond voûté, où des tonnelles touffues et de jeunes personnages peints se fanent non loin d'étangs infestés de nymphes, des ventilateurs battent l'air. Dessous, les spectateurs babillent joyeusement en se décollant de leur siège de bois avant de se diriger vers le foyer, où le thé est servi, accompagné de carrés aux dattes et de petits drapeaux britanniques.

James ne bouge pas, le visage luisant d'impatience et d'anxiété, l'estomac à demi retourné par l'heure d'ahans et d'efforts grotesques déployés sur la scène minuscule. Sœur Sainte-Cécile pose la main sur sa manche, mais il ne se rend compte de rien. Elle se lève en quête d'une tasse de thé, en se disant qu'il est dommage et un rien bizarre que la mère ne soit pas présente — elle avait hâte de faire la connaissance de Mme Piper et de la complimenter sur sa fille, qui est si douée. James a grand besoin d'air, mais il est paralysé. Il n'a aucune envie de se mêler aux autres ni de subir les effusions de la populace ignorante. Après l'entracte, c'est au tour de Kathleen.

À l'insu de James, une petite femme ronde à la peau foncée, dont le chignon grisonne, se glisse à l'arrière du foyer, une grande jeune femme noire à ses côtés. Mme Mahmoud est présente parce que, le matin même, Benny a fait une livraison. Pendant toutes ces années, elle a résisté à la tentation de se rendre aux Saints-Anges pour apercevoir

Kathleen. Elle s'est retenue de faire passer par Benny un billet ou un mot à sa fille. Mais Mme Mahmoud est là ce soir pour entendre sa petite-fille chanter. Et Teresa, sa bonne, s'est fait un plaisir de l'accompagner, friande comme elle l'est de divertissements raffinés.

— Mesdames et messieurs, veuillez prendre place pour le deuxième acte.

Les spectateurs regagnent leurs sièges dans le brouhaha — le gratin de Sydney et un nombre non négligeable de mélomanes. Les musiciens de l'orchestre s'accordent. Les lumières de la salle se tamisent. Le régisseur réduit l'intensité de la rampe lumineuse. Le rideau se lève. Une cour. Une lune de minuit. Une fontaine. Des lierres et des rosiers grimpants. Un chat en carton, avec des yeux qui s'ouvrent et se ferment, une patte mobile — James s'irrite, nous sommes ici pour la musique, pas pour les effets de pacotille. Un bossu coiffé d'un bonnet à clochettes de bouffon fait son entrée en boitant, d'un air important. James, tous les muscles de son corps au garde-à-vous et tendus comme les cordes du premier violon, attend. Ses mains sont exsangues.

C'est l'orchestre qui l'aperçoit en premier. Elle apparaît, venue de derrière le jet d'eau en trompe-l'œil. Incandescente. Kathleen. Dans une robe blanche flottante, les cheveux dénoués en un halo de feu. James se penche légèrement — Arrêtez, arrêtez, arrêtez tous et regardez. Puis écoutez. Toi, avec le chapeau cliquetant, la paix.

Rigoletto s'écrie :

— *Figlia !*

Elle se jette dans ses bras.

— *Mio padre !*

Le père et la fille s'embrassent. Ils pleurent, protestent de leur amour. Elle lui demande son vrai nom.

— Que t'importe. Je suis ton père.

Elle lui demande qui était sa mère et ce qu'il est advenu d'elle.

— *(Con effusione.)* Elle est morte.

— Oh ! Quelle douleur — *quanto dolor* — peuvent exprimer de si amères larmes ?

Mais il ne peut répondre, il l'aime trop. Il l'aime tant qu'il l'enferme ici...

— Ne sors jamais.

— Je ne vais qu'à l'église.

— Tu fais bien.

— ... qu'il la met dans un sac et la poignarde par erreur *(Orror !)* — mais seulement plus tard. Pour l'heure :

> — *Quanto affetto ! Quali cure !*
> *che temete, padre mio ?*
> *Lassù in cielo presso Dio,*
> *veglia un angiol protettor...*

Avec les premières notes, un frisson parcourt la salle ; les cheveux se dressent sur les nuques ; les tissus érectiles s'affolent sous les plastrons de chemise garnis de perles, les corsages des matrones et jusque dans les replis les plus secrets des habits des sœurs. Seules deux choses peuvent provoquer un tel frisson : une voix magnifique et le passage de quelqu'un sur votre tombe. Ce n'est cependant que dans le premier cas qu'on peut partager le frisson avec une salle comble.

Au moment où le chant prend son envol, la salle disparaît et la chaleur se dissipe. James ne parvient pas à retenir ses larmes. D'abord, il a honte, puis il se rend compte que d'autres se tamponnent les yeux. Rien à voir avec les mots, qui sont dans une langue étrangère, ni avec l'intrigue, que presque personne ne connaît. Seulement, une voix authentique et belle perce délicatement la poitrine, trouve le cœur et le tient, battant, contre le fil d'une lame immaculée, jusqu'à ce qu'il vous tarde qu'on vous le transperce carrément. Car la voix est tout ce dont on n'arrive pas à se souvenir. Tout ce sans quoi on ne devrait pouvoir vivre et dont, tragiquement, on se passe.

— ... *Da noi toglie le sventure,*
di mia madre il priego santo ;
non fia mai divelto o franto
questo a voi diletto fior.

La cavatine prend fin, un simple chant. Le silence se fait dans le foyer, habité par la paix qui suit la musique et vous permet d'oublier un instant vos ennemis, la chair et le temps.

Le rideau tombe. Applaudissements. James lâche la main de sœur Sainte-Cécile.

— Je vous demande pardon, ma sœur.

Elle sourit, vérifiant discrètement l'harmonie des vingt-sept os comprimés.

Le baryton en costume de bossu sort en se dandinant et salue avec toute la modestie d'un cabotin de première, mais James ne lui prête aucune attention — la voilà ! Les applaudissements fusent.

— *Brava !*

— *Bravissima !*

— Que c'était beau, ma grande !

Les spectateurs se lèvent d'un bloc. Elle fait une révérence, posée, digne. Jamais James n'a été si fier. Jamais, malgré ses ambitions de petit garçon, n'a-t-il rêvé d'un moment pareil, d'elle, d'un cadeau d'une telle splendeur. Elle appartient au monde, elle est presque partie, il le sait, mais il n'en veut pas au ciel, il applaudit avec les autres. Le baryton lui prend la main, la baise — Ôte-toi, gros mollasson. D'un moment à l'autre, le machiniste lui présentera les roses commandées par James, qui attend avec impatience de voir la tête qu'elle fera. On la crible de marguerites. James, se retournant dans son siège, s'attend à voir la tête du coupable et croise à la place le regard de sa belle-mère, redevenue une étrangère pour lui. Teresa, la bonne, voit la face blanche avide aux yeux bleus de petit garçon et aux os d'oiseau de proie et se demande qui ose dévisager ainsi Mme Mahmoud.

Entre-temps, le garçon qui a lancé les marguerites court vers la scène, polisson aux cheveux noirs qui vient tout juste de remiser ses culottes courtes. La salle applaudit toujours. James se retourne et voit le garçon sauter sur la scène, puis embrasser sa fille sur la joue. Une clameur, des rires, de nouveaux applaudissements. Le garçon rougit, tombe à genoux et rit, en adoration. Elle le sacre chevalier avec une marguerite. James, décidé à mettre un terme à cette mascarade, est dans l'allée lorsqu'il entend :

— Mesdames et messieurs, je demande votre attention immédiate.

À l'arrière du foyer, M. Foss, président aux cheveux gris de la Société orphique, agite une clochette. James s'arrête au milieu des cuivres. Le tumulte de la foule se calme. Tous les yeux sont rivés sur Foss qui, après avoir éclairci sa voix fluette, annonce d'un ton digne et nasillard qui sied à l'espérance et à la gloire :

— Les bureaux du *Sydney Post* viennent tout juste de recevoir un câble du parlement provincial de Halifax. Aujourd'hui, la Grande-Bretagne a déclaré la guerre à l'Allemagne. Le Canada entendra l'appel de la mère patrie à l'heure du danger. Mesdames et messieurs, c'est la guerre.

On observera deux minutes de silence quatre ans plus tard. Pour le moment, le garçon monté sur la scène interrompt le silence d'une noire pointée en bondissant sur ses pieds *con spirito*, et en faisant fuser dans l'air trois hourras, suivis d'une volée de pétales. L'orchestre de Sydney amorce le *God Save the King*. Les spectateurs chantent. James s'accroche au rebord de la scène pour la stabiliser, car elle s'est soudain mise de travers.

Tard ce soir-là, soit douze heures après le déclenchement de la guerre, Kathleen, assise à sa table de toilette, se brosse les cheveux devant le grand miroir ovale. Elle n'a pas sommeil. Comment dormir ? Ce soir, elle a chanté. Le monde ne sera jamais plus le même.

Qui est dans le miroir ? Elle se voit pour la première fois. Elle n'a pas besoin de lumières tamisées, pas à son âge, pas avec sa tête, et les trois chandelles produisent un effet des plus ravissants. Ses cheveux scintillent à chaque coup de brosse. À la lueur des chandelles, une grotte se creuse dans l'obscurité qui l'entoure. Le miroir est un étang sacré dans lequel elle contemple l'avenir : Les lèvres gonflées par les baisers, les yeux caressants, accompagne-moi dans ma maison sous la mer, et je t'aimerai.

Elle déboutonne sa chemise de nuit. Ma gorge magnifique. Découvre pudiquement une épaule blanche, oh ! Écarte les pans du vêtement pour dévoiler ses seins, « Marin, prends garde ». Son image flotte tout juste sous la surface crépusculaire, l'invite à se jeter elle-même par-dessus bord.

Elle fait tourner sa main sur un mamelon qui se resserre et se fronce en un point avide de chaleur. Elle baise sa paume, un œil sur le miroir. Encore, cette fois avec la langue. Elle fait galber sa poitrine, trace un sillon. Arrange ses cheveux : pin-up, fille de laiterie, hystérique, dryade. Et les laisse ainsi, en cascade sur ses épaules.

C'est son autoportrait, et l'artiste est amoureuse.

Sa mère l'a mise en garde contre la contemplation prolongée du miroir. Si ce que tu vois te plaît trop, le démon se profilera derrière. Kathleen s'en est toujours inquiétée, même si, elle le sait, ce ne sont que des racontars, de sorte qu'elle ne s'est jamais éternisée devant la glace. Mais ce soir elle se sent impudente. Prête à mettre la théorie à l'épreuve.

Elle se sourit. Et reste bloquée. Ne peut plus bouger. Ne peut détourner les yeux ni effacer le sourire qui, sur son visage, se contracte en un rictus, au point où elle paraît se moquer d'elle-même. C'est alors qu'elle le voit. Pete. Dans l'ombre derrière elle. Sa tête lisse et bourrée. Son chapeau. Ses oreilles absentes. Son visage absent. Elle gémit. Pete l'observe, « Bonsoir ». Elle n'a plus de voix, rêve-t-elle ? D'un ton empreint de nostalgie, « Bonsoir, petite fille ». Sa bouche absente, « Bonsoir ».

Elle se jette à bas du tabouret de satinette en criant, sort de sa chambre à l'aveugle, passant peut-être à travers Pete, ouvre la porte avec fracas, traverse le palier dans un bruit d'obus et échoue dans la chambre où son père dort seul. Elle se jette lourdement sur son lit en pleurant :

— Je veux dormir avec toi !

Il se redresse d'un coup, prêt à tuer l'intrus, mais ses poings redeviennent des mains juste à temps pour la saisir aux épaules. Elle tremble.

— Chut, dit-il.

Doucement, il lui caresse le visage dans l'obscurité. Son pouce effleure sa lèvre.

— Chut, ma chérie.

Sa main glisse le long de sa nuque.

— Chut, mon amour.

Il pose un baiser sur sa joue, son odeur tiède — il sort du lit. La prend rudement par la main.

— Viens avec moi, ma vieille.

Il l'entraîne précipitamment vers la cuisine, allume la lumière. Sur son lit de camp, Materia est déjà réveillée.

— Un mauvais rêve, c'est tout. Rendors-toi.

Miel et lait chaud.

— Voilà ce qu'il te faut, ma vieille.

Kathleen boit à petites gorgées et se calme tandis qu'il lit le journal. Materia contemple le linoléum jauni. Demain, elle va gratter la cire.

De retour à l'étage, il tire le matelas de Kathleen jusque dans la chambre d'enfants, où Mercedes et Frances dorment lovées dans leur petit lit. Kathleen regarde ses sœurs et, pour la première fois, ressent pour elles un élan d'amour, petits paquets de fleurs blanches et de rêves laiteux. Elle se penche pour les embrasser. Elle se relève, mais une boucle de ses cheveux est prisonnière du poing de Frances. Doucement, elle ouvre la petite main et la replace sous la couverture.

Kathleen se pelotonne dans son propre lit sur le plancher et dit à son père :

— Ne t'en va pas.

— Je reste là, dit James, qui place sa chaise près de la porte, d'où il l'observe jusqu'à ce qu'elle s'endorme.

Puis il rentre dans sa chambre et ferme la porte à clé.

Le lendemain, James déjoue le démon pour la deuxième fois. Il s'enrôle.

Quand James annonce la nouvelle à Materia, elle fait le signe de croix. « Oh ! non », songe-t-il.

— Inutile de protester, je suis déjà enrôlé.

Elle file à l'église. James hoche la tête. Elle pourrait aussi bien prier le kaiser, personne n'y peut rien. Il y va, un point c'est tout.

À l'église Notre-Dame-du-Mont-Carmel, Materia se dépêche de gagner la grotte de Marie. Là, elle se prosterne, du mieux qu'elle peut dans son état, et remercie Notre-Dame d'avoir envoyé la guerre.

Image fugace

James décide qu'il n'y a pas de mal à emporter une photo de Kathleen à la guerre. Il obtient que l'un des photographes de M. Wheeler vienne à New Waterford. Il veut se la remémorer dans son propre univers, et non trimbaler le portrait d'un quasi-cadavre, placé dans un décor d'une antiquité factice. Vivante. Ressemblante.

Le 7 août, après l'école, l'adjoint de Wheeler paraît avec tout son matériel entassé dans la voiture de Leo Taylor, entre Kathleen et lui.

— Installez-vous là, devant la maison, dit James. Il fait si beau.

Le photographe fait un cercle de son pouce et de son index et fixe Kathleen, immobile sur la véranda, les mains croisées et les pieds en cinquième position.

— Parfait, mademoiselle Piper, c'est parfait.

James s'approche de Taylor, occupé à décharger la voiture, et lui dit calmement :

— Dorénavant, Taylor, les passagers de sexe masculin voyageront à tes côtés, sur le banc du conducteur.

— Oui, monsieur.

Taylor transporte le volumineux appareil, dont la jupe traîne « comme la tête coupée d'une nonne », songe Kathleen, ravie par sa propre imagination morbide. Le photographe tourne autour d'elle, en quête du meilleur angle, tandis que Taylor suit avec le matériel. Kathleen porte toujours l'uniforme des Saints-Anges. James lui a dit qu'il était inutile de se changer.

— Magnifique. Gardez la pose, mademoiselle Piper.

Le photographe plante le trépied dans la terre et disparaît sous la jupe de l'appareil. Taylor rabat une grande plaque noire devant la lentille. Tout le monde attend. Kathleen demeure parfaitement immobile jusqu'à ce que... Clac !

— Mademoiselle Piper, je dois vous demander de rester immobile.

— Pardon, je ne savais pas que vous alliez la prendre.

— Avez-vous encore besoin de vous étirer ?

— Non.

Kathleen croise de nouveau les mains et sourit. Le photographe tourne la manivelle pendant, semble-t-il, une éternité. Du coin de la bouche, Kathleen murmure :

— Allez...

Clac !

— Mademoiselle Piper, je vous en prie.

— Désolée, je suis désolée. Je vous promets de ne plus bouger.

Sourire sage, yeux qui deviennent vitreux, une éternité s'écoule. Son esprit s'égare. Elle imagine sœur Sainte-Monique, qui enseigne la géographie, sans voile. Est-elle chauve en dessous ? Les nonnes vont-elles aux toilettes ? Elle se gratte le nez au moment où... Clac !

Le photographe sort sa tête de la jupe.

— Ce n'est pas un cinématographe, mademoiselle Piper.

James trouve le regard de Kathleen et lui fait un clin d'œil. Elle sourit. Le photographe s'installe une fois de plus derrière l'appareil.

— Très bien, mademoiselle Piper, c'est parfait. Un... deux... trois...

James se faufile derrière la caméra et lui fait une grimace. Elle se plie en deux, les mains sur les genoux, riant dans l'appareil.

— Papa !

Au même moment, Materia paraît à la fenêtre derrière elle et agite le bras et... Clac !

Dans la lentille, la main de Materia se fragmente en

lumière, encadrant le halo de cheveux qui entoure la tête de Kathleen. Elle doit tenir quelque chose de brillant.

— J'abandonne, dit le photographe en repliant le trépied. Vous ne me devez rien, monsieur Piper, sauf la pellicule. Je n'ai rien du tout.

— Développez la dernière, et je vous paierai.

Leo Taylor range le matériel dans sa voiture. Il est quelque peu déconcerté. M. Piper est un homme si sérieux. Leo a toujours eu une drôle d'intuition à son sujet — comme à propos de certains chiens. On doit éviter de les regarder dans les yeux et de les rendre nerveux en faisant des mouvements brusques. Et le voilà pourtant qui se paie du bon temps avec sa fille, comme s'il était son frère ou son prétendant.

James et Kathleen rient toujours lorsque la voiture s'éloigne dans un nuage sépia. Materia tape à la fenêtre avec des ciseaux.

— À table, dit James.

— Qu'est-ce qu'on mange ? demande Kathleen.

— De la tourte à la viande de bœuf et aux rognons.

— Pouah !

Il lui ébouriffe les cheveux et ils disparaissent à l'intérieur.

Les limbes

L'enfant n'a jamais été tout à fait bien. D'abord, il ne pleurait pas. Couinait comme un chaton mouillé. Au fond, c'est peut-être mieux ainsi. Ce qui est tragique, c'est que ni Materia, ni James, ni même Mme Luvovitz n'ont songé à le baptiser à temps. Comment l'auraient-ils pu ? L'enfant n'avait rien de manifestement anormal. Il était même plutôt gros. Né à terme le lendemain du jour où Kathleen s'était fait photographier. Materia l'avait-elle affaibli en se prosternant aux pieds de plâtre de la Vierge quelques jours auparavant ? Il serait extravagant de le croire. Et un tantinet blasphématoire. Non, c'était un gros bébé dont le cœur battait vigoureusement, et il a vécu trois jours, puis il est mort sans qu'on sache pourquoi. Mort au berceau, comme cela arrive parfois. L'enfant s'arrête. Pourquoi ? C'est un mystère. Comme si, une fois arrivé, il contemplait le monde de ses yeux aveugles et décidait de ne pas rester.

Materia l'appelait Lily, mais on ne peut pas dire qu'elle a été vraiment nommée. N'ayant pas été baptisée, elle n'était personne. Aussi l'a-t-on incinérée. James, légèrement hébété, a porté le petit paquet, emmailloté dans un drap et posé sur un cageot à oranges, à la maison de la compagnie qui, rue King, faisait office d'hôpital.

Aucune inhumation possible. Aucun deuil possible. C'était l'autre Lily, celle qui a précédé la Lily qui allait vivre et être baptisée deux fois, comme pour compenser pour la première. L'Autre Lily.

Tout ce qui reste à faire dans un tel cas, c'est oublier.

Inutile de se morfondre. Cela devait arriver. Inutile de prier : les prières n'atteignent pas les limbes. Garde la foi. Dieu a ses raisons. Il te met à l'épreuve, vraisemblablement. Dieu ne nous impose jamais l'insupportable. Fais-en l'offrande. N'oublie pas que c'était encore une fille.

Materia continue. Nettoie la maison la nuit, époussetant et récurant d'une flaque de lumière au kérosène à l'autre, jusqu'à ce que l'aube empeste le savon à lessive, puis elle se met à faire de la pâtisserie, encore et toujours plus. Qui va manger le fruit de tant d'efforts ? Materia apporte ses gâteaux chez les Luvovitz. Abe et Rudy sont adolescents, de grands garçons insatiables. Materia adore les voir manger — de magnifiques garçons en pleine santé, qui font des clins d'œil à leur mère, toute petite à côté d'eux. Dévoués. De bons fils.

Mercedes et Frances sont déçues. Déconcertées. Leur petite sœur a été là, puis elle n'y a plus été. Kathleen est en colère. Les bébés ne devraient pas mourir.

— Eh bien, qu'avait-elle ?

— On ne sait pas, dit James.

— C'est une réponse pourrie et stupide.

— La vie est parfois pourrie et stupide.

James se fait un point d'honneur de toujours lui dire la vérité.

— Pas pour moi.

— Non, pas pour toi.

Ce qui énerve le plus Kathleen, c'est le visage sans expression de sa mère. Une vraie usine à bébés. Insensée. Moi, je ne ferai pas comme elle.

James ne s'appesantit pas sur la question. Il est triste pour la petite chose morte, mais autant ne pas avoir une bouche de plus à nourrir. Et Materia s'est remise de façon tout à fait remarquable. Comme une génisse. Il essaie de ne pas y penser. Seulement, elle a encore l'air enceinte. Elle aura retrouvé sa ligne à mon retour de la guerre.

Mais Materia, à partir de ce jour, aura perpétuellement

l'air enceinte. On tiendra toujours pour acquis qu'elle est grosse de cinq ou six mois. À terme, cela se révélera utile.

James rejoint les rangs du 94e Victoria Regiment Argyll Highlanders. À l'instar de quatre-vingts pour cent des membres de l'unité, son capitaine parle gaélique. Heureux de toute activité susceptible de l'éloigner de la maison, James se porte aussitôt volontaire pour le service outre-mer. Combat à la baïonnette au casernement Wellington de Halifax : foncer sur des sacs d'où le sable fuit, « De bas en haut, mesdames, de bas en haut ! Tu es coincé dans sa cage thoracique ! » Un sergent britannique les initie à l'art de creuser des tranchées impeccables, proprement étayées à l'aide de sacs de sable.

— Pas trop profond, les gars. Nous n'allons pas rester longtemps !

Le temps de piquer un roupillon, et on ressort repousser les Huns. James est parmi les vieux. Il ne se mêle pas aux autres, il n'a que faire du roi George et il n'a rien contre le kaiser. Il compte les jours avant le départ.

— De bas en haut, mesdames, de bas en haut !

Après cinquante ans de paix européenne, toutes les parties piaffent d'impatience. Nombreux sont les chevaux prêts à déferler sur l'Europe, dans les deux sens. Les hommes du Cap-Breton se sont enrôlés en masse, même si, au cours des vingt-cinq dernières années, l'armée canadienne a passé plus de temps à garder les biens de la Dominion Coal Company qu'à se battre. Il faut dire que les recruteurs se sont faits éloquents — « La pauvre petite Belgique. Le Boche sanguinaire... » — et que, dans les mines, l'activité est au ralenti. Quel garçon n'a pas rêvé de devenir soldat ? Le fait de se retrouver entre amis a également joué un rôle très important — des villes entières dans les mêmes tranchées. Tous craignent que la guerre « ne soit finie avant Noël ». Pour sa part, James espère qu'elle durera au moins deux ans. Ainsi, Kathleen sera assez vieille pour quitter la maison à son retour. S'il revient.

James termine son instruction militaire et assume des fonctions de défense territoriale. Pendant tout l'automne, il patrouille la côte avec le reste du 94e régiment, tous dans un état d'attente frustrée, terriblement inquiets que la guerre ne prenne fin avant leur départ pour l'étranger. On les appelle les soldats aux bleuets parce qu'ils n'ont pratiquement rien d'autre à faire que de cueillir des bleuets et d'ouvrir l'œil au cas où un hypothétique navire allemand s'aventurerait dans les parages. James prend ses repas à la maison, mais dort avec deux autres soldats dans une cabane bâtie sur la plage, à Lingan. Toujours là, toujours prêt.

James est enfin affecté au 85e bataillon outre-mer du Corps expéditionnaire du Canada, composé de Highlanders du Cap-Breton. On lui remet un fusil Ross. Heureusement qu'un couteau est attaché au canon — on ignore encore dans quelle mesure le rendement offert par le fusil Ross dans des garennes nord-américaines sera supérieur à celui dont il fera preuve dans la boue européenne. Outre trente-cinq kilos de matériel, James se voit remettre une tunique kaki, un kilt de combat en cuir, une escarcelle en crin de cheval blond et noir, un kilt d'apparat en tartan Macdonald clair et un béret orné d'un pompon rouge. Les Allemands ne pourront pas le rater. Avec les joueurs de cornemuse du régiment au premier rang, les Allemands ne manqueront pas non plus de les entendre. Les cornemuses glacent les entrailles des ennemis ; pendant la bataille, les genoux dénudés inspirent la terreur aux hordes de fanatiques. Les Allemands en viendront à parler des régiments Highland comme « *die Damen von Hölle* » — les dames de l'enfer.

Enfin, un jour de décembre 1914, James se tient debout dans l'entrée tandis que Taylor, après avoir hissé son paquetage dans la voiture, attend de le conduire au port de Sydney. Il neige et James sent la morsure inhabituelle du froid sur ses genoux. Il sait qu'il porte la fière tenue de ses ancêtres, mais son pantalon lui fait cruellement défaut. Materia ne peut s'empêcher de le trouver beau. James caresse la tête de ses filles et de sa femme. Frances lui chatouille le genou, Mercedes lui offre un biscuit mouillé et Kathleen se jette à son cou, pleure sans pouvoir s'arrêter, elle qui ne pleure jamais, elle qui n'est pas une petite nature. Elle s'accroche à lui ; il tente de se dégager.

— Sois un brave soldat. Occupe-toi de ta mère.

— Non !

— C'est assez, chut...

Elle court vers la maison, ouvre la porte avec fracas — Papa, mon papa s'en va, il va peut-être mourir, ou se noyer avant d'arriver —, monte les marches deux à deux — Et il me laisse ici avec cette horrible femme ! Dans sa chambre, elle évite le miroir, claque la porte, la ferme à clé.

— Salut, les filles, dites une prière pour votre vieux papa.

Il sait que Materia priera à en faire exploser sa pauvre tête de folle.

Il n'a pas tort, elle prie. Elle prie si fort que sa tête donne vraiment l'impression de branler un peu. Elle prie pour qu'il meure rapidement et sans douleur en Flandres.

Par ici

James parti, Materia renaît. Elle prend plaisir à être avec ses filles — Mercedes est une bonne petite et Frances est un clown. Kathleen, qui a sa propre vie, reste tard à l'école pour répéter avec sœur Sainte-Cécile ou avec le chœur — des solos, il va sans dire. À la maison, elle est insupportable, mais au moins elle est hors de danger, *inshallah*.

La question des repas constitue une véritable énigme. Rien ne la satisfait. Elle roule les yeux, soupire ostensiblement, quitte la pièce exaspérée. Materia se rabat sur la bonne vieille solution de James, le sandwich grillé au fromage, qu'elle coupe délicatement en quatre avant de le poser devant sa fille :

— *SaHteyn*.

— Mère ! En anglais, je vous prie.

Kathleen, Mercedes et Frances ont toutes trois l'impression que leur mère ne parle pas bien l'anglais. Il n'en a pas toujours été ainsi, mais cette conclusion s'est imposée simplement parce que Materia ne parle pas beaucoup anglais. Avec qui, en effet, aurait-elle pu le parler ? Pas avec son mari. Et Mme Luvovitz, par bonheur, s'est toujours montrée, à cet égard, remarquablement peu exigeante pour Materia, leur amitié tournant autour de la nourriture, des enfants et du vieux recueil de chansons en yiddish. Materia se contente toujours de demeurer assise à la table de la cuisine de Mme Luvovitz, pendant que cette dernière pérore sur la marche du monde.

Ce sont les prépositions qui ont disparu les premières,

puis les adverbes se sont effrités, de concert avec des propositions complètes, jusqu'à ce qu'il ne lui reste plus que des noms et des verbes inexpressifs.

La différence entre Kathleen et les deux plus jeunes, c'est que Materia parle beaucoup à Mercedes et à Frances — même si, faute de l'utiliser, elle a aussi un peu perdu de sa langue maternelle, à part le vocabulaire indélébile de ses souvenirs les plus anciens. Ainsi, Materia et ses deux plus jeunes filles parlent l'arabe des enfants — celui des aliments, des mots d'amour et des contes. *Ya aa'yni, te'berini.*

Mercedes et Frances comprennent que l'arabe est une affaire entre elles et maman. Au Cap-Breton, il y a de nombreux arabophones, mais les deux petites sœurs sont convaincues que leur mère et elles sont les seules, mis à part les mystérieux habitants de ce lieu éloigné appelé le vieux pays. Un lieu à nul autre pareil, mais auquel on doit malgré tout se réjouir d'avoir échappé.

— Pourquoi?

— À cause des Turcs.

— Ah bon.

Un lieu dont tous les habitants ressemblent à Materia et parlent ouvertement la langue privée que les filles Piper utilisent à la maison.

— Parle-nous encore du vieux pays, maman.

Sur le lit de camp de la cuisine, avant le retour de Kathleen, elles se pelotonnent contre le corps moelleux de Materia, qui leur sert de coussin, avec son odeur somptueuse de pain frais et d'huile, tandis qu'une casserole de *bezella* et *roz* à l'agneau mijote sur le feu, le couvercle bourdonnant paresseusement. Dehors, la bruine d'hiver embue la vitre.

— Le Liban est le plus beau pays du monde. Des vents frais y soufflent en permanence, et il y fait toujours doux. Les maisons sont blanches et brillent au soleil comme des diamants. La mer est bleue et cristalline. Le Liban est la perle de l'Orient. Et Beyrouth, la ville où je suis née, est le Paris du Moyen-Orient.

— On peut aller y vivre ?

— Non.

Vous avez de la chance d'être nées sur ce rocher gris et humide perdu dans l'Atlantique, beau à sa façon mélancolique.

— À cause des Turcs ?

— Oui.

Cette île où les Irlandais affamés et les Écossais aux genoux cagneux se sont sentis chez eux, eux qui, dans leur vieux pays, ont été remplacés par des moutons.

— Les loukoums, maman, c'est une spécialité turque ?

— Oui, et c'est dégoûtant.

— Ah bon.

L'île du Cap-Breton n'est pas une perle — il suffit de gratter n'importe où pour trouver du charbon —, mais un jour, dans des millions d'années, elle sera peut-être un diamant. Le diamant du Cap-Breton.

— Maman, parle-nous de Jitdy et de Sitdy.

— Votre *jitdy* était mon papa. Lui et ma maman, votre *sitdy*, sont arrivés ici avec rien et ont travaillé très dur. Ils ont eu de nombreux enfants et ont prospéré.

— Pourquoi ne sont-ils pas restés ?

— Le vieux pays leur manquait.

— Un jour, nous irons les voir, hein ?

— Quand tu seras grande et que tu auras des enfants à toi, tu pourras y aller.

— Maman, parle-nous encore de la gentille musulnane.

— Musulmane.

— Musulmane.

— C'était une femme bonne. Elle s'appelait Mahmoud. Il y a très longtemps, quand votre *jitdy* était encore un bébé, les Turcs vinrent dans son village du vieux pays. Ils étaient à la recherche de bébés chrétiens à tuer. Mahmoud prit votre *jitdy* et le mit parmi ses enfants. Les Turcs frappèrent à sa porte et demandèrent :

— Y a-t-il des enfants chrétiens, ici ?

— Non ! répondit-elle. Tous ces enfants sont à moi.

Pour les convaincre, elle plaça votre *jitdy* contre son sein et lui donna la tétée. Les Turcs s'en allèrent. Pour marquer sa reconnaissance, votre *jitdy*, une fois adulte, a adopté le nom de la musulmane. Même si, en réalité, il était chrétien.

— Dis, maman, on peut voir la photo ?

Materia sort la photo de James et d'elle sous l'arche romaine en trompe-l'œil, prise il y a bien longtemps au studio Wheeler. Mercedes et Frances s'absorbent longuement dans la photo : Maman et papa, quand ils étaient jeunes. Dans l'esprit de Frances, l'arche mène tantôt au vieux pays, tantôt à la guerre.

— Quand papa va-t-il rentrer ?

— Bientôt. Il faut prier.

Materia a eu des nouvelles de sa sœur, Camille. À la porte de la cuisine des Mahmoud, Camille avait attendu que le boucher juif finisse avec sa mère sa tasse de thé hebdomadaire. À sa sortie, Camille lui avait remis un petit paquet plat. Elle lui avait demandé de le remettre à Materia et, sans attendre de réponse, était partie. Benny transmit le paquet à Mme Luvovitz, qui le remit à Materia. À la vue du contenu, Materia fondit en larmes. Un disque arabe. Sur la pochette, il y avait une aquarelle de Beyrouth la nuit. Elle regarda avidement à l'intérieur dans l'espoir de trouver un billet — elle s'attendait presque à voir apparaître les caractères enfantins d'il y a longtemps, souriant à ce souvenir, malgré la douleur. « Ma petite Camille, tu es la plus jolie d'entre nous, *ya Helwi*. » Mais il n'y avait qu'un bout de papier kraft portant ces mots : « Je suis mariée. »

Au moins une fois par semaine, Materia sort le disque du coffre, transporte le phonographe de Kathleen dans la cuisine et le remonte. Elle oriente la fleur de cuivre et place l'aiguille sur la cire qui tourne. D'abord, l'antichambre de grésillements assourdis, sas donnant sur un autre monde, puis... sésame, ouvre-toi, le *deerbeki* bat son rythme, les clochettes et les castagnettes entrent en scène en sautillant, l'*oud* se pose et marche sur la pointe des pieds, un instrument à vent, ancêtre sans tuyaux de la cornemuse écossaise, se dévide, son chant nasillard ondule et se superpose à celui des cordes épaisses maintenant raclées à l'unisson. Tout cela vibre et tisse une toile spongieuse où s'insinue la voix de la chanteuse — pas encore de mots, seulement une plainte à mi-chemin entre la joie et la souffrance ; l'orchestre, rendu frémissant par la voix, se suspend au-dessous, parfum de réglisse, voix fluide, envoûtante, « Danse avec moi, et je te ferai l'amour plus tard, plus tard, bientôt ».

Materia se lève et danse le *dabke*. Sa mère lui a enseigné cette danse, et Materia l'a enseignée à Mercedes et à Frances. Le *dabke* se compose d'une série continue de petits pas cadencés, de quarts de tour qui font osciller les hanches, onduler paresseusement les épaules et voler les bras au-dessus de la tête, à la façon de cimes d'arbre. Vos mains, comme des algues mouvantes, se tortillent sur des poignets sans résistance, font des cercles, s'effleurent, se font la cour.

C'est aux personnes bien en chair que cette danse convient le mieux, mais elle est à portée de tous. Certaines danses sont ainsi faites. Et même si, officiellement, il incombe à un homme de diriger une rangée de jolies jeunes filles, le *dabke* n'est l'apanage de personne. À l'occasion des mariages, des baptêmes, avec des enfants, des grands-mères, n'importe qui. Voilà pourquoi les yeux sont si importants. Car l'idée même du *dabke*, c'est de se placer au cœur du rassemblement, où, après avoir salué toutes les personnes, vous choisissez celle que vous inviterez à danser. Puis vous baissez les bras vers elle, vos mains s'entremêlant toujours, et vous l'aguichez jusqu'à ce qu'elle se lève et se joigne à vous, car elle n'a pas le droit de refuser. Cette personne devient alors le centre.

Le *dabke* est une affaire de hanches et de souffle, tandis que les danses celtes, à supposer que vous vous retrouviez un jour dans un *ceilidh*, reposent entièrement sur les pieds et les genoux. Dans les deux cas, il suffit d'une cuisine, et tout le monde peut danser.

Mercedes et Frances adorent le *dabke*. Elles dansent tant que Materia tient le coup, c'est-à-dire longtemps, dans les premiers jours. Elle leur enseigne un grand nombre de chansons arabes de même que la façon de les psalmodier en dansant. L'astuce, c'est que la danse et le chant sont uniques, impossibles à reproduire. Dès qu'on l'a compris, on peut commencer à apprendre.

Lorsque le précieux disque devient inutilisable, Frances innove : avec un peigne et un morceau de papier ciré, elle parvient à imiter à peu près les instruments à anche et les cordes. Loin d'y voir un sacrilège, Materia juge le procédé ingénieux, et il l'est en effet.

Placez le coquillage contre votre oreille et vous entendrez la Méditerranée. Ouvrez le coffre et vous respirerez le parfum du vieux pays.

Les Saints-Anges

Peut-être avait-elle des exigences trop élevées, ou peut-être encore se montrait-elle trop impitoyable envers la médiocrité humaine, car, jusque-là, toutes ses tentatives de concevoir une amitié s'étaient soldées par une déception.

CLAUDIA, PAR UNE DAME D'ANGLETERRE

Sur les murs de la classe de sœur Sainte-Monique, il y a une carte du monde, la coupe transversale d'un volcan, des fossiles et une reproduction en couleurs de celle dont elle a pris le nom. Elle est accrochée au-dessus du tableau noir. Sur l'image, sainte Monique a un livre ouvert sur les genoux, mais elle ne lit pas ; elle regarde au loin, fixement, apparemment insensible au regard qui provient du livre lui-même, un œil par page.

Lorsque l'ennui l'accable, Kathleen se perd souvent dans la contemplation de l'image : il s'agit en effet du seul point focal de rêveries clandestines que ne réprouve pas sœur Sainte-Monique, à qui il arrive, au beau milieu d'une leçon portant sur l'écorce de la Terre ou ses principales capitales, de raconter des anecdotes impromptues tirées de la vie des saints. Les filles savent toutes que les Prairies sont le grenier du Canada et que sainte Monique a été la mère du plus grand des Pères de l'Église, saint Augustin. Jeune, saint Augustin vivait dans le péché avec une païenne d'Afrique. Sa mère pria pour sa rédemption. Un jour, alors qu'il se promenait dans un jardin, Augustin entendit une voix d'enfant clamer :

— Prends, et lis.

C'était la Bible qui lui parlait. Augustin déserta sa concubine africaine, se convertit au christianisme et devint le fléau des fornicateurs. Et Rangoon est la capitale de la Birmanie.

Cet après-midi, cependant, les yeux de Kathleen ne sont pas posés sur la reproduction de sainte Monique. Kathleen est loin, très loin dans la campagne anglaise, où elle vit avec son père, qui est veuf, dans un manoir...

— Kathleen !

Kathleen tressaute et se retrouve nez à nez avec la large guimpe de sœur Sainte-Monique.

— Oui, ma sœur ?

— Qu'y a-t-il donc de plus passionnant que la formation des moraines ?

Sœur Sainte-Monique, sans attendre de réponse, saisit le roman que Kathleen camouflait derrière *La Géographie de l'Empire britannique*.

— *Claudia*, par Une dame d'Angleterre. Quelle — ton cinglant — dame d'Angleterre ?

Kathleen se sent rougir. Elle baisse les yeux.

— Pardon ? Vous avez une voix, non ?

Des rires se font entendre.

— Servez-vous-en.

Kathleen lève les yeux.

— Je ne sais pas.

— Je ne sais pas, qui ?

— Je ne sais pas, ma sœur.

Kathleen avale, tandis que sœur Sainte-Monique feuillette le livre. Les autres filles commencent à murmurer.

— Silence !

Le silence se fait. La sœur, tendant le livre à Kathleen, ordonne :

— Partagez quelques perles avec la classe.

Kathleen prend le roman et se mord la lèvre.

— Haut et fort, je vous prie. Pour ma part, je ne veux surtout pas perdre une miette.

À tout hasard, Kathleen lit :

— Il m'arrive souvent d'apercevoir...

— On ne t'entend pas, Kathleen, disent les filles en chœur.

— ... des robes sombres...

— Plus fort !

— ... traverser le petit espace qui s'étend là-bas...

— Bien, continuez.

— ... avec quelque chose comme une envie du fruit défendu.

Ricanements de tous les côtés. Kathleen respire un bon coup, cligne des yeux. Poursuit :

— Nul doute que la vie de couvent favorise la connaissance du bien et du mal. Pour ma part, je soupçonne plus de mal que de bien...

Les autres filles en ont le souffle coupé. Kathleen attend, les yeux rivés sur le livre. Ne m'obligez pas à poursuivre, je vous en prie.

— Continuez.

— ... mais papa m'interdit la fréquentation des dames romanistes.

Silence outré et consterné. Sœur affligée.

— Mesdemoiselles, profitez de la leçon et méditez-la. Nous avons ici affaire à un torchon innommable, un libelle pondu par une femme de bas étage. Par son refus de publier sous son vrai nom, elle témoigne de la malignité de ses intentions. Seule une idiote ou une enragée pourrait y prendre plaisir. Kathleen, êtes-vous une idiote ou une enragée ?

Kathleen est incapable de lever les yeux. Autour d'elle, petit triomphe mesquin.

Elle se force à répondre, ce qui constitue en soi une forme de défi.

— Ni l'une ni l'autre.

Sœur Sainte-Monique confisque le livre et retourne à son bureau dans un bruissement de jupes.

C'est la seule institutrice qui ne respecte pas l'immunité dont jouit Kathleen Piper. Depuis longtemps, elle attendait de faire à cette fille la grâce d'une humiliation, mais l'occasion ne s'était jamais présentée : Kathleen est une élève modèle, et il est presque impossible de toucher du doigt l'orgueil insolent qui teinte ses manières parfaites — sans parler du relent intangible, mais immanquable, d'immodestie.

« Je vais lui montrer », se dit sœur Sainte-Monique, en enfermant à clé le livre incriminé.

« Elle va voir ce qu'elle va voir », songe Kathleen, qui fixe l'encrier, bouillante d'humiliation. « Elle va le regretter. Je vais lui enfoncer un pieu dans le cœur. Je serai célèbre, et elle sera vieille et morte. J'aimerais lui crever un œil. Je vais lui montrer, même si elle en est indigne. » Kathleen se mord la lèvre. Fort. « Je leur en ferai voir. » Elle sent ses yeux s'embuer. Ne pleure pas. Non. Regarde. Plus fort.

Par la fenêtre, Kathleen lance un regard furieux aux hauts fourneaux de la Dominion Iron and Steel ; elle s'imagine jaillissant en flammes de la cheminée et traversant le ciel jusqu'à *La Scala.* Ou n'importe où, à condition que ce soit loin de ce trou perdu, de ce rocher minable, de ces horribles filles...

— J'ai dit : avancez-vous !

Kathleen se redresse et lève les yeux. La sœur, juchée sur la haute estrade devant le tableau noir — *période glaciaire, période crétacée, extinction massive* — Que me veut-elle encore ? Kathleen quitte son pupitre en laissant sur la surface l'empreinte de ses paumes, fait un accroc à ses bas de laine et s'avance sous les regards hostiles des jeunes filles.

— Mettez-vous face à la classe.

Kathleen obéit. Tout de suite après, elle est inondée de bouts de papier et de rognures de crayon, et les lumières s'éteignent.

— Puisque vous prenez tant de plaisir à vous mettre des

ordures dans la tête, dit sœur Sainte-Monique, aussi bien vous mettre une poubelle sur les épaules.

Éclats de rire.

— Il suffit, mesdemoiselles. Maintenant, Kathleen, chantez pour nous.

Kathleen est paralysée. Clignant dans l'obscurité de la poubelle en métal, elle sent la sueur lui couler sous les bras, entre les jambes.

— Vous êtes une cantatrice, n'est-ce pas ?

La règle s'abat sur le côté de la poubelle. Clac !

Au moins, Kathleen n'a pas à subir la vue de nombreuses rangées de filles qui, pour s'empêcher de rire, se plaquent les mains sur la bouche et se bouchent le nez, en se croisant les jambes.

— J'ai dit : chantez !

Détail pervers, un seul chant se présente à elle. Aussi commence-t-elle, d'une voix assourdie :

— Je te ramènerai, Kathleen...

Rires hystériques, auxquels la sœur donne libre cours.

— ... de l'autre côté de la mer...

— Plus fort.

— ... où ton cœur est amarré, ô toi mon épouse très chère...

Kathleen n'a plus qu'un filet de voix, et il se brise.

— Continuez.

— Le rouge de tes joues se meurt, le bonheur t'a abandonnée, et souvent tu sèches tes pleurs, finis tes élans de gaieté...

Kathleen pleure enfin. Impuissante, folle de rage. Le pire, c'est qu'elle déteste cette chanson — vieillotte, maladivement romantique, rien à voir avec elle, mis à part son nom.

— Je te ramènerai, Kathleen, là où ton cœur sera en joie, quand les champs auront reverdi, je te ramènerai chez toi.

La chanson se termine, et Kathleen attend dans la terreur qu'on la renvoie à sa place. Comment enlever cette poubelle, à la vue de toutes ? Tôt ou tard, il le faudra bien, elle le sait. « Un de ces jours. » Elle a envie d'aller aux toilettes.

Elle a l'impression d'avoir mouillé sa culotte d'humiliation. C'est impossible, elle se serait rendu compte... Kathleen comprend qu'elle est debout depuis un certain temps. Et sœur Sainte-Monique a repris la leçon.

— À quoi imputer le rejet de la concubine de saint Augustin ?

— Oh ! ma sœur, je sais, je sais...

— Une à la fois, mesdemoiselles.

Kathleen demeure immobile jusqu'à ce que la cloche annonce l'heure du repas et qu'elle entende sœur Sainte-Monique emboîter le pas à la dernière élève, en bruissant.

Kathleen n'a pas d'amies. Elle a son travail et elle s'en félicite car, aux Saints-Anges, il est tout simplement impensable de se faire des amies. Elle ne fait d'ailleurs pas beaucoup d'efforts.

— Snob.

Si on la voyait là, anonyme, une poubelle verte en métal sur la tête, dissimulant ce visage prétentieux — la trouverait-on encore si jolie ? Ses cheveux sont *rouges*. Un point c'est tout. Pas « châtain roux », pas « blond vénitien », rouges. Comme ceux d'un démon, d'une cocotte. L'épreuve que sœur Sainte-Monique lui fait subir fait la joie des envieuses.

La vérité, c'est que Kathleen ne sait pas du tout s'y prendre pour se faire une amie. On lui a appris à vivre dans cet espace glorieux qu'est l'avenir. Les amies sont superflues. Sentiment que renforce l'entente tacite selon laquelle elle ne doit ramener personne à la maison. Quelque chose à voir avec maman. Papa et elle ne l'avoueraient jamais, mais ils s'entendent à demi-mot.

D'autres filles dorment chez des amies ; blotties les unes contre les autres, elles parlent jusqu'à l'aube. Kathleen les entend chuchoter dans les toilettes. Si Kathleen ignore que James lui interdirait de passer la nuit chez une amie, c'est parce qu'on ne l'invite jamais. Lui-même envisage de l'envoyer seule en Italie, mais c'est différent. C'est la vie. Les amies, c'est une sottise. Et Dieu sait ce que le père d'une autre fille pourrait se mettre en tête de lui faire. Kathleen ne sort jamais sans chaperon, mais ce n'est pas ainsi qu'elle voit les choses. La liberté, c'est être à l'abri de l'envie et de l'ignorance des personnes sans importance qui l'entourent pour l'instant.

Après cinq ans aux Saints-Anges, Kathleen ne reconnaîtrait pas une amie s'il s'en trouvait une pour la mordre au poignet — voilà plus ou moins ce à quoi elle s'attend de la part de la masse indistincte des filles. Elle les évite prudemment, comme s'il s'agissait de bêtes fauves flânant à proximité d'un point d'eau commun, prêtes à bondir, on ne sait ni quand ni pourquoi. Elle les craint, ces créatures aux crocs acérés, et n'a pas la moindre idée de ce qu'elles racontent ni de leurs codes. Leur regroupement en troupeaux grégaires. En réalité, Kathleen est maladivement timide, même si on ne le croirait jamais ; après tout, elle monte sur scène et chante devant des salles combles.

La présence de quelques cousines Mahmoud aux Saints-Anges scelle le destin de Kathleen. L'une d'entre elles est même dans sa classe depuis six ans. Si Materia, qui souhaite que les filles ignorent tout de la honte de l'exil familial, a concocté un récit de son cru à propos du vieux pays, James a dit la vérité à Kathleen. « Ta mère et moi étions très jeunes. Nous nous sommes enfuis. Nous avons eu tort, mais la réaction des Mahmoud a été encore plus aberrante. Barbare. Comment s'étonner que la région du monde dont ils sont issus n'ait pas connu la paix depuis des siècles ? Tu as des cousines aux Saints-Anges. Ne t'occupe pas d'elles. Ne leur donne pas l'occasion de te traiter avec mépris. Comporte-toi comme si tu étais la maîtresse des lieux. »

En plus d'être riches, les Mahmoud ont l'esprit civique. Leurs filles sont populaires, olives brillantes aux yeux clairs, à l'anglais parfait, vêtues de tissu écossais. On leur a dit que Kathleen était la fille du Démon, et, comme de juste, elles l'ont tenue à distance respectueuse. Être l'amie de Kathleen, c'est offenser les filles Mahmoud. Il faut choisir.

Ne se trouve-t-il pas une amie potentielle parmi la horde, une fille studieuse, moche comme un mardi de pluie ou si belle qu'elle n'a rien à craindre ? Une fille qui ne se déplace pas avec la meute et qui pourrait devenir l'amie de Kathleen ? Non. La forteresse de Kathleen, sa tour blanche comme le lait, est raide et terrible. Nul n'y entre ni n'en sort. Sauf son père, sœur Sainte-Cécile et quelques laquais triés sur le volet, nécessaires à sa survie. Comme sa mère. Comme le conducteur de la voiture.

Les autres filles tempèrent l'envie corrosive et la crainte que leur inspire Kathleen, prodige solitaire, au moyen d'une bonne dose de haine raciale.

— Elle a beau avoir un teint de pêche et une peau de crème, vous devriez voir sa mère... Noire comme le jais, ma chère.

— Les choses de ce genre demeurent présentes dans le sang, vous savez. La cousine de la mère d'Evangeline Campbell connaît une fille qui a eu un bébé à Louisbourg. Noir charbon, ma chère, et les membres des deux familles sont blancs comme neige, avec des cheveux tout blonds.

— Il aurait fallu empêcher les personnes de couleur de venir au pays.

— Mon oncle a vu passer une femme de couleur aux rênes d'une voiture chargée de charbon. Le lendemain, il était mort.

— D'ailleurs, ils sentent mauvais.

— Kathleen Piper devrait vivre aux Fours à Coke !

Et elles rient.

Naturellement, on n'applique pas la même médecine aux filles Mahmoud. Impossible, elles sont gentilles et riches comme Crésus. Les frères des filles des Saints-Anges font déjà la file.

Nul n'a encore gagné le sommet de la tour.

Trois sœurs

Frances a découvert un nouveau jeu : explorer les mystères de l'adolescence, incarnés en Kathleen. Malheureusement, elle est encore trop jeune pour savoir mener une enquête approfondie sans laisser de traces.

— Viens ici, petite peste.

Frances, cachée derrière Mercedes, risque un regard, une lueur coupable dans l'œil, les mains sagement croisées derrière le dos, puis pénètre dans le boudoir de Kathleen.

— Si tu viens encore fouiller dans mes affaires, je vais envoyer Pete à tes trousses, dit Kathleen, trônant à sa table de toilette, où elle vient de trouver le peigne à la place de la brosse et un reste de bonbon collé sur l'un de ses jolis mouchoirs de soie.

— Qui est Pete ? demande Frances.

— C'est le *bodechean*, et il va te traîner en enfer.

Frances rit. Les yeux tout écarquillés, Mercedes dit :

— Ce n'est pas très gentil.

— Pas toi, mon ange, dit Kathleen.

Elle tend les bras, et Mercedes s'approche. Kathleen l'assoit sur ses genoux.

— Il ne chasse pas les bonnes petites filles. Qu'allons-nous lire ?

— *Les Bébés d'eau.*

Par amour pour sa sœur, qui ne pense pas à mal, Mercedes choisit l'histoire favorite de Frances.

Kathleen aperçoit le sourire en coin de Frances.

— Allez, viens ici, petite peste. Tu peux écouter, toi aussi.

Frances grimpe sur l'autre genou. Les deux petites filles se regardent et se tortillent, les mains plaquées sur la bouche, les joues gonflées par un ravissement à peine contenu.

— Cessez de bouger, ou je vous accroche à une épingle et je vous utilise pour appâter les poissons du ruisseau.

Mercedes reprend contenance. Frances éclate de rire et demande :

— Est-ce que je peux jouer avec tes cheveux ?

— Tu oublies quelque chose.

— S'il te plaît.

— Quoi d'autre ?

— Avec beaucoup de crème, une cerise, des fruits et des bonbons.

— Et encore ?

— Une épée, une punaise et un ver de terre. Et un gros derrière !

— Pardon, mon Dieu, demande Mercedes au nom de sa sœur.

Kathleen rit et Frances glousse avec passion, prête à plonger les mains dans la mer rousse, mais Kathleen la retient.

— Dis-moi à quel mot je pense.

— Lanterne.

— Non.

— Bâton.

— Non.

— Allumette.

— Non.

— Théière.

— Voilà.

— Hourra !

— Si tu les tires, je t'écorche vivante. « Il était une fois un petit ramoneur... »

Kathleen se plaît à passer du temps avec ses petites

sœurs. D'abord, elle le fait pour son père parce que sinon, elle le sait, elles n'ont droit, pendant qu'elle est à l'école, qu'aux lamentations barbares de leur mère — à son retour, elle le sent dans l'air. Mais comme les jours d'école et la guerre s'éternisent, Kathleen, en proie à la solitude, finit par chérir les moments passés avec ses sœurs autant qu'elles. Le dimanche matin, elle les autorise à s'asseoir sur le pas de la porte — « Si le cœur m'en dit... » — et à observer sa toilette. Elles se tiennent le plus tranquilles possible, captivées, tandis que Kathleen chante les plus belles chansons du monde de sa voix de cantatrice et enfile une blouse de coton blanc sur son jupon brodé de soie. Elle retourne ses manchettes, fait un nœud Windsor à sa boucle de soie rayée et tire sur sa jupe de lin ocre, évasée aux chevilles.

— Ma tenue de vélo, dit-elle, même si elle ne possède pas de bicyclette.

Le soir, après l'école, dans l'embrasure de la porte de la chambre défendue, les poings sur les hanches, elle grogne :

— D'accord, vous pouvez entrer. Mais pas un mot ! J'étudie.

Les petites franchissent toujours le seuil avec un sentiment de terreur, car la chambre de Kathleen est un temple de raffinement. Sur ses étagères figurent tous les livres de jeune fille imaginables, des *Quatre Filles du Dr March* à *Anne... La maison aux pignons verts*. Ses murs sont tapissés de portraits de grands artistes et de magnifiques sous-vêtements découpés dans des magazines.

Il y a une photo d'un homme aux cheveux et à la cravate en bataille, qui tape furieusement sur les touches d'un piano. C'est Liszt. Kathleen est amoureuse de Liszt. Son nom, dit Kathleen, est comme un soupir romantique. Mercedes et Frances utilisent le nom comme adjectif passe-partout pour désigner tout ce qui est divin : le Jell-O, les draps frais, les galettes à la mélasse de maman, tout est merveilleusement « Liszt » !

Il y a une photo d'une superbe femme sombre coiffée

d'un chapeau à larges bords et vêtue d'une robe décolletée à l'ancienne mode, une rose posée sur les genoux. C'est Maria Malibran.

— La Malibran, dit Kathleen d'un ton théâtral, la plus grande cantatrice de tous les temps.

Kathleen a raconté à Mercedes et à Frances comment Malibran s'en fut un jour sur le cheval le plus rétif de l'écurie. Désarçonnée, elle se prit le pied dans l'étrier et fut traînée parmi les cailloux sur une distance de plus d'un kilomètre. Elle se releva, poudra les coupures et les meurtrissures et chanta le soir même — magnifiquement, comme toujours. Puis elle est morte d'une encéphalite.

— Elle n'avait que vingt-huit ans.

Mercedes dit toujours une prière pour Malibran, tandis que Frances s'efforce d'imaginer la jolie dame de la photo se faisant traîner par un cheval, la tête caracolant sur les cailloux. C'est terrible.

Il y a une grande affiche de « la femme aux mille visages » — bien que l'affiche n'en montre qu'un. Elle s'appelle Eleonora Duse. Elle a de sombres yeux de braise et une abondante chevelure noire. Papa l'a envoyée à Kathleen d'Angleterre, avant de partir au front. Duse est « la plus grande actrice de l'histoire ». Sur l'affiche, elle se tient dans le vestibule d'une jolie maison. Elle porte un manteau, et elle tend la main vers la poignée. L'affiche annonce une pièce à scandale, *Maison de poupée*. Papa l'a accompagnée d'une lettre, « pour me rappeler de ne pas me marier et briser ma carrière », a expliqué Kathleen. Mercedes ne comprend pas pourquoi Kathleen ne veut pas se marier et avoir des enfants comme maman, mais Kathleen se contente de dire en grognant :

— Le mariage est un piège, petite. Un gros casier à homards.

Chaque soir, Mercedes et Frances, une fois que Kathleen leur a ouvert la porte et les a admises chez elle avec réticence, attendent sagement en silence pendant cinq interminables minutes, après quoi Kathleen annonce que ses devoirs sont finis. Ensuite, il y a tout simplement trop de gâteries à se mettre sous la dent.

Souvent, elles se retrouvent toutes les trois à plat ventre sur le lit de Kathleen, les mains sous le menton, un précieux numéro du *Harper's Bazaar* sous les yeux, dans lequel elles sélectionnent des articles de mode et des accessoires destinés aux « connaisseurs ».

— C'est tout moi ! s'écrie Mercedes, et Kathleen lit la description.

— Coquette création en crêpe de Chine mauve pâle, rehaussée de rosettes de soie, façon chaton de saule.

— Chic, dit Mercedes d'un air entendu.

— Très chic, renchérit Kathleen.

— Je choisis celui-ci.

Frances pointe du doigt, et Kathleen s'exécute.

— Elle se laissa séduire par ce corset confortable et attrayant de chez *La Resista*. Le soutien-gorge de dentelle porte indubitablement la marque de Paris.

Frances glousse et répète :

— Soutien-gorge !

Malgré la guerre, la mode parisienne est omniprésente, encore que, selon le magazine, les créateurs ne travaillent que dans l'intérêt des couturières, qui, sinon, se retrouveraient au chômage.

Kathleen enseigne à ses sœurs à mimer les effets du fard en se pinçant les joues et ceux du rouge à lèvres en se mordant impitoyablement la bouche.

— La beauté est une arme puissante, lit-elle sur un ton à la fois sarcastique et captivé. La jeune fille libre, sans entraves, doit s'offrir en sacrifice sur le trône de la beauté.

Invariablement, les sœurs dînent chez *Sherry*, sur la 5e Avenue, où Kathleen les accueille en imitant l'accent français :

— Bonsoir, mesdemoiselles * ; que vous sert-on ce soir ?

---

* *N. d. t.* En français dans le texte.

Au menu, caviar sur canapé, vol-au-vent aux ris de veau, tartelettes aux pêches parfumées au cognac et soupe à la tortue. À moins que vous ne préfériez la langue en gelée.

Ce n'est toutefois pas pure frivolité. Kathleen lit religieusement la série que lady Randolph Churchill consacre à la guerre, *By the Simmering Samovar*. À la vue d'un casino français transformé en hôpital, les trois filles retiennent leur souffle. Non... papa n'y est pas.

Et Kathleen ne manque jamais de lire le tout dernier épisode d'un feuilleton piquant, tandis que les filles écoutent, mystifiées, et regardent les illustrations par-dessus son épaule :

— Partez ! Vous n'êtes qu'une brute !

Kathleen attend avec impatience les numéros du *Harper's Bazaar,* que Mme Foss, de la Société orphique, lui fait passer, et les savoure avec un mélange de ravissement et de dégoût. Par exemple, Kathleen a découpé une photo pour le mur de sa chambre, afin de se rappeler que sa ville n'a pas le monopole des philistins : on en retrouve aussi parmi les gens de la haute. Il s'agit, dit-on, d'une photo de la grande Geraldine Farrar interprétant Carmen au *Metropolitan Opera* de New York. À l'avant-plan, on voit toutefois une loge remplie de femmes de la famille Astor occupées à admirer réciproquement leurs bijoux. Il n'était jamais venu à l'esprit de Kathleen qu'on puisse aller à l'opéra autrement que par amour de la musique.

« Que cela te serve de leçon. Quand je chanterai, moi, personne n'aura le droit de regarder autre chose que la scène », se promet-elle.

Puis vient toujours un moment où Kathleen jette le magazine en travers de la pièce et se déclare « dégoûtée par la préciosité et l'affectation » aussi bien que par « les sottes gamines qui se remplissent le crâne de toute cette pourriture ! ».

— Des ordures ! concède Mercedes.

— De vieux péteux fous ! renchérit Frances.

— Frances !

Mercedes est toujours scandalisée, tandis que Kathleen rit.

Puis elles se replongent avidement dans les contes de fées et dans les aventures des jumeaux Bobbsey.

« Aux armes ! » font les Canadiennes

Ses mots arrivent assez régulièrement, sur les cartes postales militaires réglementaires.

Chère Materia,

Tout va bien. Ne t'inquiète pas. Dis aux filles que je les aime.
James

Rien n'est jamais censuré — les lettres de James sont trop courtes pour trahir quelque secret que ce soit. Le cœur de Materia bondit chaque fois parce que Sa Majesté exprime sa gratitude et ses regrets sur une carte de la même taille. Elle déchire l'enveloppe, comptant y trouver le liséré noir, mais non.

Au printemps 1916, Mme Luvovitz paraît à la porte de Materia, le petit Ralph à la traîne. Les rôles sont inversés : cette fois, c'est Mme Luvovitz qui pleure.

— Allons, allons, asseyez-vous, je vous sers une tasse de thé.

Elle s'effondre sur la table de la cuisine. Materia éloigne Ralph — il rôde près de la porte avec Mercedes et Frances, qui se demandent ce qui ne va pas. Sans lever les yeux, Mme Luvovitz tend les bras et s'empare de la main de Materia. Ses garçons partent à la guerre, Abe et Rudy. Ils croyaient lui faire plaisir, montrer qu'ils sont de vrais Canadiens.

— Ne vous inquiétez pas. Ils seront bientôt de retour.

Les journaux sont unanimes : une percée est imminente ; l'impasse ne peut pas durer éternellement.

Mme Luvovitz se mouche, s'éponge le visage avec son mouchoir.

— Je sais, je sais, mais vous ne comprenez pas, dit-elle en fondant de nouveau en larmes. Nous avons de la famille là-bas.

Sa voix monte.

— Ma mère y est...

— Votre famille est en Pologne. Il n'y a pas de combats en Pologne.

— La famille de Benny est polonaise. La mienne est allemande.

Elle sanglote comme une enfant dans les bras de Materia. Ses fils vont se battre contre les leurs. Les Luvovitz sont de vrais Canadiens, et les Feingold, de vrais Allemands.

Près de la Somme, l'été 1916, on est témoin de quelques innovations. Les Canadiens ont des casques et aussi des fusils qui fonctionnent la plupart du temps. Les Allemands ont des mitraillettes. Le 1er juillet, les Britanniques arrêtent le plan suivant : un million de cartouches pour rompre la ligne de défense des Boches. Harnachez-vous comme d'habitude de votre sac de trente-deux kilos. Sortez. Marchez en direction des lignes ennemies. Les Allemands seront tous morts. Ne vous arrêtez qu'une fois à Berlin.

En quatre heures et demie, cinquante mille Britanniques et Canadiens sont tués. L'après-midi, on révise le plan : « Faites tout comme auparavant. Seulement, cette fois, courez. »

Abe est tué en marchant. Rudy est tué en courant.

Ni l'un ni l'autre n'a tué d'Allemands. *Aleihem Ha'Shalom*.

Le 2 juillet 1916 ;

Chère Materia,
Tout va bien...

Mme Luvovitz ne s'en remettra jamais. Elle travaille, il le faut bien, elle a son plus jeune fils, elle a Benny. Et il y a aussi Materia, qui est encore une enfant en réalité, je me rappelle quand je l'ai trouvée sur la falaise. Que deviendrait-elle sans moi ? La nouvelle de la mort des fils Luvovitz a frappé Materia de plein fouet. Le mari de Materia sera probablement tué, lui aussi, ce serait une bénédiction, que Dieu me pardonne, j'ignore pourquoi, mais il me fait peur. Benny dit que j'ai des préjugés. C'est faux. Je suis superstitieuse. Quelque chose cloche, je ne peux pas le prouver, mais je le sens. Je suis peut-être *meshuga*, mais une chose est sûre, je préfère mutiler mon fils Ralph de mes propres mains plutôt que de le laisser partir à la guerre, je vais lui clouer les pieds au plancher.

Sur deux continents, les parents se réveillent. De force, on fait sortir les fils cadets des centres de recrutement avant qu'ils ne puissent dire :

— Seize ans, monsieur, parole d'honneur.

Partout, les plus jeunes deviennent subitement les plus vieux.

Ce n'est pas ce que voulait Materia.

Ypres : les gaz — au moins, ils tuent aussi les rats. Passchendaele : inutile de savoir nager.

Chère Materia,
Je vais bien...

Au cours de l'été 1917, la mine numéro 12, où travaillait James, explose. Il y a soixante-cinq morts. La guerre se solde par une recrudescence d'activités dans les champs houillers de Sydney. Plein emploi, réduction des salaires et loi interdisant les grèves, le charbon étant essentiel à l'effort de guerre. On a accéléré la production, laissé des bouches d'aération s'obstruer, et les gaz se sont accumulés. La mine numéro 12 a toujours eu mauvaise réputation. Materia joue du piano à l'occasion de nombreuses funérailles et médite sur la chance de James et sur ses propres péchés.

À qui se confesser ? Pas à sa chère amie, Mme Luvovitz. Elle tente de s'ouvrir au prêtre.

— Mon père, pardonnez-moi, car j'ai péché. C'est moi qui ai provoqué la guerre.

Il lui répond qu'elle n'est coupable que du péché d'orgueil.

— Dites le rosaire trois fois ; demandez à Dieu de vous conférer l'humilité.

Pas d'absolution, donc, pour Materia. En esprit, elle visite la falaise chaque jour ; chaque jour, elle fait le grand plongeon. En état d'apesanteur pendant un moment, elle renoue avec la fillette mince qu'elle fut, avant de sentir, soudain, l'impact réconfortant des rochers. La voilà enfin dans son élément. Elle voudrait éprouver la caresse violente de la rive, s'éveiller une fois de plus dans un éclat de pierres, et mourir. La paix. Mais elle a ses petites filles. Et le suicide est un péché impardonnable.

Au cours de l'automne 1917, Notre-Dame apparaît à trois enfants, à Fatima, au Portugal, et elle leur confie trois secrets, dont le dernier est encore aujourd'hui tenu secret par le Vatican. Mais Materia connaît le troisième secret :

— Chers enfants, j'ai envoyé la Grande Guerre pour protéger, un peu plus longtemps, le corps et l'âme de Kathleen Piper.

Dulce et Decorum

Tout cela doit avoir un sens. Nous sommes si nombreux — jamais une telle multitude n'a accepté tant de sacrifices pour si peu. Cela doit bien avoir un sens, sinon il n'y aurait ni ce défilé, ni ces boutons cuivrés, ni ces blessures étroites creusées dans le ventre de l'Europe, ni ces madriers robustes chargés de retenir des marées de boue et de tissus humains, ni ce réseau soigné de mines miniatures, ni ces poux, ni ces rats, ni ces bottes redevenues poussière, ni ces orteils éparpillés à mes pieds, comme des feuilles, comme des dents tombées.

James a passé trois ans dans un secteur restreint de la France et des Flandres, évitant les balles des tireurs d'élite pour recueillir les morts et réconforter les mourants. Il n'a aucune formation médicale, mais il se porte souvent volontaire. Détachement de pose de barbelés, détachement d'excavation, détachement de reconnaissance, ils sont vraiment détachés du monde. Les banderoles, les feux d'artifice et les serpentins du départ ne sont rien à côté des particules brillantes d'homme qui sont projetées dans les airs et ornent les rares arbres qui restent, ici, au pays de l'éternel novembre. Ces décorations resteront en place pendant des années.

Chlorure de chaux pour tuer la puanteur, cordite pour tuer les poux, huile de baleine pour empêcher les pieds de pourrir. Cinquante-quatre jours d'affilée dans la fosse commune inondée des vivants, mais jamais une plainte. James a prolongé la vie de si nombreux hommes que son nom a été cité à quelques reprises dans les dépêches du front. Au départ, on a même envisagé de lui décerner la croix de Victoria, mais, avec la Grande Aventure qui s'éternise, son genre de « bravoure voyante » donne une piètre idée de la guerre.

Un jour, un homme brisé l'a appelé « maman » en se saisissant des boutons ornant sa poitrine. Plus rien ne l'étonne. James a laissé le garçon de la Saskatchewan téter un des boutons cuivrés de son uniforme avant de mourir. La mère patrie.

L'étendue de boue qui sépare les tranchées adverses est connue sous le nom de no man's land. C'est là une appellation raisonnable pour un territoire contesté qu'aucun des belligérants n'est encore parvenu à conquérir. James — à l'instar sans doute d'un certain nombre de ses congénères — a oublié l'origine du nom. Ce dernier désigne désormais une étendue de vase silencieuse, hantée et brumeuse. Des limbes — grises, jaunes, vertes, mais surtout grises, et vides, si l'on excepte les morts. Des rats peuvent s'y aventurer et demeurer des rats. Des oiseaux peuvent les survoler et demeurer des oiseaux ; ils peuvent s'y poser, arracher des morceaux et les manger, lever la tête et regarder, immobiles et curieux, avant de recommencer à picorer et à manger, et demeurer des oiseaux. Mais aucun homme ne peut se risquer dans cet espace et demeurer un homme. Voilà la différence. Aucun homme ne peut y pénétrer, ni en rampant furtivement ni en courant bruyamment dans la glu, un millier de versions de lui-même faisant feu, tombant, de part et d'autre, à perte de vue, et demeurer un homme. On peut redevenir un homme en regagnant son camp, mais, pendant le séjour entre les deux, l'humanité est suspendue. D'où le nom de no man's land.

Dès 1916, James s'était porté volontaire si souvent que les autres se convainquirent qu'il était animé par un désir de mort. Ou encore qu'il était protégé — par un ange de Mons, peut-être, ou par le diable. Ils n'arrivaient pas à décider s'il était prudent de se tenir près de James, ou s'ils ne risquaient pas de se faire faucher par la prochaine balle qui le manquerait d'un cheveu. Avant une attaque lancée la nuit ou à l'aube, les hommes glissaient une Bible dans leur poche de poitrine gauche, embrassaient une lettre d'amour ou une patte de rat porte-bonheur, tandis que James, décontracté, le dos appuyé sur un sac de sable puant, rempli de boue et de restes humains, lisait.

C'est à l'automne 1915 que James agit pour la première fois « au mépris de sa propre sécurité ». À la nuit tombée, cinq hommes étaient sortis coiffés d'un bouquet de barbelés, mais seulement quatre étaient rentrés au bercail, sans qu'on eût entendu un coup de feu ni un cri. Le cinquième homme déambulait donc sur place, perdu, sans point de repère. Des fusées éclairantes allemandes provenant de trois directions fleurissaient dans le ciel, ajoutant la confusion au danger. Éclairés brièvement, un arbre fracassé, une mer de cratères, des cadavres interchangeables, tantôt roses, tantôt bronze, tantôt bleus. Sur le front occidental, rien n'est plus coloré que la nuit. James partit à la recherche de l'homme. Ce n'était pas un ami ; c'était un type quelconque.

Au bout de deux heures, il trouva l'homme, qui marchait en direction des Allemands, et le ramena. James ne se lia pas d'amitié avec lui, ni avec personne.

Le jour de Noël, en 1914, les Britanniques et les Allemands posèrent leurs armes, sortirent des tranchées et entrèrent dans le no man's land. Ils s'arrêtèrent à mi-chemin pour échanger des cadeaux. Ce n'est pas si étrange lorsqu'on considère que jamais auparavant de si nombreux hommes respectables, pères de famille occupant un emploi décent, n'avaient accepté de s'affronter en armes, à une distance aussi réduite et immuable que de dix-huit mètres. Ah ! le chocolat. Ah ! le corned-beef. Cette trêve, entièrement spontanée, ne fut jamais plus imitée aussi massivement — d'une certaine façon, on arrive à se replonger dans l'esprit de Noël quand on a seulement tenté de se faucher avec des balles ordinaires, mais, dès lors qu'on s'est gazés mutuellement, le cœur n'est plus à la fête. Néanmoins, James avait prévu un cadeau pour Noël 1916.

La nuit, on se dit que ce sont des chiens sauvages qui hurlent et murmurent. C'est plus difficile lorsque l'un des chiens se met à prier. La veille de Noël, James, qui avait déjà récupéré deux blessés, se mit en quête d'un troisième. À la lueur d'une fusée éclairante, il aperçut deux brancardiers morts de part et d'autre d'une civière sur laquelle gisait un homme recouvert de pansements — scène inhabituelle dans la mesure où les morts étaient rarement en un seul morceau. Au moment où la fusée allait s'éteindre, James vit bouger l'homme sur la civière. Il s'approcha et constata que le type, après tout, était bel et bien mort — un festin pour les rats qui l'avaient retourné en mangeant. James poursuivit, à colin-maillard, à l'affût de sons autres que les bruissements et les rongements. S'immobilisant, il se pencha sur un murmure. De la main, il chercha les bras, les jambes et les entrailles (si les entrailles ne sont qu'exposées, le blessé vaut d'être ramassé ; sinon, mieux vaut l'achever en douceur). L'homme n'était pas en trop mauvais état, même s'il était incapable de marcher.

— Ça va, mon vieux ? demanda James.

— *Ich will nicht sterben, bitte*, répondit l'homme.

James le souleva et marcha vers l'est. Lorsqu'ils furent tout près des tranchées allemandes, l'homme cria :

— *Nicht schiessen, nicht schiessen !*

James le posa à portée du parapet, tourna les talons et partit en direction de son camp.

Si James a fait tout ça, c'est qu'il avait conclu un pacte avec lui-même : il n'allait pas tenter de se faire tuer, mais il n'allait pas non plus chercher à survivre. S'il a fait tout ça, c'est qu'il avait terriblement pitié des hommes à qui il prêtait secours. Ils caressaient le désir le plus triste et le plus insensé qui soit. Celui de continuer à vivre.

Les jumeaux Bobbsey à la maison

Un soir, Kathleen a ordonné à Mercedes et à Frances de jouer seules pendant qu'elle terminait une lettre à papa — « ... à l'école, tout va bien... je m'amuse beaucoup... ». Leur babillage lui paraît désormais moins gênant que leur silence avide.

Frances est aux rênes de la charrette dont la bâche a été confectionnée avec le couvre-lit de Kathleen.

— Quand je serai grande, j'aurai des cheveux en masse, je donnerai des ordres à tout le monde, je chanterai et je mangerai des bonbons.

Mercedes incarne la pionnière mère de famille.

— Moi aussi. Et quand je serai grande, j'irai dans le vieux pays pour rendre visite à *sitdy* et à *jitdy*.

— Moi aussi.

Kathleen lève les yeux de sa lettre.

— Ils ne sont pas dans le « vieux pays ». De quoi parlez-vous ?

Frances claque la langue pour faire avancer les chevaux, tandis que Mercedes, occupée à réconforter le bébé singe, répond :

— Oui, parce qu'ils ont gagné beaucoup d'argent...

— Et alors ils ont voulu revoir les fruits et les diamants...

— La belle affaire. Ils vivent à Sydney, dit Kathleen.

Frances cligne des yeux et les chevaux disparaissent. Dans les bras de Mercedes, les bébés retrouvent la froideur de la porcelaine et du caoutchouc.

— Maman dit...

— Je me moque de ce qu'elle dit. Ils vivent à Sydney, et ils nous détestent. Ce sont des imbéciles pourris, et nous sommes beaucoup mieux sans eux.

Kathleen, jetant son crayon sur la table, se lève.

— Qu'allons-nous lire ?

Frances regarde Mercedes.

— Le magazine, répond Mercedes.

— Non, décrète Kathleen.

— *Les Chaussons rouges.*

Frances exulte.

— Oh oui ! Elle se fait couper les pieds !

Mercedes éclate en sanglots. Frances l'imite aussitôt.

— Elle ne se fait pas couper les pieds, dit Kathleen.

— Oui, oui, sanglote Mercedes.

— Oui, gémit Frances.

— Pas si j'en décide autrement.

Mais elles sont inconsolables, s'agrippent l'une à l'autre en réclamant maman.

— Quelles mauviettes. Allez, venez, nous allons lire autre chose.

Elle leur mouche le nez, tend sa brosse à Frances et prend Mercedes sur ses genoux.

— On peut dormir avec toi, ce soir ?

— Bon, c'est d'accord, venez.

— Chouette !

Lorsqu'elles sont bien emmitouflées, Kathleen dit :

— Maintenant, taisez-vous et écoutez. Les jumeaux Bobbsey à la plage...

Ce qu'il y a de merveilleux, quand Kathleen lit une histoire, c'est qu'elle imite toutes sortes de voix et d'accents.

— Nous voyageons beaucoup, pour sûr ! s'écria Dinah, en montant dans le grand wagon. Dinah, la bonne de couleur, était dans la famille depuis si longtemps qu'on l'appelait Dinah Bobbsey, même si, en réalité, elle portait le nom de Mme Sam Johnston.

En bas, Materia se tord les mains avant une crise de nettoyage et de préparation de gâteaux. Elle a reçu un télégramme. James rentre à la maison.

Les bottes

C'est par un après-midi froid d'avril 1917, près de Vimy, qu'un soldat français donna à James l'idée des bottes.

Le Français émergea du brouillard, squelettique, les pieds nus aspirés par la boue jaune où James cherchait des blessés. Il planta ses pouces de part et d'autre de la trachée de James, qu'il fit basculer dans la vase, et lui enfonça la tête dedans. Puis il s'attaqua aux bottes de James, dont il trancha les lacets. James, se redressant violemment, embrocha l'homme. Heureusement, personne ne l'avait vu, en raison du brouillard — les Français étaient nos alliés.

À partir de ce moment, les bottes sont l'unique pensée de James. Elles seules étouffent le bruit de sa baïonnette contre les côtes du Français spectral et estompent l'image de ce dernier, empalé comme un épouvantail à une extrémité, lorsque James parvient enfin à se libérer. De bas en haut, mesdames, de bas en haut. Ce sont les bottes qui comptent, plus que les armes, la nourriture ou la stratégie. Nous allons gagner parce que nous avons plus de bottes, et de meilleure qualité, ce sont les bottes qui déterminent le cours de l'histoire. Les pieds au chaud et au sec, nous pourrons nous faire tuer plus longtemps que nos ennemis. Quand leurs bottes seront usées, les ennemis ne viendront plus se jeter par vagues devant le feu de nos mitraillettes, et ils se rendront. Je me préparerai à la prochaine guerre en fabriquant des bottes. Je serai assez riche pour envoyer ma fille au conservatoire de Halifax pendant un an, puis n'importe où dans le monde. Mais pas à Milan, ni à Salzbourg ni même à Londres. Le Vieux Monde est un cimetière. « Peut-on danser et chanter, quand le glas n'en finit plus de sonner ? » Non. La grande musique migrera vers le Nouveau Monde. New York. James le sent. Il a là-bas une lointaine cousine — vieille fille au prénom bizarre... Giles — voilà — elle travaille avec les nonnes. « Tout s'arrange. Tout ira bien. On crache et on frotte. Debout là-dedans. »

James commence à cirer ses bottes chaque jour, parfois toute la journée, car il arrive souvent qu'il n'y ait rien d'autre à faire de la journée. Entre les déchirures et les parties pourries, autour des orteils exposés, ce qui reste des bottes de James luit littéralement dans le brouillard perpétuel. Les autres hommes l'appellent « le petit renne au nez rouge ».

C'est la manie des bottes qui épargne à James une autre ronde, même s'il s'est porté volontaire. Ses supérieurs ne le jugent plus apte au combat. Dans la culture de la boue, embrocher quelqu'un est tout à fait normal. Polir de façon obsessionnelle une paire de bottes en lambeaux ne l'est pas. Commotionné par des éclats d'obus. Ses supérieurs l'appellent non pas « le petit renne au nez rouge », mais plutôt « Lady Macbeth ».

Outre une partie invisible de lui-même, James perd un orteil. Il tombe, sans douleur. Puis il est saisi et emporté au loin par un rat, sous ses propres yeux. Si la commotion causée par les éclats d'obus n'avait eu raison de lui, cet incident l'aurait achevé. Par souci de la dignité d'un homme, les supérieurs de James ne parlent pas de « commotion » dans les papiers qui lui rendent la liberté, ni même d'« épuisement au combat ». Officiellement, il a été rendu invalide par sa blessure au pied.

James est tiré des étangs mortels de Passchendaele. De l'autre côté de la Manche, à Buckingham Palace, on lui décerne l'Ordre du Service distingué « pour son extrême dévouement en présence de l'ennemi ». Pendant la cérémonie, James observe les chaussures des participants, puis leur visage, et décide s'ils sont bien assortis ou pas.

On le renvoie à la maison. Démobilisé pour motif honorable. Nul ne mesure l'ampleur de sa fatigue. Il sera fatigué pour le restant de ses jours.

Lorsque, en décembre 1917, il aperçoit le port de Halifax du pont du bateau militaire qui le ramène à la maison, James révise ses projets pour Kathleen. Il devra l'envoyer directement à New York. On a fait sauter Halifax. Il ne se demande ni comment ni pourquoi. La guerre a effleuré le Canada, c'est tout.

Le bonbon des étrangers

La guerre transforme les gens de diverses façons. Il arrive qu'elle crée un raccourci entre l'ego et l'être profond ; il arrive aussi qu'elle déclenche des variations telles que vous auriez tout aussi bien pu être une larve, attendant de sortir de sa chrysalide dans l'humidité, l'obscurité et des jambières tissées serré. Puis, à condition qu'un obus ne vous ait pas d'abord fait sauter, vous émergez de votre cocon kaki transformé au point de penser avoir perdu la raison, parce que, à la maison, on vous traite comme si vous étiez un autre. Quelqu'un qui, par suite d'une coïncidence bizarre, aurait eu le même nom, la même adresse et les mêmes liens familiaux que vous, mais qui serait mort à la guerre. Et vous n'avez d'autre choix que de vivre comme un imposteur parce que vous ne vous souvenez plus de celui que vous étiez avant. Il y a à cela une explication simple et horrible : vous êtes né à la guerre. Vous êtes sorti d'une tranchée, visqueux, sanguinolent et parfaitement formé.

La Grande Guerre a été le plus grand de tous les changements.

James a une chose en commun avec l'homme qui est parti à la guerre il y a trois ans : leur fille, Kathleen. Le 10 décembre 1917, il descend du train à Sydney, tel un obus qui n'a pas explosé.

Pendant quelques années, il a été présent et absent en même temps, de sorte qu'il parvient à retrouver son chemin de Sydney à New Waterford. En civil, son sac sur l'épaule, il parcourt à pied les quinze kilomètres de route de terre gelée. À chaque pas, il s'entend dire :

— Sydney, New Waterford. Sydney, New Waterford.

À sa gauche, il y a l'Europe.

Quelques personnes le voient arriver en ville et descendre l'avenue Plummer. Elles ne savent pas qu'il est un héros, seulement qu'il a survécu là où la plupart sont morts — où on meurt toujours. James monte les marches de la véranda et arrive à dire bonjour à sa femme comme à quelqu'un qu'il a un jour connu, à faire une caresse à deux petites filles qui couinent en l'appelant papa et à éviter les yeux de la seule et unique personne qui n'est que trop réelle.

Passant près d'elle, il monte au grenier. Il range sa baïonnette dans le coffre. Faisant fi des instructions du médecin militaire, il se met immédiatement au travail. Il doit la bannir avant de reprendre l'habitude de vivre.

Kathleen, inquiète, s'efforce de faire preuve de maturité : « Ce n'est pas que papa ne m'aime plus, c'est seulement la guerre qui a été terrible. »

James construit une remise à côté de la maison et un établi pour aller dedans. Noël vient puis passe sans qu'il s'en aperçoive, malgré l'excitation des petites et les odeurs de cuisson qui émanent de la cuisine. Sans un mot à sa femme, et avec un culot parfait, il écrit au vieux Mahmoud et passe un marché avec lui. Mahmoud approvisionne la Dominion Coal and Steel Company ; James approvisionnera Mahmoud. En bottes seulement, mais il s'agit d'un article essentiel dans les mines et les aciéries. Mahmoud prêtera à James l'argent dont il a besoin pour débuter, et achètera les bottes de James à un prix de gros inférieur à celui des bottes qu'il fait venir de Halifax. James commence à fabriquer des bottes.

— Papa ?

— Oui, Kathleen ?

— Ça va ?

— Mieux que jamais.
— ... C'est mon anniversaire, aujourd'hui.
— Joyeux anniversaire, ma vieille.
— Merci. Papa ?
— Oui ?
— Tu ne veux pas que je chante pour toi ?
— Si, j'aimerais bien, ma chérie, mais j'ai du travail.

À contrecœur, Mahmoud en vient à éprouver du respect pour son vaurien de gendre, mais refuse carrément d'avoir quelque contact direct que ce soit avec lui ou sa famille. Voilà qui convient parfaitement à James. Ils s'échangent des messages par l'intermédiaire de Leo Taylor. James commence à gagner de l'argent.

Il déterre les cartes de visite qu'il a glanées quelques années plus tôt, à l'occasion du récital de Kathleen à Halifax. Pose des questions. Il écrit à l'administrateur principal du *Metropolitan Opera* de New York :

Monsieur, qui est, à vos yeux de spécialiste, le plus éminent professeur de chant ?

Après avoir reçu la réponse, il fait parvenir un long télégramme à un homme au nom à consonance allemande de New York. Reçoit une réponse :

Oui, *Herr* — accueillera Kathleen à son studio situé à l'angle de la 64e Rue et de Central Park West, le 1er mars 1918, à 10 heures.

James écrit à Giles, sa cousine célibataire de New York :

« ... et comme ma mère vous a toujours tenue en très haute estime... Naturellement, je suis disposé à vous dédommager de tous les... »

Le moment est venu. Kathleen a dix-huit ans à peine, mais sa voix est mûre. Et la cousine Giles a accepté de la chaperonner. Du reste, James ne se fait aucune illusion quant à l'endroit où Kathleen sera le plus en sécurité.

Malgré les bottes, il apparaît vite évident que cette décision portera un rude coup aux finances familiales. James n'hésite pas un instant. Il écrit à Mahmoud et lui demande sans détour de l'argent pour envoyer sa fille à New York.

La requête, par sa franchise, stupéfie Mahmoud plus encore que la proposition commerciale initiale de James. Calé dans un fauteuil de satin mauve, ses pieds chaussés de pantoufles posés sur une ottomane rebondie, Mahmoud relit le billet, les yeux plissés.

Mahmoud, qui s'entoure de courbes confortables, est devenu anguleux avec les ans. Les affaires ont érodé sa chair et affilé ses os ; la vigilance a contracté ses yeux, plus pénétrants que jamais. Ses cheveux, plus rares, ont pris une teinte gris fer, et deux sillons profonds se creusent de chaque côté de son visage tanné, de l'os de la joue à la mâchoire. Il ressemble désormais à la chaise de bois aux lignes austères qui trône à l'arrière du magasin. Seule Mme Mahmoud reconnaît en lui l'homme grand et beau qu'il a été.

Mahmoud lève les yeux de la lettre de James pour les poser sur le vieux piano maudit. Bien sûr, la voix vient du côté des Mahmoud. Les hommes et les femmes de sa famille chantent tous. Sont nés en chantant. C'est un don de Dieu, et il semble que Dieu et M. Mahmoud aient transmis ce don par l'entremise de Materia. À mes yeux, elle est morte, morte — à l'aînée du bâtard *enklese*. Dommage. Elle n'est pas ma petite-fille.

Mahmoud soulève à peine l'index de la main gauche, et sa femme remplit sa tasse de thé.

Dans la cuisine, Teresa Taylor hache du persil pour le taboulé et se demande pourquoi M. Mahmoud traite encore sa femme comme une servante, maintenant qu'il a les moyens de s'en offrir quelques-unes, et des vraies. Le bon vieux cliché concernant l'étrangeté des Blancs ne s'applique pas ici, puisque, eussiez-vous le courage de risquer votre vie en le disant, les Mahmoud, n'est-ce pas, ne sont pas blancs. Ils sont autre chose. Ce sont, d'une certaine façon, des gens de couleur. À l'époque, en Nouvelle-Écosse, cela signifie que l'obstacle de la couleur, qui entrave l'accès à la plupart des secteurs de la société, tend, pour les Mahmoud, à être surmontable. Le fait qu'ils aient de l'argent y a contribué.

Teresa est une beauté. Encore que les habitants des environs ne le croiraient peut-être pas, à moins d'avoir vu sa photo dans un livre sur l'Afrique. Chez elle, tout est grand — son visage, et particulièrement ses yeux. Tout est délicat — ses mains qui coupent les tomates en dés, ses chevilles quand elle se tient debout, allant et venant entre le comptoir, la table et l'évier, neuf heures par jour. Sa voix garde quelque chose de La Barbade. Et sous sa robe, la croix en argent qu'Hector lui a donnée.

Teresa ne sera pas servante toute sa vie. Elle est fiancée. Elle presse le jus de trois citrons et remercie Jésus d'avoir assuré la sécurité d'Hector. En 1914, il s'est porté volontaire pour aller se battre en Europe, mais l'armée n'a pas voulu de lui : c'était une guerre d'hommes blancs, et on ne voulait pas d'« une armée en damier ». Hector est entré à l'aciérie et a renoncé à tout jamais à l'idée de la guerre. On ne peut plus l'enrégimenter, car il appartient à une industrie vitale. Il veut aller faire des études aux États-Unis pour devenir pasteur anglican : Teresa et lui font des économies à cette fin.

Teresa connaît Hector depuis toujours. Quand elle avait dix ans, leurs familles se sont établies ici en même temps, quittant une île luxuriante pour venir dans une île désolée, où leurs papas ont pu travailler, d'abord à la mine, puis à l'aciérie. Teresa a grandi aux Fours à Coke, quartier de Whitney Pier, à Sydney, et malgré la lutte permanente contre la crasse provenant des trains et des cheminées, elle ne voudrait vivre nulle part ailleurs, sinon à New York. C'est là qu'Hector et elle s'établiront après leur mariage.

C'est pourquoi Teresa ne regrette pas une seule heure de travail chez les Mahmoud. La place n'est pas si mauvaise, au fond. Elle aime la nourriture qu'elle a appris à préparer pour eux — le taboulé, par exemple. Après les Anglais et les Écossais pour qui elle a travaillé, avec leurs sempiternelles pommes de terre et viande, et pas la moindre épice en vue, le changement lui plaît. Les Mahmoud sont pour la plupart aimables, et ils savent s'amuser — toujours occupés à chanter, ils n'ont pas besoin d'alcool pour se laisser aller, au contraire des mangeurs de pommes de terre et de viande. Et M. Mahmoud paie bien. Teresa a déjà commencé à constituer son trousseau. Il exige ce qu'il y a de mieux — contrairement à la majorité des gens, il est prêt à payer ce qu'il faut —, mais il n'a pas oublié ses origines. Et il n'a jamais eu un geste déplacé, encore qu'il ait son tempérament. Parlez-en à ses filles. Entre-temps, Teresa travaille fort, se tient loin de lui et s'attriste pour elle. Mme Mahmoud a tout ce que l'argent procure — sans parler d'une famille dévouée et de nombreux petits-enfants. Mais elle est aussi, Teresa le sent, rongée par un chagrin secret. Elle égoutte les petits grains de blé concassé que les Libanais appellent *burghul* et les mêle à la viande épicée — ce soir, les Mahmoud mangeront du *kibbeh*.

Dans le grand salon, M. Mahmoud sommeille, tandis que sa femme, Giselle, monte la garde. Si son chignon grisonnant ne la trahissait pas, on pourrait croire qu'elle n'a pas changé du tout, malgré le passage des années. Le même visage rond et lisse, les mêmes bras ronds, les mêmes yeux doux. Pour faire plaisir à son mari, elle porte sa bague en pierre de lune et un collier de perles véritables. Précautionneusement, elle retire le billet de la main de son mari et le porte à la cuisine.

— Lisez, Teresa, s'il vous plaît.

Mme Mahmoud n'a jamais appris à lire l'anglais. Teresa, après avoir lu à voix haute, dit :

— Kathleen Piper. C'est la jeune fille que nous avons entendue chanter, avant la guerre.

Mme Mahmoud hoche la tête.

— Ma petite-fille.

Teresa fronce les sourcils. La fille que mon petit frère conduit à l'école. La princesse qui ne lui a jamais adressé la parole. Celle qui chante. Eh bien.

— C'est votre petite-fille, madame Mahmoud ?

Mme Mahmoud hoche la tête.

Au lit, cette nuit-là, Mme Mahmoud éclaire habilement son mari quant à ses propres intentions. Le matin venu, il libelle un chèque. « Pour Giselle », se dit-il. Au moment d'apposer le dernier chiffre, il s'arrête pour contempler l'avenir de la voix de la famille. Universellement acclamée. Le couronnement de sa réussite dans le Nouveau Monde.

Pour une course de cette importance, il ne peut compter que sur Teresa, et Mahmoud, en lui remettant l'enveloppe, précise :

— N'oubliez pas d'exiger un reçu.

Teresa se met en route pour New Waterford, où elle bénéficiera d'une occasion unique d'apercevoir la branche rompue de l'arbre généalogique des Mahmoud.

Materia répond. Elle porte une robe d'intérieur. À la main, elle tient une paire de ciseaux tachés. Elle coupait des rognons pour une tourte. Cachée derrière le feuillage de la robe au motif floral insensé de sa mère, la petite Frances risque un œil. Avec les ans, le regard de Materia s'est élargi, comme si elle appréhendait d'un coup une portion du monde plus grande que les autres. Mais si elle voit davantage, elle ne donne pas l'impression de comprendre ce qu'elle voit. Elle ne regarde pas, elle fixe. Pour l'heure, elle fixe Teresa.

Teresa reconnaît l'air de quelqu'un qui n'a pas toute sa tête. Si elle n'avait pas été préparée à repérer la ressemblance familiale — discernable dans la teinte et la douceur de la peau, les yeux de Mme Mahmoud voilés dans un visage vague —, Teresa eût cru que la grosse femme triste qui se tenait à la porte était une domestique.

— Madame Piper ?

Materia hoche la tête.

— Monsieur Piper est-il à la maison, madame ? demande poliment Teresa.

La petite Frances n'a encore jamais vu de femme de couleur. Autour d'elle, tout le monde est blanc comme la craie, à l'exception de sa mère, dont la peau est basanée. Elle lui touche la main, celle qui tient l'enveloppe. Teresa lui sourit. Frances se saisit du moment et le range en sécurité avec deux ou trois autres.

Entre-temps, Materia a marmonné quelque chose et agité ses ciseaux en désignant vaguement la remise. Teresa se dirige vers la remise, Frances dans son sillage. Materia retourne à ses rognons. Clic, clic.

Par la porte entrouverte, Frances voit Teresa remettre une enveloppe à papa. Papa la décachette et en étudie le contenu pendant assez longtemps. Puis, Teresa lui fait écrire quelque chose sur un bout de papier, qu'elle range ensuite dans son sac. À sa sortie, Teresa trouve Frances, qui s'est attardée dans les parages.

— Qu'est-ce que tu veux, ma jolie, hmm ? D'où te viennent tes beaux cheveux blonds ?

En guise de réponse, Frances lève les yeux. Ce qu'elle veut, c'est tout ce qui concerne cette femme fabuleuse, qui est assurément la reine de quelque contrée éloignée. Si elle savait, Teresa rirait : La reine de Whitney Pier, ma chère.

— Tiens, ma jolie, dit Teresa en remettant à Frances un bonbon juste au moment où...

— Frances !

L'enfant et la femme, levant les yeux, voient la fille dorée descendre du taxi qui s'est immobilisé devant la maison. Leo Taylor possède maintenant une véritable automobile, une Ford Model T, avec son nom peint au pochoir sur le côté : Transport Leo Taylor. Il tient la portière pour laisser le passage à Kathleen, qui n'a même pas un regard pour lui. C'est elle qui a appelé et interrompu la transaction sucrée. La voici qui s'approche, imposante, et qui, sur un ton étudié, demande à Teresa :

— Que puis-je faire pour vous, mademoiselle ?

« Que le diable t'emporte », songe Teresa.

— Rien, mademoiselle Piper. Je suis simplement venue apporter quelque chose à votre père.

— Eh, Teresa, tu viens ?

Leo Taylor n'aime pas s'attarder sur place. Teresa secoue la tête en montant dans le taxi de son frère. Les Piper — des péquenauds qui se comportent comme s'ils appartenaient à la famille royale. Ils démarrent.

— Montre-moi tes mains, Frances.

Frances, ouvrant sa petite main, révèle la menthe anisée noir et blanc. Un trophée. Kathleen s'empare du bonbon et le jette au loin. Après avoir décrit un grand arc au-dessus de la cour, il tombe dans le ruisseau, où il fait un petit plouf.

— On ne doit jamais accepter de bonbons des étrangers, Frances. Surtout quand ils sont de couleur.

La Liberté éclairant le monde

Fille, Claudia n'en contemplait pas moins le monde ouvert devant elle de l'œil d'un jeune chevalier qui n'a pas encore été mis à l'épreuve.

CLAUDIA, PAR UNE DAME D'ANGLETERRE

À New York, Kathleen est entièrement, complètement et totalement elle-même. Voilà l'effet que la ville aura sur vous, à supposer qu'elle soit ce qu'il vous fallait. Elle a de la personnalité à revendre, n'a pas d'histoire et n'a jamais, de sa vie, eu les coudées aussi franches. Elle vient d'une île de l'Atlantique où l'air marin règne en maître, et pourtant, dans les corridors artificiels de cette cité fantastique, elle respire enfin. Elle respire l'air dont s'abreuvent les dieux. Ceux de l'action. Et non ceux qui boudent sur des promontoires anciens et exhalent des vapeurs fossiles, attendant qu'on remette bout à bout des fragments de sagas oubliées, effilochées avec l'âge. Ces dieux sont perchés depuis si longtemps sur leur rocher qu'ils sont eux-mêmes sur le point de se transformer en pierre.

Mais les nouveaux dieux, ce chœur scintillant de barytons, ils habitent les poutrelles d'acier, les ponts suspendus, les trains argentés qui miroitent, tout ce qui est vertical et horizontal, le verre, le gravier et le sable. Ils respirent fort et font du bruit, et avec chaque respiration et chaque bruit, ils entrouvrent un peu plus le ciel.

Lorsque Kathleen débarque au quai 54, elle commence à rédiger dans sa tête le récit de sa vie : « Et alors elle arriva dans le Nouveau Monde. Elle entendit le martèlement de ses chaussures pratiques résonner sur la passerelle et résolut de n'être jamais raisonnable. »

Il y a un nombre affolant de porteurs en uniforme et de filous sans uniforme prêts à se saisir de sa malle et à décamper avec, mais Kathleen la tire jusqu'au centre du terminus et s'assoit dessus, sous la grande horloge, l'œil en quête de sa cousine éloignée, heureuse d'attendre dans la sérénade des passants. De toute évidence, le monde entier vient à New York.

Kathleen a l'intention d'être l'Eleonora Duse de l'opéra. Si quelqu'un en est capable, c'est elle, fille de formation classique mais ayant des idées modernes au sujet du réalisme dans le domaine de l'art. Le zèle de l'artiste-née qui entend toucher tous les cœurs. Une chaudière dont le moteur est si puissant qu'il a teint ses cheveux en rouge dans le sein de sa mère. Un sang métissé arabo-celtique et une enfance dans une île sauvage au large de la côte est d'un pays qui, selon la croyance populaire, se compose d'une calotte glaciaire suffiront, aux États-Unis, à l'auréoler d'un mystère digne d'une diva, tout en tempérant l'exotique au moyen d'un soupçon de charme fleurant bon l'Amérique du Nord. Pour entretenir sa légende, elle fera référence à la viande d'orignal marinée et aux langues de morue fumées, et à l'occasion jurera en arabe, mais elle appartient au Nouveau Monde, à l'Occident doré. Elle n'est pas une naufragée sicilienne ni castillane, parties pour la gloire, mais bientôt gâchées. Comme elles, elle sera grande ; contrairement à elles, elle survivra. Elle a décidé de ne jamais cesser de chanter. Elle chantera encore à soixante-quinze ans.

Elle mange une saucisse servie dans un petit pain qu'elle a achetée à un gros homme à moustaches noires qui, dans un anglais hésitant, lui a raconté l'histoire de sa vie. Sa vie à elle vient de débuter.

— Kathleen ?

En se retournant, Kathleen aperçoit une vieille fille.

— Je m'appelle Giles. Bienvenue à New York, ma chère.

Giles, à qui Kathleen a été confiée, a des yeux d'un bleu toujours vif et un coquet appartement dans Greenwich Village. Kathleen estime à environ cent deux ans l'âge de Giles. En réalité, elle en a soixante à peine. Peut-être, s'imagine Kathleen, a-t-elle été institutrice ou — mieux encore — bénéficie-t-elle de ce moyen de subsistance vague mais respectable connu, parmi les héroïnes de la littérature anglaise, sous le nom de « rente ».

Retraitée, Giles travaille bénévolement dans l'infirmerie d'un couvent, où elle aide les sœurs âgées à mourir. Ce qui la prédispose d'abord et avant tout à cette vocation, ce n'est ni sa compassion, ni l'aplomb surprenant dont elle fait preuve, ni même sa piété. C'est plutôt le fait qu'on ne peut absolument pas la choquer. Giles a tendu l'oreille à de nombreuses bouches fanées et recueilli des confessions qu'on ne peut faire à un prêtre — vers la fin, en effet, il arrive souvent que s'installent la confusion, la crainte subite de s'être confessé et repenti à tort. De vieux péchés refleurissent, et leur parfum est aussi pur que celui qu'ils possédaient tout juste avant d'être nommés et fauchés avant leur floraison. Après avoir écouté, il arrive que Giles dise :

— Je sais, ma chère.

Parfois, les dernières paroles prennent la forme d'une question à laquelle Giles, après mûre réflexion, répond :

— Il m'arrive à moi aussi de me poser la question, ma chère, c'est vrai.

Mais Giles elle-même ne pose jamais de questions.

Autant de qualités qui font de Giles un assez piètre chaperon pour une jeune championne comme Kathleen.

Le premier soir, dans la chambre d'amis de Giles, qui surplombe les toits du Village et s'ouvre sur les immeubles

les plus élevés de la Terre, Kathleen entame un cahier tout neuf des Saints-Anges. Sur la page vierge, elle écrit :

New York, le 29 février 1918, 20 heures

Cher journal...

Le lendemain, elle est à l'heure au rendez-vous, à l'angle de la 64e Rue et de Central Park West. Situé au cinquième étage, le studio est d'un goût exquis. Il y a un sofa à la française sur lequel, à l'évidence, on ne doit pas s'asseoir. À droite de la porte, il y a, monté sur une colonne de marbre, un buste de Verdi. À gauche, il y a Mozart. Sur le plancher de marqueterie resplendissant, un tapis de Perse. Un plafond haut, lambrissé en bois d'acajou, une gigantesque fenêtre donnant sur le parc, un piano à queue. Un homme blond comme le blé, au menton orné d'un bouc et à la mise immaculée, arborant une jaquette, un pantalon fuselé et une cravate rayée. Le maestro. Venu de quelque part en Europe. Présentations brèves. On ne l'invite pas à s'asseoir ; on lui enjoint de chanter quelque chose.

Elle s'exécute.

La pièce est petite ; la voix est ample.

Le regard du maestro se pose sur un coin du tapis, sans manifester plus d'intérêt qu'un insecte, et y demeure tant et aussi longtemps que dure la chanson. Kathleen finit. Levant la tête, le maestro aperçoit la rougeur de son visage, la moiteur brillante de ses yeux, le pouls qui bat à son cou, ses lèvres toujours entrouvertes.

— Nous avons beaucoup de travail à faire, dit-il d'une voix mince comme une gaufrette.

Un grand talent s'accompagne toujours d'une aura de corruption. De par sa nature, un tel don est instable et propre à plonger dans l'embarras ceux qui ont charge de l'entretenir. Elle a quelque chose d'une amuseuse. Comme si le music-hall venait mordiller les talons du grand opéra. Le maestro, qui détecte tout cela en Kathleen, laisse son sang redescendre à une température que les animaux sauvages ne peuvent déceler. Une tâche colossale l'attend. Il est tellement plus facile de façonner la compétence. Pourtant, dans un petit coin enfoui sous la partie la plus dure de son crâne, le maestro bout d'excitation. On ne déniche pas souvent une élève de cette trempe — peut-être deux dans toute sa vie. Il se prépare à se montrer impitoyable envers elle.

Kathleen, qui travaille de plus en plus fort, pousse ses promenades de plus en plus loin. Entre des leçons de chant sadiques et les soupers au calme étouffant qu'elle partage avec Giles, Kathleen parcourt l'île de Manhattan de long en large. De l'East River à l'Hudson ; de Battery Park à la Haarlem River.

Un jour, à son arrivée au studio, Kathleen trouve une jeune fille au piano. C'est Rose. Elle est vêtue d'une robe rose pâle qui conviendrait parfaitement à une jeune personne au visage franc et à la nature confiante, et qui paraît donc tout à fait déplacée sur Rose.

Rose est une pianiste extrêmement douée, mais Kathleen ne le remarque pas d'abord, pour deux raisons. Lorsque, premièrement, on suit les cours d'un salaud célèbre dans tout New York, un œil sur le *Met,* l'autre sur l'anonymat, on n'a guère le loisir, pendant ses leçons, de soupeser la qualité de l'accompagnement au piano, à moins qu'il ne soit incompétent. Cette pianiste est toutefois doublement inaudible parce qu'elle est noire et, par conséquent, extérieure à tout système voué à la stimulation et au progrès d'une virtuose classique. Kathleen voit donc Rose non pas comme une pianiste, mais plutôt comme une accompagnatrice.

Lorsque Rose pose son regard sur Kathleen pour la première fois, elle aperçoit une enfant privilégiée et baisse les yeux sur les touches de son piano. La deuxième fois, c'est pour vérifier que le son qui vient tout juste de remplir la pièce émane bel et bien de la chose au teint de lait qui se tient debout sur le tapis. La voix mérite qu'on s'y intéresse. La chanteuse peut aller se faire voir.

— Le piano est désaccordé, dit Kathleen.

Ordinairement, Kathleen ne dit rien pendant ses leçons. Elle produit les sons que le maestro lui ordonne de produire, tandis que, dans son for intérieur, elle concocte des milliers de reparties dévastatrices. Mais aujourd'hui, elle se sent contrainte de prendre la parole, car à quoi bon une accompagnatrice pas même capable d'entendre que le piano joue faux ? Kathleen a adressé sa remarque au maestro, mais c'est Rose qui répond :

— Le piano est parfaitement accordé. C'est vous qui chantez faux.

Kathleen lance un regard furibond à la pianiste, dans un mélange de fureur et d'incrédulité. Et l'accompagnatrice soutient son regard — d'un œil calme, posé, ou plutôt insolent. Comment ose-t-elle ? Les traits élégants de son visage taillé au couteau contrastent vivement avec les manches bouffantes et les nattes d'écolière. Kathleen détourne les yeux avec mépris de la grande échalote affublée d'une robe d'occasion. Elle s'attend à ce que le maestro la réprimande ou, mieux, la remercie. Il se tourne plutôt vers Kathleen.

— Si vous étiez moins encline à faire du bruit et plus portée à écouter, peut-être sauriez-vous faire la différence entre ceci, dit-il en frappant une touche, et cela.

Le maestro, qui imite Kathleen, suppose-t-on, fait un horrible bruit de trompette avec son nez.

Kathleen devient écarlate. Le maestro ordonne froidement :

— Leçon numéro un : la gamme.

« Leçon numéro un ! » Kathleen aspire à fond et se prépare à faire un gigantesque pas en arrière. Elle imagine une épée brillante, affûtée aux deux extrémités. Tout en faisant ses gammes, elle se demande qui, de sœur Sainte-Cécile ou de ce professeur de chant qu'elle en est venue à associer au kaiser, est le plus méchant. Avant même d'avoir terminé la moitié de ses gammes, elle en arrive à la conclusion que c'est l'accompagnatrice qui est la plus vilaine.

Tout en jouant, Rose observe la chanteuse. Décide qu'elle n'est ni blanche ni rouge. Plutôt verte. À peine visibles, mises en éveil par l'outrage, les veines de ses poignets, de sa nuque, de ses tempes. Voilà le seul détail qui corrobore la voix, que Rose sait ne pas être d'origine humaine. Le vert doit venir des algues. Chaque fois qu'elle joue de façon contrainte, Rose laisse son esprit vagabonder de la sorte. Elle atténue ainsi le pincement du mors. Lorsqu'elle joue sa propre musique, Rose n'a pas besoin de telles fables parce qu'il n'y a pas de différence entre la musique et son esprit. Après le travail, seule dans une église établie au deuxième étage d'un immeuble de Haarlem, loin au nord du studio. La bride sur le cou.

Mais pour l'heure : leçon numéro un — *La Scala*. Kathleen lance des regards menaçants à l'accompagnatrice. Rose fait un clin d'œil à la chanteuse en laissant une trace de curiosité se mêler au dédain.

Nous sommes en 1918. New York est en voie de devenir le centre de l'Univers. Ses rues bourdonnent d'ouvrières, de soldats et d'immigrants débrouillards venus des quatre coins du monde. Kathleen est cruellement tentée de sécher ses cours, de couper ses cheveux et de raccourcir ses jupes. Elle a tout oublié du New York à la mode du *Harper's Bazaar*. Elle est obnubilée par le nouveau New York, qui est plus varié et fabuleux à deux heures de l'après-midi sur Mulberry Street qu'à minuit aux *Ziegfield Follies*. À l'extrémité nord de Manhattan, Rose joue sa propre musique, tandis que, dehors, Haarlem est en voie de devenir Harlem. Grâce à l'éducation que lui a donnée sa mère, Rose doit devenir un exemple pour sa race, et la liste des endroits où elle ne doit jamais poser le pied s'allonge chaque jour. Kathleen, en revanche, n'est pas assujettie à de telles restrictions. Son père est loin, et Giles ne pose pas de questions, sinon pour demander :

— New York vous plaît, ma chère ?

D'abord, Kathleen tombe amoureuse de la ville. Puis, elle tombe amoureuse de l'un de ses habitants. Tout se passe rapidement, comme cela doit arriver lorsqu'on quitte New Waterford pour New York à dix-huit ans.

L'heure des enfants

À la maison, James modère quelque peu ses ardeurs. Kathleen partie, il peut, en toute sécurité, passer une heure dans le fauteuil à oreillettes, après le souper. Dans un coin du salon reposent deux caisses de livres qui n'ont pas encore été ouvertes, mais il y a dans l'armoire de verre de si nombreux ouvrages qu'il n'a pas encore lus qu'il laisse les caisses dans l'état où elles sont. Il aura le temps de lire plus tard, lorsque Kathleen aura amorcé sa carrière et qu'il ne sera plus tenu de travailler si fort. Cinquante-deux livres, sans compter l'*Encyclopœdia Britannica.* Un jour, je m'assiérai avec tous mes livres autour de moi, et je commencerai à lire, c'est tout.

Pour le moment, cependant, il y a encore beaucoup à faire. Qui plus est, James se plaît désormais à consacrer sa précieuse heure d'après-souper à ses deux petites filles, qu'il remarque pour la première fois. Il est heureux de constater qu'elles sont brillantes toutes les deux, et il se fait reproche de les avoir jusque-là abandonnées à Materia. Il entend se racheter. À cette fin, un soir, peu de temps après le départ de Kathleen, il invite les deux petites à venir le rejoindre dans le fauteuil à oreillettes. Il les installe confortablement de chaque côté et commence à lire :

— Au second siècle de l'ère chrétienne, l'Empire romain comprenait les plus belles contrées de la terre et la portion la plus civilisée du genre humain.

Les petites filles écoutent, déroutées par les noms étranges et les grands mots, mais ravies par la voix méticuleuse de papa, par les aperçus de mondes merveilleux qui se déploient à son instigation et surtout par son attention particulière.

C'est un plaisir différent de celui que leur procurait Kathleen. Avec papa, elles ont conscience de quelque chose de rare et de solennel. Elles comprennent qu'il les instruit. Et elles répondent avec toute la vénération dont elles sont capables.

Mercedes a presque six ans. Elle n'oublie jamais d'apporter son thé à papa ; elle le garde soigneusement en équilibre avec le livre du soir. C'est une bonne petite qui prend très au sérieux son rôle d'aide de maman et de grande sœur de Frances — même s'il apparaît clair qu'elle sera quelconque, avec des cheveux légèrement châtains. Malgré tout, elle a de jolis yeux bruns et une excellente disposition. Mais James ne peut s'empêcher d'être particulièrement attiré par Frances. À presque cinq ans, elle est vive, avec des frisettes blond cendré, un sourire malicieux et des reflets verts qui dansent dans ses yeux noisette. Toujours prête à plaisanter avec papa.

— Tiens ! J'ai attrapé ton nez !

Et remplie d'idées de jeux.

— Mercedes, allons nous raser ! dit-elle.

Ou encore :

— Tu sais quoi, Mercedes ? Nous pourrions mettre des boutons dans notre nez.

Après une série d'essais et d'échecs, Mercedes a appris à dire : « D'accord », ou : « Faisons semblant », selon le cas.

James n'aime pas entendre Materia et les filles bavarder en arabe, mais il ne soulève aucune objection. En guise de riposte, il se contente du moment privilégié qu'ils passent ensemble après le souper. Pour faire lever les classiques, il a recours à des contes de fées et à des comptines. Les petites adorent les poèmes et les retiennent avec aisance. La main dans la main, debout devant son fauteuil, les filles, propres comme des sous neufs dans d'anciennes robes de Kathleen — bleue pour Mercedes, rouge pour Frances —, avec leurs petites bottines à boutons polies, récitent d'une voix flûtée et chantante :

— J'ai une petite ombre qui me suit partout, Et je ne vois pas à quoi elle peut bien servir. Nous nous ressemblons, elle et moi, comme deux gouttes d'eau, Et quand je me lance dans mon lit je la vois se lancer devant moi.

Puis Frances glousse de plaisir et Mercedes fait une révérence. James sourit et applaudit. Frances grimpe sur son genou et Mercedes pose une joue sur sa main. James sent alors se briser la glace qu'il a dans la poitrine. La guerre est enfin terminée. Il est de retour à la maison. À la fin, tout s'arrange.

Je vous retiens ici, mes charmantes guerrières,
Vous ne sortirez plus. Vous êtes prisonnières,
Et prisonnières dans mon cœur.

Inutile pour vous de faire les rétives,
Vous êtes bien à moi, vous êtes mes captives.
Ma victoire m'inspire une juste fierté.
Jusqu'à ce que mon cœur que la tristesse mine
S'en retourne en poussière, et soit une ruine
Vous n'aurez plus la liberté.

HENRY W. LONGFELLOW

Les lettres de Kathleen sont trop rares au goût de James, mais, de loin en loin, Giles écrit pour lui dire que tout va bien. En juin, il reçoit un paquet contenant deux poupées de marin jumelles, une pour Mercedes, une pour Frances. Ravies, elles s'empressent de présenter les nouvelles recrues au reste de la famille des poupées.

— Les enfants, voici vos nouveaux cousins américains.

Il y a aussi une lettre. James, après avoir invité les petites à le rejoindre dans le fauteuil à oreillettes, lit à voix haute :

Cher papa, chère maman, chères petites dames,

Je réalise de merveilleux progrès sous la direction avisée de mon professeur de chant. Sa satisfaction est totale, et la mienne aussi. Giles, compagne parfaite, m'a initiée à un certain nombre d'expériences culturelles des plus enrichissantes. Jusqu'ici, j'ai fait quelques excursions au Musée d'histoire naturelle, et j'ai assisté à des représentations de danse moderne. Un grand nombre de pièces de musique moderne sont présentées en grande première à New York, et c'est un privilège de compter parmi les premières personnes à entendre de telles compositions d'avant-garde. Il y a aussi de nombreux soldats de passage avant de gagner le front, et j'envisage d'aider Giles à enrouler des bandages — quoique je ne puisse prétendre maîtriser l'art des aiguilles à tricoter et que je plaigne le soldat qui recevra une paire de chaussettes fabriquées par mes soins ! Ces diversions mises à part, je me consacre presque entièrement aux leçons, et je répète, répète, répète... Prière de transmettre mes salutations à sœur Sainte-Cécile si vous la croisez en ville. Je vous récrirai bientôt.

Avec tout mon amour,
Kathleen

Content, James plie la lettre et la range dans sa poche de poitrine. Puis il raconte une fois de plus à Mercedes et à Frances comment, lorsque Kathleen aura terminé sa formation, ils prendront le train pour New York et iront l'entendre chanter au *Metropolitan Opera.* Mercedes imagine un palace tout blanc, Kathleen assise sur un trône à côté d'un beau prince. Frances voit un château avec des sirènes qui nagent dans des fossés remplis de boisson au gingembre, et Kathleen, une épée à la main, chantant au balcon.

L'été file. Materia fait la cuisine, James travaille et les filles grandissent. Dès l'automne, elles savent lire. Elles ont appris par osmose, comme il se doit : pendant des mois, elles ont suivi, assises sur ses genoux, les mots lus par James et fait semblant de lire, jusqu'au jour où il n'a plus été nécessaire de faire semblant. Simplement, le verre du miroir a fondu, et elles sont désormais libres de découvrir autant de mondes qu'il leur plaît, seules ou ensemble. Merci, papa.

Le 7 novembre, James, avec les filles, se rend au bureau de poste, où l'attend une lettre de New York. Il éprouve d'abord le plaisir que lui procure toujours le cachet de la poste, mais à ce plaisir succède aujourd'hui une légère surprise, puisqu'il n'y a pas d'adresse de retour et que son propre nom est écrit d'une main féminine, mais inconnue. Pendant que Mercedes et Frances partagent scrupuleusement une ficelle de réglisse, James décachette la lettre et lit...

Le contenu de la lettre contraste vivement avec l'écriture raffinée. Elle est signée « Une amie qui vous veut du bien ». James, qui plie et replie la lettre jusqu'à ce qu'elle soit toute petite, réfléchit : ou bien il s'agit d'une plaisanterie malicieuse, ou bien c'est la vérité. Il part le soir même.

Trois jours et demi plus tard, soit le 11 novembre 1918, à 6 h 05, il sort de Grand Central Station.

Il trouve Kathleen. Et la ramène à la maison.

LIVRE 2

NO MAN'S LAND

Sainte nuit

Au premier soir de l'été 1919, dans le grenier de la maison de la rue Water, tandis qu'elle agonise — et n'en sait rien, en raison des spasmes et de la douleur aiguë, en raison de l'écoulement de sang causé par la bombe logée dans l'antichambre de son ventre, menaçant d'exploser avant de toucher le sol —, Kathleen connaît un bref répit : le calme descend sur elle, la douleur se dissipe et disparaît, en même temps que l'incessante prière de sa mère, hurlement de sirène annonçant une attaque aérienne, *Dieu vient*, supplique gémissante, *Venez, ô mon Dieu*, priant Dieu d'épargner la maison et de la bénir au lieu de la frapper. *Ô Dieu, entendez notre prière. Ô Dieu, descendez parmi nous, mais gardez vos distances, maintenant et à l'heure de notre mort...*

L'enfant se présente par le siège ; il s'est coincé, les pieds en premier. Quelqu'un ne sortira pas vivant de cette pièce. Il fallait choisir. On l'a fait. Ou on a permis aux circonstances de choisir. Pour Kathleen, les sons s'évanouissent un à un : la voix de sa mère — qui parle peut-être en langues ou du moins dans sa langue maternelle —, les coups de poing que son père assène à la porte — il va bientôt l'enfoncer. Dans une paix et un soulagement absolus, sans plus de douleur, elle flotte. Sa fin est proche, on le voit bien.

Materia le voit. S'y attendait, l'accepte, au contraire de James, de l'autre côté de la porte. Elle ferme doucement les yeux de sa fille, puis s'empare d'une paire de ciseaux — les vieux ciseaux de cuisine, fraîchement affûtés et stérilisés, à cause du cordon à couper — et plonge la lame la plus tranchante dans l'abdomen de Kathleen, tout juste au-dessus de la topographie de la tête enfouie. Elle pratique une incision horizontale et y glisse la main. Le temps presse. Dans un instant, le bébé va suffoquer ; dans un instant, James va faire irruption dans la pièce, une entaille ne suffit pas. Materia, se forçant au calme, sculpte sa panique, lui serre la bride, *maintenant et à l'heure de notre* — elle pratique une autre incision, verticale celle-là, qui croise la première. Tout en priant, elle plonge les deux mains au milieu de la croix, dans le marécage chaud et grouillant de vie, à travers des fougères mystérieuses et des fibres oscillantes, cherchant à mettre la main sur un trésor englouti, ici une cheville, là un bras, trésor vivant prisonnier d'un filet de doigts. À l'aide d'une série de petits coups secs, précis et sinistres, elle extirpe sa capture du canal où elle s'était à demi engagée, où elle demeure bloquée malgré le battement des marées sismiques déclenchées par ces premiers élans de gravitation. Le paquet de membres minuscules, d'ouïes rudimentaires et d'empreintes digitales uniques est ramené à la surface déchirée de la petite mer démontée. Une lumière brutale entre par la béance fraîchement ouverte et brûle ses quatre yeux ; l'instant d'après, on le tire de la blessure qui fend le ventre de Kathleen.

L'air éclabousse et écume contre lui, menaçant de le noyer — de *les* noyer —, car ils sont deux, même s'ils n'ont pas encore été séparés et, en vérité, forment toujours une créature unique, les ramifications mâle et femelle reliées par un même réseau de racines. Il-ils respirent du sang et courent le risque de se noyer dans cette pluie mortelle d'oxygène, se noieront s'ils se taisent plus longtemps, se transformeront sous peu en poissons bleus brillants. Mais le cordon est coupé, clic-clac, et noué juste à temps, et l'instant d'après, l'air avalé — quel choc — descend en mitraille dans les poumons. Ils deviennent des bébés juste à temps, un être gluant, sanguinolent, nouveau, gémissant, furieux, louchant et double.

L'un d'eux, le garçon, saigne : il a une petite égratignure à la cheville. Lorsque les ciseaux ont fait leur entrée, ses pieds étaient nichés près de la tête de sa sœur. Il était prêt à descendre la tête la première, en bon mammifère. Techniquement, donc, c'est la jumelle qui a causé la mort de la mère, car c'est elle qui s'est présentée par le siège. Mais c'était un coup de dés. Des semaines avant que le travail ne débute, ils s'étaient mis à tourner sur eux-mêmes, dans le sens contraire des aiguilles d'une montre.

Kathleen est une mine abandonnée. Une mine illicite, pillée, inondée ; un puits ravagé et dangereux, dépouillé de carburant, de charbon, de fougères fossiles, d'anémones de mer et d'os, de créatures mi-végétales, mi-animales, sans aucune chance de se muer un jour en diamant.

James est réputé avoir vu pire. Après tout, il a fait la guerre. Le voilà enfin témoin d'un spectacle dont il ne se remettra jamais. Au-delà de la commotion causée par les obus. Au-delà du no man's land.

Dans une caverne, dans un canyon,
Forant un puits, creusant une mine,
On voyait un mineur, un chercheur d'or,
Et sa fille Clémentine.
Légère, pareille à une fée,
Elle allait, allait à petits pas, les pieds
Gainés de cuir, sertis de boutons,
C'étaient les bottines de Clémentine.
Ô ma divine, ô ma divine, ma divine Clémentine,
Je t'ai trouvée, je t'ai perdue,
Triste, si triste Clémentine.

Voici ce qu'a vu Kathleen juste avant le sursis. Entre l'agonie et la libération, elle a vu — encadré par la porte qui bat comme un cœur sur le point de céder — Pete. Décapité, *Bonjour, petite fille*. Cette fois, il n'est pas dans le miroir, derrière elle. Il lui fait face au grand jour. Il n'a plus rien à craindre. Et, après tout, il veut seulement la regarder de près, une bonne fois pour toutes, *Bonjour.* Son absence de visage sous son bras, *Coucou.*

Après l'avoir regardée tout son content, il incline poliment le moignon qui lui tient lieu de cou et s'en va. Elle gémit brièvement. Puis il y a la divine rémission. Jamais elle n'a été plus heureuse. C'est suffisant. Après, nous ne pouvons la voir qu'à travers les yeux de sa mère parce que les siens se sont éteints.

Le dilemme de Materia est le suivant : Dois-je laisser vivre la mère en extirpant les enfants un membre à la fois et, à la fin, leur écraser la tête pour les expulser entièrement du corps de leur mère ? Difficile, pour une catholique, d'imaginer péché plus grave. Le péché ne réside pas dans la brutalité de l'opération, car l'autre solution est tout aussi atroce. Le péché résiderait dans la décision de préférer la vie de la mère à celles des enfants. Ce faisant, on se vouerait à la damnation éternelle. Materia fait ce qui est juste en laissant mourir la mère et vivre les enfants.

Pourquoi, dans ce cas, Materia meurt-elle quelques jours plus tard des suites d'une crise de conscience ? Parce qu'elle a fait ce qu'il fallait pour la mauvaise raison. Pour une raison qui constitue en soi un péché mortel. Pendant deux jours, elle se débat avec sa conscience. Dieu, cependant, est omniprésent. Materia met quarante-huit heures à comprendre que son geste, quoique juste aux yeux de l'Église, n'en constitue pas moins un meurtre à ceux du Tout-Puissant. Si j'ai laissé mourir ma fille, c'est que je savais que c'était mieux pour elle. Je ne la connaissais pas bien, mais je savais qu'elle ne voulait plus vivre. Elle préférait mourir et je lui en ai donné le moyen.

Dans cette perspective, Materia a non pas sauvé deux bébés, mais plutôt tué une jeune femme par compassion, et c'est là qu'intervient le péché mortel. Si, en effet, sa fille avait imploré sa pitié, Materia ne peut jurer qu'elle n'aurait pas utilisé les ciseaux pour démembrer les bébés au lieu de leur ouvrir les portes du monde. Dans son for intérieur, elle soupçonne qu'il en aurait été ainsi. Ce soupçon lui procure au moins le réconfort glacial de penser que, malgré tout, elle est parvenue à aimer sa fille.

Dieu aperçoit une fissure et s'y précipite. Il s'installe confortablement dans un recoin de la conscience de Materia, pendant deux ou trois jours qu'elle emploie à nettoyer fiévreusement.

Le troisième jour, elle nettoie le four. D'abord, elle allume le gaz pour ramollir la crasse. Il suffit d'une minute. Elle est si lasse. Voilà trois nuits qu'elle n'a pas fermé l'œil, pas même un petit somme, et jamais elle n'a tant travaillé. Elle s'agenouille devant le four, regarde dedans, attend que le gaz fasse son effet, les bras croisés sur la grille. Il suffit d'une minute — elle pose la tête sur les bras. Elle est si lasse. Elle commencera à frotter dans un instant, un tout petit instant...

Pour la énième fois, cette semaine-là, James, à l'encontre de sa nature profonde, agit en criminel. Il ferme le gaz, transporte sa défunte épouse dans son lit et lui presse son chapelet dans les mains avant d'appeler le médecin et le prêtre. Ainsi, Materia sera enterrée à côté de Kathleen au cimetière de l'église, plutôt que dans la fosse commune — le genre d'endroit où les soldats et les suicidés, et les bébés non baptisés attendent pour l'éternité, une sorte de no man's land impie.

Le faire-part de décès

Jésus ait pitié de l'âme de

Madame James (Materia) Piper (née Mahmoud)
morte le 23 juin 1919
à l'âge de 33 ans

« Nous l'avons aimée vivante. Ne l'abandonnons pas avant de l'avoir conduite, par nos prières, dans la maison du Père. » SAINT AMBROISE

Solace Art Co., 202 E. 44th St., N. Y.

Frances aura bientôt six ans. Elle a un certain nombre de questions à poser au sujet du faire-part de décès, mais le moment, de toute évidence, est mal choisi. Mercedes, agenouillée à ses côtés, pleure et pleure dans ses petits gants blancs, son mouchoir déjà trempé. Le visage de papa est gelé. Si le vent tourne, il restera figé à jamais. Mme Luvovitz, de l'autre côté de l'allée, sanglote derrière son voile noir. C'est la première fois que Mme Luvovitz vient dans une église. Mme MacIsaac est là, elle aussi. Sur son chapeau, on voit des raisins poussiéreux. « Il y a longtemps que le vent a tourné pour elle », décide Frances. À l'orgue, sœur Sainte-Cécile remplace Materia. On imagine du moins que c'est elle dans l'ample robe noire que surplombe la silhouette gothique de la guimpe blanche amidonnée.

Frances juge logique que les nonnes portent une cathédrale sur la tête.

Au fond de l'église, on aperçoit une phalange d'étrangers. Des gens aux cheveux noirs crépus, aux traits prononcés et au lisse visage olivâtre. Ce sont là quelques-uns des parents inconnus de Frances. Son grand-père inconnu, M. Mahmoud, n'est pas là. À ses yeux, les funérailles de Materia sont redondantes. Pour l'heure, il est enfermé dans son arrière-boutique, assis, le dos voûté, sur une chaise de bois, et il donne l'impression de consulter un livre de comptes.

M. Benny, le boucher Luvovitz, papa et M. MacIsaac sont les porteurs. Tout est comme pour les funérailles de Kathleen, il y a trois jours, à trois détails près : maman était assise à l'orgue plutôt que couchée dans la boîte. Et le vilain vieux monsieur qui a jeté un coup d'œil dans le cercueil de Kathleen en marmonnant des gros mots dans la langue de maman n'est pas là. Mais, fait plus important encore, Frances a remarqué, tout au fond, à côté d'une petite femme ronde à la peau foncée et au chignon grisonnant, une silhouette élancée : la jeune femme de couleur qui est venue à la maison, il y a un peu plus d'un an, avec une lettre pour papa et un bonbon pour elle. Teresa n'est pas là par hasard. Teresa la bonne. La reine Teresa. Frances n'obéit pas lorsqu'on lui ordonne de regarder devant elle, et papa doit la retourner de force. Plus tard, à la maison, il la punira comme elle le mérite. En se dépêchant, Frances réussira peut-être à sortir de l'église à temps pour rattraper la dame et sauter dans le taxi avec elle, pour ne plus jamais revenir. Ensemble, elles partiront pour le pays des bonbons durs noir et blanc, à la réglisse et à la menthe.

— Regarde devant toi !

Après les funérailles, Frances aura droit à une sévère correction. Elle n'ose plus se retourner pour regarder la femme de ses rêves. Elle se concentre donc sur le fairepart : SAINT AMBROISE. Sur le carton, le nom ressort, laissant traîner, à la manière d'une queue, son préfixe sacré, et s'élève jusqu'à son esprit, où il flotte doucement avant de se fixer, à la suite d'une association mystérieuse, sur le petit garçon mort dans ses bras quelques nuits auparavant. Ambroise. Oui. Ce sera son nom. Ambroise.

Au 191, rue Water, il y a eu trois décès en l'espace d'une semaine. Et deux services funèbres. Et trois baptêmes. Et trois enterrements. Et deux faire-part identiques, remplissez les blancs. Assez pour vous faire croire que vous avez respiré des gaz hilarants. Et, à cet instant précis, Frances a très envie de rire, elle ignore pourquoi, sauf que c'est la pire chose dans les circonstances. « Ah, zut. » Maintenant qu'elle y a pensé, impossible de faire demi-tour. Elle se couvre le visage de ses gants et sourit dans l'espoir de désamorcer le rire. De l'exhaler en silence, en douceur. Mais elle est prise de convulsions et de tremblements. Elle serre les mains plus fort sur son visage et s'abandonne. Impossible de résister plus longtemps. Comme lorsqu'on joue dehors et qu'on refuse de rentrer pour aller aux cabinets : le pipi monte comme une vague — les vannes s'ouvrent, et c'est en même temps un soulagement et l'ultime mortification.

Au moins, Frances se voit épargner le pipi. Mais rien n'est pire que cette hilarité outrageante pendant les funérailles de sa mère, qui surviennent deux jours après celles de sa sœur, elles-mêmes survenues deux jours après tous les baptêmes et la mort de — oh non, des larmes de rire assombrissent ses gants de coton blanc. Frances s'attend à ce que son père l'agrippe par le cou et la chasse de l'église en pleine disgrâce. Au lieu de quoi on lui tapote gentiment la tête — la main compatissante de son père, le mouchoir trempé tendu par sa sœur. Frances est stupéfaite. « Ils croient que je pleure. »

Frances fait alors un constat qui lui permettra de survivre et de se débrouiller tout au long de sa vie. On peut faire passer une chose pour une autre. La véracité n'est pas nécessairement tributaire des faits. À cet instant précis, la réalité et la vérité se scindent et se mettent à vagabonder comme les jumeaux d'un conte de fées attendant d'être réunis par un élu qui possède l'art de les différencier.

Certains diraient simplement que Frances a appris à mentir.

De tous ses secrets, Ambroise était le plus important. Il était aussi le plus beau cadeau qu'elle ait fait à Lily.

Peintures rupestres

Lorsque la porte du grenier cède enfin, James a sous les yeux un portrait silencieux : *La Mort et la Jeune Mère*. Il s'agit d'une peinture forcée, de mauvais goût, mélodramatique. D'une œuvre primitive issue d'une culture exaltée. Naïve. Grotesque. Authentique.

Rien de la scène de mort victorienne ouatée. Ni pâleur féminine vénérée, ni éclair agnostique de lueur céleste, ni mari à la détresse décorative. Que des couleurs blêmes. Un Christ crucifié suspendu au-dessus d'un lit simple en métal. De part et d'autre du crucifix, deux petites images : l'une représente la Vierge Marie exposant son saint cœur embrasé, l'autre, son fils, Jésus, le cœur pareillement exhibé. Une couronne d'épines le transperce et le précieux sang jaillit. Une même complaisance réunit la Mère et le Fils. Ensemble, ils ont atteint un paroxysme de souffrance exquise.

Sur le lit repose la Jeune Mère. Les yeux fermés, les cheveux blond-roux trempés, en bataille sur l'oreiller. Les draps sont noirs de sang. Le milieu de son corps est ravagé. Une femme rondelette, à la peau basanée, se penche sur elle. Elle fait bien plus vieille que ses trente-trois ans. C'est la Grand-Mère. Elle tient par les chevilles deux bébés dégoulinants, un dans chaque main, comme une cliente avisée qui soupèse une paire de poulets. De l'intérieur du tableau, la Grand-Mère regarde le spectateur droit dans les yeux.

S'il s'agissait vraiment d'un tableau, on verrait aussi,

sous le couvercle du coffre posé au pied du lit, un démon qui veille, pressé d'emporter l'âme de la Jeune Mère. Mais il serait devancé par l'ange gardien qui, dans les coulisses, attend de mener à Dieu cette âme déjà en partance. L'âme, à moitié sortie de sa tombe corporelle, est en parfait état, les cheveux fraîchement peignés, la chemise de nuit immaculée, le visage sans expression — la première dépossession divine a eu lieu, elle s'est dépouillée de sa personnalité comme d'une vieille peau. Là où elle va, elle n'en aura pas besoin. Au-dessus du crucifix, le mur s'est dématérialisé. Des nuages planent. Dieu, quelque part, attend.

Mais comme il s'agit non pas d'une peinture, mais plutôt d'un moment saisi au vif par l'œil de James, les éléments surnaturels, quoique présents peut-être, sont invisibles. Il y a la Jeune Mère morte, la Grand-Mère, les Bébés, les Icônes, le coffre. Que faire d'une telle image ? Vous ne voulez plus jamais la voir, et pourtant vous ne vous résignez pas à la brûler ni à la mettre en pièces. Il faut la garder.

« Mets-la dans le coffre, James. Oui. C'est l'endroit idéal. Personne n'y fouille jamais. » C'est de la folie, bien entendu. On ne peut dissimuler dans un coffre réel le souvenir d'un instant, comme on le ferait d'un trésor de famille. Pendant une seconde, toutefois, James a l'impression d'être tombé par hasard sur un vieux portrait enfoui dans le coffre pendant des années. Cette brève confusion est prémonitoire ; elle indique qu'il n'oubliera jamais ce qu'il a vu. Que l'image sera encore vivante dans quatorze ans, les couleurs encore humides, comme aujourd'hui.

James sort de la pièce, mais il ne va pas loin. Ses jambes fléchissent et il s'effondre sans connaissance devant la porte arrachée de ses gonds. Il n'entend pas les cris des bébés. Son inconscient les entend, lui. Il ne lui transmet pas le message, voilà tout. Il le consigne sur un bout de papier chiffonné jonchant le sol de la caverne. Il marque une pause pour admirer sa peinture rupestre à la lueur de l'obscurité.

Quelques instants plus tard, la main de James s'avance brusquement et attrape Materia par la cheville au moment où elle quitte la pièce, au risque de la faire culbuter dans l'escalier étroit. La bouche de James s'ouvre, une fraction de seconde avant ses yeux.

— Où diable vas-tu ?

— Chercher le prêtre.

— Jamais de la vie.

Il est maintenant tout à fait réveillé.

— Je les fais baptiser.

— Non.

— Il faut les faire baptiser.

— Non ! hurle James.

— Tu vas les tuer, tu vas tuer leur âme, tu es le diable...

Elle le frappe. À poings fermés au visage. Si elle avait les ciseaux à portée de main, elle ne se donnerait pas même la peine de lui fermer les yeux.

— *Ebn sharmoota, kes emmak ! Ya khereb bEytak, ya Hara'deenak !*

Si la baïonnette était là, tout près, elle n'hésiterait pas. Et Dieu comprendrait. Pourquoi n'y a-t-elle pas pensé avant ? Materia aussi est réveillée, après un sommeil de dix-neuf ans. Elle le tuera si elle le peut.

James lui prend les poignets comme dans un étau. De l'autre main, il la muselle. Elle a les yeux révulsés.

— Qui de nous deux est un assassin, hein ? Qui ? demande James. Que Dieu te maudisse, que Dieu te maudisse, te maudisse !

Pour ponctuer ses malédictions, il lui cogne méthodiquement la tête sur le mur. Des yeux, elle tente de le raisonner, mais, sans le bénéfice des mots, ses yeux sont semblables à ceux d'un cheval, aussi muets, aussi affolés. Il pleure maintenant. Les lèvres luisantes de sel et de morve, le nez en sang, il pleure les larmes d'homme les plus douloureuses qui soient, et le mur épouse les contours du crâne de Materia. Cette fois, cependant, il entend les petits couinements dans la chambre. On dirait des chatons. Il s'empare de Materia et l'emmène dans la cave à charbon, trois étages plus bas, où il l'enferme à clé. Puis il sort se promener. Et, bien sûr, s'offre en succession rapide de nombreux verres. Certains d'entre nous n'ont tout simplement pas le cran de se suicider. Lorsqu'on a touché le fond, le suicide exige trop d'imagination.

Reste la petite Frances. Au pied de l'escalier du grenier. À la lumière de son éducation et de ce qu'elle a entendu et vu ce soir, elle sait une chose : les bébés qui sont là-haut doivent être baptisés. Mais il faut être prudente. Il faut agir vite. Et ne pas se faire prendre. Au pied de l'escalier, elle lève les yeux.

Au cours des derniers mois, le grenier a été un havre de tranquillité et de paix absolues. Jusqu'à ce soir. Sa sœur aînée y reposait, muette. On a autorisé Mercedes et Frances à lui faire la lecture et à lui apporter des plateaux de nourriture. Elles ont ainsi lu *Black Beauty, L'Île au trésor, La Maison déserte, Jane Eyre, Les Aventures de Katy, Les Quatre Filles du Dr March,* et tous les récits d'une vie des saints et des martyrs expliquée aux enfants. Afin d'éviter d'interrompre la lecture, elles ont convenu de remettre à plus tard la recherche des mots difficiles. Elles ont également obtenu de leur mère qu'elle cherche la recette de plats pour invalides mentionnés dans *Les Aventures de Katy* et *Les Quatre Filles du Dr March*. Le « blanc-manger » semblait constituer le plat favori des jeunes filles languissantes. Elles ne surent jamais de quoi il s'agissait. Du « manger » blanc ? À quoi cela pouvait-il ressembler ?

Frances savait Kathleen très malade à cause de l'énorme bosse qu'elle avait sur le ventre. Mercedes lui dit que c'était une tumeur.

— Il faut prier pour elle.

Ensemble, Mercedes et Frances ont prié pour Kathleen. Elles lui ont érigé un petit autel et ont renoncé aux sucreries le temps qu'il faudrait pour qu'elle recouvre la santé.

Voici donc Frances au pied de l'escalier du grenier. Elle a presque six ans. Elle n'a pas peur du noir. D'ailleurs, une faible lumière émane de la pièce. Et elle n'est pas seule. Sa grande sœur, Kathleen, est là-haut. Et il y a aussi les bébés.

Les bébés qui miaulent exactement comme des chatons. Frances aime beaucoup les chatons. Elle est nu-pieds. Elle porte sa chemise de nuit blanche et ses cheveux sont nattés en deux longues tresses. Elle arrive sur le palier. Elle est trop petite pour apercevoir le trou qui apparaît dans le mur, et cela vaut mieux. Mais qu'importe puisqu'elle a vu comment il a été produit, et maintenant elle entre dans la pièce, où elle verra tout. Nu-pieds, elle enjambe la porte défoncée, hérissée d'éclisses.

La différence entre Frances et James, c'est que Frances, bien qu'elle voie une version de la même scène d'atrocités, est encore assez jeune pour subir avec intensité l'influence de l'esprit primitif. Cet esprit n'oubliera jamais. Mais il arrache l'image à sa conscience — vol hissé au rang de grand art — et l'entrepose dans la caverne, face au mur. « Impossible de continuer à fonctionner avec ce tableau sous les yeux. » Frances voit sa sœur et, contrairement à son père, oublie presque aussitôt. Mais elle non plus ne s'en remettra jamais.

Voici ce que voit Frances : le sang. Les images au-dessus du lit. Les ciseaux. Et les bébés, qui se tortillent faiblement et miaulent entre les jambes de Kathleen, où on les a mis en sécurité en attendant de dénicher le prêtre. Voilà donc révélé le contenu secret de la tumeur de Kathleen ; dans l'esprit de Frances, ce détail est classé sous la rubrique « Normal ».

Frances arrête un dispositif qui lui permettra de transporter les deux bébés en même temps : tirant le devant de sa chemise de nuit sur le lit, elle y pose les bébés gluants. Elle les emmaillote dans le tissu, fait d'eux un joli petit paquet. Les bébés dans les bras, elle descend précautionneusement deux volées d'escalier, la culotte à l'air, traverse la cuisine, sort par la porte arrière et, sur les cendres de charbon noir goudron, marche jusqu'au ruisseau. Il y a bien quelque chose d'effrayant : l'épouvantail qui trône au milieu du jardin, de l'autre côté du ruisseau. Si les jouets s'animent à minuit, qu'en est-il des épouvantails ? Frances évite de le regarder.

— C'est un objet, c'est tout.

Mais elle ne veut pas l'offenser. Amoureusement, elle pose les enfants minuscules sur l'herbe. La soirée est belle et douce.

Frances regrette de n'avoir pas pensé à subtiliser dans le coffre la tunique et le bonnet de dentelle blanche — tenue dans laquelle Kathleen, Mercedes et elle ont été baptisées. Trop tard, le temps presse, « il faut que j'aie terminé avant le retour de papa ».

Frances aime déjà son petit neveu et sa petite nièce. Elle ferait tout pour assurer le salut de leur âme. Sinon, elle le sait, ils mourront avec, sur eux, le poids du péché originel, et ils iront dans ce non-lieu, les limbes, où, pour l'éternité, ils ne seront personne. Frances n'a jamais assisté de près à un baptême, mais elle a entendu le prêtre marmonner, ses lèvres remuant à peine, elle l'a vu tremper la tête du bébé dans l'eau. Le prêtre prie, c'est certain, de sorte que Frances doit prier elle aussi. « Dépêche-toi, Frances. » Frances fait le signe de croix, *In nomine padre*... Au nom du Père, du Fils et du Saint-Esprit. Elle jette un coup d'œil aux bébés qu'éclaire faiblement la lune.

— Les dames d'abord.

Après s'être saisie de la petite fille, elle se laisse glisser, sur les fesses, dans le ruisseau. Elle patauge jusqu'au milieu. L'eau lui vient à la taille. Avant de se gorger d'eau et de se plaquer le long de ses jambes, sa chemise de nuit ballonne et flotte. Avec son pouce, elle fait le signe de croix sur le front du bébé.

Le moment est venu de prier. Frances risque :

— Ô Dieu, je vous prie de baptiser ce bébé.

Elle enchaîne avec sa prière du soir préférée :

— Ange de Dieu, toi qui es mon gardien, puisque le ciel m'a confiée à toi dans sa bonté, éclaire-moi, dirige-moi et me gouverne aujourd'hui. Ainsi soit-il.

Maintenant il faut plonger la tête du bébé dans l'eau. La

petite chose, encore luisante, lui glisse entre les mains et s'enfonce dans l'eau. « Oh non. Vite ! Prêt, pas prêt, j'y vais. » Frances plonge à sa suite et l'attrape avant qu'elle ne touche le fond, puis refait surface en la pressant contre sa poitrine. Tout va bien. Le petit cœur de Frances bat comme un oiseau coincé dans les mâchoires d'un chat, elle reprend son souffle et le bébé pousse un petit cri en toussotant de la façon la plus mignonne qui soit. Tout va bien, elle a seulement avalé un peu d'eau, tout va bien. Tout va bien. Frances, en la berçant doucement, chante une petite chanson improvisée :

— Bébé, bébé... bébé, bébé... bébé, bébé.

Voilà. Au moins, elle est maintenant toute belle et toute propre.

Frances regagne la rive, pose la petite fille sur l'herbe, embrasse ses menottes et sa petite tête, puis s'empare du garçon. Il faut faire tout particulièrement attention aux bébés, parce que leur tête n'est pas encore refermée. Ils ont comme un fossé sur le sommet du crâne. On dit que c'est une membrane, même si, en réalité, c'est plutôt une ligne. On la voit qui s'étend sous la couche de peau bleuâtre. Frances ne l'a pas aperçue sur la tête de la petite fille parce qu'elle a une touffe de cheveux noirs curieusement épaisse. Mais elle est là sur le crâne duveteux du garçon, tranchée peu profonde qui divise sa tête en deux. Frances entre une fois de plus dans l'eau et passe son doigt sur la faille bleu pâle qui sillonne le crâne du bébé. Qu'arriverait-il si quelqu'un y plantait son doigt ? Il mourrait. Frances frémit à cette pensée. Qu'arriverait-il si son doigt à elle... ? « Ah non, dépêche-toi, il faut le baptiser avant qu'il ne soit trop tard. Avant que papa ne rentre ou que quelqu'un ne vienne planter son doigt dans sa tête. »

Frances laisse échapper le deuxième bébé. « Oh non. Vite ! Prêt, pas prêt... »

— Que fais-tu là, au nom du ciel ?

Frances, redressant la tête, interrompt son plongeon.

C'est papa. Ses jambes, campées massivement sur la rive, forment un grand V inversé. D'un bras, il tient la petite fille.

— Sors de là tout de suite. Vas-tu m'écouter, nom de Dieu ?

Il est ivre, sinon jamais il ne se permettrait de dire des gros mots en présence d'une enfant. En se penchant, il attrape Frances par le bras et la tire sans peine de l'eau. Sa chemise de nuit trempée lui descend sous les orteils. On dirait la petite sirène, enfin invitée à bord du navire *Homo Sapiens*, et prête à faire l'essai de ses nouveaux pieds. Si ce n'était des taches de sang.

L'eau est sombre. James ne voit pas le bébé qui gît au fond.

— Non ! crie Frances lorsqu'il la pose sur le sol.

Elle ne trouve pas les mots. Elle n'arrive pas à parler, parler est impossible, c'est comme un rêve, elle ne sait plus comment, en anglais éveillé, on dit :

— L'autre bébé est dans l'eau, il va se noyer, il faut le sortir de là !

James la maintient devant lui et la pousse par à-coups en direction de la maison. Elle s'échappe et fait demi-tour. Il se met à ses trousses. Arrivée au bord du ruisseau, elle saute. Éclabousse et descend au fond. Là, elle cherche le bébé à tâtons, ses poumons brûlent, dans l'eau elle est aussi aveugle que le nouveau-né qu'elle ne trouve pas, qu'elle trouve enfin. Elle fait surface pour une deuxième fois au moment où James arrive en titubant légèrement. Elle serre le bébé contre sa poitrine ; il bouge, puis s'immobilise. Elle regarde son père et la petite fille. Elle commence à frissonner.

James pense ou dit :

— Jésus-Christ, Jésus-Christ, Jésus-Christ.

Il descend, s'empare du bébé et tente de le réanimer. Peine perdue. Il a été sous l'eau pendant au moins vingt secondes de trop. Frances commence à claquer des dents, et elle se demande si son bonbon noir et blanc est encore au fond ou s'il a été emporté vers la mer.

Blanc-manger

Le lendemain, Frances reste au lit, frissonnante. Ses dents claquent. Impossible de la réchauffer. Nous sommes en juin. Elle a les lèvres bleues.

Mercedes l'entortille dans plusieurs couvertures et lui sert du blanc-manger imaginaire. « Imaginaire » parce qu'elles n'ont pas accès à ce plat en dehors de la fiction et que, pendant deux ou trois jours, Frances ne peut avaler que de la nourriture imaginaire.

Où est maman ? Sait-elle que, dans une chambre, il y a une petite fille grelottante et, dans une autre, un bébé bouillant de fièvre ? Elle est en bas, occupée à nettoyer. La maison est impeccable.

Jésus ait pitié de l'âme de

Kathleen Cecilia Piper
morte le 20 juin 1919
à l'âge de 19 ans

« Nous l'avons aimée vivante. Ne l'abandonnons pas avant de l'avoir conduite, par nos prières, dans la maison du Père. » Saint Ambroise

Solace Art Co., 202 E. 44th St., N. Y.

Frances cesse de frissonner à temps pour assister aux funérailles de Kathleen, mais elle n'a toujours mangé aucun aliment réel. Déjà, elle a perdu le souvenir conscient des événements de l'avant-veille, de la naissance des bébés. Elle les a chassés à coup de frissons. L'esprit des cavernes a entrepris une collaboration féconde avec la conscience, et bientôt tous deux enrubanneront les souvenirs dans un déluge tournoyant de rêves, de récits et de peintures avec les doigts. Réalité et vérité, réalité et vérité...

— Où est ma chemise de nuit, celle avec le — j'ai renversé quelque chose dessus, il faut la laver, tu te souviens du poisson que j'ai attrapé dans le ruisseau ? Oui, c'est vrai, *il y a* des poissons dans le ruisseau — le mien avait une fine rayure bleue, mais je l'ai laissé aller, c'était seulement un bébé poisson, trop petit pour qu'on le mange, je l'ai remis à l'eau, et il a nagé, nagé jusqu'à l'océan.

Mais la chemise de nuit a disparu depuis longtemps, mise en terre par James, qui en a fait un linceul de petit garçon.

Quant au poisson, chacun sait qu'il n'y a jamais rien eu à capturer dans le ruisseau. La seule chose qu'on risque d'y attraper, c'est la polio.

Le lendemain des funérailles de Kathleen, soit trois jours après la mort de Kathleen, Frances jeûne toujours quand une envie puissante s'empare d'elle. Elle va à la cuisine, où maman se prépare à nettoyer le four. Ouvrant la porte d'une grande armoire, elle s'empare de la boîte à farine. Elle se remplit les mains de poussière blanche, qu'elle monte à sa chambre avec application, après avoir traversé la cuisine. Materia balaie la fine traînée blanche qui suit Frances, sans dire un mot, sans lever les yeux, et s'arrête à la frontière du linoléum de la cuisine.

Dans sa chambre — qu'elle partage avec Mercedes —, Frances verse la farine dans la cuvette en porcelaine vide, sur la commode. Elle ajoute de l'eau de la cruche et mélange, forme une pâte molle et collante. Elle prend la pâte à deux mains, se pelotonne dans le lit et commence à la sucer. D'abord rapidement, en faisant de petits bruits, puis plus lentement au fur et à mesure que sa fringale s'apaise. Ses paupières s'alourdissent et elle s'endort, la bouche remplie de la masse molle et humide.

Mercedes entre avec un plateau chargé de gâteries imaginaires. Dans son sommeil, Frances tète légèrement, par intermittence. Mercedes pose le plateau en évitant de faire tomber la bouteille de porto dans le blanc-manger. En se penchant, elle touche le front de sa sœur, puis extirpe délicatement de sa bouche la motte gluante. Elle descend en suivant la traînée de poudre blanche jusqu'au linoléum de la cuisine, puis s'arrête. Non pas parce que la piste s'interrompt. Mais à cause de ce qu'elle voit. Maman. Debout, Mercedes regarde, la pâte crue dans le creux des mains, tendue comme une offrande. Elle venait la faire cuire pour Frances. Il ne faut pas manger la pâte crue : on peut attraper des vers. Mercedes venait la faire cuire dans le four. Mais le four est occupé par sa mère. Mercedes demeure là un long moment, les mains pleines de poussière blanche humide.

Ne rien voir

La nuit où Lily et Ambroise sont nés, Mercedes fut, comme Frances, tirée du sommeil par le vacarme. Mais elle demeura au lit, tandis que Frances se glissait sans bruit jusqu'à l'escalier du grenier. Les couvertures sous le menton, elle dit le rosaire, même si elle était trop effrayée pour chercher son chapelet, posé sous l'oreiller. En fait, c'est après cette nuit-là que Mercedes prit l'habitude de porter un chapelet sur elle parce qu'il arrive parfois qu'un chapelet glissé sous l'oreiller soit encore trop loin. Mercedes dit donc le rosaire avec les protubérances touffues du couvre-lit de chenille.

Mercedes fixe attentivement une rangée de protubérances blanches, mais elle a du mal à amorcer le rosaire, non pas parce que ce n'est qu'un couvre-lit, mais à cause du diable. Seul le diable arriverait à lui bloquer l'esprit au moyen d'une représentation du gratte-dos en bois posé contre le miroir, sur sa commode. On ne le voit pas, il fait trop noir, mais il est là. Un long gratte-dos en bois sculpté où figurent trois singes qui font : « ne rien dire, ne rien voir, ne rien entendre », et à l'extrémité il y a trois pointes incurvées comme des griffes, qu'on utilise pour se gratter. C'est un cadeau qu'un ami du théâtre *Empire* a offert à maman en guise de plaisanterie. Mercedes n'avait pas compris que c'était un objet maléfique ; le matin venu, elle le mettra à la poubelle. Non, dans la chaudière. Le matin venu. Quand le jour sera levé et que les bruits là-haut auront cessé. Quelqu'un s'est mis à taper dans le mur. Peut-être accrochent-ils un tableau.

Mercedes lutte contre le démon et l'emporte. Elle parvient à faire disparaître le gratte-dos de son esprit, elle le bannit au moyen de la première prière qui s'impose.

— Ange de Dieu, toi qui es mon gardien, puisque le ciel m'a confiée à toi dans sa bonté, éclaire-moi, dirige-moi et me gouverne aujourd'hui. Ainsi soit-il.

Vite, avant que l'image maléfique ne revienne, vite.

— Je vous salue, Marie pleine de grâces ; le Seigneur est avec vous. Vous êtes bénie entre toutes les femmes et Jésus, le fruit de vos entrailles, est béni...

Le rosaire est bien lancé. Une fois en train, on peut poursuivre tant et aussi longtemps qu'on le souhaite, tant et aussi longtemps qu'on en a besoin ; il suffit de suivre les pierres de gué du couvre-lit. Oui, en cas d'urgence, on peut dire le rosaire n'importe où, à condition d'avoir la foi.

La maison est enfin paisible. Où est Frances ? Mercedes s'avance doucement sur le palier. Elle lève les yeux vers le grenier. On voit une faible lueur là-haut, mais tout est silencieux. Mercedes n'a aucun désir de monter. Peut-être son ange gardien est-il plus assidu que celui de Frances. Peut-être. Mercedes s'éloigne de la porte du grenier et se dirige vers la chambre de ses parents. En route, elle met le pied sur quelque chose de collant. Elle se gourmande gentiment d'être sortie nu-pieds et retourne à tâtons dans sa chambre, où elle enfile ses pantoufles et sa robe de chambre en tartan vert, qu'elle serre bien à la taille à l'aide de la ceinture de flanelle. Avant de s'aventurer de nouveau sur le palier, elle lisse ses cheveux. Elle arrive à la porte de la chambre de ses parents. Elle est entrouverte. Parfaitement immobile, elle tend l'oreille. Rien. Pas un souffle. Un instant, son cœur s'affole. « Pas un souffle ! » Elle est encore assez jeune pour craindre que ses parents ne soient simplement morts dans leur sommeil. Doucement, elle s'avance vers leur lit, les bras tendus comme une somnambule, toujours aux aguets. Seront-ils là ? N'y aura-t-il plus que leurs corps ? Vont-ils se réveiller et être mécontents de me trouver là ? Il est péché de tant douter. Quand on a la foi, on ne s'attend pas à trouver ses parents morts dans leur lit sans raison. « Dis une petite prière. Pardon, mon Dieu. »

Maintenant, laisse descendre tout doucement la main vers le lit et — rien — les draps sont vides. Quel soulagement, ils ne sont pas morts, ils sont tout simplement partis. « Oh non ! » Où sont-ils ? C'est la nuit, où sont mes parents ? Où est maman ? Où est papa ? Arrête, Dieu va se mettre en colère, tu mériterais de les trouver morts en bas, assassinés par un vagabond.

À presque sept ans, Mercedes a encore les nerfs à fleur de peau, mais ce soir-là s'amorce la transformation au terme de laquelle elle aura des nerfs d'acier. Ses petites fibres nerveuses sont chauffées. Ce soir, c'est la fonderie. Lorsque ses nerfs auront été chauffés à blanc, ils seront plongés dans l'eau froide, trempés, à jamais résistants. Assez solides pour soutenir un immeuble ou une famille, assez solides pour empêcher la maison du 191, rue Water de s'effondrer au cours des années à venir. La maison va rester debout. Elle va rester debout. Mais pour le moment : « Descends. »

Ainsi se prolonge l'« enquête de Mercedes ». Écouter, écouter. Regarder, regarder. En bas, il n'y a personne. On dirait qu'elle est seule à la maison. À l'exception de Kathleen. À moins que Kathleen ne soit partie, elle aussi. Peut-être sont-ils tous partis en la laissant seule. « Tu peux aller voir, Mercedes. Va voir dans le grenier. » Non.

— D'ailleurs, répond Mercedes, Kathleen ne parle plus. Elle ne me dirait pas où ils sont allés.

« Tu n'as pas été voir à la cave. »

— À la cave, il n'y a rien, sinon le charbon et la chaudière.

Il faudrait une personne moins rationnelle pour mener le genre d'enquête susceptible de produire des informations tangibles — le genre d'enquête qui révèle la présence des lunettes dans le réfrigérateur et des clés de la voiture dans l'armoire à pharmacie. En même temps, il faut quelqu'un de peu rationnel pour égarer des objets de façon aussi spectaculaire. Ou pour imaginer : « Peut-être ma mère est-elle enfermée dans la cave à charbon. Je vais aller jeter un coup d'œil. »

Et il faudrait le genre de personne incapable de résister à la tentation de monter au grenier après le tapage et le charivari qui en sont venus. Mercedes résiste. Elle résiste à la tentation, à la curiosité. Il faut bien que quelqu'un le fasse.

Elle regagne sa chambre. Elle se drape de ses couvertures comme d'une cape et s'agenouille sur son lit, d'où elle contemple la lune au-dessus de la cour. Notre-Dame est dans la lune. La lumière fraîche et blanche que la lune diffuse, c'est son amour. Tout ira bien. C'est alors que Mercedes aperçoit enfin autre chose qu'une absence. Frances, là-bas, dans le ruisseau. Elle tient un objet, le berce — un petit paquet. Et, sur la rive, quelque chose bouge. Un petit animal. Un chaton. C'est probablement aussi un chaton qu'elle a dans les bras. Frances laisse échapper le paquet, plonge à sa suite. Que fait-elle ? Non ! Non, Frances adore les chatons, jamais elle ne les noierait. Elle leur donne un bain. Voilà. Elle pose un chaton et s'empare de l'autre, mais Mercedes ne voit plus rien : papa, arrivé dans la cour, s'est dirigé vers le ruisseau, et il lui bloque la vue. Oh, oh, qu'est-ce qu'elle va prendre. C'est bien fait, elle a tort de jouer dans le ruisseau à cette heure. D'ailleurs, personne n'a le droit d'y jouer. Ce n'est pas une plage. Mercedes est témoin de la lutte qui suit, de la désobéissance effrénée de Frances, qui repart vers le ruisseau et se jette dedans. Pourquoi est-elle si méchante ? C'est le lot de certains.

À son arrivée dans le lit, Frances est glacée. Mercedes fait semblant de dormir profondément. Prenant prétexte de ce faux sommeil, elle se pelotonne contre Frances et l'entortille dans sa robe de chambre écossaise. Frances est toute nue. Voilà qui est étrange. Mercedes a beau se blottir contre elle, Frances continue de grelotter.

Jamais plus Mercedes ne dormira toute la nuit d'un trait.

Dorénavant, elle demeurera aux aguets, même dans son sommeil. Il faut bien que quelqu'un le fasse.

Le matin venu, Mercedes remarque qu'il y a du sang dans sa pantoufle. Elle le fait disparaître. Le seul autre changement, ce matin-là, c'est que, en regardant dans le jardin, vous auriez constaté que l'épouvantail avait disparu et que, à sa place, il y avait une grosse pierre.

L'adoration du corps

James, dans l'eau jusqu'aux genoux, tendit les bras et posa le bébé mort sur le sol, de l'autre côté du ruisseau, puis grimpa à sa suite. Frances, qui tenait la petite fille tout contre sa chemise de nuit souillée et trempée, fit mine de se diriger vers la maison.

— Reste là !

Frances regarde papa se diriger vers l'épouvantail. Ses souliers mouillés font un bruit de succion. Saisissant les jambes de l'épouvantail, James les tire comme pour déraciner un petit arbre. La tête ballotte, roule, dévale la pente et tombe, plouf, à l'eau. Le ruisseau, déjà, l'entraîne. En voyant la tête se balancer sur l'eau, Frances songe : « Il va trouver mon bonbon noir et blanc, il va le manger, il va raconter ce que j'ai fait à un habitant d'une contrée lointaine. »

La tête disparaît en direction de la mer. Mais le chapeau demeure. Le feutre aplati.

James arrache l'épouvantail du sol. Le pieu sur lequel son corps était empalé devait être en bois vert parce que, depuis que papa a tiré l'extrémité pointue du sol, on voit qu'il est vivant et qu'il a produit des racines pâles et vigoureuses. À la longue, un arbre aurait fini par pousser au beau milieu de l'épouvantail. Il aurait peut-être même fait des fruits. Une branche lui serait sortie de la bouche, avec, au bout, une grosse pomme rouge.

« Imagine, pense Frances. Imagine un arbre pousser en

toi. » Imagine des feuilles vertes partout, qui te poussent sous la peau, prisonnières, imagine les racines minces s'entortiller sous la surface de la plante de tes pieds, leurs pointes blanches en quête d'un endroit où percer. La terre aimante les racines. »

James balance l'épouvantail de l'autre côté du ruisseau. Il atterrit tout près de Frances, avec un bruit mat. La paille lui sort par le cou, et ses jambes sont tournées vers l'extérieur selon un angle grotesque, de part et d'autre du pieu de bois grouillant de vie. Frances sent peser sur elle le regard de l'épouvantail. Il n'a pas de tête, mais Frances discerne malgré tout son expression triste et pathétique.

— Pourquoi m'as-tu abandonné ?

Gisant comme un soldat à l'agonie, pressé de lui communiquer un message de sa voix mourante : l'emplacement de l'ennemi, un message destiné à un être cher, là-bas, au pays, un fragment de plaisanterie, un fragment de poème, l'adresse de sa maison d'enfance, qui lui revient avec une grande précision, le souvenir d'un garçon buvant à une source dans un tableau, en été. « Où cela s'est-il produit, étais-je ce garçon ? »

Frances ne répond pas. Elle détourne les yeux, même si, elle le sait, l'épouvantail bougera si elle ne garde pas un œil sur lui. Ses bras, pétrifiés par le froid, se sont refermés autour du petit bébé moite. Elle fixe le chapeau de l'épouvantail. Il repose aux pieds de papa. Et papa creuse dans le jardin. À mains nues.

James s'arrête. Il est ridicule de creuser à mains nues ailleurs que dans un carré de sable, mais dans une cour de New Waterford, c'est encore plus ridicule, à cause du charbon qui se trouve tout juste sous la surface et qui, par endroits, affleure. Et à cause des pierres. James pleure. De ses mains, il se couvre le visage, qu'il macule de boue, et de suie, et de sang. Jamais il n'a pleuré de la sorte, sinon dans sa première enfance. Il est à la guerre. Non pas qu'il s'imagine de retour au front, ni qu'il entende des obus exploser dans sa tête, ni encore qu'il voie des hommes se faire couper en morceaux — l'impression n'est pas consciente. Seulement, si vous demandiez à la partie de son esprit responsable des certitudes : « Où sommes-nous ? », elle répondrait : « À la guerre, naturellement. » Là, une tranchée inondée. Là, un malheureux qui creuse avec ses mains. Ici, le corps d'un petit garçon. Naturellement.

— Papa.

— N-o-o-o-o-on. N-o-o-o-o-o-o-o-on.

Comme le père Noël en plus triste.

— Je te demande pardon, papa.

James s'apaise quelque peu et se balance sur les talons pendant un certain temps en faisant de tout petits bruits, les mains toujours sur le visage.

— Le bébé a froid, papa.

James se lève, haletant, légèrement chancelant, chaque respiration provoquant un petit râle. Mais ce ne sont que les ondes de choc du chagrin. Il arrive à penser, maintenant, les haut-le-cœur disparaîtront comme une crise de hoquet. Il regarde Frances de l'autre côté. Il traverse le ruisseau en faisant des éclaboussures et lui prend le bébé vivant. Les articulations des coudes de Frances se détendent comme des ressorts mouillés, et ses bras, au moment où le poids du bébé la quitte, s'élèvent, même si elle conservera une impression de chaleur — celle d'un bébé fantôme qu'elle croira avoir dans les bras pendant des jours. James la pousse doucement en direction de la maison.

— Allez, file au lit.

— Ne lui fais pas de mal.

— Je ne ferai pas de mal au bébé.

Frances se met en route.

— Attends. Ôte ta chemise de nuit.

Elle la retire, et son père la lui prend des mains. Elle observe papa regagner le jardin, où il emmaillote le garçon dans sa chemise de nuit et le borde dans la terre peu profonde.

Frances traverse la cour, savoure la sensation nouvelle

de l'air nocturne sur sa poitrine nue. D'ordinaire, cette sensation est réservée aux garçons. La lune brille, sa culotte jette des reflets blancs, et elle fait comme si elle était vraiment un garçon qui a enlevé sa chemise pour nager à Lingan. Elle traverse la cour en sautillant, légère et libre, et ce n'est qu'après avoir ôté sa culotte et s'être pelotonnée contre Mercedes, brûlante comme un four, qu'elle a froid et se met à grelotter.

Dans la cave, derrière la chaudière, Materia dort, roulée en boule, la tête sur un oreiller de cendres. Elle rêve d'une calme étendue de terre brodée par la sécheresse, puis d'une mer de sable paisible. Dans le rêve, elle sait que des rois et des reines y sont enterrés. Un large fleuve aux reflets bleus scintille au loin. Il y a dans le fleuve un objet dont elle a besoin. Mais le sable la rend somnolente. Somnolente comme la neige de l'Arctique. Dans l'Arctique, ce n'est pas le froid qui vous plonge dans un sommeil de mort, mais bien la douce pâleur du paysage, et le désert, quoique arabe, a la même couleur. Le blanc, l'indifférenciation de tout ce qui vous entoure vous conduisent au sommeil, hors de la vie, desséché ou gelé, et c'est si agréable, lorsque, enfin, vous laissez le sommeil rouler sur votre esprit comme le rouleau sur la pâte.

Le loquet de la porte de la cave se soulève d'un coup sec et la partie de Materia en suspension dans l'air retombe lourdement dans son corps. Ses yeux s'ouvrent sous le choc. Elle se réveille en sursaut. Sur les marches de bois de l'escalier abrupt, les chaussures de l'homme font des bruits de succion prononcés. Sur le sol, il trébuche parce qu'il fait noir et qu'il n'a pas apporté de lanterne. Materia ne bronche pas. Elle se résume à une paire d'yeux. Un désert avec des yeux.

James l'a oubliée ou ne lui accorde aucune importance. Il ouvre avec fracas la porte de la chaudière éteinte et y jette une brassée de draps maculés de sang, les imbibe de kérosène et y met le feu. Le rougeoiement soudain de son visage surprend même Materia, et des larmes lui viennent aux yeux parce qu'il n'y a rien de plus triste que le diable. Des larmes lui viennent aux yeux parce que sous cette lumière, sous celle du feu comme sous celle des chandelles, l'essence de la beauté d'un être transparaît. La lumière des chandelles, douce et caressante, est la compagne idéale de l'amour. Les flammes révèlent l'essence de James, et cette vision fait voler en éclats ce qu'il reste du cœur de Materia, cette image de lui tel qu'il était il y a si longtemps, quand ils étaient tous les deux seuls dans le chalet de chasse à la morte-saison, le don de la couverture en tartan de sa mère et le chant et la béatitude que fait naître en lui la langue de sa mère, il l'aimait, mais elle ne savait pas qu'il lui incombait de le sauver, elle ne savait pas, elle ne savait pas, il a dû tomber et se blesser car son visage est souillé et ses joues sont striées de sang.

Il jette un peu plus de carburant sur les flammes. Materia ne pourra pas rester beaucoup plus longtemps près de la chaudière. S'il ne s'en va pas bientôt, elle va devoir bouger et trahir sa présence. Mais il ferme la porte de la chaudière. Le rougeoiement s'éteint et la douce tristesse de James disparaît, remplacée par les ombres du visage qu'elle a appris à connaître. Materia sent fondre la boule qu'elle avait dans la gorge.

Tandis qu'il monte, faisant passer son poids d'une jambe sur l'autre en haletant, Materia essuie ses larmes de ses mains couvertes de suie. Dépliant son corps, elle se traîne sur le plancher recouvert de cendres. Debout, elle redevient une paire d'yeux mobiles.

Avant l'aube, Frances ouvre les yeux, Mercedes profondément endormie à ses côtés, et voit une femme noire qui l'observe. La femme, tendant la main, lui caresse légèrement le front. Après avoir touché Mercedes de la même façon, elle s'en va. Frances se rendort. Bonbons. Elle rêve de bonbons.

Il y a clair de lune. Regardez au-delà de la rue Water. Dans l'espace solitaire qui s'étend entre les dernières maisons et le rivage mordu par la mer, un arbre déploie un réseau d'ombres qui s'agitent et se gonflent en un point donné, comme s'il y poussait des fruits sombres qui pendent, puis tombent du rameau. C'est une silhouette qui, sortie des branches, passe dans la rue. Elle s'arrête, vacille sur place comme une plante sur le lit de l'océan. Puis elle remonte la rue jusqu'au cimetière. Elle avance parmi les pierres tombales qui se sont multipliées avec l'essor de la ville, sans s'attarder près du monticule le plus récent. Elle poursuit jusqu'au bord de la falaise. Là, elle se met à plat ventre et pose sa tête sur le rebord, comme si la Terre était une guillotine géante. Regardant droit devant vers la mer, qui, plein est, s'étend sur sept mille kilomètres, elle chante.

Se peut-il que l'Atlantique porte le chant sur ses eaux jusqu'à ce que, assoiffé et loqueteux, il atteigne le détroit de Gibraltar, où la réverbération de son propre écho sur le rocher des temps le ravive quelque peu, et qu'il poursuive son périple, tournant sur son axe en lambeaux, pour arriver au Liban, où son élan se brise enfin et où, après un instant de repos, il descend en arcs sur la plage de sable en contrebas, pour, à la fin, y dormir en paix et pour l'éternité ?

Quand, à trois heures du matin, Mme Luvovitz ouvre la porte de derrière, une grosse frayeur l'attend. Il y a quelqu'un dans son jardin. La silhouette se tient là, légèrement de travers, comme si elle avait été poussée par un vent qui, depuis, a cessé de souffler.

Mme Luvovitz s'était réveillée parce qu'elle avait entendu quelque chose. Rien de moins qu'une femme qui chantait. Elle ne comprenait pas les paroles. Benny a continué de dormir. Difficile, dans ces conditions, de ne pas penser « *banshee* » — il arrive parfois à ces esprits de gémir, de pleurer ou de chanter doucement, mais leur message est toujours le même : quelqu'un va passer de vie à trépas. Lorsque Mme Luvovitz ouvrit les yeux pour de bon, le chant avait pris fin. Elle jeta malgré tout un coup d'œil par la fenêtre — rien. Histoire de s'en assurer, elle descendit et ouvrit la porte, et c'est alors qu'elle fut frappée d'effroi — une silhouette était debout dans son jardin, lui tournant le dos.

L'instant d'après, la peur se mua en surprise : Mme Luvovitz avait reconnu la silhouette.

— Materia ?

Materia ne se retourne pas, ne bouge pas. Elle est une plante mûre fichée dans un sol peu profond, chargée de fruits, sur le point de tomber, les racines en l'air. Il suffirait d'un souffle léger pour la renverser.

Entre les haricots et les tomates, Mme Luvovitz s'approche de Materia et lui touche le bras. Il est froid, et doux, et dodu. Les cheveux de Materia ne sont pas noués. Ils flottent en vagues noires et drues jusqu'à ses épaules. Elle porte une des robes amples en coton que Mme Luvovitz l'a aidée à coudre, moelleuse, adoucie par l'âge, couverte de fleurs sauvages aux teintes passées.

Materia se retourne et Mme Luvovitz aperçoit le devant de la robe.

— *Gott in Himmel !*

Debout dans la cuvette de Mme Luvovitz, Materia se fait laver. Elles sont dans la cuisine, où le feu est allumé. L'eau est noire de sang et de cendre de charbon. La robe de Materia gît sur le plancher, le devant comme une croûte, bonne pour la poubelle. Mme Luvovitz la lave tout doucement, sans frotter et sans linge, avec ses seules mains savonneuses, comme si Materia était un nouveau-né. Materia a une peau dont la texture, sinon la couleur, rappelle le lait ; elle est tout en courbes, avec des muscles compacts sous une enveloppe tendre. Materia ne dit rien. Tous les efforts et toutes les angoisses que suppose la différenciation des choses ont été emportés à jamais, toutes les distances ont été abolies — le visage de Mme Luvovitz et le cap de Bonne-Espérance, le corps tiède de Materia et le reste du monde.

Mme Luvovitz charge Benny de se rendre chez les Piper pour voir ce que, au nom du ciel, on peut bien y trafiquer. À son arrivée, à trois heures trente du matin, il trouve James, vêtu d'une chemise blanche impeccable, en train de faire du thé. Dans la maison, il fait très doux, chaud. Là-haut, Kathleen est morte, recouverte d'un drap frais. Un bébé dort dans un berceau près du poêle.

— Je suis navré pour toi, James.

— Merci, Benny. Je te sers quelque chose à boire ?

— Une tasse de thé.

Le matin venu, Mercedes, s'éveillant à côté de Frances, aperçoit une tache noire sur le front de sa petite sœur. On dirait de la cendre. Mercedes se lèche le doigt et l'efface. Frances dort toujours. En s'habillant, Mercedes remarque une tache semblable sur son propre front. Elle l'efface. Frances s'éveille.

— Mercedes, j'ai rêvé que la dame qui m'a donné le bonbon est venue dans notre chambre, cette nuit.

— Quelle dame ?

— La dame noire. Elle m'a touchée.

Mercedes sait qu'il s'agit du diable et que c'est le chapelet qui les a protégées. Le diable serait bien capable de vous laisser une tache de cendre sur le front. Il serait bien capable de parodier le geste du prêtre à l'occasion du mercredi des Cendres. Et ce n'était pas Notre-Dame. Chacun sait que Notre-Dame est d'un blanc immaculé et qu'elle porte une robe bleue.

— Ce n'était qu'un rêve, Frances.

— Elle était magnifique.

Mercedes dit une prière silencieuse à l'intention de sa sœur.

— C'est ma bonne fée, dit Frances.

Mercedes, après avoir placé son chapelet autour du cou de Frances, descend à la cuisine aider maman à préparer le petit déjeuner. Frances se recroqueville sur le côté en frissonnant.

Papa attend Mercedes à la cuisine. Il lui a préparé du porridge. Elle s'installe à table.

— Bonjour, papa.

— Il faut que tu sois raisonnable, Mercedes.

Il la regarde. Ils ont les mêmes yeux, quoique ceux de sa fille soient bruns. Ils ont le même visage de grès entamé par le chagrin ; celui de Mercedes se teinte légèrement d'olive. Mercedes, qui comprend que le pire est à craindre, déplie sa serviette et la pose méticuleusement sur ses genoux. Elle se félicite d'avoir particulièrement soigné ses nattes, ce matin.

— Ta sœur Kathleen nous a été enlevée.

— Elle est allée à New York ?

— Elle est partie retrouver Dieu.

Une brèche s'ouvre dans l'estomac de Mercedes. Elle la colmate en prenant sa cuillère.

— Merci d'avoir préparé mon petit déjeuner, papa.

— Il faut que tu t'occupes de ta maman.

— Maman est malade ?

— Non. Mais elle est très fatiguée. Elle vient d'avoir un bébé.

— Ah bon, fait Mercedes, en souriant poliment, tandis que sa première ride permanente se creuse. Un garçon ou une fille ?

— Une autre petite sœur pour toi.

— Ah bon.

La deuxième ride permanente.

— Maman est très triste d'avoir perdu Kathleen. Elle est trop fatiguée pour s'occuper du bébé.

— Je m'en charge.

— Tu es une bonne fille.

— Ne te fais pas de souci, papa.

La version officielle

Elle a subi les plus rudes épreuves avec un calme, une force d'âme et une résignation qui sont les meilleures preuves de l'innocence de sa vie.

ÉPITAPHE, CIMETIÈRE DE HALIFAX

Materia avait fait ce que commande l'Église catholique romaine : la mère était morte. Et James, bien entendu, n'était pas présent au moment de la naissance, de sorte qu'il n'avait été en mesure ni d'appréhender le danger ni d'intervenir. Il n'y eut donc pas d'enquête, et le médecin de même que le croque-mort gardèrent les détails pour eux et pour leurs épouses.

Un seul enfant était né.

Kathleen était superbe, Dieu ait son âme, si jeune et si vivante. On aurait dit qu'elle dormait. On l'a enterrée en blanc, dans ce qui aurait dû être sa robe de noce. L'influenza, vous savez, sur trois continents pas une famille qui ait été épargnée. Avec ce don de Dieu et toute sa vie devant elle.

Chacun savait que Kathleen était enceinte et qu'elle était morte à cause du bébé. Il aurait fallu être idiot pour l'ignorer, avec le retour précipité de la fille et son enfermement à la maison. Cependant, dans un tel cas, on fait semblant de croire comme tout le monde que l'enfant est issu de ses grands-parents. Chacun adhère à cette fable, et les seules personnes qui évoquent à voix basse les circonstances réelles de la naissance de l'enfant illégitime sont si malveillantes au départ qu'on peut aisément refuser de prêter foi à leurs propos, sous prétexte qu'elles mentent tout le temps. Et c'est bien ce qu'elles font en réalité. Car le pieux mensonge dit la vérité au sujet de l'enfant, il dit : « Tu appartiens à la collectivité », tandis que ceux qui révèlent la vérité par malice utilisent la réalité pour colporter un mensonge, soit : « Tu n'as pas ta place parmi nous. » Il s'agit d'un système imparfait, mais fort répandu. Puis, au fil des ans, les faits s'érodent ; le temps les éparpille jusqu'à ce que, un beau jour, le nombre de ceux qui ignorent la vérité surpasse le nombre de ceux qui la connaissent.

Mahmoud fait son deuil

Mahmoud ne veut jamais revoir Materia, ni son mari, ni ses enfants, ni aucune preuve de leur existence. Le seul lien qu'il ait entretenu avec la famille Piper au cours des dix-neuf dernières années tient à l'accord commercial conclu avec James, et tous deux y ont trouvé leur compte, sans avoir jamais à se rencontrer face à face. Mais c'est terminé.

Kathleen était le placement de Mahmoud, sa fierté, mais il aurait dû savoir qu'exposer au monde la fille et son don revenait à les prostituer. Elle était partie et avait fait les frais de la vanité (dans le cas de James) et de la stupidité (dans le cas de Materia) de ses parents pour finir comme fille de joie. Voilà. Où l'a-t-elle fait, par qui s'est-elle laissé faire et à combien de reprises, qui était-ce, un quelconque chien d'Anglais, enfant d'une chienne *enklese*, sans respect pour les filles, ou, pis, un Juif, New York en regorge, ou, pis encore, un homme de couleur — ils pullulent aussi dans cette ville — et, une fois dans le sang, cela dort pendant des générations pour s'éveiller lorsqu'on s'y attend le moins, où était son père quand elle se faisait avilir dans la ville la plus ignoble qui soit, où on fornique comme des chiens ? Et voilà un nouveau bâtard dans la famille, encore une fille par-dessus le marché, mon gendre est vraiment maudit. Mauvais au début, mauvais à la fin, je m'en lave les mains.

Mahmoud enrage de se voir étouffé par les larmes tandis qu'il regarde la fille blanche comme le lis dans son cercueil, sa chevelure couleur de cuivre étendue autour d'elle. C'est la première fois qu'il la voit de près. Et il fulmine de constater qu'ils oseront l'inhumer en blanc, *en blanc* ils l'enverront à Dieu, qui voit tout !

— Et voilà mon idiote de fille à l'orgue. J'aurais dû lui briser les doigts à sa naissance. J'aurais dû casser le piano et tuer Piper, ce fils de pute ! Au lieu de quoi j'ai eu pitié, et voyez le résultat.

Mahmoud observe Mercedes et Frances, propres comme des sous neufs, assises aux côtés de James, qui a l'air parfaitement délavé dans son costume noir.

— S'il a de la jugeote, il va mettre l'aînée au couvent et se débarrasser de la plus jeune en la mariant avant même ses premières règles. Que le diable les emporte tous.

La chaise berçante

James s'offre son dernier verre le soir des funérailles de Kathleen. Minuit a sonné quand il rentre de la remise, s'assoit au piano et attaque les premières mesures de la sonate *Clair de lune* et de nombreux autres morceaux.

À l'étage, Mercedes s'éveille lorsque la musique s'arrête. Frances n'est pas dans le lit. Mercedes s'assoit et regarde par la fenêtre, s'attendant à voir Frances dans le ruisseau encore une fois, mais non. Mercedes sort de la chambre, s'arrête sur le palier et regarde en bas. Il y a de la lumière dans le salon. Et quelque chose vient de la cuisine — une odeur. Il est tard, mais maman fait cuire des rognons pour une tourte. Le plat favori de papa. Mercedes descend une marche. Deux marches. Trois. Et s'arrête pour écouter… un petit bruit, comme celui que produirait un chiot. Songeant aux chatons qu'elle a vus dans le ruisseau, l'autre nuit, Mercedes frissonne. Elle n'aime pas que Frances vagabonde dehors à la nuit tombée. Elle préférerait que, la nuit, chacun reste au lit. Elle-même voudrait regagner son lit douillet, mais elle est maintenant l'aînée. Posant doucement la main sur la rampe, elle descend vers la lumière répandue au pied de l'escalier, contourne la porte voûtée du salon et s'immobilise.

Tout va bien. Frances est en vie. Papa la berce. C'est drôle parce qu'on eût dit que Frances regardait Mercedes avant même qu'elle n'arrive devant la porte. C'est papa qui fait le petit bruit de chiot. Il est triste à cause de la mort de Kathleen. Il a encore plus besoin de ses petites filles maintenant. Frances est assise bien sagement, sans se trémousser, pour changer. Mercedes attend que la chaise berçante s'immobilise, puis Frances descend des genoux de papa et vient la rejoindre. Pendant qu'elles remontent l'escalier, main dans la main, Frances dit :

— Ça ne fait pas mal.

— Je n'aime pas l'odeur des rognons, dit Mercedes.

— Moi non plus, affirme Frances.

De retour dans le lit, Frances une fois de plus pelotonnée contre elle, Mercedes a peur. Et elle a un peu mal au cœur sans savoir pourquoi. Elle se lève, se dirige vers la bassine et vomit. C'est sûrement l'odeur des rognons qui l'a écœurée. Pourquoi maman fait-elle des tourtes à la viande au beau milieu de la nuit ? Et y a-t-il vraiment des endroits où on met des enfants dans les tourtes pour ensuite les manger ? C'est péché de prêter de telles intentions à maman. Mais elle ne peut s'en empêcher. Elle sait qu'il ne peut y avoir de bébé dans la tourte, mais elle sait aussi que, dès qu'elle perd Frances de vue, des catastrophes se produisent.

Le premier saint sacrement

— Papa, où est maman ?
— Il faut que tu sois raisonnable, Mercedes.

La première chose que fit James après avoir traîné jusque dans la chambre le corps de Materia fut de courir chercher le prêtre, pas pour Materia — c'était trop tard —, mais pour la petite fille. James avait enfin compris : Dieu existe. Et le diable existe — c'est un mal nécessaire. On a beau être maudit, Dieu a un plan pour chacun.

À défaut d'avoir la foi, on peut aussi ployer sous le joug d'une culpabilité irrémédiable, de l'absence de sens qui vous tenait lieu de libre arbitre, et cesser de fonctionner. C'est impossible. Des enfants sans mère dépendent de lui.

Il dépêche le prêtre chez lui, puis court chez le médecin.

La petite, brûlante de fièvre, est atteinte de poliomyélite. Ou de « paralysie infantile ». Mais on peut l'attraper sans être enfant.

La maison est mise en quarantaine. Comme ils n'ont jamais reçu beaucoup de visiteurs, la différence est à peine notable. Mais c'est maintenant officiel. Le docteur, armé de son pot de peinture noire, trace un *X* sur la porte de devant comme sur de nombreuses autres. Chaque jour, des gens crachent sur leurs seuils, devant et derrière, en déclarant :

— Pas de maladie chez moi.

Mais le charme n'opère plus. La maladie est partout.

La grippe espagnole vole la vedette aux acteurs de la troupe habituelle que sont la diphtérie, la tuberculose, la scarlatine et le typhus. Pas besoin d'être espagnol pour l'attraper. En 1918 et 1919, la grippe fait, dans le monde, des millions de victimes de plus que la guerre. Nombreux sont ceux qui croient que la maladie vient des rats qui ont rongé les cadavres dans les tranchées.

Dans le cimetière, les petites croix blanches sur lesquelles sont sculptés des agneaux attendrissants se multiplient. Les enfants ont été particulièrement touchés. Mercedes vient tout juste de terminer sa première année. Elle fréquente l'école Notre-Dame-du-Mont-Carmel et, jusqu'aux vacances d'été, elle a dû porter un masque chirurgical blanc en classe, comme les autres enfants, pour éviter la propagation des microbes.

Les enfants chantent :

— Bonjour, docteur, dit Mlle Pauline. Venez vite, ma poupée a mal au cœur. Oh, mon Dieu ! Dans une heure ? Ô docteur, j'ai peur, si peur.

Dans toute la ville, la nourriture et le lait sont laissés dans la rue. Personne ne veut s'approcher. Même les médecins et les infirmières tombent comme des mouches. On surveille attentivement les livraisons de charbon : si on vous livre un chargement que vous n'avez pas commandé, un des habitants de votre maison sortira dans une boîte. Si un cheval noir s'arrête devant chez vous, faites vos prières. Si un cheval blanc paraît pendant la nuit, tout est perdu.

Le docteur, à côté de James, regarde dans le berceau. De l'autre côté, il y a le prêtre. Paré de ses vêtements sacerdotaux, il tient les burettes d'eau bénite et d'huile. James ignore que le bébé a déjà été baptisé. Il ignore ce que faisait Frances dans le ruisseau. Tout ce qu'il sait, c'est qu'elle est mauvaise. Quant à la nuit des funérailles de Kathleen — eh bien, dorénavant, il ne boira plus que du thé.

Le prêtre baptisera la petite sans la soulever parce que, à ce stade de la maladie, tout mouvement pourrait lui être fatal.

— Qui servira de parrain à l'enfant ? demande-t-il à James.

— Moi, répond James, puisque, dans la maison en quarantaine, il n'y a personne d'autre que le docteur et qu'il est protestant.

L'Église catholique romaine attend James depuis toujours. Il se remémore son baptême forcé, il y a longtemps, à l'époque de son mariage avec Materia. Il était resté debout dans une attitude de défi, sans baisser les yeux, tandis qu'un prêtre marmonnait :

— Voix de Yahvé dans la force, voix de Yahvé dans la majesté. La voix de Yahvé brise les cèdres, Yahvé brise les cèdres du Liban.

Il n'y vit alors qu'une frime. Mais il sait aujourd'hui qu'il n'y a pas d'accident ; il n'y a que des épreuves. L'Église regorge d'exemples d'hommes comme lui, qui se croyaient maudits et qui ont été sauvés. Monstres et martyrs à parts égales. Et par la vertu d'un seul geste — peut-être invisible et enfoui profondément dans le cœur à l'heure de la mort —, ils ont été sauvés. Voire sanctifiés.

— Et qui lui servira de marraine ? s'enquiert le prêtre.

James ouvre la porte derrière laquelle Mercedes attendait. Il l'oblige à rester sur le seuil, à bonne distance du berceau bouillonnant. Les cheveux de Mercedes sont nattés de frais, quoique de façon inégale. Elle n'a pas encore l'habitude. Elle porte un tablier de vichy bleu et des bas rouges parce que le bleu et le rouge vont bien ensemble.

Le prêtre ne sourcille pas. Aux yeux de l'Église, un enfant peut agir comme parrain en cas d'urgence, et il paraît évident que le bébé ira bientôt rejoindre Dieu.

Le parrain et la marraine promettent, en cas d'incapacité des parents, d'élever l'enfant dans la foi catholique romaine. Il s'agit habituellement d'une promesse hypothétique, mais pas pour Mercedes, puisque Materia est déjà morte. « C'est moi qui suis sa mère maintenant, se dit-elle. Comme j'ai déjà été confirmée, je suis prête. »

En mai dernier, Mercedes a revêtu une robe et un voile d'une blancheur immaculée et, avec le reste de ses camarades de classe propres comme des sous neufs, a reçu de l'évêque le soufflet rituel. Depuis, trois de ses camarades sont mortes. Dottie Duggan, qui occupait le pupitre voisin, est morte. Dottie avait l'habitude répugnante de manger de la colle et de se curer le nez, mais elle compte aujourd'hui parmi les anges de Dieu. Mercedes a choisi Catherine de Sienne comme nom de sainte, même si elle souhaitait ardemment porter celui de Bernadette, mais Bernadette n'était pas encore une sainte : Quand, oh, quand ? Frances voulait que Mercedes choisisse Véronique à cause de son mouchoir magique.

— Pas magique, Frances. Miraculeux.

Le prêtre, se penchant au-dessus du berceau où le bébé repose sur son lit de braise, lui demande :

— *Quo nomine vocaris ?*

Dans la porte, James et Mercedes répondent ensemble, au nom du bébé :

— Lily.

James n'a pas cherché de deuxième nom. Il n'en avait pas eu le temps. Il espère simplement qu'elle vivra assez pour utiliser celui-là.

— Lily, *quid petis ab Ecclesia Dei ?*

— La foi, répondent James et Mercedes en chœur.

En vertu d'une dérogation spéciale, ils répondent en anglais, car Mercedes est trop petite pour avoir appris tous ces mots latins — encore que, si elle en avait eu le temps, elle aurait essayé.

Il tarde à Mercedes de jeter un coup d'œil à sa nouvelle petite sœur. Elle observe le prêtre se pencher et souffler doucement dans le berceau à trois reprises. Il chasse ainsi l'esprit malin pour faire place à l'Esprit-Saint. Le consolateur.

— *Exorcizo te, immunde spiritus... maledicte diabole.*

Longuement, le prêtre bénit Lily et prie au-dessus d'elle. James et Mercedes disent le Credo et le Notre-Père. Puis le prêtre reprend ses questions.

— Lily, *abrenuntias satanae ?*

— J'y renonce.

— *Et omnibus operibus eius ?*

— J'y renonce.

Le prêtre oint la tête de Lily avec l'huile, tandis que le parrain et la marraine attestent leur foi dans l'Esprit-Saint, la sainte Église catholique, la communion des saints, la rédemption des péchés, la résurrection de la chair et la vie éternelle. Il asperge d'eau bénite le front brûlant. L'eau perle dans l'huile et y frémit tandis que le prêtre baptise la petite fille « *in nomine Patris, et Filii, et Spiritus Sancti* ».

Mercedes, lorsque le prêtre se tourne vers elle, tremble devant la solennité du moment. Elle tend à James le précieux ballot de satin blanc, soigneusement plié, qu'elle tenait dans les bras. C'est la robe de baptême de la famille. James la remet au prêtre. Lily est trop malade pour la porter, de sorte que le prêtre ne fait que la poser sur elle en lui demandant d'accepter ce vêtement blanc et de ne jamais permettre qu'il soit souillé.

C'est ainsi que, à presque sept ans, Mercedes, avec son père, assume la responsabilité de l'âme de Lily Piper.

Au tour du médecin maintenant. Il jette un coup d'œil dans le berceau, secoue la tête, regarde James, l'air de dire : « Tout est désormais entre les mains de Dieu », tapote l'épaule de Mercedes et part avec le prêtre.

Des bébés dans la forêt

— Frances, dit Mercedes en lui tendant une tasse de chocolat chaud, maman est partie.

— Où ?

— Trouver Dieu.

Malgré le soleil et la brise venue de la mer, le cimetière était sinistre. Elles virent le cercueil de maman descendre dans le sol. Elles jetèrent une poignée de terre dessus. Ce faisant, elles se sentirent bizarres — ce n'était pas très gentil. La tombe de Materia fut placée tout contre celle de Kathleen. « Kathleen est là-dessous », songèrent Mercedes et Frances — même si Mercedes essaya de se convaincre que Kathleen n'était pas là-dessous, qu'elle était avec Dieu. Frances était très inquiète pour Kathleen — Il fait noir sous la terre. Comment respire-t-elle ? A-t-elle peur des autres morts ? La plupart sont aujourd'hui des squelettes. Y a-t-il des vers ?

Après, ils rentrèrent, et papa fit chauffer une tourte prise dans le réfrigérateur. Comment un plat préparé par maman pouvait-il se trouver sur la table quand maman était sous terre ? James mangea, mais les petites ne purent rien avaler. Elles tentèrent de retenir leur souffle jusqu'à ce qu'on les autorisât à quitter la table. Frances s'efforça de ne pas imaginer maman couper des rognons crus avec les ciseaux. Clic-clac.

La nuit des funérailles de maman, elles n'arrivèrent pas à dormir. Après être sorties du lit en silence, elles s'agenouillèrent devant la porte de l'ancienne chambre de Kathleen, où leur nouvelle petite sœur dormait. « Combien de Lily peut-il y avoir dans une seule et même famille ? » se demandait Mercedes. Quant à Frances, elle était inquiète : les bébés appelés Lily restaient couchés, parfaitement immobiles, puis on les emportait. « Si papa l'a appelée Lily, c'est à cause de quelque chose que j'ai fait, pensait Frances. Pour que je me souvienne. De quelque chose. » Elles prièrent.

— Ange de Dieu, toi qui es mon gardien, aie pitié de notre petite sœur, ainsi soit-il.

Elles chantèrent :

— Dodo, l'enfant do, l'enfant dormira bien vite, dodo, l'enfant do, l'enfant dormira bientôt.

Et elles lui parlèrent de tout ce qu'elles feraient ensemble quand elle irait mieux.

— Nous mangerons des bonbons pour le petit déjeuner, promit Frances.

— Nous deviendrons membres de la chorale, jura Mercedes.

— Nous revêtirons de magnifiques robes de bal.

— Nous préparerons des plats sublimes pour papa.

— C'est promis, Lily.

— C'est juré, Lily.

— Sur nos tombes.

— Sur nos os.

— Sur nos rognons.

Ce qui les fit pouffer. D'en bas, papa leur ordonna de se mettre tout de suite au lit. Toutes deux entonnèrent aussitôt à voix basse :

— Le docteur soupire et dit : « Mettez-la tout de suite au lit. »

Mercedes borda Frances avec sa poupée préférée, une magnifique danseuse de flamenco vêtue d'une robe rouge. Pendant un instant, Frances fit danser la poupée sans bruit. Elle l'obligea à rentrer à la maison et à préparer des galettes à la mélasse pour ses enfants.

— Maintenant, soyez gentils, dit la danseuse à ses enfants. Je dois étudier. Après, si je ne suis pas trop fatiguée, peut-être irons-nous au vieux pays. *Inshallah.*

Après un certain temps, Frances demanda :

— Mercedes ?

— Oui ?

— Et si papa mourait ?

— Papa ne va pas mourir, Frances.

— Nous serions orphelines.

— Papa ne va pas mourir.

Mais Frances pleurait, son petit visage scintillant tout chiffonné, ses larmes chaudes comme l'eau de la bouilloire.

— Frances, je ne te laisserai jamais devenir orpheline.

— Je ne veux pas que papa meure, pleurnicha Frances, inconsolable à cause de son pauvre papa, de ses deux petites filles perdues dans la forêt, sans rien à manger et avec des feuilles pour toute couverture.

Frances pleurait à cause des gentils oiseaux et des écureuils tristes et du pauvre papa qui ne peut rien pour ses chers enfants. Voilà des jours qu'elle n'avait pas eu aussi chaud.

— Frances, je ne te laisserai jamais devenir orpheline.

Frances pleurait si fort que Mercedes s'alarma.

— Je veux que maman re-e-e-vienne-e-e-e.

Mercedes, caressant les nattes crépues de Frances, murmura tendrement :

— Tout va bien, bébé. Maman est là.

Frances s'arrêta de pleurer.

— C'est moi qui suis ta maman maintenant.

Frances resta un moment immobile, puis dit :

— Non, c'est pas vrai.

— Oui, c'est moi, mon trésor.

Frances se roula en une petite boule compacte.

— Maman est là, chuchota Mercedes, maman est là.

Frances serra si fort ses genoux que ses os se touchèrent. Elle transforma ses membres en petites branches bien solides. Elle fit de sa colonne vertébrale une tige flexible, et de sa peau, une écorce nouvelle. Sans pleurer.

Après cette nuit-là, jamais plus Frances ne réclama sa maman. « Il vaut mieux que maman soit partie, se disait-elle en ressassant encore et toujours dans son esprit les événements terribles dont elle ne se souvenait plus très bien — tissant les fils en une ingénieuse cape bigarrée. Sinon, elle saurait combien j'ai été mauvaise. »

Lily qui a survécu

Le lendemain des funérailles de Materia, le soleil se lève joyeusement. James dit à Mercedes :

— Viens voir ta filleule.

Frances suit. Ils entrent dans la chambre de convalescence, maintenant dépouillée de tout, à l'exception des glorieux rayons du soleil qui entrent par la fenêtre ouverte, baignant le berceau dans un halo de poussière éblouissant. Mercedes et Frances s'approchent et jettent un coup d'œil entre les barreaux. Papa se rengorge. Les petites filles comptaient trouver une version joufflue et couleur pêche de leurs poupées, au lieu de quoi elles découvrent, sous une touffe de poils noirs qui a l'air d'une perruque de foire, une petite chose aux joues creuses. Des yeux sombres remplis d'une sollicitude intense et attentive — ils en ont déjà vu d'autres.

— Qu'est-ce qu'elle a ? demande Frances.

— Rien, répond James. Elle est parfaite.

« On dirait une négresse », pensa Mercedes, et Frances dit :

— Elle a quelque chose de bizarre.

Ce qui lui vaut de se faire pincer l'oreille.

— Elle est magnifique, dit Mercedes, en prenant note mentalement de confesser le mensonge.

James saisit la petite dans ses bras.

— C'est une batailleuse.

Frances descend à la suite de papa, et du bébé, et de Mercedes. C'est l'heure de la nourrir. Dans la cuisine, on entend le tintement d'une jolie musique. À leur entrée, ils trouvent une poupée de porcelaine, haute de quinze centimètres, qui, posée sur la table, tourne sur elle-même. Elle porte des bottines en chevreau et une robe de soie vert citron sur quelques jupons, et tient à la main, au-dessus de ses frisettes blondes, un parasol jaune et blanc. Sur le socle, on lit : « Une demoiselle à l'ancienne. » C'est pour Mercedes.

— Pour te remercier d'être si raisonnable.

— Oh, merci, papa.

Frances est ravie qu'il y ait du bonheur dans la maison.

— Elle sera à nous deux, Frances.

— Non, à toi seule, Mercedes.

Mercedes autorise Frances à la remonter.

— Pas trop fort, attention.

Frances la traite avec vénération, sans parvenir pour autant à réprimer le désir de savoir d'où vient la musique.

Dans les bras de Mercedes, le bébé, que James fait boire au compte-gouttes, manque de tonus, mais semble éveillé.

— Elle va s'en sortir. C'est un miracle.

« Je tiens dans mes bras un miracle », se dit Mercedes.

— Elle a quand même quelque chose de bizarre, ajoute Frances en sourdine.

Je te ramènerai, Kathleen...

Faire l'amour à New York annonce à Kathleen que le temps présent a enfin débuté. C'est l'été. Pour elle, le présent prend la forme d'un pays nouveau à l'abri des attaques des vieux pays parce que les Goths et les Vandales n'en soupçonnent même pas l'existence. Le présent, cependant, n'est pas inexpugnable. On peut y ouvrir une brèche. Trop jeune, Kathleen l'ignore. Pour le moment, c'est l'été, et elle fait l'amour. Elle vient de naître.

Mon amour
Je t'aime
Oh
Tu es comme le miel
Je t'aime
Ô toi
Oh

Conversation d'un premier amour. Les bouches sont insatiables, impossibles à rassasier. Invisible, l'océan berce la chambre, le lit, les deux êtres en suspension, il les berce comme des plantes aquatiques, leurs bras bougent sans cesse, frondes dans la brise liquide, leurs mains se meuvent sans cesse, lentement, côte à côte, caressant le corps de l'autre, Bonjour..., leurs doigts s'ouvrent sans cesse en éventail, vrilles offertes en un bouquet mouvant, leurs corps tanguent et tanguent, parfois violemment, parfois de façon presque imperceptible. Effleurement doux qui provoque le désir d'un effleurement plus intime et brise la surface des eaux, *je ne suis jamais assez en toi,* ils avalent l'air goulûment, *tu n'es jamais assez en moi,* sur la terre ferme maintenant, « Dans mes bras à jamais », la chaleur du désert, *je te bois, mon amour, mon oasis chatoyant sous un palmier, je me consumerai ici avant de disparaître* — jusqu'à l'avènement du sommet miséricordieux, et après, la lente descente, bassines d'eau renversées au ralenti, zébrant le sable, jusqu'à la reprise du mouvement doux, lit de l'océan, effleurement qui ranime la mer.

Je te veux
te veux toi
te veux toute
te veux
ô toi
douceur
quelle douceur
Oh
Oh
tu es comme le miel
Je t'aime
tu as le goût du miel
mon amour

Cet automne-là, James reçut une lettre. Il alla là-bas et ramena Kathleen à la maison le jour même où la guerre prenait fin.

de l'autre côté de la mer...

LIVRE 3

LE CORDONNIER ET SES LUTINS

Contrebande

1925. Poisson d'avril — encore que Frances n'ait pas besoin de prétexte. Lily et elle jouent dans le grenier, entourées d'une foule de poupées. La pièce est vide, le coffre excepté. Lily aura bientôt six ans. Frances en a onze. Elle s'est arrogé le titre de gardienne, de compagne de jeu et de persécutrice de Lily. Lily n'y voit rien à redire.

Lily n'a plus rien du bébé bizarre qu'elle a été. Le seul vestige de cette époque est l'intensité particulière de ses adorables yeux verts, toujours prêts à accueillir une vérité solennelle.

Cette qualité amuse beaucoup Frances. Dans les cheveux noirs de Lily, on remarque désormais des reflets auburn ; même si, de nos jours, la plupart des garçons et des filles ont les cheveux mi-longs à la Buster Brown, ceux de Lily, dénoués, lui arrivent en dessous de la taille. Sa peau a la couleur des pêches, et de la crème, et du miel ; on la croirait caressée par le soleil, même en hiver. Elle a des lèvres comme celles de Rose-Rouge, et une adorable petite bosse apparaît sur son front lorsqu'elle est perturbée. Selon Frances, c'est une corne qui lui transpercera bientôt la peau.

Aujourd'hui, Lily, pomponnée, porte une robe à fanfreluches en taffetas vert pâle, coupée à hauteur des genoux, et une crinoline — sans raison particulière, sinon qu'elle est notre chère petite Lily et qu'il plaît à papa qu'elle soit joliment habillée. La plupart des filles, grandes et petites, ont depuis longtemps renoncé aux crinolines et aux jupons

— les femmes n'ont plus besoin de ces artifices qui les font trébucher, ayant trop à faire depuis la guerre. Lily, elle, n'a rien d'autre à faire que d'être heureuse.

Aujourd'hui, comme toujours, elle arbore une couronne rutilante de tresses que Mercedes a nattées si serré qu'elles lui tirent légèrement sur le coin des yeux. Mercedes coiffe toujours Lily, mais, quand il s'agit de s'habiller ou de prendre un bain, Lily ne s'en remet qu'à Frances. C'est ainsi, voilà tout. Encore que Lily ne sache jamais quand Frances fera ou dira quelque chose d'alarmant.

— Parole d'honneur, Lily, tu es adoptée. Nous t'avons trouvée dans une poubelle, couverte d'épluchures de pommes de terre.

Frances est une fille maigre et nerveuse. Et habituellement blanche comme un drap. Si on excepte le grain de beauté sur son nez grec. Si on excepte aussi les moments où elle rit ou s'apprête à jouer un tour pendable. Alors, des éclats verts s'allument dans ses yeux noisette, son nez rosit et une petite bande blanche paraît le long de son arête. Tel un marin à l'affût de la lueur d'un phare, Lily épie le nez de Frances. L'apparition de la bande blanche signifie que Frances s'apprête à prendre le mors aux dents.

Et où sont passées les magnifiques boucles blond cendré de Frances ? Elles ont été envahies par la broussaille. Dans son cas, l'expression *naturellement frisée* est une litote. En plein soleil, on aperçoit encore les vestiges du halo blond qui l'auréolait auparavant. Le reste du temps, il a été éclipsé par un déluge de brun-roux et cuivre. Comme Mercedes et Lily, Frances porte des tresses, mais les siennes sont faites de mèches folles qui se tordent et se contorsionnent pour, en fin de journée, se libérer enfin. Elle coupe elle-même sa frange.

Mercedes ne s'intéresse plus beaucoup aux poupées, mais Lily se passionne pour elles, et Frances aussi. Elle a encore toutes ses poupées de petite fille. Lorsqu'elles ne dorment pas dans le lit, les poupées vivent dans le grenier. Pour le moment, elles sont sagement alignées le long du coffre : il y a Maurice, le singe du joueur d'orgue de Barbarie, Scarlatine, la petite fille à la tête de porcelaine, Rose Diphtérie, dont Frances a raccourci la robe de velours selon les poncifs de la mode, les jumeaux, Aïe Typhoïde et Aïe Tuberculose, et la poupée garçon, Petite Vérole. Il y avait une adorable poupée en robe du soir, Choléra la France, mais elle est égarée. Trône fièrement, enfin, la danseuse de flamenco, avec sa robe cramoisie et ses castagnettes. Grippe Espagnole.

Lily vénère les poupées de Frances, mais la seule qu'elle aime de tout son cœur est la poupée de chiffon Muguette. C'est Mme Luvovitz qui l'a fabriquée, et Lily l'a nommée en l'honneur du parfum préféré de Frances. Elle a de jolies boucles brunes en laine, parfaites pour les nattes, sauf là où Frances les a un jour raccourcies. Aujourd'hui, Lily s'empare de sa poupée et, sans raison, lui arrache la bouche. Le regret vient, amer et instantané. Que faire ?

— Elle est fichue, fait observer Frances.

— Non, c'est pas vrai.

— Si. Allez, donne-la-moi.

— Qu'est-ce que tu vas lui faire ?

— Je vais la réparer.

— Ne la casse pas.

— Elle est déjà cassée.

Lily cède sa poupée.

— Tout va bien, Lily. Nous allons faire comme si elle avait la lèpre...

— Non !

— ... mais alors elle rencontre Jésus, et il la guérit.

De la poche de sa robe chasuble en plaid, Frances tire un stylo. Lily observe, prête à intervenir. Frances tient Muguette hors de la portée de Lily, mais la penche de façon rassurante : ainsi, Lily peut assister à la restauration minutieuse du sourire de la poupée. En travaillant, Frances chante :

— Bonjour, docteur, dit Mlle Pauline. Venez vite, ma poupée a mal au cœur. Oh, mon Dieu ! Dans une heure ?

Ô docteur, j'ai peur, si peur. Le docteur soupire et dit : « Mettez-la tout de suite au lit. Je serai là dans un quart d'heure, juste avant qu'elle meure. »

— Non ! Frances, tu changes les mots ! hurle Lily.

Frances lui rend la poupée.

— Voilà, j'ai fini.

— Pourquoi tu lui as fait une bouche bleue ?

— Elle est restée dans l'eau trop longtemps et ses lèvres sont devenues bleues.

— Et quand elle se sera réchauffée ?

— Elle ne va pas se réchauffer.

— Frances !

— Je n'y peux rien, Lily, dit Frances, raisonnable. C'est toi qui lui as arraché la moitié du visage. Je l'ai réparée, c'est tout. Sans bouche, elle avait l'air idiote. Quelle ingrate tu fais.

Lily regarde la poupée.

— Merci, Frances.

— Tu as de la chance qu'elle ne se soit pas noyée.

En Lily, l'amour fait son œuvre, et la poupée lui paraît encore plus adorable qu'avant. Frances, observant Lily cajoler l'objet en chiffon grossier, fait tourner une mèche de cheveux autour de son doigt.

— Lily, dit Frances, sur un ton de confidence aimable, tu sais ce que papa a dans la remise ? Un alambic. Il est contrebandier.

— Mais non, il est cordonnier.

— Il fait des bottes et du whisky. De contrebande.

— Frances.

— Et moi je suis alcoolique. Depuis l'âge de six ans. Pas un mot à Mercedes. J'ai commencé à boire le jour de ta naissance et je n'ai jamais cessé depuis. En ce moment même, je suis soûle.

Lily n'aime pas que les yeux de Frances se mettent à jeter des éclats verts. C'est le premier signe. Lily sait que Frances va lui confier un secret.

— Tu n'es pas ivre, Frances. Tu ne sens pas l'alcool.

— L'alcool est si pur qu'il n'a même pas d'odeur.

Frances possède l'art d'adopter une voix à la fois calme et sérieuse, à la manière d'un médecin qui dit les choses crûment : « J'ai bien peur qu'il faille vous couper la tête, madame Jones. »

— Papa ne te laisserait pas faire, Frances.

— C'est papa qui me fait boire. Je suis sa goûteuse.

— Je vais lui demander. Tu dis des mensonges, Frances.

— Si tu lui poses la question, il aura de la peine. Il fabrique de l'alcool uniquement pour nous assurer une vie décente. Et je dois l'aider. Dommage que je sois devenue alcoolique, mais c'est le sacrifice que je dois consentir pour vous venir en aide, à Mercedes et à toi. Que serait-il arrivé si nous n'avions pas eu les moyens de faire venir le docteur ? Il aurait fallu t'amputer la jambe.

Lily commence à pleurer.

— Je ne veux pas que tu sois alcoolique, Frances.

Lily pleure à chaudes larmes et le chagrin lui fait mal à la gorge.

— Je vais dire à papa de ne plus t'en donner.

— Ne pleure pas, Lily. Tout va bien. Ça ne fait rien. J'ai toujours su que j'allais mourir jeune.

— N-o-o-on !

Lily se couvre le visage, et des larmes lui coulent entre les doigts. Lentement, Frances la prend dans ses bras. Elle commence à la bercer pendant qu'elle pleure.

— Papa n'est pas méchant, Lily. Il nous aime beaucoup.

Frances ferme les yeux et absorbe le chagrin tiède que ses malheurs inspirent à Lily. Il se répand comme une panacée dans la poitrine étroite de Frances, qui connaît un précieux moment de paix. Lily chérie. Elle prend une profonde inspiration et son visage se décontracte, devient doux comme la peau d'une petite fille.

— Frances, Lily... Où êtes-vous ?

Mercedes n'aime pas hausser la voix. Tout ce qui vaut

d'être dit vaut de l'être sur un ton civilisé. Elle monte donc souvent l'escalier.

Les nattes brun clair de Mercedes sont sagement repliées en chignon derrière son cou. Elle porte un camée accroché à son col montant, et sa jupe de serge bleue s'arrête huit centimètres sous le genou. La modestie est toujours de mise. Mince, Mercedes apporte un soin scrupuleux à son maintien. Elle a douze ans, bientôt quarante.

Premier étage. Aucune trace des filles. Entre-temps, le foie refroidit dans la poêle. Bourré de fer et économique, le foie est un choix judicieux. C'est M. Luvovitz qui le dit, et il s'y connaît. Ces jours-ci, c'est Mercedes qui fait à peu près toutes les courses. Le vendredi, papa lui confie l'argent du ménage. Le samedi, elle fait le tour des commerçants. Récemment, elle a commencé à faire l'essentiel de la cuisine aussi. Après souper, Frances et elle débarrassent. Puis Mercedes fait ses devoirs. Ensuite, elle fait ceux de Frances — même si, se dit-elle, elle ne fait qu'aider Frances, sinon ce serait tricher. Que fait Frances ? Elle joue avec Lily ou s'amuse au piano. Papa a enseigné à Mercedes le piano jusqu'au niveau de la septième année, selon le classement du Conservatoire de Toronto, mais, avec Frances, il a renoncé plus tôt. Frances préfère jouer à l'oreille, mais seulement quand papa sort travailler.

Mercedes jette un coup d'œil dans la chambre de Frances et de Lily. Personne. Mercedes n'aime pas que le souper soit retardé, et il l'est souvent, mais jamais par sa faute. Elle soupire et appelle de tous ses vœux la fin de la journée, le moment où elle aura terminé toutes ses tâches et où elle pourra s'asseoir pour lire. Ces jours-ci, pour la deuxième fois, elle est plongée avec ravissement dans *Jane Eyre*. On est jeudi. Plus que deux jours avant le samedi, jour glorieux où, après avoir fait les courses, le lavage et le repassage, Mercedes ira comme à son habitude chez Helen Frye, sa meilleure amie — après Frances s'entend. Helen Frye vit dans une maison de la compagnie parce que son père est mineur, mais les Frye ne sont pas aussi pauvres que les autres mineurs, car Helen possède une qualité très rare : elle est enfant unique. Tous les autres sont morts. Helen a donc une chambre à elle et d'assez jolis vêtements. Samedi, Mercedes et Helen iront peut-être voir un film au *Bijou.* Il se peut aussi qu'elles travaillent à l'un de leurs projets communs : elles ont en chantier une courtepointe et des vêtements pour leurs futurs bébés. Peut-être aussi parleront-elles d'amour, comme elles ont récemment pris l'habitude de le faire. Helen est amoureuse de Douglas Fairbanks. Mercedes aussi est amoureuse, mais elle ne se résout pas à prononcer le saint nom de l'élu de son cœur.

La porte du grenier est entrebâillée. Mercedes reste au pied de l'escalier, quelque peu décontenancée. Quel intérêt ? Pourquoi jouer là-haut ? D'abord, il n'y a rien, sinon le vieux coffre, et c'est elle qui en a la clé ; ensuite, Frances est déjà trop vieille pour jouer de la sorte. Elle ferait mieux d'avoir des amies de son âge. Mercedes, plaçant les mains en porte-voix, appelle dans l'obscurité de l'escalier :

— Frances, Lily, à table !

Pas de réponse. Puis une plainte basse se fait entendre, un sifflement comme celui du vent, sauf que, de toute évidence, ce n'est pas le vent.

— Frances, assez de bêtises, le souper refroidit, dit Mercedes, en s'octroyant une touche d'exaspération bénigne.

— Mercedes... rends-moi mon foie.

— Pour l'amour du ciel, Frances...

— Mercedes... je suis sur la première marche.

Un bruit métallique se fait entendre.

— Le souper va être froid.

— Mercedes... je suis sur la deuxième marche.

Clic.

— Très bien, laisse-toi mourir de faim.

— Mercedes, murmure une voix. BOU !

— Ah-h-h-h !

Pourquoi ? Pourquoi se fait-elle prendre chaque fois ?

Frances, émergeant sur le palier, exécute une danse

écossaise, l'attelle de fer attachée à sa jambe gauche voltigeant comme un gourdin irlandais.

— Frances, papa est en bas... Frances !

Frances continue de danser, Offenbach, cette fois, en chantant avec un accent écossais :

— Savez-vous, savez-vous, savez-vous danser le cancan, le cancan, le cancan ?

Puis, plus vite :

— Savezvoussavezvoussavezvousdanserlecancanlecancanlecancan ?

Lily, effondrée au pied de l'escalier du grenier et éperdue de rire, s'efforce de ne pas faire pipi. Mercedes va succomber, malgré elle...

— Qu'est-ce que c'est que ce raffut, là-haut ?

C'est papa, monté sur la première marche.

Mercedes, s'accrochant à la rampe, crie :

— Rien, papa, nous arrivons.

Elle dévale les marches.

— Le souper est prêt quand tu voudras, papa, dit-elle en le retenant au pied de l'escalier, tandis que Frances se défait de la lourde armature de fer pour la rendre à Lily.

À table, ils disent le bénédicité :

— Seigneur Dieu, Père céleste, bénis-nous et bénis les biens que nous recevons de ta bonté infinie, par Jésus-Christ, notre Seigneur. Ainsi soit-il.

— *Inshallah*, ajoute Frances.

James lui fait les gros yeux en hochant légèrement la tête. Lily sourit derrière sa serviette. Mercedes sert.

— Miam, fait Frances. Du cuir et des oignons.

Papa lui pince l'oreille. Elle ne l'a pas volé. Ne l'écoutons pas.

— Les carottes viennent de notre jardin, papa.

James a laissé le jardin à l'abandon, mais, il y a un an, Mercedes l'a ressuscité, consciente de l'importance qu'il y avait attachée à une certaine époque. Avant les tristes événements. Très fière des carottes faméliques et des pommes de terre aux formes étranges qu'il produit, elle ne manque jamais de rappeler que la famille se nourrit des fruits du potager. James fait un signe de tête, lui sourit à sa façon vague et distante, puis se remet à manger. Frances, cependant, éprouve des difficultés.

Mange. Mastique, mastique, mastique, offre tout aux pauvres âmes du purgatoire. Dans le meilleur des cas, Frances a du mal à avaler ce qu'on lui propose — Si j'arrivais à faire passer le foie en douce dans ma poche, morceau par morceau — je sais, quand tout le monde sera endormi, ce soir, je vais coller une grande enveloppe sous ma chaise, et de temps à autre je...

— Mange, lui ordonne James.

Le front plissé et les larmes aux yeux, Lily mange courageusement.

— C'est bon, ma vieille. Tu n'es pas obligée de tout manger.

Lily regarde Mercedes, honteuse de la blesser.

— Non, c'est délicieux. Merci, Mercedes.

James glisse un sourire de complicité adulte à Mercedes, qui lui sourit en retour avant de retirer l'assiette de Lily et de lui demander de sa voix douce :

— Aimerais-tu que je te fasse un sandwich au fromage grillé, Lily ?

— Oui, s'il te plaît, Mercedes.

— Bonne fille, dit James.

— Quant à moi, je prendrais un filet mignon, dit Frances.

James lui décoche un regard — elle va bientôt tâter du revers de sa main.

Se tournant vers Lily, il tire sur l'une de ses nattes. Elle ressemble tant à sa mère. Elle a sa bouche adorable et son nez parfait, les mêmes yeux qu'elle. C'est tout le portrait de Kathleen, l'infirmité mise à part. Elle n'en est que plus précieuse à mes yeux. En tout bien tout honneur.

James flatte la jolie tête de Lily et Lily caresse la main de papa avec sa joue. Transformée en araignée, la main la chatouille sous l'oreille ; Lily, qui se tortille et glousse, l'arrête en lui donnant un petit baiser. Lily sent la désapprobation de

Mercedes, qui la croit sans doute trop vieille pour ce jeu, mais elle n'arrive pas à imaginer qu'elle sera un jour trop vieille pour jouer avec papa. Elle ne tient pas à vieillir autant.

Dans l'ensemble, James est satisfait de sa vie et, à certains égards, très heureux. Mercedes est solide comme le roc. Et Lily est adorable. Elles compensent pour Frances.

— Ça s'est bien passé à l'école aujourd'hui ? lui demande-t-il.

— Très bien, nous avons étudié un tas de fossiles et consacré toute la journée à *Jane Eyre*.

C'est la vérité. Frances a étudié les fossiles parce qu'elle a passé la journée au bord de la mer à lire et à faire ricocher des galets.

James la regarde et, dans le silence, Frances se sent quelque peu nerveuse, mais elle prend une nouvelle bouchée de foie. Mercedes attend près du poêle. Elle fera plus tard reproche à Frances d'avoir emprunté son livre sans permission. Pour l'heure, elle observe papa. Va-t-il changer de sujet ? James ouvre la bouche, mais Mercedes intervient sur un ton gai :

— Tu ne devineras jamais ce qui est arrivé à l'école aujourd'hui, papa, dit-elle en posant le sandwich devant Lily et en reprenant sa place. La grenouille apprivoisée de Ronald Chism est sortie des poches de son pantalon.

— Qu'est-il arrivé ? demande Lily, tout ouïe.

— Eh bien, la fugitive est demeurée introuvable jusqu'à ce que sœur Sainte-Agnès s'éloigne de sa chaise. C'est alors qu'elle a bondi de derrière l'ourlet de son habit, au grand amusement de la classe et à la consternation de sœur Sainte-Agnès.

James s'esclaffe poliment, tandis que Frances bâille de façon ostensible.

James recommence à manger et Mercedes respire. Elle songe à l'amour de papa pour Lily. Et à sa colère contre Frances. Reprenant sa fourchette, elle se sent seule.

Ce soir-là, Mercedes se glisse en silence dans la chambre que Frances partage avec Lily, puis dans leur lit.

— Frances, tu dors ? chuchote-t-elle.

— Non, je parle dans mon sommeil.

— Demain, il faut que tu viennes à l'école.

— Oh, papa, c'était s-i-i amusant. M'sieur Grenouille est si impertinent... j'ai cru qu'il allait entrer dans la fente miteuse de sœur Sainte-Agnèsthésie.

— Frances !

— Tu ris.

— C'est faux.

En silence, Mercedes rit pendant quelques instants, la tête dans l'oreiller.

— Frances ? dit Mercedes, qui s'est ressaisie et a séché ses larmes.

— Quoi ?

— Promets-moi de venir à l'école demain.

— Pour quoi faire ?

— Sœur Saint-Eustache va mettre le préfet de discipline au courant, et il va prévenir papa.

— Tant mieux. Il ne se passe jamais rien ici.

— Frances, je t'en prie.

— Bon, d'accord.

Frances se retourne et se met à ronfler.

— Frances, je peux dormir ici, ce soir ?

— Fais comme tu veux.

— Merci.

Mercedes s'installe confortablement et coince entre ses pieds ceux de Frances, perpétuellement glacés.

— *Aa'di aa'e'ley, Habibti.*

— Ne t'en fais pas, Mercedes.

— *Te'berini.*

— Ouais, ouais.

— Bonne nuit, Frances. Je t'aime.

— Pouah.

Mercedes glousse et s'endort.

Le démon du rhum

James fait de bonnes affaires grâce à la loi sur la tempérance de la Nouvelle-Écosse. Et les affaires sont encore meilleures grâce au dix-huitième amendement de la Constitution des États-Unis, aussi connu sous le nom de Prohibition. Frances n'en est pas certaine, mais elle a des soupçons. Dans la cour de l'école Notre-Dame-du-Mont-Carmel, deux frères, nommés l'un et l'autre Cornelius, au cas où l'un d'entre eux mourrait, lui ont lancé la vérité en plein visage.

— Ton père n'est qu'un contrebandier !

— Ah oui ? Eh bien, le vôtre n'est qu'une grosse vache stupide.

Ils se mirent à ses trousses, mais Frances s'enfuit, et personne ne peut rattraper Frances à la course.

Frances a déjà compris que les garçons et les pêcheurs ont un vocabulaire plus riche que les jeunes filles et les nonnes — même s'il lui arrive d'ignorer le sens exact de certains des mots qu'elle se plaît à utiliser. Elle ne s'attendait pas à trouver dans le dictionnaire une définition convaincante du mot *contrebandier,* pas plus qu'elle n'était parvenue à trouver une entrée satisfaisante pour le mot *enculé,* de sorte qu'elle s'adressa à M. MacIsaac. Son visage rougeaud se fendit d'un sourire. Il fit entendre son rire sifflant, semblable à celui que produirait un accordéon démantibulé, avant de tout lui expliquer en s'empressant d'ajouter :

— Ton papa n'est pas contrebandier. Où vas-tu chercher des idées pareilles ?

« M. MacIsaac essaie simplement d'être gentil, se dit Frances. Ou encore c'est un imbécile. » Sinon, comment se fait-il qu'il ne remarque pas qu'elle a les doigts collants chaque fois qu'elle s'approche du pot de cœurs à la cannelle ou de fèves à la gelée ? Frances fit part à Mercedes de sa découverte au sujet de la véritable nature des activités de papa.

— Tu dis n'importe quoi.

Voilà tout ce que Mercedes trouva à dire.

James fait la contrebande d'alcool. S'il travaille, c'est la nuit. Il quitte la maison vers vingt-trois heures et enferme les filles à l'intérieur. Il allume une lanterne dans la remise, où ses outils de cordonnier se recouvrent de poussière. Puis il quitte la remise et verrouille la porte. Il s'éloigne en laissant la lampe à la fenêtre toute la nuit.

Il se dirige vers l'embouchure d'un certain ruisseau, où des doris s'alignent devant des bateaux amarrés au large, sur la « route du rhum ». Ces navires, partis de la colonie britannique de Terre-Neuve, où l'alcool est légal, se dirigent vers divers points de la côte, jusqu'à New York. Au milieu du ruisseau, James transporte son butin, baril après baril, caisse après caisse, jusqu'à sa cache. Dans la nuit du lendemain, il revient, charge son automobile et fait le va-et-vient entre la cache et ses installations secrètes dans les bois. Comme il se fait vieux pour ces activités de transbordement et de convoyage, il envisage de retenir les services d'hommes plus jeunes ou plus pauvres. Les candidats des deux catégories ne manquent pas.

Une grève n'attend pas l'autre : en 1922, en 1923 et encore en mars 1925, les mineurs débraient. James se rappelle les mauvais jours d'avant la guerre. En marge du Cap-Breton, les années vingt déferlent. Cependant, le célèbre *boom* d'après-guerre ne se fait jamais sentir ici. Du moins pour les gens ordinaires. Les choses vont de mal en pis. Les politiciens et les magnats de l'industrie invoquent un mécanisme mystérieux : l'« économie mondiale ». Même James y voit un euphémisme désignant « les salauds sans foi ni loi qui ont tout pris sans jamais rien rendre ». Bon nombre d'enfants de mineurs vont à l'école nu-pieds et mangent des sandwichs au suif trempés dans de l'eau pour leur donner plus de consistance — malgré le plein-emploi. Personne ne le sait encore, mais le Cap-Breton constitue une sorte de répétition générale de la Grande Dépression.

Il n'est guère étonnant que la contrebande soit tolérée. Comment reprocher à son prochain de chercher à arrondir ses fins de mois ? Ou de mitonner quelque consolation à partager entre parents et amis, autour d'un violon ? Et c'est ce que font la plupart des gens. Il est rare de trouver un habitant du cru qui prenne un profit sur la vente de sa production artisanale. Et il est rare de trouver quelqu'un qui n'a pas, caché quelque part, un petit flacon, sinon une cuve sur le feu. On raconte que le père Nicholson a un jour ouvert la porte du presbytère à un homme qui lui a demandé :

— Savez-vous, mon père, où on peut trouver à boire dans ces parages ?

— Eh bien, mon fils, vous avez sonné à la porte de la seule maison où vous ne trouverez pas une goutte d'alcool, quoique, pour ce que j'en sais, mon vicaire en vend peut-être.

Les quelques contrebandiers d'envergure tendent à être de bons citoyens — indisciplinés mais pas mauvais, et certainement pas avares, ni vindicatifs. Même les membres de la Gendarmerie royale prennent plaisir au jeu, peu importe le nombre de fois où ils sont déjoués, et le respect mutuel grandit. On ne gagne pas à tous les coups.

Naturellement, il y a une ligue antialcoolique des chrétiennes, mais il s'agit d'un groupe protestant, et New Waterford est catholique. Même à Sydney, où on retrouve un plus grand nombre de protestants prônant l'abstinence, les hôtels servent des spiritueux. En cas de première infraction, ils ne risquent qu'une amende symbolique. En cas de récidive, on ferme l'établissement, mais il faudrait que le propriétaire soit bien impopulaire pour que sa vingtième infraction soit considérée comme une « seconde ».

Il n'y a pas de honte à faire de la contrebande. Du moins pas de la façon dont la plupart s'y adonnent. James, cependant, est un professionnel. Dans sa cabane, au milieu d'une clairière secrète, il coupe du scotch, du gin et du rhum véritables avec sa propre concoction activée à la lessive, qui bouillonne nuit et jour. Il referme les bouteilles d'origine et réalise un joli profit. Il n'a heureusement aucun ami à qui faire des confidences. Sinon, une chose en entraîne une autre et, avant que vous n'ayez le temps de réagir, le policier qui vient de se présenter à votre alambic pour acheter une petite goutte et égayer son Noël doit, le Nouvel An venu, mettre le feu à vos installations, sans rancune.

En bon professionnel, James ne vend qu'aux personnes susceptibles de payer : une poignée de nantis qui boivent à la maison et ont les moyens de s'offrir mieux que la décoction habituelle de mélasse, de levure et d'eau. Et à la majorité des hôtels et des flicards aveugles de Sydney Mines à Glace Bay — où l'alcool est dilué de nouveau. Il ne vend plus aux mineurs parce qu'il en a assez de courir après les mauvais payeurs. Dans le journal, James a lu le compte rendu d'accès de violence spectaculaires survenus aux États-Unis, où des gangs se livrent des luttes territoriales et où des hommes sont tués par suite de mauvaises créances. Selon l'expérience de James, il suffit habituellement de menacer de tout raconter à l'épouse du pauvre type. Mais il ne supporte plus d'entendre leurs récits larmoyants. Si leurs enfants sont si mal en point, ils ne devraient pas consacrer un sou à l'achat de son poison. Inutile d'ailleurs d'aller bien loin pour trouver un bon exemple : James lui-même ne prend jamais une goutte d'alcool.

Autant de facteurs qui font que James est copieusement détesté. Pourquoi ? Parce que je refuse de me laisser aller comme eux. Parce que j'ai assez de courage et de jugeote pour subvenir aux besoins de ma famille.

Non seulement le travail de James permet-il à sa famille de manger de la viande quand, chez la plupart, on est heureux d'avoir du porridge, et à ses filles d'être bien mises quand nombreux sont ceux qui se couvrent de sacs de farine cousus main — mais en plus son emploi du temps lui permet de se consacrer à ce qui importe : Lily.

James a cessé de compter ses livres ; ils sont trop nombreux. Mercedes et Frances ont puisé dans toutes les caisses, et il les y encourage. Quant à lui, il a à peine le temps de jeter un coup d'œil au journal avant le souper, et il passe la journée à faire l'éducation de Lily.

Chaque jour, pendant deux heures, ils étudient une lettre différente dans l'*Encyclopædia Britannica*. James en fait mémoriser des passages à Lily, et il l'interroge sur ce qu'elle a retenu. Elle rédige de petites compositions sur le ballet, les berlines, Boston et la Bulgarie. Lily aime apprendre, mais, plus que tout, elle aime papa. Après, James l'emmène faire une balade en automobile. Parfois, ils passent la nuit à l'extérieur. Un jour, par exemple, ils allèrent à St. Ann's, où ils virent la maison du géant du Cap-Breton, Angus McAskill. Lily eut sous les yeux une photo du gros homme tenant Tom Pouce dans le creux de sa main. Elle fut saisie par le lien tendre unissant le géant et le nain — heureuse de les voir s'épauler mutuellement.

James a obtenu que Lily soit dispensée de fréquenter l'école. Elle est infirme. Il s'ensuit donc qu'elle est fragile. Chacun la croit telle — à l'exception de Frances. James n'approuve pas sans réserve l'intimité qui s'est établie entre Frances et Lily, mais il ne refuse rien à Lily. Il s'efforce simplement de les avoir à l'œil. Il n'oublie jamais l'épisode du ruisseau, la nuit où Lily est née et où il a surpris Frances qui tentait de la noyer. Seul James sait à qui Lily doit sa jambe atrophiée parce que, assurément, Frances était trop petite pour se souvenir. Tout comme elle était trop petite pour se souvenir de l'autre bébé...

À l'aube, James, qui rentre d'une nuit de travail, s'arrête parfois au cimetière pour rendre visite à Kathleen. Il n'apporte pas de fleurs. À quoi bon ? Si une mauvaise herbe masque son nom, il l'arrachera peut-être. La pierre tombale est empreinte de dignité et dépourvue de sentiments de bas étage : « Fille adorée. » James ne s'occupe pas de la tombe de Materia parce que quelqu'un d'autre s'en charge. « Libérée des soucis du monde. » Quelqu'un, il ignore qui, la fleurit. James, aussi immobile que les pierres, regarde la mer et mesure l'étroitesse du monde. L'Europe est devant lui, son foyer derrière. Et sous ses pieds...

À cette heure, le brouillard s'étend toujours sur deux kilomètres. James est catholique, mais il ne croit pas à la vie éternelle. Du moins pas pour lui. À la vue du brouillard sur l'eau, il lui arrive cependant de se sentir en paix avec lui-même.

Les Quatre Filles du Dr March

Mercedes est amoureuse. Il est grand — elle le croit, du moins —, basané, c'est certain, et beau, indubitablement. Ses yeux, qui s'embrasent au plus profond de son âme, semblent dire :

— J'ai tant besoin d'une femme bonne qui m'aimerait et m'apprivoiserait.

Il porte un turban. Le plus souvent, on le trouve dans sa somptueuse tente à rayures ou parcourant de vastes espaces ensablés sur son cheval arabe blanc. Il s'appelle Rudolph Valentino. Mercedes n'arrive pas à décider si elle doit haïr Pola Negri de toutes ses forces ou encore prier pour elle puisque son unique amour lui a été confié. Chaque soir, elle prie pour Valentino. Elle n'a jamais entendu sa voix, mais elle associe son image muette à la riche voix de baryton de Tita Ruffo, dont elle possède tous les enregistrements.

— Ton Valentin a probablement une horrible voix de fausset et un cheveu sur la langue, dit Frances, impitoyable. Dans la vraie vie, c'est probablement un nain.

Comment Frances a-t-elle percé son secret à jour ? Mercedes s'est efforcée de ne pas trahir son cœur, mais Frances est étrange. Le visage voilé d'un linge à vaisselle et battant des cils, elle emprunte un accent exotique passe-partout et se pâme :

— Un jour-r-r, je vais tâter de tes belles gr-r-r-rosses mains. Ah, il me tar-r-r-rde d'en épr-r-r-rouver la sensation.

Mercedes ne s'est ouverte de son secret qu'à Helen Frye,

qui est amoureuse, elle aussi, mais de Douglas Fairbanks. Mercedes, qui passe à Helen son béguin d'écolière, ne le partage pas. Fairbanks est quelque peu pédant et suffisant. Valentino est tristement farouche et désespérément vulnérable. Helen a un jour dit qu'il était grossier — il s'en est fallu de peu que leur amitié ne prenne fin. Le lendemain, elles se sont réconciliées et ont, chacune à son tour, évoqué leur future vie conjugale avec l'élu de leur cœur.

Chaque fois qu'elle passe un moment particulièrement agréable avec Helen, Mercedes éprouve une pointe de culpabilité. Que Frances semble ne pas avoir d'amies l'attriste. À moins d'accoler l'étiquette d'« amis » aux garçons moqueurs et crottés qu'elle fréquente à l'école. À la récréation, Frances rôde quelquefois avec eux dans les broussailles. Mercedes sait qu'ils passent probablement leur temps à fumer, à cracher et à dire des gros mots. C'est affreux. Et qui sait ce que manigance Frances quand elle fait l'école buissonnière ? Mercedes fait de son mieux, mais il est difficile de garder Frances à l'abri du mal. Par exemple, elle semble toujours avoir à la main le plus récent numéro du torchon désolant de H. P. Lovecraft, *Weird Tales*. Papa ne tolère pas qu'on introduise de pareilles ordures à la maison, et Mercedes doit sans cesse dissimuler les objets de contrebande de Frances sous son oreiller ou encore lui faire simplement la faveur de les mettre au feu.

Lorsque Mercedes éprouve un pincement de conscience sororale, elle invite Frances à les accompagner, Helen et elle. À la vue de Frances, Helen fait toujours la moue, et Mercedes ne peut lui en faire reproche. À l'occasion de leur dernière sortie à trois, elles ont vu Douglas Fairbanks, une fois de plus, dans *Le Voleur de Bagdad*, au *Bijou*. Frances s'est montrée provocante, disant les répliques à voix haute juste avant qu'elles ne paraissent à l'écran. Mais surtout, elle a scandalisé Helen en affirmant :

— Regardez bien, les filles. C'est là qu'il se fait flageller les jambes. Au moment où il s'enfuit du palais, on voit son zizi à travers son pantalon.

Frances est mordue de cinéma, elle aussi, mais ses idoles sont différentes. Lillian Gish. Lillian Gish. Lillian Gish. Ses cheveux sont parfaits, ses yeux sont parfaits, sa petite bouche est parfaite. Elle est si petite et si brave. Elle ploie, mais ne se rompt pas. Les hommes sont des brutes ; sinon, ce sont de gros rustauds ou encore des princes chevaleresques qui arrivent toujours trop tard. Quand Frances fait l'école buissonnière, on la trouve au bord de l'eau, occupée à discuter avec les pêcheurs de homards — ou encore, si elle a en main l'argent d'une entrée, affalée dans l'obscurité extatique du *Bijou* ou de l'*Empire*, les pieds ballants sur le fauteuil devant elle, profitant d'une matinée.

Comme elle n'a pas d'argent, Frances parvient souvent à persuader Mercedes de soustraire dix sous à l'argent du ménage, puis elle chaparde encore la moitié de cette somme dès que Mercedes a le dos tourné. Si, le samedi, Frances amène sa petite sœur, Lily paie sa place à même son argent de poche. Sinon, Frances se sert dans la tirelire secrète de Lily, laissée bien en vue sur la commode qu'elles partagent. Frances ne prend que ce qu'il lui faut — « une misère » — et elle sait que Lillian Gish ferait de même. Elles ont beaucoup en commun : réduites à la pauvreté, elles doivent, pour survivre, s'abaisser en recourant à des stratagèmes honteux et en prenant des mesures désespérées. Et elles savent toutes deux ce que c'est que de vivre « au bout du monde, dans l'est ».

Lily, pour sa part, est subjuguée par Mary Pickford. Chaque fois, elle pleure tout au long de *Pollyanna*. Frances s'efforce d'élargir les horizons de Lily :

— Ne vois-tu pas, Lily, que son infirmité fait d'elle une dupe ennuyeuse ?

— Non.

— C'est parce que tu es toi-même une dupe.

— Non, c'est pas vrai !

Par exemple, elles descendent l'avenue Plummer en partageant une boisson gazeuse gracieusement offerte par Lily.

— Exactement comme dans *Les Aventures de Katy*. D'abord, elle est une terreur sacrée. Puis elle se casse le dos et devient un gros bébé à sa maman comme toi.

— Je ne suis pas un bébé la la, Frances.

— Ah non ? Prouve-le.

Lily tente de donner un coup de poing à Frances, qui rit, reste hors de la portée des bras de sa sœur et l'observe s'élancer. Quand Lily est épuisée, Frances dit :

— Lily, dis : « Fumier. »

Lily hésite.

— Tu vois, je te l'ai dit : tu es un gros bébé, la taquine Frances.

— Fumier ! hurle Lily.

— Mon Dieu, Lily, pas si fort, dit Frances en regardant autour d'elle.

— Fumier, chuchote Lily.

— Dis : « Cul de cheval. »

— Cul de cheval.

— Dis : « Lily Piper est un cul de cheval. »

— Frances Piper est un cul de cheval.

— Lily, dit Frances en s'arrêtant. Cette fois, tu m'as blessée à mort.

— Je te demande pardon, Frances, dit Lily, dont les yeux se remplissent de larmes.

Frances a un sourire narquois et dit :

— Dupe !

Si Frances tolère l'engouement stupide de Lily pour la petite fiancée de l'Amérique, elle n'a aucune indulgence pour le cheikh parce que Mercedes, depuis qu'elle s'est amourachée de lui, n'a plus rien de drôle. Elle refuse de jouer et se contente de patrouiller la maison et de préparer les repas, comme si elle avait un concombre enfoncé de travers dans le derrière. Ou encore de travailler à son autre obsession : l'arbre généalogique. Un diagramme aride composé principalement de noms d'Écossais morts. Et

Frances sait que Mercedes a maintenant ses règles. Voilà qui explique peut-être tout. Un après-midi de janvier, Mme Luvovitz est venue et s'est enfermée dans la salle de bains avec Mercedes pendant plus d'une heure. Puis Mercedes a fait son apparition avec, sur les lèvres, un sourire aimable, quoique condescendant, parce que Mme Luvovitz lui avait fait part d'une merveilleuse nouvelle : elle était désormais une femme.

— Et bientôt, Frances, dit-elle en minaudant, le même miracle se produira en toi.

Dans le bon vieux temps, cependant, les trois sœurs avaient coutume de jouer ensemble. Lily était leur poupée, et elles faisaient d'elle ce qu'elles voulaient. Jusqu'à ce qu'elle se mette à crier. Elles l'autorisaient alors à participer. Lily était une compagne idéale parce qu'elle se laissait prendre au jeu.

— Jouons aux quatre filles du Dr March, d'accord ?

— D'accord, Mercedes.

— Lily, tu fais Beth, d'accord ? Nous te disons que nous t'aimons, et tu nous pardonnes de t'avoir toujours taquinée, puis tu meurs, d'accord ?

— D'accord, Frances.

Mercedes personnifiait Meg, la maternelle, Frances incarnait Jo, le garçon manqué qui se coupe les cheveux mais qui, à la fin, se marie, et Lily faisait la délicate Beth, qui est si gentille, avant de mourir.

— Dans le roman, les sœurs sont protestantes, mais faisons comme si elles étaient catholiques, d'accord ?

Frances et Mercedes administraient l'extrême-onction à Lily sur son lit de mort et appliquaient une sainte relique sur son front brûlant.

— Disons que c'est un morceau du suaire de Turin, d'accord ? Non, disons que c'est la langue de saint Antoine.

— Adieu, mes chères sœurs, je prierai pour vous. Merci d'avoir été si bonnes et de m'avoir fait du pain grillé à la cannelle. Merci, Jo, de m'avoir prêté ta poupée espagnole. Merci, Meg, de tes bons petits plats. A... dieu...

Les cils de Lily battaient de façon convaincante, puis elle demeurait parfaitement immobile, sans respirer. C'était bien. Chaque fois, Mercedes pleurait. Au début, Frances pleurait, elle aussi, mais, à la fin, elle gâchait tout en disant :

— Allons chiper ses sous et nous partager ses vêtements.

Environ un an avant que Mercedes ne cessât de jouer, le jeu s'approfondit. Il s'assombrit, le temps se distendit et elles entrèrent dans une nouvelle dimension. Elles jouaient à ce qu'elles appelaient « Les quatre filles du Dr March font le chemin de croix ». Lily personnifiait Beth, qui elle-même personnifiait Véronique épongeant le visage de Jésus avec un linge. Ce dernier, en gage d'appréciation, y laissait l'empreinte parfaite de son visage. Mercedes jouait Meg qui jouait Simon de Cyrène aidant Jésus à porter la croix, et Frances voulait incarner Jo incarnant Jésus, mais Mercedes prétendait que ce serait blasphématoire, de sorte que Frances se mettait plutôt dans la peau du bon larron crucifié à côté de Jésus. C'est-à-dire qu'elle se mettait dans la peau de Jo incarnant le bon larron.

Elles descendirent encore d'un cran en renonçant à l'intermédiaire des personnages des *Quatre Filles du Dr March*. Elles découvrirent la vie des saints et des martyrs expliquée aux enfants. En fait, elles firent le canon tout entier. Toujours, elles commençaient par saint Laurent, qui fut brûlé vif et qui, à mi-chemin, dit à ses bourreaux :

— Vous pouvez me retourner. Je suis à point de l'autre côté.

Il devint le patron des rôtisseurs. À ces mots, elles étaient invariablement prises de fou rire, même Mercedes. Elles se sentaient toutes trois fiévreuses et malfaisantes, mais, au fur et à mesure que le jeu avançait, elles devenaient graves et respectueuses avant d'accéder à une pieuse ferveur.

Chacune avait ses favoris. Parfois, Frances choisissait sainte Barbara, dont le père était païen. Lorsqu'elle voulut devenir chrétienne, il la conduisit sur une montagne, où il lui coupa la tête tandis qu'elle priait pour lui. Ou encore sainte Wénéfride, qui fit un jour la connaissance d'un homme qui avait des visées impures sur elle, mais à qui elle dit non, de sorte qu'il lui coupa la tête, mais son gentil oncle la remit en place, et il ne resta plus qu'une fine cicatrice blanche. D'autres fois encore, elle était sainte Dympne, dont le père avait des visées impures sur elle, mais elle ne voulait rien entendre, si bien qu'elle s'enfuit avec le fou du roi, mais son père la retrouva en Belgique et lui coupa la tête, mais, comme elle n'avait pas d'oncle gentil, elle mourut et devint la sainte patronne des fous.

La sainte favorite de Mercedes était Bernadette.

— Ce n'est pas du jeu, disait Frances. Bernadette n'est même pas encore une sainte.

Il est vrai que Bernadette venait à peine d'être béatifiée, mais, comme Mercedes était l'aînée, elles jouaient à Bernadette, bonne fille asthmatique qui vit Notre-Dame à Lourdes, où Notre-Dame lui fit part de trois secrets.

Quant à Lily, elle ne voulait jamais jouer qu'à sainte Véronique épongeant le front de Jésus, ce qui, à la longue, devenait fastidieux, en sorte que Mercedes et Frances tentaient de la convaincre d'incarner quelqu'un d'autre.

— Pourquoi ne pas être le saint petit garçon qui se fait couper les mains et les pieds, mais à qui il en pousse de nouveaux, en argent ?

— Pourquoi ne pas faire saint Gilles, le saint patron des estropiés, Lily ?

— Lily, tu ne veux pas jouer à sainte Gemma, dont la colonne vertébrale était atteinte de tuberculose, et qui a été guérie ?

— Non, répondait Lily. Je veux jouer à sainte Véronique.

D'accord, d'accord — si on ne lui donne pas raison, elle va se mettre à crier, et papa va accourir, et ce sera la fin des haricots.

Elles clôturaient toujours leurs représentations passionnées de foi extatique et de martyre glorieux sur le même récit, dans lequel elles jouaient toutes un rôle : celui de sainte Brigitte. C'était la plus belle fille d'Irlande, mais elle voulait se faire nonne. Seulement, de trop nombreux prétendants se disputaient sa main, si bien qu'elle s'adressa à Dieu :

— Mon Dieu, faites que je sois laide.

Il exauça son vœu.

À tour de rôle, Frances, Mercedes et Lily se ratatinaient et se desséchaient, devenaient laides comme de méchantes sorcières. Puis, voûtées et racornies, elles entraient au couvent, où elles se saluaient d'une voix caquetante :

— Bien le bonjour, chère sœur. Comment allez-vous, aujourd'hui-i-i-i ?

Ensuite, elles s'agenouillaient à l'autel, et le miracle se produisait : sainte Brigitte redevenait magnifique.

— Vous êtes très en beauté aujourd'hui, ma sœur.

— Vous n'êtes pas mal vous-même, ma sœur.

— Vous avez vu mes jolis cheveux blonds, ma sœur ?

— Regardez mes lèvres. Ne sont-elles pas adorables ?

— Et ma robe de bal !

— Et la mienne !

Combien de dimanches et de samedis après-midi, tandis que papa, dans le fauteuil à oreillettes, se remettait d'une nuit de travail...

C'était hier, et pourtant une éternité s'est écoulée depuis que Mercedes a eu ses règles, est tombée amoureuse et a perdu la tête. Tant pis. Au moins Frances et Lily savent encore s'amuser.

Le jeu du berceau

Frances et Lily partagent une chambre. James aurait souhaité que Lily partage celle de Mercedes, mais Lily avait insisté — au secret soulagement de Mercedes. Frances a organisé la chambre de façon qu'elles aient tout en double, et Lily sait parfaitement faire la différence entre ses affaires et celles de Frances. On pourrait croire que Frances est une souillon, mais elle est au contraire très propre et méticuleuse. Elle a encadré pour Lily, tirée d'un magazine, une photo de Mary Pickford affublée d'un ridicule tablier de vichy. Elle est accrochée à côté de la reproduction couleur de Jésus entouré de ses brebis que possède Lily. Jésus a l'air triste, bien sûr, « à cause de son goût démesuré pour les côtelettes d'agneau », dit Frances, mais Lily n'est pas dupe. La collection de Frances couvre les autres murs. Par la poste, elle sollicite des photos publicitaires. Il y en a une de Lillian Gish retenue prisonnière sur une banquise. On voit Houdini, nu et furieux dans un bidon à lait. Il y a aussi une véritable affiche dont l'ouvreur de l'*Empire* lui a fait cadeau : il s'agit d'une photo de Theda Bara, dans *Le Péché* : elle tient ses tresses d'une longueur invraisemblable à bout de bras, au-dessus de sa tête, comme une folle. Frances l'appelle la chevelue. Mercedes juge la photo immorale.

Un soir, Frances, assise de son côté de la table de travail, fait ses « devoirs », le stylo à la main :

> Chère mademoiselle Gish,
> Si je vous écris, c'est pour vous demander, respectueu-

sement, une photo de vous dans un de vos films. Je les ai tous vus. En acceptant, vous me combleriez, car je suis infirme. J'ai passé ma vie dans un fauteuil roulant. Pour mon plus grand malheur, j'ai monté le cheval le plus rétif de l'écurie. Il m'a traînée derrière lui, mais j'ai survécu grâce à l'intercession de mon ange gardien. J'aimerais pouvoir courir et jouer avec les autres enfants. Au moins, mon cher papa pousse mon fauteuil jusqu'au cinéma, où j'ai la consolation de vous voir. Merci.

Veuillez croire, mademoiselle...

Frances réfléchit un moment et une idée lui vient. Elle signe la lettre d'un nom d'emprunt, la glisse dans une enveloppe et l'adresse au cercle des admirateurs de mademoiselle Gish, à Hollywood, en Californie. Puis elle lève les yeux sur Lily, qui attend sagement l'heure du jeu.

— Très bien, Lily. Viens avec moi.

Lily monte au grenier à la suite de Frances.

— J'allais te montrer quelque chose, mais je crois que tu es trop petite.

— C'est faux, Frances. Je suis assez grande.

Elles sont assises par terre, les jambes croisées, devant le coffre. D'abord, Lily doit demander :

— C'était la chambre de Kathleen, hein, Frances ?

— Oui, Lily, c'est ici qu'elle est morte, répond Frances.

Ce n'est qu'après que débute le jeu que Frances a en tête. Cette liturgie a pour but d'honorer le récit qu'il est désormais inutile de répéter, celui que Frances a fait à Lily il y a si longtemps, et si souvent :

— Notre merveilleuse sœur aînée, Kathleen. Elle avait des cheveux rouges comme un ange de feu. Et la voix d'un ange. Dieu l'aimait tant qu'Il l'a emportée. Elle n'avait que dix-neuf ans quand elle est morte de la grippe. J'étais présente au moment de sa mort, et c'est moi qui lui ai fermé les yeux.

Elles s'interrompent toujours ici pour se représenter la scène. Puis Frances poursuit :

— J'ai recueilli ses derniers mots : « Chère Frances, c'est toi qui es ma sœur préférée. C'est aussi toi qui es la plus jolie, après moi. Occupe-toi de Lily, je t'en prie. »

Les yeux de Frances commencent à se teinter fortement de vert. Gare. Ceux de Lily s'arrondissent et se remplissent de larmes. La bosse apparaît sur son front.

— Pourquoi t'a-t-elle demandé de t'occuper de moi ?

Sans quitter Lily des yeux, Frances répond sur un ton égal :

— Parce qu'elle t'aimait, Lily.

— ... Moi aussi, je l'aime.

Larmes.

Frances tend la main et effleure les longs cheveux de Lily, qui n'ont jamais été coupés.

— C'est bon. Arrête de pleurer comme un veau. Jouons, dit-elle.

Il est entendu qu'on ne doit pas évoquer Kathleen en présence de papa, « parce que, Lily, il serait horriblement triste si tu t'avisais ne serait-ce que de dire son nom ».

Ce soir-là, Frances a décidé d'aller plus loin. Plongeant la main dans sa poche, elle produit la clé du coffre. Lily en a le souffle coupé.

— Ne sois pas si mélodramatique, Lily.

— C'est quoi, un melon dramatique ?

— C'est stupide.

— Ah bon.

Frances remet la clé dans sa poche.

— Je me suis trompée. Tu es trop petite.

— Non !

— Pas si fort.

— C'est faux, Frances, dit Lily en chuchotant avec passion. Je ne dirai rien.

Frances sourcille et, hochant la tête, marmonne :

— Je dois avoir perdu la raison.

Elle insère la clé dans la serrure. Soulève le couvercle. Une bouffée de cèdre... Dans la gorge de Frances, une boule se forme. Elle l'avale. Lily a assez de jugeote pour ne pas poser de questions.

— Ferme les yeux, Lily.

— D'accord.

— Il y a là-dedans des choses que tu n'es pas prête à voir.

Bruissements.

— Tends la main.

Lily obéit.

— On dirait de la soie.

— C'est du satin. Ouvre les yeux.

Frances tient ce qui pourrait passer pour une robe de mariée miniature, quelque peu jaunie par l'âge.

— C'est magnifique, souffle Lily.

— C'est la robe de baptême. Nous avons tous été baptisés dedans. Kathleen, Mercedes, moi, toi. Et Ambroise.

— Qui est Ambroise ? demande Lily en levant les yeux.

La fine bande blanche paraît sur l'arête du nez de Frances. Habituellement, on ne la voit que quand elle rit, mais, pour le moment, elle ne rit pas.

— C'est ton frère, Lily.

Lily, parfaitement immobile, plante ses yeux dans ceux de Frances et attend.

— Tiens, tu peux la toucher.

Lily prend la robe et la berce dans ses bras. Pensez, un objet si précieux, une relique.

— Ambroise est mort, dit Frances.

Lily attend. Écoute. Frances raconte :

— Le jour de votre naissance, un étrange chat de gouttière orange est entré par la porte de la cave. Il a emprunté l'escalier du vestibule. Sans bruit, il est monté jusqu'au grenier. Vous dormiez tous deux ici, et il a sauté dans le petit lit. Puis il a mis sa gueule sur la bouche d'Ambroise et lui a pompé tout son oxygène. Ambroise a bleui, puis il est mort. Le chat orange a mis sa patte sur ta poitrine, et il allait te tuer, toi aussi, quand je suis arrivée pour te sauver. Papa a noyé le chat orange dans le ruisseau. Puis il l'a enterré dans le jardin. Là où il y avait l'épouvantail, mais, aujourd'hui, il y a une pierre à sa place. Je l'ai aidé.

Lily est pétrifiée. Frances, lui prenant gentiment la robe des mains, appelle Trixie.

— Trixie ! Allez, viens, Trixie, crie-t-elle en faisant de petits bruits de baiser avec la bouche.

Puis on entend dans l'escalier le pop pop bondissant et Trixie fait son entrée en clignant des yeux.

On m'a appelée ?

— Bonne fille, Trixie. Viens ici.

Trixie vient, comme toujours quand Frances l'appelle. Elle a trouvé Frances, il y a trois ans. Trixie est toute noire avec des yeux jaunes. Encore que la patte avant qui lui manque était peut-être blanche, on ne le saura jamais.

— Frances, Lily. À table.

— On arrive, Mercedes.

En bas, Mercedes passe la tête par la porte de devant pour voir si la Hupmobile de papa est de retour. Cet après-midi, il a dû se rendre à Glace Bay pour une livraison urgente. Quelqu'un avait un besoin pressant de vingt paires de chaussures. Mercedes est fière de papa, qui travaille si fort, et toujours la nuit, pour pouvoir s'occuper de Lily. Sinon, Mercedes aurait dû quitter l'école. Papa parcourt l'île tout entière pour livrer des tissus qu'il va chercher à Sydney. Et souvent il fabrique des bottes toute la nuit dans la remise. À la fenêtre, Mercedes a vu la lueur rassurante de sa lampe, même si elle ne se permettrait jamais d'aller le déranger — papa n'aime pas qu'on l'interrompe dans son travail.

Mercedes est fière qu'ils aient une automobile, même si, elle le sait, elle ne devrait être que reconnaissante. La voici qui arrive, juste à l'heure, longue et carrée, secouée par les ornières. Et voilà les filles qui descendent du grenier. On dirait que le souper sera servi à l'heure pour une fois. Au menu, ce soir, il y a une vieille spécialité du Cap-Breton dont Mme MacIsaac lui a donné la recette : *ceann groppi*.

« Tête de morue farcie », en gaélique. Mercedes, qui a cuisiné tout l'après-midi, espère sincèrement que papa sera ravi. Prenez une grosse tête de morue et beaucoup de foies de morue, grattez les petits morceaux suspects ; prenez des flocons d'avoine, de la farine de maïs, de la farine et du sel, et farcissez la tête par la bouche, en la tenant par les yeux. Faites bouillir.

— Au piano, Mercedes. J'ai envie de danser avec ma fille préférée, dit James en lançant son chapeau sur le portemanteau.

Mercedes sourit à papa et, en fille obéissante, se dirige vers le salon. Il semble bien que le souper attendra après tout. Elle est au supplice, comme sous le coup d'une conspiration tacite à laquelle toute la famille serait mêlée. S'asseyant au piano, elle grince des dents en entendant Lily glousser de plaisir et se jeter dans les bras de papa. Mercedes ouvre le vieux cahier de musique et se met à jouer.

Lily pose son pied gauche sur le pied droit de papa, son pied droit sur son pied gauche, et ils dansent ensemble sur l'air de *Roses de Picardie*.

Jusqu'à ce que James déclare enfin :

— Je meurs de faim. Qu'est-ce qu'on mange, Mercedes ?

Souper.

— C'est une plaisanterie ? demande Frances.

Même James se met de la partie.

— Je suis certain que c'est délicieux, Mercedes, mais j'ai du mal à manger avec mon repas qui me regarde dans les yeux.

Ils rient tous, sauf Mercedes, qui se lève et quitte la pièce.

— Qu'est-ce qu'elle a ? demande James.

— Elle a ses règles, répond Frances.

James fronce les sourcils, si désolé d'avoir posé la question qu'il en oublie de relever l'inconvenance de la réponse.

— Eh bien... je vais m'excuser. Qui veut des petits pains et de la mélasse ?

Dans sa chambre, Mercedes se console avec l'arbre généalogique. Elle y travaille depuis près d'un an. L'exercice exige une grande minutie. Chaque fois qu'elle a une nouvelle entrée à faire — chaque fois qu'elle a le temps de pousser ses recherches à la bibliothèque de Sydney ou, plus rarement, qu'elle reçoit des archives provinciales de Halifax une réponse longtemps attendue —, elle déroule avec précaution le large rouleau de papier. Après en avoir fixé les coins, elle sort un crayon et une règle, puis trace proprement une courte ligne verticale sous l'une des longues lignes horizontales. En dessous, elle inscrit le nom le plus récent, qui demeure là, suspendu paisiblement comme un fruit desséché.

Mercedes a pour cette tâche une patience infinie. Elle espère faire une surprise à papa, qui ne parle jamais des membres de sa famille, sinon pour dire qu'ils sont tous morts. Peut-être pourra-t-elle lui rendre une partie de ce qu'il a perdu.

Ce soir-là, après souper, Lily monte voir Mercedes, qui repasse méticuleusement à l'encre sur les lignes tracées au crayon.

— Merci d'avoir préparé le souper, Mercedes.

Mercedes lève brusquement les yeux pour voir si Lily se paie sa tête. Mais Lily n'est jamais cruelle à dessein. Mercedes, qui le sait, s'en veut d'avoir douté.

— Hmm, dit-elle simplement en se remettant au travail.

Lily regarde par-dessus l'épaule de Mercedes, fascinée.

— On ne dirait pas que c'est un arbre. Pourquoi ?

— Le mot *arbre* n'est qu'une expression, Lily. Si ce que je fais ressemblait à un arbre, ce serait de l'art. Or, c'est un diagramme.

— Comme une carte ?

— Si tu veux.

— Il y a un trésor ?

— Chaque nom est un trésor.

— Où mène-t-elle ?

— « Carte », c'est aussi une expression. Elle ne mène

nulle part, dit Mercedes en se détendant sur sa chaise. Mais peut-être que si, en un sens. Elle nous mène vers le passé. Elle indique d'où nous venons. Mais pas où nous allons. Dieu seul le sait.

— Où suis-je ?

— Ici, sur la même ligne que moi et Frances et Kathleen, Dieu ait son âme.

— Où est l'Autre Lily ?

— Elle n'y figure pas, ma belle.

— Pourquoi ?

— Elle n'a pas été baptisée.

— Mais c'était notre sœur.

— Oui, et nous l'aimons, et nous prions pour elle, mais ce n'est pas ainsi qu'on dresse un arbre généalogique.

— Où est Ambroise ?

Mercedes regarde Lily.

— Qui est Ambroise ?

Lily soutient le regard de Mercedes.

— Tu me lis une histoire ?

— Bien sûr, ma belle. Va vite mettre ta chemise de nuit et en choisir une. J'arrive.

À trois heures du matin, Mercedes dort paisiblement sous un doigt de lune. Comme d'habitude, sa porte est entrebâillée — elle n'a rien à cacher et tout à entendre. La porte s'ouvre en silence. Mercedes ouvre les yeux. À temps pour la voir s'écarter assez pour laisser entrer un courant d'air. Ou un très petit enfant.

— Qui est là ?

Pas de réponse. À peine audibles, les pas feutrés de pieds tout petits. S'approchant du lit.

— Trixie ?

Silence. Trixie ne s'aventure jamais dans sa chambre.

— Va-t'en, Trixie.

Du coin de l'œil, Mercedes perçoit une faible lueur blanchâtre. Son sang se glace. Ce n'est pas Trixie. Mercedes lève la tête. La chose se déplace dans un rayon de lune oblique. Et là — Marie, mère de Dieu — un bébé impie. Emmailloté comme dans un travestissement du premier saint sacrement. En vain, Mercedes tente de dire :

— Va-t'en.

Vêtu de la robe de baptême, souillée par l'étreinte bistre du Malin.

— Va-t'en.

À peine un murmure qui se fêle.

Deux yeux jaunes.

— Va-t'en, va-t'en, *va-t'e-e-en !*

Du fond des tripes.

James bondit dans la chambre, battant l'air des bras, cherche la chaîne de l'ampoule électrique, la tire violemment, et trouve Mercedes tremblante, le regard fixe, les crocs découverts, le chapelet serré contre la poitrine.

— Quoi ? Qu'y a-t-il ?

Mercedes parle, mais ses sanglots s'emparent des mots, les déchirent. Il la prend par les épaules.

— Regarde-moi.

Il la secoue.

— Regarde-moi.

Elle le regarde. Puis, se ressaisissant et s'écartant du vide, elle dit :

— J'ai cru voir quelque chose.

Il hoche la tête et s'assoit au bord du lit. Les fantômes existent et n'existent pas. Prenez cette maison, par exemple : James, s'il est honnête avec lui-même, admet qu'il y a des endroits et des moments qu'il évite dans son propre foyer. Pas par superstition — plutôt à cause des picotements à la nuque qu'il a de temps à autre, sans raison. C'est alors qu'il voudrait avoir le droit de prier. Parce que c'est de prières qu'ont besoin les âmes en peine.

« Priez pour nous », gémissent-elles pendant leurs rondes nocturnes.

James passe sa langue sur le duvet sec et bleuâtre de sa lèvre inférieure, et Mercedes remarque la longueur de ses cils. Il lui parle — à elle seule — oh, lui semble-t-il, pour la première fois depuis sa plus tendre enfance.

— Ta grand-mère. Ma mère. Elle a vu quelque chose. Non. Elle a entendu quelque chose.

Mercedes attend. Papa n'a jamais parlé de sa mère à personne, sauf à moi, en cet instant... et peut-être à Kathleen, il y a longtemps. Mercedes retient son souffle pour ne pas gâcher le moment. Si fragile. Tout ce qu'il y a de beau, tout ce qui est immaculé, tout ce qui est inaltérable mais se brise facilement : son père.

— De la musique, dit-il. C'était un jour ensoleillé. Elle n'avait reconnu ni l'instrument, ni l'air, ni même l'origine de la musique — était-elle venue par la fenêtre ou d'un lieu situé à côté d'elle ? Seulement, elle avait songé : « Voilà à quoi doit ressembler le paradis. » C'était de toute beauté. Elle s'agenouilla donc dans la cuisine pour dire une prière d'action de grâces parce qu'elle avait eu droit à un avant-goût, tu comprends ? Et après, elle n'a plus jamais eu peur de rien.

Mercedes esquisse un petit sourire. Elle retient ses larmes dans un réservoir. Les larmes étoufferaient un moment pareil, le condamneraient à la moisissure, garantiraient son pourrissement.

À la porte, une voix se fait entendre :

— Qu'est-ce qu'il y a ?

— Coucou, ma petite, dit James en marchant vers Lily, qu'il prend dans ses bras.

Lily serre ses jambes autour de sa taille. « Elle est trop grande pour se faire prendre ainsi », se dit Mercedes, qui répond :

— Je croyais avoir...

Captant le regard d'avertissement que lui lance son père, elle se ravise :

— Rien, Lily. J'ai fait un cauchemar, c'est tout.

— Tu as vu le *bodechean* ?

James rit en entendant la vieille expression gaélique.

— Le *bodechean* n'existe pas. Qui t'en a parlé ?

— Frances.

Tais-toi, Lily. Ne peux-tu pas te taire, pour une fois ? Mercedes, cependant, se contente de dire :

— Frances te taquinait, c'est tout. Ce sont des inventions.

— Tu veux dormir avec Frances et moi, Mercedes ?

— Non, merci, Lily.

— Dis bonne nuit à ta sœur, Lily.

Ils sortent, et Mercedes, abandonnée de nouveau, se lève, traverse la pièce, éteint la lumière et regagne son lit dans le noir, en se remémorant avec dédain l'époque où, croyait-elle, des bêtes à long cou vivaient sous son lit dans l'attente de lui mordiller les chevilles.

Agenouillée à côté du lit, elle commence à réciter son rosaire. Juste à temps parce que, dès que le dédain se dissipe dans son esprit, elle sent les premières manifestations des bêtes à long cou. Demeurer à genoux dans l'obscurité est toujours ce qu'il y a de plus difficile : imaginez ce qui peut s'enrouler autour de vos cuisses. Vous tirer en dessous. Inutile de pousser plus loin : vous n'avez rien à craindre tant que vous dites le rosaire. Avec un cœur pur. Mercedes se méprise de prêter foi à ces superstitions puériles, qu'elle sait sans fondement, mais elle ne peut empêcher les muscles de ses cuisses de se contracter. Ces contractions donnent souvent naissance, plus haut, à une sensation atroce, dont on est pressé de se défaire, et c'est cette sensation qui vous rappelle que — s'il n'y a pas de créatures à long cou sous le lit et que le *bodechean* n'est qu'une croyance païenne — le diable, lui, existe assurément. « Sainte Marie, Mère de Dieu, priez pour nous, pauvres pécheurs, maintenant et à l'heure de notre mort. Ainsi soit-il. »

Mercedes imagine sa grand-mère, qu'elle n'a pas connue, agenouillée dans une flaque de soleil, remerciant le ciel de lui avoir donné un avant-goût du paradis. Puis elle pense à l'esprit dont elle-même vient d'avoir la visite. Dieu réserve à chacun quelque chose de différent.

Frances est dans la cave. Elle introduit une lampe à l'huile de charbon dans l'interstice qui sépare la chaudière du mur noirci, où Trixie s'est réfugiée, tout au fond. Le bonnet de dentelle que porte Trixie est de guingois, et sa robe de satin est couverte de suie. Juste avant le souper, elle s'est arrachée à l'étreinte de Frances pour trouver refuge dans la cave. Les chats n'aiment guère les mascarades. Elle est restée derrière la chaudière jusqu'à ce que le silence se fasse dans la maison. Puis elle est sortie de sa cachette pour monter. Jusqu'à la chambre de Mercedes.

— Allez, viens, Trixie.

Frances doit la déshabiller en vitesse, car si papa la trouve dans cet accoutrement, elle finira dans le ruisseau.

— Trixie, s'il te plaît.

Avec vigueur, Trixie se lèche la patte avant et le museau.

— Trixie, *taa'i la hown, Habibti.*

Trixie lève les yeux, puis se laisse tirer. Frances détache le bonnet.

— Tu étais si jolie, Trixie.

Puis elle défait les mille et un boutons de la robe de baptême.

— Ne bouge pas, j'ai presque...

Trixie, finissant de s'extirper du vêtement, grimpe l'escalier à toute allure. Frances lui emboîte le pas plus posément. En haut, sa lampe jette un éclair sur les chaussures de papa. Trixie s'est enfuie, Dieu merci. Elle sera de retour dans deux ou trois jours.

James attend que Frances ait terminé de laver le bonnet et la robe et qu'elle les ait mis à sécher.

À l'étage, Mercedes finit de réciter son rosaire. Au moment même où elle criait, son esprit avait déjà reconnu ce qu'elle avait vu, mais son corps avait mis du temps à le rattraper. L'apparition ne s'efface pas du seul fait qu'elle est expliquée. C'était une vision démoniaque, même si son origine était plutôt terre à terre. Les voies du Seigneur sont impénétrables, mais celles du diable sont encore plus mystérieuses, voire absurdes. Certains diraient amusantes. Pas Mercedes. Une grosse femme qui joue de la guitare hawaïenne, c'est amusant. Un homme habillé en femme dans un spectacle de Gilbert et Sullivan, c'est amusant. Une chatte infirme déguisée en bébé démon, vêtue de la robe de baptême de la famille, qui pointe son nez au beau milieu de la nuit, n'est pas amusante. Frances est un instrument. Par exemple, le matin qui a précédé la mort de maman, Frances et elle s'étaient réveillées avec une tache noire sur le front, et Frances avait dit avoir reçu la visite d'une « dame noire ». Je vous en prie, chère Mère de Dieu, entendez ma prière et acceptez l'offrande du saint rosaire pour la préservation de l'âme de ma sœur Frances. Ainsi soit-il.

Aussitôt que Mercedes se remet au lit, la lumière se rallume. En clignant des yeux, elle voit la tête de Frances qui vacille et sautille. Il la tient par la nuque. Polichinelle et sa femme.

— Demande pardon à ta sœur.

Mercedes détourne les yeux. Elle ne supporte pas la vue du sourire ensanglanté de Frances.

Lorsque, plus tard, la paix est revenue, Mercedes se glisse dans la chambre qui a vue sur le ruisseau. Dans le lit, elle se pelotonne contre le dos glacé de Frances et enserre sa taille fine. De l'autre côté, Lily feint de dormir. Les trois sœurs dans le même lit — il semble que ce délice soit désormais réservé aux occasions malheureuses. Frances a encore eu droit à un sermon de papa, Lily le sait.

Mercedes se sent bien. Aussi curieux que cela puisse paraître, elle se sent presque en état de grâce. C'est un mystère. Recevoir l'offrande de la paix avec sa méchante sœur dans les bras. Rien ne peut t'atteindre, Frances, *te'berini*.

Au-dessus de la silhouette endormie de Frances, Mercedes tend un filet de prières silencieuses, plus légères que l'air, que des ailes de gaze, plus fines que la soie la plus fine, pour protéger ma petite sœur. Dodo, l'enfant do, l'enfant dormira bien vite...

L'arbre généalogique

Trois semaines et demie plus tard, Mercedes déterre un autre fossile. Échoué sous un centimètre de poussière, sur la page oubliée d'un registre de chapelle en ruine. Un autre nom. Parfaitement préservé dans sa tombe, quelque part dans le désert, où il attendait d'être exhumé et greffé à l'arbre généalogique de Mercedes, de se voir conférer la vie éternelle dans un contexte où il prend tout son sens.

Tard ce soir-là, lorsque tout est enfin paisible et qu'elle a un moment à elle, Mercedes s'assoit à sa table, redresse l'échine et déroule l'arbre généalogique. Elle cligne des yeux, comme éblouie par l'éclat d'une lumière soudaine — c'est... elle le déroule un peu plus... qu'est-ce que c'est ? Une débauche d'ors et de verts et de rubis se tortillent et ululent sur la page. Qu'est-ce que c'est ? ... elle le déroule lentement jusqu'au bout et... là où il y avait une grille sobrement tracée à l'encre avec un soin jaloux et détaché, on voit maintenant une excroissance vacillante qu'on dirait ivre, quoi ? un arbre ! Un arbre. Oui. C'est bien d'un arbre qu'il s'agit.

Colorié avec des crayons. Les anciens noms oblitérés par une pomme rouge vif, les angles droits transformés en écorce tortueuse, les traits verticaux changés en branches feuillues, lourdes de fruits. Les rameaux inférieurs s'alignent sous le poids des pommes les plus grosses, seules porteuses d'un nom inscrit d'une main d'enfant hésitante : « Papa », « Maman », « Kathleen », « Mercedes », « Frances », « Autre Lily » et « Lily ». Sur les pommes qui représentent maman et Kathleen, on voit de petites ailes dorées ; celle qui représente l'Autre Lily a des ailes argentées. Sur une branche élevée, parmi des feuilles émeraude, Trixie pointe sa face noire et ses yeux jaunes. À la base du tronc, cependant, de l'herbe pousse et un petit ruisseau bleu serpente, indifférent au drame qui se déroule en dessous, car une coupe transversale laisse entrevoir les racines de l'arbre qui s'enfoncent vers le bas et essaiment dans le sol environnant, parsemé d'éclats de charbon luisant et rongé par une armée de vers aveugles. Et là, parmi les pâles branches souterraines, on voit un coffre doré, incrusté de diamants. Un trésor enfoui.

Les larmes de Mercedes tombent et perlent sur la surface brillante et cireuse de la nouvelle version revue et corrigée de l'arbre généalogique. De toute sa vie, jamais elle n'a pleuré de larmes si amères, si silencieuses.

On raconte que d'aucuns, à la suite d'une frayeur ou de la perte soudaine de toute joie, se réveillent avec les cheveux gris ou blancs comme neige. Ceux de Mercedes se décolorent simplement. Frances en est témoin. Au moment où elle allait sortir en douce de la maison, elle avait aperçu de la lumière dans la chambre de Mercedes.

— Tu ne dors pas, Mercedes ?

Mercedes, parfaitement immobile, est affaissée sur son bureau. Est-elle morte ? S'est-elle transformée en statue de pierre ? De sel ? Frances s'approche, se penche, regarde. Doux Jésus. Depuis combien de temps est-elle ainsi prostrée ? La bouche retroussée et hermétiquement fermée, avec des plis à la commissure des lèvres, les yeux enfoncés, suintants, parfaitement immobile. Quand Frances lui touche l'épaule, Mercedes, émergeant de son film muet, aspire à fond et se met à pleurer pour de vrai.

— Qu'est-ce qui ne va pas, Mercedes ? Qu'y a-t-il ? Qu'est-il arrivé ?

Mercedes parle du fond de la gorge.

— Je la déteste. Je la déteste tant. Je voudrais la tuer. Si seulement ce n'était pas péché. Je veux qu'elle meure. J'aurais voulu qu'elle meure. Je la déteste, déteste.

Frances connaît Mercedes. Aussi, plutôt que de la prendre dans ses bras, se contente-t-elle de caresser ses nattes nouvellement pâlies. Mais de quoi diable Mercedes parle-t-elle ?

— Elle a tout gâché, dit Mercedes. Avant son arrivée, nous étions heureux, puis ils sont tous morts, elle est née et tout s'est détraqué, elle est gâtée, pourrie, et je vais devoir m'occuper d'elle pour le restant de mes jours parce qu'elle est infirme. Dieu, je hais ma vie, je hais ma vie.

Mercedes sanglote. Frances la réconforte comme on le ferait pour un gentil et délicat papillon de nuit, à supposer qu'on puisse le faire.

— Chut. Chut. C'est fini. Tout va bien.

— Mercedes est malade ? demande Lily avec respect et inquiétude.

Depuis combien de temps est-elle là, à la porte ? Qu'a-t-elle entendu ? Frances lui répond doucement, comme si de rien n'était :

— Mercedes a fait un mauvais rêve, Lily. Va vite te coucher.

Mercedes fait comme si Lily n'était pas là. Elle continue simplement de pleurer. Lily se retire. Frances pose les yeux sur le rouleau éclatant.

Dans le lit, sous les couvertures, une lumière surnaturelle brille. Elle émane de la petite grotte formée par les draps que retiennent les genoux de Lily. La source de la lueur est la Vierge Marie. Faite de bakélite phosphorescente blanche, elle domine de dix centimètres la berline en étain dans laquelle Lily, Frances et Mercedes se sont perdues à la campagne, au beau milieu de la nuit. Au loin, dans le champ d'un fermier, elles ont vu une lueur, un peu en retrait de la route. La voilà. Notre-Dame. Le parfum du muguet est partout. Elles doivent se trouver dans un champ de muguet, mais il fait trop noir pour s'en assurer. Ou encore le parfum délicieux se dégage de la Sainte Vierge. À chacune des sœurs, elle communique un message dont elles ne doivent révéler le contenu à personne. Elles ne doivent pas même en parler entre elles. Le message de Lily est le suivant : sa jambe ne guérira jamais. Elle aura toujours une mauvaise jambe et une bonne jambe. Il y a une raison à cela. Notre-Dame ne dit pas laquelle.

— Maintenant, retournez à votre voiture et aimez-vous les unes les autres.

— Oui, Notre-Dame.

— Lily.

C'est Frances. Oh non. Lily a utilisé son parfum sans permission. Mais Frances ne dit rien à ce propos.

— Lily.

Lily, au volant de la voiture, sort de la grotte, puis de sous les couvertures. Elle lève les yeux sur Frances. Frances a le rouleau à la main.

— Qu'est-ce que tu as fait, Lily ?

Des larmes se forment dans les yeux de Lily et glissent le long de ses joues, mais elle ne pleure pas encore, du moins consciemment.

— J'ai colorié l'arbre généalogique.

— C'était le projet de Mercedes.

— Je voulais lui faire la surprise.

Elle pleure.

— Tu sais qu'il ne faut pas toucher les affaires des autres, Lily, surtout lorsqu'ils y ont travaillé dur. Tu aurais dû faire ton propre arbre généalogique.

— Je n'ai pas pu m'en empêcher.

Frances, qui sait que Lily dit la vérité, s'assied sur le bord du lit.

— Je suis désolée, Frances.

— Ne pleure pas, Lily.

Lily se laisse tomber dans les bras de Frances, où elle pleure tout son soûl. Frances la presse contre elle.

— Frances ?

— Mmh ?

— Tout le monde n'est pas mort.
— Qu'est-ce que tu veux dire ?
— Tout le monde n'est pas mort quand je suis née.
— Bien sûr que non.
— Papa n'est pas mort. Mercedes n'est pas morte. Tu n'es pas morte.
— Mercedes était triste, Lily, c'est tout. Ce n'est pas ce qu'elle voulait dire. Elle t'aime. Nous t'aimons tous.

Lily ne peut s'empêcher de jeter un autre coup d'œil à son œuvre. Elle la déroule, puis prend la statue phosphorescente sous les draps. Ensemble, Frances et elle admirent le rouleau à la lueur de la Vierge Marie.

— Tu es très douée, Lily. J'aime beaucoup les vers.
— Merci.
— Qu'y a-t-il dans le coffre au trésor ?
— Un trésor.
— Quel genre de trésor ?
— Ambroise.
— Ambroise n'est qu'un conte, Lily.
— Je sais.

La lueur que diffuse la Vierge s'atténue. On ne voit plus le dessin. Le moment est venu de dormir. Frances enroule l'arbre généalogique.

— Qu'est-ce que tu vas en faire, Frances ?
— Il ne faut plus que Mercedes le voie. Je vais le jeter ou y mettre le feu.
— Non !
— Chut. Nous ne pouvons pas le garder.
— Nous pourrions l'enterrer.

Frances réfléchit...

— Dans le jardin.

Accroupies dans le jardin, Frances et Lily travaillent à la lueur prudente d'un bout de chandelle. La Vierge Marie est dans la poche de Lily. Ensemble, elles parviennent à faire bouger le gros rocher — une catastrophe pour une colonie de créatures à carapace molle qui s'enfuient dans tous les sens. Lily s'émerveille à la pensée qu'elles prospéraient sous le rocher sans être écrasées par lui.

— Le rocher, c'est leur ciel.

— Allons, Lily, nous n'avons pas toute la nuit.

Même si, dans la famille, c'est Mercedes qui jardine, il y a peu de chance qu'elle aille creuser sous le rocher, de sorte que le jardin est une assez bonne cachette. Papa a mis le rocher en place « l'année où il a décidé de faire un jardin de pierres », dit Frances.

— Jusque-là, il y avait un épouvantail, mais, une nuit, il s'est arraché du sol et est parti.

Lily s'interrompt pour regarder Frances, mais cette dernière creuse calmement à l'aide d'une cuillère, sans parler à la manière d'un revenant ni rien de ce genre.

— Personne ne sait où il est allé. Si tu as de la chance, Lily, peut-être viendra-t-il un jour nous rendre visite. Quoi qu'il en soit, papa n'a jamais aménagé le jardin de pierres parce que maman est morte vers la même époque et qu'il n'a pas eu le courage de continuer.

— C'est à peu près à ce moment que je suis née, hein ?

— Oui, Ambroise et toi.

— Frances, tu as dit qu'Ambroise n'était qu'un conte.

— J'ai changé d'avis.

— Non, Frances !

— Cesse de faire le bébé, Lily. Un rien t'effraie.

— C'était un conte, Frances.

— Bon, si tu veux. C'était un conte.

— C'est vrai, Frances !

— Crois ce que tu veux, Lily, et je croirai ce que je veux. Et si tu n'es pas assez grande pour m'aider, je vais brûler ton stupide dessin dans la chaudière, et papa va savoir ce que tu as fait. C'est ce que tu veux ?

— Non.

— Alors, cesse tes jérémiades à propos d'Ambroise. C'était seulement un conte.

Silence. Lily, satisfaite, s'empare d'une cuillère et creuse docilement.

— Non, c'est faux, dit Frances en souriant.

Lily parvient à se maîtriser et à garder le silence. Frances se met à rire. Elles continuent de creuser. Frances appelle doucement :

— Am-am-am-broise... Am-am-am-broise. Où es-tu ? Lily te che-e-e-rche.

Éclats de rire tourbillonnants. Lueurs méchantes dans les yeux et fine bande blanche. Frances se roule dans la poussière en battant l'air des pieds et des mains comme un chien avec un rire diabolique. La seule chose à faire, dans ces cas-là, c'est de la laisser aller jusqu'à ce qu'elle s'arrête, sinon on ne fait que jeter de l'huile sur le feu. Lily continue de creuser.

— C'est assez, dit Frances, de nouveau à la tête des opérations. Il ne faut pas déterrer les os du chat orange.

Lily a un mouvement de recul. Elle avait oublié le chat orange, maintenant à quelques centimètres dans le sol. Frances pose le rouleau au fond du trou.

— Qu'il repose en pièces.

Lily se retourne brusquement, mais tout va bien. Hormis la lueur dans son œil, Frances est encore en-deçà de l'abîme.

Elles jettent chacune une poignée de terre, puis enterrent le rouleau et remettent le rocher en place. Parfait. Il suffit de disposer des résidus d'enveloppes de maïs desséchées à la base et on n'y verra que du feu.

— C'est bon, Lily. Rentre maintenant.

— Qu'est-ce que tu vas faire ?

— Je vais dire une petite prière.

Lily obéit. Elle sort du jardin et s'engage sur le petit pont. Elle avance de sa démarche chaloupée, mais régulière, lorsque paf ! une motte de terre l'attrape en plein derrière la tête. Elle se retourne. Frances est pliée en deux au milieu du jardin. C'est reparti. Oh non.

— Arrête, Frances. On va te voir.

Frances court dans le jardin en boitant follement,

descend sur la rive, saute dans le ruisseau, plouf ! battant des bras et imitant Lily :

— Arrête, Frances. On va te voir. Arrête, Frances. On va te voir !

Elle rit et boite jusqu'à la maison. Lily la suit lentement. Lily sait que Frances n'y peut rien. Elle espère seulement que papa ne les a pas entendues. Le cas échéant, Frances aura droit à un sermon qualifié. Et Lily ne pourra rien pour elle, sinon lui apporter du lait chaud, après, et la laisser dormir avec Muguette.

Mais c'est bon. Papa est sorti. Il ne travaille pas. Seulement, il n'arrivait pas à dormir. Sorti marcher, il a abouti au cimetière. Il avait envie de boire. À la place, il se contente de humer l'air salin. Lorsque le jour se lève, il reprend le chemin de la maison, à l'affût du son que font les bottes de mineur sur l'avenue Plummer. Il attend le sifflet de la mine. Puis il se rappelle la grève. Sans raison, sa gorge se noue. Ses yeux piquent, mais il ne va pas pleurer. Il n'en a pas le temps. Il tient à être à la maison pour le lever de ses filles.

Le porridge

— Voici, papa.

Le petit déjeuner. Un nouveau jour se lève, et la nuit est passée, et je suis là avec mes filles.

— Merci, Mercedes. Mange, Frances.

— Je n'ai pas faim, papa.

— Mange.

Frances gratte le dessus de son porridge. Il est encore chaud dessous, mais en surface, où il a refroidi, une fine peau s'est formée, et quelques fibres visqueuses s'agglutinent sur sa cuillère.

— Ne joue pas avec ta nourriture.

— C'est froid.

James fait signe à Mercedes, qui ajoute une cuillerée de porridge fumant. Frances grimace.

— Dans les tranchées, certains auraient donné un bras pour ce que tu dédaignes.

Frances se représente le bras coupé. Elle voit un jeune soldat aux joues comme des pommes. Souriant, il détache un de ses bras, avec la manche et le reste, et demande, avec un ravissant accent londonien :

— Faites excuse, mais ça vous ennuierait que je mange tout de suite votre gruau ?

Ne ris pas. Garde les yeux sur la boue grise et luisante. Il y a des hommes morts dessous.

— J'ai dit : « Mange. »

Frances porte sa cuillère à sa bouche. De la morve.

— Avale, maintenant.

Qui sauvera Frances ? Lily, la petite peste, a tout mangé. Y a-t-il moyen d'en faire passer en douce dans son bol ? Mercedes interviendra-t-elle discrètement ? Frances se creuse la tête pour trouver une diversion. Elle sait que sa gorge ne s'ouvrira plus. Elle va avoir un haut-le-cœur et elle va vomir et papa va...

— Réponds à ta sœur.

— Quoi ?

— Tu te sens bien, Frances ? répète doucement Mercedes.

— Oui, c'est très bon, merci, Mercedes.

Qui sauvera Frances ?

— Voilà encore ce satané chat dans ton jardin, Mercedes.

— Ça ne fait rien, papa.

— Il creuse, fait-il observer en posant sa cuillère. Avec cette bête dans les parages, nous ne devrions rien manger qui vienne du jardin.

— Trixie ne se soulage jamais dans le jardin, papa.

Ils se tournent tous et, par la fenêtre, aperçoivent Trixie, dont la queue oscille autour du rocher. James tolère le chat de Frances parce que Lily y est attachée. À bout de patience, il a cependant déjà commencé à composer un aimable mensonge au sujet de la vie longue et heureuse qu'a menée Trixie et de la tendance qu'ont les chats à s'enfuir. Il se lève.

Frances le regarde se diriger vers la porte de derrière — Oh, merci, Dieu, Jésus, Marie et tous les saints, jamais plus je ne pécherai. Elle attend qu'il ait traversé la moitié de la cour, puis elle bondit et vide son bol dans la poubelle, près du poêle. Mercedes ne dit rien, mais Lily paraît soudain soucieuse.

— Du calme, Lily, il ne se rendra compte de rien.

Mais Lily ne s'inquiète pas à propos du porridge. Elle a vu papa penché sur le gros rocher du jardin.

Il revient dans la cuisine, mais sans s'asseoir. Au bout de la table, les bras croisés, il demande calmement :

— Qui a déplacé le rocher ?

Frances se sent mal. Elle se rend compte soudain que la vie était facile lorsque le porridge était son unique souci. Lily devient écarlate.

— C'est moi, papa.

Merci quand même, Lily.

Papa lui caresse les cheveux. Mercedes ne comprend rien — mise au courant du crime de Frances, elle aurait peut-être pu...

— C'est peut-être moi qui l'ai déplacé en jardinant, papa.

Pas brillant comme explication.

— C'est moi qui l'ai fait, dit Frances clairement.

— Quand ?

— La nuit dernière.

Silence. Comment peut-on avoir si froid et transpirer en même temps ? Depuis combien de temps sommes-nous assises ici ? D'ailleurs, quel est le problème ?

Clac ! en travers du visage.

— Je vais te le dire, moi, quel est le problème.

Oh non, Frances, tu as parlé à haute voix, tu croyais avoir seulement pensé ce que tu as dit.

— Le problème, c'est que tu as fait sortir ta sœur en pleine nuit et qu'elle aurait pu attraper une pneumonie.

— Moi aussi, dit Frances.

— Tu as la chance d'être en bonne santé. Ta sœur est délicate.

— Je vais bien, papa, dit Lily avant d'éternuer.

Frances sourit presque, mais Mercedes baisse les yeux. Elle ne croit pas aux accidents. James n'a toujours pas quitté Frances des yeux.

— Que fabriquiez-vous, au nom du ciel ?

Frances réfléchit.

— Nous avons planté quelque chose.

— Quoi ?

C'est Lily qui sauve Frances.

— Nous avons planté un arbre. Pour la famille.

Mercedes, au moment où elle comprend enfin, regarde Frances.

— Sous le rocher ? demande James à Frances.

— C'est un arbre très vigoureux.

Merci, Lily.

James regarde Frances. Il aurait dû faire paver le jardin pour y garer la voiture. Mais on aurait trouvé cela bizarre. Il faudrait déterrer ce qui s'y trouve et le mettre ailleurs. Il en est incapable. Peut-être, depuis la nuit dernière, n'y a-t-il plus rien. Il regarde Frances. Elle était trop petite pour se rappeler, assurément. Sinon... Quel genre de personne exhume les restes d'un bébé, la nuit, avec sa petite sœur ?

En soutenant le regard de James, Frances dit :

— J'ai dit à Lily qu'en creusant dans le jardin nous trouverions peut-être un trésor. Mais nous n'avons rien trouvé.

James se rassoit. Il pose les yeux sur les feuilles de thé au fond de sa tasse. Mercedes la lui remplit. Il boit à petites gorgées. Quelle veine ! Frances n'en revient pas. Mercedes dit une prière d'action de grâces et demande pardon à Dieu de s'être montrée ingrate envers sa famille.

— Mange, dit James à Frances.

— J'ai déjà terminé, papa. Regarde.

— C'est ma foi vrai.

Non. Impossible qu'elle se souvienne.

Les bébés d'eau

Du matin jusqu'au soir, et les après-midi,
Je reste à la maison, avec mes amis ;
Mais je m'en vais loin, très loin, chaque nuit,
Jusqu'au Pays des Rêveries.

ROBERT LOUIS STEVENSON,
AU PAYS DES RÊVERIES

Très jeune, Frances, assise dans le ruisseau, au beau milieu de la nuit, regarde. Nous regarde. Ou regarde quelqu'un derrière nous. Dans ses bras maigres, elle tient un petit paquet. Vous arrivez presque à le voir en regardant du coin de l'œil, mais, lorsque vous portez les yeux directement sur lui, vous ne voyez rien du tout. Un peu comme si vous cherchiez à voir un objet faiblement éclairé dans le noir. C'est gênant. Qu'est-ce que c'est ? Au moment précis où vous allez conclure qu'il s'agit d'une photo en noir et blanc, l'eau qui entoure la chemise de nuit de Frances se colore d'une lueur bleue. La source de la lumière est un poisson bleu vif qui tourne et nage autour de ses chevilles. Il est magnifique. Lily s'éveille en hurlant.

— Doux Jésus, Lily !

Frances, blanche comme un drap, contemple la silhouette commotionnée de Lily, raide comme un pieu à ses côtés.

L'ampoule électrique s'allume — c'est James, incarnation de la panique en tissu écossais.

— Que s'est-il passé ?

Mercedes apparaît derrière lui, une nouvelle ride au front.

— Tout va bien. Elle a fait un cauchemar, dit Frances en caressant le dos rigide de Lily.

Lily, en se retournant, aperçoit James. Il la prend dans ses bras. Elle enroule ses bras et ses jambes autour de lui et pose la tête sur son épaule, les yeux grands ouverts. Il la berce doucement de gauche à droite en s'interrogeant sur la vague de cauchemars qui, depuis peu, déferle sous son toit.

— J'ai rêvé que j'étais un poisson, dit Lily.

Frances frissonne. Mercedes se masse les tempes.

— Dans le ruisseau, poursuit Lily. Je n'arrivais pas à respirer.

Mercedes descend préparer une tournée de lait chaud. Frances se retourne et vient à la rescousse de Lillian Gish, prisonnière de la banquise. James sort, mais est de retour quelques minutes plus tard, précédant de justesse Mercedes. Il a trouvé Trixie. Trixie a l'air terrorisée, mais elle sait bien que, dans la fâcheuse situation où elle se trouve, elle ne doit surtout pas bouger. James la pose délicatement à côté de Lily ; elle enfouit son visage dans la boule de poils noirs, qui n'en revient pas. Mercedes distribue le lait chaud. James s'en verse un peu dans la main, qu'il tend à Trixie. Trixie le regarde, puis, penchant la tête, lape le lait.

— Tu te sens mieux, mon ange ? demande James.

— Oui, répond Lily.

Trixie se pelotonne entre Frances et Lily. James les borde, puis éteint.

De retour dans sa chambre, Mercedes termine *Jane Eyre* une fois de plus. Frances lui avait rendu son livre favori, apparemment indemne, et elle lui en avait été reconnaissante. En proie au mélange de satisfaction et de regret qu'on éprouve à la conclusion d'un livre chéri, Mercedes tourne la dernière page. Sur la page de garde, un gribouillis, indiscutablement l'œuvre de Frances. C'est un épilogue dans lequel la main de M. Rochester, coupée et jetée au feu, renaît de ses cendres et étrangle le bébé.

Mercedes, refermant le livre, se contente de soupirer. Elle a dépassé le stade des pleurs et des grincements de dents. De toute évidence, ses sœurs se sont donné pour tâche de s'approprier et de gâcher tout ce qu'elle prise. Mercedes est résignée. Pour le moment. Un jour, elle épousera un homme merveilleux. Peut-être pas Valentino. Mais ce sera néanmoins quelqu'un de merveilleux. Elle aura des enfants civilisés. Frances sera autorisée à vivre avec eux, mais ce sera le château de Mercedes. Et celui de son mari, bien entendu. Mais pas tout de suite. Papa a besoin d'elle. Je vous salue, Marie pleine de grâces ; le Seigneur est avec vous...

— Si tu étais un poisson, comment se fait-il que tu n'arrivais pas à respirer ?

Frances n'a pas touché son lait. Il est sur la table de chevet, recouvert d'une peau plissée.

— Je me noyais.

— Les poissons ne se noient pas.

— Tu étais là, Frances.

— Dans le ruisseau ?

— Tu étais petite.

— ... Je sais.

— Qu'avais-tu dans les bras ?

— Rien... Je ne me souviens plus. Dors. Ce n'était qu'un rêve.

Autour de la Vierge de bakélite, la main de Lily devient rouge — filaments écarlates et conductibles sous la ligne de vie, de destin, de cœur et d'esprit, paume d'où la lumière s'écoule comme du sang.

Plus tard, cette nuit-là, Frances est réveillée par un poids sur sa poitrine. Ouvrant les yeux, elle se trouve face à face avec la tête absorbée de Trixie, qui la fixe d'une distance de trois centimètres. La patte noire de Trixie est suspendue dans l'air, figée et recouverte de quelque chose de blanc. Un filament ratatiné et gluant, qui rappelle la glaire d'un œuf cru, pendouille de sa gueule. Frances cligne des yeux et Trixie reporte son attention vers la tasse de lait tiédi posée sur la table de chevet. Tournant le dos à Frances, elle essuie sa face, se penche et boit.

La première fois qu'Ambroise apparaît à Lily, il est nu, à l'exception de petits morceaux en décomposition de la vieille chemise de nuit blanche de Frances dans laquelle il a été mis en terre. Les lambeaux s'accrochent à lui çà et là en voletant, car un léger vent accompagne son arrivée. Sain et sauf et silencieux dans la matrice du jardin, il n'a pas rêvé parce qu'il n'a pas dormi. Il a grandi. Son corps est couvert de zébrures de terre et de charbon ; sinon, il est pâle comme une racine. Bien qu'il ait exactement le même âge que Lily, Ambroise est un homme fait, tandis qu'elle est toujours une petite fille. Ils ont eu des environnements si différents. Sous la terre et la suie, de quelle couleur sont ses fins cheveux d'ange ? Rougeâtres. Il est debout au pied du lit. Frances dort. Lily est quelque part entre les deux. C'est forcé. Sinon, comment avoir une telle vision sans crier ? Elle le voit et sait que ce n'est pas tout à fait un rêve parce qu'il est là, au pied de mon lit. Et voici ma sœur endormie ; voici ma poupée de chiffon ; voici Trixie, recroquevillée entre nous, un œil ouvert. Et voici Ambroise. Quoique Lily ne reconnaisse pas encore son frère jumeau.

— Qui êtes-vous ?

A-t-elle parlé ? Probablement, puisque l'homme debout au pied du lit ouvre les lèvres pour répondre. Au moment où il le fait, de l'eau sort en cascade de sa bouche et se répand sur le plancher. Elle crie. Maintenant elle est en état de veille — de retour à un endroit qui occupe un point précis sur la carte du monde. Ici, on est dans un lieu appelé « Veille ». De l'autre côté de la frontière, il y a le pays appelé « Sommeil ». Vous voyez cette zone ombragée entre les deux ? Ne vous y attardez pas. C'est le no man's land.

Lily est de retour dans le pays de « Veille », saine et sauve. Elle s'attend à trouver le visage exaspéré de Frances penché sur le sien. Elle s'attend à ce que l'ampoule s'allume pour la deuxième fois et à ce que papa la reprenne dans ses bras en se demandant comment on peut faire deux cauchemars la même nuit. Mais il n'y a pas de lumière et Frances dort toujours. Lily n'a pas crié en fin de compte. Son cri, bien qu'assez fort pour la tirer du sommeil, n'a apparemment été qu'un gémissement, puisque, autour d'elle, la maison continue de respirer régulièrement, de se dilater et de se contracter en rêvant. Tu vois ? Il n'y a pas d'homme au pied du lit. Pas d'eau non plus, alors qu'il en aurait laissé s'il était venu.

Lily ne parle à personne de ce rêve parce qu'il est trop terrifiant pour être raconté. Même si le rêve de Frances dans le ruisseau, avec le petit paquet et le poisson bleu vif, l'a fait crier et ameuter toute la maisonnée, le rêve de l'homme d'eau, d'où elle a émergé en gémissant, l'a effrayée bien davantage.

Prière enfantine pour une mort heureuse

Seigneur, mon Dieu, j'accepte d'avance le genre de mort qu'il Vous plaira de me donner, avec ses peines, ses douleurs et ses angoisses.
Ô Jésus, je Vous offre d'ores et déjà mon agonie et toutes les souffrances de ma mort...
Ô Marie, Vous qui conçûtes sans tache, priez pour nous qui volons vers Vous. Refuge des pécheurs, Mère des agonisants, ne nous abandonnez pas à l'heure de notre mort, mais obtenez pour nous un chagrin parfait, une contrition sincère, la rémission des péchés, la réception méritée du viatique le plus saint et le secours du sacrement de l'extrême-onction. Ainsi soit-il.

PAR SŒUR MARIE-AMBROISE, O. P.

La *Prière pour une mort heureuse* est tirée d'un livre de poche pour enfants ayant pour titre *Mon cadeau à Jésus*. Cette prière, en toute logique, est la dernière du livre. Le livre est un cadeau offert à Lily par Mercedes, sans raison. Il y a environ vingt minutes, Mercedes est entrée en disant :

— Tiens, Lily, voici un cadeau pour toi, sans raison particulière.

Puis elle est partie chez Helen Frye.

C'est une chaude journée ensoleillée, et elles devraient être au bord de l'eau, Lily dans le vieux landau, poussé à vive allure par Frances sur les cailloux et les galets, en train de faire voler l'écume, hurlant dans un mélange de terreur et de joie. Au lieu de quoi elles sont revêtues de toges et de turbans dénichés dans l'armoire à linge, confinées à la maison parce que papa dit qu'il est dangereux de jouer à l'extérieur. Il a lui-même conduit Mercedes chez Helen Frye, sur la 9e Rue, et se propose de la ramener. On est maintenant en juin : la grève des mineurs s'éternise et les choses ont tourné au vinaigre.

Des hommes de main dont les services ont été retenus par la compagnie s'en donnent à cœur joie, fiers-à-bras imbibés d'alcool qui jouent du bâton et du fusil, assommant les citoyens en pleine rue — les femmes, les enfants, sans distinction. Les patrons forment maintenant un monopole, la British Empire Coal and Steel Company, ou « Becso ». Cette fois, non contents de suspendre le crédit dans les magasins de la compagnie, ils ont coupé l'alimentation en eau et en électricité de New Waterford. Depuis une semaine, des brigades d'hommes et de femmes couverts de sueur et armés de seaux s'étirent entre les rares puits et les maisons de la ville. À l'hôpital général de New Waterford, des enfants s'étiolent sous le coup d'un nouvel accès des anciennes maladies aux jolis noms.

Avec si peu à manger pour reprendre des forces, on ne peut vraiment pas transporter indéfiniment des seaux d'eau. À la vue du cortège presque quotidien de petits cercueils blancs, nombreux sont les citoyens convaincus que les forces qu'il leur reste seraient mieux employées à taper sur les coupables.

Après avoir déposé Mercedes, James se rend à Sydney pour acheter de l'eau en bouteille et du kérosène, non sans avoir au préalable ordonné à ses filles de rester à l'intérieur. Bien sûr, il leur tarde de profiter des beaux jours, mais elles ne se formalisent pas trop de leur statut de séquestrées. Et il est amusant de n'utiliser que des lampes et des chandelles, « comme dans le bon vieux temps ». Frances s'aventurerait bien à l'extérieur, mais Lily se fait tellement de souci à cette idée qu'elle a déjà promis de tout raconter à papa si Frances met ses projets à exécution.

Lasses de jouer aux mille et une nuits, elles s'absorbent dans la lecture de *Mon cadeau à Jésus*. Comme ses sœurs avant elle, Lily lit déjà très bien. Seulement, elle n'a pas encore eu l'occasion de parcourir le petit livre parce que Frances, après s'en être emparée, est tout de suite allée à la dernière page — comme elle le fait pour tous les livres —, qu'elle a lue à voix haute. Dans la *Prière pour une mort heureuse,* Lily a compris tous les mots, sauf un.

— Dis, Frances, qu'est-ce que c'est, un viatique ?

— C'est un mot saint pour désigner des sous-vêtements propres.

— Je peux voir le livre, Frances ?

Elle tend la main, mais Frances, mettant le livre hors de sa portée, explique :

— Lorsqu'on est sur le point de mourir et que le prêtre nous administre l'extrême-onction, il prend des sous-vêtements propres dans notre tiroir et les bénit. Puis, il nous les enfile. En cas d'urgence ou en l'absence d'un prêtre, n'importe qui peut bénir les sous-vêtements propres.

— Est-ce que je portais des sous-vêtements propres quand j'ai failli mourir ?

— Oui.

— Bénis par le père Nicholson ?

— Non, par moi — oh, Lily, regarde !

Frances vient de remarquer le nom sur la page de titre.

— Le livre a été écrit par une nonne qui s'appelle sœur Marie-Ambroise !

Lily, obligeante, a le souffle coupé.

— Est-ce qu'elle connaît notre frère ?

— C'est peut-être un message que nous envoie Ambroise lui-même.

Lily s'émerveille devant la page de titre tandis que Frances se perd en conjectures.

— Ambroise travaille par l'intermédiaire de cette nonne,

et c'est aussi lui qui a incité Mercedes à acheter ce livre et à t'en faire cadeau, pour que tu saches qu'il veille sur toi.

Elles se regardent, unies dans la découverte.

— Il me voit toujours ?

— Oui.

— Même quand je suis méchante ?

— Oui.

— Il va en parler à Dieu ?

— Dieu sait tout, de toute façon.

— Oui, c'est vrai.

Ce détail avait momentanément échappé à Lily.

— Ambroise te voit quand tu dors. Il sait quand tu veilles.

— Comme le père Noël.

— C'est un blasphème, Lily.

— Pardon.

— Adresse-toi à Dieu, Lily.

Lily croise les mains, ferme les yeux et murmure :

— Pardon, mon Dieu, dit-elle, avant de faire le signe de croix.

Faire le signe de croix après une prière est aussi essentiel que de coller un timbre sur une enveloppe. Sinon, votre message aboutira dans les limbes de la prière.

— Tu sais quoi, Frances ? Dieu, en réalité, c'est le père Noël, et le père Noël, en réalité, c'est Dieu.

— Non, Lily, c'est faux.

— Mais Dieu nous donne des cadeaux et sait tout, comme le père Noël.

— Oui, mais le père Noël ne nous envoie pas la lèpre ni les tremblements de terre, grosse bête, et il ne provoque pas le naufrage du *Titanic,* et il ne permet pas que certains se fassent couper les jambes.

Frances s'absorbe dans le livre et fait comme si Lily n'était pas là.

— Frances ?

Pas de réponse.

— Frances ?

— Quoi ? crie Frances en posant le livre de prières avec fracas.

— Ambroise va-t-il m'apporter des cadeaux ?

— Un morceau de charbon, si tu es méchante.

— Mais si je suis bonne ?

— Il importe peu à Ambroise que tu sois bonne ou mauvaise, Lily.

— Ah bon.

— Tout ce qu'il veut, c'est que tu te portes bien, que tu sois heureuse.

— Pourquoi ?

— Parce qu'il t'aime.

Frances regarde Lily droit dans les yeux. Lily adopte son visage le plus grave et le plus attentif.

— Ne sais-tu pas qui est Ambroise, Lily ?

— C'est notre petit frère qui est mort.

— C'est ton ange gardien.

Le front de Lily se plisse.

— Tout le monde a un ange gardien, hein, Frances ?

— Oui, mais la plupart des gens ne savent pas qui c'est. Tu as de la chance, toi. Tu connais le tien. C'est ton frère et il veille sur toi. Et il t'aime. Il t'aime vraiment, Lily.

— Ne pleure pas, Frances.

— Je ne pleure pas.

— Si, tu pleures.

Frances s'essuie les yeux. Sa gorge se serre. Oui, elle pleure. Pourquoi ? Avant de se mettre à pleurer, elle n'était même pas triste.

— Frances ? ... Frances, allons jeter un coup d'œil dans le coffre.

Mais Frances pleure toujours.

— Frances, veux-tu donner un bain à Muguette ? Si oui, c'est d'accord. Veux-tu mettre mon attelle ? Si tu veux, c'est d'accord.

Frances a laissé tomber le livre. Lily le ramasse et s'absorbe dans les images lumineuses. Lorsque Frances ira mieux, elle lui demandera ce que veut dire « INRI ». Le mot est écrit sur le rouleau toujours cloué au sommet de la croix de Jésus. « INRI. »

« Je vais demander à Frances, se dit Lily. Frances saura la réponse. »

Plus tard, cet après-midi-là, Mercedes rentre à la maison en pleurant, elle aussi, mais pour une raison différente. Dans la voiture, elle a dit à papa que Helen et elle ont parlé des enfants pauvres à l'hôpital. James s'est contenté de hocher la tête. Mme Luvovitz l'a informé que les filles de cet âge deviennent volontiers hypersensibles. Il ne faut, sous aucun prétexte, lui dire de ne pas pleurer. Après avoir observé Mercedes rentrer saine et sauve à la maison, il fait demi-tour et retourne en ville : il a oublié de passer à la poste.

Sur la pointe des pieds, Mercedes monte dans sa chambre et ferme doucement sa porte. Elle ne veut voir personne ni rien expliquer. La tête dans l'oreiller, elle pleure. Aujourd'hui, un mineur du nom de Davis a été abattu. Il y a eu une émeute à la centrale électrique, sur le lac Waterford. Les mineurs voulaient forcer les agents de police de la compagnie à partir après avoir rétabli l'alimentation en eau et en électricité. Les mineurs étaient armés de bâtons, de pierres et de cendres. Les policiers avaient des fusils et des chevaux, mais ce sont les mineurs qui ont gagné. Sauf que certains d'entre eux ont été blessés par balle et que le pauvre M. Davis, qui n'était même pas de la mêlée, a été tué. Il rentrait à la maison avec du lait pour son petit dernier : on a trouvé un biberon dans sa poche. Il y a maintenant sept enfants sans papa de plus à New Waterford.

Mais ce n'est pas pour cette raison que Mercedes pleure. Cet après-midi, le père de Helen était rentré avec une balle dans le poignet. Tandis que Mme Frye extrayait le projectile, M. Frye, après avoir bu une longue rasade de remontant, avait déclaré :

— Je suis désolé parce que je sais que tu es une bonne

fille, Mercedes. Mais je n'ai qu'une enfant, tu vois, et je ne peux pas risquer qu'on l'associe aux Piper.

Les yeux de Mercedes s'embuèrent, tandis que son visage s'embrasait. Elle se sentait mortifiée, exactement comme si on l'avait surprise en train de se livrer à un acte honteux, mais elle ne voyait pas ce qu'elle avait à se reprocher. Mme Frye continua de creuser dans le bras de M. Frye, qui vira au blanc sans toutefois défaillir. D'une voix douce, il prononça des mots qui brisèrent le cœur de Mercedes. Le père de Mercedes était un mauvais homme, dit-il. Un contrebandier. Un briseur de grève. Un ennemi de sa ville. Puis, il ordonna à Helen de monter dans sa chambre. Quant à Mercedes, il lui demanda d'attendre au salon que son père vînt la chercher.

Mercedes, se pelotonnant sur son lit, aperçoit Valentino perché dans son cadre sur la commode, à côté de la figurine en porcelaine de la Demoiselle à l'ancienne. Valentino provoque un nouvel épanchement de larmes, mais ce sont des larmes bienfaisantes. Toi, au moins, je t'ai encore, mon amour. Quant à la Demoiselle à l'ancienne, elle lui rappelle la gentillesse de son père. C'est un homme bon et juste, oui, c'est vrai. Et si — *si* — papa est contraint de faire certaines choses, c'est uniquement parce qu'il nous aime et que nous n'avons pas de maman pour s'occuper de nous. Nouvel afflux de larmes. Mercedes entend maman chanter, et c'en est trop. Se couvrant la tête de l'oreiller, elle chasse la musique de son esprit. Elle bannit son souvenir et se concentre sur ce qui importe : Ma famille. Aider mon père, qui est un homme bon, très bon et qui s'occupe de sa fille handicapée à longueur de journée. Si seulement M. Frye et les autres le voyaient, ils comprendraient.

Quelque peu apaisée, Mercedes laisse son regard dériver vers l'image de Bernadette dans la grotte avec Notre-Dame de Lourdes. Bernadette a été béatifiée. Un jour, elle comptera parmi les saints. Exhumée, elle était fraîche comme une rose — en odeur de sainteté. Elle aussi était une petite infirme. Peut-être aussi haïssait-on son père.

À force de pleurer, Mercedes s'est presque endormie, mais avant de sombrer dans le sommeil, elle élabore un plan. Demain, elle ira en promenade avec Lily. Elles iront à l'hôpital — pas dans les salles, elle ne veut pas que Lily attrape quelque chose, seulement à la réception. Et là, Mercedes demandera à Lily de donner leurs vieux vêtements et livres, de même que quelques tartes que Mercedes aura confectionnées, aux enfants qui souffrent à l'étage. Ils verront... Quel homme bon...

Il fallut à James un temps inhabituel pour se rendre au bureau de poste parce que plusieurs rues étaient impraticables. Une volée de pierres ricocha contre le capot de sa voiture et une horde de jeunes gens se mirent à faire balancer la voiture de gauche à droite. Il fonça à travers eux, mais trouva l'avenue Plummer en proie à une agitation similaire. Des policiers de la compagnie, désarçonnés, étaient conduits en direction de la prison : on les poussait et on les frappait du pied. Derrière les prisonniers, des femmes brandissaient des épingles à chapeau et n'hésitaient pas à s'en servir. La nuit serait chaude.

James descendit jusqu'au chemin du Rivage, où il gara la voiture, et gagna à pied le bureau de poste, par des rues transversales. Il aurait pu remettre la course à demain, mais il se dit que, d'ici là, la poste et la moitié des immeubles de la rue principale auraient peut-être été incendiés, et il attendait de l'argent.

À la poste, il empocha son argent et allait sortir lorsqu'on l'appela :

— Monsieur Piper, il y a aussi une lettre.

James prend l'enveloppe que lui tend le commis. Le courrier est plutôt rare. Quelquefois, des paquets et des photos arrivent pour Frances — James les examine de près avant de les lui remettre. Plus d'une fois il a confisqué des bouteilles de « Vin de coca : pour combattre la lenteur d'esprit et l'apathie ». Pour l'heure, le bureau de poste bourdonne d'activités à la suite des événements de la journée, et on se presse aux fenêtres pour voir passer la foule, mais tout s'estompe et sombre dans une immobilité silencieuse quand James aperçoit le nom qui figure sur l'enveloppe : Mademoiselle Kathleen Piper.

Il perd connaissance pendant une fraction de seconde. Comme un déclic dans le cerveau accompagné par le flash d'un appareil photo. Puis le bruit de l'excitation ambiante remonte à la surface et, pendant un instant, James imagine que l'agitation est imputable au fait qu'on a écrit à Kathleen Piper. On a écrit à ma fille, sans savoir — ou en sachant peut-être — qu'elle est morte.

Il a suffi de voir son nom. En lettres tracées par une main vivante, si différentes de celles qui sont gravées dans la pierre aux limites de la ville — voilà pourquoi, dans sa tête, une lueur a jailli, puis s'est éteinte, à la seule pensée fugace qu'elle était, après tout, vivante. « Voilà ce qu'est la folie, se dit James. Sauf que l'éclair dure toujours. Ce qui vaudrait peut-être mieux. »

De retour dans la voiture, il n'a pu encore se résoudre à décacheter la lettre. Il se rappelle une autre lettre, venue il y a longtemps. Anonyme. Horrible. Elle a tout changé. Il rompt le sceau. Il déplie la feuille — une écriture raffinée et féminine. Il lit :

> Chère Kathleen,
>
> Je suis navrée que vous ayez été victime d'un accident si tragique. Vous êtes, à l'évidence, une jeune fille très brave. Et vous avez de la chance d'avoir un papa si gentil. Peut-être un jour pourrez-vous quitter votre fauteuil pour courir et jouer comme avant. Je l'espère. Vous trouverez ci-joint une photo autographiée pour votre collection. Mes meilleurs vœux vous accompagnent.
>
> Lillian Gish

James active le démarreur électrique de la Hupmobile et rentre à la maison. Il va convoquer Frances dans la remise. Et la sommer d'expliquer le sens de cette plaisanterie.

Cette nuit-là, James, Mercedes et Lily, debout sur la véranda, regardent passer la procession de torches dans la ville. Frances est couchée, un linge humide sur le visage. Au cas où ils devraient partir en vitesse, James a chargé la voiture et fait le plein. L'armée ne sera là que dans deux ou trois jours et, d'ici là, mieux vaut être sur ses gardes.

D'abord, les mineurs incendient l'atelier de lavage de la mine numéro 12. Puis ils dévalisent les magasins de la compagnie — sans les incendier, par crainte que le feu ne se propage dans toute la ville. Puis ils se dirigent vers la prison pour y pendre les policiers de la compagnie. Des prêtres viennent à leur rencontre et les en dissuadent. New Waterford compte déjà suffisamment d'enfants sans père.

Où ton cœur est amarré...

Le 31 octobre 1918

Monsieur,

Votre fille court un grave danger. Sachant que Kathleen vient d'une bonne famille en plus de posséder des dons musicaux prodigieux, je crois avoir l'obligation, envers vous et envers le monde, de sonner l'alarme. Vous venez d'un autre pays, monsieur, de sorte que l'expression *croisement entre races* ne vous est peut-être pas familière. C'est un fléau moderne qui s'attaque à la fibre même de notre nation. Il menace maintenant votre fille. Au moyen d'un mélange de flatterie et de séduction fourbes, on a attiré votre fille dans un filet de musique impie et d'immoralité. Comme je suis invalide, j'ai assisté à ce spectacle en témoin impuissant. Quand je dis que votre fille, en traversant la frontière prévue par la nature, court à sa ruine et risque de céder aux vestiges les plus noirs de la bête qui subsiste en l'homme, je parle d'expérience, en femme qui a payé de sa personne. Il n'est peut-être pas trop tard. Elle est encore jeune. Vous avez le droit de faire fi de la mise en garde d'une étrangère, voire de la condamner. C'est ma conscience qui me dicte cette lettre. Ainsi libérée de mon devoir de chrétienne, je demeure,

Une amie qui vous veut du bien

ô toi mon épouse très chère...

LIVRE 4

LA VIEILLE MINE DES FRANÇAIS

In memoriam

Le pied de Lily est en sang sans qu'elle s'en rende compte : les cornemuses noient sa douleur. Voilà à quoi servent les cornemuses. Même si elle avait mal ou apercevait le sang qui tache son bas, Lily ne s'arrêterait pas de marcher, parce qu'elle est aux anges. Elle porte le drapeau de la Nouvelle-Écosse le long de l'avenue Plummer. Son cœur et ses poumons sont gonflés et tendus de tissu écossais comme les sacs à carreaux qui alimentent les cornemuses. Et, pour une fois, la démarche de Lily convient parfaitement. Le balancement et le rythme de ses jambes inégales s'accordent à merveille avec le fléchissement et le battement de la musique sur la deuxième mesure. Lily, qui affiche un large sourire, a les larmes aux yeux — les cornemuses l'attristent et l'exaltent tout à la fois. Un coquelicot épinglé à sa large ceinture en tartan, elle se sent comme un soldat courageux. Nous sommes le 11 novembre 1929, anniversaire de l'Armistice. Aujourd'hui, nous nous remémorons la guerre qui devait mettre fin à toutes les autres.

Les habitants de New Waterford sont sortis en nombre. L'avenue Plummer est bondée. Même James assiste au défilé — à titre non pas d'ancien combattant, mais de fier papa. Mercedes se tient à ses côtés, devant la librairie Cribb. En face, la boucherie cachère Luvovitz est fermée, les stores tirés. Les Luvovitz ne risquent pas d'oublier cet anniversaire. Mais Mme Luvovitz préfère se souvenir à la maison, loin de la rumeur et du spectacle du sacrifice et de l'honneur. Frances devait venir, elle aussi, mais elle est à l'*Empire,* pour voir une fois de plus Louise Brooks dans *La Boîte de Pandore*, avant que les autorités, mises au courant, n'interdisent le film.

Le défilé se dirige vers le Monument aux mineurs. Érigé à la mémoire des soixante-cinq mineurs tués par l'explosion de 1917, il est devenu le symbole de tous ceux qui sont morts au combat, à l'étranger et au pays. Ceux qui, comme M. Davis, ont été abattus dans la rue et ceux qui ont été ou seront victimes d'une explosion ou gazés dans une tranchée ou une mine. Les cornemuses se taisent brusquement. Lily et les autres marchent au rythme désolé des tambours. Parvenus au monument, ils observent deux minutes de silence.

On entend l'océan. On entend les oiseaux et le vent. On entend les coquelicots pousser au champ d'honneur, parsemés de lot en lot, entre les croix. « Nous sommes morts, Nous qui songions la veille encor', À nos parents, à nos amis. » Les hommes, les mains repliées devant eux, arborent des visages de pierre. Les femmes ont un air sévère. Chacun se souvient des chers disparus, qui resteront jeunes à jamais.

Puis, on entend un gémissement violent, une plainte aiguë. Les bourdons reprennent de plus belle et les cornemuses recommencent à scander la marche. Les spectateurs se mettent à pleurer, les cornemuses faisant office de chant funèbre. Les instruments à anche primitifs, qui réveillent quelque chose de très ancien, situent le chagrin dans une perspective longue et réconfortante. Peut-être parce que l'herbe, pour des personnes de tous les horizons, est le plus vieil instrument qui soit.

Lily se sent en sécurité au milieu des genoux d'hommes durs, poilus et pâles, qui battent la mesure entre les chaussettes et les escarcelles qui se balancent et les kilts qui volettent. Entre elle et ces hommes, une camaraderie s'est installée. Comme s'ils avaient fait la guerre ensemble. Elle aimerait être soldat. Elle a dix ans. Une fois grande, elle voudrait bien compter parmi les anciens combattants. Elle n'aurait peur ni de la douleur ni des balles. Elle sortirait des tranchées et monterait à l'assaut, les genoux dénudés. Papa a reçu la médaille de l'Ordre du Service distingué. C'est M. MacIsaac qui le lui a dit.

Ce n'est qu'après que les cornemuses et les tambours se sont tus et que la fanfare, à l'arrière, a commencé à jouer le *Rule Britannia* que Lily ressent le premier élancement dans son pied gauche, le petit. Sa bottine brune, munie d'une semelle surélevée conçue expressément par papa, est fermement assujettie entre les montants de son attelle, mais, comme elle est neuve, elle a frotté contre le haut de sa cheville, où une tache rouge s'est répandue. Sans sortir des rangs, Lily jette un coup d'œil. Voilà papa et Mercedes. Voilà M. et Mme MacIsaac. Lily leur décoche ce qu'elle espère être un sourire viril. Nombreux sont ceux qui lui rendent son sourire, sans même la connaître.

Grâce aux efforts de son entourage — pas seulement sa famille —, Lily n'est pas consciente de l'opprobre dans lequel vit son père. Les enfants qui portent des attelles ne manquent pas, et certains ont aussi le dos déformé, mais Lily est la seule qui prenne part au défilé. Elle est également la plus jolie à avoir été touchée. Et la plus aimable. C'est grâce à Mercedes que Lily est désormais connue dans la ville, mais on l'aime pour elle-même.

New Waterford n'a pas beaucoup changé. Les magasins de la compagnie ont disparu. La Besco ne les a pas rouverts après les pillages de 1925. Bon nombre de mineurs sont retournés au travail avec une diminution de salaire de huit pour cent, mais d'autres, nombreux aussi, ont vu leur nom inscrit sur une liste noire, en raison de leurs sympathies bolchevistes, et se sont retrouvés au sud de la frontière, à Boston, ou dans les filatures et les camps de bûcherons de la Nouvelle-Angleterre. Ce fut le coup d'envoi de l'exode vers le sud et l'ouest, lequel ne donne aucun signe d'essoufflement. Le krach de 1929 a ébranlé le monde, mais, au Cap-Breton, la secousse a été minime : la Dépression, parce qu'elle était en cours depuis si longtemps, a mis du temps à faire sentir ses effets. D'ailleurs, on considère généralement que c'est en 1867, avec la Confédération, que la Nouvelle-Écosse a couru à la catastrophe. Depuis, on subit simplement l'influence de l'onde de choc. Impossible d'imaginer que les années trente puissent être pires que les années vingt. Comme R. B. Bennett se plaisait à le dire :

— La prospérité est à nos portes.

Mais rien ne peut refroidir la fierté civique — comme en témoigne la participation à la manifestation d'aujourd'hui. Les habitants du Cap-Breton concilient la loyauté au Roi et au pays avec le mépris et la méfiance envers tout ce qui est « étranger » — qu'il s'agisse des crétins du Haut-Canada ou des incapables à chapeau melon de Whitehall. Terriblement fiers de leurs anciens combattants, ils éprouvent beaucoup d'amertume vis-à-vis de l'armée canadienne, qui a si souvent envahi les bassins houillers. Malgré tout, les forces armées constituent une solution pour un nombre toujours croissant de sans-emploi et de petits salariés en quête d'un moyen de quitter ce rocher maudit et abandonné de Dieu, qu'ils aiment plus que l'air qu'ils respirent. Ce n'est qu'à l'étranger qu'on parle du « pays d'où l'on vient ». Dès novembre 1929 s'amorce une longue marche au terme de laquelle le nombre des exilés sera supérieur à celui des gens restés au pays. L'anniversaire de l'Armistice remue des sentiments mitigés.

En de telles occasions, la Prohibition paraît deux fois plus ridicule. Le soir venu, les cuisines déborderont de musique, de parents et de conversations. On fera circuler des cruches et des tasses de thé. Les agents de la Gendarmerie royale fermeront les yeux sur les bars d'hôtel et les débits de boissons, et plus d'une rixe égaiera les festivités.

Ce soir, James ne travaillera pas. Et il ne se mêlera certainement pas à la société de ses semblables, même si, en cette occasion, tous les ponts pourraient être rétablis — James, après tout, a fait la guerre et a été décoré. Cependant, c'est l'une des deux soirées de l'année au cours desquelles il préfère se tenir loin de la dive bouteille, car il tient à oublier le jour où l'Armistice a été signé, et non à s'en souvenir. Partout dans la ville, on se pose la même question rituelle : « Vous souvenez-vous du jour où la guerre a pris fin ? » James ne s'en souvient que trop bien. Il était à New York. Dans l'appartement de Giles, dans Greenwich Village. Il est entré par la porte de devant, laissée déverrouillée. Il a appelé, mais en vain. Il avance dans le vestibule, l'appartement sent la lavande, il cherche Kathleen, il la trouve — *stop*.

Ce soir, James doit rester en sécurité dans le giron de sa famille.

De retour à la maison, Frances joue du piano en imaginant sa future vie de danseuse de cabaret et d'esclave blanche au Caire : elle joue la musique interdite de maman, puisée dans le coffre. Papa l'y a rangée, sous prétexte qu'il s'agit de la musique des gens de couleur. Elle se dandine sur le banc au rythme de *Coal Black Rose* quand James et Mercedes rentrent en courant avec Lily. Papa monte Lily dans ses bras, Mercedes les suit. Frances quitte le piano et gravit les marches deux par deux : dans la salle de bains, papa déroule le bas collé au pied minuscule de Lily, tandis que Mercedes sort l'acide phénique de la pharmacie. Lily, qui ne pleure pas, regarde Frances, dans l'embrasure de la porte, par-dessus l'épaule de Mercedes.

— Tout va bien, mon petit bonhomme en pain d'épice, dit Frances, en faisant référence à l'un de leurs codes secrets. *Hayola kellu bas Helm.*

Le regard de Lily ne flanche pas lorsqu'elle réplique :

— *Inshallah.*

James pose les yeux sur Frances, mais ne dit rien. Mercedes bande le pied de Lily, en priant pour que, plus tard, il n'y ait pas de scène.

Inshallah est la formule magique de Lily. Elle provient de la langue qu'elle sait ne devoir utiliser, le jour, qu'en cas d'urgence. Les mots sont comme les souhaits exaucés par un génie — il ne faut pas les gaspiller. Lily n'a pas même une compréhension rudimentaire de l'arabe ; tout se passe comme dans un rêve. Le soir, au lit, longtemps après avoir éteint, Frances et elle parlent la langue étrange. La langue du lit. À l'aide d'expressions dont elle se souvient à moitié, Frances relate des fragments de récit, qu'elle entremêle d'extraits de chansons, et comble ses nombreuses lacunes en inventant des mots qui imitent à peu près les sonorités de la langue du vieux pays de maman. Lily parle couramment cette langue inventée de toutes pièces, sans distinguer les mots authentiques des mots imaginés ou hybrides. La signification réside dans la musique et dans l'intimité du tapis volant qu'est leur lit. *Les Mille et Une Nuits.*

Plus tard, ce soir-là, tandis que Mercedes prépare une tournée de chocolat chaud, Lily descend du genou de papa, assis dans le fauteuil à oreillettes, sans le réveiller, et demande à Frances de lui refaire son bandage. Mercedes l'a un peu trop serré.

Seize ans

Frances a grandi de quatre centimètres. Elle mesure un mètre cinquante et a désormais l'âge de quitter l'école. Et elle le ferait, sauf que papa ne veut rien entendre. Frances aimerait sortir dans le monde et acquérir une certaine expérience de manière à joindre les rangs de la Légion étrangère, en tant qu'infirmière. Elle souhaite, le jour, faire la traversée du désert déguisée en chamelier et, la nuit, jouer les ensorceleuses et passer des documents secrets pour le compte des Alliés. Mata Hari et les sept voiles. À ceci près que Frances, au dernier instant, échapperait au peloton d'exécution. Quelle que soit l'extravagance des ambitions de Frances, papa n'a jamais qu'une seule réponse :

— Les espionnes aussi — les espionnes surtout — doivent faire des études.

Frances a déjà humilié Mercedes en se faisant recaler à deux reprises. Ce qui n'est pas bien grave puisque, à leurs débuts, on leur a fait sauter une année, étant donné qu'elles savaient lire et effectuer des divisions complexes. Frances estime donc avoir été recalée une seule fois.

Frances s'asseyait toujours au fond de la classe, en compagnie des garçons les plus grands, jusqu'à ce que l'institutrice se rendît compte qu'il valait mieux la rapprocher. Elle était devenue assez copine avec les frères Cornelius. Le plus jeune a bien tourné. Ses amis l'appellent Poussin. On s'attend à ce qu'il devienne prêtre : personne, en effet, ne l'imagine mineur ni soldat. On surnomme le plus vieux, qui est méchant, Pétale. Il y a trois ans, Frances a vu les parties de Pétale, mais elle ne lui a pas montré les siennes. En échange de faux espoirs, Frances a extorqué à Pétale des cigarettes et des informations défendues. Pétale a toujours cru que Frances, un de ces jours, allait lui permettre de passer de la théorie à la pratique, mais, invariablement, elle lui répondait :

— Tu n'es qu'une brute. Fous-moi le camp !

L'année dernière, Pétale a quitté l'école et est parti pour le Vermont, où il coupe du bois et terrorise les Américains. Hormis Poussin et Mercedes, qui ne comptent pas, Frances n'a donc aucun allié de valeur à l'école du Mont-Carmel. À moins que vous ne considériez sœur Saint-Eustache-le-Martyr comme une alliée.

Elle est la directrice et donc l'ennemie suprême de Frances. Non pas parce qu'elle menace d'expulser Frances, mais parce qu'elle s'y refuse. Quel autre moyen a-t-elle de quitter l'école ? Frances a donc multiplié les délits à cette fin. Aucun d'entre eux assez grave, cependant, aux yeux de sœur Saint-Eustache, femme dont la foi — à en juger par la confiance qu'elle fait à Frances — déplacerait les montagnes.

— Vous avez reçu des talents de Dieu, Frances. Quand donc commencerez-vous à vous appliquer ?

Silence. Odeur de cire d'abeille. Frances s'agite nerveusement.

— Des bourses sont offertes aux élèves les plus brillants, mais vous allez devoir vous y mettre et obtenir toujours de bonnes notes, poursuit la religieuse avec insistance.

— Oui, sœur Sainte-Tache, merci.

Frances pense que sœur Saint-Eustache n'a rien entendu. Ou :

— Pourquoi vous comportez-vous de la sorte ?

La question est posée, que Frances ait volé ou vandalisé le bien d'autrui, ou qu'elle ait acculé une élève aux larmes en lui disant que ses parents viennent de mourir dans un accident de voiture.

— Ta mère a été décapitée.

— Pourquoi, Frances ? Alors que nous savons toutes deux que tu es une bonne fille.

— Je vous demande pardon, ma sœur. Je tenterai dorénavant de me comporter d'une façon qui soit digne des efforts que vous consentez pour moi.

— Comportez-vous plutôt d'une façon qui soit digne de vous, Frances.

Silence. Frances lève les yeux sur le pauvre Jésus, déçu sur sa croix. Elle jette un coup d'œil à ses doigts tachés par la nicotine.

— Que ferez-vous quand vous serez grande, Frances ?

— Je serai pilier de cabaret.

La religieuse ne bronche pas. Sous le poids du regard bleu, qui lui fait l'effet d'une vrille, Frances devient rouge comme une betterave.

— Vous savez, Frances, les filles les plus dissipées abritent parfois les vocations les plus fortes.

Jamais de la vie ; jamais je ne me ferai nonne.

— Inutile de se faire religieuse pour se donner une bonne formation ou mener une carrière intéressante. De nos jours, toutes les portes sont ouvertes aux femmes. Vous êtes une fille intelligente, Frances. Le monde vous appartient. « Ouais, et je le vendrais pour pas cher. »

« Comment m'y prendre pour être libre ? » se demande Frances. Sœur Saint-Eustache met le doigt sur une vieille et douloureuse blessure qui rappelle à Frances qu'elle est en réalité une mauvaise fille.

Frances attend comme une folle que sa vie débute. Elle a coupé les manches de la plupart de ses robes et les a raccourcies elle-même — les ourlets inégaux sont à la mode. Elle a décidé que ses formes sont parfaites, c'est-à-dire inexistantes. Elle enlève les rubans de ses nattes et les noue sur son front. Elle a aussi serti son front de bijoux, gracieuseté du chapelet en opale de Mercedes. Au bout d'une vieille chaussette dépareillée, cachée dans son tiroir, elle garde un tube de rouge à lèvres « Rose d'Arabie », chipé au magasin de M. MacIsaac. Elle s'est brûlé les cheveux en tentant de les défriser. L'image de Louise Brooks, avec sa coupe à la garçonne et sa frange noire comme le jais, ne la quitte jamais.

Dans le cœur de Frances et sur son mur, Louise Brooks a supplanté Lillian Gish. Seule sur sa banquise virginale, Lillian ne survit plus qu'à titre honorifique. Louise se consume lentement sous le voile noir d'une veuve, sourit d'un air supérieur en smoking, flirte au-dessus d'une coupe de champagne, minaude sur le genou de Jack l'Éventreur, s'étale de tout son long, en une masse espiègle, nue sous une poignée de plumes. Elle est à la fois la meilleure et la pire des filles. Elle est aussi la plus moderne. Il tarde à Frances d'être condamnée à « vivre dans le péché », à monter sur scène et à vivre dans des « maisons malfamées », où la vie est tragique, mais terriblement amusante.

Entre-temps, elle fait l'école buissonnière, au bord de la mer ou au cinéma. Depuis peu, elle a pris l'habitude de parcourir en trottinant les quinze kilomètres jusqu'à Sydney, où elle gagne les quais, sur l'esplanade, et traîne parmi les navires. Elle songe à s'embarquer clandestinement. Elle cause avec des membres d'équipage de navires marchands venus du monde entier et, en échange de quelques pièces, les régale d'un mélange maison de charleston et de danse à claquettes, en dévoilant une lisière de peau. Pour vingt-cinq sous, elle laisse aussi les plus délurés d'entre eux lui toucher la poitrine, avant de prendre ses jambes à son cou.

La seule chose qui empêche Frances de s'enfuir, c'est Lily. Avant de laisser sa vie prendre son envol, elle doit s'assurer que Lily est en sécurité. Elle ne comprend pas très bien ce qu'elle entend par là. Elle saura, le moment venu. Pour l'heure, elle se contente d'une nouvelle diversion : le 12 novembre, elle suit James jusqu'à sa remise secrète au fond des bois.

Sans voiture, c'est difficile. D'ailleurs, il se serait aperçu de quelque chose. Elle l'a donc suivi sous une couverture, tapie au pied de la banquette arrière de sa Hupmobile.

La voiture s'arrête, et James descend. Puis une autre voiture approche. On dirait plutôt un camion. Elle entend la voix de James, puis celle d'un autre homme, douce et basse. Une fois qu'ils se sont éloignés, elle se redresse et risque un œil par la fenêtre. Il y a là une cabane coiffée d'une cheminée en fer-blanc, d'où s'échappe de la fumée — J'avais vu juste !

Sa jubilation est telle que, par réflexe, elle s'accroupit, comme si elle avait fait du bruit. Levant les yeux de nouveau, elle voit James sortir. Il lui tourne le dos. Près de lui se trouve un camion, sa remorque recouverte d'une toile goudronnée tirée sur une armature de bois, comme une charrette à bâche. L'autre homme sort de la cabane, un baril sur l'épaule.

Son visage est familier, mais Frances ne le remet pas. Il est costaud, quoique sa taille n'ait rien d'inhabituel, avec une poitrine et des épaules larges. De toute évidence, il est fort, mais son corps est dénué d'angles. On dirait un amas de coussins. Quant à son visage, il invite ouvertement à la détente. Un front rond et honnête, de grands yeux — il possède une qualité que Frances s'évertue à définir. Puis la lumière se fait. Il a l'air bon. Quelque chose en lui rappelle Lily. Voilà peut-être pourquoi elle a l'impression de le connaître. L'homme fait rouler le baril à l'arrière du camion, où Frances lit les mots « Transport Leo Taylor », inscrits au pochoir. Cela aussi lui est familier, mais hors d'atteinte.

Frances observe l'homme charger baril après baril, caisse qui tinte après caisse qui tinte, tandis que James attend. Son travail terminé, l'homme attache les rabats en toile de la bâche. James sort un rouleau de billets de sa poche et en détache quelques-uns, qu'il tend à l'homme.

— Merci, monsieur Piper.

— De rien, Leo. Bonne route, répond James.

La Demoiselle à l'ancienne

— Tu sais pourquoi tu as une mauvaise jambe, Lily ?

— Parce que j'ai eu la paralysie infantile quand j'étais bébé, mais le bon Dieu a voulu que je vive.

C'est un samedi après-midi pluvieux. Frances et Lily jouent à la charrette à bâche dans le lit de Mercedes. Mercedes travaille bénévolement à l'hôpital, et papa est parti Frances ne sait où. Le couvre-lit en chenille, qui tient lieu de bâche, abrite les enfants : Rose Diphtérie, Muguette, Grippe Espagnole, Maurice et les autres. Membres d'une famille de pionniers en route vers les confins du monde civilisé, ils sont en passe d'être scalpés. C'est enfin Lily qui conduit.

— Tu as attrapé la maladie dans le ruisseau.

Les chevaux s'arrêtent. Lily attend.

— Tu l'as attrapée dans le ruisseau parce que maman a tenté de te noyer à ta naissance.

— Frances, dit Lily, la lèvre tremblante, car c'est la pire chose que lui ait jamais dite Frances, maman m'aimait. Elle ne m'aurait pas fait de mal.

— Tu étais un bébé à la peau basanée. Comme Ambroise.

— Frances, papa dit...

— Il n'est pas ton père.

— C'est pas vrai !

— Tais-toi, Lily, sinon je ne dirai plus rien.

— C'est pas vrai, murmure Lily.

Frances se lève et se dirige vers la porte.

— Tant pis, Lily. De toute évidence, tu ne veux pas savoir qui est ton véritable père.

— Oui, je veux savoir.

Frances observe longuement Lily, comme pour mesurer sa résistance à la vérité.

— Ton père est un Noir qui vit aux Fours à Coke, à Whitney Pier.

Lily est tout ouïe.

— Maman a tenté de te noyer parce que tu avais la peau foncée.

Chaque fois que Frances dit la vérité, le récit est un peu plus vrai.

— Je t'ai sauvée, Lily.

Lily se mord la lèvre. Les lèvres de Frances sont tendues à se rompre. Sa gorge est une corde blanche.

— De la noyage ?

— De la noyade, idiote, pas de la noyage.

Frances jette les poupées sur le plancher et commence à faire le lit. Les sourcils noirs et soyeux de Lily tremblotent.

— C'est maman qui a tué Ambroise ?

Soudain désinvolte, Frances donne un petit coup compétent à l'oreiller.

— Oui.

Lily se met à pleurer.

— Elle avait peur que papa la tue, dit Frances, logique.

— Il n'aurait jamais fait ça !

Frances l'observe un moment. Les larmes de Lily lui procurent toujours un immense soulagement. Elle s'assoit à côté de Lily, lui passe un bras autour des épaules et caresse sa jolie tête. Chère Lily.

— Tout va bien, Lily... Papa ne ferait pas de mal à une mouche.

— Jamais.

— Je ne te raconte plus rien. Tu es trop petite.

— C'est pas vrai, crie Lily, qui s'éloigne en essuyant ses larmes.

— Mais si, Lily, c'est vrai. Tu es une gentille petite fille.

— Raconte-moi, Frances. Je suis grande.

— Petite.

— Grande !

— Minuscule.

— NON !

— *Oui**.

— JE VEUX SAVOIR ! hurle Lily, écarlate, en frappant le lit du poing.

Frances se couche sur l'oreiller, les mains croisées derrière la tête, et chante comme si de rien n'était, un pied posé sur le genou de l'autre jambe, battant la mesure :

— *Mademoiselle d'Armentières, pa-a-arlez-vous ?**

Lily s'acharne sur le lit fraîchement fait.

— *Mademoiselle d'Armentières, pa-a-arlez-vous ?* chante Frances, tandis que Lily arrache le couvre-lit sur lequel Frances est couchée.

— *Mademoiselle d'Armentières*, poursuit Frances, tandis que les draps se répandent en désordre sur le plancher en même temps que le chapelet retenu par une épingle de nourrice, *n'a pas été embrassée depuis quarante ans !*

Lily s'évanouit presque de rage.

— *Mademoiselle d'Armentières, pa-a-arlez-vous ?* continue Frances, cependant que Lily, qui tourbillonne dans la chambre, s'empare d'un gros livre et en arrache le dos.

Elle déchire des pages et les jette par la fenêtre. Puis elle envoie valser la reliure à leur suite, comme un bardeau détaché, avant de pivoter sur sa bonne jambe, l'armature d'acier de guingois. C'est alors qu'elle aperçoit la Demoiselle à l'ancienne, qui joue *Let Me Call You Sweetheart*, un parasol jaune à la main. Elle trône sur la commode de Mercedes, sur un petit napperon qui lui est réservé. Lily s'en empare.

— Dis-moi tout, sinon je la casse.

— Je ne te dis plus rien. Tu es folle à lier.

Lily lève le bras.

---

* *N. d. t.* En français dans le texte.

— Raconte-moi tout.
— Non.
Lily s'interrompt — énorme, l'idée de jeter la Demoiselle à l'ancienne sur le plancher menace d'affleurer à sa conscience, de sorte qu'elle la laisse simplement tomber. La figurine se fracasse. Le parasol et la tête. Paf ! Lily, en état de choc, contemple son ouvrage. Frances lui assène le coup de grâce.
— Si tu voulais te venger de moi, c'est raté. Tout ce que tu as su faire, c'est briser les trésors de Mercedes.
Encore. Oh non. Lily demeure immobile, les lèvres entrouvertes, le front plissé. Oh non, non, non.
— D'accord, Lily, je vais tout te raconter.
Lily ne se souvient plus de quoi il s'agit.
— Mais d'abord, il faut jurer de ne rien dire.
Lily ne bronche pas.
— Ne t'en fais pas, Lily. Nous allons tout remettre en place.
— Mais il y a des choses brisées.
— Nous allons les réparer. Ne te fais pas de souci. Jure de ne rien dire.
— Je le jure.
— Tu dois jurer sur quelque chose.
— Hum... Je le jure sur la tête de Muguette.
Lily a envie de pleurer parce qu'elle imagine sa réaction si quelqu'un s'avisait de faire subir à Muguette le traitement qu'elle vient d'administrer à la Demoiselle à l'ancienne. Muguette, décapitée. Des lambeaux de bourre grise. Frances a d'autres idées en tête.
— Jure-le sur ta mauvaise jambe.
— Je le jure sur ma petite jambe.
— Qu'on te la coupe si tu répètes un mot de ce que je vais te dire.
Lily baisse les yeux sur ses jambes, la droite, qui est solide, et la gauche, qui est fragile. Son bas de laine beige franc, qui, sans le harnais de métal, pendouille comme une peau morte. Sa chaussure étroite, surélevée, avec sa tête

de cheval docile, le mors fixé sous la semelle. Son talon va beaucoup mieux. De l'anniversaire de l'Armistice, il ne reste plus qu'une croûte.

— D'accord, dit Lily.

« Ne crains rien, petite jambe. Je tiendrai promesse. »

— Bon. Eh bien, maman était folle de honte à la pensée de ce qu'elle avait fait avec l'homme des Fours à Coke. En plus, elle était à l'agonie à cause de l'ouverture que papa avait pratiquée avec la baïonnette pour vous livrer passage, à Ambroise et à toi.

C'est parti.

— C'était au beau milieu de la nuit. La laissant endormie, papa était sorti chercher le médecin. Malgré son ventre ouvert, elle se leva.

Frances a adopté sa voix surnaturelle, celle du récit du chat orange. Celle qu'elle prend pour dire la vérité.

— J'étais à la fenêtre de ma chambre, revêtue de ma robe de chambre à carreaux. J'ai vu maman dans le ruisseau. Ambroise était au fond. Elle allait te réserver le même sort. Mais, levant les yeux, elle m'a aperçue, de sorte qu'elle s'est arrêtée. C'était la pleine lune. Je me suis contentée de la regarder droit dans les yeux jusqu'à l'arrivée de papa, qui l'a fait rentrer de force à la maison, avec toi. Puis elle est morte.

— Pauvre maman, sanglote Lily.

— Pauvre maman ? dit Frances en clignant enfin des yeux. Elle a failli te tuer, idiote. C'est moi qui t'ai sauvée.

— Pourquoi tu n'as pas sauvé maman ?

— Personne ne pouvait rien pour elle.

— Tu m'as sauvée.

— Oui, grosse bête, je t'ai sauvée.

— Merci, Frances, dit Lily en serrant sa sœur dans ses bras. Papa le sait ?

— Que je t'ai sauvée ? Oui.

— Il sait qu'il n'est pas mon vrai papa ?

— Oui, mais il ne faut jamais lui en parler. Il aurait trop

de chagrin. Même si tu n'es pas vraiment sa fille, il t'aime plus que nous.

— Il t'aime aussi, Frances.

— Oui, mais c'est toi qu'il préfère.

— Je voudrais que nous soyons toutes les deux sa préférée.

— Tout va bien, Lily. C'est l'ordre naturel des choses.

— C'est toi que je préfère, Frances.

— Et que fais-tu de papa et de Mercedes ?

— Je les préfère aussi.

— On ne peut pas préférer tout le monde, Lily.

Mercedes a passé la matinée à l'hôpital général de New Waterford. Elle a fait la lecture à un ancien combattant gazé pendant la guerre, vidé des bassins de lit, changé l'eau dans des vases. De façon générale, elle s'est rendue utile. Elle aurait emmené Lily, mais papa veut s'assurer que son pied est guéri avant de l'autoriser à sortir. Après l'hôpital, Mercedes s'est rendue à l'église du Mont-Carmel, où elle a aidé les religieuses à polir la table de communion et à épousseter l'autel. Elle a allumé un cierge au pied de la magnifique Vierge de trois mètres et dit une prière pour maman, et Kathleen, et Valentino, de même que pour toutes les pauvres âmes captives au purgatoire.

Valentino est mort il y a trois ans. Le jour où la nouvelle impossible lui est parvenue, Mercedes a failli se précipiter chez Helen Frye. Elle a cependant trouvé la force de s'en abstenir. En réalité, c'est simple : il suffit de ne pas bouger, et vous n'aurez rien à regretter, plus tard. Ce jour-là, Mercedes est restée assise au bord du lit, dans un état de faiblesse extrême, à contempler la photo de Valentino. Lorsqu'elle s'est enfin levée, ce fut pour remplacer son visage dans le cadre par un poème intitulé *Ne te plains pas,* découpé dans le *Reader's Digest.*

Quand elle aperçoit Helen Frye, Mercedes traverse invariablement la rue. Helen la regarde d'un air nostalgique, même si elle a depuis longtemps renoncé à la saluer. Les

Frye doivent maintenant mesurer l'ampleur de leur méprise, et Helen a dû verser bien des larmes de crocodile. Grand bien leur fasse. Depuis, Mercedes n'a pas une minute à consacrer à des amitiés frivoles. L'école et sa famille la tiennent trop occupée. Voici son ordre de priorité : Dieu, la famille, l'école, le piano, les amies.

Mercedes aura bientôt dix-sept ans — novembre est le mois au cours duquel Frances et elle ont le même âge. C'est sa dernière année à l'école. Elle aura incontestablement droit à une bourse pour étudier à l'université Saint-François-Xavier, sur le continent. Papa pourra alors se passer d'elle, c'est certain. Elle essaie de ne pas se montrer égoïste, mais elle tient à fréquenter l'université. Il est trop tard pour qu'elle réalise son autre ambition : être la meilleure élève à avoir honoré de sa présence les murs du couvent des Saints-Anges. Elle aura au moins été la meilleure élève que l'école du Mont-Carmel ait jamais eue, une des meilleures de la province. Sans parler de la cuisine, ni du ménage, ni de l'éducation des enfants. Mercedes s'efforce de ne pas faire la fière — elle est seulement reconnaissante. Songe seulement au nombre de filles qui ne finissent pas l'école. Songe seulement aux enfants des familles pauvres qui n'ont qu'une paire de chaussures à se partager.

Mercedes sort de l'église, déploie son parapluie et descend l'avenue Plummer sous une bruine persistante, en saluant poliment, à gauche et à droite. Malgré son jeune âge, on l'appelle « mademoiselle Piper », ce qui paraît bien naturel. En partie à cause de son maintien et de ses bonnes œuvres. En partie à cause de sa mise. Elle est enrubannée dans le tweed, très comme il faut sous sa blouse blanche et sa cravate noire, gantée et coiffée d'un canotier posé de guingois sur son chignon pâle. Elle porte toujours des gants et un chapeau, pas uniquement par souci de la bienséance, mais aussi parce que sa peau, été comme hiver, a tendance à brunir trop facilement. À Paris, Coco Chanel vient tout juste d'inventer le bronzage, mais on n'en a pas encore eu vent à New Waterford. En dessous, Mercedes est convenablement corsetée et juponnée.

— On dirait que tu sors de la machine à remonter le temps, lui a dit un jour Frances.

Mais le bon goût n'est jamais passé de mode. Le vernis de la civilisation est bien mince, en vérité. En quoi, au fond, nous distinguons-nous des animaux de la forêt ? Notre âme immortelle exceptée, bien entendu. Par nos manières et une mise décente.

Cultiver la vertu de la charité lui aura notamment appris que les Mahmoud, à Sydney, ont besoin de ses prières. En plus des morts, Mercedes songe donc à ses parents inconnus. Elle prie pour eux, intérieurement, en passant devant les toutes nouvelles pompes à essence, et fait un signe de tête à M. MacIsaac. À l'église, elle a oublié, mais, lorsqu'il s'agit de prier, il n'y a pas vraiment de moment inopportun. Ce qui fait la beauté de la chose. « Je vous en prie, mon Dieu, ne jugez pas trop sévèrement vos serviteurs de Sydney, qui ont chassé de chez eux la chair de leur chair. Ainsi soit-il. »

Trop jeune pour avoir réagi miséricordieusement aux vingt-cinq premières années du désastre, Mercedes met les bouchées doubles pour rattraper le temps perdu. Ce ne sont pas les occasions qui manquent : après tout, nous sommes en 1929. Dans ce vingtième siècle tout neuf, mais déjà cruellement meurtri, Mercedes termine sa prière par un signe de croix discret, esquissé avec l'index replié sur le pouce, et entre dans la boucherie cachère Luvovitz, pour acheter un rôti en prévision du souper de dimanche.

L'établissement, qui s'est diversifié, vend désormais des fruits, des légumes, des conserves, des nouveautés et des produits en vrac. Rares sont ceux qui ont les moyens de manger de la viande régulièrement.

Lorsque Mercedes ouvre la porte, la cloche sonne et Ralph Luvovitz, debout derrière le comptoir, lève les yeux. À la vue de Mercedes, la pointe de ses adorables oreilles décollées imite la couleur rouge des rayures de son tablier.

En souriant, Mercedes redevient la jeune fille qu'elle est en réalité. Ils échangent des propos anodins en évitant de se regarder dans les yeux, cependant qu'il étire à dessein le rituel qui consiste à mesurer et à couper le papier brun, à dérouler un bout de ficelle, à sélectionner le rôti parfait, à l'emballer et à l'attacher. À la fin, il semble avoir tout à fait oublié que Mercedes attend le paquet. Mercedes ne fait rien pour le lui rappeler.

— Et la clarinette, Ralph ? Vous faites des progrès ?

— Je travaille...

— Bien. Êtes-vous ? ...

— Suis-je ? ... Je vous demande pardon.

— Pardon.

Sourire.

— Vous venez toujours dimanche soir ?

— Bien sûr. Puis-je amener les filles ?

— Mais oui, ce sera parfait.

Sourire.

Mercedes se dit, et ce n'est pas la première fois, que les yeux bruns et étincelants de Ralph de même que ses boucles blond-roux sont, d'une certaine façon, plus plaisants que le turban et les yeux fixes de Valentino. Peut-être parce que, sans effort, elle pourrait toucher Ralph. Rougissant de nouveau, elle tend les mains pour s'emparer du rôti, que Ralph laisse tomber.

Ils se connaissent depuis toujours, mais, au cours des derniers mois, ils sont soudain devenus terriblement polis. Le changement n'a pas échappé à Mme Luvovitz, occupée à dresser l'inventaire, de l'autre côté de l'allée.

Mercedes est une bonne fille. Une fille merveilleuse. J'étais présente au moment de sa naissance. J'aimais sa mère comme une fille. Mais.

Le problème, c'est que, n'est-ce pas, M. et Mme Luvovitz n'auront pas de petits enfants — de petits-enfants juifs — si leur fils épouse une *shayna maidela* catholique.

— Ne t'en fais pas, lui dit Benny.

— Comment ça ? Tu veux des petits-enfants catholiques ?

— J'aimerais bien avoir un petit-enfant.

Mme Luvovitz, étranglée de chagrin, ne peut poursuivre.

— Viens là, dit Benny.

Elle obéit.

— Tu veux qu'il aille à l'école ailleurs et tu veux qu'il reste à la maison, dit Benny.

Elle hoche la tête.

— Tu veux qu'il soit médecin et tu veux qu'il soit épicier, ajoute-t-il.

Elle hoche de nouveau la tête, en souriant malgré ses larmes.

— Et, poursuit-il, tu veux qu'il épouse une bonne fille juive et qu'il s'établisse au coin de la rue.

Elle hoche la tête en faisant glisser un mouchoir entre les épaules de Benny et son nez.

— Tu sais, *liebkeit*, nous sommes les seuls, ici. Dans le vieux pays, il y aurait eu des tas de bonnes filles juives. Ce n'est pas la faute de Ralph s'il est né ici.

Il s'interrompt.

— Et ce n'est pas sa faute si...

Inutile d'aller plus loin. Ils se comprennent. Si Abe et Rudy n'étaient pas morts à la guerre, Mme Luvovitz ne se montrerait pas si réticente à l'idée de laisser Ralph épouser Mercedes.

Par-dessus les boîtes de poudre à récurer, elle observe Mercedes compter l'argent du rôti et Ralph le ranger avec soin dans le tiroir-caisse. Elle le voit glisser un bouton de rose en chocolat dans la main de Mercedes.

À sa sortie, Mercedes se sent prise de vertige. « De quoi auraient l'air les enfants que je pourrais avoir avec Ralph ? » se demande-t-elle, ce qui a pour effet de teinter ses joues de rose sur une distance de quelques pâtés de maison. Mercedes Luvovitz. Les enfants seraient catholiques, bien entendu.

Mercedes donne libre cours à sa fantaisie jusqu'à la rue

King, puis elle se ressaisit et ouvre son parapluie. « Je me demande si Frances et Lily sont parties en pique-nique. Avec le temps qu'il fait, j'espère que non. »

Au coin de la rue Water, elle constate que papa n'est pas encore arrivé. « Tant mieux, se dit-elle. Je pourrai m'allonger avant de préparer le souper. »

Mercedes monte dans sa chambre. La maison est paisible. Frances et Lily ont dû aller pique-niquer après tout. C'est gentil à Frances de tant s'occuper de Lily — je ne l'ai pas sur les bras toute la journée —, mais j'aimerais que Frances ait une amie de son âge. Quelqu'un de bien.

Mercedes, étendue sur son lit impeccable, laisse ses yeux parcourir sa chambre avec contentement. Elle n'a que de belles choses. Des livres. Sur sa table de chevet, il y a la vieille photo de papa et de maman sous l'arche. Et, bien cachée, la dernière photo de Kathleen — Tiens, que fait-elle sur le plancher ? Elle est toujours glissée dans les pages de *Jane Eyre,* où papa ne risque pas de la trouver. Mercedes ramasse la photo et la pose sur sa table de chevet. Elle la rangera plus tard, après son petit somme.

Lourds de sommeil, les yeux de Mercedes s'arrêtent sur le mur au-dessus de la commode, où elle a accroché le portrait de Notre-Dame apparaissant à Bernadette dans la grotte de Lourdes. Des roses jaunes poussent entre les orteils de Notre-Dame, et les mots qu'elle a dits à Bernadette — « Je suis l'Immaculée-Conception » — sont inscrits dans un halo au-dessus de sa tête. Une source coule entre Bernadette et Notre-Dame. Celle-là même d'où proviennent les eaux curatives de Lourdes, dont on produit maintenant trois fois quatre mille litres par jour. Notre-Dame apparut à Bernadette trois fois six fois. Elle dit trois fois à Bernadette de boire l'eau de la source, ce que fit Bernadette après avoir jeté les trois premières poignées d'eau. Notre-Dame confia à Bernadette trois secrets qu'elle emporta dans la tombe. Bernadette fuit la publicité en se faisant religieuse. Au couvent, elle travailla à l'hôpital et à la chapelle, tout en s'efforçant de maîtriser le mauvais caractère dont elle fut affligée toute sa vie. Interrogée sur ses actions, Bernadette répondit :

— Je fais mon travail : être malade.

Trois jours après la fête de l'Immaculée Conception, elle s'alita. À l'âge de trois fois douze ans, elle mourut de l'asthme, de la tuberculose et d'une tumeur au genou. On lui administra trois fois l'extrême-onction. Au moment de sa mort, trois nonnes étaient agenouillées à son chevet, et, de nos jours, trois millions de pèlerins envahissent chaque année les trois basiliques de Lourdes, où les eaux provoquent à l'occasion une guérison miraculeuse.

Mercedes, à force de tant penser à Bernadette, a très sommeil. En descendant du portrait, ses yeux tombent sur la chère Demoiselle à l'ancienne. Elle les ouvre tout grands. Diabolique.

La Demoiselle à l'ancienne a un parasol à la place de la tête et une tête au lieu d'un parasol. Elle expose coquettement au soleil sa propre tête couverte de frisettes, tandis que l'invraisemblable parasol jaune est fiché comme un drapeau dans son cou vide. Frances.

Mercedes ravale ses larmes. C'est toujours ainsi — Dès que j'ai quelque chose de beau, de net... Elle se dirige vers la commode en essuyant ses pleurs du revers de son fin poignet tremblant.

Elle examine le corps. Les morceaux ont été recollés. Rien à faire. Pour le moment, du moins. Comment en disposer, où le mettre entre-temps, afin d'éviter qu'il n'agisse à la manière d'une odeur ignoble, invisible, et pourtant oppressante ? Le coffre. Depuis que Frances a revêtu Trixie de la robe de baptême, il est verrouillé. Mercedes a la clé.

Sans la regarder, Mercedes s'empare de la figurine défigurée, qui tinte brièvement. En chemin, elle ramasse la photo de Kathleen, dans l'intention de la remettre à sa place entre les pages de *Jane Eyre*, mais Jane a disparu. Le livre n'est pas sur l'étagère, près de la fenêtre. Il n'est nulle part. Frances doit l'avoir emprunté. Encore.

Chaque chose en son temps. Mercedes se mettra en

quête du livre plus tard. Glissant Kathleen dans sa poche, elle se rend au pied de l'escalier du grenier. Elle écoute. Silence. Elle monte.

Le grenier est si vide. Il n'y a rien, à l'exception du coffre. Jusqu'à la seule autre marque distinctive de la pièce qui est une absence : une croix, à mi-hauteur du mur, là où était le crucifix. Mercedes se rappelle l'époque où le grenier servait de chambre à Kathleen. Avant qu'elle n'y meure paisiblement, dans son sommeil.

Le coffre est l'endroit idéal où remiser des objets comme la version ravagée de la Demoiselle à l'ancienne parce que le grenier est tout à fait séparé du reste de la maison. En état de quarantaine perpétuelle. La pièce est vraiment abandonnée. « Voilà pourquoi on s'y sent si triste, se dit Mercedes. Triste comme dans une église désaffectée. Un jour, si j'y pense, je vais peut-être accrocher un autre crucifix. Non, parce que, dans ce cas, on ne pourrait plus ranger ici des objets comme la figurine. » Mercedes mesure l'avantage pratique que revêt la présence d'une non-pièce dans la maison.

Elle ouvre le coffre. L'odeur de cèdre se répand, douce et vivante, ravivant une ancienne douleur. Mercedes ne souhaite ni s'éterniser sur place ni rabâcher le passé. Elle prend ce qui lui tombe sous la main — à la suite de l'incident avec Trixie, la robe de baptême est sur le dessus de la pile — et y emballe la Demoiselle à l'ancienne. Étant donné l'usage qu'on a fait du vêtement, on ne peut certes pas y voir une profanation. Elle ferme le couvercle et verrouille le coffre. Un instant, elle s'attarde dans la plus vide de toutes les pièces. Puis elle sort en refermant rapidement la porte derrière elle.

À son arrivée dans le salon, Mercedes se sent un peu plus calme. Papa va bientôt arriver, et il ne doit se douter de rien. Elle s'assoit au piano. Lily aura sans doute fait tomber la figurine par accident, c'est une enfant, après tout — ping, ping, ping sur le *do dièse* qui colle, papa promet toujours de le réparer, sans jamais donner suite. — Mercedes a le sentiment d'avoir pardonné à Lily l'incident de l'arbre généalogique, et elle se prépare à pardonner à Frances la mutilation de la Demoiselle à l'ancienne. Elle ouvre le cahier de chansons à la page trente-deux. Curieusement, Mercedes pardonne toujours plus facilement à Frances qu'à Lily, même si Frances est inspirée par le diable, tandis que Lily est indubitablement innocente. Elle a besoin de pardonner à Frances tout comme Frances a besoin de réconforter Lily.

Mercedes, qui s'apprête à appuyer doucement sur les touches, s'interrompt et plonge la main dans sa poche, où elle a oublié Kathleen. Elle place la photo sur le lutrin, à côté du cahier. Kathleen dans son uniforme du couvent des Saints-Anges, les mains sur les genoux, rit. Elle était magnifique. Ses cheveux sont nimbés d'un léger halo parce qu'elle a bougé trop tôt. « Voilà, dit mentalement Mercedes à Kathleen, regarde et écoute : je vais te chanter une chanson. »

Mercedes commence à jouer. Et à chanter avec sincérité :

— Je me fais vieux, ô mon trésor/Fils d'argent dans mes cheveux or/Front serti de rides, pattes-d'oie/Aux yeux, la vie s'arrache à moi/Mais, trésor, tu seras toujours/Toujours mon merveilleux amour/Oui, trésor, tu seras toujours/Toujours mon merveilleux amour.

Trixie, Frances et Lily entrent doucement à la queue leu leu. Le visage de Lily est noir de charbon, à l'exception d'un large ovale autour de la bouche. Mercedes les aperçoit, mais continue à chanter. Frances jette un coup d'œil à Mercedes et se dit qu'elle n'est pas encore montée à sa chambre.

Frances, Lily et Trixie s'asseyent sur le divan pour écouter.

— Avec l'arrivée du printemps/Je baise tes lèvres, disant/L'âge ne compte pas, trésor/À mes yeux tu es jeune encore.

Papa arrive dans l'embrasure de la porte. La chanson prend fin.

— C'était très joli, Mercedes.

— Merci, papa.

— Joue autre chose, ma chérie, dit-il, en allant s'asseoir dans le fauteuil à oreillettes.

— Joue *Ô ma divine Clémentine,* demande Lily.

— Je peux savoir ce que tu as fait à ton visage ?

— Nous avons présenté un spectacle de musiciens blancs déguisés en Noirs dans la cave, papa, répond Lily.

James lance un regard à Frances, qui se contente de le toiser.

— Allez, viens ici, petite coquine.

Lily saute sur les genoux de papa.

— Joue, Mercedes, joue.

Mercedes joue, et papa et Lily chantent, blottis l'un contre l'autre dans le fauteuil à oreillettes. Frances les observe, pétrifiée. Lily chante à tue-tête son passage préféré :

— Elle allait, allait à petits pas, les pieds/Gainés de cuir, sertis de boutons/C'étaient les bottines de Clémentine.

Lily se demande toujours ce qui arrive à Clémentine, la fille du mineur, retrouvée, puis aussitôt perdue.

La chanson se termine. James se lève, après avoir doucement fait glisser Lily de son genou.

— Tiens, Mercedes. Je vais réparer le *do dièse* tout de suite.

— Oh, merci, papa. C'est si embêtant.

Mercedes, en vraie dame, bavarde tout naturellement avec papa, et Frances s'en émerveille. James ouvre le couvercle et regarde à l'intérieur.

— Joue la note, Mercedes.

Elle s'exécute.

— Une bagatelle, dit James. Je vais chercher mes outils.

C'est alors qu'il aperçoit la photographie. La fille rieuse, penchée vers l'avant, entourée d'un halo, à cause de sa hâte.

— Papa !

Derrière elle, on voit la maison et Materia qui fait signe

à la fenêtre de la cuisine. Un objet brillant à la main. Comme un éclair dans la lentille. James entend Kathleen rire de lui, sans aucune crainte, car il n'y a rien à craindre. Au contraire de maintenant, dans cette pièce. Aujourd'hui, c'est le passé terne. C'était alors le présent brillant. Il l'entend rire. Il entend l'eau couler dans le ruisseau, et la main de Materia passe en éclair, bien que son visage soit à peine visible sur la photo. Kathleen a quatorze ans. Vous vous croyez à l'abri. Jusqu'à ce qu'une photo comme celle-ci apparaisse. Vous comprenez alors que vous serez à jamais esclave du présent puisque le présent est plus fort que le passé, peu importe à quand remonte le présent.

Si seulement il ne l'avait pas laissée partir si loin. Si seulement il l'avait accompagnée à New York. Rien de tout cela ne serait arrivé. Jamais elle ne se serait trouvée enceinte. « Non pas que je regrette Lily, Lily est ma consolation, mais ma première fille... Elle serait aujourd'hui à mes côtés. *Ô ma divine...* » L'air assaille les poumons de James, qui quitte la photo en noir et blanc pour réintégrer le monde en couleurs de son salon.

Il regarde autour de lui. Ma bonne fille. Ma mauvaise fille. Et la chère fille de ma fille — le visage noirci. Pas de quoi m'énerver, même si c'est ce que cherche Frances.

— Que fait cette photo ici ? demande-t-il doucement à Mercedes.

Il n'y a de photo de Kathleen nulle part. Pour ainsi dire aucun fuseau où on risque de se piquer le doigt.

— Je te demande pardon, répond Mercedes.

— C'est moi qui l'ai mise là, dit Frances en fixant James.

Mercedes pivote sur le tabouret. « Non, il va être beaucoup plus sévère pour toi, veut-elle lui dire. Inutile d'expier la destruction de mes stupides possessions en revendiquant un crime que tu n'as pas commis. » Mais Frances creuse sa propre tombe.

— Kathleen était ma sœur, et j'aime bien la voir de temps en temps.

James blanchit à vue d'œil. Le bleu de ses yeux s'échauffe. Frances attise sa colère.

— D'ailleurs, où est le mal ? Elle avait un problème ou quoi ? Elle était folle ?

Ton insolent et désinvolte.

Mercedes est sans voix. Dans sa bouche, c'est l'automne, et sa langue se dessèche. Lily n'aime pas que papa regarde Frances de cet air. Ce n'est plus papa. Pas son papa à elle.

— C'était une garce ou quoi ? demande Frances d'un ton obligeant.

Ahhh, c'est bien. Regarde-le, allumé comme un cierge pascal.

— Viens avec moi, dit James à Frances d'une voix douce.

Frances, haussant les épaules, se lève nonchalamment, en faisant un large sourire à Mercedes. Des mains, Mercedes se couvre le visage.

— Va faire un tour avec ta sœur, dit James à Mercedes.

— Allez, viens, Lily.

La petite bosse paraît sur le front de Lily, mais elle obéit.

Indolente, Frances vient vers James, qui, en la voyant avachie devant lui, sort enfin de sa torpeur. Il la saisit par le collet et la pousse vers le passage. Mercedes fait sortir Lily en vitesse par la porte de devant.

— Où allons-nous, Mercedes ?

— Dehors.

— J'ai cassé ta jolie figurine.

— Ce n'est rien, Lily. Avance, je t'en prie.

Elles descendent les marches de la véranda.

— Frances l'a recollée, mais c'est moi qui l'ai cassée. J'ai aussi déchiré ton livre, sans faire exprès.

— Ce sont des objets sans importance, Lily.

Lily a du mal à suivre, mais elle n'a guère le choix : Mercedes la tire par le poignet.

— Je te demande pardon, Mercedes.

Pas de réponse.

— Mercedes...

— Ça suffit.

L'une marche et l'autre se laisse remorquer à travers la ville, jusqu'à la falaise surplombant le rivage. Debout, Mercedes contemple la mer grise. Lily s'assoit, les jambes ballant dans le vide.

— Comment se fait-il que je n'aie jamais vu cette photo ?

— Tu le sais très bien. C'est parce que papa n'aime pas se souvenir de Kathleen. Il a trop de chagrin.

— Tu l'avais cachée ?

— Oui. Dans le livre que tu as cassé. Voilà pourquoi elle a fait surface.

— C'est le livre que Frances aime lire. Je l'ai brisé, sans faire exprès. Frances m'y a forcée, sans faire exprès.

— Eh bien, dans ce cas, il faudra qu'elle te remercie pour la correction que va lui servir papa.

— Pourquoi la photo était-elle sur le piano, Mercedes ?

Mercedes s'immobilise. Pourquoi, en effet ? Certainement pas à dessein. Mercedes, tournant lentement la tête, dévisage Lily. Elle la voit tomber et s'écraser sur les rochers en contrebas. La seule chose intacte serait sa jambe desséchée dans son armature d'acier.

Sans un regard pour Mercedes, Lily remonte vers le chemin du Rivage. Elle se retourne pour voir si Mercedes la suit. Mercedes, cependant, est agenouillée au bord du précipice, face à l'océan.

— Mercedes, dit-elle. Ne tombe pas, Mercedes.

Mercedes se signe, puis se relève. Dieu lui pardonnera. Elle Lui a fait une promesse.

Rue Water, les murs de la remise résonnent, comme si, à l'intérieur, quelqu'un, le pied sur la pédale d'une grosse caisse, marquait le rythme. Dans la remise, le spectacle est commencé. Au levé, on la saisit à la gorge, de façon qu'elle soit sur les pointes ; au frappé, on la précipite dos au mur, deux croches de la tête sur le bois, avec fracas de jointures accidentel. Dans la demi-pause qui suit, les mèches bleues de ses yeux à lui illuminent son visage à elle, et le chant s'élève *con spirito* : « De quel droit, de quel droit oses-tu prononcer son nom ? Qui est la garce, dis-moi, qui est la garce ? » Les deux mesures suivantes sont identiques aux premières, puis nous en sommes au deuxième mouvement, « Prenez votre partenaire, appuyée au mur, et jetez-la contre l'établi », où elle se cogne les reins, note d'agrément qui trébuche parce que, ah ! jeunesse, elle rebondit. *Staccato* en plein visage, après quoi, élargissant son registre de percussion, elle se transforme en tambourin silencieux. Frances négocie ce passage en s'imaginant dans la peau de Muguette, ce qui la fait rire et déclenche le deuxième couplet : « Je ne veux pas t'entendre prononcer son nom », note accidentelle sur le nez, juste avant l'accord majeur : « Tu-m'en-tends ? » Le reste est majestueux. Plus de demi-mesures avant la fin. Elle vole contre un autre mur, et il la suit dans sa trajectoire, sans hâte, parce qu'on approche de l'apothéose. Encore une rencontre entre des madriers et des tissus, et on est enfin en plein opéra. « Je vais t'arracher la langue ! » Elle lui tire la langue et un goût de sang se répand dans sa bouche. Dernière indication droit au ventre. Elle s'effondre sur le plancher en se recroquevillant. Comme une danseuse moderne.

D'abord, Mercedes apporta à Frances Grippe Espagnole et ses autres enfants chéris, qu'elle disposa amoureusement sur son lit. Même si leur arrivée se fit à l'insu de Frances, Mercedes savait que leur présence la réconforterait. Puis elle prit une bassine et un linge pour nettoyer le visage de sa sœur.

L'enflure fait paraître le visage de Frances encore plus jeune, surtout avec toutes ces poupées autour d'elle. Elle parle enfin, la langue légèrement enflée :

— Où est Trixie ?

— Elle va bien. Ne t'en fais pas.

Puisque Frances a mal partout, elle se sent apaisée. C'est une sensation agréable qu'elle n'éprouve presque jamais.

Mercedes essore le linge.

— Tu ne devrais pas le mettre en colère.

— Il le mérite.

— C'est toi qui prends des coups.

— Je suis désolée pour tes choses, dit Frances en avalant avec précaution.

— Ce n'est rien, Frances. Tu n'avais pas à endosser à ma place la responsabilité de la photo.

— Bien sûr que oui.

— Pourquoi ?

— C'est ainsi, Mercedes. On n'y peut rien.

— Je ne suis pas d'accord. C'est insensé. Tu ne devrais pas être battue pour une bêtise que j'ai commise.

— Il ne t'aurait pas battue, toi.

— Raison de plus. Personne n'aurait été battu.

— Il fallait que l'une de nous le soit. D'ailleurs, c'est ma façon de me venger de lui.

— Te venger de quoi ?

Frances regarde Mercedes en souriant légèrement. Sur sa lèvre inférieure, la blessure toute fraîche luit.

— Pour ce que tu ne sais pas. Et ce qu'on ne sait pas ne fait pas mal.

Mercedes ne dit rien. Frances serre Rose Diphtérie dans ses bras et ferme les yeux.

Mercedes dit à papa que la photo a été réduite en cendres sur le poêle, mais c'est un mensonge. Elle ne peut se résoudre à s'en séparer. Elle laisse Frances endormie. Avant de descendre à la cave donner suite à la promesse qu'elle a faite à Dieu, elle se rend au grenier pour la deuxième fois de la journée. Mercedes sait que papa n'ouvre jamais le coffre. La photo y sera en sécurité.

Lorsque la maison est silencieuse, Trixie monte les marches en bondissant, entre dans la chambre de Frances et de Lily et saute sur le lit. Parmi les poupées, elle se pelotonne au creux du bras de Frances. Un instant, elle regarde Frances dormir. Puis, elle pose sa tête sur l'oreiller, étire sa patte et la place sur le front de Frances. Ni l'une ni l'autre ne bougent jusqu'au matin.

Nous sommes morts

C'est tout seul que je dois m'en aller,
Sans aide de personne que je dois me guider
Tout seul au bord des fleuves, et puis jusqu'au sommet
Des montagnes de la Rêverie.

ROBERT LOUIS STEVENSON, *AU PAYS DES RÊVERIES*

Une ouverture pratiquée dans la terre, à peu près au tiers du versant escarpé, recouvert de pierres à chaux, d'herbes rases, d'un sol pauvre. Çà et là, des pins aux formes folles poussent en parallèle avec la pente. Une voûte d'entrée dans la terre. Pas d'inscription. Une vieille mine de contrebandiers, abandonnée. Une mine à galeries, de celles qu'on creuse à flanc de colline et qui s'étirent à l'horizontale.

Chaque fois qu'une mine est découverte par ici, on croit avoir trouvé la vieille mine des Français. On n'y a pas enfoui de trésor. Il s'agit simplement du premier trou creusé à seule fin d'extraire de l'or. Lorsqu'on n'a pas de cathédrale, ce genre de chose revêt une grande importance.

— C'est la vieille mine des Français, dit Frances. Nous sommes les seules à connaître son emplacement.

Du pied de la colline, Frances et Lily regardent en haut. Derrière elles s'étendent les bois où Frances, armée des ciseaux de cuisine, vient de baliser un sentier parmi les pins. Elle place une main en visière, à la manière d'un commandant de la Légion étrangère, sans égard au ciel nuageux du Cap-Breton. L'orbite de son œil gauche, qui a bien guéri, est jaune pâle, tandis que celui de son œil droit demeure d'un mauve poché — Ce sont des blessures que j'ai subies à l'occasion de mon dernier corps à corps avec les Algériens, *mon Dieu* * !

Dans son uniforme bleu d'éclaireuse, Frances campe le personnage d'une intrépide. Son foulard est noué proprement, son béret enfoncé selon l'angle réglementaire et son petit sac de cuir bouclé à sa ceinture. Il ne lui manque que les badges. Elle n'en a pas encore obtenu. Jusqu'ici, elle n'a assisté qu'à une seule rencontre. Lily porte son uniforme de jeannette. Papa l'a enfin autorisée à joindre les rangs du groupe parce que, depuis longtemps, elle n'a même pas contracté un rhume. Frances devait la conduire à sa première rencontre, au lieu de quoi elle l'a emmenée ici. Elles ont marché sur toute la distance, soit plusieurs kilomètres. Frances a dit à Lily qu'elle obtiendrait le badge de randonnée.

— Il y a des hommes morts là-dedans, Lily. Et des diamants.

— Comme dans *Aladin*.

— Exactement.

— Rentrons, Frances.

— Viens dans la mine.

Frances veut prendre la main de Lily, qui bat en retraite.

— Allons, Lily, juste une petite visite.

— Non, Frances. Il y a des morts à l'intérieur.

— Les morts sont tout à fait inoffensifs.

— Et les fantômes ?

— Les fantômes, ça n'existe pas.

— S'il n'y a que des morts, à qui rendons-nous visite ?

— À Ambroise.

Lily cherche à apercevoir le visage de Frances.

---

* *N. d. t.* En français dans le texte.

— Ambroise est mort.
— Mais non, il n'est pas mort.
— Si, il est mort. Tu as dit qu'il s'était noyadé.
— Il s'est noyé, mais il n'est pas mort, Lily. C'est un ange. Il est devenu un ange. C'est possible. Et il est là-dedans. C'est là qu'il vit. Je pense que le moment est venu de te le présenter.
— Non.
— Allez, viens. Je vais rester près de toi.
— Non.
Frances tire Lily par le bras, comme pour faire monter un escalier à un chien.
— Tu auras droit à un badge, Lily.
— Je ne veux pas y aller, Frances, dit Lily d'une voix tremblante de peur.
— Sans ton badge d'ange gardien, tu n'auras pas d'ailes pour monter chez les éclaireuses.
Frances éclate de rire, et Lily sait qu'elle va passer un mauvais quart d'heure. Elles ont entrepris l'escalade de la colline, Lily cherchant à se défaire de la poigne de Frances. Frances la prend sur son épaule, comme un sac de pommes de terre. Lily cesse de se débattre. Elles montent jusqu'à la gueule de la mine. Elles entrent.
Il n'y a pas grand-chose à voir — quelques bouts de bois pourrissant, des étais, une pelle rouillée. Frances transporte Lily un peu plus loin. Il fait plus noir. L'air sent le renfermé. Après une courbe, elles perdent de vue la lumière de l'entrée. Frances avance lentement dans l'obscurité froide, humide et informe.
— Et si nous nous perdions ? dit tout bas Lily.
— Nous n'allons pas nous perdre. Ambroise nous retrouvera.
Lily frissonne.
— Il t'aime, Lily. N'aie pas peur.
— Je veux rentrer à la maison.
— Nous sommes à la maison. C'est chez lui, ici.
Frances s'arrête et pose Lily. Du bout des doigts, elle

trouve le bouton-pression de sa sacoche d'éclaireuse. Elle en tire une cigarette et une allumette qu'elle gratte sur la boucle de sa ceinture. La languette de feu illumine : *un étang d'eau dormante, là, à quelques centimètres de leurs pieds, mon Dieu, est-il profond ? Et là, contre la paroi* — Lily crie. Frances allume sa cigarette et souffle l'allumette.

— Frances, il y a quelqu'un là-bas, dit Lily d'une voix tremblante.

— Je sais.

— Il est debout, là, de l'autre côté de l'eau.

Frances aspire à fond.

— De quoi a-t-il l'air ?

— Il a une salopette, un pic et un casque à visière.

— Y a-t-il une lampe sur son casque ?

— Oui. Une lampe en forme de théière.

— Il doit être là depuis longtemps.

Frances fait des ronds de fumée invisibles.

— Frances ?

La peur de Lily est palpable.

— Ce n'est pas Ambroise, Lily. C'est un mineur mort.

Frances gratte une autre allumette : *l'étang, la paroi suintante* — au moment où la flamme s'éteint, Lily crie de nouveau.

— Ce n'est pas un mineur, Frances.

— Non ?

— Il porte un masque.

— Un masque d'Halloween ?

— Un masque à gaz. Il a un fusil avec une baïonnette au bout.

— Un soldat mort.

Frances gratte encore une allumette : *l'eau noire, les pierres et les parois de terre...*

— Il est parti, dit Lily.

— Ambroise est venu le chercher parce que tu as peur. Bébé. Bébé jeannette.

— Ambroise n'est pas ici.

— Si, il est là.

— Où ?

Frances jette son mégot dans l'étang invisible, où il grésille.

— Là-dedans.

Lily baisse les yeux, étourdie par l'obscurité.

— Les anges vivent au ciel.

— Ils vivent où ils veulent, merde.

— Je vais tout raconter. Tu fumes et tu dis des gros mots.

— Vas-y, répète tout. Ambroise et moi, nous allons veiller sur toi, quoi qu'il advienne.

— Ambroise n'existe pas.

— La nuit venue, il plonge dans l'étang. Il nage dans une rivière souterraine et refait surface dans notre ruisseau. Là, il reprend son souffle, puis il nage dans l'eau peu profonde, élancé et blanc, jusqu'à notre maison. Il grimpe sur le rivage et, tout dégoulinant, se met en marche. Lentement, il traverse la cour, ouvre la porte de la cuisine. Il longe le four. Il s'avance dans le vestibule, à côté du salon. Il monte l'escalier sans bruit, passe à côté de la porte du grenier. Il vient dans la chambre où tu es endormie. Debout au pied du lit, il monte la garde sur toi. Il a les cheveux roux. Puis, il s'en va. Mais il ne peut pas rentrer à la nage. Il doit déplacer le rocher du jardin et descendre dans un tunnel désormais trop étroit pour lui, jusqu'à la mine triste et désolée. Nu-pieds, il marche sur des kilomètres parmi les soldats et les mineurs silencieux, appuyés contre les parois. Chaque fois qu'il regagne l'étang, son cœur se serre. Faut-il qu'il t'aime, Lily, pour accomplir un tel périple, nuit après nuit ?

Silence. Lily fait pipi dans sa culotte.

Les pas de Frances s'éloignent. Au-delà de la courbe, Lily ne les entend plus. Ses chaussettes de jeannette sont trempées. Elle s'évanouit.

Comme elle n'entend ni les cris ni les hurlements de Lily, Frances revient sur ses pas en courant dans le noir et gratte une allumette. Oh, mon Dieu !

— Lily !

Mais Lily gît sur le sol, immobile, morte d'une crise cardiaque à dix ans, c'est possible. — Lily !

Frances la secoue, lui jette de l'eau au visage, et elle revient à elle. Sur son dos, Frances la fait sortir de la mine et descend en glissant sur la moitié du parcours, dans la poussière et les cailloux. En bas, elle appuie Lily contre un arbre moussu et reprend son souffle, les mains sur les genoux.

— J'ai mouillé ma culotte, Frances, dit Lily en ouvrant les yeux.

— Ce n'est rien. Nous allons rentrer, et tu pourras te changer. Allez, viens.

Lily reste assise.

— Et si Ambroise était le diable ?

— Ce n'est pas lui. Je sais qui est le diable, et ce n'est pas lui.

— Qui est-ce ?

Frances s'accroupit, comme pour parler à Trixie.

— Je ne te le dirai jamais, Lily, quel que soit ton âge. Le diable est timide, tu vois. Il se fâche lorsqu'on le reconnaît. Et il se met à la poursuite de ceux qui l'ont reconnu. Je ne veux pas qu'il te pourchasse.

— Et toi, il te pourchasse ?

— Oui.

— Jésus peut vaincre le diable.

— Si Dieu le veut.

— Dieu s'oppose au diable.

— C'est Dieu qui a créé le diable.

— Pourquoi ?

— Pour le plaisir.

— Non, c'est pour nous éprouver.

— Pourquoi poser la question si tu connais la réponse ?

— Papa dit que le diable n'existe pas, que c'est seulement une idée.

— Le diable est en nous.

— Non, c'est faux.

— Tu côtoies le diable tous les jours. Le diable te prend dans ses bras et mange à côté de toi.

— Papa n'est pas le diable.

— Je n'ai jamais dit qu'il l'était...

Frances prend un air sec, avec des yeux d'amadou. Sa voix est comme une botte de foin dont le cœur chauffe, sa bouche, une suture.

— Le diable, c'est moi.

À cet instant précis, Lily cesse d'avoir peur de ce que Frances dit ou fait. Cesse, du tout au tout. Elle prend la main de Frances dans la sienne. La main blanche qui sent toujours les fleurs sauvages, le muguet. Celle qui a attaché les boutons et les lacets de Lily et fait apparaître des objets extraordinaires.

— Tout va bien, Frances, dit Lily, qui tient toujours la main de sa sœur.

Le visage tuméfié de Frances se décompose ; son front s'abat sur ses genoux, et son béret d'éclaireuse se retrousse. De ses bras maigres, elle enserre ses jambes, en pleurant. Lily caresse le dos nerveux, tandis que Frances marmonne quelque chose, encore et encore.

Bien des années plus tard, Frances se rappellera qu'elle disait :

— Je te demande pardon, Lily, je te demande pardon.

Mais notre mémoire nous joue des tours. La mémoire est une forme d'imagination, et rien n'est moins fiable.

Le premier miracle

Mon âme crie d'angoisse, tant elle a soif de purification. Même pendant mon sommeil, elle réclame en gémissant de s'abandonner à Jésus. Ah ! mon Sauveur, mon cœur saigne de douleur et d'amour. Oh ! Jésus — Tu le sais — mon Jésus !

LES SECRETS DU PURGATOIRE, auteur inconnu

Pendant que Frances et Lily sont à la vieille mine des Français, Mercedes, dans la cave à charbon, tient la promesse qu'elle a faite à Dieu.

— Par ma faute, par ma faute, par ma très grande faute.

La pénitence de Mercedes produit deux effets : apaiser son âme et donner à Notre-Dame l'occasion de lui souffler l'idée d'un fonds pour envoyer Lily à Lourdes. Pourquoi n'y a-t-elle pas songé plus tôt ? Mercedes, cependant, connaît la réponse. Elle n'a été digne d'une telle inspiration qu'après avoir avoué ses péchés et demandé humblement pardon à Dieu.

Naturellement, Mercedes a confessé tous ses péchés :

— Mon père, pardonnez-moi, car j'ai péché... J'ai souhaité que ma sœur éclopée fasse une chute mortelle, j'ai fait de la peine à mon père, j'ai permis que ma sœur préférée souffre à cause de mes péchés. J'ai une sœur préférée.

Outre la pénitence traditionnelle qu'on lui inflige, faite

de prières, Mercedes conçoit une pénitence privée qu'elle s'administre ici, dans la cave.

Bien qu'elle n'ait parlé à personne de sa pénitence, elle a fait part à papa et à Frances de son projet de fonds pour Lourdes, de façon qu'ils y participent, et elle en a touché un mot à Lily pour lui donner de l'espoir. Il y a près de deux dollars dans la boîte de cacao, et une semaine à peine s'est écoulée. À ce rythme, Lily ira à Lourdes à quatorze ans. C'est un âge propice pour une guérison. À l'aube de la féminité. Comme Lily serait parfaite sans son affliction.

Mercedes, se levant, retire sa blouse blanche et la dissimule derrière la chaudière. Un instant nue dans l'obscurité, elle dit une prière de remerciement à « l'Immaculé Cœur de Marie, à la Vierge des vierges, Mère clémente, Vierge puissante, Temple de la sagesse, Tour d'ivoire, Rose mystique, Reine des Apôtres, des Martyrs et de tous les Saints, Mère sans tache, priez pour nous. Reine de la paix, Arche d'alliance, Étoile du matin, Porte du ciel, Miroir de justice, que la mort ne soit qu'un prélude à Vos baisers. Ainsi soit-il ».

Ensuite, elle s'habille et monte se laver la langue avant le retour des autres.

Lorsque Frances et Lily arrivent, plutôt tard, de leurs rencontres respectives d'éclaireuses et de jeannettes, elle a eu le temps de mettre la table. Lily monte directement à la salle de bains laver son uniforme et ses chaussettes de laine pour obtenir un badge de propreté. Pour éviter le souper, Frances monte tout droit se coucher. Il n'y a pas encore de badge prévu pour un tel cas. Mercedes dit à papa que Frances est « indisposée », sachant pertinemment qu'il ne poussera pas l'enquête plus loin. Les mensonges de cette nature ne sont pas des péchés ; ce sont des sacrifices. Mercedes va à l'étage chercher Lily.

Lily est agenouillée, nu-pieds, devant la baignoire. C'est ainsi que Mercedes remarque que la blessure à sa cheville s'est rouverte. C'est mauvais signe. Deux semaines se sont écoulées depuis l'anniversaire de l'Armistice. Après avoir essoré l'uniforme et les chaussettes de Lily, Mercedes fait tremper son mauvais pied dans l'eau tiède.

— Demain, nous allons demander au docteur de jeter un coup d'œil là-dessus.

Récemment, Lily a observé une transformation chez Mercedes. Par exemple, maintenant — ses mouvements. Elle ne marche plus, elle glisse. Mercedes prend un pansement propre dans l'armoire et referme la blessure avec douceur et efficacité, pas trop serré, cette fois-ci. Pourquoi donc Lily a-t-elle peur à la vue du linge blanc qui s'enroule-roule-roule autour de son petit pied ?

— Voilà.

— Merci, Mercedes.

Mercedes sourit à Lily de l'air serein de qui a fait pénitence. Lily étire sa bouche vers l'est et l'ouest en même temps. Une fois de plus, elle a un peu peur parce que le sourire de Mercedes est de ceux qu'on imagine destinés à quelqu'un qui se trouverait derrière soi, sauf que derrière soi il n'y a qu'un mur.

Comme personne n'a vraiment faim, ils mangent, pour souper, des sardines servies sur du pain grillé.

Lorsque Lily grimpe dans le lit, Frances dort déjà. Lily a tôt fait de l'imiter.

C'est Ambroise. Au pied de son lit, il la regarde comme à son habitude. Lily se trouve encore une fois entre deux mondes. Cette fois, il l'observe attentivement. Ses larges yeux verts clignent, malgré la pénombre. Un front lisse et haut, où une bosse se profile. Un corps à la peau pâle, avec des ombres vertes noyées sous la peau. Un ventre ivoire, de curieux fragments soyeux nichés entre les cuisses. Sans poils, excepté le casque de fins cheveux d'ange orangés.

— Qui es-tu ? demande Lily.

Elle est prête pour l'inondation, mais il n'ouvre pas la

bouche. À la place, il tourne ses paumes vers elle. Elles sont vides.

— Qui es-tu ? répète-t-elle.

Il ouvre la bouche et de l'eau s'en écoule, mais Lily reste dans l'entre-deux, sans un bruit. Bientôt, le lit, Frances endormie à ses côtés, et elle-même sont trempés, mais ce n'est pas si mal. L'eau, parce qu'elle était à l'intérieur de lui, est tiède. Lorsqu'elle s'est écoulée, il la regarde toujours, la regarde, ses paumes vides tendues vers elle.

— Qui es-tu ? lui demande-t-elle pour la troisième fois.

Ambroise prononce ses premiers mots. Il a une voix sombre parce qu'il vit dans un lieu sombre :

— Je ne suis personne.

— N'aie pas peur, Ambroise. N'aie pas peur. Nous t'aimons.

— Bonjour, dit Ambroise.

— Bonjour, dit Lily. Bonjour, petit bonhomme. Bonjour.

Lily se réveille parce que Mercedes lui éponge le front.

— Elle se réveille.

— Ambroise, dit Lily.

— Elle délire, dit Mercedes d'une voix qui a l'effet d'un instrument chirurgical sur la peau de Lily.

— Qui a pris ma peau ?

— Elle est bouillante de fièvre.

Lily enfouit sa tête dans son oreiller tout trempé parce que la lumière lui vrille les yeux, comme si on les opérait.

— La lumière est éteinte, Lily, tu vois ? Il n'y a pas de lumière.

Papa est arrivé avec le médecin. La température de Lily est tombée, et c'est bon signe, à moins qu'elle ne remonte. Gangrène. Dans la lumière qui la découpe comme un scalpel, Lily entend le docteur parler à papa et à ses sœurs.

— Vous avez fait ce qu'il fallait, Mercedes.

Ils devront garder l'œil sur elle pour le reste de la nuit. Si sa température remonte, si elle remonte... Ils sortent, et Lily ne les entend plus, sauf quand Mercedes pousse un petit cri, puis Frances rentre et lui chante des chansons. De jolies chansons. De magnifiques chansons tristes en tons mineurs, de longs récits que nos ancêtres chantaient dans des langues étrangères sur les bateaux qui les emmenaient ici.

Il était minuit. Il est maintenant trois heures trente. Lily s'éveille. Une lune brillante vernisse la fenêtre. De part et d'autre du lit, Mercedes et Frances sont affalées sur des chaises, recouvertes de draps illuminés à la façon de congères bleutées. C'est la veille de Noël. Les bergers sont assoupis sous leurs troupeaux de neige. Elle s'assoit. Sa peau ne lui fait plus mal. Elle se sent fraîche et calme dans la clarté nocturne. Passant entre les congères aux silhouettes profondément endormies, elle se rend à la fenêtre, car on l'a convoquée. Oh, ce n'est pas du tout la lune, il n'y a pas de lune, cette nuit, la lumière vient du ruisseau.

Ambroise est dans le ruisseau. Il se penche pour lui faire signe, le bras gauche au-dessus de la tête, le droit étendu le long de la saillie. La berge cache le bas de son corps, on dirait un triton faisant signe à Lily dans la vaste et lente berceuse de l'océan. « Bonjour... » De pâle, sa peau est devenue ambrée, et c'est son reflet qui a tiré Lily de son lit de feu pour la plonger dans le lait de rose apaisant. Elle pose une main sur la fenêtre, « Bonjour... ». Ambroise est le soleil noyé, la lumière du soleil enfouie, disant : « Viens, Lily, viens. Ma sœur. Et je te guérirai. Un jardin bien clos, une source scellée. Les grandes eaux ne pourront éteindre l'amour. Source des jardins, ruissellement du Liban, dit-il. Viens à moi, et je te donnerai le repos. » Et Lily répond : « Oui. » Elle dort, mais son cœur veille. « Oui, je viens, Ambroise. Attends-moi, cher frère, je viens. »

Lily abandonne les dormeuses enneigées près de la fenêtre. Nu-pieds, elle descend l'escalier, traverse la cuisine, sort par la porte de derrière et passe sur les cendres de charbon. Elle ne devrait pas pouvoir marcher avec son talon blessé, mais elle ne sent pas la douleur. Seulement le reflet d'Ambroise qui l'attend dans le ruisseau, son grand petit frère. Il lui ouvre les bras. Elle vient vers lui. Il la prend dans sa chemise de nuit blanche et la berce, sa tête nichée au creux de son épaule, tandis que son bras à lui l'encercle. Jamais elle ne s'est sentie si au chaud ni si en paix, « Mes yeux sont-ils ouverts ou fermés ? Aucune importance ». La température de l'eau est presque identique à celle de l'air, et il lui faut un moment pour comprendre qu'elle se sent maintenant plus légère et encore plus tendrement enlacée — il faut la vue de ses cheveux en éventail autour de sa tête et l'épaississement de la douce lumière orange pour qu'elle comprenne qu'elle est sous l'eau, la joue contre sa poitrine, son corps incurvé contre celui de son premier compagnon, « là même où ta mère te conçut, là où conçut celle qui t'a enfantée » — Lily ne s'est jamais faite à l'idée d'être seule. Dans l'eau, ils tournent et se retournent, puis Ambroise l'élève une fois de plus au-dessus de la surface et l'eau ruisselle sur son corps. Il la pose doucement sur la rive et son cœur se brise. Elle pleure parce qu'il s'en va. « Ne pars pas ! » Sur le dos, il s'enfonce dans l'eau — « Emmène-moi ! » Son corps redevient blanc et, en miroitant, se décompose en fragments, jusqu'à la disparition de tous les morceaux. Lily gît face contre terre, le corps à angle droit par rapport au ruisseau, la tête ballant dans le vide, les bras tendus vers l'endroit où elle a aperçu son frère pour la dernière fois.

C'est là que Mercedes la trouve à cinq heures, dans la première neige de la saison.

Mercedes se faisait reproche de la fièvre qui consumait Lily et qui risquait de lui emporter la jambe et plus encore. Voilà pourquoi, après la visite du docteur, elle est descendue directement à la cave à charbon. Pendant que Frances chantait pour Lily, Mercedes, nue sous la grosse toile, est agenouillée près de la chaudière et offre son sacrifice à Dieu.

Elle rompt le morceau de charbon avec ses deux mains, l'élève et baisse la tête :

— Par ma faute.

Dans la même situation, la semaine dernière, elle affichait un air serein, avec un sourire idiot sur les lèvres. Cette fois, cependant, elle pleure des larmes de braise. Cette fois, elle est vraiment repentante. C'était le problème, la première fois. L'orgueil. À l'idée de la pénitence qu'elle s'était infligée à la cave et du fonds de Lourdes, elle avait conçu de l'orgueil. Pendant qu'elle baignait et pansait le pied de Lily avec un doigté à ses yeux supérieur à celui des infirmières de l'hôpital général de New Waterford, elle avait conçu de l'orgueil. Sa piété n'était que de l'orgueil sous les traits du diable, son repentir rien de plus qu'une nouvelle occasion de péché, Oh ! combien de fois devons-nous apprendre la même leçon ? Dieu, réagissant sans délai, a châtié Lily.

— Par ma faute.

Mercedes, qui arrive à peine à parler, prend une première bouchée de charbon, mâche et avale, accablée de chagrin. Elle est amèrement consciente du tort qu'elle a fait à Dieu et de la deuxième chance que, dans Son infinie bonté, Il lui a accordée, même si elle en est indigne.

— Par ma très grande faute.

Elle prend une autre bouchée de charbon.

Mercedes se leva en tremblant, enfila sa robe de chambre et monta à l'étage, où elle lava la suie, la morve et les larmes de son visage et se récura la langue du mieux qu'elle put, s'empara de son chapelet en opale et alla veiller Lily. Elle s'endormit sur une chaise, en face de Frances. À quatre heures cinquante-cinq, elle s'éveilla sans raison et constata la disparition de Lily. Obéissant à un vieux réflexe, elle jeta un coup d'œil par la fenêtre en direction du ruisseau.

Lorsque, le lendemain soir, Lily, en ouvrant les yeux, aperçoit la bouche en prière de Mercedes, elle se dit pour la première fois qu'elle rêve. Sinon, pourquoi Mercedes aurait-elle la langue noire ?

Lily dormit pendant que le prêtre lui administrait

l'extrême-onction et que le médecin affirmait qu'il était désormais inutile de lui amputer la jambe.

— Était-elle sujette au somnambulisme ?

Elle dormit pendant que papa sanglotait, la tête contre sa poitrine. Elle dormit pendant que Frances soudoyait et menaçait Dieu :

— Je vais être bonne, d'accord, espèce de salaud ? Ne l'assassine pas et je ne vais plus fumer, d'accord ? Je ne vais plus dire de gros mots, je ne vais plus faire enrager ma saloperie de maniaque de père, je vais dire le rosaire dix fois par jour, et je vais devenir une putain de nonne, d'accord ? Ainsi soit-il.

Ce furent cependant les prières chuchotées par Mercedes qui tirèrent Lily du sommeil.

— Pourquoi as-tu la langue noire, Mercedes ? demande Lily.

— Oh, merci, mon Dieu, crie Mercedes. Papa, papa !

Il entre en coup de vent dans la chambre.

— Merci, mon Dieu, s'écrie-t-il en tombant à genoux au chevet de Lily, à côté de Mercedes.

— J'ai faim, dit Lily.

Papa et Mercedes rient et s'étreignent en remerciant Dieu encore une fois. Frances, qui musarde près de la porte, prévient Dieu :

— Ne va surtout pas t'imaginer que je vais me faire nonne.

Mercedes a soin d'éviter d'associer la guérison miraculeuse de Lily à ses propres actes de contrition à la cave. Ce serait inviter Dieu à dispenser un peu plus de Son infinie bonté. Elle est donc soulagée lorsque Lily propose une solution de son cru.

— C'est Ambroise qui m'a guérie. Il m'a lavée dans le ruisseau.

— Qui est Ambroise ?

— Mon ange gardien.

Mercedes raconte tout au prêtre. Il hoche la tête, mais lui rappelle que, dans de tels cas, il importe de faire preuve d'une grande circonspection. Rome exige plus qu'un incident isolé, tandis qu'il suffit de peu pour convaincre des laïcs de faire un sanctuaire d'un ruisseau et une sainte d'une fillette de dix ans. Il vaut mieux être prudent et à l'affût des signes.

Ce que fait Mercedes. Elle s'efforce de ne pas s'attarder aux présages, qui, rétrospectivement, paraissent évidents. La jambe racornie de Lily — les saints sont souvent marqués à la naissance. Son joli minois — le miroir de son âme. Les circonstances tragiques de sa naissance — pauvre enfant sans mère. Imaginez seulement qu'on puisse prouver que Lily a le pouvoir d'opérer des guérisons. Ou qu'elle est l'instrument d'un miracle posthume de Bernadette à Lourdes. Mercedes, qui a fait l'amère découverte des déguisements dont se pare le diable, s'efforce de tuer ces pensées dans l'œuf. Imitateur et moqueur, il se fait marchand de reflets et de lignes parallèles. Il suffit de penser à tous les prétendus saints que l'Église a dû brûler il y a des siècles. Au départ, les vaisseaux saints et sataniques se ressemblent. Il faut les surveiller de près pour déterminer quelle force se précipitera pour revendiquer l'âme particulièrement propice du candidat — car elle ira dans un sens ou dans l'autre, c'est certain. S'il détecte en elle la moindre trace d'orgueil, croit Mercedes, le diable s'emparera de Lily.

Mais comme elle ne peut s'empêcher de vouloir que Lily soit révélée comme sainte, Mercedes tente d'agir uniquement pour le compte de papa. Ultime justification.

Après cet épisode, Frances n'a plus à raconter à Lily d'histoire mettant Ambroise en vedette : il fait désormais partie de l'histoire de Lily. Frances est enfin parvenue à le lui rendre. Lily va bien. Pour le moment. Frances peut donc passer à autre chose. Sa vie.

Elle dévalise la boîte réservée au fonds de Lourdes. Vêtue de son uniforme d'éclaireuse, elle se cache dans la Hupmobile. Une fois à la distillerie de James, elle se cache dans les buissons jusqu'à l'arrivée du camion de Leo Taylor. Elle attend qu'il ait fini de charger et que James soit en train de lui compter l'argent de son salaire pour sortir des arbres et courir vers le camion, sauter à l'arrière et se cacher parmi les caisses et les barils.

— Merci, monsieur Piper.

— De rien, Leo. Bonne route.

Risquant un œil entre les rabats de la bâche, Frances voit le chemin du Rivage se dérouler sous elle. Elle se retourne et sourit comme un chien dans l'air marin ensoleillé. Ses tresses volent derrière elle.

À l'approche de Sydney, le camion ralentit et s'immobilise dans le secteur de Whitney Pier connu sous le nom des Fours à Coke. Frances se baisse vivement lorsque Leo s'approche et dénoue les rabats pour effectuer sa première livraison. Dès qu'il a le dos tourné, elle saute, en le délestant d'une bouteille. Derrière une poutre à l'odeur de goudron du pont ferroviaire du Canadien National, elle attend qu'il ait terminé et s'en aille. Puis elle va jusqu'à la maison en bardeaux délabrée et frappe à une lourde porte en acier.

Le rouge de tes joues se meurt...

Le samedi 31 août 1918

Cher journal,

Par où commencer ? Il faut que je couche tout par écrit pendant que les détails sont encore frais dans ma mémoire. Me voici sous mon arbre, dans Central Park, et nous avons tout l'après-midi, jusqu'au souper. Je dois revenir quelques jours en arrière : j'ai eu beau me plaindre de l'absence d'événements notables, je me rends compte qu'il s'est passé beaucoup de choses, lesquelles ont conduit à ce que je m'apprête à te confier, c'est-à-dire TOUT.

... Je n'ai aucune pudeur face à toi, ô journal, car tu es moi. Tu ne seras ni embarrassé ni choqué, car tu sais qu'il n'y a rien de mauvais dans l'amour. Aussi m'efforcerai-je d'être aussi libre avec toi que je le suis dans mes pensées. Avant d'oublier, permets-moi d'offrir mes remerciements sincères à Giles. C'est la personne la moins curieuse que la terre ait portée. Sans sa totale absence de vigilance, ma vie n'aurait jamais débuté. Si papa savait quelle gardienne nonchalante elle fait, il viendrait de ce pas me boucler chez les religieuses. D'ailleurs, il vaudrait mieux que je lui écrive. Oh, mais je te fais languir, n'est-ce pas, pauvre journal ? Tu n'en peux plus d'attendre. Ne bouge pas, ouvre ton cœur, et je vais commencer par le début et déployer devant toi le récit tel qu'il s'est déployé devant moi.

Le bonheur t'a abandonnée...

LIVRE 5

LE JOURNAL D'UNE FILLE PERDUE

Bébé burlesque

Un panneau de quinze centimètres s'ouvre d'un coup sec et deux yeux bruns, coiffés de sourcils d'un seul tenant, la fixent. Frances brandit une bouteille du meilleur cru de James. Le panneau se referme et, un instant plus tard, la porte d'acier s'ouvre. Un gros homme se tient dans l'embrasure. Des cheveux noirs ondulés, le nez comme un poing, des bras comme des canons, une peau qui pourrait être olivâtre, mais qui, à l'évidence, ne voit pas souvent le soleil. Jeune et, conclut Frances, un peu simple d'esprit. Il la dévisage, impassible, bloquant l'intérieur obscur qu'elle a si hâte d'apercevoir.

— La porte, Boutros ! On est en plein jour, nom de Dieu.

Du coude, un petit homme pousse le jeunot. En jetant un coup d'œil non pas à Frances, mais plutôt par-dessus son épaule, il dit, en lui saisissant le bras :

— Entre, entre.

Elle est dedans.

L'intérieur du débit de boissons clandestin est encore plus délabré que l'extérieur. C'est la seule maison terne des Fours à Coke. De la peinture grise pelée, des fenêtres placardées. On n'y aboutit pas par hasard, car la maison a l'air abandonnée — si on excepte, à l'étage, quelques pétunias fatigués et soucis mâchés qui s'accrochent à la vie dans une jardinière qui surplombe la cour à déchets de la Dominion Iron and Steel. Au-dessus, il y a le pont ferroviaire. Nous sommes rue du Chemin-de-fer.

Frances cligne des yeux dans la pénombre poussiéreuse

et la pièce prend forme. Des banquettes s'alignent le long des murs. Des bandes de papier peint, où figurent des vestiges de lords et de dames, pendouillent du plafond, rendu miteux par la nicotine et la négligence. Sur le plancher, un authentique crachoir en cuivre, inondé de bave brune, et des boîtes de conserve rouillées, qui remplissent la même fonction. Au milieu des planches, on a, à coups de balai, dressé un monticule de mégots de cigarette. Un bar de fortune — une feuille de tôle et deux bidons d'huile —, des barils et des bouteilles. Sur les murs, ni miroirs, ni verres à liqueur, ni gravures de bateaux ou de trains, ni photos de régiments, ni photos de boxeurs célèbres. Dans le coin le plus éloigné, un piano mécanique balafré.

Frances regarde le visage tendu et jaunâtre du petit homme. Sa barbe noire a la couleur de ses yeux.

— Qui t'envoie ? Tu ne vends pas de biscuits.

Il hennit. Frances se sent soudain ridicule dans son costume d'éclaireuse. Pourtant, elle avait cru au déguisement parfait.

— C'est un costume, bredouille-t-elle. Je suis une...

— Quoi ?

Elle n'arrive pas à répondre. Ses sourcils frémissent. Elle s'en veut d'être un bébé. Tu n'es qu'un gros bébé, Frances. Elle se mord la joue et baisse les yeux.

— Je t'ai posé une question.

Elle lève les yeux sur lui. La situation est inédite. Elle n'a affaire ni à une nonne, ni à un mauvais garçon, ni à son père.

— Fous-moi le camp. Allez, déguerpis.

Il la pousse en direction de la porte. Frances trébuche.

— Je suis une artiste, laisse-t-elle tomber.

Il s'arrête et rit, les mains dans les poches — un mauvais rire sans gaieté. Sa langue pointue lui descend sous la lèvre inférieure, et il fait tinter sa monnaie. À ses côtés, Boutros, qui n'a pas bronché, la dévisage toujours. Il va peut-être me sauter dessus. Pas de quartier. Il ne voudra rien entendre. Frances jette un coup d'œil autour d'elle, mais il n'y a pas d'échappatoire. Le géant imbécile lui bloque la sortie. Pourquoi n'est-elle pas partie quand le petit homme aux cheveux gras le lui a ordonné ? Tout à coup, Frances a envie de rentrer en vitesse pour retrouver Mercedes et Lily.

— Comment t'appelles-tu, petite ?

— Il faut que je parte. Désolée de vous avoir dérangés, dit-elle.

Le petit homme lui fait signe de venir près de lui. Lentement, Frances s'approche. Il lui arrache la bouteille des mains. Tout en lui fait penser à un ressort comprimé qui menace de vous sauter dans l'œil. Frances ne le voit pas bouger, mais, soudain, on l'assoit fermement sur l'une des banquettes, où elle se retrouve sur le coccyx.

— Je vous en prie, monsieur, laissez-moi partir.

— Allez, ma jolie, dis-moi comment tu t'appelles.

Frances ne répond pas. Il lui prend le menton entre le pouce et l'index — il est plus fort qu'il n'en a l'air, constate-t-elle — et lui secoue la tête jusqu'à ce que la nuque lui brûle. Elle commence à se détendre.

— Vas-tu être gentille, maintenant ? Hein ? Tu vas me répondre ?

Ce n'est pas si difficile, après tout.

— Va te faire foutre, dit-elle.

Par les cheveux, il la remet sur pied. Frances s'émerveille de la puissance de l'expression, lâchée ici pour la première fois à l'intention d'un adulte. Elle rit et crache.

— Pour qui me prends-tu, imbécile ? Regarde la bouteille, dit-elle sur un ton méprisant.

Il la gifle d'une main experte, un œil déjà sur l'étiquette, qu'il examine avec une moue de dédain, les lèvres entrouvertes. Il la regarde de nouveau, en hochant la tête. Frances redresse son béret. Sans regarder, l'homme lance la bouteille à Boutros.

— Il sait que tu es là ? demande-t-il.

— Non. Mais je vais le lui dire.

— Foutaise !

Frances hausse les épaules.

— Foutaise ! répète-t-il. S'il apprend que tu es venue, il te tuera...

— Il te tuera tout de suite après. Tu as levé la main sur moi.

Redressant le menton, elle se fixe le bout du nez.

— Papa ne sera pas content.

L'homme réfléchit.

— Laquelle de ses filles es-tu ? demande-t-il.

— Frances.

Il ferme les yeux à demi.

— Que veux-tu, Frances ?

— Du travail.

Il se remet à rire, mais Frances le regarde droit dans les yeux. Il s'arrête et demande :

— Que sais-tu faire ?

— Je sais danser. Je sais chanter et jouer du piano.

Il la détaille de la tête aux pieds.

— Autre chose ?

Elle se tord la bouche en un rictus qu'elle espère impitoyable.

— Je peux tout faire.

Il a un petit rire étouffé. Puis un autre.

— Je t'aime bien, Frances.

Sans la quitter des yeux, il dit à l'intention de Boutros :

— Je te présente ta cousine.

Frances lance un regard à Boutros. Un bloc de ciment avec des yeux.

— Que veux-tu dire ? demande-t-elle au petit homme en se tournant vers lui.

— Je m'appelle Jameel. Je suis ton oncle, ma jolie.

C'est alors que Frances aperçoit, entre les rideaux gris-jaune tendus dans la poussière d'une porte située au fond, une grosse femme qui la dévisage d'un air saisissant. Seules les personnes qui me connaissent bien me détestent à ce point. Qui est-ce ? Puis, avec un haut-le-cœur, Frances reconnaît l'autre côté d'une médaille qu'elle aime plus que tout au monde.

— Camille, viens faire la connaissance de ta nièce, dit Jameel.

Mais Camille tourne les talons et disparaît. Frances l'entend monter l'escalier d'un pas lourd et traînant. C'est trop horrible. Pas ces hommes, ni la bave brune dans les boîtes de conserve, ni les mégots sur le plancher, ni l'odeur d'alcool et de vomissure — mais le fait que cette femme gorgée de haine est la sœur de maman.

Le samedi suivant, Frances, sans même attendre que papa parte pour ses pérégrinations nocturnes, sort du lit, enfile son uniforme d'éclaireuse, attache deux draps l'un à l'autre, y fait des nœuds et fixe une des extrémités au radiateur. Sortant par la fenêtre, elle descend en rappel le long de la maison. Une fois que Frances a touché le sol saine et sauve, Lily remonte l'échelle. Lily dormira d'un sommeil agité jusqu'à l'aube, en attendant que des cendres soient jetées contre le carreau. En aidant Frances, Lily choisit le moindre mal : s'il est terrible de ne pas savoir où sa sœur passera la nuit, il est encore plus terrible d'imaginer de quoi son visage aura l'air si papa la surprend.

— Je vous en prie, mon Dieu, faites qu'Ambroise veille sur elle.

N'est-elle pas adorable ? Elle m'a souri d'un air aimable.

Je vous le demande en confidence : n'est-elle pas adorable ?

Les nantis achètent de l'alcool en douce et le consomment à la maison, en êtres civilisés. Les gens ordinaires se passent la bouteille dans une cuisine où règne la bonne humeur. Les individus louches et les jeunes qui cherchent des ennuis viennent dans le bar clandestin de Jameel, sur le quai, pour se battre, jouer aux cartes et perdre conscience. Des mineurs, des matelots et des ouvriers, certains aussi mignons et d'autres aussi mauvais que des soldats. Quelques ivrognes notoires imbibés de formol, de loin en loin un contemplatif, toujours étranger, qui ne fait que passer, un ancien combattant sans blessures apparentes. Pas de musique — personne ne se donne la peine de remonter le vieux piano mécanique. L'endroit n'est pas assez joyeux pour inspirer autre chose qu'un concert de protestations quand vient l'heure de la fermeture. Les clients sont blancs, à l'exception d'un ou deux matelots américains. Naturellement, il n'y a là personne des Fours à Coke. Et pas de femmes. Pas de touristes non plus — on n'est pas à Harlem. Pas de fils à papa venus là s'encanailler. Frances est la seule princesse déchue à avoir franchi le seuil. Sa tante Camille ne compte pas puisqu'elle n'est pas là de son plein gré. Elle demeure à l'étage jusqu'à l'heure où il faut vider les crachoirs et éponger la pisse laissée sur le pas de la porte.

Frances, arrivée à la porte d'acier, aspire à fond l'air des Fours à Coke et pénètre dans la rumeur indistincte du bar clandestin, passant sous le bras de Boutros, qui fait comme un pont. L'air est palpable, pas uniquement à cause de la fumée, mais aussi à cause de la masse sombre des voix et des corps masculins, des vêtements souillés par le travail, de la graisse à essieux, du soufre et de la sueur. Un mouillage qui ondule et qui tangue, où s'entassent des coques dures et crasseuses, et Frances nage dans tout cela, sans rames ni espars. Qu'imaginer de plus terrifiant ? Qu'on la remarque et qu'on la prenne au filet ? Qu'on l'écrase par inadvertance ? Dénichant Jameel, elle trouve le courage de commander à boire sur le ton, espère-t-elle, d'une initiée, pressée de faire pour la première fois l'expérience du péché. Jameel lui répond de ne même pas y penser et de se mettre au travail.

Elle regarde autour d'elle. Travailler ? ... Il n'y a pas de scène. Pas de projecteurs. Et certainement pas de tête se retournant en silence alors qu'elle approche du piano. Par où commencer ? Frances souhaiterait qu'apparaisse une bonne fée qui l'entortillerait dans des plumes d'autruche et qui la doterait de seins, de hanches, de lèvres et de rouge à lèvres — de la voix de contralto rauque qu'elle imagine être celle de Louise Brooks. Pas de chance. Un mètre cinquante, plate comme une planche à repasser, fine comme une baguette — à seize ans, Frances a atteint sa taille maximale. Devant le piano, elle reste debout parce qu'il n'y a pas de tabouret. Quelques touches manquent, certaines sont mangées par la pourriture, et d'autres encore sont intactes, mais silencieuses. Ses rouleaux de musique jaunis et cabossés remontent à l'époque, depuis longtemps révolue, des arrière-salles du tournant du siècle.

Face à la cohue indifférente, aux inflexions basses, Frances sent ses genoux se liquéfier. Pour ne pas prendre ses jambes à son cou, elle tape des talons selon l'imitation de danse à claquettes qui lui avait valu d'innombrables pièces sur les quais. Pas de réaction. Pas même de huées — elle est invisible. Un filament de mucus zébré de tabac atterrit, par chance, tout juste à côté de sa chaussure. Après un bref haut-le-cœur, elle ferme les yeux, serre les poings et se force à chanter, aussi haut que le lui permettent ses poumons étroits :

— Mademoiselle d'Armentières, *parlez-vous ?* Mademoiselle d'Armentières, *parlez-vous ?* Mademoiselle d'Armentières, que personne n'a baisée depuis quarante ans, parlez-vous ?

Peine perdue. Ce qui fait scandale dans la cour d'école passe inaperçu dans le bar clandestin.

Elle épuise son répertoire, en vain. Qui veut regarder une éclaireuse maigrichonne interpréter en solo un fox-trot défraîchi emprunté à un écran de cinéma, sans parler de supporter sa voix grêle de poupée de cire ? Pas Jameel, en tout cas. Il veut la foutre à la porte. Il l'attrape par le foulard, elle s'évade et, dans une tentative désespérée, aboutit sur les genoux d'un homme, lui vole son verre — « Ho ! » —, le siffle d'un trait, s'étouffe sous le choc et raille comme le ferait une actrice de cinéma :

— Dis-moi, mon ange, comment tu as fait pour t'échapper du paradis ?

Se faufilant entre les hanches étroites et les poitrines larges, elle chipe un autre verre à un homme qui a trois valets en main — « Où te crois-tu ? » —, boit cul sec, en promettant : « Ce que j'ai à te proposer ne se trouve pas dans les livres », tousse, crache, souffle un baiser. Jameel la suit, la bouteille à la main, pour calmer les esprits, en faisant signe à Boutros de la mettre à la porte. Frances, qui, après avoir vidé son troisième verre d'affilée, a la certitude que son œsophage et sa poitrine ont été incendiés, sent des ailes lui pousser aux pieds, lesquels sont soudain heureux, très heureux. Elle remonte le piano mécanique. On entend le martèlement d'une armée de souliers cloutés jouer l'air de *Coming thru'the Rye*. Frances s'extirpe de son uniforme et, en sous-vêtements, entreprend une danse écossaise mêlée de cancan. Ils commencent à la regarder.

Le lundi, Frances sèche l'école pour se rendre au salon de coiffure de Cul-Bas Chism. Elle lui montre une photo de Louise Brooks. Il secoue la tête.

— Je ne coiffe pas les dames...

— Je ne suis pas une dame.

— Écoute, ma jolie...

S'emparant de ses ciseaux, elle se coupe une natte.

— À vous de jouer, maintenant.

— Tu l'auras voulu, ma fille.

À son arrivée, les autres hommes, qui jouaient aux dames, ont levé les yeux. Lorsqu'elle s'est assise sur la chaise, ils ont haussé le sourcil. Maintenant, ils lui sourient.

— Voilà.

Cul-Bas fait de son mieux en hochant la tête.

— Je me demande pourquoi tu ne vas pas à Sydney, dans un vrai salon de beauté.

Les joueurs de dames rigolent et zézaient en l'appelant « Pierre ».

— Pas le temps d'aller glander à Sydney, dit-elle en se délectant de son nouveau vocabulaire de truand. J'ai des trucs à faire.

Vingt minutes plus tard, elle émerge avenue Plummer avec, sur la tête, un casque de ressorts rouillés qui sautillent. Le Canada s'enorgueillit d'une Vénus de plus.

Elle entre dans l'établissement de M. MacIsaac.

— Bonjour, monsieur MacIsaac. Je peux avoir un paquet d'épingles, s'il vous plaît ?

— J'aime ta coiffure, Frances. C'est très chic.

Pendant qu'il a le dos tourné, elle lui chipe un paquet de cigarettes turques roulées à la main.

— Que feras-tu quand tu auras terminé l'école, l'année prochaine ? lui demande-t-il en lui tendant les épingles et une pastille au citron.

— Eh bien, monsieur MacIsaac, je crois que je vais devenir institutrice. Il importe de donner aux enfants un bon départ dans la vie, et c'est précisément ce que peut faire une bonne éducatrice.

— Brillantes. Toutes autant que vous êtes.

Elle met la pastille dans sa bouche et laisse les épingles sur le comptoir.

Elle entre dans la cour d'école pendant la cohue de la récréation du matin. Ce sera, a-t-elle décidé, sa dernière journée d'école. Si on ne l'expulse pas après ce qu'elle a le projet de faire, c'est qu'il n'y a pas de justice. Elle allume une cigarette et se met en quête de la proie qui lui permettra d'arriver à ses fins. À l'intérieur, Mercedes lave un tableau noir. Regardant par la fenêtre, elle aperçoit sa sœur qui fume au vu et au su de tous. Et, au nom du ciel, qu'a-t-elle sur la tête ? Une sorte de bizarre casque... de cheveux. Seigneur Dieu. Quand Mercedes arrive enfin dehors, Frances s'est sauvée avec Poussin Murphy. Que peut-elle bien vouloir à ce pauvre petit Poussin ?

Poussin est devenu, il y a un certain temps, saint Pou, avant qu'on ne prenne l'habitude de l'appeler « le saint » ou « le père Pou », si profondément est ancrée en chacun — y compris en lui-même — l'assurance de sa vocation sacerdotale. Mercedes, sur le perron de l'école, bat des peaux de chamois, mal à son aise, même si, elle le sait bien, Cornelius

Murphy, dit « le père Pou », ne risque pas de porter atteinte à la réputation de qui que ce soit.

Quand la cloche annonce la fin de la récréation, Poussin émerge en titubant de l'un des lieux d'aisances décrépits qui bornent l'aire de jeu et court en sanglotant au milieu d'élèves occupés à jouer au hockey sur gazon, à la corde à sauter et à la marelle, traverse la rue, puis le terrain de base-ball et rentre directement à la maison. Mais pourquoi se tient-il l'entrejambe ? Mercedes, qui passe en revue la nuée d'élèves à la recherche de Frances, l'aperçoit qui arrive d'un pas nonchalant, des environs des lieux d'aisances. Au nom du ciel, que s'est-il passé ? Des élèves se répandent sur les marches et passent à côté de Mercedes en formulant des hypothèses au sujet du plus récent crime de Frances Piper.

— Elle l'a frappé dans les couilles.

— Elle a mis un serpent dans son caleçon.

Mercedes suit Frances des yeux jusqu'à ce qu'elle disparaisse, puis elle prend une profonde respiration et ramasse ses brosses et ses peaux de chamois avant de retourner en classe en espérant que tout ira bien.

Dans l'après-midi, sœur Saint-Eustache informe James de l'expulsion de Frances.

Au beau milieu du souper, Frances rentre et s'assoit à la table familiale.

— Miam. Du bouilli avec du bouilli.

Lily est stupéfaite à la vue de la tête tondue de Frances, mais, avant qu'elle n'ait eu le temps de dire un mot, James les excuse, Mercedes et elle. Posant leurs fourchettes et leurs couteaux, elles sortent sans un mot. James, se levant, fait mine de la frapper. Frances ne bronche pas. Elle ne lève pas les yeux, et aucun de ses muscles involontaires ne se contracte par anticipation. Tendant la main, elle s'empare de la fourchette de Lily et se met à manger. La main de James retombe le long de son corps.

— Il faut que tout reste dehors, dit-il, soudainement très las.

Elle continue de mâcher. Avec précaution, il met l'assiette hors de sa portée.

— Tu m'entends, Frances ?

Elle lève les yeux, affectant une distraction bon enfant.

— Tu disais ?

— Si tu restes à la maison... qu'importe ce que tu fais... épargne Lily.

— Ne te fais pas de souci, papa, répond Frances en reprenant son assiette.

Plus il la regarde, plus il se sent fatigué. Le visage insolent, les frisettes fraîchement tailladées. Perdue. Et partie pour toujours. Que lui est-il arrivé ? Ma petite Frances. James soupire. Impossible d'y réfléchir maintenant. Il y a trop à digérer d'un seul coup. Il fait trop noir, là-dedans, et l'énergie lui fait défaut. Il l'observe, les coudes sur la table. Elle fredonne en mangeant. James sort sans avoir levé la main sur elle. Elle est aussi battue qu'elle le sera jamais.

Frances dit à Poussin qu'elle voulait avoir son avis au sujet d'un péché terrible que quelqu'un lui avait confessé. Dès qu'ils furent à l'intérieur du lieu d'aisances, avec son antique puanteur, Frances le fit basculer. D'une main, elle l'agrippa par les cheveux, en appuyant son genou contre son sternum ; elle plongea l'autre dans son pantalon. Elle l'empoigna et le masturba jusqu'à ce qu'il se mette à pleurer. Plus il bandait, plus il pleurait, sans pouvoir s'en empêcher. Tout se fit très vite. Après tout, il avait quinze ans.

Frances s'essuya la main sur le plancher et sortit. Mission accomplie. Au moins, on ne pourra pas me reprocher de l'avoir blessé.

À l'arrivée de Poussin à la maison, il suffit à sa mère d'un coup d'œil pour comprendre ce qui était arrivé. Il n'eut pas grand-chose à dire, si ce n'est le nom de son agresseur. Son père était mort, heureusement pour Frances, et Pétale était au loin. La veuve Murphy alla à l'école trouver sœur Saint-

Eustache et lui raconta tout, de la façon la plus laconique possible.

Si quiconque croyait encore que Frances était, au fond, une bonne fille, l'illusion, ce jour-là, fut effacée.

Le lendemain matin, Mercedes, arrivée à l'école tôt comme à son habitude, eut tout juste le temps, avant la cloche, de remplir un seau d'eau savonneuse et d'effacer, gribouillés à la cendre sur le mur latéral, les mots : FRANCES PIPER BRÛLE EN ENFER.

Te'berini

Maintenant qu'on y propose un spectacle, les hommes, à l'occasion, entraînent une cavalière au bar clandestin. Jameel installe deux ou trois tables. Se ceint la taille d'un tablier. Les femmes qui assistent au spectacle passent par des degrés divers d'incrédulité, de mépris ou de fascination, tandis que leurs compagnons feignent l'indifférence. Frances, qui a éventré le piano mécanique pour en extraire les rouleaux de musique, tape sur les touches avec fougue. D'abord, elle joue les vieilles pièces de music-hall de maman, qu'elle est allée pêcher dans le coffre, puis, à l'oreille, des morceaux empruntés aux disques que des matelots lui rapportent de New York.

Une nuit, Frances est une étrange diva du Delta qui, de sa voix de soprano fluette, roucoule *Moonshine Blues* et *Shave'em Dry*. Elle déclare, une octave au-dessus de la norme :

— Je peux me faire aller le derrière, me promener la graisse à l'air, car je connais mon affaire, et je suis sûre de plaire.

Le samedi suivant, on la trouvera dénudée jusqu'à la taille, coiffée de la vieille escarcelle en crin de cheval de James, et interprétant *I'm Just Wild About Harry* en arabe approximatif. D'un trait de crayon, elle transforme en point d'exclamation le grain de beauté sur son nez, se met du rouge sur les joues, se peint une bouche rappelant l'arc de Cupidon et danse nue derrière un éventail qu'elle a fabriqué elle-même à l'aide de plumes de goéland :

— J'aimerais bien danser comme ma grande sœur le fait.

Elle utilise ses premiers bénéfices pour acheter du maquillage et des costumes. D'abord, elle sera Valentino, revêtu d'une robe de chambre rayée et d'un turban. En taquinant le piano d'une main, elle retirera la robe pour révéler Mata Hari entourée d'un halo pourpre et rouge. Les sept voiles tomberont un à un, au son de *Scotland the Brave*. Par crainte que l'un de ses admirateurs ne devienne plus émoustillé qu'amusé, elle réserve toujours une surprise pour la fin. Une fois tout enlevé, on la trouvera, par exemple, en couche. Elle se glissera alors le pouce dans la bouche en chantant :

— Mon cœur appartient à papa. Il ne peut rien m'arrive-e-e-er...

Elle carbure à l'alcool. Au début, en effet, elle touche l'essentiel de son salaire sous forme liquide, puis elle s'assagit. Pour elle, boire n'est qu'un moyen d'arriver à ses fins. L'alcool lui inspire ses sottises d'artiste solo et la rend imperméable à ce qui arrive lorsque, dehors, elle reçoit les hommes en tête à tête. Car ce n'est pas dans le bar clandestin qu'elle gagne bien. C'est dehors.

Frances est comme une lettre cachetée. Qu'importe où elle se trouve et qui la pelote, personne ne regarde à l'intérieur, même si l'enveloppe est souillée. Et personne, c'est certain, ne l'ouvrira en la plaçant sous un jet de vapeur. Pour deux dollars, elle se tortillera sur vos genoux le temps qu'il faudra, mais votre braguette restera remontée. C'est cher, mais songez aux frais généraux, ne serait-ce qu'au titre de la garde-robe. En échange de deux dollars cinquante, elle vous masturbera — à cette fin, elle porte un gant spécial, rescapé de sa première communion. Pour cinquante sous de plus, vous aurez droit à un petit boniment, à une chanson et à tous les mots que vous souhaitez entendre. Toucher sa poitrine plate vous coûtera un dollar de plus ; rien sous la ceinture. C'est le menu, et il n'y a pas de substitution possible. Si elle vous rit au visage et qu'il vous prend l'envie de la frapper, elle appellera Boutros.

Frances commence à gagner beaucoup d'argent. Une fois pourvue de parures et d'objets de pacotille pour se travestir, elle entreprend de faire des économies, qu'elle cache en lieu sûr. C'est pour Lily. Pas pour une « cure » — Frances ne souscrit pas aux pieux désirs de Mercedes. En fait, Frances ne sait pas pourquoi elle est certaine que l'argent est destiné à Lily. Elle le met de côté « au cas où ». Au cas où quoi ? « Au cas où. »

Pendant tout ce temps, Frances, techniquement, conserve sa virginité. Pour quoi se réserve-t-elle ? Elle n'en sait rien. C'est une prémonition. Il lui reste quelque chose à faire. « Pour Lily. » Quoi, Frances ? Quelque chose.

Toutes les nuits, dès que le dernier ivrogne a été décollé du plancher et déposé dehors, Frances traverse les rideaux défraîchis et va se changer dans l'arrière-salle. Une fois, au début de sa carrière, elle est montée à pas de loup et a trouvé sa tante Camille, occupée à faire une patience sous une faible ampoule jaune. Une fois de plus, Frances a été inondée de tristesse à la vue de cette masse renfrognée si semblable à maman et si différente d'elle. Camille était trop absorbée par son jeu pour remarquer Frances, cachée derrière le montant de la porte. Frances a épié Camille, qui sirotait son thé en trichant.

Frances ne peut s'empêcher de se demander comment Camille a abouti ici, mariée à Jameel. Puis elle se rappelle dans quelle situation sa mère s'est trouvée. Peut-être Camille s'est-elle enfuie, elle aussi. C'est la dernière scène de *La Boîte de Pandore* qui résume le mieux les réflexions que l'amour inspire à Frances : Louise Brooks cède enfin à un type, gratuitement. Sans crier gare, ce dernier la tue.

Frances n'a aucune envie de percer à jour le secret miteux de sa tante Camille, de sorte qu'elle ne s'aventure plus jamais à l'étage, au fin fond de l'espace matrimonial du bar clandestin. À la fermeture, elle ôte son costume parmi les cageots et les barillets, dans l'arrière-salle glaciale, et se lave les mains et le visage à la pompe. Elle ne nettoie jamais ses costumes. Elle enfile ses bas de laine beiges, ses bottines noires à boutons, sa tenue et son béret d'éclaireuse, puis rentre à New Waterford.

Lily l'attend fidèlement à la fenêtre, avec l'échelle de draps, même si, le week-end, papa ne rentre plus jamais avant Frances. James ne veut pas être à la maison quand Frances sort ou rentre en douce. Il ne veut pas savoir où elle va. Le matin, il jette un coup d'œil dans sa chambre, s'attendant presque à constater qu'elle s'est enfuie. Partie avec un homme, peut-être. Ou encore morte dans un fossé.

— Raiponce, Raiponce, laisse descendre tes cheveux, dit Frances d'une voix rauque, et Lily fait descendre les draps parcourus de nœuds. Habituellement, Frances est relativement sobre quand vient le moment de grimper jusqu'à la fenêtre, à moins qu'elle n'ait pris un petit flacon pour la route.

— Tu en veux, Lily ?

— Non, merci.

— Viens ici, ma poupée.

Lily pose ses pieds sur ceux de Frances, et elles décrivent des cercles pendant que Frances chante :

— Dansons, même si ta chambre est petite, dansons, comme si nous étions au bal...

Dans l'embrasure de la porte assombrie, se tient Mercedes, spectrale dans sa chemise de nuit blanche.

— Vous prendrez bien un petit verre, ma jolie ?

— Tu es soûle, Frances.

— Les chemises de la duchesse sont-elles sèches, archisèches, marmonne Frances. Allez, Lily, répète rapidement.

— C'est l'heure d'aller au lit, Frances.

Mercedes s'efforce de prendre un ton à la fois posé et autoritaire.

— Va te faire foutre, chère sœur, rigole Frances.

À l'occasion, Mercedes, si elle s'en sent le courage et que Frances a assez bu, prend sa sœur par la taille et l'entraîne vers la baignoire, remplie au préalable, et la lave de force, l'uniforme y compris. Sinon, Frances n'aurait plus forme humaine, car elle ne se lave jamais que la figure et les mains. Et jamais son uniforme. Mercedes fouille dans la sacoche d'éclaireuse dans l'espoir d'y dénicher des mouchoirs souillés, mais elle ne trouve qu'un gant blanc sale.

— Où est l'autre gant, Frances ?

— Je n'en utilise qu'un.

— Ah bon. Il pourrait au moins être propre.

Mercedes l'essore sous l'eau chaude.

— Il n'est pas un peu petit ?

— Il fait l'affaire.

Mercedes ne pose pas plus de questions.

Les soirs où elle est relativement sobre, Frances se pelotonne le long de Lily, qui feint le sommeil, et lui murmure à l'oreille, d'une haleine chargée de whisky :

— Nous sommes mortes, Lily. Nous ne le savons pas. Nous nous croyons encore en vie, mais c'est faux. Nous sommes mortes en même temps que Kathleen et, depuis, nous hantons la maison.

Lily prie pour tout le monde, au cas où Frances aurait raison.

Ces soirs-là, Lily confie ses craintes à sa sœur.

— Faut-il vraiment que j'aille à Lourdes, Frances ?

— Tu ne dois rien faire qui te déplaise.

Lily coince son petit pied entre les chevilles de Frances.

— Frances. *Al akbar inshallah ?*

— *In cava ya mini araignée.*

— *Ya koosa kibbeh en pain d'épice ?*

— *Shalom bi'salami.*

— *Aladin bi'sésame.*

— *Bezella ya aini Beyrouth.*

— *Te'berini.*

— *Te'berini.*

— *Tipperary.*

Chaque soir, Frances, soûle ou sobre, met son argent dans un lieu secret au profit de Lily.

Dame Charité

Mercedes termine première de la classe de 1930. Ralph Luvovitz vient au deuxième rang. Dans le discours d'adieu qu'elle prononce, Mercedes presse les jeunes citoyens de tirer des leçons des erreurs du passé, de relever les nombreux défis du présent et de s'en remettre à Dieu et à son Fils unique, Notre-Seigneur Jésus-Christ, ainsi soit-il.

James est assis au fond de la salle, en compagnie de Lily et des Luvovitz. Comme elle a intérêt à se tenir loin de l'école, Frances est absente. Cependant, Mercedes, en entrant dans sa chambre, un peu plus tôt, a trouvé sur sa commode un coffret des œuvres complètes de Charlotte Brontë, composé de volumes reliés en maroquin. Oh, Frances ! L'extravagance. L'origine douteuse des fonds nécessaires. La générosité. En larmes, Mercedes a remercié Frances et l'a embrassée en lui disant qu'elle l'aimait. Frances lui a répondu de cesser de mouiller son uniforme.

Après la cérémonie de remise des diplômes, Mercedes, Lily et James se rendent chez les Luvovitz pour prendre le thé. Une fois de plus, Lily se demande, sans poser ouvertement la question, pourquoi, dans la maison de Mme Luvovitz, les miroirs sont toujours couverts. Au piano et à la clarinette, Mercedes et Ralph jouent de la musique *klesmer*, à la fois triste et joyeuse. M. Luvovitz chante et danse, causant un embarras délicieux à Mme Luvovitz.

Au moment où les têtes inclinées de Mercedes et de Ralph se rapprochent au-dessus du livre de chansons yiddish, M. et Mme Luvovitz échangent des regards complexes de part et d'autre du salon. James ne remarque rien — il se contente d'apprécier la musique, détendu comme il l'est rarement. Une soirée civilisée entre vieux amis. « Il faudrait se voir plus souvent. » Il savoure son premier moment de normalité depuis des années. Comme Frances est de plus en plus souvent absente, James se prend parfois à se considérer comme un homme bon.

— Un autre *ruggalech*, James ?

— Volontiers, Benny. Ils sont délicieux, madame.

Ralph, qui les a raccompagnés, s'attarde sur la véranda avec Mercedes. Il part, lui dit-il. Pas pour toujours. Ils s'écriront.

— Promettez-moi de m'écrire, Mercedes.

— Comptez sur moi, Ralph.

Ses parents ont épargné et rogné sur tout pour l'envoyer à l'université McGill, à Montréal.

— Je vous imaginais à Saint-François-Xavier, dit Mercedes d'une voix qu'elle parvient à maîtriser.

L'université Saint-François-Xavier n'est qu'à une journée de train. C'est là qu'elle entend aller. Dès que sa famille pourra se passer d'elle. Mais Montréal...

— C'est une occasion en or.

— Bien sûr, Ralph.

Il part la semaine prochaine. Tout s'est fait très vite. Il vivra chez les Weintraub, amis des parents de sa mère, récemment arrivés de Munich. Ils lui ont déniché un emploi dans une boulangerie. Ralph sera médecin. En garçon scrupuleux, il ne fait pas de promesses dont il se sait indigne. Avant de demander Mercedes en mariage, il attendra d'avoir terminé sa licence.

— Mercedes ?

— Oui, Ralph...

Son cœur bat si vite que, un instant, Mercedes craint que le jabot plissé de sa blouse de soie jaune ne se mette à voleter. Ralph, en se penchant brusquement, lui effleure les lèvres des siennes. Puis il s'en va, laissant Mercedes le souffle coupé.

À l'étage, elle rafraîchit sa joue contre le cuir écarlate de sa toute nouvelle édition de *Jane Eyre*.

Cet été-là et tout au long de l'automne, Mercedes et Ralph échangent des lettres ferventes remplies de nouvelles. Leur correspondance donne à Mercedes la force de souffrir avec patience, de remettre à plus tard le début de sa vie. Elle a refusé la bourse de l'université Saint-François-Xavier. Comment, en effet, envisager de partir ? Lily n'est encore qu'une enfant. Mercedes a tellement l'habitude de tout faire au nom de papa qu'il lui apparaît tout naturel de lui dédier ce nouveau sacrifice. Au plus profond d'elle-même, une autre motivation s'est cependant imposée : Frances a besoin de surveillance. Plus que Lily. Plus que papa. Qu'arriverait-il si, une nuit, Frances ne rentrait pas et que j'étais à Antigonish ?

Entre-temps, Mercedes n'est pas en peine de trouver des occupations utiles. Elle a son projet : Lily. Depuis la nuit où Lily a été malade en novembre dernier, il n'y a plus eu de « signes ». Mercedes exclut — s'emploie à ne pas remarquer, en réalité — les reflets roux apparus depuis dans les cheveux de Lily. Et elle se dit que les miracles ne sont pas en eux-mêmes une preuve suffisante de l'existence d'un lien privilégié avec Dieu, c'est-à-dire de sainteté. On doit aussi tenir compte de la vie. À cette fin, elle redouble d'ardeur dans ses entreprises philanthropiques, Lily à sa remorque.

L'abondance de temps libre dont dispose Mercedes, maintenant qu'elle ne fréquente plus l'école, est réduite à néant dès qu'elle termine le recensement des maux de la collectivité. Elle apprend une leçon précieuse : Si vous vous croyez bon, essayez simplement de faire le bien. Vous aurez tôt fait de constater l'insuffisance de votre petite dose de bonté. Particulièrement dans une ville minière. Particulièrement pendant la Dépression.

Mercedes s'attaque à sa mission avec une volonté inflexible — s'il était agréable de se plonger dans la misère malodorante des moins fortunés, on ne pourrait parler de sacrifice. Offre-le aux âmes en peine du purgatoire. Et n'oublie pas que le temps t'est compté : les saints révélés pendant l'enfance parviennent rarement à l'âge adulte. La vie de Lily a été douloureuse, et Mercedes s'attend à ce qu'elle soit courte. Elle prie. Il suffit à Lily de célébrer son quatorzième anniversaire. Le fonds de Lourdes compte maintenant près de trente dollars.

Mercedes a observé que Lily possède un don particulier avec les anciens combattants. À l'étage supérieur de l'agréable aile ouest de l'hôpital général de New Waterford, on retrouve une poignée d'hommes qui, blessés ou seuls au monde, sont devenus des résidants permanents. Certains n'ont ni bras ni jambes. Trois ont été gazés — ils se portent à merveille et sont intacts, les poumons exceptés. Ils demeurent assis paisiblement près de la fenêtre, le masque à oxygène sur le visage, jusqu'au coucher du soleil, moment à partir duquel ils doivent rester parfaitement immobiles sous la tente à oxygène. Leurs yeux se sont agrandis et les plis de leur bouche s'effacent derrière le masque. Ils ont l'air de grands enfants — voilà peut-être pourquoi ils apprécient les visites de Lily. Ce sont des adultes enfants et elle est une enfant adulte.

Lily ne bronche jamais en apercevant l'homme sans visage. À la place, on voit, sur une pellicule de peau sans expression, deux narines et une bouche sans lèvres qui ne se ferme pas tout à fait. Il ne masque pas son visage manquant parce qu'il ne sort jamais et que, à l'étage, on s'est habitué à lui ; qui plus est, il ne risque pas de se faire peur à lui-même parce qu'il est sans yeux. Son grand plaisir, c'est fumer une cigarette et, maintenant, toucher le visage de Lily. Il a trouvé la petite bosse sur le front de Lily, et cela l'amuse beaucoup. Il jure qu'il était encore plus laid, avant, et produit une photo en guise de preuve. Lily convient qu'il était hideux, et il rit. Mercedes y voit un événement digne de mention dans la vie de sainte Lily, car elle n'a jamais entendu l'homme grommeler autre chose que des obscénités, et encore moins rire.

Les anciens combattants ne rebutent pas Lily. Elle est triste pour eux, qui ont été terriblement blessés, mais la pitié est une onction empoisonnée. Lily a connu la pitié, sans le savoir. Tout ce dont elle est sûre, c'est que ce sentiment la terrifiait. Comme si elle avait disparu et s'était transformée en fantôme. Ayant fait l'expérience de sa propre disparition, elle est consciente de l'importance que revêt la certitude d'être vu, de sorte que, quand elle les regarde — même les aveugles —, elle les *cherche*, uniquement au cas où ils se seraient perdus et attendraient qu'on les trouve.

Avant qu'elle n'assimile les règles du poker, ils jouent au rami. Seuls les gazés ne rient pas, mais ils s'amusent quand même.

Sur le chemin du retour, Lily, interrogée par Mercedes, a toujours le sentiment d'avoir, d'une certaine façon, laissé tomber sa sœur en répondant, en toute franchise :

— Je me suis bien amusée.

Une fois terminé son ministère diurne, Mercedes, le soir, s'octroie le luxe d'une feuille délicieusement vierge : « Cher Ralph... »

Lily pourrait confier à Mercedes des secrets qui auraient un tout autre effet, mais il ne lui vient pas à l'esprit de le faire. Par exemple, M. MacIsaac a cessé de boire. À l'en croire, ce serait Lily qui l'aurait guéri. Elle a un « don », lui a-t-il dit. Cela s'est produit le jour où Lily a demandé à voir l'endroit où poussent les plantes médicinales. M. MacIsaac l'a entraînée dans la serre, à l'arrière de son établissement.

M. MacIsaac est lui aussi un ancien combattant, quoique de la guerre des Boers. Ce fut aussi une guerre dure.

— Il n'y en a pas de bonne, dit-il.

Lily et lui boitent du même côté, et il se plaît à répéter qu'ils feraient une sacrée équipe, elle et lui, dans une course à trois pieds. Il lui parle de sa ressemblance avec sa sœur magnifique, Kathleen.

— Dieu ait son âme.

Surtout avec les reflets roux qui paraissent dans ses cheveux.

— Ce sont des cheveux féeriques, lui dit-il, un éclat dans son œil bon et trouble. Ne t'en fais pas, va. C'est bon signe.

Une porte de toile marque l'entrée de la serre. L'air qu'on y respire, humide comme un lac souterrain, a quelque chose de mystérieux. Partout, on voit des plantes dans des boîtes, et toutes ont un potentiel curatif, quoique, apparemment, il ne s'en trouve pas pour le guérir, lui.

Mais le miracle se produit au-dessus de leurs têtes. Lily lève les yeux pour admirer le toit de verre. Le soleil émerge d'un nuage, et ses rayons sont filtrés par de minuscules carreaux. Devant ses yeux, une multitude prend forme. Des ombres vertes et grises, une armée de fantômes en uniforme qui lui sourient. Jeunes à jamais.

Des plaques photographiques en verre collectionnées par M. MacIsaac. Après la guerre, on en a jeté un très grand nombre. Comme les sujets étaient morts, les demandes de réimpression se faisaient plutôt rares.

— Ce sont mes enfants, dit-il. Comme nous n'avons pas eu le bonheur d'avoir des enfants à nous, je pense aux pères et aux mères qui ont perdu les leurs, en me disant que, de toute façon, j'aurais peut-être perdu les miens, moi aussi, les choses étant ce qu'elles sont.

Mme MacIsaac était morte au début de l'année, et on s'attendait à ce que son mari, à ce régime, aille bientôt la rejoindre, lui qui était sans cesse rond.

— Je serai votre enfant, lui dit Lily.

Il rit de son rire poussif, puis se couvre le visage. Il saisit la main de Lily et la place sur son crâne chauve. Un instant plus tard, il la lui rend et relève les yeux, avant de lui demander une faveur.

— Chaque fois que tu passeras devant ma porte, dis un « Je vous salue Marie » pour moi, tu veux bien ?

Lily promit et tint parole. Encore aujourd'hui. Elle n'en a parlé à personne, parce que tout cela lui paraît privé. Bientôt, on se mit à murmurer que M. MacIsaac, par miracle, avait renoncé à boire. Même si, en ville, à peu près tout le monde lui devait de l'argent, chacun préférait le trouver derrière son comptoir, plein d'entrain.

M. MacIsaac fit crédit pendant toute la période de la Grande Dépression avant de mourir riche, sur papier.

En disant à M. MacIsaac qu'elle serait son enfant, Lily n'eut pas le sentiment de faire une infidélité à papa.

— Parce qu'il n'est pas ton vrai père, aurait dit Frances.

Mais Lily sait qu'il l'est. Tout comme elle sait qu'il est possible de préférer tout le monde. Même si elle ne peut s'empêcher de préférer Frances à tous les autres.

Ginger

Jameel exige maintenant des frais d'entrée, les soirs de spectacle. Il oblige Boutros à porter un fez. Les rideaux défraîchis ont cédé leur place à des rideaux de breloques. Il y a des cendriers. Il y a des verres. Jameel augmente le prix des consommations. Il verse toujours à Frances cinq sous par soir. En septembre, il a le culot de lui demander un pourcentage des gains qu'elle réalise auprès de ses clients privés. À la place, il obtient un nouvel arrangement.

— Écoute-moi bien, mon petit vieux. J'ai transformé ce trou en Mecque culturelle. Alors ne viens surtout pas me dire que je devrais te verser un pourcentage. En fait, c'est toi qui vas m'en verser un. Tu me donnes cinquante pour cent des entrées, ou je m'en vais et je raconte tout.

— Va te faire foutre.

— Soixante pour cent.

— Quarante.

— Au revoir.

— Quarante-cinq, dit-il en lui attrapant le bras.

— Baise-moi le cul.

— Cinquante.

— Donne-moi du feu.

Il allume sa cigarette.

— Bon. Nous voilà associés. Si tu gâches tout, je te trancherai la gorge, comme je le ferais à un homme.

— Trouve-moi un piano digne de ce nom.

Boutros ne confirme ni n'infirme la menace de Jameel. Il

se contente de calculer la moitié des entrées et de remettre la somme à Frances.

— Dis donc, Boutros, j'ignorais que tu savais compter.

Elle lui décoche un clin d'œil avant de se diriger vers l'arrière-salle, où elle retire sa couche et sa tenue de veuve joyeuse.

Dans un tel lieu, mieux vaut acquérir le statut d'un homme — qu'on ait menacé de lui trancher la gorge, et seulement de lui trancher la gorge, est un présage heureux pour sa longévité. À la banque, Frances échange ses pièces de monnaie et ses billets de deux dollars contre de grosses coupures, afin de pouvoir tout caser dans sa cachette.

Pour marquer le dix-septième anniversaire de la Vénus de Whitney Pier, on prévoit un gâteau, des présents et tout le bataclan. Les clients, qui, à la lumière de la réputation de plus en plus grande dont jouit Frances, se sont diversifiés, entonnent le Joyeux anniversaire. Une femme que Frances appelle « la Comtesse », en raison de sa ressemblance avec la lesbienne de *La Boîte de Pandore*, lui remet un aller simple pour Boston. La Comtesse, qui bénéficie d'une solide éducation, dirige là-bas une sorte d'établissement — elle l'a décrit mille fois, mais Frances, même si elle ne perd jamais le nord, quelle que soit la quantité d'alcool qu'elle ait ingurgitée, ne sait toujours pas s'il s'agit d'une boîte de nuit ou d'un foyer pour jeunes filles dissipées.

— Mes intentions sont purement honorables, Fanny, dit la Comtesse.

Frances bâille et lui fait une grimace. Un chauffeur nommé Henry lui offre le dernier disque de Bessie Smith, *Black Mountain Blues*. Elle lui donne un gros baiser mouillé, puis tend la main en réclamant une pièce, et tout le monde rit. Archie « Chaussettes-Blanches » MacGillicuddy, tapette notoire, arrive avec son machin qui lui sort du pantalon, emballé dans du papier aux couleurs vives, avec du ruban et une carte : « Pour Frances. » Frances demande à Boutros de l'ouvrir pour elle.

— Allez, Albatros. C'est dans les petits pots qu'on trouve les meilleurs onguents.

Boutros décline l'invitation.

Leo Taylor se présente à temps pour voir Jameel parader entre les tables avec, sur les épaules, une putain minuscule et maquillée à outrance qui fait tournoyer un parasol.

— J'ai ce que vous m'avez demandé, monsieur Jameel, crie Taylor dans la cohue.

Jameel pose Frances. Avant qu'elle n'ait le temps de se retourner, de nombreuses mains lui couvrent les yeux.

— Qui a éteint les lumières ?

Boutros sort avec Taylor. Quelques instants plus tard, ils réapparaissent, les veines du cou tendues, portant un piano droit comme neuf.

Comme Taylor livre l'alcool les après-midi de semaine, il n'a jamais vu l'endroit en pleine action, ce qui lui convient parfaitement. Il n'aime pas les ivrognes, et les prostituées le consternent — toutes, elles sont les enfants de quelqu'un. Celle-ci est si petite qu'on dirait une enfant, mais il se trompe sûrement — son visage est voilé par des mains, et c'est aussi bien. Impossible, cependant, de passer à côté des frisettes démesurées de sa perruque rouge et des mains qui font tourner le parasol — blanches comme lis jusqu'aux poignets, où commencent deux manches de crasse. La crasse s'est accumulée sous l'effet du temps, et rien d'autre. Impossible non plus d'ignorer l'odeur qu'elle dégage quand il vient déposer le piano près d'elle. On dirait celle d'un bébé négligé, le triste parfum du lait sur et des taches de pipi. Taylor ressort pour revenir aussitôt avec le tabouret, mais elle, déjà assise et lui tournant le dos, interprète sagement *Let Me Call You Sweetheart.* Sa voix de petite fille le trouble.

Frances ne rate pas une seule note tandis qu'on remplace Boutros, qui était à quatre pattes, par le tabouret.

Leo Taylor a un peu mal au cœur. Quand la porte d'acier se referme, il entend le piano s'encanailler, et la sensiblerie se mue en *boogie*. Il monte dans son camion et met le contact. Il aimerait bien rentrer à la maison pour embrasser sa femme et ses enfants encore une fois, pour la route, mais le temps lui manque. En plus de l'alcool, il doit transporter à New York des homards vivants destinés à de vieilles familles distinguées et à de nouveaux riches aux activités louches qui en ont les moyens.

En empruntant la route 4 en direction du sud, il convoque l'image de sa femme, pour qu'elle lui tienne compagnie. Il passe en revue le moindre détail précieux : les cheveux couleur de rouille, les taches de son brun foncé sur le visage brun pâle, les yeux de tireur d'élite. Raide et radine. Il pousse un petit rire. Ils conversent intimement jusqu'au détroit de Canso. Une fois qu'il a quitté l'île, il se dit qu'il vaut mieux la laisser dormir un peu.

— Bonne nuit, Addy, dit-il, en souriant à la pensée du savon qu'elle lui passerait si elle le trouvait en train de lui parler à haute voix dans le camion, au moment où il monte sur le ferry.

Il imagine le sourire empreint d'ironie qu'elle lui adresse en se mettant sur la pointe des pieds pour l'embrasser :

— Bonne nuit, Ginger. Sois prudent, mon bébé.

Si on appelle Leo Taylor Ginger, ce n'est pas parce qu'il est un Noir à la peau pâle. Il a la peau foncée comme sa sœur, Teresa. Si on l'appelle Ginger, c'est parce qu'il fabrique une boisson gazeuse au gingembre * selon une recette antillaise que lui a transmise sa mère, Clarisse. Clarisse vendait sa production, mais Ginger a les moyens d'offrir la sienne en cadeau. Il a les bras musclés et le ventre rond d'un homme heureux. Il lui arrive souvent de rendre grâce en se demandant d'où vient un si grand bonheur. Un bon emploi, de magnifiques enfants en bonne santé et une épouse coriace.

Cette nuit-là, Frances, comme d'habitude, se glisse dans le lit à côté de Lily, mais, peu de temps après, un autre

* *N. d. t.* Le mot anglais *ginger* se traduit par « gingembre ».

cauchemar la tire du sommeil. Il y a des rêves auxquels Frances est maintenant habituée, par exemple celui où elle donne à Lily sa propre jambe amputée, mais elle n'est pas de la bonne taille. Il y en a d'autres auxquels elle ne s'habitue pas, par exemple celui où, par erreur, elle fait cuire Lily dans le four ; seulement, à table, ni maman ni les autres ne s'aperçoivent que le rôti est en réalité Lily. Cette nuit, cependant, Frances s'éveille la gorge serrée en un cri muet — maman, fichée sur le pieu de l'épouvantail, dans le jardin, porte le vieux feutre et l'une de ses amples robes à fleurs, couverte de croûtes sur le devant, et elle tient à la main les ciseaux qu'elle utilisait pour la tourte aux rognons et à la viande de bœuf, d'où pendouille un peu de cartilage rosé. Mais le pire, c'est qu'elle n'a pas de visage. Maman !...

Frances est résolue à ne pas regarder jusqu'au bout ce film muet, au cas où il se transformerait en film parlant. Elle doit dormir dans un lieu sans rêves. Un lieu à la fois vide et parfaitement silencieux. Le grenier, en état de choc permanent, réunit ces deux qualités.

Frances traîne une couverture et une pile de coussins jusqu'à la porte du grenier, sur le palier, Trixie dans son sillage. Elle ouvre la porte, mais Trixie et elle hésitent toutes deux. Le problème est que le grenier a beau ne pas être hanté, l'escalier qui y mène l'est.

Nu-pieds, Frances lève les yeux sur l'étroit passage. Son crâne la serre, comme si ses cheveux étaient toujours nattés. Dans l'obscurité, son corps se contracte et se dilate fortement, à la manière d'une bande élastique — soudain incurvé et long de trois mètres, puis tout petit, comme celui d'une jeune enfant. « J'ai oublié de prendre ma robe de chambre — dans sa tête, Frances revoit sa robe de chambre en tartan vert —, mais c'est idiot parce que je n'ai plus revu cette robe depuis que Mercedes et moi étions toutes petites et que tous nos vêtements étaient assortis. »

Frances pose le pied sur la première marche. Un froid humide s'insinue le long de sa colonne, elle reprend sa taille normale et la terreur l'envahit parce qu'elle entend des voix. Juste sous la surface de l'eau, ce sont des voix de poissons, mais elles remontent et, dans un instant, Frances comprendra ce qu'elles disent. Les mains sur les oreilles, elle se met à babiller doucement et monte sur la deuxième marche. Des ombres moites glissent près d'elle. Kathleen est là-haut. Mais non, ce sont seulement les chatons, « Arrête » — « Il faut les faire baptiser » — « Non ! » — « Qui de nous deux est un assassin ? » — « Non ! » — « Tu es le diable ! » — « Non, non, non, non », jusqu'en haut. Elle ouvre la porte.

Arriver au grenier, c'est comme arriver dans le désert après avoir failli se noyer. Elle ferme la porte derrière elle. En silence, Trixie bondit sur le rebord de la fenêtre. Frances se couche sur le plancher. Elle ferme les yeux et dort profondément, comme une masse, sans plus craindre de mourir à force de rêver.

Le lendemain, à son réveil, Frances est plus sobre qu'elle ne l'a été en près d'une année. Dans sa sacoche d'éclaireuse, elle trouve un billet de train pour Boston, mais elle n'a aucune idée de ce qu'il peut bien y faire. À la gare, elle l'échange contre du comptant. Elle n'a nullement l'intention de quitter l'île avant d'avoir épargné assez d'argent pour Lily. Et accompli quelque chose d'autre. Quoi, Frances ? Quelque chose. Elle saura quoi, le moment venu. Elle est comme un commando qui s'entraîne pour une mission si secrète que lui-même ignore de quoi il s'agit. Mais elle est prête. Chaque nuit, elle négocie la course d'obstacles. Manœuvre derrière les lignes. Camouflée pour se fondre dans le paysage.

Et souvent tu sèches tes pleurs...

La veille de la fin de la guerre, Kathleen dénoue la ceinture émeraude qu'elle porte à la taille de sa nouvelle robe de chiffon de soie vert pâle, qui fait scandale, et l'entortille autour du feutre gris foncé de l'être aimé. Elle passe sa main sur la chemise aux boutons en strass et glisse sa cuisse entre les rayures des amples jambes du pantalon noir et brun-roux.

Dans le nord de la ville, il y a des boîtes de nuit mixtes. Sans parler de leur repaire secret dans Central Park. Il faut faire preuve de la plus grande prudence, mais c'est difficile. Leur jeunesse leur fait oublier que tout le monde n'est pas sensible à leur charme.

Finis tes élans de gaieté...

LIVRE 6

L'ÉCLAIREUSE

Ne te plains pas

Dès le mois de mai 1931, Mercedes est franchement inquiète. Voilà huit semaines que Ralph n'a pas donné de nouvelles. Elle refuse d'interroger Mme Luvovitz à son sujet parce qu'il ne sied pas à une jeune fille de pourchasser un garçon et qu'elle ne veut pas passer pour légère — surtout pas aux yeux de sa future belle-mère. D'ailleurs, les parents de Ralph, si leur fils avait des ennuis, seraient au courant. Or, ils ne donnent aucun signe de préoccupation. Quoi qu'il en soit, Mercedes s'arrête à l'épicerie cachère quelques fois la semaine, les articles les plus improbables lui étant totalement sortis de l'esprit :

— Figurez-vous, madame Luvovitz, que j'ai oublié de prendre cinq cents grammes de boudin pour papa.

Un jeudi après-midi, Mercedes revient à l'épicerie pour acheter une boîte de sel, malencontreusement oubliée le matin même. Pendant qu'elle enregistre la somme, Mme Luvovitz, avec un sourire un peu étrange, demande à Mercedes :

— Ton père se porte bien, ma chère ?

— Très bien, madame Luvovitz, je vous remercie.

Hochant la tête, elles se sourient, mais ni l'une ni l'autre ne bougent.

— Et comment va monsieur Luvovitz ? demande Mercedes.

— Oh, tu le connais, il se porte bien, il se porte à merveille.

Mercedes rit tout bas en opinant du bonnet.

— Tes sœurs vont bien ? interroge à son tour Mme Luvovitz.

— Lily se porte à merveille. Quant à Frances, elle semble — je me fais un peu de souci à son sujet, elle... se cherche, vous savez...

— Nous nous faisons tous du souci à son sujet, ma chère, mais elle a un bon fond.

— Oui, heureusement.

Mme Luvovitz s'empare d'une boîte d'Ovomaltine et la tend à Mercedes.

— Tu y as déjà goûté ? C'est un produit qui vient d'Angleterre.

— Vraiment ? Non, je n'ai jamais eu ce plaisir.

— Tiens, prends. C'est très bon.

— Ah bon, dit Mercedes en rougissant et en cherchant son sac, incertaine.

— Qu'est-ce que tu fais ? Range tes sous, la gronde Mme Luvovitz sur son ton coutumier, ce qui a pour effet de dissiper le malaise.

— Merci beaucoup, madame Luvovitz, c'est très gentil à vous, dit Mercedes, consciente du caractère probablement exagéré de ses marques de gratitude parce que Mme Luvovitz a pris une teinte légèrement rosée.

En fait, Mercedes n'a jamais vu la bonne dame afficher un sourire aussi soutenu. Mercedes sourit, elle aussi. Une question lui brûle les lèvres : « Vous avez des nouvelles de Ralph ? »

Au lieu de quoi elle remercie de nouveau Mme Luvovitz et se dirige vers la porte.

— Tu as des nouvelles de Ralph ? demande enfin Mme Luvovitz.

Mercedes se retourne, franchement préoccupée cette fois.

— Non. Oh, mon Dieu...

— Il va bien, il va bien. Nos amis nous ont écrit, et il va bien. Il se porte à merveille. C'est juste que...

— Ah bon, très bien, c'est une excellente nouvelle...

— Il ne nous a pas écrit, et je me demandais si...

— Oh, mon Dieu !

Les deux femmes se regardent un instant, puis Mercedes hoche la tête.

— Non, j'ai bien peur qu'il ne m'ait pas écrit à moi non plus, depuis un certain temps.

Mercedes est à la fois étonnée et embarrassée par ce qui suit. Prenant les mains de Mercedes entre les siennes, Mme Luvovitz, qui, le menton plissé, sourit pour ravaler ses larmes, dit :

— Tu es une bonne fille, Mercedes. Une fille merveilleuse.

— Merci, madame Luvovitz.

Mercedes laisse tomber l'Ovomaltine dans son filet à provisions et a bien failli oublier le sel.

— Je vous préviendrai dès que j'aurai eu des nouvelles de Ralph, ajoute-t-elle.

Mme Luvovitz, cependant, s'est retournée vers l'étagère, où, avec le plus grand soin, elle remet en place une boîte de paille de fer.

Trois semaines plus tard, la lettre tant attendue arrive enfin. Mercedes monte à sa chambre en gravissant les marches deux à deux, contre son habitude. Se jetant sur son lit, elle embrasse l'enveloppe avant que sa tête ne touche l'oreiller. Pendant un moment, elle se contente, étendue sur le côté, d'en caresser le sceau. « Cher Ralph. » Au cours des derniers mois, sa silhouette s'est adoucie et sa voix est devenue plus grave dans l'esprit de Mercedes. Elle soupire, aperçoit ses joues rouges dans le miroir de la commode et ordonne :

— Cessez de vous comporter comme une gamine idiote, madame Ralph Luvovitz.

Elle rit et serre son oreiller dans ses bras, en y enfouissant son visage. Puis elle arrive enfin à se calmer suffisamment pour décacheter l'enveloppe.

« Chère, Mercedes — Cher Ralph —, le simple fait de

vous écrire me paraît présomptueux parce que vous êtes une fille épatante et que vous auriez pu jeter votre dévolu sur n'importe quel garçon plutôt que sur moi. J'estime néanmoins qu'il vaut mieux que je vous prévienne moi-même. Sinon, vous me croirez poltron. Voici. Je suis terriblement désolé de vous avoir laissé croire que... »

Mercedes se lève et se dirige vers la commode, où, en retirant la photo de Ralph du cadre, elle révèle le poème qui, il y a presque cinq ans, avait remplacé la photo de Valentino. De retour sur son lit, elle demeure assise, parfaitement immobile, attendant que son sang agité s'apaise, que la marée basse revienne. Même si elle le voulait, elle ne pourrait pas serrer le poing. Peu à peu, sa fièvre s'abaisse, tandis qu'elle contemple les mots de sagesse dans le cadre, oblitérant Ralph.

Le soir venu, elle est tout à fait calme. Lucide, en fait, pour la première fois depuis qu'elle s'est amourachée du fils de l'épicier. Un Hébreu. Juste ciel. Entre-temps, j'ai négligé ceux qui ont besoin de moi.

Mercedes descend, la tête en équilibre parfait, la main effleurant la rampe. Ce soir, rien à faire, Frances aura droit à un bain. Dans la cuisine, elle se dirige vers la boîte du fonds de Lourdes. Il faudra faire mieux, n'est-ce pas ? Allumant un rond, elle y expédie la photo chiffonnée du garçon aux oreilles décollées. Elle prépare un repas gargantuesque pour papa. Elle s'attriste à la pensée que, récemment, elle a négligé ses devoirs culinaires. Et papa, qui est si indulgent à son endroit, se contente de dire :

— Je prendrai des viandes froides en rentrant, Mercedes. Ne t'occupe de rien.

Dorénavant, Mercedes entend faire ployer la table sous le poids des victuailles. Pauvre papa.

Mercedes n'a parlé de la lettre à personne. Lorsque, au début de juin, M. et Mme Luvovitz se rendent à Sydney pour de joyeuses retrouvailles avec leur fils, ils ont la surprise de faire la connaissance de sa femme. Marie-Josée est petite et ronde juste aux bons endroits. Basanée et jolie. Catholique et enceinte. Malgré ce regrettable incident, ils sont très amoureux.

Ne te plains pas

Aujourd'hui, j'ai vu une jolie fille aux cheveux de miel.
Envieuse, j'ai ardemment souhaité être comme elle.
Se levant, elle a descendu l'allée en boitant.
Elle n'avait qu'une jambe, mais souriait de toutes ses dents.
Ô Dieu, je Vous demande pardon de me plaindre.
Moi qui ai deux jambes, je n'ai rien à craindre.

Puis je me suis arrêtée pour acheter des bonbons.
Le garçon qui me les a vendus avait un charme fou.
Je lui ai parlé — je n'avais pas d'autre rendez-vous.
J'allais sortir, mais il me retint. « Vous avez été si aimable.
Voyez-vous, dit-il, je suis aveugle. »
Ô Dieu, je Vous demande pardon de me plaindre.
Moi qui ai deux yeux, je n'ai rien à craindre.
Plus tard encore, j'ai vu un garçon aux yeux bleus.
Observant les autres, à l'écart, il ne se mêlait pas à leur jeu.
« Pourquoi ne joues-tu pas avec les autres, mon amour ? »
Il continua de regarder au loin, car il était sourd.
Ô Dieu, je Vous demande pardon de me plaindre...

AUTEUR INCONNU

Basanées

Une nuit de mars 1932, Frances enfile son uniforme d'éclaireuse dans l'arrière-salle glaciale du bar clandestin. Bien qu'elle y soit plus sensible que la plupart, elle accueille volontiers le froid : ses costumes ont ainsi l'air plus frais. Cette fois, elle sursaute légèrement : une voix de femme aux chairs flasques de méduse fait flac sur elle.

— Tu es mauvaise.

Frances lève les yeux. Impossible de s'y méprendre : la tache plus sombre, c'est la silhouette de Camille.

— Ah, c'est vous, tante Camille.

— Ordure.

Frances remonte ses bas de laine malodorants.

— Sous le vison, nous sommes toutes sœurs, ma belle.

— Pourquoi ne pas te suicider ?

Frances éclate de rire et sort.

À première vue, il est difficile d'imaginer que Frances, dans son uniforme d'éclaireuse, est non pas une enfant de douze ans, mais plutôt une jeune fille de dix-huit ans. De plus près, il est difficile d'imaginer que Frances ait jamais été une enfant. Camille la regarde sortir en se demandant ce que sa sœur a pu faire pour mériter un tel sort. Et moi, qu'ai-je fait pour mériter le mien ?

Lorsque son aînée s'enfuit avec le bâtard *enklese*, Mahmoud donna la seconde à Tommy Jameel, croyant qu'il suffisait qu'il fût libanais. Il avait tort. Il l'a compris ; Jameel n'est plus son gendre.

Heureusement, il avait encore trois filles, si bien qu'il put se reprendre. Elles sont heureuses toutes les trois. À Sydney, deux d'entre elles ont épousé de bons Canadiens d'origine libanaise, et la plus jeune est mariée à un médecin — *enklese*, mais décent. Ses fils ont tous contracté un bon mariage. Trois d'entre eux ont choisi une fille du vieux pays, ce qui est idéal. Trois ont uni leur destinée à celle de Canadiennes : une Libanaise et deux Acadiennes. L'autre a opté pour la prêtrise. Dieu est bon. Jusqu'ici, il compte quarante petits-enfants, dont vingt-quatre portent le nom de Mahmoud, et parmi ceux-ci, quinze sont de sexe masculin. *Mneshkor allah.*

Camille avait l'embarras du choix. En vérité, elle était la plus jolie, dans le genre plantureux. Elle aurait pu devenir Camille MacNeil, Camille Shebib ou Camille Stubinski. Au lieu de quoi elle est Camille Jameel. Elle n'en veut pas à son père, qu'elle vénère. Et comment blâmer Materia, qu'elle idolâtrait ? Elle s'en prend donc à Frances, la garce qui s'emploie à déshonorer la mémoire de la pauvre Materia.

Camille est une femme simple qui souhaitait mener une vie simple. Elle a plutôt hérité d'une vie compliquée. Elle a gloussé et battu des cils. Où cela l'a-t-il menée ? Dans le bar de Jameel. Son père a versé à Jameel une dot conséquente. Dieu seul sait où l'argent est passé. Camille n'a aucun talent. Elle aurait excellé dans les tâches qu'on lui a apprises durant l'enfance. Le monde ne devrait pas être organisé de telle manière qu'on ait besoin d'héroïnes. Lorsque l'aspirante héroïne échoue, nous devrions nous garder de la juger. Nous devrions plutôt plaindre Camille et convenir qu'elle est devenue acariâtre comme l'auraient fait la plupart d'entre nous — et la fuir comme la peste.

Dans son cœur, cependant, Camille a toujours des attentes. Une clairière au milieu des bois. Pas quand elle considère ses cinq fils, happés par leur père dès qu'ils ont été assez grands pour soulever une caisse ou porter un message. Ni quand elle considère son mari, qui ne s'est même pas donné la peine de se raser le soir de ses noces — tout de suite après, il s'est examiné et a inspecté le drap pour avoir l'assurance de ne pas s'être fait rouler. Non. La clairière dans le cœur de Camille, c'est celle où elle s'immobilise, tel un cerf, et attend que son père la voie.

La nuit suivante, le spectre noir comme de l'encre attend une fois de plus dans l'arrière-salle. En réalité, Frances est un tantinet nerveuse — Camille est du genre à rester assise à longueur de journée pour, un de ces quatre, s'emparer d'une hache.

— Bonsoir, tante Camille. Quel bon vent vous amène ?

— Petite merde.

— C'est très seyant, ce que vous portez.

— Tu déshonores mon père.

— Tiens, au fait, comment va-t-il ? Je me dis toujours qu'il faudrait que j'aille le saluer.

— Tu n'es pas digne de mettre un pied dans la maison de mon père.

Frances referme sa sacoche d'éclaireuse et sort. Camille lui a donné une idée.

L'adresse figure dans l'annuaire. Frances trouve le chemin de la maison sur la colline. D'un pas furtif, elle va d'une haie à un arbre. D'un arbuste à un mur latéral. La glissière à charbon est juste assez grande pour laisser passage à un enfant. La maison de son grand-père comporte un certain nombre d'endroits d'où elle peut épier les allées et venues. Et beaucoup d'objets à chiper. Elle ne sait pas par où commencer.

Il y a une grille de foyer dans le mur de l'opulent salon. À travers les vignes en fer forgé, le visage de Frances se profile souvent, mais personne ne songe à regarder. La penderie sous l'escalier regorge d'objets sombres et doux. Lorsque la porte est entrebâillée, une fine bande blanche se détache dans l'obscurité. C'est Frances qui épie de l'intérieur. Des mains à la recherche de fourrures et de châles ont frôlé ses boucles. Après un moment d'hésitation, elles ont poursuivi leur chemin, convaincues d'avoir encore touché un objet en mouton. Et si, un beau soir, l'occupant du lit de la chambre des maîtres s'éveillait et jetait un coup d'œil sous le lit, sans raison, il la trouverait couchée, les bras croisés sur la poitrine, contemplant le point précis où son cœur dort. Dans l'hypothèse où elle ne l'observerait pas dormir d'entre les montants de cuivre du pied du lit.

Frances absorbe la longue et mince silhouette de son grand-père, sa peau qui a l'aspect et la texture souple du daim. Il n'a rien de maman, si ce n'est sa couleur, l'ébène fluide de ses yeux — encore que les siens soient perçants — et les ondulations de ses cheveux gris fer. Prise d'une envie aiguë de voir sa grand-mère, Frances se demande comment on peut regretter ce qu'on n'a jamais eu. Elle a toutefois la surprise de remarquer un trait de ressemblance familiale : il y a quelque chose de Mercedes dans le corps anguleux de Mahmoud, son maintien et sa colonne immuable. Frances conclut, et ce n'est pas la première fois, qu'il y a eu substitution d'enfant à sa naissance.

Elle rapporte toujours un présent pour Lily. Un peigne à manche en argent de bon aloi, avec des dents en écaille de tortue. Une bague sertie d'une pierre de lune. Une tresse.

Lily caresse la tresse noire et sèche comme s'il s'agissait d'une créature susceptible de mourir de peur, subitement.

— C'était à maman, dit Frances.

— Je peux la garder ?

— Elle est à toi.

— Où l'as-tu prise ?

— J'ai trouvé une trappe, comme dans *Les Mille et Une Nuits*. Elle menait à un jardin souterrain. Là-dessous, on trouve de tout dans les arbres. Des bijoux, des cheveux... Et des bébés qui ne sont pas encore nés.

Dans l'esprit de Lily, Frances désigne la vieille mine des Français. Elle n'aime pas imaginer Frances seule là-bas, à la chasse au trésor. Dépouillant les morts. Malgré les supplications de Lily, Frances refuse de se laisser accompagner dans le jardin arabe, sous prétexte qu'il s'agit d'une « mission solo ». Quand Frances lui rapporte une perle, Lily commence à se faire du souci : Frances fait de la plongée. Elle craint que Frances ne décide de se noyer dans l'étang de la mine. Comme elle sait qu'il est tentant de respirer de l'eau, Lily demande à Ambroise de veiller sur Frances. S'il te plaît, petit frère, préserve notre chère Frances de la noyade comme tu m'en as préservée.

La première fois que Frances découcha, Mercedes fut dans tous ses états. Elle enfila puis retira sa robe de chambre, se tordit les mains et, à quelques reprises, faillit sortir — mais, comme elle n'avait pas la moindre idée d'où entreprendre des recherches, elle reprenait sa vigile à la table de la cuisine. D'ailleurs, qu'arriverait-il si Frances téléphonait pendant son absence ?

Mercedes se tourmenta en silence pour ne pas alarmer papa qui, dans le fauteuil à oreillettes, dormait d'un sommeil nécessaire et, fait inaccoutumé, profond. Le matin venu, Lily trouva Mercedes à la cuisine, occupée à éplucher des oignons.

— Que prépares-tu, Mercedes ?

— Rien, Lily. Retourne te coucher.

— C'est le matin... Frances n'est pas encore rentrée ?

Mercedes s'essuya les yeux avec la main qui tenait les oignons, de sorte qu'elle dut refouler ses larmes.

— Mercedes...

— C'est à cause des oignons, Lily. Ne sois pas ridicule.

— Ne t'en fais pas pour Frances, Mercedes. J'ai demandé à Ambroise de l'avoir à l'œil.

Mercedes s'empara de Lily, qu'elle serra très fort. Lily sentit quelque chose de dur contre sa colonne — Mercedes avait oublié de poser le couteau à légumes —, mais elle était trop polie pour se plaindre. James rentra dans la cuisine en se frottant les mains, ragaillardi malgré la nuit qu'il avait passée tout habillé, dans le fauteuil.

— Qui veut des œufs et du bacon ? C'est moi qui fais la cuisine.

— Ne t'en fais pour Frances, papa, dit Mercedes. Elle reviendra, c'est sûr.

Elle rentra l'après-midi, avec une petite ballerine sculptée pour Lily.

Désormais, Mercedes ne s'inquiète plus quand Frances disparaît pendant des jours, comme un chat, persuadée qu'on veille sur elle grâce à l'intercession de Lily. Mercedes, qui y voit un autre signe, l'ajoute au rapport de plus en plus volumineux qu'elle soumettra bientôt à l'évêque.

Mahmoud ne regretta pas la tresse parce qu'il ignorait qu'elle eût survécu à la purge de Materia. Frances l'a trouvée sous la doublure écarlate du coffret à bijoux de Giselle. Il s'en fallut de peu qu'elle ne se fît prendre.

Mahmoud dormait à poings fermés à l'autre bout de la pièce. Debout devant la table de toilette de sa défunte grand-mère, Frances contemplait les trésors. Des brosses, des peignes et des miroirs de poche en argent. Un coffret à bijoux en bois de rose. Elle souleva le couvercle : un orgue de Barbarie, accompagné d'une ballerine rose, bondit. Le refermant aussitôt, elle se tourna vers Mahmoud, qui grogna, roula sur lui-même et la regarda droit dans les yeux. Ils demeurèrent ainsi pendant un moment, à se dévisager, jusqu'à ce qu'elle comprît qu'il dormait encore. Elle lui fit signe de la main. Puis elle eut un geste obscène. Elle revint au coffret à bijoux, qu'elle entrouvrit — oui, elle apercevait maintenant la petite danseuse couchée à plat sur le côté. Frances, insinuant un doigt dans la fente, cloua la chose dans la position de la mort du cygne, ouvrit le coffret et fouilla dedans. En quête d'un double fond, au cas où il y aurait de l'argent, elle souleva la doublure de velours rouge. C'est ainsi qu'elle mit la main sur la tresse noire enroulée dans son nid de bijoux. C'est sûrement la tresse de maman, sinon pourquoi serait-elle cachée ? Les objets qui rappellent les filles perdues sont toujours interdits. Frances mit les bijoux et la tresse dans sa sacoche d'éclaireuse, ne laissant sur place qu'un collier de perles véritables. Elle déracina la ballerine. Des lambeaux de velours rouge restèrent accrochés à ses pieds. Elle songea à la poser sur l'oreiller de Mahmoud, cadeau malicieux de la petite souris, mais se dit qu'elle plairait peut-être à Lily. Avec ses dents, elle sectionna soigneusement le cordon du collier. Prélevant une perle, elle entortilla le reste dans le coffret en bois de rose désormais vide et emporta son butin sur la pointe des pieds.

Frances, cependant, voudrait voler Teresa, ou être volée par elle. Elle travaille toujours pour Mahmoud. La Teresa du bonbon noir et blanc. La reine Teresa, déguisée en servante. Frances n'est pas dupe de son gros sac à main ni de sa robe toute simple. Quand on a le visage de Teresa, choisir des vêtements humbles, qui mettent en valeur la beauté de celle qui les porte, confine presque à la vanité. Lorsqu'elle fut pour la première fois témoin de l'arrivée de Teresa dans la cuisine, où elle s'était introduite à l'aide de sa propre clé, Frances eut la folle certitude que Teresa était désormais Mme Mahmoud — Ma belle-mère ! Ce soir-là, cependant, Teresa sortit à dix-huit heures, en laissant sur la table le repas de Mahmoud, et Frances comprit qu'elle allait rentrer — et, sans doute, retrouver des enfants heureux.

Dans la cuisine, une porte s'ouvre sur l'escalier de la cave, et Frances aime se tapir derrière le rai de lumière et épier Teresa au travail. Elle l'observe parfois pendant des heures et devient la pâte que Teresa pétrit, le verre dans lequel elle verse du lait ou le tablier sur lequel elle s'essuie les mains. Tout est alors si paisible que Frances, une fois, s'endormit et dégringola dans l'escalier. Teresa descendit pour voir ce qui se passait, mais Frances s'était cachée.

— Miaou, fit-elle.

En réalité, elle voulait dire :

— C'est moi. Je me suis fait mal.

Un jour, un homme arrive et mange à la table de la cuisine pendant que Teresa travaille. Il s'appelle Ginger.

— Allez, entre, Ginger chéri.

Il est son chéri, mais pas son mari. Teresa appelle Mahmoud, qui est dans le salon.

— Mon frère est arrivé, monsieur.

Ginger porte une salopette, mais il n'est pas mineur : il a l'air bien trop en forme. Frances le reconnaît tout de suite — c'est le type qui conduisait Kathleen à l'école dans sa Ford Model T noire. Le jour où Teresa avait donné à Frances le bonbon strié noir et blanc, il avait déposé Kathleen à la maison. Il avait appelé Teresa, et ils étaient partis ensemble. Puis Kathleen avait jeté le bonbon dans le ruisseau. Elle se rappelle même ce qu'il y avait au menu, ce soir-là — de la tourte aux rognons et à la viande de bœuf. Frances se demande pourquoi des détails insignifiants de cette nature restent présents dans son esprit, tandis qu'il y en a d'autres dont elle voudrait à tout prix se souvenir, par exemple la dernière fois que sa mère l'a touchée.

M. Mahmoud fait son entrée.

— Bonjour, Leo.

Frances a failli culbuter encore une fois, secouée qu'elle est par la collision des deux hommes dans son esprit. Elle voit le nom inscrit au pochoir à l'arrière du camion stationné devant l'alambic de James, puis le camion est remplacé par la Ford Model T, mais le nom au pochoir demeure : « Transport Leo Taylor. »

— Bonjour, monsieur Mahmoud.

— Tu as ma commande spéciale ? demande-t-il avec son accent d'homme au teint bistre.

— Bien sûr que oui, monsieur Mahmoud. Forte comme vous l'aimez.

La surprise qu'éprouve Frances en reconnaissant Leo Taylor surpasse celle qu'elle a en voyant son grand-père descendre une bouteille brune de « commande spéciale ». Elle ne l'aurait pas pris pour un amateur d'alcool. Bien entendu, ce n'est que de la boisson gazeuse au gingembre. Et quand Teresa en verse pour son frère et pour elle, Frances le comprend, en même temps qu'elle constate qu'elle a elle-même très soif. En voyant l'or pétillant passer entre les lèvres de Teresa, Frances est prise d'un désir ardent. Leo Taylor sirote doucement son verre.

Frances observe et se rappelle avoir dit à Lily que son véritable père était un homme noir des Fours à Coke. C'est à Leo Taylor qu'elle pensait pour l'avoir vu à l'alambic de James. Elle a raconté cette histoire à Lily pour en éprouver la véracité. Comme celle du vieux chat orange — celui qui a étouffé Ambroise et que papa a enterré dans le jardin. Comme celle de la fois où maman a noyé Ambroise dans le ruisseau. Comme celle de la vieille mine des Français. Il faut toujours que Frances raconte une histoire à voix haute pour deviner la part de vérité cachée sous la surface.

À l'occasion de l'un des périples qu'elle effectue la nuit dans l'escalier étroit du grenier, Frances a vu une photo qu'elle ignorait posséder : Kathleen, le ventre rouge et noir, les cheveux imprégnés de sueur et deux bébés vivants entre les genoux. Il n'y a personne d'autre sur l'image, à l'exception de la personne qui la regarde. « Il faut que ce soit moi. » Dans un coin éloigné de la conscience de Frances, une voix hurle à la manière d'un vent coulis. Elle ne distingue encore rien, c'est un soupir, une question en forme de soupir. « Comment les bébés se sont-ils retrouvés dans le ruisseau, Frances ? » La voix se rapproche. Frances est sur la première marche. En partie pour étouffer la voix, en partie pour s'adjoindre des effectifs en prévision de la rencontre, elle se raconte une autre histoire.

En haut de l'escalier de la cave de son grand-père, derrière la porte entrebâillée, Frances, qui observe Teresa et son frère boire de la boisson au gingembre, murmure pour elle-même, rapidement et à voix très basse, à la manière de Mercedes disant le rosaire : « Kathleen est la mère de Lily, Ambroise est mort on ne sait pourquoi, Kathleen n'était pas mariée, elle avait une tumeur au ventre, mais c'était une fausse tumeur, il y avait un père secret, c'était Ginger — il la conduisait, et ils sont tombés amoureux sur le chemin de l'école, voilà pourquoi papa nous interdit de jouer la musique des gens de couleur qu'il y a dans le coffre — il a envoyé Kathleen à New York, et Ginger l'a suivie dans son camion, papa l'a ramenée à la maison, mais il était trop tard, elle est morte à cause des jumeaux. Ainsi soit-il, Ambroise et Lily. »

— Au revoir, Ginger chéri, dit Teresa à la porte de la cuisine. Bonne route.

Teresa lave les verres, et Frances descend les marches à pas feutrés. Son récit est en partie vrai. En partie vraisemblable. Frances découvrira où il habite et s'achètera une caisse de boisson au gingembre.

Elle remonte par la glissière à charbon et encaisse le coup de poignard du soleil.

Ginger a aperçu la petite fille sur le chemin du Rivage entre New Waterford et Sydney. Elle erre le long du fossé en regardant partout, sauf là où elle va. Pourquoi est-elle autorisée à vagabonder sur la route ? Pourquoi n'est-elle pas à l'école ? Qui est son père ? Où est sa mère ? Elle porte invariablement un uniforme d'éclaireuse, ce qui est étrange dans la mesure où elle semble trop jeune pour être éclaireuse. Elle a plutôt l'âge d'une jeannette.

La troisième fois que Ginger la rencontre, ils vont tous deux dans la même direction, et il ralentit légèrement en se demandant s'il doit lui proposer de monter, puis il y renonce par crainte de l'effrayer. Cependant, elle lève les yeux sur le camion qui, en ralentissant, la dépasse, et il aperçoit son visage dans le miroir latéral. Il en a le cœur brisé. Qui peut bien laisser sa petite fille se balader seule sur le chemin du Rivage, jour après jour ? Lui, jamais. Il a trois filles : deux jeannettes et une éclaireuse.

Frissonnant, il poursuit sa route. Il jette un coup d'œil à la médaille de saint Christophe accrochée au rétroviseur. Ginger n'a jamais eu d'accident, et il conduit bien, mais, depuis peu, la route l'inquiète. Auparavant, il l'appréhendait d'un seul coup, et conduire était pour lui aussi naturel que cligner de l'œil ou respirer ; maintenant, on dirait qu'il perçoit chaque pan de la route au moment même où le camion passe dessus. De part et d'autre, les pierres et les arbres se détachent un à un, et il ne tient plus pour acquis que la route se prolongera après le prochain tournant. Conduire est son gagne-pain : il ne peut pas se permettre d'avoir peur.

Depuis son dernier voyage à New York, Ginger se sent mal. Jamais reposé, ni tout à fait réveillé. Comme si on avait laissé une fenêtre ouverte dans sa tête et que le vent s'y engouffrait. Impossible de s'en approcher. Il peut regarder à travers, mais il ne voit que du brouillard. Le brouillard s'infiltre dans son esprit, le trouble, le fait frissonner. Pourtant, il continue obstinément de regarder. Parce que, il le sent, quelqu'un est là, dans le brouillard, à l'observer.

Sa femme, Adelaide, sent bien que quelque chose ne tourne pas rond, mais comment Ginger peut-il lui expliquer ce qu'il ne comprend pas lui-même ? À New York, il a entendu de la musique. C'est idiot : le moins qu'il puisse faire, c'est garder le secret. La musique peut-elle ensorceler ? Oui. C'est bien connu. Et on se moquerait de lui s'il s'avisait de le répéter à voix haute.

C'était dans une boîte de nuit de Harlem. Ginger, qui attendait un chargement de robes destiné au grand magasin de M. Mahmoud, rue Pitt, avait du temps à tuer. Chaque fois qu'il se trouve dans un lieu bondé de Noirs, Ginger se sent soulagé d'un poids qu'il portait à son insu. Il remonta Lenox Avenue d'un pas léger. À Harlem, Ginger se sentait heureux, mais seul. Chez lui, et ailleurs. Sur la 135e Rue, il pénétra dans une petite boîte qui admettait les Noirs dans la salle, et pas seulement sur la scène. Un trio jouait de la musique paisible pour des spectateurs paisibles. C'était tout à fait inhabituel. Ni spectacle de cabaret, ni cornets, ni hi-de-ho. Piano, contrebasse et flûte. Debout, Ginger écouta.

Le pianiste était au cœur du trio. Un homme mince aux longs doigts effilés, aux poignets finement ouvrés. Si doué qu'il préférait jouer *entre* la musique. Comme ce n'était pas au goût de tous, il y avait longtemps que le pianiste ne s'était pas offert un nouveau costume. Un pantalon élimé et une chemise ouverte sur son cou, long et magnifique. Un feutre gris foncé, porté bas, entouré d'une bande de soie verte chatoyante.

Trois minutes ou trois heures plus tard, Ginger reconnut l'air, *Honeysuckle Rose*, ce qui ne l'empêcha pas de prendre son bras gauche pour le droit en voulant récupérer son verre de bière. Le plus curieux, c'est que, en matière de musique, Ginger avait des goûts plutôt simples. Si une chanson pouvait être chantée en famille, elle lui plaisait. Il n'avait certes pas la prétention de s'y connaître. Pourtant, lorsque le pianiste posa ses doigts de rosée sur les touches pour la pièce interstellaire suivante, il ne put bouger.

C'est sur le chemin du retour qu'il prit conscience de la brèche qui s'ouvrait dans sa tête, et il dut se rappeler à deux reprises de s'arrêter là où la terre prenait fin : une fois au ferry et l'autre à la maison. Il serra Adelaide dans ses bras comme si elle était la première nourriture solide qu'il avalait depuis des semaines.

Malgré tout, il n'est pas parvenu à se débarrasser du malaise qui l'habite, et des visions comme celle de la petite éclaireuse perdue le troublent peut-être plus que de raison. Après l'avoir vue pour la troisième fois, Ginger a l'intention d'en parler à Adelaide, mais il oublie. Cette nuit-là, elle vient le visiter en rêve. Dans le miroir latéral, il voit de près l'étroit visage blanc — les yeux brun-vert empreints de gravité, le grain de beauté sur le nez. Elle a toujours l'air d'une enfant, mais d'une enfant indiciblement vieille. Il n'a jamais vu visage plus triste. Bien qu'il ne s'agisse pas d'un cauchemar, Ginger s'éveille. Il se rend compte pour la première fois que la petite éclaireuse est peut-être un fantôme. Qu'essaie-t-elle de lui dire des yeux ?

— Voici comment je suis morte... Priez pour moi.

Ginger s'essuie le visage — il est mouillé, contrairement au reste de son corps. Il ne s'agit donc pas des effets d'une suée nocturne. Bizarre. Il va jeter un coup d'œil à tous ses enfants dans leur lit. De retour dans sa chambre, il baisse les yeux sur sa femme aux cheveux couleur de rouille.

Même dans son sommeil, elle paraît prête à se battre. Dieu merci, il y a Adelaide.

Le lendemain, Ginger se rend chez M. Mahmoud pour lui livrer sa boisson au gingembre. Il a l'intention, pendant le repas de midi, de parler à Teresa de la petite éclaireuse et de son rêve, mais il oublie, une fois de plus.

Jameel regarde Frances de travers.

— Pour quoi faire ?

— Dis-moi, c'est tout.

Frances l'a réveillé au beau milieu de la journée, et il est jaune comme le soleil.

— Pourquoi ?

— Parce que, si tu ne me le dis pas, je vais foutre le feu à ta saloperie de maison.

Jameel crache la nicotine de la veille.

— Fais attention. La femme de Leo Taylor n'est pas commode.

— Ce n'est pas sa femme qui m'intéresse.

— Il vit dans la maison mauve, rue Tupper.

Frances tourne les talons.

— Ne viens pas te plaindre à moi, la prévient Jameel en hochant la tête.

Elle fait la sourde oreille.

Ginger Taylor sursaute lorsque, levant les yeux du coquillage que son plus jeune tient à la main, il aperçoit la petite éclaireuse dans sa cour. Elle le regarde. Un fantôme. Que veut-elle ?

— J'aimerais avoir un peu de votre boisson au gingembre.

Adelaide arrive à la porte de derrière.

— Qu'est-ce que tu veux ?

Frances la dévisage. Comme elle a les cheveux rougeâtres, la femme a la capacité de voir clair dans les intentions d'autrui. Mieux vaut ne pas répondre.

Adelaide ne la quitte pas des yeux.

— Qui est-ce, Ginger ?

— Je n'en sais rien, ma chérie.

Il se tourne vers Frances :

— Comment t'appelles-tu, petite ?

Frances s'éloigne. L'enfant fait mine de lui emboîter le pas, mais Ginger le prend dans ses bras.

Adelaide et Ginger observent Frances descendre l'allée.

— Ce n'est pas une petite fille, dit Adelaide avant de rentrer.

Sel

La première chose que remarque Mahmoud, c'est la disparition des peignes en argent massif. Ce qui le conduit au coffret à bijoux en bois de rose. Il l'ouvre. Une tige de métal nue bondit et tourne sur elle-même aux accents de *La Valse anniversaire*. À l'intérieur, il n'y a plus que des perles. Tremblant d'incrédulité, il s'en empare, et elles glissent le long du cordon coupé pour se répandre sur le plancher.

— Teresa ! hurle-t-il.

Elle accourt en s'essuyant les mains, auxquelles restent accrochés des grains blancs de *burghul* — elle prépare du *kibbeh*. Elle a de la chance qu'il n'ait pas appelé la police.

— Prenez vos affaires et partez tout de suite.

Mahmoud convoque sa fille puînée, qui organise une brigade de parentes chargées du soin de son ménage. Sa famille est extrêmement attentionnée. Tenir à temps plein la maison d'un vieillard est cependant une autre paire de manches. Elles devront trouver une remplaçante salariée : la famille Mahmoud est si prospère qu'elle ne compte guère de femmes oisives.

On fait défiler devant Mahmoud une série d'Irlandaises, de filles de couleur et de campagnardes, mais, comme il semble incapable d'arrêter son choix sur une nouvelle Teresa, c'est à Camille qu'incombe le gros du travail. Elle est celle dont la situation s'apparente le plus au veuvage.

Mahmoud s'en veut surtout d'avoir fait confiance à Teresa — d'avoir cru qu'elle était différente. C'est le moment que la vipère attend pour attaquer. Jamais il n'aurait dû perdre de vue la couleur de sa peau. Les Noirs ont beau être les meilleures personnes du monde, ils sont comme des enfants qu'on ne doit pas accabler de responsabilités. En ce sens, ils ressemblent, même les hommes, aux femmes les plus viles. « Je me demande, maintenant que j'y songe, si le frère était de connivence. »

À l'âge de Mahmoud, la nécessité de tout expliquer par le menu aux parentes qui s'occupent de lui se révèle exaspérante au plus haut point. Elles sont bien intentionnées, mais la terrible vérité, c'est que personne ne le connaît mieux que Teresa. Et — vérité encore plus terrible — personne ne prépare aussi bien qu'elle les plats libanais. Elle surpassait sa propre épouse. Dieu ait son âme et me pardonne. Teresa semblait lire dans ses pensées. Elle possédait l'art de tout rendre facile. Et Mahmoud savait que, le moment venu, il aurait accepté ses soins les plus intimes sans renoncer à une parcelle de dignité. La femme vaillante, qui la trouvera ? Son prix surpasse de loin celui des perles. Nom de Dieu. Que sont quelques colifichets en comparaison ? Il lui aurait volontiers donné toutes les babioles et — Qu'est-ce que je raconte ? Vieux fou. Quel est mon prix à moi ? Un bonnet d'âne, si je n'y prends garde. Je traverse une épreuve et j'ai besoin de mes filles, ma chair et mon sang, voilà tout.

Mahmoud est blessé de constater que les larcins ne prennent pas fin avec le départ de Teresa. Ils se poursuivent malgré les soins de plus en plus permanents que lui prodigue Camille.

Mahmoud s'adresse des reproches. Dans le vieux pays, jamais il n'aurait donné sa fille à Jameel ; la distinction entre les deux familles aurait alors sauté aux yeux. Les Jameel sont arabes, tandis que nous, Mahmoud, sommes plutôt méditerranéens. Presque européens, en réalité. Dans le nouveau pays, ces distinctions s'estompent : on est porté à ouvrir les bras au frère du pays d'origine qui parle la même langue magnifique que soi. La même langue pleine d'humour et bien proportionnée, chargée de terre et d'eau.

Quel soulagement de partager un repas ou de jouer aux cartes avec quelqu'un, Jameel, par exemple, qui parle votre langue. Quel soulagement après la morsure glaciale de l'anglais. Parler anglais, c'est immerger sa langue dans de l'eau glacée. Après tout, vous ne serez jamais, aux yeux des *Enklese*, que des « Syriens à la peau noire ». Lorsque Mahmoud comprend que les normes héritées du vieux pays se sont en lui érodées au point qu'il a donné la plus belle de ses filles à un sale Arabe à demi sauvage, il est déjà trop tard. Pauvre Camille, bonne fille qui n'a engendré que des fils, cinq en tout. Quel gaspillage. Comble de malheur, il a aussi perdu Teresa.

Près de son lit, Mahmoud verse des larmes. Il s'est réfugié là pour échapper aux bons offices d'une petite-fille maladroite. Assis sur une chaise de tapisserie dont le motif reprend celui du couvre-lit — au goût de Giselle, dans le style provincial français, Dieu ait son âme —, il laisse tomber ses yeux sur une reproduction en bois d'acajou des *Mains en prière* de Dürer, accrochée au mur. Un achat de ma femme. Le tremblement léger qu'il éprouve au souvenir de Giselle cède le pas à des larmes brûlantes parce que ce sont les mains de Teresa.

Vas-y, pleure, et qu'on en finisse. Puis mets-toi à genoux et remercie Dieu d'avoir permis que ta fille Camille soit transformée en voleuse à la tire par son vaurien de mari arabe et que tu aies congédié Teresa pour les crimes d'une autre. Remercie Dieu parce que tu sais que, sinon, tu aurais demandé la main de Teresa.

Mahmoud se laisse glisser le long de la chaise et tombe à genoux. C'est Dieu qui est intervenu en provoquant la chute des perles. Si Mahmoud avait bien réfléchi, jamais il n'aurait pu croire que la coupable était la femme à qui, depuis quinze ans, il confiait chaque semaine l'argent du ménage. Merci. Sagesse infinie, miséricorde infinie, dont je suis indigne.

Agenouillé, Mahmoud pleure dans ses mains en prière. Sous le lit, Frances écoute, fascinée.

Teresa pleure, elle aussi, mais de rage. Chez elle, assise dans la chauffeuse, sous la photographie retouchée à la main de Bridgetown, elle se demande quoi faire. Plus dommageable que la perte de son emploi est celle de sa réputation. Quel en est le prix ? On l'a accusée injustement. De quelque chose d'indigne d'elle et de ses origines. Comment ose-t-il, ce vieux bonhomme haineux ? Comme les autres, en plus vilain. Saleté de Syrien ignoble et méchant. J'essaie, doux Jésus, j'essaie, mais Vous me mettez à rude épreuve. Comment pardonner et vivre en même temps ?

C'est toujours ainsi : les Blancs ne supportent pas qu'une personne de couleur se démarque. Teresa se reproche de s'être crue indispensable à Mahmoud. L'orgueil précipite la chute. Elle a tout fait pour lui. Elle se rappelait le nom et la date d'anniversaire de tous ses petits-enfants et achetait d'innombrables présents en son nom. Elle connaissait le plat préféré de ses fils et en tenait compte lorsqu'ils restaient à souper. Elle savait quand raccommoder une chaussette et quand la jeter, où il avait laissé son fixe-cravate et ses lunettes pour lire, se chargeait de ses transactions à la banque, payait ses factures et soignait ses cors aux pieds. Si elle avait moins bien fait son travail, Mahmoud ne lui en aurait pas voulu et ne l'aurait pas congédiée sur la foi d'un mensonge aussi éhonté. Mais si. Il l'aurait flanquée à la porte en l'accusant d'être paresseuse, « comme tous les siens ». L'aboutissement est toujours le même : pour effacer la haine, il ne vous reste plus qu'à sucer du sel et à prier Jésus.

Hector, tendant la main, essuie une larme, ce qui la fait pleurer de plus belle. Voilà treize ans qu'ils sont mariés. Toute la journée, Hector attend fidèlement son retour, assis sous une couverture. Dieu merci, il y a Ginger, Adelaide et leurs enfants. Dieu merci, il y a les voisins, sinon Hector serait mort de solitude.

Hector n'a pas été congédié, il n'a pas été injustement accusé et, au contraire de Ginger, il ne s'est jamais résolu à gagner sa vie par des moyens illicites. Il avait un bon emploi à l'aciérie. Teresa et lui étaient mariés depuis quatorze mois quand une poutrelle à demi cuite est tombée et l'a attrapé sur le côté de la tête. Aujourd'hui, il fait de petites promenades si on lui tient la main, mais il se laisse plutôt pousser dans son fauteuil.

Teresa et lui avaient différé le moment d'avoir des enfants parce qu'il allait devenir pasteur et qu'ils comptaient partir vivre à New York, où ils auraient des enfants américains et une vie meilleure. Teresa caresse la main d'Hector, puis va lui chercher une couche propre dans l'armoire à linge. Il y a longtemps qu'elle a renoncé à imaginer de quoi leurs enfants auraient eu l'air.

Jameel fait irruption dans la chambre de Boutros, à l'étage, en déclarant :

— Va dire à Leo Taylor de venir ce soir et d'apporter une caisse de boisson au gingembre.

Boutros, appuyé à sa fenêtre ouverte, se retourne.

— Je vais la rapporter moi-même, dit-il.

— Ferme ta gueule et fais ce que je te dis.

— Pourquoi ?

Jameel lui flanque une taloche derrière la tête.

— Voilà pourquoi.

— Aïe.

Jameel, en riant, explique :

— C'est ta cousine qui le veut, mon petit vieux.

Boutros ne dit rien. Jameel secoue la tête. Doux Jésus, il faut tout lui expliquer, à celui-là. Il tient ça de sa mère.

— La reine de Saba, la foutue Frances, en a après son cul noir, mon petit vieux.

Boutros tremble. Chez un gros de son espèce, cela se remarque à peine. Il a dix-neuf ans. Bientôt, il ne pourra plus s'empêcher de casser la figure de son père. Jameel rit de lui, puis l'attrape par les joues, qu'il rapproche l'une de l'autre, avant de lui assener une petite tape affectueuse.

— Allez, fais ce que je te dis.

Jameel sorti, Boutros se retourne vers la fenêtre ouverte.

À l'aide d'un bidon d'huile cabossé laissé sur le rebord, il finit d'arroser ses pétunias et ses soucis.

Boutros signifie Pierre. Sur cette pierre, Jameel a bâti son débit de boissons. Boutros a le malheur d'être l'aîné. Il a quatre frères plus jeunes. La plupart ressemblent à Jameel, de sorte qu'ils possèdent les qualités nécessaires à un aîné, à l'exception de celui du milieu, qui, de toute évidence, est destiné à la prêtrise. Boutros rêve d'économiser assez d'argent pour acheter une ferme, épouser sa cousine Frances et les emmener à la campagne, sa mère et elle. Là, elles seraient heureuses. Ils auraient beaucoup d'enfants qu'il aimerait, mais surtout il aimerait son épouse et ferait des dernières années de sa mère les plus heureuses de sa vie. En apparence, Frances est une garce peinturlurée doublée d'une ivrognesse, mais Boutros, parce qu'il est amoureux d'elle, voit plus loin et entend la sauver un jour prochain.

— Papa veut que vous apportiez une caisse de boisson au gingembre, ce soir.

Ginger lève les yeux sur Boutros, qui remplit l'embrasure de la porte.

— Apporte-la toi-même, mon grand, crie Adelaide de la cuisine.

— Papa veut que monsieur s'en charge.

— C'est bon, Addy. Je ferai vite.

Il s'empare de sa veste.

— Pas maintenant. Ce soir, après minuit, dit Boutros.

— Pour quoi faire ? tient à savoir Adelaide.

— Je ne sais pas, madame Taylor. C'est papa qui décide.

— Il devra nous dédommager, dit Adelaide en versant du thé chaud à Teresa.

Elle préparait des tartes aux fruits secs en proposant d'aller sonner les cloches du vieux Mahmoud.

— Dis-lui que j'y serai, dit Ginger à Boutros.

Boutros, cependant, ne part pas tout de suite. Il reste sur place un moment, les yeux baissés sur Ginger. Enfin, il tourne les talons et disparaît sans un mot.

— Vous l'avez vu ? demande Ginger aux femmes en se dirigeant vers la table de la cuisine. Il m'a regardé comme si j'étais un revenant.

— C'est une vraie famille de fous, dit Adelaide, en songeant non seulement au vieux vautour qui avait viré Teresa, mais aussi à la méchante Camille — vingt ans aux Fours à Coke, et elle n'avait encore salué personne. Sans parler de la branche de New Waterford. Dommage que Ginger soit obligé de frayer avec eux.

— Dieu ait pitié d'eux, dit Teresa, en serrant sa tasse dans ses mains.

— Pitié mon œil. Tiens, mon amour.

Adelaide pose une assiette de *muffins* Hélène devant Ginger. Il lui donne un baiser, s'assoit et tend celui qui contient le plus de confiture à Hector, qui sourit de contentement.

Adelaide prépare à la perfection les spécialités simples de la Nouvelle-Écosse. Originaire d'un quartier de Halifax connu sous le nom d'Africville, elle est fière d'être issue d'Africains, d'Irlandais et de loyalistes de l'Empire uni, fière d'avoir été baptisée à Bedford Basin. Elle ne se lasse jamais de relater les circonstances de l'explosion de 1917. « Si j'ai été épargnée, c'est pour t'aplatir le nez, mon pote — pour danser avec toi ce soir, mon chéri — pour voir mes enfants grandir. »

Une fois Teresa et Hector partis et les enfants couchés, Adelaide dit à Ginger, sans le regarder :

— N'y va pas, Leo.

— Il le faut bien, ma belle.

— Dans ce cas, rentre immédiatement. Ne t'attarde pas.

— Je n'en ai aucune envie.

— Viens ici, dit-elle en le regardant.

Souriant, il obéit.

Ginger pose la caisse devant la porte du bar clandestin de Jameel. Il déteste cet endroit. À l'intérieur, c'est le raffut habituel. Il perçoit déjà les effluves d'alcool. On dirait l'odeur de la matière première du vomi. Il plaint la femme de Jameel.

Après mûre réflexion, il décide de passer par-derrière. En général, il n'aime pas le faire, mais, dans ce cas, il préfère entrer à l'insu de la foule qui, chaque fois que la porte s'ouvre, se retourne comme une bête nauséeuse — sans parler de la poule qui joue du piano et sent le bébé malade. Je devrais quitter mon emploi — voir s'il n'y a pas quelque chose à l'aciérie. Mais Ginger sait pertinemment qu'il n'y a pas de travail, ni là ni ailleurs. Même pas pour les Blancs.

En entrant dans la pièce glaciale qui sert à l'entreposage, Ginger aperçoit les divers morceaux de l'uniforme d'éclaireuse crotté éparpillés sur les barillets vides — les bas, le béret, la petite sacoche. C'est comme un direct à l'estomac. D'instinct, il cherche des yeux le corps nu. « Voilà ce qui arrive aux petites filles laissées sans surveillance, j'aurais dû lui demander son nom, j'aurais dû la faire monter... » Il s'apaise quelque peu en ne la voyant pas. Ce qui ne veut pas dire que l'un des ivrognes de Jameel ne l'a pas entraînée dehors pour la violer. Soudain, Ginger a la rage au cœur — travailler pour un homme comme Jameel, favoriser les affaires d'un établissement comme celui-ci dans le quartier même où grandissent ses propres filles. Ginger frappe brutalement à la porte.

— Papa est là, dit Boutros en ouvrant.

Avec sa caisse, Ginger se faufile parmi les clients, passe devant la grue au piano.

— Jameel, où est passée la petite fille qui portait l'uniforme d'éclaireuse ?

— *Monsieur* Jameel, je te prie.

Posant la caisse, Ginger attrape Jameel par le collet.

— Dis-moi où elle est, espèce de tordu !

Ginger éprouve une douleur glacée à la nuque et se retrouve nez à nez avec les chaussures de Boutros. Jameel, tout en haut, se paie sa tête.

— C'est qu'il en redemande !

Une goutte froide lui percute le front. Il lève les yeux. La putain aux cheveux orange descend une bouteille de boisson au gingembre. Il voit le dessous de son menton tout blanc et son col crasseux.

— La voici, Leo, dit Jameel sur un ton moqueur. Elle est à toi. La maison ne fait pas de crédit.

Elle observe Ginger de ses yeux brun-vert graves. Aux commissures de ses lèvres barbouillées de rouge, on voit une écume dorée. Il se couvre les yeux.

— C'est terminé. Je laisse tomber les camions.

Après vingt minutes, voilà tout ce qu'Adelaide parvient à tirer de lui.

Il a besoin de pleurer. Laisse-le faire.

— Tu travailles trop. Ralentis un peu, tu veux ?

Tout ce qu'il arrive à faire avant de s'endormir, c'est pleurer.

Adelaide, en le serrant dans ses bras, compte cinq semaines depuis son dernier voyage à New York. Il y a anguille sous roche.

Le lendemain matin, c'est comme s'il avait fait un mauvais rêve.

— Jameel oblige une petite fille à se prostituer, dit Ginger.

Adelaide écoute.

— Je me suis mis à penser à nos filles et à ce qui arriverait si...

— Je comprends, mon amour.

Il est trop sensible.

— Pourquoi ne pas prendre une journée de repos ?

— Pas la peine, Addy. Je vais bien.

Et il monte dans son camion.

Après son départ, il constate qu'il a oublié de raconter toute l'histoire à Addy — que l'enfant prostituée est la petite éclaireuse qui est venue chez eux, un jour, qu'il l'a vue sur la route et dans le miroir latéral de son rêve. Il a oublié. Qu'avait dit Adelaide au sujet de l'éclaireuse, ce jour-là ?

— Ce n'est pas une éclaireuse.

Cela, il le sait bien, maintenant.

« Je lui raconterai tout ce soir », se promet-il en s'engageant sur le chemin du Rivage.

Un air de harem

Au début, Frances se demande quand Teresa va rentrer de vacances ou de quoi elle peut bien souffrir. Cet après-midi, cependant, tandis qu'elle rentre par le chemin du Rivage, une pensée horrible lui vient à l'esprit. Et si Teresa avait été congédiée ? Et si Mahmoud lui avait imputé la responsabilité des vols ? Il faudrait qu'il soit fou — pas plus tard qu'hier, Frances avait subtilisé une bergère Royal Doulton et un pêcheur chinois sur le piano, et Teresa était partie depuis trois jours.

Dans son camion, Ginger comprend qu'il a emprunté le chemin du Rivage dans l'espoir d'y trouver l'éclaireuse. Il veut lui parler, c'est tout, mais pas au bar. Il veut savoir qui est son père, où est sa famille, à supposer qu'elle en ait une. Sinon, peut-être Adelaide et lui pourraient-ils lui venir en aide.

En entendant le camion freiner sur l'accotement, derrière elle, Frances, qui ne lève pas les yeux, continue de marcher.

— Bonjour.

Elle s'arrête sans se retourner.

— Pardon, mademoiselle.

Elle se retourne et l'aperçoit, la tête sortie par la fenêtre. « J'avais raison, pense Ginger, douze ans au maximum. » Elle se dirige vers le camion, monte sur le marchepied et s'assoit à côté de lui. Il est bon, elle l'a déjà compris — ce sera long.

— Comment t'appelles-tu, ma belle. Qui est ton père ? demande-t-il en remettant le camion sur la route.

— Je m'appelle Frances Euphrasia Piper. Mon père s'appelle James Hiram Piper, et mon grand-père, Ibrahim Mahmoud. Je ne connais pas son deuxième prénom.

Ginger ne quitte pas la route des yeux. En état de choc, il ne trouve pas ses mots.

— C'est vrai ? J'ai connu ta sœur, Kathleen.

— Je sais.

Il lui jette un coup d'œil. Elle le regarde.

— Je lui servais de chauffeur, tu sais. Je m'appelle Leo Taylor.

— Je sais.

Ginger voit passer un arbre sur sa gauche. Puis un rocher. Encore un rocher. En disant ce qu'on dit toujours dans ces cas-là, il a le sentiment de mentir, même s'il s'en tient à la vérité.

— Dommage qu'elle soit morte si jeune. C'était une très jolie fille.

— Je sais. Je l'ai vue.

— Tu as vu des photos, hein ?

— Je me souviens parfaitement d'elle.

— Tu n'étais pas née quand elle est morte.

Il a un petit rire qui, lui, est faux.

— J'avais presque six ans, dit-elle. Je me souviens de tout.

Ginger freine et les cailloux défilent, l'un après l'autre.

— Qu'est-ce qu'il y a ?

— Je te prenais pour une petite fille.

— Tu es le frère de Teresa, n'est-ce pas ?

— Ouais.

Il se sent pris d'un léger vertige. C'est la route. Je ne peux plus conduire.

— Pourquoi ne vient-elle plus chez mon grand-père ?

— Il l'a congédiée. Il l'accuse de l'avoir volé, mais c'est faux.

— Il va le regretter.

Il se redresse.

— Écoute-moi. Ton père est-il au courant de tes activités ?

Pourquoi fais-tu ce que tu fais, toi qui viens d'une bonne famille ?

— Parce que je suis mauvaise.

Il la regarde.

— Tu n'es pas mauvaise.

— Qu'en sais-tu ?

Ginger aspire à fond. Ses yeux se mouillent.

— Je n'ai qu'à te regarder, dit-il. Dans les yeux. Tu n'es pas mauvaise... tu es seulement perdue.

— Je sais parfaitement où je suis.

— Ce qui ne veut pas dire que tu n'es pas perdue.

Il pose tendrement sa main le long du visage de Frances. Elle a des yeux pleins de sagesse qui l'attristent si profondément qu'il doit agir.

— J'aimerais que tu viennes chez moi parler à ma femme. Elle est bonne.

— Veux-tu être mon ami ?

— Je veux t'aider, petite.

— Alors emmène-moi.

— Impossible.

— Tu l'as bien fait pour ma sœur.

— Je ne l'ai jamais emmenée à l'autre bout du continent.

— Où l'as-tu emmenée ?

— À l'école, puis à la maison. Qu'est-ce que tu crois ?

— Ginger... J'ai besoin qu'on s'occupe de moi. J'ai fini de grandir, mais, à l'intérieur, je suis encore une petite fille. Trouve-moi, je suis perdue, perdue dans le noir, s'il te plaît, s'il te plaît, s'il te plaît, oh, comme tu sens bon.

Il lui saisit la main et la repousse, sans brusquerie, à l'autre bout de la banquette.

— Où veux-tu que je te dépose ?

— À l'*Empire*.

En un tournemain, il se rend à New Waterford, et Frances descend devant le cinéma. On y présente aujourd'hui un film parlant, mais Frances prend malgré tout une place. Elle a à réfléchir. Elle sait maintenant ce qu'elle doit faire pour Lily. Il reste toutefois un détail à régler.

Camille s'est souvent imaginée veuve. Elle rentrerait à la maison pour s'occuper de papa, qui verrait qu'elle est la seule de ses filles à l'aimer vraiment. Il lui pesait de le savoir seul dans la grande maison depuis la mort de maman, avec une femme de couleur pour toute compagnie. Camille a versé des larmes à cette pensée. C'est la seule chose qui l'ait fait pleurer depuis les premiers jours de son mariage. Elle avait encore, à cette époque-là, assez d'énergie pour s'apitoyer sur son sort. Teresa partie, Camille est dans son élément. Son seul regret, c'est de devoir rentrer chez elle tous les soirs.

Camille sait bien que Teresa n'est pas une voleuse. Les bijoux subtilisés dans le coffret en bois de rose de maman sont réapparus au bar clandestin, incrustant les doigts de Frances, pendant à ses oreilles ou brillant autour de son cou maigre. Le manche en argent d'un peigne fait saillie dans sa sacoche d'éclaireuse. Si Camille avait le pouvoir de la pulvériser du regard, il y a longtemps que Frances aurait été réduite à néant, mais Camille a ses raisons pour garder le silence.

Pour trouver la fissure par où la petite peste s'est introduite, elle fouille la maison de son père de haut en bas. À la cave, elle aperçoit le rai de lumière coupable qui encadre la trappe de la glissière à charbon. Elle cloue une planche en travers, à titre provisoire, puis monte dans le vestibule, d'où elle téléphone à la quincaillerie.

Dans la penderie, Frances attend patiemment que Camille ait terminé et regagne la cuisine. Sans bruit, elle gravit les marches deux à deux et se rend dans la chambre des maîtres, où elle se prépare à la représentation de ce soir. La dernière sur cette scène.

Camille a bouché le trou à rat, mais elle se garde bien de parler du rat à papa. S'il apprenait que ce n'est pas Teresa qui l'a volé, il la reprendrait sur-le-champ et renverrait sa fille à son mari.

Comme à son habitude, Mahmoud a passé la journée assis devant le magasin, occupé à sculpter de la pierre à savon ou encore à jouer aux dames avec d'autres vieillards, pendant que ses fils font tourner le moulin. L'entreprise a grandi et constitue désormais une importante société d'import-export qui possède un gros entrepôt à Sydney et dont le siège social se trouve à Halifax. Elle s'attaquera bientôt à l'expédition. Mahmoud n'a jamais investi à la bourse, n'a jamais rien acheté à crédit, et sa stratégie a porté ses fruits. L'économie mondiale a beau être en ruine, l'entreprise familiale prospère. Les fils Mahmoud honorent leur père en lui laissant croire que c'est encore lui qui commande :

— Bien sûr, papa. C'est comme tu veux.

Puis ils font à leur tête.

Mahmoud a passé une journée agréable à gronder ses petits-fils et à épier le spectacle de la rue. Il est connu et respecté de tous. Il porte une chemise en tissu écossais, une veste et une cravate gris perle, comme à l'époque où il travaillait encore. C'est aujourd'hui mercredi : sur le chemin du retour, il se délecte à l'avance des *koosa* farcis que Teresa a préparés. Ces derniers temps, sa mémoire lui joue des tours. Si elle lui revient avant qu'il n'ait ouvert la porte, le mal n'est pas bien grand. Il a le temps de se préparer à son absence. Aujourd'hui, en revanche, il se rend jusqu'au poêle pour goûter ce qui mijote à couvert.

— Teresa ! crie-t-il, incrédule, après avoir constaté qu'elle a gâché sa spécialité en la noyant sous le sel.

C'est alors que, en se retournant, il aperçoit Camille en haut de l'escalier de la cave.

— Qu'y a-t-il, papa ?

— Rien.

Mahmoud n'en veut pas à Camille. La meilleure cuisinière de la famille n'est pas aussi douée que Teresa, et Camille est la seule qui ne sache pas faire la cuisine. Autre effet de sa mésalliance — une femme malheureuse en ménage est nécessairement mauvaise cuisinière. C'est donc sa faute à lui, il le sait bien. Tout comme c'est sa faute à lui si elle est une voleuse. Eh bien, pourquoi n'aurait-elle pas les jolies choses de sa mère, elle qui n'a presque rien ? Pas même de talents de cuisinière. Il lui pardonne.

— Tu as très faim, papa ?

Il s'éloigne en grognant. Il n'a pas envie de voir le sourire jaunâtre de Camille. Elle le fatigue. Il va s'offrir une petite sieste avant de risquer le repas qui aura, comme d'habitude, le goût de la mer Morte. Il lui pardonne parce qu'il ne l'aime pas.

Il se réconforte à la pensée de ses autres filles, qu'il aime. Je vous en prie, mon Dieu, faites que celle dont les enfants sont grands devienne veuve et me délivre de Camille, pardonnez-moi, mon Dieu, ce n'est pas ce que je voulais dire.

Après le repas, Mahmoud sirote un grand verre d'eau et s'endort sur sa chaise de satin mauve, dans le salon. Depuis quelques jours, rien n'apaise sa soif ni sa fatigue. Il pense beaucoup à Giselle. Pas comme d'habitude, pas comme à l'être cher depuis longtemps disparu, mais comme si elle venait tout juste de sortir de la pièce. Et, pour la première fois en trente-deux ans, il donne libre cours au souvenir de Materia. Elle lui apparaît avec ses nattes noires et son sourire narquois. Lui-même sourit sans le savoir. « *La hown, ya Helwi.* » Elle ressemblait à sa mère et s'est enfuie à peu près à l'âge qu'avait Giselle quand il l'a épousée, mais c'était différent, oh, très différent. C'était dans le vieux pays, où ils avaient tout en commun.

Le vieux pays faisait alors partie de la Syrie, et nombreux étaient ceux qui émigraient vers les États-Unis. Giselle et lui avaient abouti au Cap-Breton à cause du chien de capitaine sans scrupules qui les avait débarqués sur ce rocher désolé. Depuis des jours ils guettaient l'horizon quand enfin...

— Terre !

Ils comptaient voir la statue de la Liberté et accoster à Ellis Island, avant de gagner l'île bénie de Manhattan. Ils jetèrent l'ancre à Sydney, où le capitaine les fit descendre sans ménagement.

— Quelle différence ? C'est une île, non ?

Le père de Jameel était aussi à bord du bateau. Mahmoud ne pouvait pas savoir qu'il fuyait des créanciers en Syrie puisqu'il avait dit fuir les Turcs et les Druzes, comme tout le monde. Interrogé, Mahmoud avait lui-même évoqué les « chiens de musulmans diaboliques ». En réalité, ils avaient fui parce que les parents de Giselle voulaient faire arrêter Mahmoud et cloîtrer leur fille. Mais c'était différent de ce qui était arrivé à Materia et au bâtard *enklese* — d'abord, Giselle et lui avaient une race, une culture, une langue et une foi communes. Même si ce n'est pas ainsi que la famille de Giselle voyait les choses. C'étaient des médecins et des avocats, ils parlaient davantage le français que l'arabe, et ils se considéraient plutôt comme méditerranéens, voire européens. Ils vivaient à Beyrouth. Lui-même était un Arabe du sud. Il était rentré au Liban, sa terre natale, après une enfance passée à cueillir du coton en Égypte. Le travail, ça me connaît.

Par-delà l'océan, il a emporté Giselle vers une vie meilleure et lui a donné tout ce que sa famille lui aurait donné et plus encore. Dès qu'il l'a pu, il lui a interdit de travailler, même si, par bonté, elle a d'abord résisté. Il l'a honorée, n'a jamais levé la main sur elle dans un accès de colère — il n'a jamais eu à le faire. Il lui a donné une belle maison, des domestiques, des bijoux à chacun de ses anniversaires. Un négligé en soie venu de Beyrouth, en guise de consolation pour la robe de mariée qu'elle n'a jamais eue : trois teintes de bleu méditerranéen et un voile dont la frange était sertie de perles véritables. Le voile était uniquement pour le plaisir, bien sûr, une manière de plaisanterie romantique. Il était terriblement excitant de la voir dans cette tenue.

Si seulement sa belle-famille arrogante avait pu voir ce que Mahmoud avait réalisé dans le Nouveau Monde.

— Papa ? ... papa.

Il s'éveille en étouffant un cri à la vue de Camille. Elle a revêtu son manteau et la pièce est plongée dans l'obscurité.

— Je m'en vais, papa.

— Où est ta mère ?

Il a parlé arabe, mais elle lui répond en anglais pour le ramener à la réalité.

— Réveille-toi, papa. Tu as besoin de quelque chose avant que je parte ? Une bonne tasse de thé ?

Quoi ? C'est l'heure d'aller au lit, où est Ter... ? Oh.

— Non, non, non, je vais me coucher.

Camille veut l'aider, mais, en se levant, il la chasse d'un geste désinvolte.

— Je vais allumer pour toi, papa.

— Non, non, rentre chez toi, Camille.

Oh, ma vie — qu'est devenue ma vie ?

Camille n'a plus rien à faire. Elle a sorti le pyjama de son père, et il ne veut pas qu'elle allume. Au pied de l'escalier, Mahmoud lui fait un signe de la main et dit sans se retourner :

— Merci, Camille.

Si ses autres filles l'entendaient...

— Il ne me dit jamais merci.

— À moi non plus.

— Tout ce qu'il a jamais su dire, c'est : « Croise tes jambes. »

Mahmoud remercie Camille parce qu'il ne l'aime pas.

Camille l'observe monter l'escalier lentement, puis disparaître dans l'obscurité du palier. Elle s'en va, en se disant qu'il est péché de laisser un vieil homme seul dans cette grande maison, toute la nuit, même s'il insiste pour qu'il en soit ainsi. « Suis-je donc la seule à me faire du souci pour lui ? »

Mais elle n'est pas la seule. Quelqu'un d'autre s'intéresse à lui au point de lui tenir compagnie pendant la longue nuit solitaire.

Quelques heures plus tard, Mahmoud s'éveille en souriant, au son d'un numéro comique en arabe. Un homme et une femme se disputent à propos de la fidélité. Puis, ils entonnent un chant d'amour. Il a fait venir ce disque — et nombre d'autres — de Beyrouth. Giselle et lui s'asseyaient côte à côte sur le divan, sans se lasser de rire aux mêmes plaisanteries. Puis elle dansait pour lui, et lui pour elle. Mais seulement quand les enfants étaient sortis. Et seulement à l'occasion. Quels moments précieux...

Dès que l'impossibilité de ce qu'il entend se présente à son esprit, son sourire s'éteint. Quoi, est-il mort ? Y a-t-il un voleur dans la maison ? Qui s'amuserait à faire jouer ses vieux disques rayés ? Pourquoi ?

Il enfile sa robe de chambre de velours, serre la ceinture autour de sa taille et descend à pas feutrés. Il est mort. Il le faut bien, car voici Giselle.

Au-delà de la porte voûtée, le salon est illuminé par des chandelles et trois teintes de bleu méditerranéen. Elle tourbillonne et tangue et fait des quarts de tour, ses hanches lui font signe d'approcher, ses doigts s'entortillent dans les airs, ses poignets se caressent au-dessus de sa tête, les perles de son voile se balancent au rythme des instruments à anche, des tambours et des plaintes du chant d'amour.

Mahmoud est fou de désir, et son cœur lui fait mal. Il s'affole après une longue période d'inactivité, lui qui n'a jamais été sportif. Elle l'a vu et elle cherche à l'attirer dans la danse. « Ohhh. » Il franchit la porte voûtée sans savoir comment. Elle se penche à la lueur du feu, et la soie bleue découvre ses seins dans l'ombre. Viens plus près, tu verras mieux, *Habibi*. Au-dessus du voile, ses yeux pétillent de malice, et elle titille des doigts le vide qui la sépare de son bien-aimé. Viens plus près, plus près...

— Giselle, murmure-t-il en tendant les bras.

Elle rit, et il rit, lui aussi, sans raison.

— Giselle, murmure-t-il, *Habibti*.

Elle quitte le halo de lumière et disparaît. Il l'appelle, mais elle ne répond pas. Conscient de ne pouvoir chercher une vision sous l'éclat de la lumière électrique, il s'empare d'un chandelier et fouille le rez-de-chaussée, puis la cave. Il remonte dans le salon. Il souffle les bougies et allume le chandelier électrique parce que, il le sent, elle est partie. Le disque est terminé. On n'entend plus que le soupir répétitif au milieu — il soulève l'aiguille et monte dans sa chambre. Il ouvre l'armoire en chêne de sa femme, où ses beaux vêtements sont toujours accrochés parmi les boules de naphtaline. Là, au fond, il y a le bleu chatoyant, avec son voile qui murmure. Il a dû rêver. Mais les chandelles ? Le disque ? Je perds la tête. Ou encore c'était un imposteur. « Je m'en moque. » Il touche la soie, qu'on ne peut sentir lorsqu'on a les mains endurcies par une vie de labeur — au même titre qu'il a vu ce qu'il ne pouvait pas voir. « Je me moque de savoir qui tu es, reviens je t'en prie, je t'en prie, je t'en prie, ohhh. »

C'est son dernier émoi et la dernière morsure de l'amour, fraîche et douloureuse comme la jeunesse transplantée au-delà du temps et de l'océan. Il n'a plus rien à attendre, sinon la mort, et il faudra un certain temps parce qu'il est une créature d'habitudes et qu'il a pris l'habitude de vivre.

La voleuse dans la nuit

Si Ginger était un homme cruel, Frances agirait exactement de la même façon. Bonté ou cruauté : tout est affaire de hasard. D'ailleurs, quelle qualité faut-il préférer ? La cruauté est plus facile à supporter, de sorte que la bonté est peut-être pire. La question est de savoir comment amener un homme bon à faire le mal.

Elle cesse de boire. Pour ce qui l'attend, elle aura besoin de tous ses moyens. Lorsqu'elle n'a pas bu, Frances effraie quelque peu ses clients. Fini le baratin pseudo-affectueux, finis les baisers en échange d'un verre de gin. Elle exige d'être payée d'avance et s'exécute froidement, armée du gant de communiante. Croulant sous le poids des bijoux de sa grand-mère, elle ne se donne même plus la peine d'enlever son uniforme d'éclaireuse taché de charbon. Au piano, elle interprète du Chopin en déclamant d'une voix monotone des paroles de chansons tristes, malgré les huées. Lorsqu'elle joue les effeuilleuses, elle ne chante plus et ne se trémousse plus : elle se déshabille comme une automate en hurlant à pleins poumons :

— ÈVE, ÈVE, BONNE NUIT. BONNE NUIT, ÈVE, ÈVE. JE TE VIOLE DANS MES RÊVES.

Elle n'a plus rien de drôle. Bientôt, ils iront voir ailleurs. On dirait que Frances, quand elle est sobre, méprise ses clients, et rien n'est plus insultant. De quel droit ?

Avant de mettre un terme à sa carrière de diva de bar, Frances veut avoir mis de côté trois mille dollars pour Lily. Aussi hausse-t-elle ses prix. La mesure n'a pas l'heur de plaire, elle non plus — certains clients tentent de se servir sans payer, tandis que d'autres, insultés, se défoulent sur son visage. Boutros a cassé le poignet d'un homme et écrasé l'os de la joue d'un autre, mais Frances se moque des coups. Tout ce qu'elle veut, c'est éviter de se faire violer — rien ne doit contrecarrer ses plans.

Ginger Taylor et son camion sont partis depuis une semaine et demie. Frances surveille la maison mauve. Elle sait qu'il rentre demain parce qu'elle se tient assez près pour entendre. Elle a le mobile. Elle a le moyen. Elle observe la lune et attend son heure.

Ce soir, comme à son habitude, Boutros suit Frances jusque chez elle. Il a renoncé à l'escorter parce que, à chaque occasion, elle l'envoie promener. Il la raccompagne donc en secret jusqu'à New Waterford et la regarde se faufiler derrière la maison de la rue Water. Devant, il attend d'apercevoir la lumière de sa chandelle à la fenêtre à pignon, tout en haut de la maison. Pendant qu'il attend, les phares d'une voiture qui passe révèlent deux lueurs jaunes à la fenêtre du grenier — il y a là-haut un démon tapi dans le noir qui attend Frances ! Boutros se précipite. Il a presque atteint la véranda quand la lumière de Frances s'allume enfin et découpe un halo de fourrure noire entourant deux yeux jaunes. Il la voit venir à la fenêtre, s'asseoir sur le rebord et bercer le chat. Le visage de Boutros s'adoucit. Il est heureux de constater qu'il n'est pas son seul ami.

Personne n'a encore tendu d'embuscade à Frances sur le chemin du retour. Si Boutros surprend quelqu'un, le type mourra. Couic. Voilà tout.

Lorsque, le lendemain, Ginger Taylor rentre, il rapporte Noël en plein mois d'août. Sur la table de la cuisine, des rouleaux de lisérés de soie blanche et de rubans de couleur, des mètres et des mètres de tissu. Soleil, lune et étoiles contre un ciel bleu nuit, rouleau de tissu à petits pois émeraude sur fond noir iridescent, fleurs printanières pour les filles, flanelle grise pour les garçons. Des bonbons, des ananas et la carcasse d'un cerf entier, conservée sous la glace.

Les yeux d'Adelaide s'embuent à la vue du tissu. Les dames pour qui elle fait la couture achètent quelquefois des étoffes fines, mais rien d'aussi splendide. Elle a cousu des robes pour la plupart des mariages de Blancs célébrés à Sydney. Elle utilise de la soie, du satin et de l'organdi pour ses clientes, et son imagination pour sa famille. Souvent, il lui reste de beaux morceaux de tissu, mais, à supposer que la cliente ne les réclame pas, elle en fait cadeau à des voisines, parce qu'il est contraire à son code de conduite de vêtir ses enfants de retailles. Elle préfère tirer des tabliers parfaits de sacs de farine. Les Mahmoud étaient ses meilleurs clients avant le fiasco avec Teresa. Comme la conjoncture est plus défavorable que jamais, Ginger n'avait pas le droit de dilapider une fortune en folies.

Madeleine, Sarah, Josephine, Cleo, Evan, Frederick et Carvery s'empiffrent de sucreries, poussent des cris, partagent, se chamaillent, tandis qu'Adelaide veut savoir :

— Qu'est-ce que c'est que ça, monsieur ?

Le visage de Ginger s'épanouit en un large sourire.

— Un tas de petits riens, achetés sans raison.

Elle palpe le tissu.

— Tu as dévalisé une banque ? Je l'espère, pour ton bien.

Ils économisaient pour les études des enfants. Comment a-t-il pu ?

Il ne se retient plus.

— J'étais si heureux, Addy, qu'il a fallu que je flambe un peu d'argent. Sinon, ma tête aurait explosé à cause de l'amour que j'ai pour toi. Tu es la meilleure, la plus coriace, la plus méchante et la plus belle, et je n'arrive pas à croire que c'est moi qui ai la chance de vivre avec toi.

Il la fait tournoyer en la serrant très fort dans ses bras.

— Tu es fou, tu sais, complètement marteau. Pose-moi, tu veux ?

Avec son poing osseux, elle lui envoie une torgnole en plein sur son épaule rembourrée.

— Pose-moi, que je te flanque une raclée !

Il obéit.

— Allez, viens, dit-il en feintant un direct du droit.

Elle vient sur lui avec un crochet de la gauche, tout en nerfs — direct, direct sur ses avant-bras et ses poings dansants, elle lui décoche un bon coup dans la bedaine, puis elle se plie en deux parce qu'elle rit si fort qu'elle a peur de faire pipi dans sa culotte et qu'elle ne voit plus assez clair pour boxer à cause des larmes qui lui dégoulinent le long du visage.

— Invite les voisins, lui dit-il. Je vais chercher Teresa et Hector. Evan, mon grand, je veux un grand feu dans la cour.

Evan se met tout de suite au travail. À douze ans, il est l'aîné.

Cerf grillé et épis de maïs bouillis, en quantité suffisante pour le voisinage, et tout le monde est là. Le soleil est couché, le feu est intense, et la lune aussi. Sous une couverture, Hector, les yeux grands ouverts, sourit et bat du pied au rythme du *reel* qui émane du crincrin du très vieux M. Prince Crawley. Teresa se sent bien pour la première fois depuis qu'elle a été congédiée. Elle avait perdu de vue les petits plaisirs de la vie en société, des conversations entre amis, avec, tout autour, des enfants, de la nourriture et de la musique. Elle a préparé un cari de poissons à réveiller les morts — confirmant ainsi son titre de reine locale de la cuisine antillaise — et de la glace pour éteindre le feu. Elle va jusqu'à se laisser convaincre par Adelaide de chanter quelque chose :

— Pour toi seulement, Addy, et juste une fois.

Teresa entonne une chanson que sa mère, Clarisse, chantait pour elle et Ginger.

— Mangouste rusée, rusée mangouste, le chien t'a débusquée. Mangouste rusée, rusée mangouste, le chat s'est embusqué.

À quoi bon chanter si personne ne danse ? Une fois

lancée, Teresa est une excellente danseuse. Dès qu'elle bouge, elle est heureuse...

— La mangouste entre dans la maison, où elle prend deux chapons bien ronds, pour les mettre dans sa poche de veston, rusée mangouste...

On entre dans le jeu, le délire s'installe, Hector sourit et bat des mains, et les petites filles se sont toutes jointes à Teresa. Elle a le sourire fendu jusqu'aux oreilles, ses hanches se font impertinentes, ses doigts claquent, ses paumes se percutent.

— Vas-y, fille !

— Vous m'avez regardée de travers, vous m'avez mise à l'envers, vous m'avez tout l'air d'un pervers, prenez un verre, prenez un verre...

Elle improvise des strophes, et c'est hilarant parce qu'elle invente toutes sortes de rumeurs rimées à propos des participants, qui lui renvoient des rimes de leur cru. À la fin, Teresa reprend au refrain. Ils chantent tous en chœur, puis applaudissent, faisant danser les ombres. Teresa cherche encore son souffle quand elle aperçoit Adelaide qui fixe la clôture comme une chatte.

— Qu'est-ce qu'il y a ? va-t-elle demander, lorsque Adelaide bondit par-dessus la clôture et dans la ruelle.

Elle se lance aux trousses de la petite silhouette fugitive, qu'elle attrape facilement par le collet.

— Que veux-tu, hein ? Pourquoi rôdes-tu autour de ma famille ?

— Va te faire foutre... Aïe !

Adelaide possède l'art délicat de la torsion du bras.

— Comment t'appelles-tu, fille ?

— Harriet Beecher Stowe, ha, ha... Aïe !

Teresa les a rejointes. Frances la voit. Et ne peut s'empêcher de lui parler.

— Bonsoir, Teresa.

Adelaide regarde Teresa.

— Qui est-ce, Teresa ?

— Je ne sais pas, Addy.

— Teresa, dit Frances en levant les yeux sur elle. Vous ne me reconnaissez pas ?

Frances en oublie de mentir. Elle oublie Adelaide, qui lui cloue le poignet derrière le dos, et elle est tentée de tout raconter à Teresa. Teresa comprendrait. Teresa n'aurait qu'à poser sa main sur son front pour que s'évanouisse le fardeau de ce que Frances sait et ne sait pas. Le terrible fardeau qui pèse sur son esprit si lourd, si lourd.

— Doux Jésus, dit Teresa.

Elle vient tout juste d'apercevoir la double rangée de pierres précieuses aux doigts de Frances.

— Où as-tu pris ces bagues, mon enfant ?

— Je les ai trouvées.

C'est doux comme le lait — elle m'a appelée « mon enfant ».

Ginger arrive, mais s'arrête un peu en retrait.

— C'est encore elle, dit Adelaide en se tournant vers lui. Je ne sais ni qui elle est, ni ce qu'elle peut bien vouloir.

Tout de suite après, elle obtient réponse à sa dernière question. Baissant les yeux sur sa prisonnière, elle voit Frances qui regarde Ginger d'un air désinvolte.

— Qui est-ce, Leo ? demande-t-elle sèchement en le fixant du regard.

Il regarde de nouveau la fausse éclaireuse, et Adelaide sait qu'il va lui mentir.

— Je n'en sais rien, Addy.

Leo ne lui a encore jamais menti. Pour définir le talent que possède Addy de détecter les mensonges, on pourrait parler de sixième sens, mais, pour sa part, elle n'y voit rien de surnaturel. Démêler le vrai du faux lui est aussi facile que de distinguer le goût du sucre de celui du sel.

— Ça ne fait rien, dit-elle à Teresa et à son mari. Allez vous amuser. J'arrive.

Ils ne bougent pas.

— Allez-vous me foutre le camp, pour l'amour du ciel ?

Ils obéissent.

Adelaide remonte le bras de Frances de quelques

millimètres pour s'assurer d'avoir toute son attention. Puis elle se penche sur elle. En la regardant dans le blanc des yeux, elle lui dit, sur un ton posé mais intense :

— Reviens rôder autour de chez moi, touche à un cheveu de mes bébés ou de mon mari, et je te tue.

— Oui, madame.

Adelaide lâche le poignet de Frances et retourne dans sa cour.

Teresa et Leo ont raconté à tout le monde qu'Adelaide a surpris un voyeur, un Blanc, et qu'elle est en train de lui passer un savon. On rit parce qu'on plaint quiconque attire sur soi le courroux d'Adelaide. En la voyant revenir, la mine grise, on rit davantage. Adelaide entre directement dans la maison et en ressort avec son harmonica. Elle joue *The Old Rugged Cross*. La pièce, qui est ainsi à son meilleur, a des accents tristes. Teresa pleure chaque fois qu'elle l'entend, comme le fait un catholique fatigué à l'écoute de l'*Ave Maria*. On a ri, on a pleuré : la soirée est réussie.

Si on excepte l'éclaireuse sale parée des bijoux de Mme Mahmoud. Où diable les a-t-elle dénichés ? Sur le marché noir ? Dans le caniveau ? Le voleur doit avoir depuis longtemps disparu. Sur le coup, Teresa était trop stupéfaite pour savoir quoi faire ; elle sait désormais qu'il n'y a rien à faire. Inutile de saisir les bagues ou de prévenir Mahmoud, il ne la croirait pas, il en a abondamment fait la preuve. Et il ne mérite pas de connaître la vérité. Pardonnez-moi, mon Dieu, Vous à qui il appartient de soupeser les mérites de chacun. À quoi bon mettre Adelaide dans tous ses états à propos d'un problème insoluble ? *The Old Rugged Cross* rappelle à Teresa de tendre l'autre joue et de ne pas s'appesantir sur le passé : Ce qui est fait est fait. Prince Crawley accompagne Adelaide au violon, et certains chantent, tandis qu'Hector fredonne. Voilà qui clôture la soirée en beauté.

Teresa, qui pousse Hector dans la rue, est aux prises avec une question lancinante. Comment se fait-il que la petite misérable connaisse mon nom ?

Ginger fait en sorte d'être au lit avant Adelaide. Il a honte de feindre le sommeil tandis qu'elle se déshabille et se glisse sans bruit à ses côtés. Il n'a rien fait de mal, mais comment l'expliquer ? Petit mensonge blanc, sans raison. Et sans importance.

Elle l'observe un moment, puis l'appelle doucement par son nom secret — pas « Ginger », un autre nom. Intime. Il s'ébroue sans ouvrir les yeux. Elle lui embrasse l'épaule et s'étend contre lui. Elle est prête à tout pour sa famille.

Le lendemain.

Adelaide revient de l'épicerie Bell avec, à la main, une enveloppe remplie de boutons brillants.

— Josephine, Evan, venez ici que je vous anéantisse tous les deux. Qu'est-ce que c'est que ça ?

— Pardon, maman.

— Oui, pardon, maman.

Deux lobes d'oreilles se retrouvent pris en étau entre des pouces et des index pointus comme des stylets.

— Je vais vous le dire, moi. C'est votre frère Carvery qui joue avec le poêle !

— Oui, madame.

— Oui, madame.

Les lobes sont remis en liberté. Ah.

— C'est votre frère. Vous devez veiller sur lui et veiller les uns sur les autres.

— Oui, madame.

— Oui, madame.

— Vous ne devez jamais au grand jamais permettre qu'un membre de votre famille se fasse mal.

— Non, madame.

— Non, madame.

Lorsqu'elle les menace de tout raconter à leur père à son retour, ils poussent un soupir de soulagement puisqu'il se contentera de dire :

— Bon, allez, racontez-moi ce qui s'est passé.

Puis ils s'assiéront sur ses cuisses dodues.

À la table de la cuisine.

Adelaide est assise devant ses boutons et ses précieux rouleaux de tissu. Culottes princières pour Frederick, pantalons distingués pour Evan, chemises et collets blancs pour les deux, robes du dimanche ornées de rubans pour les filles, une chemise fantaisie aux motifs de soleil, de lune et d'étoiles pour Leo et une chemise appareillée pour Carvery. Et, enfin — même si le fait d'y consacrer du temps la mortifie —, une robe de satin noir à pois vert tropical, sans manches et à taille basse, provocante. En voyant Adelaide dans cette robe, vous voudrez l'inviter à danser, ne serait-ce que pour la sentir vous glisser entre les bras, à la manière d'un poisson voyant.

Au cinéma, l'après-midi.

— Le film a commencé ?

— Il est presque terminé.

— Une place, s'il vous plaît.

Ginger tend sa pièce et entre à l'*Empire*. C'est un film muet, *Le Journal d'une fille perdue*, qui met en vedette Louise Brooks. La foule est clairsemée. Il n'aura pas de mal à repérer Frances si elle est là. Debout à l'extrémité de l'allée ratissée, il attend que ses yeux discernent des formes parmi les ombres. Le contour de son béret. Première rangée, au centre, mais elle n'est pas seule.

Le film prend fin :

— S'IL Y AVAIT PLUS D'AMOUR DANS LE MONDE, NUL NE SERAIT PERDU.

On rallume et il regarde Frances se lever. On dirait que c'est un enfant qui l'accompagne, quoique, sur ce plan, Ginger ne puisse plus jurer de rien. Mais non, c'est incontestablement une petite fille, comme il le constate lorsqu'elle se retourne pour prendre son chandail sur le dossier de son fauteuil. Une enfant très jolie, avec de longs cheveux roux doré qui lui descendent sous la taille. Elle lui semble familière. Maintenant qu'il voit Frances en compagnie d'une véritable enfant, il s'explique mal sa méprise. En réalité, son visage a plutôt l'air vieux. Il observe. Elles longent la rangée pour gagner l'allée, et on dirait que l'enfant aux cheveux longs perd pied d'un côté. Et encore, à chaque pas. « Elle doit s'être blessée », pense-t-il, mais il comprend quand elle contourne le dernier fauteuil de la rangée et s'engage dans l'allée. « C'est une jolie petite, quel dommage. La plus jeune des filles Piper, naturellement, et c'est à sa sœur aînée, Kathleen, qu'elle me fait penser. » Plus elle s'approche, et plus la ressemblance paraît troublante.

Ginger attend que Frances le voie. Le cas échéant, elle ne laisse rien voir. Elle bavarde avec sa petite sœur.

— Samedi prochain, on présente *Le Vent*, avec Lillian Gish. C'est l'histoire d'une belle jeune fille qui va vivre dans l'Ouest, mais, à son arrivée, le vent lui couillonne l'esprit.

— Comment lui couillonne-t-il l'esprit ?

— Ne dis pas « couillonne », Lily, dis « dérange ».

— Dérange.

Frances glisse son bras autour de la taille de Lily et elles passent à côté de Ginger sans s'arrêter.

— Bonjour, Frances.

L'enfant aux cheveux longs se retourne et le dévisage de ses yeux verts — si semblable à Kathleen et en même temps si différente parce que Kathleen ne l'a jamais regardé. Frances continue de marcher. Tirant sa petite sœur à sa suite, elle vient presque de la faire tomber. Ginger baigne dans la confusion. Est-ce une rebuffade ? Si oui, pourquoi ? Il se fait l'effet d'être un secret honteux. Mais c'est faux. Je n'ai rien fait de mal et je n'ai pas l'intention de faire de mal. Je ne veux pas !

Il doit lui parler. Lui dire qu'elle ne peut pas traîner autour de chez lui ni l'accoster comme le ferait une prostituée, ce n'est pas son genre. Oui, il doit lui parler le plus rapidement possible. Au bar clandestin, donc. Ce soir, samedi.

Ginger n'a nullement l'intention de remettre les pieds dans la boîte de Pandore, si bien qu'il ne quitte la maison qu'à trois heures du matin, moment où, il le sait, elle sortira pour rentrer chez elle.

— Excuse-moi, Addy, j'ai complètement oublié de t'en parler, mais Jameel m'a demandé de venir à la fermeture.

Le deuxième mensonge. Comment Adelaide peut-elle protéger sa famille contre une menace dont elle ignore tout ? Elle a constaté avec un frisson que la fausse éclaireuse ne contemplait pas son mari avec bienveillance. Elle l'a plutôt dévisagé comme un démon : affamé, mais patient.

Adelaide entend la porte se refermer derrière Ginger. Elle se retourne en se demandant ce que la petite peut bien lui vouloir. « Que voit Leo dans cette petite chose blanche, malingre et sale ? » Fille folle, mauvaise fée, enfant de personne... Adelaide, au moment où elle comprend, s'assoit comme sous l'effet d'une secousse : il a pitié d'elle. « Oh non, non, non, non, non. »

Sous le pont ferroviaire, Ginger attend près d'un travers de bois, pendant que les clients de Jameel se répandent dans la rue. Le piano joue à toute allure — *La Marche funèbre*. Avec le départ des derniers noceurs, Ginger se dirige vers l'arrière de l'établissement, où il compte l'intercepter avant qu'elle ne monte dans le véhicule qui la ramène à la maison. Caché dans un coin, il épie sa sortie. Dans un halo de lumière, il constate qu'elle a enfilé son uniforme d'éclaireuse, sans enlever son maquillage ni ses bijoux en toc. Bon nombre de spectateurs, sans parler des femmes qui rient de concert avec eux, la considèrent comme un clown. Qu'elle se prostitue est en soi un drame suffisant, mais qui a jamais entendu parler d'une prostituée qui fait le pitre ? Ginger se demande ce que voient en elle ceux qui la jugent amusante ou excitante. Elle ferme à clé la porte de l'arrière-salle, et Ginger s'apprête à s'annoncer quand elle se met en route dans le noir. Quoi ? Où va-t-elle ?

Ginger ne veut pas crier, ne tient pas du tout à attirer l'attention de Jameel. Il se dirige vers l'avant de l'établissement. Pas de voiture, et il n'a pas entendu de bruit de moteur. En surplomb, un bâton fait clic clic clic sur les traverses. À travers les chevalets du pont, il aperçoit, en levant les yeux, des pieds qui, dans l'ombre, s'éloignent. Au pas de course, il suit, en contrebas. Le sol s'élève à la rencontre de la ligne ferroviaire, et il monte sur le remblai, le souffle court. Elle poursuit cependant sa course et prend les traverses trois à la fois, les bras en équilibre de chaque côté de son corps. Aux limites de la ville, elle jette son bâton. Plié en deux, il cherche à reprendre son souffle — il n'est guère du genre sportif. En se redressant, il l'aperçoit dans le clair de lune : elle semble sauter sur place, dans une sorte de danse à claquettes sauvage, mais elle devient de plus en plus petite. Il se remet en route.

Sur sa gauche, l'eau, au-delà de la falaise, jette des reflets argent foncé, et le bruit de sa respiration et des battements de son cœur étouffe celui de ses pas, sans parler de la rumeur des grillons et des grenouilles qui se fait entendre dans les hautes herbes qui bordent les rails. Ils se déplacent parallèlement au chemin du Rivage. Elle court tout le long du trajet. Voilà comment elle rentre chez elle. Seigneur Dieu. La ville est loin derrière. Il peut l'appeler sans danger.

— Fran...

Soudain, il se retrouve à plat ventre contre les rails qui empestent l'urine, le souffle coupé. Ce n'est que maintenant qu'il sent, dans son dos, l'impact du coup qui l'a envoyé valser — on l'agrippe par les cheveux et on le projette face contre terre à plusieurs reprises, puis l'obscurité se fait.

Ce soir, Frances souffle la bougie avant de monter au grenier. C'est la pleine lune. Par la fenêtre treillissée, la lumière pénètre dans la pièce et découpe quatre rectangles sur le plancher. La lune peut acculer les hommes à la folie, mais elle a aussi le pouvoir, par sa froideur, sa précision et sa lucidité, de calmer une enfant sauvage. Particulièrement dans une pièce aussi nue. Frances, marquant un temps d'arrêt, se laisse apaiser. Puis elle se rend à la fenêtre. La nuit est idéale pour qui aime regarder.

Un étage plus bas, à l'arrière de la maison, Lily, à la fenêtre de sa chambre, contemple le ruisseau. Ses lèvres bougent légèrement, comme si elle parlait tout bas à quelqu'un qui se trouverait en dessous, mais il n'y a pas âme qui vive. Que des fragments de lune qui chatoient à la surface de l'eau. De l'autre côté du palier, sous la fenêtre près de laquelle Frances vient de s'asseoir, James, profondément endormi, rêve à profusion, comme il le fait depuis que Frances a disparu de sa vie. Il retombe en enfance, et il n'y a plus que sa mère et lui dans un champ de fleurs sauvages. Mercedes dort, elle aussi, dans sa chambre austère : à peine si on aperçoit le blanc de ses yeux bruns entre ses paupières presque closes. Elle rêve d'acier, de la couleur grise, d'écheveaux de cheveux gris sur un métier à tisser.

Frances, qui caresse Trixie posée sur ses genoux, comprend qu'on l'a suivie. Elle voit Boutros, même si lui ne la voit pas. Il regarde dans sa direction, attendant que sa chandelle paraisse et réchauffe la pièce. Il a beau fixer les carreaux, il ne voit que la lune.

Si, techniquement, Frances est demeurée vierge, ce n'est assurément pas pour se faire violer par une chose de cette taille. Et sinon, pourquoi m'a-t-il suivie jusqu'ici ? Elle a en tête *L'Épouse catholique*. Il y a des années, elle a fouillé la chambre de Ralph Luvovitz pendant qu'ils étaient tous censés jouer de la musique *klesmer*, au rez-de-chaussée, et lui a subtilisé *Ce que tout garçon devrait savoir.* Quoique plus facile à se procurer, *L'Épouse catholique* était nettement plus complexe. Une épouse catholique doit en tout temps garder un tableau en mémoire, tracer l'itinéraire solennel de l'ovule, imperturbable comme un brise-glace, jusqu'à son point de convergence avec des millions de hors-bords. En moyenne, il y a, chaque mois, six ou sept jours au cours desquels la conception est relativement probable ; les autres jours, elle est relativement improbable. C'est la méthode dite de l'abstention périodique. Comme dans un numéro comique, tout est affaire de rythme. L'abstention périodique est un péché, bien sûr, mais un péché véniel sanctionné par le Saint-Père, à Rome, pour peu que vous accomplissiez l'acte procréateur sans concupiscence ni désir de ne pas tomber enceinte. (À moins que vous n'accomplissiez l'acte procréateur pour désamorcer la concupiscence de votre époux pour une autre femme, auquel cas le fait de céder à sa concupiscence constitue un péché, atténué toutefois par votre intention de l'empêcher de commettre un péché plus grave avec la femme d'un autre. Confessez-vous, et tout ira bien.) Toute autre forme de contraception est un péché mortel qui vous vaudra d'aller directement en enfer, à moins que vous ne soyez absoute à l'heure de votre mort.

Les règles de Frances sont peu abondantes, mais parfaitement prévisibles. Débute ce soir une période de fécondité de cinq ou six jours. Elle frémit à la pensée de Boutros rôdant dans la cour. S'il est terrible de l'imaginer sur elle, il est encore plus terrible d'imaginer un éclat de cette masse sortir d'elle dans neuf mois. Il lui faudra activer le mouvement. Elle est irritée. Pourquoi faut-il que Ginger Taylor se soit révélé un homme décent ?

Via Dolorosa

— J'ai été agressé par deux ivrognes à la porte de chez Jameel.

Le troisième mensonge.

Adelaide extrait un autre éclat de bois et, à l'aide d'un tampon imbibé d'alcool phénique, nettoie le front tout rongé de Ginger. Heureusement, c'est la partie la plus solide du crâne. Heureusement encore, son nez et ses dents ont simplement raclé le gravier, tandis que son front martelait la traverse de bois. Heureusement surtout, le bourdonnement tiède des rails d'acier l'a tiré du sommeil juste à temps : roulant sur le côté, il a laissé passer le convoi de charbon de midi. Qui est son ange gardien ?

— Je veux savoir qui c'est. Pas la peine de mentir.

— De qui parles-tu ?

Inutile de faire semblant. Comment s'est-il imaginé qu'elle puisse être dupe ?

— C'est une des filles Piper, de New Waterford.

Adelaide frissonne, mais se contente de hocher la tête.

— Frances, dit-elle.

Elle sait que la mauvaise s'appelle Frances.

— Je ne sais pas ce qu'elle veut. Je l'ai suivie, la nuit dernière, mais j'ai été attaqué. J'ignore par qui. Je ne sais pas non plus combien ils étaient.

Adelaide le regarde, attend la suite.

— Je suis désolé, Addy. Je l'ai fait monter une fois dans mon camion, c'est tout. J'ai menti, j'ignore pourquoi.

Il éprouve soudain une grande lassitude.

— C'est elle, la petite fille du bar clandestin. Je voulais l'aider. Je me disais que nous pourrions lui venir en aide.

Adelaide couche un pansement doux et blanc sur son front.

— C'est une famille très troublée, Leo. Cette fille n'a pas toute sa tête. Elle te fera emprisonner pour viol.

Ginger est en état de choc.

— Jamais au grand jamais je ne...

— Les Piper ont de l'argent. Tu es un homme de couleur, et cette fille te court après.

La tête bandée et les plaies du visage en voie de cicatrisation, il frappe à la porte d'acier.

— Tu veux une foutue augmentation. C'est ça, hein ?

— Non, monsieur Jameel. Je démissionne, c'est tout. Prévenez Piper que je ne travaillerai plus pour lui non plus.

— Dis-le-lui toi-même.

Ginger tourne les talons.

— Je suppose qu'il s'en rendra compte quand je ne viendrai pas prendre votre commande.

Ginger tient à creuser le fossé le plus large possible entre lui et tout ce qui concerne les Piper.

— Fous le camp, sale nègre... Boutros !

Ginger s'apprête à sortir, mais il ne courra pas. Il jette un coup d'œil derrière lui au colosse qui bloque la porte. Ginger n'a pas peur de Boutros, malgré le coup sur la nuque qu'il a pris le soir où il a agrippé Jameel au collet — le garçon ne faisait que défendre son père. Ginger sait que les types de son espèce sont plus volontiers doux que batailleurs.

— Sale nègre, marmonne Jameel. Va chercher la voiture, mon grand, dit-il à Boutros, sans un regard.

— Je vais me marier, papa.

Jameel vient sur lui et le gifle en plein visage.

— Va chercher la foutue voiture !

Cela s'est passé vers dix-sept heures.

— Quel genre d'ennui ? demande Ginger.

Ginger connaît les grandes lignes de la vie des Piper — ce que tout le monde sait et ce qu'il a appris en allant chez eux pendant des années. Ces jours-ci, il ne transporte que l'alcool de contrebande de Piper, si bien qu'il ne se rend plus jamais qu'à l'alambic dans les bois. Et James ne lui dit jamais que :

— De rien, Leo. Bonne route.

Mais Adelaide sait ce que Teresa lui a raconté. Jamais il ne lui serait venu à l'esprit d'en parler à son petit frère. Ginger était un enfant adorable, et elle le met instinctivement à l'abri des désagréments. D'ailleurs, on peut confier à une amie des secrets qu'il serait autrement inconvenant de répéter. Certains sujets, abordés avec un époux ou un frère adoré, agissent à la manière d'un poison. Les femmes bien en discutent de la même façon que les épidémiologistes dépistent et identifient les maladies sans alarmer le public. C'est un travail de femmes. De nature, les hommes y sont inaptes et devraient en être dispensés, tout comme les femmes ne doivent pas descendre dans les mines. Les hommes sont de grands innocents.

— Raconte-moi, Addy.

Le moment était venu de l'inoculer. Adelaide inspira à fond.

— La mère s'est suicidée. C'était la fille de Mahmoud, Materia, celle qui s'est enfuie avec Piper. Mahmoud l'a reniée. La chanteuse, celle que tu conduisais...

— Kathleen.

— Elle a eu un enfant naturel, la petite infirme. Piper a tué sa fille en négligeant d'appeler le médecin tandis qu'elle agonisait en couches. Pearleen Campbell travaille au salon funéraire Ferguson. C'est elle qui a lavé le corps, et il y avait une coupure artisanale dans le ventre. Pearleen et Teresa ont grandi ensemble. Voilà comment Teresa l'a su. Il y a des années, Teresa a porté un gros chèque à Piper de la part du vieux Mahmoud. Peu de temps après, la chanteuse est partie pour New York, tandis que sa mère était en guenilles. La chanteuse était une salope. La mère est morte le lendemain de l'enterrement de sa fille, sans une marque, mais quand on l'a emmenée chez Ferguson, ses cheveux empestaient le gaz. Aux funérailles de la mère, Teresa a vu Frances rire comme une folle. Voilà tout ce que je sais. Dieu seul sait ce qu'il peut y avoir d'autre ou dans quelles conditions Frances a grandi. Elle a des raisons d'être folle, mon beau, ce qui ne veut pas dire qu'elle soit innocente.

C'était après le souper. Pour marquer sa libération du mal, Ginger avait enfilé sa chemise à motifs de soleil, de lune et d'étoiles. Crêpes de maïs et mélasse, haricots secs et steak du Cap-Breton. Coupez en tranches huit cents grammes de saucisson de Bologne et faites cramer. Un festin, même si l'interruption des livraisons de rhum se traduira par une baisse de revenus. Avant que Teresa ne perde sa place, Adelaide, des clients, et lui-même, le volet légitime de son entreprise de camionnage, Ginger ne mesurait pas l'importance des Mahmoud pour sa famille. Voilà maintenant qu'il avait perdu le volet illégitime... Ces derniers temps, la vie était dure pour tout le monde. Par comparaison, les Taylor avaient été privilégiés. Ils avaient de l'argent de côté pour assurer l'avenir de leurs enfants. Ils allaient devoir puiser dans leurs économies, dans un premier temps.

Les enfants sont couchés. Teresa vient tout juste d'arriver avec Hector, qui tend à Adelaide, avec son grand sourire baveux, un pain aux dattes.

— Merci, mon grand !

— Où est ton homme, Addy ? demande Teresa.

— Il est allé à New Waterford donner sa démission à Piper.

— Pourquoi démissionne-t-il ?

— Assieds-toi pendant que je nous verse du thé.

Dieu merci, il y a le thé, et il y a Teresa, à qui je peux parler. Dans son fauteuil roulant, Hector dodeline de la tête, tandis qu'Adelaide fait à Teresa un récit circonstancié, qui se termine sur ces mots :

— Je lui ai dit de ne pas y aller, mais il m'a répondu qu'il était indigne d'un homme de ne pas regarder en face la personne à qui il annonce son départ, après toutes ces années.

Elle prend une gorgée de thé.

— Au moins, tout est terminé.

Teresa n'a pas dit un mot.

— Teresa ?

— Oui, ma chère, elle est folle. C'est une famille de fous.

Distraite, elle se lève.

— Je vais aller voir Carvery avant de partir.

Teresa adore regarder Carvery dormir. Il lui fait penser à Ginger quand il était bébé et qu'elle veillait sur lui. Au moment de son mariage avec Hector, elle voulait avoir un bébé aussi mignon que Ginger. Carvery avait aussi hérité de la douce nature de son père. Il dormait à poings fermés dans sa chemise à motifs de soleil, de lune et d'étoiles. Mignon, mignon petit bonhomme.

— Tante Teresa ?

C'est Evan qui chuchote.

— Oui, mon beau ?

— Aujourd'hui, Sticky Leary s'est introduit dans le vestiaire et a volé mon repas. Il a dit que c'était de la bouffe de nègres.

— Qu'est-ce qu'il en a fait ?

— Il a dit qu'il allait le mettre à la poubelle, mais je l'ai vu le manger.

— Il avait faim.

— Maman dit que je devrais lui casser la figure. Qu'en dites-vous ?

— Il ne mange pas à sa faim.

— Pourquoi ne demande-t-il pas à partager, sans dire de gros mots ?

— Il a honte. Alors il essaie de te faire honte, à toi aussi.

— Je n'ai honte de rien. Il vaudrait mieux que je lui casse la figure, hein, ma tante ?

— Si tu veux agir en bon chrétien, tu vas, chaque jour, mettre la moitié de ton repas dans sa poche, sans te faire voir. Le reste du temps, tu feras comme s'il n'était pas là, et tu te concentreras sur ton travail. Tu es grand et fort. Tu peux casser la figure de tous les garçons de ton âge. Mais si tu commences, les autres, pendant la récréation, voudront se mesurer à toi. Les plus vieux vont se liguer contre toi, et c'est à toi que les instituteurs adresseront des reproches. Tu veux être boxeur quand tu seras grand ?

— Je veux être vétérinaire.

— Dans ce cas, oublie le pugilat et concentre-toi sur ton travail, et tu auras le dessus sur eux parce que, mon grand, la plupart d'entre eux n'auront d'autre choix que de travailler sous terre.

— Ou à l'aciérie.

— Exactement.

Teresa descend.

— J'ai dit à Evan de ne pas se battre. C'est lui qui m'a posé la question.

— Parfait, c'est moi qui lui ai suggéré de t'en parler.

Adelaide croit que tous les enfants devraient être entourés d'un nombre suffisant d'adultes qui les aiment : un pour leur dire de se battre, un pour leur enjoindre de n'en rien faire, et un autre pour leur rappeler de ne pas trop se tracasser.

Teresa part avec Hector. Il est tôt, et ils n'ont même pas joué aux cartes. Dans l'embrasure de la porte, Adelaide les regarde s'éloigner. Les propos qui concernent Mahmoud, même de loin, ont encore l'heur de retourner Teresa. Il faut que j'aie une gentille attention pour elle. Je vais lui fabriquer un châle. C'est difficile, cependant, parce que Teresa veut toujours donner. Recevoir la met dans l'embarras.

Teresa pousse Hector jusque chez eux, au bout de la ruelle, pour être fin seule. Apprendre qu'il s'agit de Frances Piper l'a plongée en état de choc. La petite-fille reniée par

Mahmoud. Le lutin au visage étroit, avec ses boucles rebelles et les bagues de Mme Mahmoud. Elle s'est donc introduite dans la maison — elle est assez petite pour le faire — et, par vengeance, a commis des vols en plein jour. Elle m'a coûté mon emploi. Ma réputation. Celle de mon frère. Elle arrache le pain de la bouche de ses enfants. Et voilà maintenant qu'elle est après lui.

Teresa n'a pu se résoudre à parler des bijoux à Adelaide. Évoquer le vol des bijoux devant sa meilleure amie, tout de suite après avoir appris ce qui est arrivé à Ginger ? Non. Ce serait comme remplir une tasse d'une boisson amère à seule fin d'établir quelle quantité vous pouvez avaler. À cette pensée, Teresa a le vertige, elle va perdre la raison sous l'emprise de la colère. Ô Seigneur, doux Jésus, faites que je ne haïsse point. Veillez sur les méchants et les fous, et laissez-moi veiller sur ma famille.

Pendant qu'elle prie, Teresa fait un constat horrible. Cette nuit-là, dans la ruelle, quand elle était avec Adelaide, Frances l'a reconnue. « Elle m'a épiée. Le jour, chez Mahmoud, quand je me croyais seule. La fille qui a ri aux funérailles de sa mère. » Teresa frissonne. « Elle m'a vue danser et chanter la chanson de ma mère. »

Le voleur le plus redoutable n'est pas celui qui se contente des objets.

Ginger n'est pas encore rentré. Il est vingt-trois heures. Contrairement à son habitude, Adelaide se ment à elle-même. « Il s'est arrêté chez Beel pour jouer aux cartes, il a eu une crevaison, il a décidé de faire une dernière course pour Piper au double du prix, il va rentrer dans un instant. » Il faut qu'elle ait bien peur parce que, dans son for intérieur, elle a une certitude : « Elle l'a eu. » Après le déni, la colère : « Espèce d'imbécile heureux, il n'aura qu'à faire ses valises et à se mettre en ménage avec la petite putain blanche du diable. » En réalité, elle se bute au fait suivant : « Elle est malade, elle est dangereuse, elle est avec lui. »

À dix-huit heures, ce soir-là, Jameel et Boutros arrivent à la cabane dans les bois où James fabrique l'alcool de contrebande et coupe les spiritueux.

— Le foutu nègre nous a plaqués, dit Jameel en descendant du siège du passager.

James méprise ceux qui utilisent le mot *nègre*. Pour marquer l'insistance, l'homme civilisé n'a pas besoin de faire usage d'un argot de bas étage.

— Les remplaçants ne manquent pas, dit James en faisant passer un baril à Jameel.

Jameel le remet à Boutros, qui le hisse à l'arrière de la huit cylindres Kissel Brougham noire flambant neuve. On a retiré la banquette arrière et accroché des rideaux aux fenêtres.

James regarde Jameel le moins possible. Son seul regret, c'est que son métier l'oblige à frayer avec de tels individus. Favoris courts et noirs, teint jaunâtre, cheveux gras et noirs comme le jais, senteur de moisi du pain frit. James méprise Jameel et l'emploi abusif qu'il fait du mot *nègre* parce que, de toute évidence, il craint plus que tout au monde qu'on le prenne pour un homme de couleur. Insensé est l'homme qui porte sa peur en étendard. D'ailleurs, se dit James, Jameel, s'il n'est pas noir, est de couleur parce qu'il n'est assurément pas blanc. James est heureux que toutes ses filles aient la peau claire. Dans leur sang, elles ont toutefois une tendance morbide, héritée de Materia, qui explique que Kathleen ait été portée sur les personnes de couleur. James a pris livraison d'une autre caisse de livres. Pour cerner la source de la perversité de Kathleen, il a puisé dans les écrits du docteur Freud. Selon lui, les femmes sont le « continent noir ». James ne peut que lui donner raison. Il n'a rien contre les Noirs. Seulement, il ne tient pas à ce que leur sang se mêle au sien.

— Vous allez devoir faire trois ou quatre voyages, dit James en comptant l'argent.

— Écoute-moi, Jimmy. Nous devrions acheter notre propre camion et mettre un de mes fils au volant.

Si James laisse Jameel l'appeler « Jimmy », c'est que cela vaut mieux que de l'entendre prononcer « James ». Permettez à quelqu'un de vous appeler par un nom qui n'est pas le vôtre, et vous ne risquez pas d'oublier que vous avez affaire à un fieffé imbécile.

— Je ne veux pas d'associés, Jameel. Achète le camion, je le louerai.

L'arrière de la voiture est plein, et Boutros referme le coffre qui déborde. James voit quelque chose de Materia dans ce garçon. La même absence. Il me regarde comme s'il allait me dire quelque chose, sans ouvrir la bouche. Il n'a rien à dire, voilà tout, ni rien dans la tête. Dans cette famille, l'imbécillité est rampante, et c'est un autre problème.

Boutros fait démarrer la voiture. Jameel s'assoit à côté de lui.

— On se revoit dans deux ou trois semaines, Jimmy.

— Tu as intérêt à ce que je te revoie dans une heure.

— Pour quoi faire ?

James se penche à la fenêtre du passager.

— Si j'ai retenu les services de Leo Taylor, c'est parce que je lui faisais confiance. En attendant de trouver un remplaçant qui m'agrée, je te tiendrai personnellement responsable.

— Qu'est-ce que tu racontes ? C'est Boutros qui va s'en charger.

— Tu l'accompagneras.

— Tu fais davantage confiance à un nègre qu'à mon fils ?

— Les affaires sont les affaires, Jameel. Reviens dans une heure ou ne reviens plus, dit James en se redressant.

Jameel sort la tête par la fenêtre.

— Va te faire foutre, Piper, espèce de fils de pute prétentieux ! Savais-tu que mes clients tâtent de la chatte d'une de tes filles ? Et qu'elle baise avec Leo Taylor, ton nègre adoré ?

À travers le pare-brise, James dévisage Boutros, qui ne l'a toujours pas quitté des yeux. Jameel a un petit sourire satisfait. À cause du gros garçon assis là, à côté, James ne peut lever la main sur lui.

— De qui parles-tu, Jameel ?

— De ta fille Frances, mon petit vieux, dit-il avec un sourire narquois.

— Je n'ai pas de fille de ce nom.

Il a un sacré sang-froid !

— Si tu n'es pas de retour dans une heure, Jameel, je considérerai que notre accord ne tient plus.

Tournant les talons, il s'éloigne calmement en direction de la cabane.

Jameel enrage, la tête et les épaules passées par la fenêtre.

— Nous nous la sommes tous envoyée ! Tous sauf toi, à moins que tu ne te la sois faite, toi aussi !

Boutros appuie brutalement sur l'accélérateur et la tête de Jameel se bute contre le chrome.

— Merde !

Boutros a droit à une volée de jointures contre la tempe, mais il semble ne se rendre compte de rien. Il se concentre sur James qui, dans le rétroviseur, disparaît dans la cabane.

À l'intérieur, James se verse son premier verre en treize ans. Dans quelques heures, la transaction avec Jameel sera terminée. Après, il s'armera d'un fusil et ira s'expliquer avec Leo Taylor.

— Ralentis, sinon on aura la Gendarmerie royale aux fesses.

Boutros n'enregistre pas le commandement.

— Ralentis, je te dis !

Mais Boutros traverse Low Point à une vitesse constante de cent vingt kilomètres heure. Au cours des trois voyages suivants, il garde le silence, au grand déplaisir de Jameel, qui, entre deux diatribes, peut habituellement compter sur un :

— Oui, papa. Tu as raison, papa.

Jameel boude dans la voiture pendant que Boutros s'empare de l'alcool que lui tend Piper, plus rond à chaque occasion et muet comme une tombe, lui aussi. « Voilà comment les *enklese* s'y prennent pour vous avoir, se dit Jameel. Par le silence. Ils sont de glace. Intelligents, mais pas tout à fait humains. Sans émotions. » S'agissant de son fils Boutros, cependant, Jameel pense non pas « silencieux », mais plutôt « imbécile ».

Boutros est calme parce qu'il a résolu d'agir ce soir. Dans le coffre-fort de son père, il prendra l'argent qui lui revient de droit en échange de son travail, il ira chercher Frances et ils s'enfuiront. Où elle voudra. Il oublie la ferme, il oublie sa mère, c'étaient des rêves d'enfant, et l'adulte sait qu'il doit tout de suite faire sortir Frances de l'île. Il y a ici trop d'hommes qui mériteraient d'être tués, à commencer par le père de Frances. Quel genre d'homme renie ainsi sa propre fille ? Frances est un diamant qu'on se passe de main en main, mais dont la valeur ne diminue jamais. Comme elle est d'une espèce supérieure, les hommes qui la manipulent ne laissent aucune empreinte sur elle. Durcie, démunie, enfouie. On l'entend dans sa voix, on le voit dans ses yeux : elle n'attend que la venue d'un mineur fort et intrépide qui plongera dans les bas-fonds et la fera remonter à la surface, où elle brillera enfin de tous ses feux.

Boutros doit la tirer d'ici ce soir, sinon un malheur va arriver, il ignore lequel. Lorsque son père a raillé Piper en l'accusant d'avoir couché avec sa propre fille, il a été pris d'un terrible pressentiment. Boutros savait. Si Frances fait ce qu'elle fait sous le nez de son père, c'est que Piper la sait ruinée, et s'il a cette certitude, c'est qu'il en a lui-même été la cause. Boutros, cependant, sait que nul n'a le pouvoir de gâcher ce que Dieu a créé, comme en témoigne l'histoire de Job. Le diable a beau essayer, il échoue toujours.

Pourquoi Adelaide a-t-elle cru que Ginger allait bel et bien régler ses comptes avec un homme comme Piper ? Parce qu'elle en avait assez de ne plus le croire. Il arrive parfois aux personnes fatiguées de faire des choses qui ne leur ressemblent pas. Materia a piqué un petit roupillon la tête dans le four. Ce n'est pas le genre d'Adelaide. Fatiguée, elle cesse de chercher la vérité. Dans un moment de lassitude, elle a voulu que tout s'arrange, mais il ne suffit pas de vouloir. Voilà ce qui arrive dès qu'elle baisse les bras.

Si elle n'était pas si pressée, Adelaide sortirait vomir son souper dans les toilettes, mais le temps lui manque. En tremblant, elle se rend à l'épicerie Beel, au coin de la rue.

— Avez-vous vu mon homme ce soir, madame ?

Elle connaît déjà la réponse. Mme Beel file chez Adelaide pour veiller sur les enfants, pendant qu'Adelaide règle ses problèmes. Wilfrid Beel est là, avec ses cheveux blancs de philosophe. Il lui propose de la conduire où elle le voudra.

— Je vous préviendrai, Wilfrid.

Puis elle court chez Teresa.

Plus tôt, ce soir-là, Ginger venait de poser Carvery dans son berceau quand il aperçut une lueur dans le garage. Il sortit. Ouvrant la porte à deux battants, il découvrit les phares allumés de son camion. Immobile et aveuglé, il entendit de doux pleurs.

— Il y a quelqu'un ? demanda-t-il.

De nouveau la plainte douce.

Elle vient de la cabine. Ouvrant la portière du côté du conducteur, Ginger aperçoit une silhouette sombre lovée contre la portière opposée.

— Ne me dénonce pas, dit une petite voix.

Sous l'effet de la peur, le cœur lui remonte dans la gorge. C'est elle. Instinctivement, il appuie sur un bouton, et les lumières s'éteignent au ralenti.

— J'ai peur, dit-elle, d'une voix étouffée par ses mains.

— Je ne te ferai pas de mal.

Elle marmonne quelques mots qu'il ne comprend pas, à peine audibles et voilés par le chagrin.

— Tu ne peux pas rester ici, Frances.

Elle se remet à sangloter — paisiblement, selon un rythme régulier, sans entrain. À la manière d'une enfant qui se serait endormie en pleurant, se serait réveillée et ne pleurerait plus de façon audible, comme si elle avait renoncé.

— Qu'est-ce qui ne va pas ?

Hoquet léger. La voix éteinte, exténuée.

— ... fait mal.

— Quoi ? demande-t-il en montant sur le marchepied.

Elle s'éloigne de lui, mue par un réflexe de terreur.

— Chut, chut. Je ne te ferai pas de mal. Qu'est-ce qui ne va pas ?

— On m'a déjà fait mal.

— Que t'est-il arrivé ?

— Je ne peux pas en parler.

— Si, tu peux. Mais il faut sortir d'ici, Frances. Viens dans la maison.

— N-o-o-n !

Nouvelle terreur, nouvelles larmes.

— Comment puis-je t'aider si tu refuses d'entrer ?

— Emmène-moi en lieu sûr.

— Où ?

— Je connais un endroit où il ne me trouvera jamais.

— Qui ?

— Mon père.

— Frances. C'est ton père qui t'a fait mal ?

Pas de réponse. Bruit d'une main qui essuie un nez mouillé.

— Qu'est-ce qu'il t'a fait ?

Ses réponses dénotent maintenant plus de maturité, de courage.

— Il s'est mis en colère, par ma faute.

— Raconte-moi ce qu'il t'a fait.

Sa voix devient glaciale.

— C'est ma faute — snif —, je suis mauvaise, il a raison. Pourquoi s'en ferait-il pour moi ? Pourquoi t'en ferais-tu pour moi ? Je fais le malheur de tous ceux qui m'entourent.

Dans sa poche, Ginger a trouvé une allumette. Au

moment où il la gratte, elle se recroqueville et se voile le visage des mains.

— Non !

Il la regarde, roulée en boule dans le coin, si fragile. Tendant le bras, il écarte doucement une main des mains de Frances, juste avant que la flamme ne s'éteigne.

— Oh, mon Dieu.

Il est bouleversé. Comment peut-on ?

— Ne me regarde pas. Je suis affreuse.

— Tu n'es pas affreuse.

— Mais si. Va-t'en.

— Tu es blessée. Je vais t'aider. Je vais aller chercher ma femme.

— Non ! siffle-t-elle à la manière d'un serpent.

Sa vie en dépend.

— Personne ne doit me voir. Si je suis venue ici, c'est parce que tu es le seul à qui je puisse faire confiance. Si on me voit, s'il apprend où je suis, il me tuera.

Elle respire à fond.

— Si tu refuses de m'aider, je comprendrai. Tu as déjà assez d'ennuis. Merci de toute façon.

La portière s'ouvre dans le noir.

— Attends, attends...

Elle s'arrête, les pieds ballants.

— ... où veux-tu aller ?

— À environ dix kilomètres au nord de New Waterford. C'est une vieille mine dont personne ne connaît l'existence. J'ai de la nourriture et de l'argent. Si j'y reste pendant deux ou trois jours, il croira que j'ai quitté l'île. Après, je trouverai quelqu'un pour m'emmener au ferry, et je partirai.

— Pour aller où ?

— Je pars. C'est tout.

Il hésite.

— C'est bon, dit-elle. Excusez-moi de vous avoir dérangé, monsieur Taylor.

— Je vais te conduire.

Silence.

— Je vais te conduire là-bas, Frances.
— ... Dieu te bénisse.
— Attends-moi une minute.

Derrière le volant, Boutros est serein. Ils rentrent à Sydney. C'est le dernier voyage de la journée. Le soleil est depuis longtemps couché. Il a fait trop chaud, aujourd'hui. Si Frances est d'accord, ils iront en Colombie-Britannique. Il veut faire pousser des plantes. Des cerises. Et des raisins, pour le vin. Son propre verger, et Frances libre et heureuse parmi des rangs d'arbres noueux en fleurs, des fruits pleins, des vignes lourdes — il s'imagine farcissant ses propres feuilles de vigne avec du riz et de l'agneau, il adore faire la cuisine, tout ce qui est enroulé dans autre chose. Qu'il est bon de rêver au volant.

Boutros n'apprécie pas la violence. C'est seulement un travail qu'il effectue pour son père. La plupart du temps, il s'agit d'entrer dans la violence d'autres hommes et d'y mettre un terme. C'est un peu comme chercher à tâtons un commutateur dans un sous-sol sombre et encombré. Pour y arriver, il est souvent contraint de leur faire mal. Il se met rarement en colère. La nuit dernière, sur les rails, il était en colère contre Taylor, cependant. Si Boutros ne l'a pas achevé, c'est par sympathie pour Mme Taylor. Elle travaille fort et ne mérite pas d'être veuve. Et Taylor, qui semble avoir compris, a battu en retraite.

— Ralentis, non mais ralentis, espèce d'abruti !

Jameel a les nerfs à vif.

À leur rencontre vient le camion de Leo Taylor. Il passe à vive allure du côté terre du chemin du Rivage. Dans l'ouverture d'une seconde du diaphragme de ses phares, Boutros prend une photo qui s'inscrit en noir et blanc sur le film de ses yeux : Frances, dans la cabine, le regarde droit dans les yeux, le visage tuméfié. Taylor, derrière le volant, se paie sa tête.

— Qu'est-ce que tu fous, au nom du ciel ?

Jameel, qui s'accroche au tableau de bord, est projeté

contre la portière du passager, tandis que, à l'arrière, les bouteilles s'entrechoquent.

— Merde !

Au sortir du demi-tour, la Kissel, en dérapant, se met à la poursuite du camion et laisse dans son sillage une traînée de whisky.

— Leo Taylor a enlevé Frances.

— Que veux-tu que ça me foute ? hurle Jameel en giflant Boutros.

Boutros lève la main pour dégager son champ de vision. Ils rattrapent le camion.

— C'est ma cousine.

— C'est une pute !

— Ne dis pas de mal d'elle.

Jameel se met à rigoler. Boutros tremble.

— Elle te plaît, hein, mon grand ? Elle te plaît, la petite putain ? Tu l'as reniflée ? Ha, ha !

Boutros cligne des yeux. Très fort.

— Tu ne vas pas te mettre à chialer, non, gros bébé à sa maman ?

Boutros a les larmes aux yeux.

— Hein, grosse mauviette, gros bébé idiot, il va pas se mettre à pleurer, hein, le gros bébé à sa maman ? Vas-y, va...

La tête de Jameel fait exploser le pare-brise, ce qui a pour effet d'obstruer la vue de Boutros. Il sort la tête par la fenêtre tout juste à temps pour éviter une voiture remplie de nonnes venant en sens inverse. La Kissel quitte la route, fonce dans les ornières et longe la falaise à cent quarante kilomètres heure. Boutros a toujours la main sur la nuque de son père. Puis le sol cède la place à l'air silencieux. Jameel est mort avant que la voiture ne s'abîme sur les rochers.

Les religieuses font demi-tour. Trois d'entre elles descendent pour constater, tandis que les trois autres se rendent à New Waterford pour faire venir une ambulance. Lorsque la plus aventureuse des trois arrive enfin au bord de l'eau, elle trouve un seul homme, presque décapité. Ce n'est que le lendemain qu'on retrouve l'autre. Le conducteur du convoi de charbon n'a pu s'arrêter à temps ; de toute façon, le gros homme qui gisait sur les rails était déjà mort.

— Je parle à Piper et je rentre tout de suite.

Voilà ce qu'avait dit Ginger à Adelaide peu de temps après vingt et une heures.

— Je t'aime...

En l'entendant utiliser son petit nom intime, il eut un élan de remords, mais il ne mentait pas pour son profit personnel, et cette fois il avait une raison — il mentait pour protéger la petite fille battue qui l'attendait dans le camion. Dans deux ou trois jours, elle aura quitté l'île. Au moment même où il mentait, il éprouva une sensation de légèreté.

Le ciel est couvert, mais Ginger, tandis que le camion longe les feux de l'aciérie, voit bien le visage de Frances. Du sang s'est incrusté sur son nez et dans le petit ravin creusé sur sa lèvre supérieure. La lèvre est fendue et enflée du côté gauche. Son œil gauche est lui aussi bouffi et noirci. Piper n'est pas qu'un père négligent. Tout s'explique.

— Que t'est-il arrivé ? demande-t-elle.

Pendant un instant, il ne comprend pas, tant les blessures de Frances le préoccupent.

— On m'a agressé la nuit dernière.

Il se sent rougir.

— Je te suivais, sur la voie ferrée. J'avais quelque chose à te demander.

— Quoi ?

— Eh bien, je connais maintenant la réponse. Je voulais simplement savoir pourquoi tu me suivais partout.

— C'est parce que tu es le seul homme bon que je connaisse.

Ginger se sent honteux. Sydney est loin derrière. Sur le chemin du Rivage, il accélère.

— Je m'excuse de t'avoir snobé au cinéma, dit-elle. Il vaut mieux que Lily ne se doute de rien.

— C'est ta petite sœur ?

Il se retourne. L'obscurité est tout juste assez profonde pour boire ses blessures et allumer ses yeux. Elle le regarde d'un air calme et entendu. Comme une invitation au repos — baisse ta garde, disent ses yeux, cesse de te débattre, je sais. Il y a en toi un secret si profondément enfoui que tu crois l'avoir laissé derrière. Mais c'est faux. Il est là. Laisse-moi le toucher.

— Lily, dit-il. C'est joli comme nom.

Il se sent ridicule. Comme s'il avait bu un alcool fort, il a dans l'estomac une boule de feu qui se répand dans ses membres. Il se secoue.

— Nous faisons une sacrée équipe, toi et moi, s'esclaffe-t-il.

— C'est-à-dire ?

Sa voix est si adulte qu'il se sent puéril. Il poursuit malgré tout.

— Nous avons fière allure avec nos têtes de martyrs, non ?

Il rit en se tournant vers elle, et elle esquisse un léger sourire, qu'éclairent les phares d'une voiture qui vient en sens contraire. Leo se réjouit de la voir moins triste. Lorsque les phares de la Kissel balaient le camion, Frances a les yeux sur la route.

— On ne peut pas aller plus vite ?

Chez Teresa, Hector, qui se berce doucement près du poêle, suit la conversation des yeux. Adelaide est malade d'inquiétude.

— Il faut que j'y aille, Teresa. C'est elle qui le retient, oh, mon Dieu.

Penchée, elle a les mains sur le ventre.

— Calme-toi, Addy. Voici ce que nous allons faire. D'abord, nous irons voir si elle est chez elle. Si oui, pas de problème — nous allons demander à Wilf Beel de nous conduire. Écoute bien, maintenant. Une fois là-bas, je vais aller frapper à la porte. Je dirai que le vieux Mahmoud agonise et qu'il veut voir ses petites-filles avant de mourir. Si Piper m'envoie promener, je lui ferai miroiter la promesse d'une récompense, tu sais ? J'ajouterai que Mahmoud tient à les voir toutes, sinon l'entente ne tient plus. Nous saurons donc si Frances est là... Qu'est-ce que tu fabriques ?

— Où est le fusil d'Hector ?

— Pour quoi faire ?

— Ne pose pas de questions stupides, et cesse de machiner des plans débiles.

Hector, les yeux grands ouverts, pointe l'armoire du haut. Adelaide grimpe sur le comptoir, et Teresa la prend aux genoux.

— Je te préviens, Teresa.

— Allez, Addy...

Pan ! dans l'estomac, avec l'arrière du pied.

— Pardon, ma chérie.

Adelaide s'empare du fusil.

— Merci, Hector.

— Il ne fonctionne même plus, dit Teresa, toujours sur le plancher.

Adelaide tire un coup de feu dans le plafond. Teresa crie.

— Il fonctionne très bien, au contraire.

Adelaide descend, calme comme le sont ceux qui n'ont plus rien à perdre.

Teresa parle en rafale.

— Très bien, Addy. Allons trouver Wilf. Nous allons rouler jusqu'à ce que nous les trouvions. Inutile d'aller chez eux, tu as raison, elle n'y est pas, elle est avec lui, restons calmes, et allons chercher une voiture.

Quand Jameel emporte le dernier chargement, James est complètement ivre. Il monte à bord de sa rutilante berline Buick 1932 à couplage direct. De couleur ocre. Les gangsters ont des voitures noires. Il rentre à New Waterford à vitesse modérée. Il a décidé de se passer de fusil. C'est avec une baïonnette qu'on tue le mieux au corps à corps. Le fusil n'est utile que dans les cas où la baïonnette se coince entre les côtes et où il faut faire feu pour la dégager. Après un certain temps, on apprend à ne pas faire de bruit. De bas en haut.

— Arrête-toi là.

Des branches de pin ploient et crissent contre le camion de Ginger. Il n'y a plus de route. Il coupe le moteur.

— Il faut marcher, dit Frances. Donne-moi la main.

Il obéit. Il faut bien, elle connaît le chemin, après tout. Lui, non. Et la nuit est sombre. Sa main est si douce, si petite.

Mercedes époussette le piano. Lorsque papa fait son entrée, elle a déjà enlevé les figurines et les petits napperons et s'apprête à appliquer l'huile de citron.

— Donne-moi les clés du coffre, Mercedes.

Il empeste l'alcool. Mercedes a peur.

— Qu'est-ce qui ne va pas, papa ?

Mais elle a assez de présence d'esprit pour lui tendre les clés en même temps.

— Ne t'inquiète pas, ma chérie. Ce ne sera pas long.

Il gravit les marches deux à deux sans se presser. Mercedes revisse le bouchon sur la bouteille d'huile de citron, s'essuie les mains et le suit au grenier. Il est à genoux devant le coffre, dont le contenu est éparpillé autour de lui.

— Qu'est-il arrivé à la Demoiselle à l'ancienne ?

— Je l'ai fait tomber en époussetant, papa. Je n'ai rien dit pour ne pas te faire de peine.

— Je vais t'acheter une autre poupée, Mercedes.

Il continue de farfouiller.

— Excuse le désordre.

Trixie descend du rebord de la fenêtre et sort de la pièce en longeant le mur. Mercedes sent son sang se glacer. Il paraît si bizarre, à deux doigts de ce côté-ci de la normalité. Que faut-il en conclure, étant donné l'état d'ivresse avancé dans lequel il se trouve ? L'odeur lui rappelle qu'elle se sent toujours mal, même quand elle se sent bien.

Tout au fond, il met la main sur ce qu'il cherchait.

— Aïe !

Il s'attendait à devoir aiguiser la lame, mais elle est tranchante comme celle d'un rasoir. Or, elle était émoussée quand il a rangé la baïonnette après la guerre. « Tant mieux », se dit-il en suçant deux ou trois gouttes de sang sur son doigt.

— Où vas-tu, papa ?

Il lui caresse rudement la tête, lui qui ne la touche jamais.

— Reste ici et veille sur ta sœur.

— Que faites-vous là-haut ?

C'est Lily, au pied de l'escalier du grenier.

— Retourne vite au lit, Lily, ordonne Mercedes.

En dévalant les marches, James dit à Mercedes :

— Je dois trouver Frances.

— Non ! crie Mercedes d'une voix perçante.

Lily est sidérée — le son est encore plus étrange que le baiser que papa lui pose sur la tête en tenant un long couteau à la main. Mercedes s'élance dans la cage d'escalier toute noire. Pour se tenir et avancer, elle s'aide de la paume de ses mains, qu'elle appuie sur les murs. Lorsqu'elle atterrit sur le palier, James la saisit aux poignets et laisse presque tomber la baïonnette, que Lily n'a pas quittée des yeux.

— Je ne vais pas faire de mal à Frances. J'en veux à l'homme qui l'a touchée, c'est tout.

Il commence à sentir les effets de l'alcool.

— Ma petite fille...

Il pivote pour faire face à l'escalier qui conduit au rez-de-chaussée et pose sur la rampe la main qui tient la baïonnette.

— Je reviens tout de suite.

Mercedes plaque une main contre les yeux de Lily. Puis elle pousse son père dans l'escalier.

La pente est raide. Ils ont atteint la colline où est creusée la mine à galeries.

— Il faut grimper, dit Frances.

— Je passe devant.

Il se penche sous l'effort, et ils commencent à monter.

Elle trébuche et sa main échappe à celle de Ginger. Il tend le bras et l'agrippe par la manche de son uniforme.

— Ça va ?

— Oui, dit-elle en se relevant. Aïe.

— Attends, dit-il en la prenant dans ses bras.

Légère comme une plume. Par nécessité, elle passe un bras autour de son cou.

— Merci, dit-elle avec une tranquille dignité.

Il monte avec elle dans les bras.

— C'est là.

Il la pose délicatement devant une voûte d'une obscurité parfaite.

— Vous pouvez partir, monsieur Taylor.

Il est interdit. Il ne peut tout de même pas la laisser seule dans le noir, non ?

— Attends, Frances. Tu as une lampe de poche ? Une couverture ? Qu'y a-t-il là-dedans ?

— Ne vous en faites pas pour moi. Tout ira bien. Au revoir.

Elle se retourne, puis devient une ombre pure, que la mine avale par la gueule.

— Frances ?

Elle ne répond pas. Il se balance sur place. Se penche dans le noir.

— Frances ?

Il hésite. Il entre dans la mine.

Une main appuyée contre le mur humide, l'autre tendue devant lui, il avance doucement, tout doucement, en cherchant à discerner le bruit de ses pas.

— Frances ?

Pourquoi chuchote-t-il, et pourquoi ne répond-elle pas ? Un pas, un autre, puis encore un autre sur le sol inégal. Il lâche le mur pour gratter une allumette — rien, sinon, d'un côté, l'éclat humide et froid et, en dessous, ses bottes poussiéreuses qui le regardent, si confiantes. La lumière s'éteint. Un pas. Un autre. Les mains tendues devant lui, il avance pendant deux longues minutes. Du bout du pied, il envoie valser un petit caillou qui roule pendant un instant, puis, trois secondes plus tard, fait plouf. Ce bruit a un nom : égorger le diable. Pas d'éclaboussures, ce qui signifie que l'eau est profonde. Son cœur bat la chamade. Du bout des doigts, il cherche la paroi, qui est plus éloignée qu'il ne le croyait, ce qui l'entraîne dans le vide, dans la direction opposée — il se laisse tomber et se blesse à l'épaule. Le sol était plus près qu'il ne le pensait. Un instant, il demeure étendu sur le côté, défaillant presque de soulagement. Tomber, en pleine noirceur, dans un puits inondé dont Dieu seul sait la profondeur — la descente initiale, puis la panique, le haut et le bas qui se mêlent, voilà comment se noient même les bons nageurs.

Il aspire à fond et se met debout. « Et si elle était tombée dans l'eau », se dit-il aussitôt. Il n'a pas entendu d'éclaboussures, mais elle a disparu si vite qu'elle a pu tomber avant qu'il n'entre dans la mine, ou encore — il gratte sa dernière allumette, oui, voilà, un large étang d'eau noire — elle s'est laissée glisser lentement sous la surface, ayant toujours eu l'intention de se noyer ce soir. L'allumette s'éteint. Avec précaution, il s'accroupit, puis s'étend à plat ventre, plonge le bras dans l'eau en murmurant une prière, le cœur rempli d'effroi, puis fouille à tâtons. C'est froid. Il n'y a rien. Puis il touche quelque chose de soyeux. « Doux Jésus ! » Il court en criant sur les cendres, entraîné dans l'eau par un étau qui se referme soudain sur son poignet, la tête, les épaules, puis la taille. Ses genoux s'agrippent au bord et il attrape un bras invisible dans ses mains, puis il remonte Frances qui, en déchirant la surface, produit un torrent dont le son rappelle celui d'une lourde serpillière qu'on tire de l'eau.

Elle est nue. Il trouve ses aisselles et la pose sur le sol raboteux, elle ne répond pas, ses yeux sont fermés, il le sent, il cherche sa bouche, l'ouvre, s'efforce de reprendre son souffle — les noyés tentent d'entraîner leurs sauveurs avec eux —, passe une main sous sa tête et applique ses lèvres contre les siennes, rouvrant sa blessure, le goût du sang lui fait penser à la vie, elle est encore tiède, il souffle en elle, elle tousse et se met à pleurer.

— Ça va, Frances ? Je ne voulais pas te faire de mal. Tiens, prends.

Il veut lui faire enfiler sa veste, sa chemise, l'emmailloter, mais ses vêtements sont trempés, si bien qu'il la serre plutôt dans ses bras.

— Pardon, dit-elle en pleurant. Pardon.

Elle s'agrippe à lui.

— Ça va, ça va, dit-il en lui caressant l'omoplate.

Un peu plus tard, elle cesse de frissonner, lui caresse la nuque, l'embrasse sur la joue, lui effleure l'oreille des lèvres.

— Merci, dit-elle en plaçant sa jambe entre ses cuisses.

Accidentellement, ses lèvres frôlent les siennes.

— Pardon.

— Ce n'est rien.

— Ne m'abandonne pas, je t'en prie. J'ai si peur du noir.

Elle se rapproche.

— Je ne vais pas t'abandonner, mais...

Avec embarras, il prend conscience de son érection. Jusque-là, il ne se savait pas la désirer, ne le sait toujours pas.

— Pardon, dit-il en faisant mine de s'éloigner.

— Non, murmure-t-elle.

Elle l'embrasse sur la bouche, se presse contre lui.

— Ohhh, fait-elle, tandis que ses doigts s'enfoncent dans ses épaules.

Sans le vouloir, il l'attire contre lui, et elle soupire de nouveau.

— C'est bon, Ginger, dit-elle.

Sa voix est douce. Elle ouvre son pantalon et se glisse contre lui.

— C'est bon, ..., dit-elle, en murmurant son petit nom intime.

Il gémit. Douleur et désir parce qu'elle est sur lui et autour de lui et qu'il ne peut plus bouger qu'en elle.

Le petit nom intime de Ginger ne doit pas être couché par écrit. Il est déjà assez grave que Frances le connaisse.

Lorsque Mercedes libère ses yeux, Lily aperçoit son père, tassé sur le plancher, au bas de l'escalier. La baïonnette s'est immobilisée à six pas de lui, sans causer de dommages. Après coup, Mercedes se dit qu'il était fort peu probable que son père atterrisse près de la lame, étant donné la position de sa main sur la rampe et la prise molle qu'il avait sur l'arme au moment de sa chute. Par ailleurs, il était si soûl que le risque qu'il se tue dans sa chute était quasiment nul. Mercedes, cependant, se rend à l'évidence : elle l'a tout simplement poussé. Les calculs viendront plus tard. Elle n'a pas lu le docteur Freud. Elle ne trouve aucun réconfort dans l'inconscient. Elle assume ses responsabilités. Elle décide à cet instant précis de mettre un terme à ses pénitences dans la cave à charbon. Tout cela lui paraît soudain assimilable à des jérémiades. Oui, elle se confessera d'avoir poussé son père. Mais elle sait qu'une bonne action s'accompagne toujours d'une intention maléfique. Voilà l'effet du péché originel sur nous tous. Voilà ce qui fait de nous des humains. La fatalité du péché est en soi la croix que nous devons porter.

Dieu ne m'a pas créée pour que j'assiste les bras croisés au meurtre de ma sœur Frances. Se faire battre est une chose. Subir de mauvais touchers est une chose. Se faire embrocher par une baïonnette en est une autre. Pousse-le. Sois assez forte pour supporter le fardeau du péché dont s'accompagne l'accomplissement de la justice. Il n'y a qu'une sainte dans cette famille, et ce n'est pas moi.

Dieu a fait de Mercedes un juge. On n'aime pas les juges. Rien à voir avec une enfant infirme portée sur les visions.

Que Mercedes chérit. Ni avec une enfant déchue qui fait rire tout le monde. Que Mercedes aime.

Droite comme l'acier, Mercedes fixe James, au bas de l'escalier. On croit généralement que les personnes aux yeux bruns sont douces. Et chaleureuses. Regardez-y de plus près.

Nu-pieds, Lily descend l'escalier avec précaution en se tenant aux deux rampes. Elle se penche sur James. Des filets de bave s'accrochent à la commissure de ses lèvres. Elle lui caresse les cheveux et l'embrasse sur la joue. Ses cils frémissent.

— Il n'est pas mort, dit-elle en levant les yeux sur Mercedes.

— Bien. File au lit maintenant.

Roulée en boule dans le coffre laissé ouvert par James, Trixie, qui entend Frances l'appeler, bondit et descend l'escalier à pas feutrés, traverse le couloir et entre dans la chambre que Frances partageait avec Lily. Il n'y a là que Lily, agenouillée à la fenêtre, les mains croisées sur le rebord, qui regarde dehors. Trixie frôle la plante des pieds de Lily, tandis que Mercedes passe en coup de vent devant la porte de la chambre, la baïonnette à la main. Dans l'obscurité du grenier, Mercedes remet tout dans le coffre, le plus rapidement possible, et referme hermétiquement le couvercle pour protéger le contenu de l'air et des mites.

D'un seul coup, Frances a les yeux ouverts. Elle rêvait à Trixie. Frances appelait et appelait, mais Trixie était enfermée dans une boîte, étouffée. Ce n'était qu'un rêve. Je ne dois pas bouger. Je ne dois pas réveiller l'homme qui m'écrase de son poids.

Si Frances ne veut pas se lever, c'est pour éviter que le précieux nectar en elle ne lui glisse le long des jambes. Et s'il se réveille, elle devra se lever parce qu'il voudra sortir, en se demandant ce que, pour l'amour de Dieu, il a bien pu faire. Et s'il s'en va, elle s'en ira avec lui parce qu'il est hors de question qu'elle fasse à pied les dix kilomètres qui la séparent de chez elle. Surtout, espère-t-elle, dans sa délicate condition. Elle attendra immobile pendant deux ou trois heures de plus.

— Bouge tes orteils.

James gémit en laissant pendre sa tête. Mercedes lui verse un peu plus d'eau glacée sur le visage et il se déplie comme sous l'effet d'une secousse.

— Bien, dit-elle.

Elle se place derrière son père, positionne ses mains sous ses bras et le met en position assise.

— Aide-moi, ordonne-t-elle.

Il s'affaisse sur les genoux. Elle l'oblige à se mettre debout, puis, comme s'il s'agissait d'une grume de bois, le remorque dans le salon, où il s'écroule sur le sofa et perd de nouveau connaissance. Les bras croisés, elle l'observe un moment, avant de sortir pour revenir tout de suite avec une couverture qu'elle dépose sur lui.

S'avance à grands pas dans son esprit le souvenir de ce que Frances et elle, ensemble, ne peuvent se dire à haute voix. Elle a conservé ce souvenir sur le dessus d'une pile d'objets jetés pêle-mêle dans sa tête. Pas enfoui. Elle l'aperçoit chaque fois qu'elle passe près de la porte ouverte. Aussi longtemps qu'il demeure dans le débarras, elle peut se donner l'illusion qu'il est chez lui dans le bric-à-brac. Aussi longtemps qu'elle n'en parle pas, amateurs et spécialistes ne s'y attarderont pas : le cadre doré poussiéreux, la patine qui s'est formée sur la toile par suite d'années de négligence — comment soupçonner la présence de l'œuvre d'art endormie là ?

Mais on l'a remuée. Arrachée de son cadre, et elle s'approche, se rapproche. Arrête. La distance est bonne.

Mercedes dévisse le bouchon de la bouteille d'huile de citron et s'empare de son linge. Pour contempler ce qui vient tout juste de se produire derrière ses yeux, elle doit s'occuper les mains.

C'était dans le salon. La toile tirée du bric-à-brac s'intitule *Papa et Frances dans la chaise berçante*. Pourtant, il n'y a jamais eu de chaise berçante ni dans cette pièce ni dans une autre. Que le fauteuil à oreillettes vert pâle. Le linge de Mercedes tourne et tourne en rond, ravivant le lustre du bois d'acajou dont est fait le piano.

C'était le soir des funérailles de Kathleen. Je me suis levée parce que Frances n'était pas dans notre lit. On voyait l'empreinte de son corps sur les draps et l'oreiller blancs comme neige. J'ai jeté un coup d'œil en direction du ruisseau, mais elle n'y était pas. Bien. Elle est peut-être descendue chercher quelque chose à manger. Elle doit avoir faim : depuis deux jours, elle n'a mangé que des aliments imaginaires. Je vais descendre, moi aussi, pour me préparer du pain grillé à la cannelle. Je nous imaginais, Frances et moi, mangeant du pain grillé à la cannelle et buvant un chocolat chaud à la table de la cuisine, mais je ne portais ni ma robe de chambre écossaise ni mes pantoufles, ce qui me fait dire que je ne croyais pas vraiment au pain grillé à la cannelle. Dès que Frances sort du lit, c'est la catastrophe. Je n'ai pas peur du noir. Je portais deux longues nattes. En descendant, j'ai entendu du bruit : on aurait dit un chiot. Je me suis dirigée vers la lumière qui se déversait par la porte du salon, sur la droite. À gauche, il y a la cuisine toute sombre. Une odeur d'entrailles s'en dégage. Dans le salon, la lampe de lecture sera allumée, la jaune, avec son abat-jour à plis, qui surplombe le fauteuil à oreillettes. Je vais à la porte. J'avais raison : la lampe de lecture est allumée. Frances est là. Elle me regarde déjà. Je me demande depuis combien de temps elle m'attendait. Je revois ses boucles blondes, son visage lisse. Elle est assise sur les genoux de papa, de biais, et elle me fait face. Elle se berce. Il la berce. Inutilement parce qu'elle est tout à fait éveillée. Il ne me voit pas parce qu'il regarde dans ses cheveux. Sa bouche est entrouverte, comme une nouvelle lune à l'envers. C'est lui qui produit la plainte. La peau de son visage est tirée vers l'arrière par un courant sous-marin et sa tête se tend vers l'avant pour éviter la noyade. Sa main droite hésite, touchant à peine le halo causé par le frottement de la tête de Frances sur l'oreiller, et sa main gauche est passée sous sa chemise de nuit comme celle d'un marionnettiste. Il prononce des mots que je ne comprends pas, puis il respire fort par le nez, puis j'entends : « Ma petite fille » et le mot *belle,* à moitié avalé, puis il la soulève et la dépose sur ses jambes, lui plaque une main contre la poitrine, tandis que l'autre s'active toujours en dessous. Ils sont placés tous deux dans la même direction, mais Frances tourne la tête pour que nos yeux ne se quittent pas. La tête de papa bascule brusquement, et il la coince entre ses jambes une fois, encore une fois, trois fois et demie, puis il se met à trembler, les yeux au plafond. C'est à ce moment que la peur s'échappe de lui et qu'il se recroqueville autour d'elle en pleurant dans ses cheveux. Frances et moi continuons de nous regarder jusqu'à ce qu'il s'endorme dans cette position. Elle se laisse glisser et marche vers moi.

— Ça ne fait pas mal, dit-elle.

J'aperçois une partie du corps de papa par la fente étroite de son pantalon. Je prends la couverture faite au crochet sur le sofa et je la pose sur lui sans regarder parce que ce n'est pas poli. Dans la cuisine, quelque chose grésille. Je n'aime pas l'odeur des rognons.

— Moi non plus, dit Frances.

Nous montons nous coucher et je lui chante des chansons jusqu'à ce qu'elle s'endorme. Le lendemain, Frances a sucé de la pâte et maman est morte dans la cuisine.

Le piano est un miroir, mais Mercedes ne s'y mire pas. Elle regarde son père, sans connaissance sous la couverture.

— Mercedes ?

— Que fais-tu debout, Lily ?

— Frances est rentrée ?

— Non.

— Es-tu inquiète, cette fois ?

— Oui.

— Je sais où elle est. Ambroise me l'a dit.

Lily ne peut pas dire à Mercedes comment elle sait où va Frances quand elle ne rentre pas. Il faudrait alors qu'elle raconte comment, ce jour-là, tandis qu'elles devaient être à une rencontre de jeannettes et d'éclaireuses, Frances l'a, à la vieille mine des Français, terrorisée au point de lui faire faire pipi dans sa culotte. Avant tout, il faudrait qu'elle répète ce que lui a dit Frances au sujet d'Ambroise, qu'elle révèle où il vit et ce qu'il fait la nuit. Si Mercedes l'apprenait, elle se mettrait peut-être à traiter Frances comme si elle entretenait, elle aussi, une relation particulière avec Dieu. Ce qui n'aurait pas l'heur de plaire à Frances. Elle risquerait aussi de s'enfuir. Pis encore, Mercedes, si elle apprenait qu'Ambroise est un cadeau de Frances, irait peut-être s'imaginer qu'il est maléfique.

Mercedes sait que Frances est mauvaise, mais elle l'aime quand même : si, dans une famille, il est difficile d'être le bon grain, il est encore plus difficile d'être l'ivraie. Lily le conçoit. Qui, dans le monde, Lily préfère-t-elle à Frances ? Même pas papa. Qui, dans le monde, Lily redoute-t-elle plus que Mercedes, dont la boîte de cacao a déjà été remplie vingt fois en prévision du quatorzième anniversaire de Lily ? C'est alors qu'elles feront leur pèlerinage à Lourdes, parmi une multitude d'êtres singuliers venus là pour se baigner dans la source de Notre-Dame et y laisser à jamais toute trace de leur singularité. Lily s'est promis à elle-même et a promis à sa petite jambe — primo — qu'elle n'acceptera jamais de se faire amputer et — secundo — qu'elle ne permettra jamais que sa différence soit effacée par suite d'un miracle. Quelle idée : trahir un membre aussi vaillant, qui l'a portée et transportée au-delà de ce que commande le devoir, de dire : « Pour ta récompense, cesse d'être — deviens, à la place, la fausse jumelle de la bonne. » Ce qui fait la particularité de sa mauvaise jambe, c'est sa force. Lily sait bien, cependant, que, aux yeux des autres, c'est sa faiblesse qui saute aux yeux. Personne, pas même Notre-Dame, n'aspergera d'eau bénite sa petite jambe.

« Je ne peux raconter à Mercedes la véritable histoire d'Ambroise, se dit Lily. Si elle m'aime, c'est à cause de la relation particulière que j'entretiens avec Dieu. Si elle croit que j'entretiens des liens avec le diable, je devrai peut-être quitter la maison. À travers les doigts de Mercedes, j'ai vu comment papa s'est retrouvé au bas de l'escalier. »

— Où ? demande Mercedes, le visage sans expression.

Lily lève les yeux. La petite bosse paraît à son front, presque invisible.

— Ambroise dit de ne pas s'inquiéter. L'homme avec qui elle est n'est pas mauvais.

Lily est à peu près certaine que la dernière partie est exacte. Aujourd'hui, papa était sorti travailler, Mercedes faisait le ménage de la sacristie de l'église de Notre-Dame-du-Mont-Carmel et Lily amorçait un journal — « Cher journal, je me présente... » — quand Frances descendit du grenier et passa devant la porte.

— Frances ! cria Lily, qui l'avait entrevue.

Frances, cependant, dévala les marches, se catapulta en bas des cinq dernières, produisit un son mat en atterrissant sur le plancher et bondit en direction de la porte. Lily descendit le plus rapidement possible.

— Qu'est-ce qu'il y a, Frances ? demanda-t-elle, en titubant et en s'accrochant à la rampe à mi-hauteur. Frances !

— Fouances ! se moqua Frances en ouvrant la porte et en se tournant, tout sourire, vers Lily.

Le côté gauche de son visage était en sang, son foulard d'éclaireuse trempé. Des larmes montèrent aux yeux de Lily, mais Frances déclara, du ton dont on énonce une évidence :

— Ce n'est pas du vrai sang, Lily. Ne t'en fais pas.

Et elle sortit.

Lily monta au grenier, où elle ne trouva que le seau à charbon vide. Elle toucha le rebord, et son doigt se colora de rouge. Elle goûta. Sel et fer. Dans la salle de bains, elle lava le seau avant de le descendre à la cave.

Lily ne pouvait pas dire à Mercedes que Frances s'était

automutilée. Mercedes risquerait de croire que Frances est devenue folle. Autre signe d'une relation particulière avec Dieu.

— Va t'habiller, Lily.

Mercedes n'a jamais encore conduit la voiture. James la gare toujours en seconde, si bien que c'est en seconde que Mercedes accomplit tout le trajet, les mains rivées sur le volant, les yeux tendus vers l'obscurité éclairée.

— Elle a le visage tuméfié, mais ce n'est pas l'homme qui l'a battue.

— Je sais, Lily.

Lily, jetant un regard perçant à Mercedes, tâte prudemment le terrain.

— J'ai vu comment c'est arrivé.

Mercedes lui rend son regard.

— Il t'a vue ?

— Non, je ne crois pas.

— Ne t'en fais pas, Lily. Il ne la touchera plus jamais.

Lily a failli dire :

— Ce n'était pas papa.

Au lieu de quoi elle garde le silence. Le brouillard s'est posé, et elles se retrouvent au beau milieu d'un vide feutré — comme si elles avaient cessé d'avancer et que la voiture oscillait doucement de gauche à droite. Mercedes se retourne vers le pare-brise aveugle.

— Je ne le laisserai pas faire.

En silence, elles avancent au pas pendant un moment. La seule façon de dire où se trouve le bord de la route consiste à tendre la main par la fenêtre du passager et à attendre le contact des aiguilles de pin. Lily s'absorbe dans cette tâche jusqu'à ce que quelque chose de froid se pose sur son autre main.

— Dis avec moi une petite prière pour papa, Lily.

Mercedes referme sa main sur celle de Lily.

— Demandons à Dieu de lui pardonner.

— Car il ne sait pas ce qu'il fait, dit Lily.

— Disons une dizaine de rosaires.

— Tu as apporté un chapelet ?

— Pas besoin de chapelet, Lily. Nous avons la foi.

Mercedes, cependant, doit compter quelque chose, si bien qu'elle compte les petits renflements du volant de bois, un par prière chuchotée. Elle les fait glisser sous ses doigts. Un. Un autre. Encore un autre.

Quand la main gauche de Mercedes a fait trois fois le tour du volant, son autre main a drainé toute la chaleur de celle de Lily, et elles ont froid toutes les deux. La pression accrue qu'exercent leurs dos sur le dossier leur indique qu'elles ont commencé à grimper. Les derniers filaments de brouillard caressent la voiture, rendue au temps et à l'espace et à la nuit.

— Gloire au Père, au Fils et au Saint-Esprit. Comme il était au commencement, maintenant et toujours dans les siècles des siècles...

— Tourne là.

— Ce n'est pas une route, Lily.

— Je sais.

La voiture vacille et gronde entre des branches qui crissent jusqu'à ce que ses phares balaient l'arrière d'un camion. Mercedes sent ses yeux et son estomac se liquéfier. Elle lit les mots inscrits au pochoir : « Transport Leo Taylor. »

— Ce n'est pas un mauvais homme, Mercedes.

À l'arrière du camion, la lueur des phares s'estompe. Elles descendent. Mercedes a pris la vieille lampe de mineur de papa. Elle l'allume.

En laissant croire à Mercedes que c'est papa qui a battu Frances, Lily commet un péché. Mais il l'a déjà fait. La vérité peut assurément voyager dans le temps sans se gâter. Elle a pour ainsi dire une durée de conservation. Bien qu'elle sache que l'homme qui est avec Frances dans la mine ne l'a pas battue, Lily n'en est pas moins inquiète. Lorsque, dans les films, une fille a des visées sur un homme, elle s'habille, se poudre le nez et met un peu de rouge à lèvres. À quel genre d'homme a-t-on affaire lorsqu'une fille, pour lui plaire, juge opportun de se dévisager ?

Lily et Mercedes marchent lentement, en s'égratignant et en écartant tour à tour les branches qui obstruent leur passage. Lily s'efforce de repérer le sentier que Frances a balisé parmi les arbres en ce jour de novembre, il y a près de trois ans. Elle n'a rien dit du sentier à Mercedes. Après tout ce temps, impossible de repérer les marques, à moins de connaître leur existence. Frances a gravé chacune à l'aide des ciseaux de cuisine. Les ciseaux n'ont pas changé depuis les temps les plus anciens. Les Égyptiens avaient des ciseaux, du fard à paupières, des bijoux et des chats domestiques, au même titre que nous. Lily l'a lu dans un magnifique livre que lui a offert papa, *Les Secrets du roi Toutankhamon*. Mais ils ne connaissaient pas la roue.

— Crois-tu que les Égyptiens connaissaient la roue, Mercedes ?

— Je n'en sais rien et, à vrai dire, je m'en moque.

— Je crois que oui, mais que c'était un objet trop sacré pour qu'ils le représentent. Ou encore ils voulaient garder le secret.

Mercedes s'arrête.

— C'est encore loin ?

— Nous sommes à peu près à mi-chemin.

Elles viennent de passer l'arbre marqué d'un *R* — la quatrième des huit lettres, séparées par sept arbres.

— Après tout, poursuit Lily, ils adoraient le soleil, et le soleil est rond.

Lily compte sept arbres et s'arrête de nouveau.

Mercedes soulève la lampe pour éclairer une cannelure creusée dans l'arbre, où Lily a posé le regard.

— Que regardes-tu ?

— *O,* lit Lily. Nous y sommes presque, dit-elle en se tournant vers Mercedes.

Tout ce que sait Mercedes, c'est que sa sœur est guidée. Elle plonge ses yeux dans ceux de Lily, et Lily sent son dos s'ouvrir comme les pages d'un livre de part et d'autre de sa colonne vertébrale, sur un couloir sombre et interminable rempli de ce dont Mercedes a une envie folle. C'est le regard de la Vénération. À l'instar du regard de la Pitié, il est terrifiant. Mais Lily a appris à demeurer elle-même sous l'emprise d'un tel regard. Ses yeux, elle les positionne comme vous le feriez de vos bras en présence d'une personne qui risque de tomber de très haut : stables, immobiles, tendus. Vous la dissuadez ainsi de se jeter dans le vide et de vous entraîner avec elle dans la mort, car peut-être voulait-elle simplement s'assurer que quelqu'un serait là, en bas, pour l'attraper. Quand Lily positionne calmement ses yeux de cette façon, ils prennent un aspect que les spectateurs de la Pitié et de la Vénération qualifient de « béatifique ».

— Es-tu fatiguée, Lily ? demande gentiment Mercedes, ce qui donne au dos de Lily l'occasion de se refermer.

— Non. Nous sommes presque arrivées.

Elles poursuivent. *I. S.* Et enfin *E.*

— Là-haut, dit Lily en pointant du doigt.

Mercedes, élevant la lampe, éclaire la soudaine inclinaison de la colline.

— Il vaut mieux que tu attendes ici, Lily.

— Il vaut mieux que je vienne.

En se tenant par la main, elles escaladent la colline. Contrairement à Frances, Mercedes a prêté attention aux enseignements des éclaireuses et sait grimper sans tomber et nager contre le courant.

Mercedes n'ignore pas que Frances a connu des hommes. Elle se demande seulement comment elle a pu éviter pendant si longtemps de tomber enceinte. Ce soir, c'est différent. Sinon, papa n'aurait pas été si bouleversé. « Différent en quoi ? » s'est demandé Mercedes en voyant papa prostré au pied de l'escalier. Elle a ressassé la question et trouvé une réponse. C'est Lily qui lui a mis la puce à l'oreille en disant que Frances n'était pas avec un « mauvais homme ». C'est donc dire que Frances est amoureuse. Qu'elle envisage de s'enfuir avec cet homme, quel qu'il soit.

Mais pourquoi s'enfuir ? Il faut qu'il y ait un obstacle. Il doit être marié.

Qu'adviendra-t-il de Frances, en fuite avec un homme que la loi n'oblige pas à veiller sur elle ? Pendant combien de temps quiconque, homme ou femme, pourra supporter Frances ? Qui, hormis Mercedes, sait aimer Frances ? Où Frances et son amoureux seront-ils quand il se lassera d'elle ? À des centaines, voire à des milliers de kilomètres. Dans un pays étranger peut-être. Abandonnée, sans argent ni amour, Frances mourra loin de chez elle. Cette idée répugne à Mercedes. Elle lui brûle la gorge et lui pique les yeux. Chère Frances. Ma petite Frances, seule, agonisante, sans personne qui l'aime parce que, là-bas, personne ne se souvient d'elle.

Ployant sous le poids de l'effort, Mercedes monte.

— Dépêche-toi, Lily.

Merci, Dieu, Jésus, Marie, Joseph et tous les saints pour Lily et son inspiration divine. Si la prémonition de Lily s'avère et qu'elle a pour effet d'empêcher Frances de fuir, il s'agira indubitablement d'un miracle. Une fois Frances en sécurité à la maison, le moment sera venu de communiquer avec l'archidiocèse.

La vieille lampe de mineur éclaire le bord de la voûte d'entrée — de la terre déchirée, une frange d'herbes emmêlées, une échancrure de pierre à chaux et, à l'intérieur, les textures luisantes des parois. Jamais des peintures ne résisteraient là-dedans : c'est trop humide.

— Frances, appelle Mercedes tout doucement.

— Le tunnel décrit une courbe. Au bout, il y a un étang d'eau profonde, chuchote Lily.

Je vous en prie, mon Dieu, faites que ce soit un homme bon.

Elles marchent.

— Frances.

« Frances s'est cachée », songe Mercedes, si bien qu'elle avance tout doucement en balançant la lanterne de part et d'autre, étudiant la moindre fissure, le moindre recoin. Lily garde les yeux sur ses pieds. Elle attend le hurlement que va pousser Mercedes en apercevant le mineur mort, le soldat mort. En vain. « N'était-ce qu'un rêve, se demande Lily, comme tant de mes souvenirs ? Est-ce bien arrivé ? Était-ce bien moi ? »

Le couloir commence à s'incurver sur la gauche.

Frances, qui a entendu son nom, repousse Ginger. Il se réveille, glacé de douleur, débordant d'excuses.

— Tais-toi, dit-elle. On vient.

Elle farfouille sous la pierre où elle a dissimulé son uniforme.

— Reste là, Frances. Je vais aller voir qui c'est.

— C'est ma sœur et Dieu sait qui d'autre, dit-elle en se débattant avec ses vêtements.

Il est désorienté. Le moment présent est plus glacial que l'eau de l'étang.

— Je ne voulais pas profiter de toi, Frances.

Elle rit en tirant sur ses chaussures.

Cette fois, ils entendent tous deux son nom.

— Doux Jésus.

Il remonte sa braguette. Les pas de Frances s'éloignent. Ginger bat l'air et l'attrape par le biceps, si fragile.

— Aïe !

Elle se tord de douleur, mais il ne la lâche pas.

— Où vas-tu ?

— Chez moi.

— À quoi joues-tu, petite ?

— Lâche-moi.

— Je te demande pardon de t'avoir touchée. Si je t'ai mise dans l'embarras, si je t'ai fait du mal...

Elle rit. Il la libère.

— Écoute-moi, dit-elle, soudainement pratique. Oublie toute cette histoire. Nous avons tous les deux eu ce que nous voulions.

— Tu voulais que je t'aide.

— Tu l'as fait, merci. Si mon plan échoue, c'est probablement parce que je suis stérile puisque toi, de toute évidence, tu ne l'es pas.

À ces mots, il se saisit d'elle de nouveau en lui plaquant le coude contre les côtes.

— Que veux-tu dire ?

Sa propre colère le stupéfie.

— Du calme, mon vieux, je n'attends rien d'autre de toi. Je tiendrai ma langue si, de ton côté, tu ne parles à personne.

Il ne la lâche pas. Il lui souffle son haleine chaude au visage. Il pourrait la casser en deux, à cet instant précis, et cette pensée l'effraie. Frances ne craint rien. Pour qu'un homme vous blesse grièvement, il faut que le premier coup parte dans les trois secondes. Plus de dix se sont écoulées, et il tergiverse toujours, en respirant fort.

— Allez, Leo, ça t'a plu, je l'ai bien senti.

— Je t'ai sauvé la vie.

— Mon cul.

Il hésite, n'arrivant pas encore à se faire à l'idée.

— Et ton père ? Si tu rentres, il va te tuer.

Elle se fait soudain hautaine.

— Mon père n'a jamais levé la main sur moi.

Il la laisse aller. Une lumière apparaît dans le tournant. Frances marche dans sa direction.

Il ne sait ni qui est venu ni combien ils étaient. Dans toute cette histoire, c'est peut-être le détail le plus humiliant : rester derrière, tout tremblant à l'idée qu'elle ne tienne pas parole. Mais que serait-il arrivé à sa famille s'il avait été tué ici, cette nuit ? Disgrâce et déchéance.

À la pensée de sa famille, Ginger émerge de ce qui lui paraît avoir été une torpeur narcotique. Dans la mine suintante, il sent sa tête claire et entière pour la première fois depuis il ne sait quand. Depuis New York. Son cœur lourd fuit de partout et s'effiloche, mais c'est le sien. Il occupe intensément les moindres particules de son corps, plus usé qu'il ne l'était la dernière fois qu'il s'est ausculté — comme celui d'un être cher qu'on croyait mort depuis longtemps et qui rentre vieilli mais beaucoup plus semblable à lui-même que dans les souvenirs ou les photos. En se retrouvant, il est rempli de joie et de tristesse. Le pardon.

Le soleil va bientôt se lever. Le fusil sautille sur les genoux d'Adelaide, qui ne peut réprimer un bâillement. Teresa et Wilf Beel échangent un coup d'œil.

— Sur une route que je fréquentais autrefois, dit-il, il y a un vieux chalet de chasse. S'il y est toujours, ce serait l'endroit...

— À quoi bon, Wilf ? dit Adelaide. Rentrons. Il m'attend probablement à la maison.

Teresa est soulagée. Ils ont roulé toute la nuit, désamorçant la fureur d'Adelaide de chemin de terre en chemin de terre. Sur la route de Meat Cove, ils sont parvenus à leurs fins. Teresa ne craignait pas que leurs recherches aboutissent. Elle voulait simplement éviter qu'Adelaide ne s'approche de la maison des Piper, un fusil à la main. Elle a la mèche courte, sa belle-sœur, Dieu la bénisse. Inutile de lui dire que Ginger ne toucherait pas cette fille spectrale, même du bout d'une perche.

Adelaide ne s'est pas trompée. Lorsque la voiture s'immobilise devant la maison, il fait tout juste assez jour pour que le camion de Ginger soit visible par les fenêtres des portes à deux battants du garage.

En arrivant à la hauteur de Mercedes et de Lily dans la mine, Frances se contenta de dire :

— Vous êtes venues en voiture ?

À la vue de Frances, Mercedes fut si soulagée qu'elle ne remarqua pas d'abord l'absence de Lily, restée derrière, dans le tournant.

— Nous rentrons, Lily.

— Et lui ?

— Il a son propre véhicule, répondit Mercedes, qui ne tenait pas à voir ce qu'il y avait plus loin.

Il lui suffisait que Frances fût heureuse de tout laisser derrière.

À la maison, Frances refuse de prendre un bain.

— J'en ai pris un hier soir.

Quand Mercedes décide de faire son numéro de matrone autoritaire, Frances résiste à la manière d'une chatte, s'accroche au bord du bain avec les pieds et les mains, jusqu'à ce que Mercedes renonce. Puis Frances se lave les mains, le visage et les pieds tandis que Mercedes l'attend avec une serviette propre.

— Tu es amoureuse de lui ?

Frances renifle avec dédain.

— Tu vas le revoir ?

— On te croirait jalouse, Mercedes.

— Je ne veux pas que tu souffres, c'est tout.

— Tu aimes peut-être les femmes, Mercedes. Tu y as déjà pensé ? Tu as déjà essayé ? Ça te dit ? Nous pourrions nous y mettre.

Frances rit sans joie. Plus rien ne lui semble amusant. Elle sent s'insinuer en elle une délicieuse fatigue.

— Tu as faim ?

— Oui.

— Je vais nous préparer du pain grillé à la cannelle.

— Mercedes ?

Mercedes s'arrête à la porte de la salle de bains, sans se retourner.

— À partir de maintenant, je vais être bonne. Je vais avoir un bébé pétant de santé.

Mercedes prend une profonde inspiration et baisse la tête.

— Mercedes ?

— Oui ?

— On peut prendre du chocolat chaud aussi ?

— Bien sûr.

— Une tasse de thé ?

Wilf et Teresa déclinent poliment l'invitation. Adelaide entre, rompue de fatigue.

Ginger, qui a préparé du thé et des petits pains, a pris un bain et s'est changé.

— Je vais tout te raconter, Addy. Après, tu me diras si tu veux que je m'en aille, annonce-t-il à sa femme.

— Sers-moi d'abord une tasse de thé, Leo.

Elle s'effondre sur une chaise avec un sentiment de soulagement physique qui se justifierait si elle avait passé la nuit à marcher plutôt qu'à rouler en voiture.

À la fin du récit, les taches de son d'Adelaide sont plus prééminentes qu'avant, mais c'est peut-être à cause de la fatigue. C'est lui qui rompt le silence :

— Tu veux que je m'en aille ?

— Non.

— Seulement si tu me pardonnes. Sinon, ce n'est pas la peine.

Elle l'observe au-dessus de sa tasse de thé. C'est comme si le brouillard qui voilait son visage s'était dissipé. Il est de retour. À la pensée de l'air qu'il avait, errant, perdu, dans une nature sauvage qui n'était pas la sienne, elle a un frisson rétroactif.

— Peux-tu te pardonner à toi-même ?

— Je crois que c'est fait. Parce que, tu vois, elle m'est totalement sortie du système.

— Je te crois.

— Tu me pardonnes ?

— C'est ce que j'ai dit.

— Tu as dit...

— Je te pardonne.

Elle ne pleure jamais. Ses larmes sont comme des piments forts.

— Je suis désolé, dit-il.

Elle l'enveloppe de ses longs muscles, de ses os plats et gracieux, de son halo rougeâtre.

— Ne me quitte jamais.

— Jamais au grand jamais.

— Je t'aime.
— Je t'aime.
Elle passe une main sur ses cheveux coupés ras, rugueux et doux, lui agrippe les épaules, se perd dans le pli de son ventre et éprouve dans son dos la solidité de ses bras, aussi forts qu'ils en ont l'air. Ils s'étreignent en pensant à leurs enfants. Aucune limite à ce qu'ils peuvent accomplir ensemble, à ce qu'ils peuvent l'un pour l'autre. Elle agrippe les hanches de Ginger. À l'étage, le bébé s'éveille. C'est le matin.

L'heure solennelle

De l'autre côté de la ville, Camille, pour la première fois, prépare du thé en tant que veuve. Elle est sans nouvelles de son fils, mais on lui a annoncé la mort de son mari. Peu avant minuit, un tout jeune agent de la Gendarmerie royale a frappé à la porte. Elle allait ne pas lui ouvrir, craignant une descente, quand elle se dit : « Quelle différence ? » Ce n'est pas comme si son mari l'avait accoutumée au train de vie auquel pouvait prétendre l'épouse d'un prospère marchand de gin. Elle ouvrit donc, et l'agent, la mine tragique, déclara :

— Pardon de vous déranger, madame, mais j'ai de mauvaises nouvelles.

Puis il lui apprit ce qu'elle attendait depuis toujours.

Le premier fils de Camille à rentrer eut du mal à ouvrir la porte à cause de la malle appuyée contre elle.

— Que se passe-t-il, maman ?

Elle descendit lourdement les marches. Dans une main, elle tenait une boîte à chapeau, dans l'autre, la valise renfermant sa robe de mariée.

— Ton père est mort. Je rentre à la maison.

Camille prépare une tasse de thé au goût de papa et la monte à sa chambre. C'est l'aube. Il ne sait pas qu'elle est là. Elle lui fera la surprise.

Assise sur le banc du piano, Mercedes observe James jusqu'à ce que, à l'aube, ses yeux s'ouvrent d'un coup. C'est une habitude qu'il a prise à la guerre. Elle relève la position de son père.

— Tu te souviens d'hier soir ?

James cligne des yeux. Bleus comme le cristal, l'innocence même.

— Réveille-toi.

Mercedes veut éviter à tout prix d'avoir sous les yeux l'image d'un petit garçon aux cheveux ébouriffés. D'un coup de reins, il se met en position assise et prend la mesure de son mal de cheveux. La douleur se resserre autour de son crâne et, au terme d'un voyage de quarante ans, le ramène à la réalité.

— Qu'est-il arrivé ?

— Tu avais bu et tu es tombé.

Il grimace et baisse les yeux. Puis il se rappelle.

— Où est Frances ?

— Elle dort. Rassieds-toi.

Tout à fait éveillé maintenant, il a remarqué le ton inhabituel de Mercedes. Il la regarde et se rassoit lentement.

— Qu'est-ce que j'ai fait ?

— Tu as tenté de toucher Lily.

Ses mains volent vers son visage fracassé pour l'empêcher de se répandre sur le plancher, et une plainte lui glisse entre les doigts. Mercedes éprouve un élan de remords, avant d'enfiler son mensonge à coups de baïonnette, de bas en haut.

— J'ai dû t'enlever de force.

Il se plie en deux, frappé en pleine poitrine, et sa plainte se transforme en vagissement. Mercedes prend pitié.

— Elle ne s'est pas réveillée.

De la tête, il fait non entre ses mains, se lève sans se redresser, pour éviter que ses entrailles ne se répandent sur le plancher, et, en titubant, sort de la pièce, de la maison, toujours prostré. Mercedes entend le bruit du moteur qui démarre. Si son père choisit de se jeter en bas d'une falaise, qu'il en soit ainsi. Et si, par la suite, Mercedes doit passer un millénaire de plus au purgatoire, qu'il en soit ainsi : c'est le prix à payer pour transiger avec Dieu. L'essentiel, c'est qu'elle ait sauvé Frances. Enfin. Mercedes n'est ni une sainte ni une pécheresse. Elle se situe quelque part entre les deux. C'est pour elle que le purgatoire a été inventé.

En s'offrant un petit déjeuner tardif et, contre toute attente, copieux, Frances lit dans le *Cape Breton Post* le compte rendu de l'accident. Jameel, eh bien, peu importe, puisque, de toute façon, elle a définitivement mis un terme à sa carrière d'entraîneuse, mais Boutros... c'est un soulagement. Cette façon qu'il avait de la regarder. Pas comme les autres. Menaçant, comme s'il convoitait un article qu'elle n'avait pas en magasin. De quoi pouvait-il s'agir ? Seul le viol lui vient à l'esprit.

— Tu es certaine de vouloir reprendre du porridge ?

— Regarde, Lily, c'étaient notre cousin et notre oncle par alliance.

Lily remplit le bol de Frances en lisant la manchette : « Mort héroïque pour un homme de Whitney Pier. » Selon le compte rendu, la Kissel huit cylindres 1932 flambant neuve avait fait une embardée pour éviter une voiture remplie de sœurs de la congrégation de Notre-Dame qui rentraient au couvent des Saints-Anges après une soirée passée à répéter avec la chorale.

— Mercedes y était !

— Et alors, Lily ?

— Eh bien, elle a dit que sœur Sainte-Monique avait proposé de la ramener, mais qu'elle avait préféré rentrer à pied. Si elle avait accepté, les sœurs n'auraient pas croisé la voiture avec notre cousin et notre oncle dedans, et il n'y aurait pas eu d'accident.

— D'accord, Lily. Et si des millions d'invertébrés n'étaient pas morts comme des imbéciles il y a des milliards d'années, nous n'aurions pas une entrée en gravier.

Lily poursuit sa lecture.

— On dit que les agents de la Gendarmerie royale

savaient que quelqu'un d'autre était au volant parce que « M. Jameel était assis du côté du passager. Boutros Jameel a été retrouvé sur la voie ferroviaire. Après avoir plongé dans le ravin pour éviter les sœurs, il a marché sur trois kilomètres en direction de New Waterford, agonisant, afin, présume-t-on, d'aller chercher un médecin pour son père ».

Frances a froid dans le dos. Imaginez cet énorme mort-vivant ramper en direction de New Waterford à seule fin de venir expirer sur elle. L'entêtement qu'il a mis à ne pas mourir donne une idée du sort qu'il lui aurait réservé s'il avait pu mettre ses grosses pattes sur elle.

Dans les bois, en s'aidant d'une carte grossière, le jeune agent de la Gendarmerie royale pilote sa voiture de patrouille le long d'un chemin de gravier bien battu. Jameel était un homme d'affaires à peu près potable. Il gardait un strict compte rendu de toutes ses transactions dans le petit carnet à reliure de cuir que l'agent a retrouvé dans sa poche de chemise, sur les lieux de l'accident. Cependant, Jameel avait eu soin de ne pas utiliser de noms véritables. James, par exemple, avait Bâtard *enklese* comme nom de code. La carte tracée au crayon menant à l'alambic du Bâtard *enklese* était une mesure imprudente, mais provisoire — il l'avait esquissée au crayon suivant les directives données par James au téléphone, après le départ de Taylor.

Un *X* marque l'endroit. En arrivant sur place, le jeune agent, qui comptait épingler son homme ou encore lui tendre une embuscade, ne trouve qu'une parcelle de terre brûlée et quelques planches fumantes. C'en est fait du *corpus delicti*. Il fait demi-tour et rentre à Sydney. Il ne voit pas la berline Buick ocre garée, non loin de là, dans une ravine.

— Risque-t-elle de crier au viol ?

— Non.

Le *Cape Breton Post* est ouvert sur la table de la cuisine de Teresa. Adelaide et elle conviennent que Ginger a bien choisi son moment pour quitter Jameel. Hector se berce à sa place habituelle. Teresa remplit la tasse d'Adelaide.

— Pourquoi en es-tu si sûre ? demande Teresa.

— Elle a eu ce qu'elle voulait, apparemment.

— C'est-à-dire ?

— Un bébé.

Teresa est frappée de stupeur, mais elle ne laisse rien paraître. Elle s'assied précautionneusement et remue son thé, et le remue encore.

— Tu y crois ?

— Si elle a bien fait ses calculs, oui. On sait tout de suite si ça a pris. Moi, je l'ai su dès le premier.

Subitement, Adelaide s'en veut de parler à Teresa de la grossesse, alors que Teresa est condamnée à ne jamais avoir d'enfant, même si c'est la chose au monde qu'elle désire le plus.

Adelaide s'est toujours demandé comment une blessure à la tête pouvait porter atteinte à la puissance sexuelle d'un homme. La poutrelle d'acier n'est pas tombée sur les parties intimes d'Hector, sa semence doit être comme elle a toujours été. Après tout, la paralysie n'est pas totale : il est seulement diminué un peu partout. À la place de Teresa, Adelaide aurait vérifié si Hector fonctionne toujours. Le cas échéant, elle se serait fait faire un bébé. Hector adore les enfants. Ils se seraient tirés d'affaire. Ginger et elle les auraient aidés à les élever. Mais Teresa, Adelaide le sait, est différente, plus raffinée. Elle est comme une reine, une vraie, pas snob, seulement d'un grand raffinement naturel. On n'imagine pas Teresa chevauchant un homme brisé à seule fin de recueillir sa semence. Adelaide est certaine que Teresa n'a pas vérifié si Hector fonctionne toujours. Elle est dans la quarantaine. Il sera bientôt trop tard, si ce n'est pas déjà le cas.

— Et si c'était vrai, Addy ?

— Ne t'en fais pas, Teresa. J'ai un plan.

— Addy...

— Ne pose pas de questions, Teresa, parce que je n'y

répondrai pas. Cette fois, on ne me fera pas changer d'idée, et on ne va pas me trimbaler un peu partout.

Elle caresse la tête d'Hector et rentre préparer le souper.

— Merci pour le thé, fille.

Après l'avoir reconduite, Teresa revient à la cuisine, où Hector fixe l'armoire du haut d'un œil inquiet.

— Ne te fais pas de bile, mon chou. Il est à sa place.

Pour s'en assurer, elle va prendre l'échelle dans le débarras. Teresa n'est pas du genre à grimper sur le comptoir.

Adelaide ne fait part à personne de ses intentions. Elle a pardonné à Ginger. Elle a pardonné à Teresa de l'avoir mise sur la mauvaise piste, la nuit dernière. Cependant, la preuve est faite que, dans ce domaine, elle ne peut compter que sur elle-même. Elle a tout prévu et, cette fois, personne ne va lui barrer la route.

Tout de suite après souper, elle enfourche son vélo, muni, de part et d'autre, de deux grands paniers en osier. Du temps où ses affaires allaient rondement, elle y transportait des rouleaux de tissu complets. Aujourd'hui, elle a mis quelque chose de différent dans l'un d'eux. Le long du chemin du Rivage, elle roule jusqu'à New Waterford. C'est le début d'un magnifique coucher de soleil.

Avant d'entreprendre sa démarche, Adelaide pourrait attendre trois mois et demi et s'assurer que Frances est bel et bien enceinte. À quoi bon ? Si elle ne l'est pas, elle risque de se remettre à le harceler. À rôder. L'aspect le plus troublant du récit de Leo, c'est que Frances connaissait le petit nom qu'Adelaide lui réserve. Pour le connaître, il a presque fallu qu'elle s'immisce dans leur lit. Une fille qui s'automutile de la sorte et qui risque la noyade pour parvenir à ses fins — une telle fille ne risque-t-elle pas de recourir au chantage ? D'accuser Leo de viol s'il ne lui donne pas ce qu'elle veut ? Adelaide accélère, sans faire de cas du ciel qui s'enflamme à sa droite ni de l'eau qui miroite à sa gauche.

Mercedes rentre de sa conversation avec le prêtre. Il a accepté d'informer l'évêque. Son Excellence décidera alors s'il convient d'interroger Lily au sujet de la liste de plus en plus longue d'événements extraordinaires qui la concernent — sans mettre Lily au courant des motifs de l'enquête naturellement. Mercedes tend son visage vers le soleil oblique. Le monde se colore d'or rougeoyant, la gloire de Dieu s'exprime dans toute sa subtilité, « tout va pour le mieux dans le meilleur des mondes ». Les calamités qui entourent Frances ont atteint leur point culminant au moment où la sainteté de Lily s'affirme, et Mercedes est heureuse d'avoir les choses bien en main dans les deux cas. Demain, elle ira se confesser et demander l'absolution pour le préjudice causé à son père.

En rentrant, elle constate que la voiture n'est toujours pas là et s'en alarme ; à la vue de sœur Sainte-Monique qui l'attend dans le salon, elle est submergée par une vague de terreur. Mercedes a fait la connaissance de sœur Sainte-Monique à la chorale, et elles ont noué un lien immédiat, quoique distant. « De mauvaises nouvelles », se dit Mercedes à la vue de la guimpe et des longues jupes. Lily, qui a fait entrer la religieuse, lui a servi une tasse de thé et un carré aux dattes. Mercedes, après s'être installée dans le fauteuil à oreillettes, congédie Lily avec délicatesse et se prépare à recevoir la nouvelle du décès de son père.

Mais non. Il s'agit de tout autre chose. Sœur Sainte-Monique était au volant quand Boutros, après avoir croisé le chemin des sœurs, a filé vers la mort à vive allure. Quelques instants plus tôt, elle avait aperçu Frances dans un camion, aux côtés d'un homme de couleur.

— Je voulais vous en parler tout de suite, Mercedes, mais, après l'accident, ce détail m'est provisoirement sorti de l'esprit.

Mercedes fait part à sœur Sainte-Monique de la fâcheuse situation dans laquelle Frances se trouve vraisemblablement.

— Dieu me pardonne.

— Vous n'avez rien à vous reprocher, ma sœur.

L'une et l'autre savent que nul n'est sans reproches.

— Si j'avais réagi avec célérité, Frances n'aurait probablement pas eu la possibilité de succomber à la tentation.

— Si je vous ai fait cette révélation, ma sœur, c'est parce que je dois prendre des dispositions pour Frances et que je ne sais vers qui d'autre me tourner.

— Bien entendu.

C'est le moins que sœur Sainte-Monique puisse faire. Il y a beaucoup de détails à régler. À quel moment Frances devra-t-elle quitter New Waterford ? Où accouchera-t-elle ?

— Je vais lui retenir une place au couvent de Mabou, qui est pourvu d'une excellente infirmerie.

Le fait qu'il s'agira d'un enfant de couleur constitue un élément déterminant. D'abord et avant tout, il est hors de question qu'on le garde. L'illégitimité est une tare terrible, mais invisible, tandis qu'on ne peut occulter le mélange des races. Ni la mère ni l'enfant ne méritent de vivre sous le joug de cette double tache. Voilà ce que commande la charité. Par conséquent, le deuxième enjeu a trait à la sélection de l'orphelinat, étant entendu que, dans les circonstances, l'adoption paraît improbable : combien de familles catholiques blanches accepteraient de prendre un enfant de couleur ? Particulièrement un garçon ? Quant aux bonnes familles catholiques de couleur, elles sont rares : pour l'essentiel, la communauté de l'île est de confession anglicane, et celle du continent, de confession baptiste. « Et c'est peut-être mieux ainsi, se dit Mercedes, car n'est-il pas fréquent que les membres de cette branche de la famille humaine éprouvent de la difficulté à élever leurs propres enfants, sans parler de ceux des autres ? »

— Je vous remercie, ma sœur.

Sœur Sainte-Monique se glisse dans la rue, en noir et blanc, et croise Adelaide sur son vélo. Même à la réflexion, Adelaide n'arrive pas à comprendre qu'on fasse le vœu de chasteté, puis l'image de Teresa lui traverse l'esprit comme un éclair. Elle n'a aucun mal à se la représenter sous les traits d'une nonne. Descendant de son véhicule devant la maison des Piper, elle vérifie le contenu du panier d'osier.

Chez Teresa et Hector, le fusil a disparu de l'armoire du haut. En proie à l'hystérie, Hector pousse de petits cris et produit un peu de bave qui lui dégouline sur le menton. Tout ce qu'il a à dire passe par ses yeux. Quelque part dans sa tête, il est toujours présent : seulement, il s'est établi dans une petite pièce encombrée qui surplombe son ancien cerveau. Teresa s'efforce de le rassurer.

— Hector, mon chou, calme-toi. Tout ira bien.

— Mercedes, crie Lily, de la fenêtre du salon. Nous avons de la visite. Une dame.

— Ne hurle pas, Lily. Qui est-ce ?

— Je ne la connais pas.

Mercedes ouvre la porte. Elle s'apprête à expliquer que les livraisons se font par l'arrière, mais il lui suffit d'un seul regard sur la femme pour comprendre qu'elle n'a rien à vendre.

— Puis-je voir Mlle Frances Piper, s'il vous plaît ?

Mercedes sait précisément de qui il s'agit.

— Ma sœur est indisposée. Voulez-vous entrer ?

Adelaide jette un coup d'œil sur son vélo.

— Je puis vous assurer qu'il est en sécurité ici. Si vous voulez, vous pouvez le monter sur la véranda.

— Je préfère, oui, merci.

Dans le salon, Adelaide prend la place que sœur Sainte-Monique vient tout juste de libérer.

De la fenêtre du grenier, Frances a aperçu Adelaide. Elle descend sur le palier, l'estomac retourné par la peur. Elle s'enfuirait bien par une fenêtre du premier, mais n'ose rien faire qui soit de nature à déloger l'excroissance nouvelle qui pousse en elle. Frances ne porte plus son uniforme d'éclaireuse. Elle a revêtu une vieille robe droite de maman, repêchée dans le coffre. Informe et spacieuse. Bien qu'enceinte d'une journée seulement, Frances ne juge pas prématuré d'endosser la tenue idoine. Motifs à fleurs décolorés, rouge et vert des tropiques. La robe conserve le parfum de maman — pâte, eau de rose, peau moite et cèdre. Pour fuir, Frances devra descendre l'escalier et passer devant la porte du salon. Comment ? Sur le palier, elle hésite.

Mercedes ne quitte pas la visiteuse des yeux.

— Va préparer du thé, Lily, s'il te plaît.

À contrecœur, Lily obéit. Rarement a-t-elle vu d'aussi près une femme de couleur. Les taches de son d'Adelaide la fascinent. Adelaide observe bien Lily, elle aussi, en qui elle voit le bébé sorti des entrailles déchirées de Kathleen Piper.

À sa sortie du salon, Lily reçoit Muguette sur le côté de la tête. Levant les yeux, elle aperçoit Frances qui, en haut de l'escalier, lui fait signe de se taire. Lily ramasse Muguette et monte.

Dans le salon, le thé se fait toujours attendre, mais Mercedes a oublié, sidérée par les propos de Mme Taylor :

— Nous accueillerions l'enfant comme s'il était à nous. Il ne saurait jamais, ni lui ni personne d'autre.

Les yeux d'Adelaide s'aiguisent légèrement lorsqu'elle ajoute :

— Mais vous devrez prendre votre sœur en main, mademoiselle.

Cette remarque tire Mercedes du sentiment de terreur qui l'avait gagnée pendant que la femme exposait sa proposition — inacceptable, naturellement, mais chrétienne, quoique peu judicieuse. Un peu d'humidité déserte les yeux de Mercedes et s'évapore pour aller tomber ailleurs sous forme de pluie.

— Madame Taylor, c'est à moi que revient la charge de veiller sur ma sœur, dans la mesure du possible. En cas de grossesse — et rien n'est encore confirmé —, j'assumerai de même la responsabilité du bien-être de l'enfant.

— L'aimerez-vous ?

Mercedes, une fois de plus, reste bouche bée. Sa colère

se déplace comme un front orageux par beau temps. Adelaide n'a pas peur. Elle attend une réponse.

— Je ne vous retiens pas, madame Taylor.

Mercedes se lève, mais Adelaide reste assise.

— Moi, voyez-vous, je pourrais l'aimer, dit-elle. Et j'aurais moins de raisons que vous de le faire, ma chère.

Le mot *chère* n'a rien d'affectueux.

— Je n'ai pas besoin que vous m'indiquiez mon devoir, madame Taylor.

— Ton sens du devoir te perdra, fille.

Se levant, Adelaide ajoute :

— Empêche ta sœur de s'approcher de mon homme, sinon je la tue, enceinte ou pas.

Et elle sort. Mercedes se met à trembler. Heureusement qu'il y a du sherry dans la pharmacie.

En traversant New Waterford, Adelaide songe à la bizarrerie de la famille Piper. Comme si besoin était, elle a croisé, en sortant, la petite Lily qui sortait en poussant un vieux landau rempli à ras bord de poupées, sans parler du chat vivant. Elle doit avoir treize ou quatorze ans, et elle joue encore à la poupée. Adelaide a observé la petite infirme descendre les marches avec le landau en faisant un boucan d'enfer, les ressorts rouillés ployant sous un poids apparemment considérable. « Que diable a-t-elle fourré là-dedans ? se demande Adelaide. Des bouteilles d'alcool de contrebande ? »

Teresa a un vélo, elle aussi. C'était celui d'Hector. Il est muni d'une barre, bien entendu, et Teresa n'est pas du genre à se balader la robe par-dessus, à califourchon, mais elle n'y peut rien. Au moins, elle est assez grande pour ne pas avoir l'air parfaitement ridicule. Il y a longtemps, elle empruntait ce vélo, à titre de passagère, assise sur les poignées, devant Hector, qui pédalait à toute vitesse et faisait des embardées pour la faire crier et rire. Tandis qu'elle avance en oscillant, elle s'émerveille : « Ai-je jamais été si frivole ? » Fillette, elle était très féminine. Une princesse. Il fallait que tout fût digne d'une jeune fille bien élevée, la table mise à la perfection lorsqu'il venait manger chez sa mère. C'était parfait parce qu'Hector était un gentleman, ou en voie de le devenir : à l'époque, en effet, il était encore un plaisantin. Tous deux n'étaient cependant pas trop jeunes pour commencer à préparer l'avenir. Ses études et son ordination au sein de l'Église anglicane. Leur établissement au sud de la frontière. Ils voulaient des tas d'enfants. Ce sont les gens comme nous qui devraient avoir des enfants, croyaient-ils d'un commun accord. Teresa rêvait de fonder une dynastie dont les membres serviraient de modèles non seulement à ceux de leur race, mais aussi à tous ceux qui les connaîtraient.

À la base de ces intentions nobles, tout au fond du puits, une petite voix laissée en rade, sans échelle ni filin, criait : « Je vais leur montrer. Je vais leur montrer. » Cette voix féroce, marquée par l'exultation et l'exubérance, était à l'origine des bonnes manières et de la détermination de Teresa, même si elle l'entendait à peine. Elle ignorait la puissance de l'espérance rageuse qui l'habitait, laquelle pouvait déplacer les montagnes, sortir du puits en triomphe. Elle n'avait pas conscience de sa propre force. Après l'accident d'Hector, la voix s'est faite plus véhémente, quoique toujours muselée par la volonté de Teresa de supporter patiemment les épreuves, avec l'aide du Seigneur. Après son congédiement injustifié, plus rien n'assourdissait la voix, qu'elle entendait clairement. Elle disait non plus : « Je vais leur montrer », mais plutôt : « Je les aurai. » Elle s'était muée en une haine qu'elle priait Jésus d'emporter. Mais sa haine l'avait aidée à survivre. Comment s'en passer ? Ce genre de haine est une ferraille animée. Rouillée, corrodée à l'intérieur, suintant dans les organes vitaux. Teresa en est malade. Cette haine peut tuer.

Adelaide s'arrête devant l'établissement de M. MacIsaac, qui s'apprêtait à fermer. Adelaide l'attrape sur le pas de la porte.

— Monsieur MacIsaac ? Je suis Addy Taylor, de Whitney Pier.

— Bien le bonsoir, madame Taylor.

Il lui tend sa vieille main rousse, et elle la serre. Ses yeux sont clairs, maintenant, mais toujours aimables.

Adelaide plonge la main dans son panier en osier.

— Goûtez-moi ça, monsieur MacIsaac.

Elle débouche une bouteille brune. MacIsaac, sobre depuis deux ans, hoche la tête.

— C'est la meilleure boisson au gingembre que vous aurez jamais goûtée, dit Adelaide.

Il sourit. Prend la bouteille et boit. Elle a dit vrai. La boisson, d'abord sucrée, vous pique ensuite la gorge, avant de vous faire résonner la cire des oreilles.

— Comment appelez-vous cette boisson ?

— Le *Mélange des îles de Clarisse.*

— Vous êtes des îles, madame Taylor ?

Adelaide rit.

— Je suis de Halifax depuis cent cinquante-cinq ans, monsieur. Et vous ?

— D'ici depuis quatre-vingts ou quatre-vingt-dix ans. Avant, pour autant que je sache, j'étais de l'île de Skye, de l'île de Man et, attendez que je me rappelle, de l'île de Wight.

— Vos ancêtres avaient un faible pour les îles, on dirait.

— Depuis le temps, nous aurions pu apprendre, non ?

Il ahane et elle rit. Il commande trois caisses pour le magasin, histoire de jauger la demande.

Frances émerge du landau, maintenant qu'Adelaide est partie sur sa bicyclette. « Comme une sorcière sur son balai », songe-t-elle en frissonnant. Elle a renvoyé Lily à la maison, prétextant un besoin de « communion avec la nature ».

Dans le nouveau mode de vie sain de Frances figure un programme d'exercices légers. Difficile de savoir à quoi s'en tenir au sujet de la grossesse : dans les films, les fausses couches sont un artifice narratif qui n'attend que le prochain escalier pour se mettre en branle ; dans les livres consacrés aux pionnières, en revanche, les femmes combattent des ours et récoltent du maïs jusqu'au moment de l'accouchement. Frances a opté pour un heureux compromis : des promenades régulières sur le front de mer. On prescrit toujours aux héroïnes romantiques d'aller respirer l'air salin. À moins qu'elles ne soient tuberculeuses, auquel cas on les bannit dans les terres où pousse l'orange sanguine. Frances n'a décelé chez elle aucun symptôme de la tuberculose. Avec la certitude de sa grossesse, l'image qu'elle se fait d'elle-même s'est transformée : elle se perçoit désormais comme une femme nettement plus corpulente. Lente et ronde, dotée non plus d'une poitrine plate, mais bien de seins.

Trixie l'accompagne. Quelque chose dans son comportement attentif, sans parler du trottinement qu'exige la patte qui lui manque, confère à Trixie un aspect plus canin que félin. Et elle a l'habitude de jeter à Frances de petits regards furtifs, comme le ferait un chien. Elles arrivent au bord de la falaise. Frances descend la pente rocheuse, renonçant à sa vieille habitude de glisser à quatre pattes, tête première. En bas, elle s'arrête pour respirer l'air salin.

Elle se dirige vers le nord en flânant, comme si l'eau était bonne, comme si elle se balançait en rythme sur le sable humide et sans fin d'une plage qu'elle n'a jamais visitée, mais que, d'instinct, elle sait arpenter. Cette démarche se marie à merveille à ses nouvelles hanches, devenues le symbole de sa maternité.

Elles poursuivent. L'été bat son plein. Il n'est pas encore vingt heures, et déjà le soleil fait ressortir le vert de la mer et baigne le ciel dans un baume de feu apaisant. De telles journées sont infiniment précieuses. Frances s'arrête pour contempler la mer, qui miroite sous la caresse du soleil. On dirait maman toute proche… comme si elle n'était jamais partie. Frances éprouve une sensation familière et pourtant indiciblement ancienne. Qu'elle ne croyait pas connaître.

Le bonheur. Au contraire de son nouveau corps imaginaire, cette sensation est authentique.

Levant les yeux, Trixie aperçoit Teresa, debout sur la falaise. À contre-jour, Teresa est plus noire et plus belle que jamais. D'en bas, elle paraît encore plus grande. Sous cette lumière, à cette hauteur, tout a la précision d'un trait de fusain. Le corps de Teresa est un trait vertical foncé. Un autre trait, long à peu près de la moitié de la hauteur, le traverse à l'horizontale. Contre l'éblouissement rouge or du soir. Frances, qui lève à son tour les yeux, a le cœur transpercé par cette vision, comme s'il s'agissait d'une flèche. Cette flèche, c'est l'amour. La douleur irradie, et cette douleur, c'est la foi. L'origine de la flèche, c'est le chagrin. « Teresa », songe Frances, et ses lèvres glissent sur le nom, tandis qu'elle lève les bras et les tend vers la femme debout, tout là-haut.

Le trait horizontal qui traverse Teresa effectue une rotation, à la manière de l'aiguille d'un compas, et disparaît contre le trait vertical de son corps. L'instant d'après, un coup de feu se fait entendre. Frances bondit et tombe à la renverse sur les galets de la rive.

Précieux sang

Nul ne sait ce qu'Hector comprend, pas même Teresa. Elle a depuis longtemps renoncé à chercher des vestiges du cher Hector : elle a ainsi pu accepter son malheur. D'ailleurs, le médecin a déclaré qu'Hector, à la suite des lésions au cerveau qu'il a subies, était désormais une sorte de légume joyeux. Même si, de la période qui a précédé l'accident, il ne conserve que le souvenir des odeurs, il a appris l'anglais à nouveau, comme le fait un enfant : noms, verbes et concepts. Il pourrait même apprendre à lire, si quelqu'un se donnait la peine de le lui enseigner. Au contraire d'un enfant, cependant, Hector ne pourra jamais prononcer les mots lui-même. Il ne lui reste que le langage des chiens.

— Allons, Hector, que se passe-t-il ?

Le vieux Wilf Beel a rattrapé le fauteuil roulant d'Hector et l'a poussé sur le côté de la rue. Hector produit de petits bruits et s'accroche à la veste de Wilf, l'écume à la bouche, sous l'effet de la panique.

— Tu es perdu, Hector ?

Hector grogne de frustration, puis pique une crise lorsque Wilf oriente le fauteuil vers la maison et se met à pousser.

— Allons, allons, Hector, du calme, dit Wilf.

Mais Hector s'agrippe violemment aux accoudoirs et se contorsionne le cou dans un effort pour apercevoir Wilf.

— Allais-tu chez Leo et Adelaide ?

Pour dissiper l'équivoque, Hector hoche la tête et sourit de toutes ses dents.

— Ah bon ! Je vais t'y conduire, sans problème.

Wilf fait de nouveau demi-tour et pousse Hector, moins vite que quand Hector dévalait la rue sur son erre, il est vrai, mais suivant une trajectoire nettement plus droite.

— Dis-moi, Hector, où est Teresa ?

Hector fait fi de la question, mais Wilf ne se rend compte de rien.

Teresa n'en revient pas. Il y a quelques minutes, elle filait sur le chemin du Rivage, ayant eu une douzaine de kilomètres pour se familiariser avec ce moyen de locomotion. Elle avait aperçu la silhouette sur la plage à ses pieds en raison des couleurs vives dont elle était recouverte, lesquelles s'enflammaient sous les feux du soleil couchant. La robe paraissait familière. Teresa descendit de son véhicule et se dirigea vers le bord de la falaise pour mieux se rendre compte. La robe donna naissance à des émotions détachées du présent. Sympathie et... pitié. Oui. Elle avait pitié d'elle. De la femme qui avait ouvert la porte dans cette robe, oh, c'était il y a longtemps, une enfant blonde pendue à ses basques, elle était mariée à... c'était la robe de Materia Piper. À la vue de la robe et de celle qui la portait, dont la démarche et le maintien nonchalants rappelaient aussi Materia, elle sentit son bras gauche se couvrir de chair de poule. Un petit chien noir trottinait aux pieds de la femme. En longeant la falaise à pas lents, les bras croisés repliés sur le fusil, Teresa essaya de se rappeler si, à l'époque, les Piper avaient un chien.

Pauvre femme... Teresa regrettait de n'avoir pas eu une petite attention aimable pour Materia. Jamais encore Teresa n'avait rencontré de femme dont le sort lui paraissait moins enviable que le sien.

Teresa ne croit pas aux fantômes. Néanmoins, elle s'attend à voir la silhouette vaciller et se désintégrer dans la lumière océane.

« C'est un signe, pense-t-elle. Peut-être me demande-t-elle de ne pas toucher à sa fille. »

Et Teresa prend pitié de la femme qui n'a pas trouvé la

force de vivre, mais qui a eu le courage de sortir de la mort pour protéger son enfant.

Teresa a résolu de rentrer en paix lorsque la silhouette s'immobilise, se retourne et la regarde. Le diable dissimulé sous les hardes de la pitié. Teresa voit Frances lever le bras d'un air triomphal, un sourire moqueur aux lèvres, et siffler : « Teresa. » Teresa fait décrire au fusil une rotation de cent quatre-vingts degrés, épaule, vise et tire. Le démon bondit dans les airs et s'affale comme une poupée de chiffon.

Suspendue, le fusil encore fumant devant elle, Teresa s'efforce d'accepter ce qu'elle a fait.

À son arrivée dans la cuisine de Leo et d'Adelaide, Hector est épuisé.

— Hector, mon chou, calme-toi. Nous allons retrouver Teresa, d'accord ?

Ginger est parti chez Teresa pour se rendre compte. Il est inquiet. Hector ne sort jamais seul. Il refuse de se calmer.

— Est-il arrivé quelque chose à Teresa, Hector ?

Il fait non de la tête, d'une façon que seuls ceux qui le connaissent comprennent. Puis il fait oui deux fois, avec insistance. C'est alors que l'idée lui vient. Il pointe. Le haut des armoires d'Adelaide.

— Qu'est-ce que c'est, Hector ? Tu veux quelque chose ? Il n'y a rien là-haut.

Il pousse une série de grognements empreints de frustration, sans baisser le bras qui pointe, lequel se met toutefois à trembler. Adelaide hausse les épaules et se dirige vers le comptoir. Elle est à demi grimpée dessus quand elle se fige sous l'effet d'un éclair de compréhension.

— Oh, doux Jésus, Hector.

Elle se retourne, et il hoche la tête d'un air solennel.

— Oui, oui, oui, oui, oui.

— Bravo, Hector, dit-elle en s'emparant de son chandail. Reste ici avec les enfants.

Elle sort en courant.

Teresa reprend son souffle et le fusil redevient lourd contre son épaule, dans ses bras. C'est fait. Son cœur s'affole, comme pour faire sortir son esprit de sa torpeur. Attrapant le canon à deux mains, elle lance le fusil cul par-dessus tête sur la plage en contrebas, où il fait feu contre des galets. Le second coup de feu est celui qu'elle entend, et il produit sur elle l'effet d'un pistolet de starter sur une sprinteuse : elle décampe à toutes jambes. Le long de la falaise, elle court et court encore, sans se demander où. Elle suit la voie ferroviaire, qui s'incurve en direction de New Waterford. Elle n'a connaissance que de ce que ses yeux enregistrent sans que sa volonté y soit pour rien. La mine numéro 12, inerte et colossale à sa droite, les petites maisons de la compagnie, qui défilent à la manière de poteaux de téléphone le long d'un train lancé à toute vitesse. Elle court non pas comme une dame, mais comme une championne. Elle se voit ensuite monter les marches de l'hôpital général de New Waterford, ce qui lui donne à penser qu'elle est venue demander de l'aide pour la fille qu'elle a tuée.

Ginger, Adelaide à ses côtés, file à vive allure vers New Waterford.

— Stop ! crie-t-elle.

C'est la bicyclette d'Hector, couchée le long des rails, du côté de l'océan. Adelaide, sans même attendre que le camion se soit immobilisé, s'élance. Ginger la rejoint sur la falaise, d'où elle regarde en bas.

— Oh, mon Dieu.

Trixie est enroulée autour de la tête de Frances. Depuis dix minutes que le premier coup de feu a été tiré, elle pétrit sans merci le crâne de Frances de ses griffes jamais taillées. Deux personnes se dirigent vers Frances et elle après s'être laissées glisser le long du ravin.

À leur approche, Frances répète les mots qu'elle marmonne depuis un moment :

— Aïe, Trixie, arrête.

Les yeux de Frances sont réduits à l'état de fentes, et la couleur a disparu de son visage, à l'exception du grain de beauté qu'elle a sur le nez. Elle est redevenue malingre, une petite femme dans une robe ample.

Dans chaque main, elle tient une pierre. Les deux pierres sont du même poids. C'est l'heure de dormir.

— Devrions-nous la déplacer ?

— Comme si nous avions le choix, réplique Adelaide.

Difficile de savoir où est la blessure et donc par où la prendre, à cause de tout le sang. Trixie continue de pétrir et, pour une fois, elle n'arrive pas à se taire. Ginger passe ses bras sous Frances et la soulève avec précaution. Cette fois, la blessure est si réelle qu'il se demande comment il a pu se laisser berner par ses prestations antérieures. Optant pour l'indulgence, il convient qu'elle est une grande actrice. Adelaide ramasse le fusil et ils remontent. Trixie suit avec des yeux suppliants de mendiante. Elle observe le départ du camion, puis rentre à la maison à travers champs.

Frances saigne sur la robe d'Adelaide, les pieds sur les genoux de Ginger, qui s'efforce de trouver un compromis entre la vitesse et la douceur de roulement.

Dans le hall central de l'hôpital de New Waterford, on a servi une tasse de thé à Teresa. À son arrivée, Teresa est tombée sur la sœur infirmière-chef. Si elle avait trouvé sur son chemin le gentil interne venu d'ailleurs, la femme en pleine crise d'hystérie aurait eu droit à une injection plutôt qu'à une tasse de thé. L'infirmière-chef, cependant, a observé que le simple fait de tendre les bras pour recevoir quelque chose qu'il ne faut pas renverser a un effet calmant sur tous, à l'exception peut-être des fous à lier.

— Si la fille est morte, pourquoi a-t-elle besoin d'une ambulance ?

Teresa, qui tient la tasse en équilibre entre ses mains, prononce sa première phrase cohérente depuis les coups de feu.

— Elle est peut-être encore en vie. Elle est sur la plage. Elle a reçu un coup de feu.

Autre illustration de la supériorité du thé sur l'oubli narcotique.

L'infirmière se lève immédiatement et met en branle le plan d'intervention.

— C'est moi qui l'ai tirée, ajoute Teresa.

L'infirmière l'entend, réfléchit et poursuit vers la salle d'urgence. « Chaque chose en son temps. »

L'ambulance inutile est envoyée juste à temps pour éviter de près une collision avec le camion de Ginger, qui a renoncé à la douceur au profit de la vitesse. Les yeux de Frances ont commencé à se voiler. Ginger et Adelaide lui ont crié de rester avec eux tout au long du bref trajet. Adelaide ne pouvait savoir que le fait de griffer le crâne de Frances était susceptible de l'empêcher de s'éteindre.

Teresa a porté la tasse de thé à ses lèvres pour prendre une première gorgée quand Adelaide ouvre la porte avec fracas en criant :

— À l'aide !

Deux jeunes infirmières accourent pour prêter main-forte à Adelaide, qui est couverte de sang.

— Pas pour moi, dit-elle sèchement en se retournant pour indiquer Ginger.

Celui-ci franchit la porte, Frances dans les bras, et aperçoit Teresa, recroquevillée sur une chaise contre le mur, une tasse de thé à la main. L'infirmière-chef revient sur ses semelles silencieuses. Comme elle a l'œil exercé, elle passe à côté d'Adelaide sans même un regard, prend Frances des bras dégoulinants de Ginger et la transporte en direction d'une civière poussée par deux religieuses plus jeunes. L'infirmière y dépose Frances au vol. Par des portes battantes, elles disparaissent dans le bloc opératoire.

Coup de chance, l'infirmière-chef, qui a fait la guerre, s'y connaît en blessures par balle.

Cette fois, Lily n'a pas la moindre idée d'où peut bien se trouver Frances. Ambroise ne s'est pas manifesté. Mercedes chasse Trixie du fauteuil à oreillettes. À sa place, il y a du sang. Encore humide.

— Reviens ici, Trixie.

Chacun sait que les chats ne viennent pas quand on les appelle. Mercedes, après avoir fouillé la maison, trouve Trixie entre la chaudière et le mur. Si la chatte est blessée, Frances ne s'en remettra pas.

— Viens ici, Trixie.

Non.

Mercedes tend le bras, mais Trixie recule. Mercedes monte à la cuisine chercher un bol de harengs salés. C'est l'appât que Frances utilise toujours pour mettre Trixie dans le pétrin.

Lily s'associe à l'effort de guerre.

— Elle va peut-être venir si tu lui parles en arabe.

Mercedes a mal au cou.

— Oh, Lily, pour l'amour du ciel...

— *Inshallah*, Trixie.

Trixie tend la patte.

— Trixie, dit Mercedes, *taa'i la hown, Habibti... ya Helwi*.

Trixie s'avance.

Sur le comptoir de la cuisine, Mercedes examine Trixie — « *Te'berini* » —, épongeant le sang avec un linge humide, jusqu'à ce qu'il apparaisse clairement qu'elle n'a rien.

— Pas de blessures, constate Mercedes.

Lily s'empare du linge souillé de sang et le porte à sa langue. Mercedes lui décoche un regard perçant. Lily goûte.

— Je crois que Frances a des ennuis.

« Ô mon Dieu, se dit Mercedes, tandis que les sanglots sans larmes aspirent l'air goulûment. Je vais faire de mon mieux, Ô Dieu, mais quand me laisserez-Vous enfin en paix ? »

Mercedes téléphone à l'hôpital, puis prend son chapeau.

— Reste là, Lily.

— Quand papa va-t-il rentrer ?

Mercedes est déjà partie.

Mercedes hésite à la vue du camion stationné devant l'hôpital. Elle entre et se retrouve face à face avec Mme Taylor et un homme qui doit être son mari. Il y a aussi une inconnue qui tient une tasse de thé entre les mains.

— Que s'est-il passé ? demande Mercedes, le dos bien droit contre le mur vert chagrin.

Teresa est perdue dans un monde de prières. Mercedes voit en elle une femme bonne. La seule qui ne soit pas couverte de sang. Du sang de ma sœur.

— Elle est blessée, répond Adelaide. Nous l'avons trouvée et amenée ici. Je vous aurais téléphoné, mais nous n'avons pas eu le temps de réfléchir.

Mercedes se tourne vers Adelaide, dont la robe de coton, éclaboussée d'écarlate, est en soi une preuve de culpabilité.

— Gardez vos salades pour la police, dit-elle en forçant sa voix au calme. D'ici là, vous aurez eu le temps de vous mettre d'accord.

Teresa amorce une prière audible. Mercedes, fermant les yeux, se joint à elle. Elle refuse de s'autoriser le luxe des larmes. Les larmes ne peuvent rien pour Frances. Mercedes a l'estomac retourné, la gorge en proie à des spasmes. Elle se retire de son corps agité pour se concentrer toute dans le lieu pur, sur le dessus de son front, où la prière prend naissance. La prière peut quelque chose pour Frances.

Une jeune sœur infirmière de la réception fait son entrée.

— Votre sœur est toujours en salle d'opération, mademoiselle Piper. Je vous sers une tasse de thé ?

Quand la jeune infirmière revient avec trois tasses fumantes, Mercedes est assise à côté de Teresa. En se tenant la main, elles prient en silence, les yeux clos, la tête baissée. Adelaide, qui prend le plateau, se dit : « Je pourrais écrire un livre, c'est certain. »

Lily arrive, armée d'un cabas. Ginger remarque la queue noire qui émerge d'entre les poignées de bois. Il se lève pour céder sa place.

— Merci, monsieur.

Lily pose le cabas sous sa chaise. Il remue légèrement. Adelaide et Ginger échangent un regard. Lily ne pose pas de questions à propos des taches de sang sur leurs vêtements. Elle saura bien assez tôt s'il lui reste deux sœurs ou seulement une. Mercedes, qui a entendu le pas claudiquant de Lily, reconnaissable entre tous, n'ouvre pas les yeux. Elle ne souhaite pas rompre le contact avec son alliée dans la prière. Cette femme bonne et forte. On sent la puissance de sa foi.

Le danger avec les blessures à l'abdomen, c'est l'hémorragie. L'infirmière-chef a pratiqué une délicate intervention de campagne, et il n'y a plus qu'à attendre. Frances est entre la vie et la mort. L'infirmière vient rejoindre le groupe bigarré dans la salle d'attente.

— Quel est votre groupe sanguin, ma chère ? demande-t-elle à Mercedes.

À l'extrémité de la salle de réveil, Lily a un goutte-à-goutte planté dans le bras droit, lequel alimente un sac ballonné accroché à un trépied de métal. Un deuxième tube aboutit dans la main de Frances. Au pied du lit, Mercedes, raide comme une recrue, fixe ses sœurs. Les rideaux blancs ne sont pas tirés parce qu'il n'y a personne d'autre dans la salle.

Pendant le festin de sang silencieux, Frances n'a pas bougé, ses paupières n'ont pas frémi. Mercedes se demande quoi promettre de plus à Dieu en échange de la vie de Frances quand il lui vient à l'esprit que Lily est peut-être en train d'accomplir son troisième miracle. Non, n'y pense pas, bannis l'orgueil et l'ambition de la salle de réveil, et contente-toi de prier. Mercedes franchit en silence les quinze mètres qui la séparent de la porte et sort pour ne pas nuire à l'œuvre de Lily.

Dans la salle d'attente, les mains jointes de Teresa et de Mercedes ont recommencé à prier. Une jeune infirmière pose sa main sur l'épaule de Mercedes, après l'avoir appelée en vain à deux reprises. À ce contact, Teresa lève les yeux.

— Votre sœur est réveillée, mademoiselle Piper.

Mercedes bondit sur ses pieds, mais l'infirmière ajoute :

— Elle demande à voir une certaine Teresa.

Teresa se lève, lâche la main de Mercedes et monte l'escalier à la suite de l'infirmière. Mercedes, en la regardant, se demande comment il se fait que Frances la connaisse.

— Qui est-ce ? demande-t-elle à l'infirmière de la réception.

— Ma sœur, répond Ginger.

« À quelque chose malheur est bon, se dit Mercedes en le regardant. Si Frances est enceinte, la blessure ne manquera pas de provoquer une fausse couche. Il n'a pas l'air d'un mauvais diable. Sa femme, en revanche, a des allures de meurtrière. Elle est venue m'insulter chez moi au nom de la charité chrétienne, puis elle est sortie, a traqué ma sœur et l'a abattue comme un chien. Elle va me le payer. Elle sera pendue. »

Adelaide détourne le regard.

— Ma sœur ? dit Mercedes en se levant.

Derrière le bureau, la jeune infirmière lève les yeux.

— Vous voulez encore du thé, mademoiselle Piper ?

— Puis-je téléphoner, je vous prie ?

— Bien sûr.

Adelaide et Ginger attendent pendant que Mercedes appelle la police.

L'infirmière-chef donne un petit coup sec sur le sac et dit à Teresa :

— Soyez brève.

Sur ces mots, elle tire les rideaux, conformément au vœu de Frances. Elle s'assoit à portée de voix et de main, toute à ses mises en prévision des prochaines courses de chevaux.

Teresa est surprise de trouver une chatte roulée en boule au pied du lit.

— Teresa est là, Frances.

La petite infirme aux yeux vert corail qui vient de murmurer à l'oreille gauche de Frances regarde Teresa. Frances ouvre les yeux sans tourner la tête.

— Vous devriez peut-être venir de ce côté-ci, madame. Elle vous verra.

Teresa passe du côté droit du lit en s'émerveillant de la ressemblance entre Lily et sa mère, la chanteuse.

— Teresa ?

La voix de Frances n'est qu'un souffle.

— Oui ?

À contrecœur, Teresa se penche et se retrouve accroupie à côté du lit — elle refuse de s'agenouiller, malgré tout. Elle regarde dans les yeux à demi clos de Frances. Noisette. Plutôt bruns, avec des éclats de vert fixes ou flottants.

— Parlez-moi de ma mère, Teresa.

— ... Je ne la connaissais pas.

— Vous étiez à ses funérailles.

— Oui.

— Il fallait donc que vous la connaissiez un peu.

— Un petit peu.

— Que saviez-vous ?

Teresa prend une profonde inspiration.

— J'avais pitié d'elle, c'est tout.

Sa gorge, à sa grande surprise, est serrée par la tristesse. Pour qui ? Une femme qu'elle ne connaissait même pas.

— Vous m'avez donné un bonbon.

— Moi ?

— Menthe et réglisse.

— Je ne me rappelle pas.

— J'avais les cheveux blonds.

Teresa avait cru que c'était l'autre, la blonde, celle avec qui elle venait de prier.

— Tu étais trop petite pour t'en souvenir.

— Je me souviens de tout.

Frances ferme les yeux un instant, projette contre l'envers de ses paupières l'image du magnifique visage de Teresa. Teresa attend. Elle cherche la petite fille à qui elle a donné le bonbon. Frances rouvre les yeux.

— Et je me souviens de la fois où vous êtes venue dans ma chambre. Penchée au-dessus de mon lit, vous avez touché mon visage pour chasser ma peur.

— Ce n'était pas moi.

— C'était qui, alors ?

Et Teresa a une petite attention gentille, du genre de celles qu'elle voudrait toujours avoir, sans jamais y parvenir.

— C'était ta mère, petite.

Frances ferme les yeux. On dirait qu'elle s'est endormie. Puis elle sourit et dit :

— Merci, Teresa.

Et elle s'endort.

En bas, Mercedes fait les cent pas d'une démarche à peine moins raide que celle d'un soldat prenant part à une lente marche militaire. Le pas rassurant d'un agent de la Gendarmerie royale fait taire les gémissements des cornemuses dans sa tête.

— Mademoiselle Piper ?

N'est-il pas terriblement jeune ?

— Quel est le problème ?

Mercedes arque légèrement le sourcil, préfigurant l'institutrice qu'elle est appelée à devenir.

— Ma sœur repose dans un état critique par suite d'une blessure par balle que lui a infligée la femme assise là-bas.

Elle fait un geste sans regarder.

L'agent se tourne vers Adelaide et, en sortant son calepin, demande :

— Est-ce exact, madame ?

— Bien sûr que c'est exact, dit Mercedes d'un ton coupant. Vous n'avez qu'à voir leurs vêtements.

En se retournant, elle établit enfin une séquence logique entre leurs vêtements souillés et la robe immaculée de la femme à l'étage.

— Oh, mon Dieu !

L'échafaudage de son orgueil s'effondre et son visage tombe, tant et si bien qu'Adelaide vient près de lui pardonner. Seulement, le temps lui fait défaut. Mercedes s'est élancée dans l'escalier, laissant le policier en proie à une certaine confusion. Il se tourne vers Adelaide.

— Madame, je vais vous demander de bien vouloir...

— Dans une minute, mon grand, dit-elle en passant près de lui pour gagner l'escalier.

Ginger suit, et l'agent lui emboîte le pas. Pour ce néophyte, les derniers jours ont été éprouvants. La nuit passée, il a annoncé à une femme que son mari était mort dans un accident de voiture, et elle a accueilli la nouvelle comme un bulletin météorologique. Aujourd'hui, il a échoué dans sa tentative de recueillir des preuves de la production d'alcool frelaté, et il vient tout juste d'éviter de près l'évanouissement — il supporte la vue du sang, mais pas s'il n'a pu s'y préparer. Il suit la procession, déterminé à se racheter en procédant à une arrestation.

Mercedes court, dérape sur de la cire d'abeille, s'agrippe au montant de la porte de la salle de réveil, se propulse vers l'avant : à l'autre bout de la pièce, elle aperçoit les rideaux tirés comme sur un calice. En priant, elle se précipite. Un son vient de l'intérieur. À cinq mètres, l'infirmière-chef détecte la panique dans ses yeux, se lève, pose ses mises et intercepte Mercedes par les poignets avant qu'elle n'arrache les rideaux. Sous le regard de fer de l'infirmière, Mercedes recommence à respirer. Elle écoute. Quelqu'un chante. L'infirmière libère Mercedes et écarte doucement les rideaux.

Teresa, très grande aux côtés de Frances, chante à voix basse une berceuse antillaise. Sa main repose doucement sur le front de Frances. Frances, Lily et Trixie dorment. L'infirmière et Mercedes regardent. Adelaide, puis Ginger et enfin l'agent les rejoignent.

— Allez-vous enfin me dire...

Mercedes le fait taire du regard.

Teresa termine la chanson. Elle se retourne vers le policier.

— Je suis prête.

Lily et Trixie ouvrent les yeux. Teresa veut s'éloigner du

lit, mais Frances la retient par la main. Frances, le visage tuméfié par la raclée qu'elle s'est administrée la veille, se tourne vers l'auditoire assemblé entre les pans des rideaux.

— Mercedes ? dit-elle.

« Pourquoi Frances a-t-elle soudain un accent anglais ? » se demande Lily.

— Je suis navrée de la honte et de l'angoisse où j'ai plongé ma famille. Arrêtez-moi, monsieur, faites de moi ce que vous voudrez, car, me trouvant grosse et sans mari, je me suis rendue au bord du frère océan, où, armée d'un fusil, j'ai attenté à mes jours. Oh, que n'ai-je péri !

Frances, se tournant vers l'arrière-scène, se permet un unique sanglot. Puis l'infirmière fait table rase.

— Mesdames et messieurs, le spectacle est terminé.

C'est ainsi que Frances a fait disparaître la haine de Teresa.

Neuf mois et demi plus tard, Teresa donne naissance à une petite fille parfaite qu'elle nomme Adele Claire. Adelaide avait vu juste. Hector fonctionne toujours.

Je te ramènerai, Kathleen,
là où ton cœur sera en joie...

Le 29 octobre 1932

Monsieur,

En ma qualité d'exécutrice testamentaire de mademoiselle Giles M. MacVicar, qui nous a récemment quittés, je vous fais parvenir, conformément aux vœux de la défunte, quelques effets ayant appartenu à feue votre fille, Kathleen.

Recevez, Monsieur, mes salutations.

Mademoiselle Lucy Morriss

quand les champs auront reverdi,
je te ramènerai chez toi.

LIVRE 7

LA BALLE

Vous êtes bénie entre toutes les femmes

Les points de suture de l'infirmière-chef étaient une véritable œuvre d'art. On les a retirés il y a environ un mois, et il ne reste plus qu'un sourire timide sous la cage thoracique de Frances, du côté droit. C'est l'élargissement furtif de ce sourire qui révèle la présence des forces qui se déploient dans le ventre de Frances. Elle se frotte l'abdomen et retourne le sourire. « Bonjour. »

Mercedes, d'un ton approbateur, fait observer :

— Tu prends du poids.

Frances émerge d'un bain fumant, et Mercedes l'emmaillote dans une grande serviette réchauffée sur le radiateur. Nous sommes le 1er novembre, mais Mercedes, sachant sa sœur frileuse, brûle du charbon depuis « l'accident » survenu en juillet. Et Frances a permis qu'on l'immerge, qu'on la lave et qu'on l'essuie, docile comme une enfant à qui on aurait administré un narcotique.

La convalescence de Frances est paisible. Elle s'assoit à table sans rouspéter et mange d'un bon appétit. Elle sourit au lieu de grimacer. Elle a mis un terme à ses errances et passe ses journées sur la véranda, abritée sous une couverture légère. Lorsque, le soir, elle se sent assez bien, elle va marcher sur la falaise avec Lily et Trixie. Frances, propre et douce maintenant, exhale un parfum agréable. Et son visage. Plus rond. Ses yeux, apaisés, ne sont plus fuyants. La fine bande blanche sur l'arête de son nez, annonciatrice d'allégresse mauvaise, n'est pas apparue, pas une seule fois. Elle a des seins. Mûrs. Au milieu, des aréoles mauves qui se contractent, des érections noisette. C'est la seule partie de son corps qui ne s'abandonne pas à une sorte de repos langoureux. Et ses cheveux perpétuellement en bataille ont pris du brillant. Casque de reflets cuivre et de filaments blond pur. Frances est jolie. Oui, voilà.

— Quatre mois déjà... Il était temps que ça se voie, réplique Frances, tranquille sous les assauts du peigne que Mercedes fait passer dans ses boucles mouillées. Mercedes s'interrompt, baisse les yeux et tire du peigne un cheveu doré.

— C'est impossible, Frances.

Selon l'infirmière-chef, la nature, après le coup de feu, allait se charger de sortir Frances de sa fâcheuse situation. Comme des règles particulièrement douloureuses. Mercedes s'attendait à ce que les crampes débutent, mais Frances doit avoir souffert en silence, car comment peut-elle être toujours...

— Regarde-moi.

Frances, nue et sereine, se tient debout sur les carreaux de la salle de bains.

Mercedes la regarde. Et rougit : un afflux de sang lui pique le visage. Inutile de faire comme si elle avait vaqué aux soins d'une enfant. Elle a lavé, frotté, nourri et séché une femme qui bourgeonne comme une rose de serre. On dirait les mamelons sur le point d'éclater et de se répandre en semences. Les poils roux du pubis sont tendus fièrement, à la façon d'une grappe de raisins. Dans ce cas particulier, une feuille de figuier ne servirait à rien — mûr et cru, rosé et pulpeux comme ce fruit, le navire qui transporte la cargaison génitale de Frances, depuis les lèvres qui enrobent les lèvres jusqu'au clitoris, à la proue, tangue constamment sous l'influence des marées profondes et nouvelles auxquelles son corps est soumis. En état d'excitation quasi perpétuelle, elle sent sa barque aux flancs tendres s'ouvrir, se fermer, prendre l'eau. Son corps se fait l'amour à lui-même. Jusque-là, Frances se demandait pourquoi on en faisait tout un plat.

Pour une fois, Frances est dénuée d'ironie. Confrontée à quelque chose qui la dépasse — nommément elle-même. Ou, à tout le moins, le moi que son nouveau corps laisse pressentir. C'est ainsi que la Sainte Vierge nous visite. Elle investit notre chair, qu'elle transforme en amour. Rien d'ironique dans l'instant du premier amour. Et Frances est amoureuse. De son corps, et de ce qu'il mijote.

— Tu ne peux pas être enceinte, Frances. Pas après ce qui est arrivé.

— Surtout après ce qui est arrivé.

Elle s'empare de sa chemise de nuit, posée sur le radiateur, et l'enfile en disant :

— Merci, Mercedes.

Après le départ de Frances, Mercedes a mal. Dépossédée soudain, elle se laisse choir sur le plancher et appuie sa joue contre l'émail de la baignoire. L'eau finit de s'écouler et Mercedes, sans savoir pourquoi, se met à pleurer. C'est le chagrin qui a été mis en bouteille dans l'attente de la mort de Frances. Pourquoi faire sauter le bouchon et y goûter maintenant ? « Frances... ma petite Frances. » Mercedes parvient à reboucher la bouteille avec des gestes hâtifs et maladroits, comme si elle ignorait qu'il s'agit d'une bouteille magique, capable de se remplir pour l'éternité.

Elle s'asperge le visage d'eau froide et comprend le motif de ses larmes : Frances est partie — *sa* Frances. La nouvelle Frances dit merci, se soucie de sa santé et attend la maternité avec impatience. Ma Frances n'est pas une mère. Ma Frances est une enfant. Espiègle, mais infiniment précieuse. Mon enfant.

James a eu sa première attaque. Mais personne ne le sait, même pas James. Il a simplement l'air vieilli et se sent plus vieux. Un côté de son visage s'est quelque peu affaissé sur ses fondations. Son œil gauche paraît sans cesse légèrement endormi, tandis que le côté gauche de sa bouche est triste en permanence. Impossible de serrer le poing de la main gauche. Tout ce côté est engourdi, comme au saut du lit.

En soi, l'attaque a été une expérience plutôt agréable, quoique étrange. Il l'a subie après avoir incendié la distillerie dans les bois, en ce jour de toutes les catastrophes, il y a quatre mois.

James aspergea la distillerie d'essence, y mit feu et prit ses jambes à son cou. La structure vola littéralement dans les airs, ce qui explique que le jeune policier n'ait trouvé sur les lieux qu'un peu de terre calcinée. C'est peut-être l'explosion qui a déclenché l'attaque de James — un morceau délicat de la paroi d'une artère s'est mis à trembler avant de céder et de provoquer l'inondation d'une petite parcelle avoisinante de son cerveau. Neurones noyés.

À son réveil, il avait perdu la notion du temps. Il remarqua que le soleil était à la même hauteur qu'au moment où il avait fui l'explosion. Il se leva et fit quelques pas. Rattrapé par un nouveau déséquilibre de son corps, il s'affala sur sa gauche.

À ce moment précis, les motifs d'étourdissement ne manquaient pas à James, étant donné ce qu'il venait de vivre. L'idée d'une attaque lui eût paru absurde. Une exagération. Se ressaisissant, il marcha d'arbre en arbre, avec précaution, jusqu'aux limites de la clairière ouverte par l'explosion. Il s'accroupit, puis, en rampant, se rendit à l'emplacement de son entreprise, marqué par une tache de sol noirci. Les cendres étaient froides. Alors il comprit qu'il avait été sans connaissance pendant vingt-quatre heures.

Il s'endormit. Ou s'évanouit. Il rouvrit les yeux sous un ciel chargé d'étoiles, une lune nouvelle haut dans le ciel. Pendant un moment, il fut sans passé. Il n'était personne. Il était l'air pur de la nuit. L'instant d'après, cependant, il était une mine de souvenirs. De formes corrodées d'objets anciens, tordus au point d'être méconnaissables. Il se mit à quatre pattes, la tête comme une enclume, aveuglé par la douleur. De la glu en fusion s'embourbait dans les veines de son côté gauche, là où son sang aurait dû circuler. Tandis qu'il se relevait avec peine, en s'aidant de la main droite, agrippée à un petit arbre dépenaillé, son côté droit eut un avant-goût de l'obligation où il se trouverait désormais de traîner le côté gauche comme un camarade blessé. Il resta dans cette position si longtemps que la sève souda sa main au tronc malingre. En voulant se libérer pour se remettre en route, il laissa derrière lui une couche de peau.

Lorsque la gravité l'emportait sur la nouvelle conformation de son oreille interne, il se laissait prudemment tomber à genoux. Il tendait la tête en avant pour donner libre cours à un afflux de sang à son cerveau. Il souffrait le martyre, mais c'était la seule façon d'éviter de perdre connaissance. Parfois, le poids de sa tête l'entraînait plus loin. À genoux, il tombait sur les mains. Au point d'impact, la gauche oubliait de s'ouvrir, et les jointures amortissaient le choc sur le sol rocailleux. Après un instant de repos, le soldat indemne relevait le soldat blessé et lui faisait parcourir quelques mètres, la paume de la main droite en sang, les jointures de la gauche écorchées.

La voiture était garée à trente mètres de l'emplacement de l'alambic. Lorsque le jour se leva, il en avait franchi une dizaine. Puis il dormit. Ou s'évanouit.

En soi, l'attaque fut cependant une bénédiction. Il rêva, encore plus que d'habitude. Il vit sa mère. Il était un homme mûr, comme aujourd'hui.

Comme dans tous les rêves qu'il fait d'elle, sa venue s'accompagne d'une musique distante, mais omniprésente. Un air vieillot au piano, d'une douceur ineffable, mais chargé de sens, indicible et pourtant aussi familier que les battements de son cœur. Sa mère est dans la musique. Des larmes jaillissent, tombent de ses yeux, le rafraîchissent. Il est dans une clairière, au milieu d'arbres d'un vert vif. Pas des pins à l'écorce sombre comme ici, mais plutôt de vieux arbres à feuilles caduques, hauts et enveloppants. Il y a un bouleau parmi les chênes et les ormes. C'est sa mère. À l'écorce blanche de l'arbre, il reconnaît sa robe.

Il se couche, se recroqueville sous le bouleau et entend

la voix de sa mère. « Bonjour. » S'il se retourne pour entrevoir son visage, elle s'en ira, de sorte qu'il se concentre sur un brin d'herbe qu'il a devant les yeux, et elle lui parle en l'appelant par son nom gaélique. « Bonjour, Seamus. *Mo ghraidh. M'eudail.* » Ses larmes apaisent son visage, desséché comme du petit bois.

Il lui parle. Il lui demande pardon. Il sent sa main fraîche contre sa joue. Elle le guérit, mais, du même coup, il comprend qu'elle se prépare à le détacher d'elle. « Non ! » Elle le condamne à regagner un enfer qu'il a presque oublié. « Non ! » Il ouvre les yeux.

Puis les referme contre le soleil. Et poursuit le voyage vers la voiture.

J'ai beau chercher mon chemin,
Je ne rentre jamais que le lendemain,
Et je ne me souviens pas non plus très bien
De la curieuse musique qui me vient.

« Si papa est mort, c'est à moi qu'il incombera de veiller sur la famille. »

C'était entre chien et loup, au lendemain du coup de feu. Frances était tirée d'affaire grâce aux bons offices de l'infirmière qui en avait vu d'autres, mais James manquait toujours à l'appel. Mercedes laissa affleurer à son esprit la possibilité que son père fût mort. Assise sur la véranda, elle épiait la rue en pelant une grenade achetée dans un élan d'extravagance à une Antillaise à l'angle de la 7e Rue.

« Si papa est mort, je me ferai institutrice. Je vendrai ses outils. »

Mercedes fut rassurée par la logique de cette chaîne de réflexions, quoique légèrement surprise par le dernier maillon.

« Nous serions mieux sans lui. »

Elle mordit dans la pulpe lie-de-vin.

« S'il n'est pas mort — Mercedes doit aussi envisager

cette possibilité —, ma tâche sera simplement plus exigeante. »

Quand les contours de la Buick se profilèrent derrière les phares, les projets de Mercedes étaient suffisamment fermes pour résister à l'assaut. Elle observa la voiture s'avancer lentement en seconde et s'agenouiller dans le moindre nid-de-poule. La première réflexion qui lui vint à l'esprit fut : « Je devrai apprendre à conduire. »

Les bras croisés, elle regarda la voiture s'engager dans l'entrée et s'arrêter dans un soubresaut. Tandis que les phares s'éteignaient, la tête de James fut projetée en arrière et sa bouche s'ouvrit. Mercedes l'entendit se débattre un long moment avec la poignée de la portière. Il l'ouvrit et descendit. Dans le crépuscule naissant, elle le vit tomber lentement à genoux. Dans cette position, il remonta l'allée de pierres jusqu'au pied de la véranda.

La seule possibilité que Mercedes n'avait pas envisagée, c'était le retour de son père dans le rôle du pénitent. Voilà qui risquait de contrecarrer ses plans. Elle n'avait plus assez d'énergie pour être la fille d'un homme bon. Elle n'avait plus que celle qu'il faut pour être chef de famille.

Quand il se mit à gravir les marches à quatre pattes, elle était suffisamment proche pour entendre ses halètements. Du coup, elle comprit qu'il était non pas pénitent, mais plutôt malade, tout simplement. Elle supposait qu'il ne l'avait pas vue, si bien que le son de sa voix la fit sursauter :

— Bonsoir, ma chérie.

Il était maintenant affaissé sur le pas de la porte. La mortification qu'elle avait éprouvée par réflexe fut remplacée par le calcul froid selon lequel il valait mieux mettre cartes sur table : Oui, je t'ai vu tomber, et je n'ai pas levé le petit doigt pour te venir en aide.

James leva les yeux sur elle. Ils avaient bleui, rajeuni. Peut-être aussi n'était-ce qu'une illusion causée par le vieillissement de ses traits, dont Mercedes ne s'était pas encore rendu compte. Tout ce qu'elle vit, ce fut que ses yeux semblaient plus jeunes et que la moitié de son visage était dans l'ombre. Ce n'est qu'après l'avoir aperçu sous un éclairage électrique, plus tard, qu'elle comprit que ce n'était pas une ombre, pas au sens habituel du moins.

Se levant de sa chaise, Mercedes fit entrer son père dans la maison sombre.

— Papa !

Lily dévala l'escalier, nu-pieds et en chemise de nuit, et s'entortilla autour de lui.

— Papa ! Mon papa !

« Quel bébé » — Mercedes s'efforça d'enrober cette pensée de bons sentiments.

James caressa la tête de Lily plus maladroitement encore qu'à l'accoutumée.

— Tu t'es blessé les mains, cria Lily en les tenant dans les siennes.

Elle les jaugea : la gauche, repliée sans défense, les jointures à vif, la droite, encore forte, mais la paume couverte de croûtes.

— Je vais faire du thé, dit Mercedes, qui, en allant du vestibule au poêle, grandit de trois centimètres, en frissonnant légèrement sous l'effet de la brise inhabituelle qui s'infiltrait entre ses côtes.

Avec Lily pour tout soutien, James tituba légèrement. Il allait tomber de nouveau, mais elle l'en empêcha.

— Prends garde ! cria-t-il par crainte de lui faire mal.

— C'est bon, papa, mets la main sur mon épaule.

Il résista, préférant marcher vers le mur en chancelant, mais elle l'attrapa par la taille et, en le tenant fermement, le dirigea vers le salon, confiante dans la force de sa jambe droite.

Il se trouva allongé pour la deuxième fois en deux jours. Lily plaça ses jambes sur le sofa et alluma la lampe de lecture. Elle constata aussitôt l'étendue des dommages, et ses larmes jaillirent. Assise près de lui, elle posa sa main fraîche sur son visage blessé. Il ferma les yeux, trop épuisé pour s'interdire la consolation des larmes. Elles se formèrent entre ses longs cils blonds et coulèrent le long des rigoles nouvelles creusées dans son visage.

— Je t'aime, papa.

Mercedes, arrivée à la porte du salon avec le plateau de thé, s'immobilisa dans le halo découpé par la lampe de lecture. Sans renverser une goutte, elle s'engouffra dans une fissure ouverte dans le temps. À son retour, le thé était encore bouillant, et Lily exhalait toujours un souffle tiède contre la poitrine de James, sur laquelle était posée sa tête endormie. James était étendu sur le dos, endormi ou dans le coma, et Lily s'était glissée à ses côtés, comme une feuille fraîche, la main sous son menton, telle une fleur nocturne.

La semaine suivante, James dormit presque sans arrêt. À son réveil, il goûtait à la nourriture que Lily lui avait apportée, puis elle lui faisait la lecture. Des contes de fées et Freud, jusqu'à ce qu'il se sente assez bien pour comprendre que ses ouvrages préférés ne l'intéressaient plus. Il aimait mieux qu'elle lui lise le *Halifax Herald* d'un bout à l'autre. En Europe, la situation redevenait intéressante.

Quand Frances rentra de l'hôpital, James, de nouveau capable de s'asseoir, employait son temps à se tailler une canne au couteau.

Avec deux convalescents sur les bras, Mercedes et Lily ne chômèrent pas, mais le travail leur réussit. Les patients étaient des anges — ils ne se plaignaient jamais, se montraient reconnaissants et reprenaient des forces. Mercedes n'avait pas souvenir d'une époque plus heureuse. Même du vivant de maman, planait sur eux un nuage, une menace constante de turbulences. Aujourd'hui, tout est calme. Tout est lumineux.

Seule ombre au tableau pendant ces jours de bonheur, la tendance qu'avait James à parler de Materia. Il est normal d'évoquer avec affection le souvenir des morts. Mais comme la réaction avait été différée de quatorze ans,

Mercedes y vit une forme d'ingérence pénible. À son grand soulagement, il n'avait pas encore fait allusion à Kathleen.

James sculpta une tête de chien à l'extrémité de sa canne et sortit faire une lente promenade avec Lily. Dans la remise, il mit un nouveau projet en chantier. Pour la première fois depuis de nombreuses années, il renoua avec ses outils de cordonnier. Le travail avance lentement : il faut que James se réhabitue à sa main gauche, qui ne collabore plus. Et il refuse de dire ce qu'il mijote. La remise est interdite d'accès à quiconque, Trixie exceptée. Ce sera une surprise.

Tout allait donc pour le mieux dans le meilleur des mondes — jusqu'à ce que Frances émerge de la baignoire et que Mercedes ne puisse plus nier que sa sœur est toujours enceinte.

Les sœurs de la Charité

— Le moment venu, les sœurs seront prêtes, Mercedes.

— Merci, sœur Sainte-Monique.

Dans la classe de géographie du couvent des Saints-Anges, Mercedes s'est entretenue avec sœur Sainte-Monique sous l'image en couleurs qui trône toujours fièrement au-dessus du tableau noir. Sainte Monique : patronne des mères, fléau des concubines africaines.

— Avez-vous fait part de vos intentions à Frances ?

— Pas encore, ma sœur. Je crains qu'elle ne refuse de se séparer de l'enfant.

— Dans ce cas, il vaut probablement mieux ne rien dire.

— C'est ce qu'il m'a semblé.

— Il y a d'autres moyens.

— Des moyens plus charitables.

— Exactement.

Des rouages ont été mis en branle. Dans cinq mois, Frances reposera à l'infirmerie du couvent de Macou. Puis le bébé sera acheminé vers un orphelinat bien choisi.

— C'est une image adorable, ma sœur.

— Merci, Mercedes.

Il est temps que Mercedes ait un entretien avec Lily. Lily a treize ans. Mercedes attendait ses premières menstruations, mais tout indique qu'elles seront en retard — peut-être s'agit-il d'un autre signe. Peut-être ne saignera-t-elle jamais. Ce qui constituerait indubitablement une autre manifestation de la faveur dont jouit Lily auprès de Dieu.

Quoi qu'il en soit, il est grand temps, compte tenu de l'état de Frances, qui bientôt serait par trop visible.

— Sais-tu d'où viennent les bébés, Lily ?

— Ils viennent de Dieu.

Elles sont dans la cuisine, occupées à préparer des petits pains, les avant-bras recouverts de poudre blanche, comme si elles portaient des gants longs pour l'opéra.

Mercedes rougit.

— Tu as raison. Mais Dieu, pour créer la vie, passe par notre chair.

Pas mal. Mercedes se détend. Ce ne sera peut-être rien.

— Je sais, Mercedes, dit Lily, les yeux pudiquement baissés sur la pâte qu'elle pétrit.

— D'où tiens-tu tes renseignements ? demande Mercedes sur un ton tranchant.

— Frances m'en a parlé.

Ce sera difficile, après tout.

— Que t'a-t-elle raconté ?

Lily rougit un peu, de façon adorable, tout en continuant de pétrir la pâte.

— Eh bien ? s'impatiente Mercedes.

— C'est une question intime, non ? dit Lily, qui jette un regard de côté en se mordant la lèvre.

— Oui. Très intime. C'est une affaire entre Dieu et deux personnes.

Lily ne dit rien.

— Lily, je ne cherche pas... je... je ne veux ni t'embarrasser ni te faire rougir de honte. Seulement, je dois te préparer à certaines... expériences... merveilleuses que tu connaîtras en devenant femme.

Les mains de Lily n'ont pas interrompu leur labeur, mais Mercedes a cessé de travailler et, pour dissimuler sa gêne, s'est rendue à la pompe.

Avec son tact naturel, Lily répond :

— C'est bon, Mercedes. J'ai eu mes premières règles en mars, et Frances m'a dit quoi faire.

« Ah bon. Que me cache-t-on d'autre dans cette maison ? » se demande Mercedes en pompant avec vigueur. Lily risque un coup d'œil en direction de son aînée. Soudain, elle comprend qu'elle a blessé Mercedes. Il ne lui était jamais venu à l'esprit que sur un tel sujet Mercedes pourrait se sentir tenue à l'écart. En fait, Lily croyait que Mercedes préférerait être tenue à l'écart. Lily s'excuserait volontiers, mais elle craint d'humilier sa sœur davantage.

— Frances va-t-elle vraiment avoir un bébé, Mercedes ?

— Ah. Elle t'en a donc parlé.

— Oui. Mais je ne savais pas si je devais la croire.

— C'est vrai.

Mercedes rince les dernières traces de farine et de pâte. S'emparant d'un pain de lessive, elle demande :

— Frances t'a-t-elle expliqué comment elle s'est trouvée enceinte ?

— Oui.

Le visage de Lily est très rouge à présent, en raison non pas de ce qu'elle sait, mais plutôt de la délicate mortification de qui doit, contre son gré, violer l'intimité d'autrui.

Mercedes passe une brosse contre le savon humide et se frotte des ongles aux coudes.

— Eh bien ? Que t'a-t-elle dit au juste ?

Lily pétrit la pâte avec le plus grand respect, la façonne avec soin.

— Elle est tombée enceinte après avoir passé la nuit à la mine avec M. Taylor...

Les mains de Mercedes sont stériles.

— ... mais elle a fait une fausse couche à cause de la balle, poursuit Lily sur un ton digne.

Mercedes arrête la pompe avec le poignet et tient ses mains en l'air pour les laisser sécher. Les gouttes descendent jusqu'à ses coudes.

— Comment, dans ce cas, explique-t-elle son état actuel ?

— La balle, répond Lily, avant de se remettre à pétrir.

Mercedes souille ses mains en les essuyant avec un torchon propre, en les essuyant encore, et encore.

— Elle t'a raconté cette histoire pour éviter de te dire la vérité, Lily.

— Non, elle en est convaincue.

Mercedes s'interrompt. Plie le torchon.

— Eh bien, ce n'est pas ainsi que les femmes ont des enfants.

— Je sais, Mercedes.

Mercedes perd patience.

— Dans ce cas, veux-tu bien me dire, au nom de Notre-Seigneur Jésus-Christ sur sa croix, ce que tu sais exactement des actes concrets de la vie !

« Des choses de la vie », pense Lily, mais elle ne dit rien. Elle ôte son tablier et sort de la cuisine en disant :

— Excuse-moi.

Mercedes en a le sifflet coupé. Cette fille est nulle, sainte ou pas sainte. Pourquoi, dans cette famille, est-on incapable d'avoir une conversation franche ?

Puis elle aperçoit la sculpture.

Un pénis et un vagin aux proportions modestes en plein coït. Ils s'affaissent déjà : la pâte a été trop travaillée.

— Frances, pourquoi as-tu raconté à Lily cette histoire de balle ?

— Parce que c'est la vérité.

C'est la réponse à laquelle Mercedes était le moins préparée. Elle s'attendait à une plaisanterie salace ou un autre mensonge, mais pas *ça*. De quelle Frances s'agit-il ? Cette même créature étrange qui, l'autre jour, a émergé de la baignoire.

— Tu y crois vraiment, Frances ?

Indolente, Frances est recroquevillée sur un lit de camp posé sur la véranda. Elle tue l'après-midi en observant le mouvement de la rue. Dans la cour, Trixie donne la chasse à des papillons. Frances a un autre geste contre nature. Elle tend le bras et prend la main de Mercedes. La main de Frances est chaude. Elle sourit.

— Je suis heureuse, Mercedes. Heureuse.

Le sourire de Frances est sincère. Il garde en lui le souvenir de tous ses autres sourires, rires feints de toute une vie. Rien n'a été enlevé de son visage, mais quelque chose d'incommensurable y a été ajouté.

— Tout ira bien, Mercedes.

Mercedes serre la main de Frances et la borde sous la couverture.

— Ne t'en fais pas, Mercedes. Je ne suis pas folle.

— Je ne m'en fais pas.

Frances aura toujours besoin de moi.

— Ne sois pas triste, Mercedes.

— Je suis heureuse, ma chère.

Et Mercedes sourit à travers ses larmes, tandis qu'elle écarte les boucles qui tombent sur le front de sa sœur.

— Mercedes ?

— Oui, ma chère.

— Il ne faut pas en vouloir à Lily. Elle avait honte de dire les mots, alors elle a fait une sculpture.

— Tu as raison, dit Mercedes, sereine, en se levant. Lily est l'innocence même.

— À moins qu'elle ne soit possédée du démon.

Mercedes se retourne vivement.

— Je plaisante, Mercedes.

Et la fine bande blanche paraît sur l'arête du nez de Frances, contrecarrant provisoirement tous les projets de Mercedes.

— Quand pouvez-vous commencer, Mercedes ?

— Aujourd'hui même, sœur Saint-Eustache.

Dans le bureau de la directrice de l'école du Mont-Carmel, Mercedes savoure le parfum de l'encaustique. Les livres usés rangés sur les étagères, Jésus sur Sa croix de bois verni, le large bureau de chêne avec son encrier et son stylo immaculés, les notes de service méticuleusement enroulées sur elles-mêmes dans les casiers. Le bureau que Mercedes rêve d'avoir. Un beau jour, je me raserai les cheveux et j'entrerai au couvent. Je ferai la classe. Ou je joindrai les rangs d'un ordre contemplatif.

Mercedes tue son rêve dans l'œuf. « Il faudrait, constate-t-elle soudain, que tous les membres de ma famille meurent ou se marient pour que je devienne la fiancée du Christ. » Et comme il est fort peu probable que l'un ou l'autre d'entre eux se marie un jour, caresser ce rêve équivaut à souhaiter leur mort à tous. Mais peut-être pas. « Frances pourrait m'accompagner à titre d'infirme, non ? »

— Comment se porte Frances ?

— À merveille, sœur Saint-Eustache. En pleine santé et...

— Entend-elle conserver l'enfant ?

La franchise de la question prend Mercedes de court, même si elle ne se berce pas d'illusions : l'île du Cap-Breton tout entière est au courant du dernier scandale à la maison Piper.

— Eh bien, je crois que... il est probable qu'elle le donnera en adoption.

— Vraiment ?

Sous le feu des lunettes de sœur Saint-Eustache, Mercedes éprouve soudain une bouffée de chaleur. Quoi ? Qu'est-ce que j'ai fait ?

— Les voies du Seigneur sont impénétrables. Frances va peut-être enfin s'assagir. Avec un enfant à élever.

— C'est possible, en effet, ma sœur. Sans doute.

Tout en souriant, Mercedes sait qu'elle ment. Elle se demande comment elle confessera ce péché, dimanche prochain. Est-ce bien un péché ? Oui et non. J'ai mal à la tête.

— Dois-je me rendre dans les classes de première, ma sœur ?

— Oui.

Mercedes se lève.

— Je vous remercie, sœur Saint-Eustache.

Mais sœur Saint-Eustache s'est remise au travail.

James profite de sa retraite. Le fauteuil à oreillettes est encerclé d'une tourelle de livres chaque jour plus haute. C'est l'autre projet qui l'occupe, en plus de ce qu'il prépare secrètement dans la remise. Il a ouvert la dernière caisse et sorti des étagères tous les livres qu'il n'a pas eu le temps de lire. D'abord, il les a comptés : cent trois. Puis il les a empilés selon l'ordre dans lequel il avait l'intention de les lire, les derniers se retrouvant à la base des fondations. C'est un lent exercice de rumination. Comme il a déjà retenu celui qu'il entend lire en premier, il le réserve pour le pinacle du mur : *Le Paradis* de Dante. Ayant lu *L'Enfer* des années auparavant, il décide de tricher et de sauter *Le Purgatoire*, impatient d'être témoin de la vision béatifique et des retrouvailles avec Béatrice.

Dans son fauteuil, derrière le parapet de mots inachevé, il se repose de ses labeurs et laisse son esprit divaguer. Son aînée, industrieuse comme jamais, fait tourner la roue. La suivante, la dévergondée, se prépare à élever son enfant de couleur — oh non, il n'a pas oublié. Il a simplement oublié comment un tel fait — la naissance d'un innocent — avait pu le faire songer au meurtre. Et Lily. Ma consolation.

Un coup de canon, au loin, le tire de sa rêverie. Debout à côté de son fauteuil, Lily peigne ses cheveux.

— Tout va bien, papa.

— Qu'est-ce que...

— Il est onze heures.

Mais James demeure abasourdi.

— Du matin.

Lily s'empare d'une mèche, qu'elle se met à tresser.

— C'est l'anniversaire de l'Armistice, explique-t-elle doucement.

— Ah bon.

Ils observent ensemble deux minutes de silence, puis James appelle d'une voix à peine audible :

— Frances.

Frances et Trixie entrent à pas lents.

— Oui, papa ?

— Joue quelque chose, ma chérie.

— Quoi donc ?

— N'importe quoi.

Elle entonne un *negro-spiritual*.

— *Swing low, sweet chariot, comin'for to carry me home...*

— C'est adorable.

À seize heures trente, Mercedes, qui rentre de sa première journée d'enseignement, est témoin de la scène suivante : Frances joue *The Maple Leaf Rag* tandis que papa somnole dans le fauteuil à oreillettes, la tête hérissée d'une multitude de fines tresses. Frances cesse de jouer et déclare :

— Je m'occupe du souper, Mercedes.

Mercedes n'y voit pas d'inconvénient. Récemment, Frances s'est découvert un don de cuisinière. Elle fait la cuisine à longueur de journée. Rôtis et caris, ragoûts et petits plats en cocotte. C'est à n'y rien comprendre. Frances fait penser à ces personnes qui, un beau matin, se lèvent et jouent les œuvres complètes de Bach sans jamais avoir suivi de leçons.

— Papa ? dit Mercedes.

Il entrouvre les yeux et cligne de plusieurs côtés avant de fixer son regard sur elle. Debout devant lui, elle a à la main un colis recouvert de papier d'emballage.

— Un paquet pour toi.

Elle le pose sur ses genoux et quitte la pièce.

James jette un coup d'œil au cachet de la poste. New York. On a inscrit l'adresse d'une main tremblante — une écriture de vieille dame. Il constate avec soulagement que ce n'est pas celle de la lettre infâme arrivée il y a si longtemps. Qui donc peut lui écrire ? Il met un moment à défaire les ficelles.

À l'intérieur, il y a un billet rédigé sur du papier lavande, posé sur un paquet emballé dans du papier de soie blanc.

Souper.

Mercedes prend sa place au bout de la table. Lily pose un plat de *kibbeh nayeh* au centre. Suivent un bol de taboulé, un chaudron rempli à ras bord de *koosa* farcis et une casserole de *bezella* et *roz*. En dépliant sa serviette, Mercedes se demande où Frances a appris à préparer les spécialités de leur mère. Le *kibbeh* rappelle à s'y méprendre celui de maman, à ceci près que, au centre, il y a l'empreinte non pas d'une croix, mais plutôt d'une grimace de feu follet...

— Frances ?

— Oui, Mercedes ?

— Non, rien.

Dans le vestibule, le pas lent de James se fait entendre, accompagné du martèlement syncopé de la canne. Il parvient jusqu'à la cuisine et se dirige lentement vers sa place, à l'autre bout de la table, face à Mercedes. Mercedes attire l'attention de Frances, qui ne remarque rien d'inhabituel. Oh, pour l'amour du ciel...

— Papa ? dit Mercedes.

— Oui ?

— ... rien.

Tant pis. Qu'il mange avec les cheveux tressés. Il n'y a pas de mal. Cela vaut mieux que de provoquer une scène à table. Comme aux mauvais jours.

Ils disent le bénédicité. James ne manifeste aucune surprise à la vue du festin libanais étalé devant lui. Avec sa fourchette, il rabat sa portion de *kibbeh*, l'arrose d'huile d'olive et découpe un petit morceau de pain plat qu'il utilise pour en prendre une bouchée. Avec modestie, comme il l'a toujours fait, même à l'époque où il travaillait à la mine, conscient du caractère intime de l'acte de manger.

— Tu t'es surpassée, Frances. Ton *kibbeh* est aussi bon que l'était celui de ta mère.

Cette étrange nouvelle trêve entre papa et Frances tape sur les nerfs de Mercedes, qui, elle le sait, devrait plutôt s'en réjouir.

— Merci, papa, réplique Frances en tirant sa chaise. J'ai appris en regardant.

— Dans ce cas, tu as une mémoire photographique. C'est un signe de génie.

Les sourcils de Mercedes, à force d'étonnement, touchent presque le plafond — disons que la journée a été fertile en surprises de toutes sortes. S'armant de sa fourchette, elle goûte le *kibbeh* avec précaution. C'est plus que délicieux. C'est comme si maman était là. Un instant, Mercedes ferme les yeux en souvenir d'une époque qui, elle ne se fait pas d'illusions, n'aurait jamais pu être : Quand maman était vivante et que nous étions tous heureux. Quand ? Dans quel pays ? Soudain, la fenêtre de la cuisine se couvre de bruine. Frances soulève le couvercle de la casserole de *bezella* et *roz*. Mercedes se souvient : c'était pendant la guerre. Dans la cuisine, avec maman et le vieux pays. Elles étaient si heureuses. Mercedes rouvre les yeux.

— Quelque chose ne va pas, Mercedes ?

— Rien du tout, Lily.

Mercedes se détend un peu. Le dos bien appuyé, elle observe avec satisfaction les manières impeccables des membres de sa famille. Elle se laisse imprégner par leur conversation animée, mais civilisée. Chacun, apparemment, a eu une journée intéressante. Frances sert de nouveau les convives. Avec sa serviette, Lily essuie une trace de nourriture restée accrochée au coin de la bouche de James, petit service qui ne requiert pas de remerciements et ne suscite aucun embarras. À table, tout est calme.

Frances verse de l'eau bouillante dans la théière. Au grand désarroi de Mercedes, James aperçoit son reflet dans la bouilloire. La tête hérissée de tresses. Le côté droit de sa bouche esquisse un sourire assez prononcé pour compenser l'inertie du gauche, qui a perdu l'habitude, et il se met à rire si fort que, entre deux exhalations sifflantes, il devient dangereusement silencieux. Frances et Lily rient, elles aussi, jusqu'à ce que leur gorge les fasse souffrir et que leurs yeux se remplissent de larmes. Sur la table, leurs coudes ébranlent les ustensiles. Même Mercedes se met de la partie et, une fois lancée, rit longtemps après les autres, à qui elle redonne le fou rire.

Épuisés, ils reprennent des forces au moyen d'excellents

muffins Hélène tout juste sortis du four. Ils sirotent du thé. Écoutent tomber la pluie. Dehors, le monde est affamé et misérable, mais on trouve ici un îlot de satisfaction.

Enfin, se dit Mercedes, nous formons une famille. Papa est sénile, Frances est folle, Lily est estropiée et moi je suis vieille fille. Cependant, nous formons une famille. Qui comptera bientôt un membre de plus. Pour la première fois, Mercedes envisage la possibilité de garder l'enfant de Frances.

Certains effets

— Viens ici, Frances, dit James après le glorieux festin libanais. J'ai quelque chose pour toi.

Frances le rejoignit dans le salon. Elle s'assit sur le banc du piano, et il lui tendit le paquet emballé dans du papier de soie blanc.

— Qu'est-ce que c'est ? demanda-t-elle.

— Deux ou trois objets qui appartenaient à ta sœur Kathleen.

Puis il quitta la pièce.

Dans un tiroir de la cuisine, Frances met la main sur une chandelle toute neuve. Elle monte au grenier, où les voix sont plus tonitruantes que jamais. Elle s'arrête, en souhaitant qu'elles parlent les unes après les autres au lieu de crier.

— Je vous écoute, dit-elle.

Mais la sourde clameur continue de plus belle et elle se remet à marcher.

Trixie et elle s'asseyent sur le plancher avec la chandelle allumée. Frances contemple le paquet posé sur ses genoux. Elle le déballe. Sur le dessus d'une pile molle, il y a un vieux cahier d'exercices. Sur la couverture sont gravés l'*Union Jack*, le drapeau de la Nouvelle-Écosse et les armoiries du couvent des Saints-Anges. Dans une case portant la mention « Nom », on lit une signature grandiose : « Kathleen Piper. » Et dans l'espace marqué « Objet », inscrits en caractères tout aussi stylisés, les mots « La Vie en rose * ! ».

---

* *N. d. t.* En français dans le texte.

Frances soulève le cahier, l'ouvre à la dernière page et lit :

Ô journal, ami fidèle. Il y a l'amour, il y a la musique, il n'y a pas de limites, il y a le travail, il y a la certitude précieuse du moment de grâce où toutes choses s'unissent et s'interpénètrent pour créer le reste de ma vie. Je ne crois pas en Dieu, je crois en tout. Et je m'étonne de la chance que j'ai.

Puis Frances revient à la première page et commence sa lecture :

New York, le 29 février 1918, 20 heures

Cher journal,

Non, je ne retiendrai pas cette forme d'adresse. J'y vois un reliquat de l'enfance. Je consignerai dans ce cahier mes progrès de chanteuse. Je m'en tiendrai aux faits susceptibles de se révéler utiles, au fur et à mesure de ma formation. Pas d'épanchements...

Lorsque Frances parvient de nouveau à la dernière page, la cire s'écoule du moignon de chandelle, dont la flamme vacille. Elle referme le journal.

— Bonne nuit, Kathleen.

Elle tourne son attention vers l'autre objet que renferme le paquet.

Puis elle ouvre le coffre.

Le lendemain, James vient retrouver Frances sur la véranda.

— Tu as assez chaud ?

— Oui, merci, papa.

Mais il a pris une vieille couverture en tartan qu'il dispose malgré tout sur elle et Trixie.

— Voilà.

Il s'assied à ses côtés, à droite du lit de camp, sur une chaise de cuisine. Le regard perdu, il se met à parler :

— Si je suis allé à New York, c'est à cause d'une lettre.

Frances ne dit rien. Elle ne le regarde pas. Il s'enfuirait. Elle se détend et écoute.

— C'était le jour de l'Armistice. Je suis descendu à Grand Central Station, et j'ai marché jusque chez elle parce que aucun taxi n'était libre. Il y avait foule. Je ne savais pas que la guerre était finie...

Il s'interrompt. En silence, ils demeurent assis un long moment, sans gêne. Puis, le regard perdu à mi-distance, il déclare :

— Bon, il vaut mieux que j'aille travailler un peu.

Armé de sa canne, il se dirige vers la remise en traînant les pieds. Trixie lui emboîte le pas.

Le récit prend six jours. Chaque matin, Mercedes les laisse sur la véranda. En remontant la rue, à son retour, l'après-midi, elle les trouve au même endroit. Comme s'ils n'avaient pas bougé — Lily lui jure pourtant qu'ils ont été dûment nourris et désaltérés. Ils ont l'air si paisibles, assis côte à côte, les yeux posés sur des pans de ciel différents. Comme de vieux amis. Papa et Frances.

Mercedes aimerait bien s'asseoir pour bavarder avec une vieille amie, mais elle n'en a pas. Elle avait Helen Frye. Et, par-dessus tout, elle avait Frances. Où est passée Frances ?

En s'approchant, Mercedes voit les lèvres de James bouger. Que lui raconte-t-il ? Jour après jour ? Quand Mercedes est à portée de voix, il sombre invariablement dans le silence.

Le 17 novembre, il fait frisquet. Rentrant de l'école par la rue Water, Mercedes aperçoit son souffle. James parle avec abondance. Quand elle arrive près de la véranda, ses mots ont cessé de produire des fantômes vaporeux. En rentrant, elle les salue comme à son habitude. Et c'est à ce moment qu'elle entend enfin quelque chose.

— Comment les bébés ont-ils abouti dans le ruisseau, papa ?

Mercedes s'immobilise sur le seuil. Puis elle entre en coup de vent et, sans enlever son manteau, monte à sa chambre. Le dos appuyé contre la porte, elle glisse la main sous sa blouse et agrippe le chapelet en opale.

Sans regarder, James tend sa main recroquevillée. Ayant trouvé la tête de Frances, il lui assène un petit coup affectueux.

— C'est de l'histoire ancienne, répond-il gentiment.

— J'étais là, n'est-ce pas ? demande Frances.

Il se lève.

— J'ai du travail.

À pas lents, il se dirige vers la remise. Il a terminé son récit.

Frances reste à contempler les quinze tons de gris qui se détachent dans le ciel.

Benny Luvovitz emmène James et Lily en traîneau et aide James à couper le sapin idéal.

En rentrant de l'école, Mercedes fait tinter les clochettes suspendues à la porte du magasin de M. MacIsaac. Frances est là. Elle suce un bâton de cannelle, tout en bavardant et en gloussant avec le vieil homme, qui sirote une boisson au gingembre.

— Joyeux Noël, Mercedes, s'exclame-t-il en levant les yeux.

Ses rayons ne sont plus aussi bien garnis qu'en des temps meilleurs, mais il met la main sur une boîte poussiéreuse de bonbons croquants aux arachides.

— Merci, monsieur MacIsaac.

— C'est pour bientôt, hein ?

— Quoi ? demande Mercedes.

— Le grand événement.

M. MacIsaac se tourne vers Frances en esquissant un large sourire. Mercedes fourre les bonbons dans son sac.

— Allez, Frances, il est temps de rentrer.

Elle en oublie la poudre contre le mal de tête qu'elle était venue chercher.

Mercedes s'empare du bras de Frances et l'entraîne d'un bon pas le long de l'avenue Plummer. Elles passent devant des vitrines où il n'y a rien à vendre, sinon de l'espace : « À louer, à louer, à louer. » Au moins, il n'y a pas d'yeux inquisiteurs derrière les comptoirs.

Frances tient à s'arrêter chez les Luvovitz : elle a besoin de raisins secs pour le hachis.

— Je m'occupe des raisins, Frances. Rentre à la maison. Il fait froid.

— Non, j'aimerais leur dire bonjour.

Mercedes a la monnaie exacte à la main, mais Mme Luvovitz tire un tabouret pour Frances.

— Quand le moment sera venu, *taier*, appelle-moi, dit-elle.

Puis elle donne un avis d'experte à propos du sexe du bébé :

— Tu portes haut. C'est donc probablement une fille, ou un garçon particulièrement futé.

Elle fait un clin d'œil. Frances sourit.

— Comment va Ralph ? demande-t-elle.

Pour éviter le regard empreint d'une délicatesse accablante que lui lance Mme Luvovitz, Mercedes s'empare d'une boîte de levure chimique. Mme Luvovitz hésite, puis présente une photo du petit-fils le plus parfait qui soit. Jean-Marie Luvovitz.

— Il a les oreilles décollées ! s'écrie Frances.

— Les oreilles décollées ? Je t'en ferai voir, moi, des oreilles décollées !

Frances rit, et Mme Luvovitz aussi. Mercedes, la tête haute, s'approche du comptoir. Elle jette un coup d'œil à la photo, puis, regardant Mme Luvovitz droit dans les yeux, dit poliment :

— Félicitations.

Lorsqu'elles sortent enfin, Mercedes déclare :

— Il vaut peut-être mieux que tu restes à la maison, Frances. Il fait beaucoup trop froid pour traîner en ville. Tu vas attraper la mort.

Frances ne répond pas. Elle s'engage sur la 9e Rue.

— Frances ?

Au nom du ciel, où... Oh ! doux Jésus.

Frances cogne à la porte de Helen Frye. Depuis l'obscurité de la rue, Mercedes observe la porte s'ouvrir et Helen apparaître dans le carré de lumière. Frances se met de profil, ce qui a pour effet de mettre en valeur sa silhouette scandaleuse, et regarde Mercedes, comme si elle l'attendait. Mercedes voit Helen lever lentement la main en signe de bienvenue. Mercedes ne bronche pas. Peu de temps après, la main de Helen retombe.

— Joyeux Noël, Helen, dit Frances.

Frances rejoint Mercedes dans la rue, et elles repartent en direction de la maison. Frances glisse son bras sous celui de Mercedes. Mercedes frissonne.

À la maison, papa et Lily ont commencé à décorer le sapin.

— L'année prochaine, à pareille date, une petite terreur rampera sous l'arbre, dit James en enfilant avec peine un grain de maïs soufflé.

Frances s'attelle à la pâtisserie. Dans le salon, Mercedes aperçoit du coin de l'œil un chèque posé sur le piano. Libellé par James, de sa main tremblante, à l'ordre de la caisse de secours de Notre-Dame-du-Mont-Carmel — une somme rondelette. Elle le chiffonne et le jette au feu. Qu'importe si c'est le fruit de la contrebande. La famille ne peut vivre du maigre salaire d'une institutrice débutante. Papa a beau vouloir alléger sa conscience en se départant de son bien mal acquis, Mercedes fait passer en premier la sécurité de la famille. Il faut que quelqu'un s'en charge.

Tout de suite après le souper, ce soir-là, Mercedes, invoquant des devoirs à corriger et un mal de tête, monte à sa chambre. Un mensonge bénin. Ce n'est pas à la tête qu'elle a mal. Dans sa chambre, elle éteint et se jette sur son lit tout habillée. En bas, on chante des cantiques de Noël — au piano, Frances accompagne papa et Lily.

— Les anges dans nos campagnes...

Ses yeux se gonflent de larmes. Il est injuste que Frances obtienne l'affection de papa et l'approbation des commerçants pour quelque chose qui devrait au contraire la couvrir de honte. Il est injuste que, à la suite des propos de sœur Saint-Eustache, elle se sente mauvaise — quand chacun sait que c'est elle qui est bonne. Il est injuste que Frances attende un bébé quand elle-même n'a pas de mari. Rien de tout cela n'est juste, mais ce n'est pas pour cette raison que Mercedes sanglote librement la tête dans l'oreiller. Elle n'en veut pas à Frances de l'affection nouvelle qu'elle inspire à droite et à gauche — après tout, elle a été la première à l'aimer. Elle sait qu'elle trouverait en elle la force d'élever l'enfant, de subir cette mortification. Mais elle ne supporte pas l'idée de perdre Frances. Voilà pourquoi elle a tant souffert, ce soir, sur le chemin du retour. La nouvelle Frances n'est plus une enfant capricieuse. Ni même une femme légère. La nouvelle Frances est chez elle partout — particulièrement dans son corps épanoui — et ne manque pas d'amis. Chacun semble croire que la maternité est la meilleure chose qui puisse lui arriver. Sauf Mercedes. Car elle sait que Frances, dès lors qu'elle aura un enfant, n'aura plus besoin d'une mère.

Mercedes enfouit son visage sous son bras et laisse son cœur se rouvrir le long de sa blessure la plus ancienne. Que deviendra Frances, mon bébé ? Elle disparaîtra. Elle mourra, et je n'aurai plus personne à aimer ni sur qui veiller. La petite Frances deviendra une enfant fantôme abandonnée qui pleure dans l'escalier, la nuit, froide et transparente, avec ses mèches blondes en broussaille et son regard courageux.

— Ça ne fait pas mal.

Et je ne serai pas en mesure de la réconforter.

Mercedes pleure tant qu'elle se tarit et se vide une fois de plus. Elle se redresse et s'assied au bord du lit. En bas, ils chantent *Sainte Nuit*. Dans le tiroir de sa table de chevet, elle déniche un mouchoir propre et se mouche le nez. Elle se recoiffe dans le noir. Ne te plains pas. Agis.

Les grands vents de janvier figent les vagues à mi-hauteur, les aiguilles de pin tintent dans leurs gangues de verre et, à l'intérieur, il fait bon.

« Hitler est nommé chancelier. »

Lily parcourt les manchettes pour James.

— On se dirige tout droit vers une autre guerre, dit James.

Et il ajoute un livre à son mur.

Frances, dont le gros ventre touche maintenant le piano, joue *My Wild Irish Rose*.

— Chante, Lily, dit James en se laissant choir dans le fauteuil à oreillettes.

En haut, Mercedes potasse des cours par correspondance de l'université Saint-François-Xavier. Optimisant son potentiel de gain.

Février est interminable, mais qu'importe.

Lily tient le journal devant les nouvelles lunettes de James, à la distance qui convient pour lui permettre de bien voir la photographie : le chancelier Hitler et Sa Sainteté le pape Pie XI, se serrant la main.

— Ouais, dit James. Vous verrez.

Et il s'endort d'un coup comme il en a pris l'habitude.

Mars déboule comme lion.

« Franklin Roosevelt est élu à la présidence. »

— Tu veux voir la photo, papa ?

Ensemble, ils regardent la photo du grand homme à lunettes debout sur une plate-forme, la main levée sur fond de bannière étoilée. « Il promet de remettre l'Amérique sur les rails. »

Poisson d'avril. Par la fenêtre, le soleil matinal inonde le grenier.

— Rose Diphtérie, dit Frances.

Lily tend la poupée déguenillée, mais toujours jolie. Tenant Rose au-dessus du coffre ouvert, Frances récite :

— Enfant de riche ou petit ramoneur/Tout fait retour à la poussière !

Puis elle la pose à côté de Grippe Espagnole, Typhoïde, Aïe Tuberculose, Petite Vérole, Scarlatine et Maurice. Trixie et Lily observent la cérémonie d'un air respectueux. Sur le plancher, à côté du coffre ouvert, la robe de baptême est étendue.

— Musique, Lily, s'il te plaît.

Lily remonte la Demoiselle à l'ancienne et la pose par terre. Elle tourne en tintant, la tête coquettement posée sur la main. « *Let Me Call You Sweetheart.* » Trixie la suit des yeux, prête à bondir au cas où elle s'aviserait de sortir du cercle.

Frances ramasse la robe de baptême et la pose avec délicatesse sur ses poupées.

— La prochaine fois que j'ouvrirai le coffre, ce sera pour vêtir mon bébé de cette robe.

— Et pour ressortir tes poupées.

— Non.

Frances veut fermer le couvercle, mais Lily l'arrête.

— Tu as oublié ceci, Frances.

— C'est à toi, Lily.

La photographie de Kathleen. Celle que Mercedes a conservée dans son exemplaire de *Jane Eyre*, jusqu'à ce que Lily le détruise, il y a si longtemps déjà. Lily l'étudie un moment. Maman figure à la fenêtre, à l'arrière-plan.

— Qu'est-ce qu'il y a dans la main de maman ? demande Lily.

— Des ciseaux.

— Elle fait signe ?

— Oui.

Les yeux sur la photo, Lily suce lentement ses lèvres inférieure et supérieure avant de les laisser glisser petit à petit entre ses dents.

— La photo appartient à Mercedes, tranche-t-elle enfin.

— Non.

— Je n'en veux pas, dit Lily en détournant le regard.

— Elle est jolie, non ?

Lily ne dit rien. Ne lève pas les yeux.

— C'est ta mère, Lily.

La Demoiselle à l'ancienne a terminé ses révolutions, mais Trixie continue de monter la garde au cas où.

— Elle est morte. Tu n'y es pour rien, ajoute gentiment Frances.

Lily reste assise sans bouger et écoute, le visage voilé par ses cheveux, qu'elle a récemment pris l'habitude de laisser dénoués. Descendant jusqu'à terre, ils décrivent autour d'elle un rideau de feu.

— Elle est partie à New York, dit Frances. Elle était chanteuse d'opéra. Là-bas, quelque chose s'est produit. Papa l'a ramenée ici. Elle s'est alitée dans cette pièce et n'a plus dit un mot. Ambroise s'est noyé dans le ruisseau. C'était un accident. Tu ne t'es pas noyée. À la place, tu as attrapé la polio. J'étais là.

Plus Frances parle, plus elle se souvient. Comme si les souvenirs étaient bien rangés, cachés derrière le plus fragile des décors — des rideaux de tulle peut-être —, et qu'il suffisait d'un rayon de lumière pour les exposer. Le paysage de campagne se dissout pour révéler le champ de bataille, qui avait toujours été là.

— La nuit de ta naissance. Je ne sais pas pourquoi je t'ai amenée au ruisseau. Je t'aimais. Si j'ai fait ce que j'ai fait, ce n'est pas parce que je ne t'aimais pas. Je t'ai fait descendre dans l'eau. Je te tenais et j'ai prié.

Frances se caresse le ventre, espérant une secousse, mais tout est tranquille.

— Tu as aussi baptisé Ambroise ?

— Oui.

Elles restent assises ensemble pendant un long moment, sans parler, et respirent les faibles émanations de cèdre.

Frances range la Demoiselle à l'ancienne dans le coffre et se tourne vers Lily, qui grandit.

— Si tu as des questions, Lily, je te dirai la vérité.

Lily a laissé tomber la photo de la fille qui rit. Elle lève les yeux.

— Ambroise t'aime, Frances.

Frances prend la main de Lily et la pose contre son ventre.

— Là. Tu vas le sentir. Il est réveillé.

Lily perçoit l'ondulation. Elle met l'oreille contre le point où elle a senti le mouvement.

— Qu'est-ce que tu entends ?

— L'océan.

Dehors, le klaxon de la voiture résonne. Mercedes a appris à conduire. De la fenêtre, Frances et Lily font des signes. Debout près de la voiture, appuyé sur sa canne, papa sourit en les regardant. Lily s'éloigne de la fenêtre dans l'intention de fermer le couvercle du coffre avant de descendre, mais elle se rend compte que Frances l'a déjà fait. En haut de l'escalier, elle s'arrête et demande :

— Tu viens, Frances ?

Frances se retourne et se dirige tout droit vers l'escalier. Inutile de fermer le couvercle du coffre : elle voit que Lily l'a déjà fait.

Le temps est idéal pour aller jusqu'à Mabou. Frances aurait préféré accoucher à la maison avec l'aide de Mme Luvovitz, mais elle a fini par céder pour faire plaisir à Mercedes, qui semble y attacher une grande importance.

— Elles ont tout le matériel nécessaire en cas d'urgence, Frances. Tu y seras plus en sécurité qu'à l'hôpital. Allez, accepte, je t'en prie, ne serait-ce que pour moi.

James tient ouverte la portière du passager. Mercedes enfile des gants de daim, tandis que Frances grimpe à côté d'elle.

— Il faut que je te dise un secret, Frances.

— Quoi ?

— Je suis enceinte, moi aussi.

Le sourire de Mercedes tremble un moment, puis elle éclate d'un rire aigu.

— Poisson d'avril !

La voiture recule brusquement dans l'entrée. Frances, en observant le profil rieur de sa sœur, se dit que Mercedes est très tendue.

La robe bleue

Seuls à la maison, papa et Lily sont très heureux. Tout est infiniment paisible. Trois semaines et demie s'écoulent. Lily ne mesure les plus récentes limitations de James que quand il se met à exhaler une odeur un peu rance. Une fois la semaine, elle l'aide à prendre un bain. Chaque jour, elle sort pour lui des sous-vêtements propres et lave les autres à l'eau de Javel. Frais et dispos. S'il reste trop longtemps aux toilettes, elle va voir ce qui le retient. Il lui arrive de s'y endormir. Elle le nettoie, puis elle le réveille. Il passe toujours une heure par jour à travailler dans la remise, mais la compagnie de Trixie lui manque. Depuis le départ de Frances, ils ne l'ont pas revue. Lily s'attend à ce que Trixie se matérialise au chevet de Frances, à Mabou. Entre-temps, Lily a dû placer des trappes à souris à la cave et dans la cuisine.

Le 25 avril, un télégramme arrive : « C'est un garçon stop rentrons mercredi stop. » Papa et Lily prennent un verre de lait à la santé du nouvel arrivant. Ils envisagent toute une batterie de noms — Isador, Ignatius, Malcolm, Rupert, Bingo, George, Sebastian, Christopher, Pius, Lief, Horace, Romulus, Patrick, Pierre, Cornelius, Michael, Alec, Eustochium, Felix, Augustus, David — et se décident pour tous. Jusqu'à ce que Lily propose Aloysius, qui paraît en soi suffisant.

— Aloysius, dit James. Aloysius. Oui.

— Aloysius, réplique Lily.

Premier mai, mois de la Vierge Marie. Lily porte toujours la robe et le couvre-chef blancs qu'elle arborait pour la procession de midi. Les participants ont remonté l'avenue Plummer pour se rendre jusqu'à l'église. La tenue lui semble tout indiquée pour accueillir ses sœurs et son neveu tout neuf. Elle a couvert de fleurs de carotte sauvage et de marguerites l'allée de pierres qui mène à la maison. « Bienvenue », lit-on en caractères gothiques sur une banderole accrochée à l'avant-toit de la véranda. Dans la cuisine, des sculptures de pain refroidissent sur la table — la Madone et l'Enfant de Prague, et une *pietà*. Elle a préparé un festin : un rôti réduit à la taille d'un portefeuille, accompagné de tranches de navet cru, d'une sauce aux canneberges, de pommes de terre au four — les deux qui n'ont pas explosé, s'entend —, de petits pains et de mélasse. Des carrés aux dattes, noyaux compris. À l'étage, l'oreiller de Frances embaume le muguet. Tout est prêt. Dernier détail, mais non le moindre, un gros gâteau bleu, avec un message inscrit en caractères blancs : « Joyeux anniversaire ! »

Dans la chaleur de l'après-midi, la pluie du matin s'évapore en diamants. Lily a les yeux rivés sur la route depuis trois heures.

— Les voilà !

James vient la rejoindre sur la véranda. Dès que la voiture est assez proche, Lily fait un signe de la main et rentre en courant prendre le tout nouvel appareil photo. Elle prend une photo de la voiture qui s'engage dans l'entrée. Mercedes fait signe de la main à son tour. À l'arrière-plan, Frances, naturellement, se préoccupe davantage du petit paquet bleu vif pendu à son sein. Clic. La voiture s'immobilise. Mercedes passe la main par la fenêtre. Clic. La portière du conducteur s'ouvre. Mercedes descend, saluant toujours, clic. Elle vient vers Lily en courant, clic, clic, clic. Elle s'empare de l'appareil et, ce faisant, tire brusquement la tête de Lily en avant, à cause de la courroie.

— Pas un mot, siffle-t-elle à l'intention de Lily. Pas un mot, tu m'entends ?

De l'œil, Mercedes cherche à assujettir James à cette injonction, mais, la canne à la main, il descend les marches et se dirige vers Frances, qui s'est arrêtée à mi-chemin de l'allée fleurie. Mercedes s'élance pour le retenir.

— Non, Mercedes, dit Lily.

Mercedes est surprise. Elle obéit cependant, certaine que Lily prépare une action sainte.

Arrivé à la hauteur de Frances, James tend le bras, et elle s'y accroche. Ensemble, ils marchent vers la maison. Frances porte une robe de soie bleue assortie au paquet bleu plus foncé qu'elle tient délicatement de son bras libre. Lorsqu'ils arrivent au pied de l'escalier, Lily constate qu'il ne s'agit pas du tout d'un paquet, mais des seins de Frances. Énormes et dégoulinant de lait. Transformant sa robe bleu pâle en robe bleu vif.

Lorsque le soir tombe, Frances dort toujours, à l'étage, le visage écrasé contre les émanations lourdes du muguet. En bas, les décorations ont été retirées. Ils n'ont rien mangé. Mercedes accepte une tasse de thé.

— L'accouchement s'est déroulé sans complications.

Mercedes soulève sa tasse, mais sa main tremble tant qu'elle choisit plutôt de la reposer sur la table.

— Frances a été très brave. Les sœurs ont dit que c'était comme si elle n'avait ressenti aucune douleur.

Lily et James attendent qu'elle poursuive.

— C'était un garçon. Il avait, comme de raison, la peau plutôt foncée. Et il était en très bonne santé.

— Tu l'as vu ?

Mercedes hoche la tête et ses yeux se remplissent de larmes.

— Il était magnifique. Un bébé magnifique, qui pleurait avec vigueur.

Elle sourit vaguement à ce souvenir.

— Tu l'as pris dans tes bras ?

Mercedes fait signe que oui.

— Frances aussi ?

— Il a pris le sein tout de suite, sans problèmes.

Mercedes trouve le regard de James, qui baisse les yeux en hochant la tête.

— Que lui est-il arrivé ?

Lily est en proie à la confusion. Elle a l'impression d'être la seule à ne rien comprendre. Se tournant vers elle, Mercedes explique gentiment :

— Il est mort, Lily. Quelquefois, il arrive que les bébés meurent dans leur sommeil, sans qu'on sache pourquoi.

James fait signe que oui, les lèvres serrées.

— La mort subite du nourrisson, dit-il d'une voix neutre. C'est ce qui est arrivé à la première Lily.

— L'Autre Lily ?

— Oui, fait James en se levant. Il a été baptisé ?

Mercedes fait signe que oui et se remet à pleurer.

James, en passant près d'elles de son pas lent, leur donne à chacune un petit coup affectueux sur la tête.

— Bonne nuit, les filles, dit-il sans regarder.

— Bonne nuit, papa.

Il sort de la pièce en traînant les pieds. Elles l'entendent s'éclaircir la gorge une fois ou deux dans le vestibule.

Mercedes caresse les cheveux de Lily.

— Il arrive que Dieu rappelle tout de suite à lui un enfant exceptionnel, pour lui épargner les souffrances et les tentations du monde.

— Qu'est-ce qu'il avait ?

Lily est sceptique.

— Rien, Lily. Il était parfait.

— Tu as dit qu'il était exceptionnel.

— Oui. Dieu l'aimait de façon exceptionnelle.

— Quelque chose clochait. Il était infirme.

— Il n'était pas infirme.

— Je ne te crois pas.

— Regarde-moi, Lily. J'ai aussi de bonnes nouvelles, ajoute doucement Mercedes.

Lily attend, méfiante. Mercedes lui prend la main et se penche vers elle.

— À Mabou, j'ai vu l'évêque. Il aimerait te parler.

Lily lève les yeux.

— Pour quoi faire ?

— Il aimerait que tu lui parles de tes visions.

— D'Ambroise, tu veux dire ?

— Oui, et d'autres choses.

— Comme quoi ?

Mercedes s'échauffe. Par réaction, la main de Lily devient froide et moite.

— Du don que tu as de réconforter les malades et les âmes en peine.

— Qui ?

— Les anciens combattants, par exemple. Et Frances. Et papa.

Les yeux de Mercedes se sont mis à briller. Lily éprouve de nouveau la sensation désagréable de n'être qu'un prête-nom pour une silhouette qui se profile tout juste derrière elle et qui, elle le sait, aura disparu, qu'importe la vitesse à laquelle elle se retournera.

— Et de la connaissance occulte que tu as des projets de Dieu.

Sur la nuque de Lily, le duvet se redresse. Incapable de résister, elle se retourne sur sa chaise, mais il n'y a personne derrière elle — rien à voir, sinon le four, là où il a toujours été.

— Que regardes-tu, Lily ?

— Rien. Il m'avait semblé avoir entendu quelque chose.

À la suite de celui de Lily, le regard de Mercedes se porte sur le four. C'est au tour du duvet sur la nuque de Mercedes de s'animer.

— Que me veut-il ? demande Lily.

— Qui ?

— L'évêque.

— Il veut t'interroger. Établir si Dieu te réserve un destin particulier.

— Comment va-t-il s'y prendre ?

— Il va t'écouter. Et — c'est la meilleure nouvelle d'entre

toutes, Lily — tu sais que j'ai économisé pour pouvoir t'emmener à Lourdes pour ton quatorzième anniversaire ?

Lily attend.

— Eh bien, Dieu y a pourvu. Nous avons plus d'argent qu'il n'en faut pour aller à Lourdes et y rester le temps qu'il faudra pour demander à Notre-Dame de te guérir.

— Je ne suis pas malade.

Mercedes rougit légèrement et ses yeux réintègrent notre monde.

— Tu ne voudrais pas avoir deux bonnes jambes, Lily ?

— Non.

Mercedes ne s'y attendait pas.

— Mais, Lily, si tu guéris, ce sera la preuve du destin particulier que Dieu te réserve.

— Je n'ai pas besoin de preuves.

Mercedes est vexée parce que, naturellement, Lily a raison. Elle n'a pas besoin de preuves parce qu'elle a la foi. Mais l'évêque a besoin de preuves. Rome a besoin de preuves. Et, pour Mercedes, il faut que la bonté de Lily — et la bonté essentielle de la famille — éclate au grand jour.

— Lily...

Mercedes soulève une boucle des cheveux de Lily, qu'elle enroule puis se met à tresser lentement.

— Tu es jolie, tu sais. Tu n'as pas idée.

Selon son habitude, Lily suce ses lèvres, une à la fois, en les faisant aller et venir entre ses dents.

— Je sais que tu as peur, Lily.

Les cheveux de Lily sont doux, ses joues de miel, teintées de rose, ses lèvres empourprées et charnues.

— Le changement fait toujours peur, même quand il est pour le mieux. Mais, Lily, je sais aussi que tu aimes ta famille et que, à la fin, tu feras ce que commande l'intérêt de chacun.

Mercedes caresse la longue natte lustrée et la laisse tomber.

Lily ne bouge pas tandis que Mercedes se lève et quitte

la pièce, son thé à la main. Un moment plus tard, elle entend le piano et, par-dessus, la voix fluette de Mercedes :

— *A-A-A-A-A-A-A-A-A-ve Mari-i-i-i-i-i-i-i-i-i-i-ia...*

Nombreux sont ceux qui ne peuvent entendre cet hymne, comme *Londonderry Air* — que Frances préfère appeler « London Derrière » —, sans éprouver un élan de douce culpabilité à la pensée des attentions gentilles qu'ils auraient dû avoir pour leurs parents pendant qu'il était encore temps. Pour des raisons mystérieuses, il met Lily en colère. Peut-être parce qu'elle a toujours été gentille.

Lily sort de la cuisine, passe devant le salon — « *gra-a-a-a-a-zi-ia-a ple-ena-a-a-a-a-a* » —, où elle entrevoit le sommet de la tête de papa, avec ses cheveux blond filasse et secs, trônant au-dessus du parapet de livres. Elle monte, passe devant la chambre où Frances, dans ses draps mouillés, n'a toujours pas bougé, et se rend au grenier. Pour rendre l'unique service qui peut aider Frances.

Lily est déterminée à forcer le coffre à mains nues — elle entend se débarrasser pour de bon de la robe de baptême afin d'éviter que Frances la trouve un jour sur son chemin. Mais le coffre n'est pas fermé à clé. Le couvercle est baissé, mais pas appuyé sur le cadre de bois. Lily le soulève. Le parfum du cèdre s'élève, masquant une seconde odeur — selon toute vraisemblance, encore une souris en décomposition dans son tombeau. Le peu de lumière ambiante se reflète faiblement sur le satin jauni de la robe de baptême. Lily se souvient que le vêtement était disposé délicatement sur les poupées chéries de Frances, et non entortillé autour d'elles, mais elle doit faire erreur : quand, en effet, elle passe la main en dessous pour le soulever, elle constate qu'il est plein et lourd. Trop lourd pour des poupées. Pelage froid. Trixie. Emmaillotée et entrelacée.

« Trixie. » Elle a dû sauter dans le coffre pour faire la sieste, et le couvercle s'est refermé. Oh, Trixie. Oh non. Elle a dû céder à la panique et s'emmêler, en tournant et en se tordant, jusqu'à son dernier souffle. « Pauvre Trixie. » Lily ferme délicatement les yeux jaunes, mais il n'y a rien à faire avec la mâchoire ouverte.

L'odeur est vraiment terrible, maintenant que le corps a été bougé. Pour éviter de vomir en descendant l'escalier, Trixie dans les bras, Lily prend les plus petites inspirations possibles. En passant devant la chambre de Frances, elle aperçoit Mercedes, à la lueur vacillante d'une chandelle, assise au bord du lit, un plateau sur les genoux. Lily descend dans le vestibule.

Dans la chambre de Frances, Mercedes entend la porte de la cuisine se refermer avec fracas. Elle veut se diriger vers la fenêtre, mais s'arrête. Le bruit a tiré Frances du sommeil.

— Frances ?

Frances lève les yeux sur Mercedes.

— C'est l'heure de ta toilette.

Frances cligne des yeux. Mercedes sourit.

— Je t'ai apporté tes plats favoris. Regarde.

Frances jette un coup d'œil sur le plateau, tandis que Mercedes en énumère le contenu :

— Blanc-manger, mélasse, hydromel et mouton...

— Il n'y a rien sur ce plateau...

— Frances...

La tête de Mercedes se met à trembler.

— Qu'est-ce qu'il y a, Mercedes ?

De ses doigts aveugles, Mercedes cherche son propre visage, sonde les orbites de ses yeux. Délicatement, Frances lui abaisse les mains. Mercedes, le corps raide, prend une profonde inspiration.

— Je te demande pardon, je ne voulais pas qu'il...

Mercedes tremble et craque de partout. Comme le dégel printanier.

— ... meure. Je...

Frances attire Mercedes contre elle. Du coup, elles sont trempées, l'une et l'autre. Mercedes respire l'odeur du lait frais.

— Je te demande pardon, Frances.

— Il est mort. Tu n'y es pour rien.

Mercedes sanglote dans le cou de Frances.

— Peut-être que si nous étions restées ici et que Mme Luvovitz...

— Chut, dit Frances en lui tapotant dans le dos. Tais-toi. Tout va bien.

Contre le cou de Frances, Mercedes déverse une profusion de mots étranglés auxquels sa sœur ne comprend rien, sinon :

— Je t'aime, Frances.

— Chut.

— Je peux dormir ici, cette nuit ?

Mais Frances, par-dessus l'épaule de Mercedes, regarde par la fenêtre.

— Que fabrique Lily ?

Mercedes lève les yeux.

Elles voient Lily, à quatre pattes dans le jardin. Par elle-même, elle est parvenue à pousser le rocher de côté. Un objet repose près d'elle — une tache plus claire contre le sol. Lily extirpe des débris d'un trou de fraîche date.

— Elle creuse, dit Mercedes.

Elles voient Lily s'interrompre et se reposer un moment contre le rocher.

— Elle prie, dit Frances.

Elles voient Lily se lever et ramasser le paquet, qui brille légèrement. Avant de le poser dans le trou, elle le berce un moment dans ses bras. Mercedes se lève et redresse les épaules.

— Lily m'inquiète, Frances.

— Laisse-la tranquille.

— Tu sais, Frances, qu'il arrive qu'on prenne la proie pour l'ombre.

— Mercedes...

— Quel genre de créature préfère être infirme, Frances ? Tu peux me répondre ?

Mercedes vient d'entrer dans une classe en folie. « Mais

ou et donc or ni car. Le moment est venu, dit le Morse, de vous taper dessus. »

— Reviens, Mercedes.

Mercedes, cependant, a quitté la pièce et s'évanouit presque sous l'effet des effluves pestilentiels qui ont envahi le palier. À la suite du nuage putride, elle descend l'escalier, puis pénètre dans la cuisine, laissée dans la pénombre. Lily, qui rentre du jardin, est au milieu de la cour. Mercedes attend, la main sur le commutateur, et s'efforce de retenir son souffle. Il arrive qu'on prenne la proie pour l'ombre, mais le nez ne s'y trompe pas. Il y a l'odeur de sainteté. Et il y a la puanteur de l'enfer.

Lily ouvre la porte et est éclaboussée de lumière.

— Qu'as-tu fait ?

Les mains de Lily sont jointes autour d'un secret. On dirait une enfant surprise à voler un œuf de rouge-gorge. « Il était tombé du nid et je l'ai ramassé, parole d'honneur. »

— J'ai enterré Trixie, dit Lily.

Mercedes attend. Lui donne une dernière chance. Lily se dirige vers la table et y dépose son trésor. Noirci par le charbon, niché dans les vestiges d'un linge souillé, un crâne humain minuscule, fragile comme un coquillage, les fontanelles toujours béantes. Il y a aussi quelques brindilles maigres et des os en forme de galets, comme on en trouve dans les nids d'oiseaux.

— Et j'ai trouvé mon frère.

Elle voit Mercedes tomber à genoux, fermer les yeux et, dans un murmure théâtral, implorer Dieu de chasser le malin en Lily — « *exorcizo te, immunde spiritus, maledicte diabole* » — et répéter les mots jusqu'à ce qu'ils ne soient plus que des sons. Elle fait le signe de croix, encore, et encore — plus tard, elle contactera l'évêque pour lui demander que Lily soit emportée en un lieu où un prêtre aux dons particuliers, par la prière et peut-être d'autres moyens, cruels pour le corps, mais doux pour l'âme, la libérera des esprits impurs. Plus tard, Mercedes demandera pardon à Dieu d'avoir imaginé, par orgueil, qu'elle était la sœur d'une sainte.

Lily passe devant Mercedes, dont la bouche se tord et siffle comme un ballon crevé, et se rend dans le salon. Elle est prête à poser la question à James. Elle lui a déjà pardonné ce qu'elle ne sait pas encore. La lampe de lecture est allumée. Se glissant par une fissure dans son mur de livres, elle le trouve affalé dans le fauteuil à oreillettes, comme à son habitude, la bouche à demi ouverte. *Le Paradis* de Dante lui est tombé des mains. Lily le ramasse et le pose délicatement sur ses genoux. Elle se penche et lui donne un baiser sur le front, mais elle ne lui pose pas la question parce qu'il est mort.

Elle revient dans le vestibule, où les murmures de Mercedes se sont amplifiés, transformés en bourdonnements sourds. Elle monte l'escalier et entre dans la chambre de Frances, remplie du parfum, de la passion innocente des fleurs sauvages.

— J'ai enterré Trixie, Frances, et j'ai dit une prière pour elle. J'ai trouvé Ambroise.

— Tu veux bien me passer *Les Hauts de Hurlevent,* Lily ? dit Frances.

Lily tend le livre à Frances.

— Tu te rappelles quand nous avons enterré l'arbre généalogique ? demande Frances avec une petite grimace.

— Il est en lambeaux. C'était seulement du papier.

— Tu as trouvé ma chemise de nuit ?

— Un petit bout seulement.

Frances ouvre *Les Hauts de Hurlevent.* On a creusé un trou au centre pour y mettre un rouleau de billets de banque. Frances tend l'argent à Lily.

— C'est l'argent de Lourdes ?

— Non. Je l'ai gagné honnêtement.

— Papa est mort.

— J'ai un cadeau pour toi, Lily. J'allais attendre ton anniversaire, mais je préfère que tu l'aies ce soir.

— Qu'est-ce que c'est ?

— Il est dans le coffre.
— Frances...
— Quel est ce bruit ?
Frances penche la tête pour mieux entendre.
— Tu entends ? On dirait un essaim d'ab...
— C'est Mercedes. Elle me fait peur.
— Elle te prend pour une sainte.
— Plus maintenant.
— Je sais.
— Je ne crois pas au diable, Frances.
— Mercedes y croit, elle.
— Et alors ?
— Je ne peux plus veiller sur toi.
— C'est bon, Frances. Je suis assez grande pour me débrouiller toute seule. Mercedes ne me fait pas peur.
— Il n'y a pas que Mercedes. Il faut que tu t'en ailles, Lily. Ne crains rien : je te dirai où.
— Non.
Frances prend le visage de Lily entre ses mains et la regarde droit dans les yeux.
— Oh si.
Comment peut-on scruter son propre visage et consentir à en être banni ? Pour Lily, Frances est aussi ancienne et familière que le ciel, au même titre que la paume de sa main. Le grain de beauté sur le nez, les joyaux verts des yeux, la bouche dégourdie : comment peut-on se séparer du visage qui a accompagné ses premiers pas dans la vie ?
— Je ne veux pas te quitter.
Le front de Lily s'assombrit, mais Frances tient bon :
— Il faut que tu partes, petite, fuis, fuis et, surtout, ne te retourne pas.
— Ce n'est pas comme dans une histoire, Frances.
La colère attise le chagrin de Lily.
— Mais si, Lily. *Hayola kellu bas Helm.*
— C'est pas vrai !
— *Taa'i la hown, Habibti...*
— Non !

— *Te'berini.*

— Arrête !

Frances tend les bras, mais Lily, folle de rage, se défait sauvagement de l'étreinte, en oubliant que Frances n'est ni un livre ni une figurine de porcelaine. Frances, qui se contente de protéger son visage et ses seins, laisse Lily s'épuiser.

Lorsque Lily s'effondre enfin, un courant sous-marin s'empare de son visage et, en le tordant, le rend pareil à celui d'un clown grimaçant. La même marée distend sa voix :

— Je ne veux pas te quitter, Fra-anc-e-es.

À la commissure de ses lèvres, une bave claire s'écoule, et elle n'arrive ni à fermer la bouche ni à prendre la prochaine inspiration. Frances lui touche le poing, déverrouillant sa gorge. L'afflux d'air râpeux déclenche des sanglots corrosifs.

— Viens ici, Lily.

Frances ouvre sa chemise de nuit et la guide pour lui donner à boire.

Peu de temps avant l'aube, Lily s'agenouille près du coffre pour la deuxième fois de la nuit. Tout au fond, elle repêche un paquet mou emballé dans du papier de soie blanc. Elle en tire une magnifique robe de soie vert pâle, ondoyante. Puis elle ramasse le cahier tombé de ses plis. Couvent des Saints-Anges.

Dix minutes plus tard, la porte de la remise s'ouvre et Lily entre. Inutile de chercher : il est là. Le projet de papa. Terminé. Elles sont toujours montées sur les formes. Deux bottines rouges luisantes. La petite, perchée sur sa haute semelle, lui sourit, comme une grande sœur. Lily les retire de leurs pieds de fer. Elle les enfile et harnache la gauche avec soin en prévision du premier contact avec le mors. Puis elle enveloppe ses chevilles des billets que Frances lui a donnés, serre les lacets à rayures rouges et blanches et se met debout. Du cuir de vachette. Elles lui font comme une deuxième peau : inutile de les briser. Elles vont bien avec sa belle robe de soie verte toute neuve — elle est un peu grande, c'est vrai, et elle n'a plus de ceinture, on le voit aux boucles vides, mais elle est adorable quand même. Le cahier sous le bras, Lily quitte la remise.

L'air est froid et humide, légèrement salé. La nuit tourne au gris. C'est le moment idéal pour voir la ville — les houillères, les rails, les wagons à charbon et les maisons de la compagnie ne sont jamais aussi beaux que dans la lueur étain de l'aube, tout comme l'océan et la rive hérissée de rochers. « Adieu. » Lily se sent rassérénée. Elle pourrait marcher pendant des kilomètres. « Adieu, la Nouvelle-Écosse. » Elle ferme la porte derrière elle et se dirige vers le chemin du Rivage. Elle se retourne une fois. Et continue de marcher.

LIVRE 8

HÉGIRE

New York, le 29 février 1918, 20 heures

Cher journal,

Non, je ne retiendrai pas cette forme d'adresse. J'y vois un reliquat de l'enfance. Je consignerai dans ce cahier mes progrès de chanteuse. Je m'en tiendrai aux faits susceptibles de se révéler utiles, au fur et à mesure de ma formation. Pas d'épanchements. Je laisse aux autres filles le soin de dresser la liste de leurs béguins, de leurs robes, de leurs coiffures et des articles de leur trousseau. Je suis ici pour travailler. À la manière d'un scientifique, je rendrai compte de mes apprentissages, comme dans un carnet de laboratoire. Je serai objective et impitoyable envers moi-même. Je ne me laisserai pas distraire par la rumeur de la ville. Et, dans ce registre, je ne laisserai pas l'émotion altérer mes perceptions.

1 h 12 — Je brûle. Il faut que je vive, il faut que je chante, je veux me transformer en mille et un personnages et leur donner vie sur scène, où il fait clair et sombre à la fois, consciente de la présence de trois mille spectateurs qui ne demandent pas mieux que d'être emportés par la passion que contiennent les rideaux écarlates, à cela je donne mon corps et mon âme, je n'ai rien de plus à donner que la totalité de mon être, mon cœur est un moteur vibrant, et ma voix, la soupape ; tel un train gémissant, il doit chanter ou exploser, il y a trop de carburant, trop de feu, et que faire de cette voix, sinon la laisser s'exprimer, car il ne s'agit pas que de chanter. Ici, je ne suis qu'un grain de sable, mais je n'ai pas peur, et je ne risque pas d'être emportée au loin, New York est une étreinte tiède qui attend son heure pour m'envelopper. Je suis amoureuse. Mais pas d'une personne. Je suis follement amoureuse de ma vie.

Vendredi 1er mars 1918 — J'appellerai simplement mon professeur de chant Herr Blutwurst. Il est grossier et, à en juger par ma première leçon, totalement incompétent. Je dois conclure qu'il s'agit d'un charlatan. Je lui donne jusqu'à la fin de la semaine. On dirait une brindille d'herbe sèche. Rien que d'y songer, j'ai la gorge qui se remplit de poussière. J'ai été d'une politesse exquise. Il m'a scrutée des pieds à la tête, comme si j'étais un cheval qu'il envisageait d'acheter. Il a un affreux accent. Il m'a ordonné de chanter « quelque chôsse ». Je me suis exécutée, et il m'a regardée de l'air de qui a mangé une mauvaise huître. Pourquoi a-t-il choisi de faire carrière dans un domaine lié à la musique, puisque, à l'évidence, il la déteste ? Après mon *Quanto affetto,* il a déclaré :

— Nous afons beaucoup de trafail à faire.

J'aurais dû répondre :

— *Ich weiss das, Käsekopf, das ist warum Ich hier bin.*

Il cherche à me faire pleurer, mais il ne m'aura pas : mon papa vient tout juste d'abattre bon nombre de ses compatriotes.

Mon premier avantage : j'ai tous les atouts. Mon deuxième avantage : New York n'est jamais qu'une autre île. Mon troisième avantage : je suis au-dessus de tout cela.

Le 2 mars — Je suis allée marcher dans Central Park. Je n'ai pas pleuré devant le kaiser. Je n'ai pas chanté pour lui parce qu'il déteste les chanteurs qui chantent. Il prétend être hongrois mais je sais qu'il est boche. Pourquoi ne l'a-t-on pas mis aux arrêts, nous sommes en guerre, non ?

Lundi 4 mars — Aujourd'hui, j'ai mangé quelque chose de délicieux : un bretzel. C'est une sorte de pain cuit en forme de nœud qu'on mange avec de la moutarde. On croirait à quelque chose de banal, mais c'est exquis. Ai subi un examen théorique surprise et inutile concocté par le kaiser.

Mardi — Aura-t-on l'obligeance de me dire à quoi sert de « siffler » à la manière d'un serpent ? Nous progressons, cher journal ! On m'interdit désormais non plus seulement de chanter, mais aussi de produire quelque vocable que ce soit !

Mercredi — Musée d'histoire naturelle en compagnie de Giles et d'un fossile de sa connaissance, Mlle Morriss. Après le thé, elles m'ont emmenée voir six filles qui font de la danse moderne en s'entourant de draps et en brandissant des couteaux. Je devrais peut-être devenir danseuse. Je retire ce que j'ai dit à propos de Mlle Morriss. Elles sont gentilles toutes les deux, et je m'ennuie à mourir.

Jeudi — Le kaiser s'est faufilé derrière moi et a posé ses mains squelettiques sur le bas de mon dos.

— Pour la prochaine leçon, je dois vous demander de retirer ou de desserrer votre corset.

Sale *bodechean*.

Vendredi 8 mars — Pour me sentir moins nue sans corset, je porte les cheveux dénoués à la façon de lady Godiva. Sensation agréable, quoique étrange, comme si j'étais sans cesse sur le point d'aller me coucher ou nager. Il aura fallu que je vienne jusque dans l'île de

Manhattan pour mettre au rancart mes sous-vêtements démodés.

Samedi — Ai obtenu une note parfaite à un stupide examen théorique de pacotille. Il lui en a coûté de l'admettre.

— Vous avez un timbre presque parfait, mademoiselle Piper.

Presque, mon œil ! Et il le sait très bien. Je lui ai demandé quand je pourrai chanter de nouveau.

— En ce qui me concerne, mademoiselle Piper, vous n'avez encore jamais chanté.

Dimanche — Giles m'a proposé d'aller faire du tourisme. Non. Merci.

Lundi 11 mars. Train aérien de la 8e Avenue, tassée comme une sardine — À vaincre sans péril, on triomphe sans gloire.

Mardi — J'ai sans cesse mal dans le bas du dos. Je n'ai pas pleuré, j'ai déjà dépassé ce stade, mais je ne sens plus rien, j'ai failli m'évanouir.

— *Nein*. Reprenez. Inspirez, *ja, und...*

Et puis je « siffle ».

Mercredi — Ô joie ! Aujourd'hui, j'ai enfin été autorisée à produire un son ! La bouche fermée. La plupart du temps, je n'ai pas la moindre idée de ce qu'il raconte, et ce n'est pas à cause de la barrière linguistique :

— Faites comme si vous aviez un œuf dur au fond de la gorge.

Avec ou sans la coquille ? Au milieu de la leçon, tandis que je bourdonnais faiblement, la bouche fermée, la langue dans la position du *n*, et que je tentais de « faire sourire le son », il a décrété :

— Voilà.

Apparemment, il a enfin découvert ce qu'il convient de faire de ma voix. L'entreposer sur la tablette du fond d'une bibliothèque désaffectée.

? — Peut-on se suicider par ennui ? Aujourd'hui, j'ai eu la permission d'ouvrir la bouche très légèrement et de proférer un *i* à peine audible. Puis il m'a demandé d'insérer un *è* dans le *i*. Viennent ensuite le *a* et le *o*, mais il ne m'a pas laissée terminer — j'avais manqué d'air, m'a-t-il informée. Je lui ai dit que j'avais encore de l'air à revendre, mais il m'a répondu que j'en avais peut-être assez pour tenir la vie, mais pas la note. Je dois apprendre à chanter « sur le souffle ». Que je sois forte !

Giles vient de m'appeler pour souper. Tout ce qu'elle prépare est blanc ou brun pâle. Sauf les légumes verts bouillis, qui sont gris. D'une voix qui me rappelle la poussière sur un petit napperon, elle dit :

— Bientôt, tu auras des tas d'amies, et la ville t'apparaîtra sous un jour nouveau.

Je ne veux pas d'amies, je ne suis pas ici pour me faire des amies. Elle est gentille, cependant. Pourquoi ne pas être reconnaissante d'avoir au moins quelqu'un qui me parle avec douceur ? Parfois, en revanche, elle me donne le frisson. Elle me regarde comme si elle savait quelque chose, puis elle profère des paroles parfaitement anodines. L'appartement empeste la lavande, et il y a des rideaux de dentelle et des mains en prière partout. On dirait une photo dont les contours s'estompent, moi exceptée. Je m'imagine sans cesse en train de tourbillonner, de tout flanquer par terre, sans même toucher quoi que ce soit, et j'ai envie de parler plus fort, de respirer plus à fond et de commettre des actes charnels !

Je me contemple nue. Oui, je m'en confesse. Dans le miroir en pied de l'armoire de ma chambre. Simplement pour me rappeler que j'existe. Non, je me regarde parce que cela me plaît, et c'est ainsi que je sais que c'est mal. Mais comment est-ce possible ? J'éprouve une douleur sourde. Avant d'être vieille, je veux qu'on me voie et qu'on me touche. Avant les rides et les flétrissures et les affaissements. Je n'arrive pas à croire que c'est ce qui m'attend.

Le 14 — Intervalles de seconde. En haut, en bas, en haut, en bas, en haut, en bas et *lasciatemi morir.*

Le 15 — Ai consacré un mois de tickets de tramway à l'achat d'une robe neuve — en chiffon de soie vert pâle, *très chic, très moderne* *, *on me donnerait vingt-cinq ans. Nulle part où la porter.*

Le 16 — Intervalles de tierce.

Dimanche 17 mars — Pas de leçon aujourd'hui, la salle de torture m'est épargnée. Ainsi, je n'ai pas eu à me lever aux premières lueurs de l'aube pour m'y rendre à l'heure À PIED parce que j'ai englouti une petite fortune dans l'achat d'une robe idiote que je ne porterai jamais. *Oubliez* ** tout cela ! Je suis heureuse comme un poisson dans l'eau : je suis à Central Park toute seule, il fait beau, la vie est longue, j'ai tout mon temps et je chanterai. Il a mis ma voix au cachot, mais elle s'évadera. Je sais, car je la sens battre, gagner en vigueur à force de silence. Se pourrait-il que les enseignements du kaiser portent leurs fruits ? Est-il possible que ma voix s'épanouisse dans l'adversité ? Illustration du génie indomptable et frondeur des Piper. Merci, papa.

À moins de trois pas de moi, un homme et une femme se bécotent au grand jour, sous les yeux d'une gouvernante et d'une petite fille de six ans. La petite espiègle a le visage couvert de taches de son et me sourit sans

---

* *N. d. t.* En français dans le texte.
** *N. d. t.* En français dans le texte.

cesse — elle me fait penser à Frances. Elle m'a jeté sa balle en caoutchouc, laquelle a abouti dans l'étang après avoir ricoché sur le banc.

J'ai récupéré la balle et, comme une idiote, j'ai joué avec la petite pendant une heure et demie, au grand soulagement de la gouvernante.

Après souper — Comme il s'agit de mon journal intime, je poserai la question suivante : Giles a-t-elle jamais été impure, en pensée ou en action ? Pourquoi nourrir de telles interrogations à propos d'une vieille dame parfaitement innocente ? Mais nul n'est parfaitement innocent. Une bonne chanteuse n'est pas sans le savoir. Je suis horrible. Je m'en moque. Avec ma voix, je veux faire l'amour à trois mille quatre cent soixante-cinq personnes à la fois.

Mardi 19 — On m'a exilée dans la *mezza di voce. Il passagio.* Il s'agit, dit-il, du « no man's land de la voix ». Encore une de ses techniques sadiques. On me garde prisonnière une octave et demie au-dessus du *do* du milieu du piano, entre le *mi* et le *sol.*

Mercredi 20 — Il cherche à gâcher ma voix.

Vendredi — On abandonne *Il passagio. Il passagio* est tout sauf silencieux. *Il passagio*, c'est une autre façon de désigner les limbes.

Samedi — Ce matin, j'étais en retard. Hier soir, j'ai eu du mal à m'endormir ; ce matin, j'en ai eu à me lever. Du coup, le kaiser plus odieux qu'à son habitude.

Lundi 25 mars — On dirait qu'*Il passagio* est habité, après tout. Ou plutôt hanté. Rempli de soupirs et de gémissements spectraux.

2 heures — J'ai rêvé de Pete. Il portait le tablier de maman et les bottes de mineur de papa et il pleurait et il voulait que je le prenne dans mes bras. Impossible. Les lumières sont allumées. Pete n'existe pas.

Je veux rentrer. Je veux voir mon papa.

Assez d'enfantillages, Kathleen.

3 h 30 — Non, n'écris rien...

Je pleure sans pouvoir me retenir.

S'il y avait quelqu'un derrière ma porte ?

Oh, mon Dieu. Si j'y pense, ma porte va s'ouvrir.

« Que rien ne te trouble. Que rien ne t'épouvante. Tout passe. » Sainte Thérèse, *ora pro nobis*.

Jeudi 28 — La nuit dernière, Giles m'a fait boire une tisane spéciale pour m'aider à dormir. Avec succès. M'espionne-t-elle ?

Vendredi — Aujourd'hui, j'ai chanté un *do* du milieu du piano qui n'était pas piqué des vers. Avec la sensation de me gaver d'un éclair au chocolat. Le kaiser n'était pas trop content — après tout, je suis une soprano. Les sopranos ne chantent pas dans le chocolat.

Samedi — Aujourd'hui, j'ai pleuré. Il m'a ordonné de chanter la gamme en *do majeur* : c'était la première fois que j'alignais plus de deux notes. Toujours pas de consonnes, seulement des *a*. Comme si je montais des marches de pierres dans l'obscurité. Quand j'ai aperçu la lumière tout en haut, je me suis mise à pleurer. Mais j'ai terminé la fichue gamme.

POISSON D'AVRIL — Aujourd'hui, le patron m'a jeté un regard de vautour exsangue et — non, il est plutôt amphibien. Recouvert d'écailles sèches de la tête aux pieds, il se régale furtivement d'une gamme (ha, ha !) de petits animaux à fourrure, trois fois par jour. Je vois la boule grouillante descendre le long de sa gorge étroite. Recrache-t-il les os, le soir venu ? Aujourd'hui, il a déclaré :

— Che fais fous prentre comme élèfe, mademoiselle Piper.

Pourquoi ne lui ai-je pas servi la réponse glaciale qu'il méritait ? J'ai dit — et comme j'ai promis de dire la vérité ici, je vais le répéter —, j'ai dit :

— Merci, monsieur.

Que je meure foudroyée.

Mercredi — Aujourd'hui, j'ai reçu un livre de papa, accompagné de caramels à l'eau salée, cadeau de Mercedes et de Frances ! Jamais je n'aurais cru qu'elles allaient me manquer autant, ces deux petites pestes. J'aimerais que papa me les envoie dans une boîte spéciale, comme des chatons, pour un jour ou deux.

Jeudi — « *La voix mixte* * » : dans chaque voix de tête, la résonance de la poitrine ; dans chaque voix de poitrine, la rareté de la tête. Allez directement au ciel.

Vendredi — Cet après-midi, Giles m'a demandé de chanter quelque chose pour elle, et j'ai dû refuser :

— Désolée, mais je ne puis chanter que des gammes et des arpèges.

Le kaiser prétend savoir quand j'ai « poussé la chansonnette » à la dérobée. Comme si je commettais l'adultère avec ma voix ou quelque chose du genre. Il m'écœure.

Lundi — Il m'oblige à porter un chignon serré. Pour qui me prend-il ? Une ballerine ?

Mardi — J'ai eu une révélation. Je comprends désormais ce qu'on entend par « souffrir pour son art ».

---

* *N. d. t.* En français dans le texte.

Auparavant, je croyais qu'il s'agissait de répéter jusqu'à plus soif, de donner le meilleur de soi-même quand on n'en a pas envie, de crever de faim en attendant d'être découvert. Je me disais : « Parfait. Quand est-ce qu'on commence ? » Je n'y étais pas du tout. La véritable souffrance, c'est ce professeur qui essaie de me faire mourir d'ennui en m'obligeant à parcourir toutes les gammes possibles et imaginables. Qu'à cela ne tienne. Je le battrai à son propre jeu. Depuis peu, je répète trois fois par jour la leçon du matin.

Mercredi — « Votre registre est une anomalie de la nature, mademoiselle Piper, ni plus ni moins impressionnant que le mont Everest. Reste à voir si vous aurez l'énergie et le talent nécessaires pour l'escalader. » L'escalader !

Jeudi — J'adore les immeubles qu'on appelle « gratte-ciel ». Ici, ils sont ce qui ressemble le plus à l'océan. Seulement, cet océan-là monte droit au ciel plutôt que de se déployer à l'horizontale. On dit que l'étendue d'eau qui s'étire à l'est de l'île est l'océan, mais c'est faux. Pas celui que je connais, du moins. C'est drôle parce que, à la maison, je ne le voyais plus, mon océan vert-gris. Maintenant me voilà confrontée à un océan de granit. Il me procure le sentiment mi-triste mi-heureux dont j'ai quelquefois besoin. En suivant jusqu'en haut l'arête des immeubles, je me sens seule, mais de la bonne manière. Sans l'horrible impression que personne ne me connaît.

Vendredi — New York n'est pas une ville, mais un monde qui renferme des pays entiers. Quiconque se prétend sain d'esprit en perdrait la raison. Au-delà de l'océan de granit, j'ai fait une découverte. Un monde en soi, stupéfiant. On peut marcher une heure sans entendre un mot d'anglais, manger dans cinq pays différents en cinq pâtés de maisons, entendre de la musique partout. Pourquoi étudier, pourquoi vouloir s'enfermer sur une scène quand les véritables chanteurs sont ici, à déclamer les vertus de leurs poissons, à hurler au rythme des brouettes chargées de fruits, au son des timbales des ruelles musicales, chœur de tramways, de fers à cheval, de couteaux et d'animaux vivants ? Voilà le véritable opéra. Le Met est un mausolée. La salle de concert, un salon funéraire. Mon Dieu, je n'ai pas envie de finir dans un musée.

Lundi — On trouve à Central Park des endroits qu'il vaut mieux laisser inexplorés et je ne te scandaliserai pas en t'expliquant pourquoi.

Mardi 16 avril — Coney Island ! Je n'ai mangé que des choses roses. J'ai vomi. Le jeu en valait la chandelle.

Mercredi — Départ des quais de South Street. Halifax en vingt fois plus grand. Espérons qu'on ne les fera jamais sauter. Je vois des chevaux, une sangle passée sous le ventre, soulevés et posés dans des bateaux. Victimes de la conscription. Voilà à quoi servent la plupart des bateaux. New York alimente la guerre. New York va dans le monde entier et le monde entier vient à New York. Il me plaît de voir d'énormes caisses recouvertes de caractères chinois voler dans les airs et atterrir sur le quai, au sommet d'une pile sur laquelle on peut déchiffrer toutes les langues du monde. J'aimerais consacrer une journée complète à l'observation des hommes et du fret, mais je ne peux m'attarder en raison des durs à cuire qui me demandent ce qu'une jolie fille comme moi peut bien faire seule... et patati, et patata. Comment réagiraient-ils si je me mettais à leur dire : « Dis donc, mon vieux, tu es splendide, tu bouges comme Nijinski, tu corresponds tout à fait à l'idée que je me fais d'un dieu grec en salopette » ?

Mais je m'en abstiens : ils iraient s'imaginer que je suis

portée sur la bagatelle. Les hommes ont la possibilité d'engager la conversation avec des inconnus et d'apprendre toutes sortes de choses. Les femmes, elles, empruntent des livres à la bibliothèque. Quand je serai une cantatrice célèbre, je parlerai à qui bon me semblera.

À pied dans le Bowery, le quartier italien — des enfants, des voitures, de petits plats, des femmes en noir et de beaux gaillards qui ne doivent pas voir qu'on les regarde, *opera verismo* —, Greenwich Village, mesdames et messieurs, Tenderloin — on a faim, on achète un bretzel, puis on dîne dans Hell's Kitchen — quelle horreur ! Pourquoi un tel nom ? L'endroit paraît charmant. En fait, on peut manger gratuitement au *Devlin's Saloon Bar*. C'est la vérité. Un écriteau portait la mention « Entrée des dames ». Je ne me suis pas fait prier. On y trouve une foule de femmes au visage rouge et aux coudes cartilagineux. Il suffit de commander une bière à cinq sous pour obtenir une assiette fumante remplie à ras bord. J'ai remonté Broadway un peu soûle — je n'ai pas l'habitude de boire de la bière —, le Golden Mile, Union Square, Madison Square, Herald Square, dépassé le Met — génuflexion —, déambulé dans Times Square, Columbus Circle, acheté du pop-corn pour faire que les pigeons continuent de s'en prendre aux statues (en mettant le passé glorieux en perspective, ils rendent à la ville un service précieux), gagné le parc, zigzagué dans ce gigantesque îlot de verdure posé au beau milieu de la plus grande scène du monde, dépassé l'étang, le lac, le château, évité le Réservoir qui est à la fois trop grand et trop petit, promis de visiter le Metropolitan Museum la prochaine fois, atteint Haarlem Meer (où je me suis assise et ai décidé que j'avais assez marché), pris Central Park North pour sortir, puis remonté Lenox sur trente-sept pâtés de maisons jusqu'à la Haarlem River. La nuit est tombée.

Ai pris le tram aérien de la 8e Avenue pour rentrer, morte heureuse épuisée, la ville encerclant ma tête comme un halo. Il n'y a pas de Hollandais à Haarlem. À l'occasion de mes promenades, j'ai constaté que les personnes de couleur et les étrangers en général étaient tout à fait différents, ici. À New York, ils n'ont pas l'air déplacés, pas dans leurs quartiers du moins. Les quartiers sont en soi des villes à part entière. Chez moi, lorsque je passais près de Whitney Pier ou du Chantier quatorze, j'étais triste et je me disais toujours que j'avais eu de la chance de ne pas être née là, tandis que, à Haarlem, ça me fait drôle d'être blanche. Le quartier regorge d'églises et de familles qui, le soir, sortent prendre l'air. Je jurais dans le décor. À la maison, je n'étais pas non plus à ma place, alors quelle différence ?

À New York, tout ressemble à une photographie. Les objets réputés sales ou grossiers ou frustes sont les plus beaux. Au bout des allées, les poubelles donnent l'impression d'avoir bavardé toute la nuit. Les portes dont la peinture s'écaille évoquent les rides que la sagesse imprime aux yeux des vieillards. Je m'arrête pour les admirer, mais pas longtemps, à cause des hommes qui croient que j'ai quelque chose à vendre. Ou, pis, à donner. Comme j'aimerais être invisible. Ou ne pas flatter leurs regards. Ils cessent de faire partie de la photo, interrompent leur partie de dames et sortent du cadre pour venir vers moi, obstruant ma vue. Que voient-ils quand ils me regardent ?

Vendredi 19 avril — Jésus, Marie et Joseph, la nuit dernière, à minuit, une fois Giles endormie, j'ai filé en douce. Pourquoi n'y ai-je pas songé il y a des semaines ? Je croyais la musique présente pendant la journée, mais la nuit lui est vouée tout entière. Le problème, c'est que je ne peux m'aventurer sans escorte dans les lieux qui paraissent les plus intéressants. Jusqu'à présent, je me contente de m'abreuver de la nuit, des réverbères, de la vie des perrons le long de Broadway, derrière des vitrines aux rideaux tirés, des clubs privés aux portes closes, de la rumeur diffuse des trompettes et des batteries, des voitures les plus longues que j'aie vues de ma vie. Je croyais trouver Haarlem endormi, étant donné la prolifération des églises, mais peut-être les églises se transforment-elles en boîtes de nuit, le soir venu, comme des jouets qui s'animent, parce que la ville est transformée — les grandes artères du moins. Papa dit toujours que, en Irlande, seuls les *pubs* sont plus nombreux que les églises. Lenox Avenue déborde de promeneurs endimanchés, de limousines. On y rencontre un nombre considérable de Blancs et même des couples mixtes qui vont et viennent deçà, delà. La nuit, la ville blanchit quelque peu. Je vais bientôt répondre au premier homme qui m'aborde — « Où est ton amoureux, petite ? » — dans l'unique but d'entrer n'importe où, pour peu qu'il y ait de la musique, de la musique, de la musique. Je me suis néanmoins permis d'aller quelque part. *Jerry Chan's Chop Suey House*, à l'angle de Canal et de Bowery. Délicieux. Voici le message que j'ai trouvé dans mon biscuit : « Vous ferez la rencontre d'un étranger beau, grand et ténébreux. » *Très romantique, n'est-ce pas** ?

Mardi — Aujourd'hui, le kaiser m'a obligée à faire mes vocalises les pieds dans une bassine d'eau glacée.

Vendredi — Ce matin, il a produit la méthode Vaccai de chant italien ! J'ai failli pleurer à la vue de ma vieille amie d'enfance. Jamais je n'aurais cru être aussi heureuse de tout reprendre depuis le début. Quelle déchéance. Le kaiser a ouvert le livre à la page un :

— La gamme — au moins, il s'agit de mots. Que des voyelles, je vous prie, a-t-il ajouté.

Je lui ai dit que je savais lire l'italien, mais il a fait comme si de rien n'était. Voilà. Je n'ai donc toujours pas

* *N. d. t.* En français dans le texte.

droit aux aliments solides. PAS DE CONSONNES. Je complote de le tuer.

J'ai maintenant une accompagnatrice. Une machine qu'il a importée pour que nous avancions avec peine dans la méthode Vaccai, tandis que je mâche mes voyelles. À quoi bon ? Et il a le culot de m'ordonner de prêter l'oreille à la musique qu'elle laisse tomber lourdement.

Samedi — Je sais reconnaître un piano désaccordé. Oui, ce détail a de l'importance.

Lundi — À quoi bon perdre mon temps et prendre celui des autres ? Je n'arrive plus à chanter, j'ai oublié comment on fait, j'ai même oublié pourquoi chanter me faisait envie. Giles me trouve un peu pâle — tant mieux. Demain, je reste au lit.

Mercredi 1er mai — À mon arrivée, le kaiser a piqué une crise.

— Au nom du ciel, où étiez-fous ?

— J'étais malade.

— Vous aurez beau cracher le sang, fous fiendrez à fotre leçon ! La prochaine fois que fous serez malade, arranchez-vous pour que che l'apprenne par les paches nécrolochiques des chournaux, fous m'entendez ?

Ja, mein Kaiser. Il m'a prévenue : si je rate une autre leçon, il me mettra à la porte.

J'ai dit non pas : « *Ja, mein Kaiser* », mais :

— Je vous demande pardon, monsieur.

Puis je me suis dit : « Tant pis, il est déjà remonté contre moi. »

— J'ai pensé que le monde de la musique n'arrêterait pas de tourner à cause d'une journée de gammes manquée.

Et il m'a giflée. J'ai jeté un coup d'œil à l'accompagnatrice — cette fille est taillée dans du marbre. Elle ne m'a pas regardée. Elle a simplement attendu qu'il lui ordonne de commencer :

— *Mi mineur*, mademoiselle Lacroix.

Et elle s'est mise à jouer comme un piano mécanique dont personne ne voudrait. J'ai chanté, je ne sais comment.

Si je le disais à mon père, il viendrait tuer cet homme. Pourquoi ne lui ai-je pas rendu sa gifle ? Le plus drôle, c'est que, aujourd'hui, j'ai eu le sentiment de chanter les fichues gammes pour la première fois. Impossible d'expliquer pourquoi, il s'agit non pas de mots, mais d'une connaissance subite, comme si, sans le savoir, je possédais ce bagage depuis toujours, et voici : toute la musique est dans la gamme. Les gammes sont une sorte de coffre-fort où toute la musique, repliée sur elle-même, peut être entreposée. Comme des graines.

Et les gammes me sont apparues d'une pureté infinie. En fin de compte, si vous deviez vous retrouver sur une île déserte, vous apporteriez non pas *La Traviata* ni *La Bohème*, mais plutôt les gammes. Parce qu'elles renferment tout. J'espère que je n'aurai pas chaque fois besoin d'une gifle pour assimiler une leçon minable, misérable, grandiose.

Jeudi 2 mai — Je chante des mots !

Samedi — Il m'a demandé si je savais faire la différence entre la sensiblerie et l'émotion.

Lundi — Aujourd'hui, le kaiser a déclaré :

— Votre voix est comme un joli visage. Que vous triturez avec la grossièreté d'un clown de cirque.

C'est le premier compliment qu'il m'adresse.

Jeudi 9 mai — Le kaiser m'a obtenu une audition auprès de M. Gatti-Casazza, *il numero uno* du Metropolitan Opera ! Le 12 novembre. Je vais chanter un aria ! Un aria ? Qu'est-ce que c'est que ça ? Avec un peu de chance, dit le kaiser, M. Gatti-Casazza m'admettra dans le chœur du Met, la saison prochaine. J'ai enfin trouvé le courage de lui répondre que je préférerais rentrer de ce pas à New Waterford pour y avoir une dizaine de bébés plutôt que d'égrener des notes dans le chœur du Met derrière une diva d'une époque révolue et taillée comme un poêle en fonte. Non, ô journal — je dois être honnête. Je lui ai plutôt dit :

— Ma place n'est pas dans un chœur.

— Bien répondu, mademoiselle Piper.

Samedi — « Écoutez le piano. Fous n'écoutez pas, mademoiselle Piper. » Ras-le-bol du piano. Il serait temps que le piano se mette à l'écoute de la voix.

Lundi — Avec une politesse exquise, j'ai demandé à l'accompagnatrice depuis combien de temps elle joue du piano. En haussant le sourcil, elle a répondu :

— Depuis toujours.

Je me prosterne à tes pieds, ô sphinx du clavier !

Mardi — Mlle Lacroix est de mèche avec le kaiser. Pour lui, elle est parfaite. Elle joue comme un automate, et je suis censée la suivre. J'ai dit au kaiser que je pourrais tout aussi bien aller à l'usine de Henry Ford et chanter au rythme de la chaîne de montage. C'est ce que j'ai dit mot pour mot. Je rapporte mes propos exacts. Il s'est contenté de hausser les épaules. Peut-être s'adoucit-il un peu. Peut-être suis-je en train de l'avoir à l'usure, ou peut-être encore — comble de l'horreur ! — m'aime-t-il. Elle ne me regarde toujours pas. Inutile de préciser qu'elle ne me salue pas le matin. Pour qui se prend-elle ? Où est-il allé la pêcher ? On dit pourtant que les personnes de couleur ont le rythme dans le sang.

Vendredi — Elle a un prénom : Rose. Si tu la voyais, tu

comprendrais que ce nom est tout à fait incongru. Qui plus est, elle est une véritable virtuose.

Aujourd'hui, je suis arrivée tôt. J'ai trouvé le kaiser en pleine conversation avec Sa Terriblissime Majesté le *signor* Gatti-Casazza, devant la maison. Je me suis faufilée dans l'escalier. C'est alors que j'ai entendu la plus belle, la plus sublime des musiques. D'abord, j'ai pensé à Chopin, pour le romantisme et la profondeur, mais je n'y étais pas tout à fait, puis à Debussy, pour le côté rêveur, mais il y avait trop d'espace entre certaines notes et pas assez entre d'autres, sans parler des changements de tempo insaisissables ni des reprises soudaines d'une mélodie à la douceur mordante, qui s'interrompait comme un pont au milieu des airs ou se transformait. Malgré les nombreuses mélodies, impossible de les fredonner en entier ni de comprendre comment elles pouvaient appartenir à la même composition. Impossible aussi de deviner quand ou comment le morceau prendra fin. En fait, il ne prend pas fin : il s'interrompt brusquement. L'Œuvre d'un quelconque compositeur moderne, je suppose.

Quoi qu'il en soit, c'était elle qui jouait ! L'accompagnatrice revêche. Elle ne m'a pas vue. Il faudrait que quelqu'un s'occupe de sa garde-robe. Elle porte du rose, des manches bouffantes et des jupes à plis dont l'ourlet s'arrête deux centimètres au-dessus de la cheville. On la croirait tout droit sortie d'une église, il y a vingt ans. Ce sont peut-être des vêtements d'occasion que lui cède une vieille mégère de la Société de tempérance. Elle s'est arrêtée, et je me suis adressée à elle :

— C'était très beau. Qui est le compositeur ?

Elle s'est contentée de me fusiller du regard. Le kaiser a fait son entrée, coupant court à notre exquise conversation. Fidèle à son habitude, il a déclaré :

— *Do majeur* pour commencer, mademoiselle Lacroix.

Personne ne la prendrait pour une musicienne. Sauf moi.

Mercredi — Mlle Lacroix et moi jouons à un jeu qui s'intitule : « Kathleen arrive avant le kaiser et écoute Mlle Lacroix jouer du piano. Mlle Lacroix fait comme si elle ignorait que Kathleen est là. » Pourquoi toutes les personnes que je rencontre dans cette ville sont-elles séniles, sadiques ou excentriques ?

Jeudi — Depuis que j'écoute Mlle Lacroix jouer avant ma leçon du matin, j'ai le sentiment d'être un imposteur sans talent particulier pour la musique. (Voilà qui lui ferait plaisir.) J'ai percé à jour un de ses secrets. C'est elle qui compose la musique étrange et magnifique qu'elle interprète. À supposer qu'elle la « compose » — j'ai parfois l'impression qu'elle improvise : ses morceaux touchent toujours à leur fin une seconde avant que j'entende s'ouvrir la porte qui donne sur la rue, en bas, ce qui signifie qu'elle a aperçu le kaiser par la fenêtre.

Samedi — Ce matin, je suis arrivée encore plus tôt, et j'ai violé une des règles du kaiser. J'ai chanté ce qui me faisait plaisir. J'ai chanté la Tosca ! J'avais l'impression d'être une criminelle ou une nymphomane. J'aurais donné cher pour voir la tête qu'a faite Mlle Lacroix à son arrivée en constatant qu'elle avait été battue à son propre jeu, mais je ne voulais pas relever sa présence, pas plus qu'elle ne relevait la mienne. Elle est sortie, et je l'aurais volontiers étripée. Seulement, je la soupçonne d'être restée sur le palier pour écouter sans me donner la satisfaction d'un auditoire.

Vendredi 31 mai — J'avais raison ! Ce matin, après *Let the Bright Seraphim*, je me suis dirigée à pas de loup vers la porte, et j'ai surpris Rose, assise sur une chaise inclinée vers le mur, les yeux fermés. Son profil en impose. Je voudrais pouvoir le dessiner. Même les yeux clos, elle respire l'arrogance. Surtout les yeux clos. Elle a le front haut et bombé, un nez droit qui s'évase à la base des narines, des lèvres qui reposent l'une contre l'autre comme des coussins sombres. Presque pourpres. Pour que mes lèvres ressemblent aux siennes, ne serait-ce qu'un peu, il faudrait que je les fronce comme pour un baiser, mais Rose ne donne pas l'impression d'attendre qu'on l'embrasse. Ses yeux remontent légèrement aux extrémités, presque comme ceux des Orientaux. Elle a des pommettes hautes et, au menton, une fossette superflue, les fossettes faisant partie du charme des petites filles. Elle me fait penser aux photos d'Africaines qu'on voit sur les affiches du cirque P. T. Barnum, les anneaux du cou en moins. Et elle ne porte pas de turban aux couleurs vives : ses cheveux, plaqués sur son crâne, se terminent par deux nattes ornées de rubans roses qui, sur elle, revêtent un aspect des plus pervers. Sans parler de la robe de Pollyanna, avec ses fronces. N'a-t-elle pas de mère ? Ni de miroir ? Tous ces détails, je les ai observés pendant les trois secondes qu'elle a mises à ouvrir les yeux pour me regarder. Sans un mot, elle s'est levée, est entrée dans le studio et s'est mise à jouer. DES GAMMES. Elle a alors ouvert la bouche, et je lui aurais tapé dessus. Sans même me regarder, elle a dit :

— Vous faites trop de fioritures. C'est passé de mode.

Ai-je dit qu'elle mesure un mètre soixante-dix ?

2 heures 30 — Les Harlem Rhythm Hounds ! Le soleil se lève. Bonne nuit.

Samedi — Peux-tu gémir comme le saxophone, marcher comme la guitare basse, parler comme la trompette et battre comme le tambour ? Alors que fais-tu si loin de chez toi, petite fille ?

Lundi 3 — David est trop timide pour danser, mais les volontaires ne manquent pas, et je me sens en parfaite sécurité : après tout, j'ai une escorte. Il a été scandalisé de me voir danser avec un homme de couleur du nom de

Nico, mais il en est vite revenu, comme il se devait. Je ne vois pas pourquoi on fait tant de chichis à propos de la couleur. Je me demande si la situation est la même à Whitney Pier ou au Chantier quatorze. À l'époque, j'étais bien trop pincée pour aller voir. Demain soir, David m'emmène aux *Ziegfield's Follies*. Je vais peut-être le présenter à Giles.

Mardi — Je veux être danseuse de music-hall, je vais suivre des cours de claquettes, au diable l'opéra. Je vis dans une ville enchantée où on entend d'une oreille différente et où on voit d'un œil différent. J'ai l'impression d'avoir passé ma vie dans un cimetière. D'avoir lu des livres morts, d'avoir écouté de la musique morte, d'avoir chanté des chansons mortes qui traitent de la mort. Magnifiques, bien sûr, mais mortes, comme Blanche-Neige dans son cercueil de verre — à ceci près que la musique que je chantais ne s'anime pas quand on lui donne un baiser. Si oui, je ne sais pas m'y prendre.

Mercredi — Je suis si irresponsable, cher journal. Je ne t'ai pas dit qui est David !

C'est mon soldat.

— Pardon, mademoiselle. Cette place est-elle libre ? m'a-t-il demandé.

À dix-neuf ans, il est en route pour le front. Débonnaire comme pas un. Son uniforme, tout au moins. J'aime l'écouter. Il est agriculteur, et son père lui en veut de s'être enrôlé, mais il est décidé. Il veut vivre un peu avant de s'atteler à la charrue pour le restant de ses jours. Comment lui en faire reproche ? J'ai fait sa connaissance chez *Chan*, où je vais pour lire et manger quelque chose de croustillant. (D. est grand et plutôt beau garçon, mais je ne crois pas qu'il soit celui dont le biscuit m'a annoncé la venue puisqu'il a les cheveux châtains et les yeux bleus.) Bref, nous avons dû faire une quinzaine de boîtes de nuit avant d'aboutir dans un endroit, mi-théâtre, mi-bar, appelé le *Club Mecca*. C'est à Harlem, sur la 7e Avenue, et j'ai dû y traîner mon soldat de force. C'est là que j'ai entendu du JAZZ.

Comment te décrire cette musique ? À la maison, j'ai entendu maman jouer du ragtime, mais le jazz est tout autre chose.

Vendredi 7 juin — Sweet Jessie Hogan est une chanteuse. Moi pas.

Dimanche — David est venu faire la connaissance de Giles. Elle lui a plu. Il a mangé tout ce qu'il y avait dans son assiette. Elle lui a montré un album de photos défraîchi — un défilé de vieilles filles. Ou bien il est doué pour la comédie, ou bien il a été sincèrement intéressé.

Mardi — Jazz.

Mercredi — Re-jazz.

Vendredi 14 juin — Devinette : comment puis-je faire des gammes pour le kaiser, ici, dans l'ouest, tandis que, à quelques rues au nord-est, Sweet Jessie Hogan, la diva du *Club Mecca*, se remet d'une nuit passée à chanter du jazz ? Mlle Hogan a-t-elle jamais fait des gammes ? L'aurait-elle supporté ?

Samedi — Elle chante comme douze saxophones et un train de marchandises, elle porte sur elle environ cinq cents grammes d'or, et les musiciens ont peine à la suivre. Elle n'a rien d'une dame. Ses chansons sont toutes incroyablement tristes ou lubriques. C'est ce qu'on appelle le blues. Elles parlent de pieds endoloris, de relations sexuelles, de gâteaux, de crimes passionnels, de manque d'argent, d'hommes qui s'appellent tous « papa », de femmes qui s'habillent en homme, travaillent, prient pour que vienne la pluie. De prison et de trains.

De whisky et de morphine. Entre les couplets, elle raconte des histoires, et les spectateurs approuvent bruyamment tous ses propos. Imagine — plus il y a d'interruptions, plus les louanges sont sincères, comme dans un *vrai* chœur. Imagine Sweet Jessie Hogan au Met. Le meilleur opéra n'est jamais que le blues sur son trente et un.

Dimanche — David ne voulait pas partir pour la guerre, où il risque la mort, « sans avoir connu l'amour ». Traduction : il ne voulait pas mourir vierge. Je ne crois pas qu'il était vierge, mais je l'étais, moi, et c'est maintenant de l'histoire ancienne. Je ne tiens pas du tout à ce qu'un type quelconque pense avoir quoi que ce soit à m'apprendre. Du reste, David est gentil. Nous avons pris une chambre pour deux heures. Il a dit que nous étions jeunes mariés, mais le gaillard de la réception semblait s'en moquer comme de sa première chemise. Eh bien, les baisers m'ont plu, tout comme ce qui a suivi. Quant au dénouement, je n'y ai rien trouvé à redire, sinon qu'il a semblé y prendre plus de plaisir que moi — il est monté sur la lune et je suis restée sur terre. Après, il avait l'air complètement renversé, comme un gentil chien un peu idiot, et il a dit :

— Je t'aime.

C'est comme si, sans le savoir, nous avions assisté à deux films différents.

Mardi — « Ne prétendez pas rendre compte de ce que vous n'avez pas connu, Mlle Piper. Si vous n'avez jamais souffert, n'allez pas fabriquer de toutes pièces un simulacre de souffrance. Si vous n'avez jamais aimé, ne faites pas à ceux qui vous écoutent l'injure de les abreuver de contrefaçons. »

Mercredi — Je crois être amoureuse de David. Quand nous sommes seuls tous les deux, j'ai du moins l'impression de l'être. Après, je l'oublie jusqu'à la rencontre suivante. Peut-on, dans ces circonstances, parler d'amour ? Hier, j'ai pris conscience d'un détail cocasse : je ne lui ai pas dit que je suis chanteuse. Je me demande ce qu'il croit que je fais toute la journée.

Samedi — Le sexe est bon pour la voix. Pourquoi n'en rien dire à l'école ?

Dimanche — À propos du péché. Je n'arrive vraiment pas à croire que Dieu soit désœuvré ou lascif au point de se soucier de la proximité des différentes parties de mon corps de celles d'une autre personne.

Lundi — Je pense sans cesse à David dans les circonstances que tu imagines.

Mardi — Aujourd'hui, j'ai reçu une lettre de papa qui me demande si je vais bien parce qu'il y a longtemps que je n'ai pas écrit. Je me suis sentie si coupable que je lui ai répondu sur-le-champ. Sans un mot au sujet du *Club Mecca*, bien entendu. Ni de David. Je m'en suis tenue au reste. J'ai joint à ma lettre deux poupées matelots identiques, une pour Mercedes, l'autre pour Frances.

Vendredi 28 — Aujourd'hui, je me suis mise à pleurer sans raison dans le tramway. Il était bondé, et je regardais une petite fille aux nattes blond foncé comme celles de ma petite Frances quand une paire de mains de femme se sont posées sur la tête de l'enfant pour lui caresser les cheveux. C'étaient les mains de maman. Avec leurs veines et leurs jointures molles et ridées, leurs paumes qu'on aurait crues sillonnées de rigoles de sang séché dans le sable. Ma gorge s'est serrée et, l'instant d'après, j'ai éclaté en sanglots. Puis j'ai eu un choc. Le tramway a commencé à se vider et j'ai aperçu le visage de la femme. C'était une femme de couleur. Je n'arrive plus à voir le visage de maman, mais je me représente ses mains avec précision.

— *Salaam idEyyik*, avait-elle coutume de dire.

Que tes mains soient bénies.

Samedi — En arrivant, aujourd'hui, j'ai trouvé Rose Lacroix qui m'attendait. Elle m'a demandé pourquoi, depuis quelque temps, j'avais renoncé à venir plus tôt.

— Je vous ai manqué ? lui ai-je demandé.

Elle a rougi. Comme elle a la peau relativement foncée, on pourrait imaginer le phénomène difficile à observer, mais il n'en est rien. Elle a refusé de m'adresser la parole pendant le restant de la journée, et j'ai regretté ma désinvolture. Au moins, j'ai provoqué en elle une réponse humaine. David est parti en France. Il a pleuré ; moi pas. Je me suis sentie si vilaine que je lui ai dit que je l'aimais. Je n'ai pas menti : il m'arrive de l'aimer.

Lundi 1er juillet — La reine de Saba refuse toujours de m'adresser la parole. Hier, je lui ai demandé si elle voulait venir prendre un café avec moi, et elle a répondu :

— Non, merci.

Aujourd'hui, même manège.

— Et pourquoi non ?

Elle m'a lancé un des regards arrogants dont elle a le secret, comme celui que réserve la reine au chien qui a osé la regarder, et a répondu :

— J'ai des *responsabilités*.

Comme si je n'en avais pas, moi. Comme si marcher dans les traces de Malibran et de Patti n'était pas une responsabilité. Comme si donner vie au génie des compositeurs, de Monteverdi à Puccini, était un jeu d'enfant. Lacroix aura toujours une excuse si elle ne devient pas la Paganini du piano. C'est un luxe que je ne peux pas me permettre.

Mardi — J'ai eu mes règles. Merci, Jésus, Marie, Joseph et tous les saints.

Mercredi — « Heureux de fous accueillir à noufeau, mademoiselle Piper », a dit le kaiser. Je lui ai rappelé que je ne m'étais pas absentée.

— Oh ! que si, a-t-il répondu.

Il menace de décommander mon audition si, dorénavant, je ne suis pas présente corps et âme. Je ne reprendrai mes pérégrinations nocturnes qu'après le 12 novembre.

Samedi — Travail.

Lundi — Travail.

Mardi — Reçu une lettre de David. Il me demande de l'épouser ! Je vais devoir lui répondre avec le plus de tact possible — mais enfin ! Je préférerais encore épouser un mineur. Tu m'imagines en femme d'agriculteur ? Dans le Montana ? Doux Jésus, c'est au sud de Winnipeg ! Voici ce qui me consterne : pendant un moment, je me suis davantage préoccupée des jeux intimes avec David dans notre hôtel qui empestait l'urine que de mon travail. Je me suis davantage souciée d'une femme de couleur qui chante dans un bouge de cent places, accompagnée par des musiciens qui ne savent probablement pas lire la musique, que de ma carrière dans le plus grand opéra du monde. Mon père ne m'a pas envoyée ici pour que je coure à ma perte : j'aurais très bien pu y arriver à la maison. Dorénavant, je n'écouterai que de la grande musique, à des heures civilisées. Quand je pense que je n'ai jamais dit à David que je suis chanteuse, et qu'il ne m'a jamais posé de questions. Il me demande ma main, lui qui ne me connaît même pas !

Vendredi 12 — Après la leçon, elle me rattrape à l'extérieur :

— Vous en faites trop.

On l'a sonnée ? J'ai fait comme si elle n'avait rien dit.

Je lui ai donné la chance de devenir mon amie, et elle a tout gâché.

Samedi — « La chanson n'est pas fotre ennemie, mademoiselle Piper. »

Mardi — J'ai perdu tout amour-propre. J'ai demandé à madame l'autorité en matière de musique ce qu'elle entendait par : « Vous en faites trop », ce qui lui a fait plaisir, je l'ai bien vu. Elle s'est arrêtée, histoire de me tourmenter un peu, avant de dire :
— Aujourd'hui, je dois rentrer tout de suite, mais demain nous irons quelque part pour parler.

Mercredi 17 juillet — C'est la personne la plus intelligente que j'aie rencontrée ! Hormis papa. Elle n'a pas sa pareille. Elle n'a ni l'accent new-yorkais ni l'accent du Sud à la mode de Harlem. Je me demande d'où elle vient. Elle est peut-être riche.

Samedi — Tous les après-midi, nous allons à l'*Abernathy's Cozy Coffee*. Elle dit que la musique flotte dans l'air qui nous entoure et qu'il ne tient qu'à nous de lui ouvrir les portes de notre monde et, du coup, de l'entendre. Comme si le monde était saturé de musique que nous ne percevons pas. Aujourd'hui, pendant la leçon, je me suis dit : « Bon, très bien, la chanson telle qu'elle doit être chantée miroite autour de moi comme l'air du désert, et je n'ai qu'à la laisser entrer. » J'ai fermé les yeux et je me suis ouverte. J'ai laissé la chanson me traverser en me disant : « Ne chante pas la chanson. Libère-la seulement. » À la fin, le kaiser a opiné du bonnet. Je me suis tournée vers Rose, qui a adressé un tout petit sourire aux touches du piano.

Lundi — Elle dit que je suis mezzo ! Elle délire.

Mardi — Je lui ai demandé si elle aime le *chop suey*. Elle ne peut aller nulle part ni rien faire, hormis la demi-heure que nous passons au café, et elle refuse de me dire pourquoi, où elle vit et tout le reste. Elle change de sujet en prétextant que ce sont des détails ennuyeux, mais je suis résolue à percer son secret à jour. Peut-être est-elle si pauvre qu'elle a honte de me dire où elle vit. Peut-être est-elle mariée. Peut-être a-t-elle un enfant naturel.

Mercredi — « Malibran était essentiellement une contralto avec une volonté de fer », dit-elle. Elle chantait Desdémone *et* Otello. Roméo *et* Juliette. Et tout ce qu'il y a entre les deux. Mais c'était il y a près de cent ans, et ce n'est plus permis.

— À l'époque, ce n'était pas permis non plus, a-t-elle rappelé.

Jeudi 25 — J'ai invité Rose à souper. Je me suis dit qu'elle n'avait peut-être pas de quoi s'offrir un *chop suey*. Sans même réfléchir, elle a dit :

— Non, merci.

Vendredi 26 juillet — Je l'ai suivie. Elle habite l'appartement numéro 3, au 85 —, 135e Rue, entre Lenox et la 7e Avenue, au-dessus d'une église elle-même située au-dessus d'une boucherie coincée entre un cabinet de dentiste et une mercerie : *Dash Daniels Harlem Gentlemen's Emporium.* Il suffit de prendre le train aérien de la 8e Rue.

Samedi — Je l'ai suivie encore une fois, et elle a failli me surprendre en ressortant en coup de vent tout de suite après être rentrée. Je me suis cachée dans l'encadrement d'une porte, d'où je l'ai vue téléphoner de la boucherie. Un enfant m'a proposé de goûter sa glace à la framboise. Je l'ai léchée. Pour une raison que j'ignore, il a trouvé mon geste hilarant.

Jour du Seigneur — Dimanche béni. Seule épreuve : la messe en compagnie de Giles et de Mlle Morriss. Je suis allée jusqu'à la 135ᵉ Rue dans l'espoir d'apercevoir Rose. Si elle avait quitté le quartier, j'aurais pu la suivre et l'aborder bien plus loin en prétendant l'avoir rencontrée « par hasard ».

De la musique fusait de la fenêtre du premier — si, là d'où je viens, l'église avait été comme celle-ci, je serais pratiquante. C'était formidable. Quelqu'un jouait du piano, et il y avait, je suppose, un pasteur dirigeant les chants, et les ouailles répétaient après lui, dans un mouvement de va-et-vient, il y avait des solos et des fioritures comme jamais il n'y en a dans l'opéra baroque, et je jure que j'ai vu l'immeuble se déhancher. Sous l'effet du ravissement, j'imagine. Les fidèles endimanchés ont commencé à se répandre dans la rue et une grosse dame, dont le chapeau était orné de plus de fleurs qu'il n'en pousse à New Waterford en une année, m'a ordonné de déguerpir :

— C'est un quartier respectable, ici.

Mais la dame grosse comme une église m'a été utile dans la mesure où elle m'a dérobée à la vue de tu sais qui, sortie avec les autres, revêtue d'une version glace aux fruits de son accoutrement habituel. Je me suis demandé si c'était elle qui jouait du piano, là-haut. Je n'arrivais pas à l'imaginer — même si l'idée me plaît. Rose s'est dirigée vers l'ouest, et je lui ai emboîté le pas. Elle est montée dans le train de la 8ᵉ Avenue. Je l'ai suivie jusqu'à l'ouest de la 14ᵉ, où elle est descendue. Puis elle a remonté Greenwich, s'est engagée dans ma rue et est allée tout droit vers l'immeuble où j'habite ! On aurait dit une pièce de théâtre. Le portier lui faisait des misères. En entrant, j'ai donc dit sur le ton le plus hautain dont je sois capable :

— Ce sera tout, Ernie. Merci.

— Toutes mes excuses, mademoiselle. Je croyais que cette jeune personne faisait erreur.

Je brûlais du désir de lui avouer que je la suivais depuis chez elle, mais quelque chose me disait qu'elle serait insensible au comique de la situation — jusqu'à présent, je l'ai vue sourire en tout et pour tout une demi-fois. Et je ne l'ai jamais vue rire. Je me suis donc efforcée de garder mon sérieux, pendant que, grave comme à son habitude, elle fouillait dans son cartable en cuir, d'où elle a sorti quelques feuilles de musique. Elle me les a tendues en disant :

— Jetez-y un coup d'œil.

Je l'ai remerciée, et elle m'a dit au revoir. Elle allait rentrer directement ! Je lui ai proposé d'aller marcher, et elle a accepté.

À Washington Square, j'ai jeté un coup d'œil aux partitions : l'*Oiseau rebelle* de Carmen et *Una Voce Poco Fa* de Rosine. Ces morceaux, croit-elle, contrastent avec *Cherubino* et *Let the Bright Seraphim* — c'est le moins qu'on puisse dire. Comme M. Gatti-Casazza me demandera probablement de chanter un morceau de mon choix, en plus de celui que j'aurai préparé, il serait bon que ce soit l'un de ceux-là. Elle présente ses cadeaux comme s'il s'agissait de télégrammes à liséré noir.

— Mis à part le fait que je suis soprano, et non mezzo, pourquoi m'aidez-vous ? lui ai-je demandé.

Elle a répondu :

— Quoi qu'il advienne, vous serez une vedette, c'est évident.

Je lui ai dit que ce ne l'était pas à mes yeux, pas dernièrement en tout cas, et elle a rétorqué :

— Votre professeur en est convaincu, lui, et il a déjà dit à Gatti-Casazza à quoi s'attendre. Il y a beaucoup de chanteuses, mais les voix comme la vôtre ne courent pas les rues. Sans parler du reste.

Je lui ai demandé ce qu'elle voulait dire.

— Votre prestance.

Tout cela, elle l'a dit sur le ton d'un médecin qui aurait diagnostiqué chez moi une maladie rare.

— Vous ne m'avez toujours pas dit pourquoi vous m'aidez, lui ai-je rappelé.

Elle a répondu :

— On paie cher pour aller voir et entendre les vedettes. On est tout au moins en droit de s'attendre à ce que la musique soit interprétée convenablement.

Il s'agit donc d'un service à la collectivité ? Elle est terriblement sûre d'elle-même. Je lui ai demandé si elle est d'accord avec tout le monde pour dire que le kaiser est l'un des meilleurs professeurs du monde.

— C'est un brillant technicien. Vous avez beaucoup à apprendre de lui. Et beaucoup à désapprendre, par exemple toutes les idioties que vous faisiez au début. Vous êtes maintenant prête à cesser de chanter les mots et la musique pour vous mettre à leur écoute.

Elle vendrait la tour Eiffel à un Français. Ses propos ne sont que du vent. Intangibles, ils sont pour l'essentiel insensés. Mais efficaces. Elle n'a pas pu rester à souper. Elle a dix-neuf ans. Je lui ai posé la question.

Jeudi — Après la leçon, je lui ai couru après pour avoir son opinion du travail de la matinée.

— Vous savez, je devrais vous facturer mes services, m'a-t-elle dit.

Je lui ai proposé de la payer. Je croyais qu'elle allait s'offusquer, mais elle a semblé me prendre au sérieux.

— Vous croyez que je pourrais me faire payer pour donner des cours ?

Je lui ai répondu que oui, mais que ce serait un terrible gaspillage.

— Pourquoi ?

— À cause de vos dons de compositrice et de musicienne.

Elle s'est remise à marcher et a déclaré au trottoir :

— Je ne suis pas compositrice. Je me contente d'inventer.

Je lui ai rétorqué que c'est précisément ce qu'on

entend par « composer », mais elle ne met rien par écrit, m'a-t-elle confié. C'est chaque fois différent.

— Il faut noter.

— Non.

— Pourquoi pas ?

— Parce que c'est le plus sûr moyen de tuer l'oiseau.

Elle est bizarre, mais je comprends parfaitement ce qu'elle veut dire. Je n'ai encore jamais rencontré quelqu'un qui parle ou joue comme elle. Quand je l'écoute jouer, j'ai l'impression d'entendre de la musique pour la première fois. Le son est si magnifique qu'il me fait mal. Je lui ai demandé de venir jouer chez Giles.

— S'il vous plaît, l'ai-je suppliée, s'il vous plaît, s'il vous plaît, s'il vous plaît.

Elle n'a pas dit non tout de suite. Après un moment, elle a consenti :

— Je veux bien. J'accepte aussi votre invitation à souper. Mais pas ce soir.

— Demain ?

— Je vais demander.

À qui ? Je n'ai pas osé poser la question. Je ne veux pas que l'oiseau s'envole.

Le soir — Frances m'a envoyé un dessin au crayon de moi en train de chanter. C'est adorable. Et le plus étrange, c'est que, en plus des notes de musique qui sortent de ma bouche, il y a des petits oiseaux !

Vendredi 2 août, 17 h 45 — Elle vient souper ! Elle sera là dans quinze minutes.

Plus tard — Au moins, Giles n'est pas raciste. Elle n'a pas paru surprise quand je lui ai présenté mon amie Rose, l'accompagnatrice. Rose — elle m'a enfin demandé de l'appeler Rose, et moi il y a des semaines que je lui ai suggéré de m'appeler Kathleen, si bien qu'elle a cessé de m'appeler « mademoiselle Piper » pour ne plus rien m'appeler du tout — s'est montrée d'une extrême politesse et a posé à Giles toutes sortes de questions oiseuses à propos de son travail bénévole au couvent. Giles exerce le métier le plus morbide qui soit. Elle s'occupe de nonnes sur le point de passer de vie à trépas. Si j'étais une de ces femmes et que je la voyais arriver avec un plateau, je serais terrifiée. Confession : j'ai bu du vin. Giles nous a servi du vin — apparemment, cette boisson fait office de médicament en plus de se prêter aux libations joyeuses. Que vous célébriez votre anniversaire ou que vous vous fassiez amputer la jambe, vous pouvez compter sur le vin de cerises de Virginie de Giles. Je me demande si Rose a été choquée. Nous avons fait jouer le phonographe pendant un moment, puis Giles a soulevé l'aiguille et demandé à Rose de jouer et à moi de chanter. Nous étions toutes deux embarrassées, mais Rose a demandé à Giles si elle avait une préférence.

— Oui, chère, a répondu Giles. *My Luve's Like a Red Red Rose.*

J'ai cru mourir ! Je n'ai pas osé regarder Rose en face. Elle, cependant, n'a fait ni une ni deux, a retrouvé la chanson et s'est mise à jouer. Et j'ai chanté. Après un certain temps, la chanson ne m'a plus semblé si idiote, et j'étais même contente que Giles en ait fait la demande parce qu'elle m'a fait penser à papa et à la maison.

À la fin, Giles avait les yeux fermés.

— C'était adorable, les filles.

J'allais demander à Rose ce qu'elle comptait jouer ensuite, mais elle s'était déjà mise au travail. Ses morceaux débutent toujours ainsi — avant même que vous ne vous en rendiez compte, ils sont là et se déploient. Je ne sais pas en parler. J'ignore la durée du morceau. Tu te rappelles ce que j'ai dit à propos de la signature du temps qui glisse et s'efface imperceptiblement ? Eh bien, le temps tout entier a disparu pendant qu'elle jouait. J'en ai perdu la notion même. J'aurais voulu habiter la musique, non, la draper légèrement autour de moi et la porter à la place de ma peau. Après un moment, j'ai eu la sensation tenace de baigner dans la pensée de Rose. Je deviens trop irlandaise à mon goût. À moins que ce soient mes antécédents libanais qui remontent à la surface ? Comment dit-on « bobards » en arabe ? *Bob'Harr* ?

J'ai cru que c'était le vin. En fait, c'était la musique. Lorsque Rose a cessé de jouer, Giles dormait. Mon visage ruisselait de larmes, mais je n'avais pas eu la sensation de pleurer. Rose est demeurée assise pendant quelques mesures de silence, puis elle s'est retournée et a dit qu'elle devait partir. J'aurais voulu qu'elle reste pour bavarder, mais il ne fallait pas gâcher la musique. Je l'ai accompagnée jusqu'à l'arrêt du tram, et nous n'avons pas échangé un seul mot. D'abord, le silence est apparu naturel. Puis gênant, mais, moi qui suis bavarde comme une pie, je ne trouvais rien à dire. Je l'ai simplement remerciée. Puis le tram est arrivé et elle a disparu.

Samedi — On nous aurait prises pour de parfaites étrangères. Elle m'a appelée « mademoiselle Piper » ! Après la leçon, je voulais la rattraper, mais le kaiser m'a retenue pour m'offrir un présent. Un livre magnifique, *Quarante ans de chant,* les mémoires d'Emma Albani. J'y trouverai peut-être une source d'inspiration, a-t-il dit, « puisqu'il s'agit d'une compatriote ». En d'autres circonstances, ça aurait été le meilleur moment de ma vie, mais aujourd'hui tout ce que cela signifiait c'est que j'avais raté Rose : pendant que je remerciais le kaiser, elle avait eu le temps de monter dans le tramway.

Dedans, il avait écrit : « Pour mademoiselle Piper, qui s'apprête à reprendre le flambeau. Puissiez-vous le porter pendant quarante ans de plus. » Aïe.

Emma Lajeunesse a changé son nom pour celui d'Emma Albani. Peut-être devrais-je aussi donner au mien une consonance italienne. Kathleen New Waterfordi. Du Capo-Bretoni.

Lundi 5 — Pendant la leçon, c'est à peine si elle a daigné poser les yeux sur moi. Après, pour éviter qu'elle ne s'engouffre dans le tram, je me suis emparée de son cartable, qui contient toutes ses partitions, et j'ai couru dans Central Park. Je riais comme une folle, mais elle était furieuse. Et elle est très forte. Elle a failli m'arracher le bras en reprenant son bien. Je croyais qu'elle allait me tuer, mais elle est partie d'un pas lourd, ses rubans stupides voltigeant dans les airs, si bien que je lui ai fait une scène. D'abord, j'ai hurlé à pleins poumons :

— Je vous aime, et je veux être votre amie. Pourquoi vous entêter à faire l'oie ?

Elle a continué de marcher. En la rattrapant, je me suis mise à chanter. Je riais si fort que j'ai eu du mal à articuler les paroles de *My Luve's Like a Red Red Rose*. J'ignore pourquoi je riais, mais j'étais comme possédée du démon, et je n'arrivais pas à m'arrêter. Jusqu'à la porte du parc, elle a fait comme si je n'étais pas là. Puis elle s'est tournée, et a plaqué sa main sur ma bouche, et les larmes me sont montées aux yeux. J'ai perdu la tête. Je lui ai mordu la main, ce qui l'a fait bondir, puis je me suis emparée de nouveau du cartable. Cette fois, je ne plaisantais plus. J'ai couru jusqu'à l'étang, avec elle sur les talons. Je savais que, si elle me rattrapait, elle allait me flanquer une raclée. Dieu merci, je suis arrivée à l'étang un instant avant elle. Montée sur une pierre, j'ai tenu le cartable au-dessus de l'eau. Nous étions à bout de souffle.

— Je vous en prie...

En entendant ces mots, je me suis immédiatement sentie mal. Mais j'ai persisté :

— Qui ?

— ... Je vous en prie, mademoiselle Piper, ne le laissez pas tomber.

Je ne sais pas ce qui m'a pris, mais j'ai hurlé comme une *banshee* :

— Je vous en prie QUI ?

— Je vous en prie...

— Vous connaissez mon nom !

— Kathleen.

Soudain, j'ai eu honte, et elle n'était plus en colère, il y avait autre chose, quoi, je n'en sais rien. Je ne voulais pas la laisser s'en tirer si facilement.

— J'ai bien envie de jeter un coup d'œil pour élucider ce grand mystère.

— Non !

Elle s'est élancée, et j'ai laissé tomber le cartable, mais seulement dans mon autre main, ce qui ne l'a pas empêchée de pousser un cri. J'ai commencé à défaire la boucle. Et la chose la plus curieuse s'est produite — elle a tourné les talons et s'est éloignée doucement. Dans ces conditions, je n'ai pas eu le cœur de l'ouvrir. Je l'ai suivie.

— Tenez, reprenez-le.

Pas de réponse. Je n'ai eu aucun mal à la rattraper, et c'est là que j'ai vu qu'elle pleurait. Pour une fois, ses vêtements lui allaient. Je me sentais terriblement mal. J'aurais voulu qu'elle se remette en colère. Je lui ai donné le cartable.

— Je ne l'ai pas ouvert.

De sa main libre, elle s'est contentée de s'essuyer les yeux, sans me regarder. Je lui ai tendu mon mouchoir, et elle a mouché son nez. Je l'ai raccompagnée jusqu'à l'arrêt du tram, que j'ai attendu à côté d'elle. Elle ne m'a ni regardée ni adressé la parole.

Je m'efforçais de ne pas la regarder parce qu'elle pleurait toujours. Je ne supportais pas les sons qu'elle tentait de réprimer ni le fait qu'elle gardait la tête droite. Pourquoi ne pas baisser les yeux ? C'est ce que j'aurais fait, moi. J'avais si honte. J'avais agi délibérément, dans l'intention de la faire pleurer. Pourquoi ? Je ne dois pas être normale. Elle ne devrait jamais avoir à pleurer devant des gens, ma si jolie Rose. Pardon. Je t'aime.

Si elle mettait la main sur ce que j'ai écrit, elle me détesterait.

Pas étonnant que je n'aie pas d'amies.

Mardi — Aujourd'hui, elle n'est pas venue. Le kaiser m'a dit qu'elle avait présenté sa démission.

— Il fallait s'y attendre, a-t-il dit.

Je lui ai demandé de s'expliquer.

— Elle possède un talent naturel remarquable, mais elle est foncièrement irréfléchie.

Je lui ai fait part de mon désaccord en précisant qu'elle était au contraire la personne la plus réfléchie que je connaisse.

— Elle a atteint ses limites. Pour son propre bien, il vaudrait mieux qu'elle réoriente ses dons.

— La musique n'a pas de couleur.

Il a souri. Je l'aurais tué.

Tu sais, il n'a pas tort. La musique a une couleur, mais on ne devrait pas se soucier de qui la joue. Brahms devient-il noir quand Rose joue sa musique ? Le cas échéant, le noir lui va bien, et il n'a qu'à s'en réjouir. De toute façon, pourquoi devrait-elle jouer ces vieilles bêtises toutes poussiéreuses ? Qui s'en préoccupe ? Moi. J'aime Brahms. J'aime Verdi et Mozart, mais j'aime les Rhythm Hounds et j'aime Sweet Jessie Hogan, diva qui règne en maître sur la ville, à l'insu des crétins qui dirigent ce bourg surfait, lesquels ne se rendront jamais compte de rien et ne le méritent pas. La ville tout entière regorge de musiques dont le kaiser ne soupçonne même pas l'existence. Je les aime toutes. Mais c'est la musique de Rose que je préfère.

Elle n'a pas besoin d'eux. Aujourd'hui, je ne suis pas arrivée à placer ma voix, et le kaiser m'a laissée partir en disant qu'il était tout naturel que je sois désarçonnée par le départ subit d'une accompagnatrice qui avait eu de la chance de dénicher ce poste. Je voulais aller voir Rose, mais je sais qu'elle me déteste, et c'est à cause de moi qu'elle est partie. C'est à cause de moi que le kaiser nourrit de terribles pensées à son sujet. De quel droit puis-je affirmer qu'elle n'a besoin de rien ? Elle avait besoin de cet emploi.

4 heures — Je rentre à l'instant. Sur la bicyclette de Giles, je suis allée jusque chez Rose. Je me suis installée dans l'encadrement d'une porte, en face de chez elle. Qu'espérais-je ? Qu'elle jette un coup d'œil par la fenêtre et m'invite à manger du pain grillé à la cannelle ?

De la musique venait de la fenêtre du salon, un ragtime grinçant, sous des lampes rouges et jaunes. Les rideaux n'étaient pas tirés. La vitre était embuée, mais j'apercevais à l'intérieur les silhouettes d'un homme et d'une femme qui dansaient. Ils se sont enlacés. Je les ai entendus rire. Puis ils ont disparu. Rose a-t-elle un petit ami ? Un mari ?

Mercredi 7 août — J'ai signifié au kaiser mon intention de tout arrêter dès aujourd'hui. Je croyais qu'il allait s'énerver, mais non. Il est demeuré silencieux un moment, puis il m'a demandé pourquoi. Je lui ai dit que je refusais de continuer sans Rose. Fait inouï, il m'a demandé de m'asseoir. Je commençais à croire que tous ces meubles n'étaient que des accessoires de scène. Je me suis assise sur une causeuse à rayures grises et roses. Sur un ton parfaitement posé, il m'a expliqué que je ne peux m'attacher à une accompagnatrice, que je dois apprendre à composer avec le va-et-vient des personnes qui m'entourent, que cela fait partie de la vie que j'ai choisie. Je dois comprendre que les prima donna sont seules la plupart du temps, malgré leur horde d'admirateurs. Dans sa bouche, cette vie paraît à la fois horrible et romantique. Pourquoi faudrait-il que je sois seule ?

— Voulez-vous chanter ? m'a-t-il demandé simplement.

Je lui ai répondu que je ne voulais que cela.

— Dans ce cas, n'attendez rien de la vie. Vous pouvez soit chanter soit vivre.

Il essaie de me faire peur, mais c'est peine perdue. Je vais chanter. Et je vais vivre. J'ai déjà vécu toute ma vie sans une seule amie, privée de tout, sauf de musique ; ce n'est pas comme si un grand mystère réservé aux divas — le sacrement de la solitude — allait soudain s'ouvrir devant moi. Je lui ai donc dit ce que, à mon avis, il devait entendre :

— Monsieur, je suis prête à tous les sacrifices. En contrepartie, j'exige ce qu'il y a de mieux. Voilà pourquoi j'étudie avec vous. Voilà aussi pourquoi je refuse de poursuivre sans Mlle Lacroix.

Tels sont les propos exacts que j'ai improvisés. À son tour, il a réfléchi un moment. Je me suis alors demandé jusqu'où je pouvais le pousser. J'ai examiné sa cravate noir et marine. Il est vraiment très coquet. Comment a-t-il pu me terroriser ?

— Je vais voir ce que je peux faire.

Elle est si têtue que j'ai du mal à croire qu'il parviendra à la fléchir.

Jeudi — Elle est de retour. Il a dû lui promettre monts et merveilles. Je me demande pourquoi je me suis donné cette peine. Elle refuse de me parler. Ou de me regarder.

Dimanche — J'ai écrit une longue lettre à papa et aux filles. Je leur ai raconté tout ce qui allait bien. D'ailleurs, pour l'essentiel tout va bien. Je n'ai que faire de l'automate qui joue du piano. J'ai fait part à papa de mon excitation à la pensée de l'audition de novembre. La date fatidique approche à grands pas. J'aurai enfin l'occasion de faire mes preuves, et cette pensée efface le souvenir des ex-amies et de leur ingratitude.

Lundi — Je travaille plus dur que jamais, et jamais je n'ai été plus heureuse. Je me sens comme une feuille de métal fraîchement sortie du Four à Coke de Whitney Pier. J'éblouis le soleil lui-même.

Mardi — C'est la revanche du *Quanto affeto*. Contente de te revoir, Gilda ! Le kaiser est satisfait, je le vois bien.

Le coin de sa bouche devient la proie d'un spasme léger, comme s'il avait une petite crise. Et il adopte un comportement qui, chez la plupart, serait signe de colère, mais qui, chez lui, traduit le contentement. Plus il aboie, plus ses mouvements se font saccadés, plus il dit : « *Nein, nein, nein, nein* », comme si je lui enfonçais des épingles dans tout le corps, plus il est heureux. Il me fait penser non plus à un lézard albinos, mais plutôt à un chien afghan.

Mardi — Aujourd'hui, le kaiser m'a demandé ce que je comptais chanter si M. Gatti-Casazza exigeait un second morceau. J'en choisirais un, et il m'aiderait à le préparer. Je lui ai donc fait part de mon intention de préparer le poème d'amour de Chérubin, des *Nozze*. J'ai jeté un coup d'œil à Rose, qui n'a pas bronché. Le kaiser a approuvé mon choix en opinant du bonnet :

— Tout à fait indiqué.

À ma sortie, je l'ai trouvée à l'arrêt du tram.

— N'allez-vous pas me dire que je commets une erreur ?

— Qu'est-ce que j'en sais ? a-t-elle répondu en me dévisageant de très haut.

— Eh bien, votre connaissance de la musique est telle que vous savez tout des vedettes montantes. C'est du moins ce qu'on m'a dit.

— Dans ce cas, tu n'es pas concernée.

J'avoue avoir été piquée au vif, mais je me soucie comme d'une guigne de l'opinion qu'elle a de moi. De toute façon, elle ment. Elle est fâchée que je n'aie pas choisi *Carmen,* c'est tout.

J'avais conscience de courir à ma perte, mais je n'ai pas pu m'en empêcher : j'ai horreur des conflits irrésolus.

— Pourquoi me détestez-vous ?

— Toi, la fille, tu mérites même pas qu'on te déteste, a-t-elle laissé tomber froidement.

— Comment se fait-il que vous ayez soudainement un accent ? Qu'est-il arrivé à « J'accepte volontiers votre aimable invitation, mademoiselle Piper » ?

Ce à quoi elle a répondu :

— Va te faire foutre.

Je n'ai rien trouvé à répondre parce que jamais on ne m'a parlé sur ce ton, et jamais plus on ne le fera, surtout pas cette grande prétentieuse à la peau brun foncé dans sa robe d'occasion.

Vendredi — Si je voulais, je pourrais la faire virer. Aujourd'hui, je le lui ai rappelé.

— Je m'en contrefous, a-t-elle répondu.

— Voilà ton problème. Tu te fous de tout.

— Tu ne connais rien à rien.

Je me suis dit : « Me voici qui prends part à une conversation dans laquelle le mot *foutre* est utilisé à toutes les sauces. Si on m'entendait au couvent des Saints-Anges ! Mais je rends coup pour coup. Qu'elle se méfie... »

— Je ne connais pas rien à rien, ai-je dit.

C'était vraiment stupide.

Elle a ri.

Pas henni. Ri. Puis elle s'est ressaisie.

— Et je veux récupérer mon foutu mouchoir !

Ce qui l'a fait rire de plus belle. D'accord, je suis tordante, ce qui vaut mieux que déchoir aux yeux d'une femme de son espèce.

— Je veux le récupérer, tu m'entends ?

Au moment où le tram s'arrêtait devant nous, elle a murmuré :

— Très bien. Je vais te le rendre après l'avoir utilisé pour torcher mon cul noir.

Sur ces mots, elle est montée, avec ses manches bouffantes, ses rubans, son cartable et tout le bataclan. Peut-être est-elle possédée du démon.

Samedi 17 août — À mon arrivée, ce matin, j'ai trouvé,

posé sur le piano, mon mouchoir fraîchement repassé et plié, le monogramme sur le dessus, très comme il faut. Rose s'échauffait, et le kaiser était déjà arrivé. Comme je savais que Rose m'épiait du coin de l'œil, j'ai pris le mouchoir et je l'ai reniflé. Geste puéril, d'une incroyable grossièreté. Rose n'en croyait pas ses yeux. Elle en a oublié qu'elle avait pour politique de faire comme si je n'existais pas. Bouche bée, elle me fixait du regard, et j'ai souri. Elle aussi. C'est le moment qu'a choisi le kaiser pour se tourner vers nous en disant :

— Commençons par quelques profondes inspirations, mademoiselle Piper, voulez-vous ?

J'ai été prise de fou rire, et Rose a plaqué ses mains sur son visage. Le kaiser m'a demandé ce qui n'allait pas, et les vannes se sont ouvertes. J'ai pouffé, et Rose s'est mise à rire. Je me suis alors effondrée sur le tapis persan, à quelques centimètres des chaussures noires et luisantes du kaiser, ce qui n'a fait qu'aggraver les choses : qui aurait cru que mon nez se trouverait un jour si près des pieds délicats du kaiser ? Je sanglotais sur le tapis, tandis que Rose hurlait. J'ai cru que nous allions mourir, sans me souvenir de ce qu'il y avait de drôle. Le kaiser a renoncé, et j'ai vu le bas de son pantalon tarabiscoté passer la porte dans un froufrou, ce qui m'a fait hurler.

Lorsque j'ai enfin repris mon souffle, je me suis retournée sur le dos et j'ai contemplé le sobre plafond. Rose, après s'être essuyé les yeux, a commencé à jouer — une pièce qui a débuté lentement, triste et carrée comme des funérailles italiennes, pour se muer en une mélodie martelée du genre de celle que j'avais surprise par la fenêtre de son église, où la main gauche joue un rôle prépondérant. Elle s'emportait, multipliait les variations, une mesure après l'autre, devenait de plus en plus folle. Jusqu'à ce que je finisse par danser. C'était ce que j'avais trouvé de mieux à faire. Comment chanter sur une telle musique ? Isadora n'a qu'à bien se tenir : nous étions épatantes. Partout dans la pièce, je tourbillonnais comme un derviche, suivais la musique et obéissais à ses injonctions. Je bondissais comme un poisson-chat, chacune de mes épaules animée d'une vie indépendante, les pieds affolés, zigzaguant. Je remuais mes doigts pointés à la manière des fêtards dans le vent dont j'avais surpris le manège, introduisant le *Club Mecca* dans le studio ! Nous sommes allées de plus en plus vite, jusqu'à ce que je me contente de bondir, sans plus me soucier d'effectuer des pas — et le kaiser a refait son entrée.

— Il fait trente-deux degrés à l'extérieur et un peu plus chaud ici. Préférez-vous que nous arrêtions, mademoiselle Piper ? a-t-il dit calmement.

Je lui ai présenté mes excuses en convenant que la chaleur avait eu raison de moi. Rose n'a rien dit. Elle est demeurée la tête baissée sur le clavier. J'ai cependant vu une goutte d'eau s'abattre sur le *fa dièse*. J'ai remercié le kaiser en disant qu'il valait mieux, en effet, remettre nos travaux à demain. Je suais à grosses gouttes.

Nous sommes sorties et je me suis mise à courir, sans me retourner, certaine qu'elle me suivrait, et ne souhaitant que cela. Dans le parc, j'ai couru jusqu'à l'étang. Là, sans hésiter, j'ai sauté dans l'eau. Ma robe s'est gonflée comme un gros ballon, et je flottais au milieu, telle une ballerine dans une boîte à musique. C'était infiniment rafraîchissant. Je me suis retournée. Sur la rive, Rose était pliée en deux, les mains sur les genoux.

— Tu es complètement cinglée !

Elle est restée là à se payer ma tête. Je me suis donc rapprochée d'elle, trempée jusqu'aux os, et je l'ai étreinte pour la mouiller à son tour. Elle a tenté de me repousser, mais, à la façon d'un étau, je suis demeurée fermement en place. Elle a même effectué quelques pas, m'emportant avec elle, comme si j'étais un boa constricteur. Elle a essayé de me chatouiller, mais je possède l'art de faire la morte. À la fin, elle a renoncé et n'a plus bougé, tandis que je la tenais dans mes bras. Mon visage contre son cou. Elle a le parfum d'une des épices de l'armoire de maman, je ne sais plus laquelle, n'ayant jamais fait la cuisine. Son odeur et son apparence s'accordent parfaitement. Comme un grand navire de bois chargé d'épices et de soieries venu d'une terre bénie s'échouer sur une terre morne.

Elle a fini par m'entourer de ses bras. J'ai cessé de la serrer comme pour l'étrangler, et nous sommes restées enlacées pendant un long moment. Elle était toute chaude.

« Je t'aime », lui ai-je dit, mais pas à voix haute.

Je sentais son souffle contre ma poitrine ; je sentais son cœur battre, et elle m'est apparue soudain si humaine que je me suis demandé comment j'avais pu la croire insensible aux coups que je lui portais ou à ceux des autres. Cher cœur. Je sentais sa joue contre la mienne. Je n'ai jamais rien touché de plus doux. J'ai posé un baiser sur ses lèvres. En pensée. C'était tout naturel. En même temps, je savais que c'était mal. Même un baiser sur la joue — les baisers sur la joue sont parfaitement légitimes — parce qu'il s'agissait d'un travestissement de celui que je voulais vraiment lui donner. D'ailleurs, c'était mal de rester de la sorte pendant si longtemps, au vu et au su des passants, en plein jour. Elle est si belle. Ma Rose. Plus délicate qu'une sculpture, plus douce que le sable. Je t'embrasse, Rose. Ô Dieu, il faut que je l'embrasse. Sinon, je mourrai, j'en ai la certitude. C'est ainsi. Je mourrai. J'en mourrai.

Quand nous avons desserré notre étreinte, je lui ai demandé pardon pour tout, et elle a dit que ses torts à elle étaient encore plus grands, et je me suis récriée, avant de conclure qu'il ne fallait pas se disputer pour si peu. Elle a souri. Son sourire est... extraordinaire.

Nous sommes reparties en direction de la porte, bras dessus, bras dessous, comme toutes les amies, à ceci près que j'étais trempée et elle humide. Je craignais l'électrocution à cause des décharges électriques qui me traversaient chaque fois que je lui jetais un regard. Percevait-elle l'agitation de ma peau ? Comment aurait-elle réagi si elle avait pu lire au fond de mes pensées ? Je me souviens des mises en garde que nous servait sœur Sainte-Monique à propos des « affinités trop profondes ». Elles ne s'appliquent pas à Rose. Le péché, c'est de ne pas l'adorer.

Puisque je m'adresse à toi, ô journal : je me suis sentie avec elle comme je me sentais parfois avec David. Mouillée, et pas seulement à cause de l'étang. Voilà d'où me vient la certitude de ma malfaisance. Pourquoi ne puis-je l'aimer d'un amour pur, sans y mêler des désirs inconvenants ? Dorénavant, je serai *normale* avec elle.

Si je ne l'embrasse pas, ce sera affreux. Mais si je perds ma première amie à cause d'un baiser, ce sera pire. Comment se comporte-t-on avec une amie ? Je le découvrirai peut-être en faisant semblant de le savoir. Une dernière chose : finies les fadaises à son sujet dans ce journal.

12 h 17 — Impossible de fermer l'œil. J'y vais.

1 h 03 — L'un des fichus pneus de la bicyclette de Giles est à plat. Le chauffeur de taxi ne voulait pas me laisser descendre. Italien, il n'a pas cessé de me rebattre les oreilles à propos de ses horribles filles, qui sont au lit. Quel genre de jeune fille suis-je ? voulait-il savoir. Pourquoi ? Le simple fait que je veille quand les autres dorment et que je sois blanche dans un quartier noir signifie-t-il que je suis en difficulté ou désireuse de l'être ? Si j'étais un garçon, il n'y aurait même pas songé.

Le temps a enfin fraîchi. Je suis assise sur le perron qui fait face à son immeuble, et il n'y a personne pour m'obliger à déguerpir. L'ambiance est très paisible. Il n'y a pas de cabaret dans les parages. « C'est un quartier respectable, ici. » Aujourd'hui, on a lavé la rue, et elle brille sous la lune, comme autant de diamants noirs. Les fleurs en pots embaument et jettent une note écarlate. Harlem est un quartier à la fois douillet et dramatique. L'immeuble de Rose est fait de pierres gris foncé, avec une entrée voûtée sur laquelle figure une inscription en latin : « *Ora Pro Nobis.* » Priez pour qui ? Je me demande ce qu'il y avait là, à l'origine. Une sorte d'hôpital, peut-être. Dans la fenêtre du *Dash Daniels Harlem Gentlemen's Emporium*, on voit un costume et un chapeau vides, comme un épouvantail crâneur qui salue, une pipe vissée dans sa face lisse. La vitrine de la boucherie regorge de carcasses suspendues par les pattes arrière, écorchées et décapitées. Dans le noir, on pourrait croire à des pendus. Priez pour nous. Je frissonne. C'est bête. Dans un roman policier à deux sous, la vitrine serait l'endroit idéal où cacher un cadavre — à découvert, au milieu des quartiers de viande. Morbide. Ha, ha ! Je n'ai pas peur. Le ciel est presque pourpre. La lune se voile de jaune. Il y a non loin une charrette chargée de pastèques, d'un vert frais que je sens contre mon visage. Le propriétaire ne craint pas de se les faire voler.

Quelqu'un vient de sortir ! Je me suis enfoncée le plus loin possible dans l'encadrement de la porte. Un homme. Impossible de voir son visage sous le chapeau. Il s'est éloigné d'un bon pas. D'un pas bondissant même. Son petit ami ? Je ne l'imagine pas avec un petit ami. Je ne l'imagine avec personne. Sauf moi. Je vais derrière l'immeuble. C'est là que doit se trouver sa chambre.

4 h 53 — Giles dort, Dieu merci. Pour ma part, je ne ressens aucune fatigue. J'ai une amie.

Dimanche glorieux — À mes yeux, les plus belles sculptures du monde sont les escaliers de secours qui étirent leurs jambes effilées le long des immeubles, avec leurs pièces chantournées. Ils me font penser à de minces danseurs noirs qui, en catimini, descendent par la fenêtre. À la lueur d'un réverbère, sous une lune voilée. Je suis assise sur mon banc favori, dans Central Park. Il pleut, mais j'ai un gros marronnier au-dessus de la tête, un parapluie à l'épaule et mes bottes de caoutchouc aux pieds. L'endroit rêvé pour faire un brin de causette à mon cher journal. Tout à fait intime, et le monde a un parfum merveilleux.

LA NUIT DERNIÈRE.

Par une allée toute noire, j'ai gagné une petite cour, située à l'arrière de son immeuble, au-dessus de laquelle les cordes à linge s'entrecroisent. Toutes les fenêtres étaient noires. J'ai levé les yeux en me demandant où était sa chambre, et c'est alors que j'ai aperçu un homme assis sur l'escalier de secours, près de la fenêtre ouverte ! Il ne portait qu'un feutre et un pyjama à rayures. J'ai été paralysée lorsqu'il a regardé droit vers moi et m'a demandé :

— Que diable fais-tu là ?

Ahurie, j'ai vu le visage de Rose se substituer à celui de l'homme étrange sous le feutre. Je lui ai répondu que je n'arrivais pas à dormir. Elle non plus. Nous sommes restées là un moment, à nous observer, sans savoir si elle allait descendre ou si j'allais monter ou, au contraire, m'en aller.

Debout sur ses pieds nus, elle a fait basculer l'escalier pour que je puisse grimper. Elle souriait. Nous ne nous sommes pas enlacées. Nous n'avons rien fait de ce genre. Nous nous sommes assises devant la fenêtre de l'église. J'y ai jeté un coup d'œil. Des paroles bibliques étaient peintes sur les murs. Il n'y avait pour tout ameublement que des chaises, un piano et, en lieu et place de l'autel, une petite estrade surmontée d'un lutrin. C'est le chapeau de son père. Elle le porte pour réfléchir.

— Réfléchir à quoi ?

— C'est plutôt pour... Il empêche le monde d'entrer, ce qui me permet d'être seule avec mes pensées.

C'est un chapeau de couleur gris foncé. Son père est mort avant sa naissance. Le chapeau lui va comme un gant. Il fait ressortir ses pommettes et le contour de sa mâchoire. Un chapeau a ce pouvoir. Elle est non seulement belle, mais aussi « beau ». Trêve de balivernes. J'ai une amie, et les pensées impures ne sont pas admises. En fait, elles sont superflues !

Nous avons parlé pendant trois heures, qui ont duré le temps d'un éclair. Après, j'ai dû effectuer à pied la moitié du trajet de retour avant de trouver un taxi. Je m'en moque. Plus je cours, moins je suis fatiguée ; moins je dors, plus je me sens éveillée. Des tuteurs du Conservatoire de New York ont donné à Rose une formation classique. J'avais mis dans le mille. Une enfant prodige. Elle a commencé à jouer à trois ans. Son père était musicien. Voilà tout ce qu'elle sait de lui. Sans compter la cause de sa mort : la tuberculose. Sa mère a un ami chef d'orchestre — assez réputé, je suppose — qui a pris à sa charge les leçons de Rose et qui, depuis son enfance, fait jouer ses relations en sa faveur. Rose est destinée à être la première femme de couleur à jouer avec l'Orchestre symphonique de New York à Carnegie Hall. Elle ne veut pas me dire le nom de l'homme ni même pourquoi elle le garde secret.

— C'est un ami de ma mère, se contente-t-elle de dire.

Cette fille a des secrets, mais je les percerai à jour, un à un. Je me suis amusée comme une folle.

Si elle était un garçon, nous serions amoureux, mais c'est mieux ainsi. Nous pouvons tout nous dire. Elle a voulu que je lui parle de mes origines, mais je l'ai obligée à deviner. À l'en croire, j'ai des parents que j'appelle « père » et « mère », j'ai eu droit à des leçons d'équitation, ma mère, qui a de grands yeux bleus et un goût exquis en matière de porcelaine, a les cheveux blond cendré, et « père », qui siège à la magistrature, est l'héritier d'une riche et prestigieuse famille. Pour lui rendre la monnaie de sa pièce, je n'ai rien confirmé ni infirmé. Pour le moment, je vais la laisser se croire perspicace. Puis je vais lui montrer ma photo de famille.

En plus, elle pense que j'ai un accent, moi !

— D'où que tu viens, la fille ?

— Voilà ! Parfois, tu as un accent ; d'autres fois, non. Pourquoi ?

— Je t'ai posé la question la première.

— De l'île du Cap-Breton, ai-je répondu.

— De l'île du Cap-Bretagne ?

— Ce n'est pas ce que j'ai dit.

— C'est exactement ce que tu as dit.

— Je viens de l'île du Cap-Breton, au Canada. La Bretagne est en France. Ne vous apprend-on rien à l'école, ici ?

— On ne nous apprend que des choses utiles. Comme, par exemple : n'importe qui peut devenir président.

— Rien à propos du Canada ?

— On s'y gèle les fesses, non ?

Impossible de savoir si elle est sérieuse ou si elle plaisante. En tout cas, je sais maintenant qu'elle aime bien me faire sortir de mes gonds. Quelle équipe nous faisons ! Je lui ai dit que j'étais allée au *Club Mecca*, et elle en a eu le souffle coupé. J'aime bien lui assener une révélation, de temps à autre. Elle cesse alors de faire comme s'il n'y avait rien de neuf sous le soleil. Je lui ai demandé de m'accompagner, la prochaine fois, parce que je ne peux pas y aller seule. Impossible de faire un tel affront à sa mère. Je lui ai expliqué que sa mère n'en saurait rien, si ni elle ni moi ne lui en parlions. Après un moment de réflexion, elle a rétorqué :

— Ma mère connaît beaucoup de monde.

Je lui ai donc parlé de Sweet Jessie Hogan et de ses Harlem Rhythm Hounds. Elle m'a écoutée décrire la voix de Sweet Jessie. Comment une voix si ample peut-elle être en même temps si agile ? Comment peut-elle broyer du gravier pour ensuite se faire aérienne au point d'effacer l'orchestre dans le registre de la danse ? Sans parler de ses costumes — Aïda peut aller se rhabiller. Mais le mieux, c'est encore la danse. Par comparaison, le *cakewalk* est un jeu d'enfant. Pieds fragiles, s'abstenir ! Rose me regardait comme si elle me voyait pour la première fois.

— Tu n'es pas exactement une bonne petite fille, n'est-ce pas ?

Je me suis sentie rougir, un peu piquée.

— Aimer divers genres musicaux et la danse fait de moi une mauvaise personne ?

— Pardon... Ce que je voulais dire, c'est que tu as du chien. Tu sais bien. Du courage. À côté de toi, je me fais l'effet d'une poltronne.

J'étais bouche bée. J'imaginais que Rose n'avait peur de rien.

— Viens donc avec moi.

Elle a haussé les épaules.

— Que veux-tu que ta mère te fasse ?

Évasive, elle a dit :

— Tu ne comprends pas.

— Dans ce cas, explique-moi. Aide-moi à comprendre.

Elle s'est fermée comme une huître et a baissé les yeux. Son profil sous le feutre. Trois pyramides de couleur sombre.

— Parle-moi, Rose. Je t'en prie.

Elle a détourné le regard, et je me suis dit : Oh non, j'ai encore gaffé. Tout de suite après, elle a déclaré sur un ton glacial :

— Ce qu'il y a, c'est que la musique noire m'intéresse assez peu.

Puis elle s'est tournée vers moi en souriant poliment :

— Mais si tu veux m'accompagner au concert, j'ai des billets pour jeudi soir.

Ne voulant pas l'effaroucher une fois de plus, j'ai répondu :

— Vous m'en verriez ravie, chère amie.

Elle a souri.

Elle n'a pas de petit ami. Je lui ai posé la question. Je lui ai touché un mot de David. Elle m'a demandé si j'étais amoureuse de lui.

— J'ai cru l'être. Maintenant, je sais que je ne l'étais pas.

— Comment ?

Je lui ai dit la vérité, sans parvenir à la regarder dans les yeux.

— S'il revenait à cet instant précis, je ne bougerais pas d'ici pour aller à sa rencontre.

J'avais le visage en feu, certaine d'avoir dit ce qu'il ne fallait pas. Rose me regardait, sur le point de se remettre à me détester.

— Je suis plus heureuse avec une amie, me suis-je empressée d'ajouter.

J'ai enfin levé les yeux sur elle, mais elle a détourné les siens en hochant la tête.

— Moi aussi.

Quel soulagement... Dieu merci, je n'ai pas fait de bêtise, l'autre jour, au parc. Dieu merci, journal, tu as été l'unique témoin de mes mortifications.

Mardi 20 — Symphonie divinement ennuyeuse. Schumann. Rose se fait dévisager. Je commence à comprendre pourquoi elle affiche toujours un air sévère. Elle a des billets de concert, mais vit dans un trois pièces. Elle est faite comme une reine éthiopienne, avec une fossette et un nez aquilin. Elle porte une robe à fleurs façon 1905, comme en ont les petites filles et les vieilles dames. *Le mystère de la rose* *.

Mercredi — Je n'ai pas honte de ma mère.

Jeudi — Aujourd'hui, je suis restée au lit.

Vendredi — Je n'ai pas d'amies. Je n'ai que des collègues. Le kaiser a raison. J'imagine que, au point où j'en suis, la plupart des gens rentreraient à la maison en

* *N. d. t.* En français dans le texte.

courant. Mais à quoi bon rentrer chez moi ? Je viens de la capitale de nulle part. Là-bas, il n'y a que papa. Quand je serai riche et célèbre, je le ferai voyager en cabine de première pour assister à toutes mes représentations. Je me sens si léthargique. Je n'ai même plus d'ambition. Tout me paraît morne et plat. Oui, je vais trimer dur et voir le monde. Je vois ma vie s'étirer devant moi jusqu'à son apothéose. J'ai horreur des situations que j'appréhende jusqu'au dénouement. Il ne reste plus alors qu'à effectuer le parcours. Trop savoir est une sorte de mort. Je prie pour ne pas tout savoir. Tel est mon credo : croire que je ne sais pas tout. Parfois, c'est difficile. Dans ma religion, le seul péché mortel, c'est l'ennui.

Samedi — Les sentiments que j'ai exprimés envers Rose me paraissent tout droit sortis d'un rêve. Comme s'il s'agissait de quelqu'un d'autre, dans un autre pays.

Dimanche — Il ne se passe jamais rien.

Lundi — Pareil.

Mardi — *Idem*.

Vendredi — *Plus ça change...**

Samedi 31 août 1918

Cher journal,

Par où commencer ? Il faut que je couche tout par écrit pendant que les détails sont encore frais dans ma mémoire. Me voici sous mon arbre, dans Central Park, et nous avons tout l'après-midi, jusqu'au souper. Je dois revenir quelques jours en arrière : j'ai eu beau me plaindre de l'absence d'événements notables, je me

* *N. d. t.* En français dans le texte.

rends compte qu'il s'est passé beaucoup de choses, lesquelles ont conduit à ce que je m'apprête à te confier, c'est-à-dire TOUT.

Commençons par le commencement : je prépare *Carmen*. Le kaiser, malgré ses « vives protestations », a fini par capituler. Après tout, a-t-il le choix ? Il lui arrive encore de soutenir que je me « pervertis » en allant à l'encontre de ma « fraîcheur naturelle » et de ma « jeunesse » :

— Mon Dieu, mademoiselle Piper, vous êtes une ingénue, et Carmen est une putain !

À ses yeux, vouloir jouer les mezzos équivaut ni plus ni moins à un suicide professionnel.

— Des filles de joie et des garces, ma chère, se récrie-t-il.

Qu'à cela ne tienne, je refuse de me laisser cataloguer. Je n'ai pas l'intention de jouer les Gilda toute ma vie. Certainement pas quand je serai une femme ratatinée de trente-deux ans, et j'ai la ferme intention de ne tirer ma révérence que quand il n'y aura plus moyen de faire autrement. Les mezzo-sopranos ont plus de longévité. Je vais chanter Carmen et défendre la Tosca. Pas un rôle que je n'aie l'intention d'habiter. Le kaiser se demande s'il est témoin de mon premier caprice de diva, d'inspiration divine, ou encore des signes avant-coureurs de ma chute. Je me pose la même question. Au moins, je ne m'ennuie plus. Le kaiser juge en effet sage de donner à Gatti-Casazza un aperçu de l'étendue de mes capacités vocales, mais aussi dramatiques. C'est tout ce qui compte. Il ne suffit pas d'avoir la plus belle des voix. Si je dois chanter mal pour rendre l'émotion d'une scène, je le ferai. L'opéra n'a rien de « mignon ». La moitié du temps, on a affaire à des femmes qui se poignardent ou s'en prennent aux autres, ce qui n'est pas mignon. C'est sauvage, passionné, sanguinolent et magnifique. Qu'on ne me dise pas que de telles femmes ne grognent pas autant qu'elles chantent. Sans parler des rôles comiques, qui sont encore plus grotesques. Mais je m'écarte du sujet.

Bon. Oh là là. Voici. Je n'ai aucune pudeur face à toi, ô journal, car tu es moi. Tu ne seras ni embarrassé ni choqué, car tu sais qu'il n'y a rien de mauvais dans l'amour. Aussi m'efforcerai-je d'être aussi libre avec toi que je le suis dans mes pensées. Avant d'oublier, permets-moi d'offrir mes remerciements sincères à Giles. C'est la personne la moins curieuse que la terre ait portée. Sans sa totale absence de vigilance, ma vie n'aurait jamais débuté. Si papa savait quelle gardienne nonchalante elle fait, il viendrait de ce pas me boucler chez les religieuses. Tiens, il vaudrait mieux que je lui écrive. Oh, mais je te fais languir, n'est-ce pas, pauvre journal ? Tu n'en peux plus d'attendre. Ne bouge pas, ouvre ton cœur, et je vais commencer par le début et déployer devant toi le récit tel qu'il s'est déployé devant moi. Le mystère joyeux de Rose...

Au milieu du détroit de Canso, sur le ferry, Lily pose le journal et jette un coup d'œil au Cap-Breton, derrière elle, parce qu'elle ne le reverra jamais plus. Elle aspire une dernière bouffée de l'air salin de l'île, âpre, résineux, frais, le gris indescriptible qui renferme toutes choses. La maison. Adieu.

La semelle de ses nouvelles bottes rouges la préoccupe. Onze jours de gravier sur la route 4, cent soixante kilomètres jusqu'au détroit de Canso. Nombreux sont ceux qui se sont montrés généreux envers Lily, si bien qu'elle a seulement un peu faim. Il importe de préserver l'argent caché dans ses bottes. Jusqu'à l'arrivée. Elle a sucé l'eau des mousses aux teintes vives et dormi sous les branches basses des pins, leurs aiguilles de mai jeunes et douces. Les nuits sont froides, mais Lily est épargnée. Le soir, quand elle s'endort, il lui semble qu'on vient dans la rosée pour la couvrir. Au matin, elle a chaud et elle est au sec.

En prenant sa pièce, le préposé du ferry l'avait regardée avec inquiétude.

— Comment t'appelles-tu, petite ? Qui est ton papa ?

... Première leçon consécutive à notre « rendez-vous galant » dans l'escalier de secours. Je craignais que Rose ne me traite de nouveau en étrangère. Mais non. Sans se montrer particulièrement chaleureuse, elle m'a appelée par mon prénom.

— Mettons-nous au travail.

C'est ce que nous avons fait. Pendant des jours et des jours, nous avons trimé comme des forçats.

Je suis enfin parvenue à l'avoir de nouveau à souper — à l'arracher à son devoir filial —, et Giles s'est assoupie encore une fois pendant que Rose jouait et que je chantais de vieux airs qui plaisent à mon hôtesse. Puis j'ai entraîné Rose dans ma chambre, où j'ai tenté de lui enlever ses rubans dans l'intention de lui faire une coiffure moins puérile. Elle a obstinément refusé que j'y touche. J'aimerais faire la connaissance de sa mère et lui en toucher un mot. Pourquoi faut-il qu'une fille adulte aussi grande qu'un homme et plus belle qu'une femme soit attifée comme une poupée de porcelaine ?

J'ai attendu que Rose remarque la photo encadrée de papa et de maman, posée sur ma commode.

— Qui est-ce ?

— Mon père.

— Et avec lui sur la photo ?

— Ma mère.

Elle a fixé la photo, puis s'est tournée vers moi.

— Pas ta mère naturelle.

— C'est-à-dire ?

— Vous n'êtes pas du même sang.

— Si.

Elle a regardé de nouveau la photo.

— Je ne vois pas la ressemblance.

— Personne ne la voit.

— Et quelle est sa nationalité ?

— Canadienne.

Rose rougit. Hourra ! Mais je l'ai vite tirée d'embarras.

— Elle est libanaise.

— Arabe ?

— Ils n'aiment pas qu'on les qualifie d'arabes.

— Pourquoi ?

— Bon nombre de Libanais sont originaires du littoral. Ils sont donc plutôt méditerranéens ou européens, tu comprends ? Pas comme les Arabes.

— Il faut croire que ta mère vivait dans les terres.

Puis elle s'est tournée vers moi.

— Tu m'as bien fait marcher.

— Je ne cherche à tromper personne.

— Tu as l'air si blanche.

— Je suis blanche. Ma mère est blanche.

— Pas tout à fait.

— Elle n'est pas noire non plus.

Elle a souri — « ricané » est peut-être un terme plus juste.

— Ne t'en fais pas, ma vieille, tu es bien assez blanche pour vous deux.

— Plaît-il ?

— Te voilà en colère parce que je t'ai traitée de blanche.

Elle se payait ma tête.

— J'aime qu'on m'appelle par mon nom. Je t'en prie.

Elle a cessé de rire et m'a dévisagée pendant un moment.

— Kathleen.

Je tenais néanmoins à ce qu'il n'y ait pas d'équivoque.

— Je n'ai pas honte de ma mère, mais je tiens de mon père. Ma mère n'a aucune ambition, et elle n'est pas particulièrement futée, mais elle s'occupe de nous avec dévouement.

— Grand bien vous fasse.

J'allais l'envoyer au diable ou pis encore quand elle a subitement repris son sérieux.

— Excuse-moi, mais je crois que tu ne me dis pas toute la vérité. Ta mère te fait honte.

J'ai tout de suite eu à l'estomac un malaise cuisant.

— Et d'ailleurs, je trouve ça très triste.

Le malaise me transperçait la peau. J'étais certaine que Rose en sentait l'odeur.

— Kathleen ?

Elle avait l'air sincèrement navrée. Voilà pourquoi je me sentais toute drôle. Comme dans un rêve collant, les yeux de côté, incapable de me lever.

— Je te demande pardon, a-t-elle dit.

J'ai dû me pencher, la tête entre les genoux.

— Ça va ?

Je me suis dit : « Ô Dieu, faites que je ne vomisse pas. »

— Tu veux que j'aille chercher Giles ?

J'ai dû attraper un microbe. Les lattes du plancher tanguaient. Elle a posé sa main sur ma nuque.

— Respire.

Sa main était fraîche.

— Très bien. Maintenant que tu as expiré, il faudrait que tu songes à inspirer dans un proche avenir... Voilà.

Je me suis mise à respirer, et elle a laissé sa main sur ma nuque jusqu'à ce que ma tête cesse de tourner et que mon estomac s'apaise.

— Ça va, c'est passé.

Couchées sur mon lit, nous avons joué aux dames chinoises pendant une heure, et Giles nous a servi du chocolat chaud et des biscuits à la farine d'avoine. Je voulais que Rose reste dormir. Nous aurions pu nous raconter des histoires de fantômes. Mais sa mère se fait du souci si elle n'est pas rentrée à vingt et une heures.

Le lendemain, je lui ai dit qu'elle faisait un accroc irréparable aux bonnes manières en ne m'invitant pas chez elle. Il faut que je m'y rende la nuit, comme une voleuse, et elle ne me propose même pas d'entrer. Je lui ai carrément demandé pourquoi.

— Ma mère est infirme.

Elle mentait, je l'ai vu à ses yeux qui se voilaient, mais j'ai joué le jeu.

— Je ne ferais pas de bruit. Tu pourrais simplement me montrer ta chambre.

— On verra.

— Dis oui.

— ... D'accord.

— Quand ?

— Je vais demander.

Des jours ont passé, et toujours rien. Je lui ai fait la tête, mais peine perdue — elle est insensible à ses propres méthodes. Hier soir, je me suis donc rendue chez elle sans invitation. À dix-neuf heures trente, ce qui est tout à fait respectable. Elles auraient fini de souper, et il serait encore assez tôt pour que je puisse y aller en tramway plutôt que sous le regard lubrique d'un chauffeur de taxi.

Des tas d'enfants jouaient dans la rue, et il y avait partout des mères qui prenaient le frais sur leur perron. Des hommes aussi, en bras de chemise blanche, certains adossés aux immeubles par groupes de deux ou trois, d'autres occupés à jouer aux dames. Tous bavardaient. Le tableau m'a fait penser à New Waterford, à ceci près que Harlem est très prospère. Sans compter qu'ici, c'est moi qui jure dans le paysage. Ils me regardaient tous avancer furtivement si bien que je me suis fait l'effet d'un phénomène du cirque P. T. Barnum. « Voici l'esclave blanche, princesse élevée par les loups dans les forêts lugubres du Canada ! » Deux ou trois jeunes gens ont chantonné à mon approche — tout doucement, sans grossièreté —, mais j'ai rougi quand même lorsqu'ils m'ont appelée « chérie » et « mon amour ». Ce que j'aurais donné pour être invisible ! Ou pour qu'on me prenne pour un homme.

Avant même d'avoir atteint l'immeuble qu'elle habite, j'ai entendu Rose jouer. La musique venait de la fenêtre de l'église, mais il n'y avait pas de messe, et ce n'était surtout pas de la musique religieuse : c'était du Rose à l'état pur. C'est donc là qu'elle répète. En échange du service des dimanches, je suppose. Je suis restée là, sous la fenêtre, abritée par la musique de Rose, mais, peu de temps après, j'ai été dérangée par trois femmes assises sur des chaises de cuisine, sur le perron de son immeuble. Plutôt que de me chasser, elles m'ont renseignée sur Rose ! Elles ne savaient pas s'il fallait la plaindre ou encore la tenir pour folle. Sentiment qui ne m'est pas étranger.

— Pauvre petite, elle porte sa croix.

— Tous nous portons notre croix.

— Ce n'est pas une petite fille, voulais-je leur rappeler.

Je n'ai pu m'empêcher de rire quand elles ont renchéri :

— Elle a beau répéter vingt-quatre heures par jour, elle n'arrive pas à apprendre une pièce du début à la fin.

— C'est vrai. Elle se contente d'aller et venir sur le clavier, coupée du monde.

— Sauf le dimanche, où elle joue comme un ange.

— C'est l'œuvre de Dieu.

— Merci, Jésus.

Puis l'une d'elles s'est mise à prier pour que Dieu confère à Rose un peu d'humilité, et elles ont échangé des plaisanteries. À leurs yeux, Rose est trop bizarre et — qui l'eût cru ? — trop moche pour trouver un mari. À quoi bon tant d'orgueil chez une femme moche ?

J'ai pris congé, mais elles ne m'ont pas prêté attention. Elle ont continué à papoter tandis que je passais devant elles avec précaution et montais pour la première fois les marches conduisant à la porte.

Le plafond de pierres de l'entrée, voûté et résonant, était agrémenté d'une mosaïque de carreaux turquoises et blancs. Peut-être y avait-il eu ici des bains turcs. Je sentais les effluves d'un ragoût succulent. La main sur une large rampe de cuivre, j'ai monté l'escalier aux marches de marbre creusées par un siècle de va-et-vient. Au premier, j'allais entrer dans l'église pour surprendre Rose quand j'ai eu une inspiration. Maléfique. J'ai repris mon ascension. Sur le palier du second, j'ai frappé à la porte de l'appartement que je savais être celui de Rose. Un moment, j'ai cru qu'il n'y avait personne. Je redescendais quand une voix de femme m'a arrêtée.

— Tu veux quelque chose, ma jolie ?

— Je me suis trompée d'adresse, ai-je dit en me retournant.

— Qui cherches-tu ?

— Rose Lacroix.

— Rose est en bas. Elle répète.

— D'accord. Je vais aller lui dire bonjour.

— Elle n'aime pas qu'on l'interrompe.

— Ça va. Elle me connaît.

Souriant d'un air sournois, la femme a ajouté :

— Mais toi, tu ne la connais pas très bien. Monte l'attendre. Elle viendra souper dans quelques minutes.

— Merci, ai-je répondu, en proie à la confusion. Je ne voudrais surtout pas vous déranger.

— Ça nous fera plaisir que tu manges avec nous.

Je l'ai suivie dans le petit salon. À la fois élégant et défraîchi. Comme une femme riche qui aurait dormi tout habillée. Du velours partout. Un somptueux canapé couleur prune, luisant d'usure par endroits. Des rideaux poussiéreux tirés, rouge vin, avec des pompons dorés. Et un énorme miroir à dorures au-dessus de la cheminée. Les arômes du ragoût se mêlaient à son parfum. J'avais légèrement mal au cœur.

— Je m'appelle Kathleen Piper. Je suis une amie de Rose. Nous nous sommes connues aux cours de chant.

— Ah bon ? Je ne savais pas que Rose avait une petite amie.

Elle m'a semblé ironique, pour ne pas dire grossière, mais je n'arrivais pas à savoir pourquoi, ni à comprendre qui elle était, même si, à l'évidence, elle connaissait Rose.

— Pardon, ma jolie. Je m'appelle Jeanne. Je suis la mère de Rose. Assieds-toi, je t'en prie.

Malgré moi, j'ai dû avoir l'air estomaquée. J'étais bouche bée. Elle a allumé une cigarette en riant d'un rire indolent. Elle portait une longue robe de soirée — satin rouge mat, coupe étroite et flottante, fines bretelles et décolleté plongeant, fleurs de paillettes noires. Et, de toute évidence, rien dessous. Je pense que ce détail m'a davantage choquée que le fait qu'elle soit blanche, avec des cheveux blonds et raides, qui s'emmêlaient sur les épaules, et des yeux bleus étroits. De fines rides. Elle devait avoir tout près de quarante ans. Difficile à dire à cause de la pénombre qui régnait dans la pièce. Elle avait été jolie, cela sautait aux yeux. Pas de maquillage, curieusement. Elle se délectait de mon étonnement. Puis elle m'a offert une cigarette.

— Non, merci.

— Tu ménages ta voix, très bien. Je te sers un verre ?

— Oui, s'il vous plaît.

Elle a eu de nouveau ce sourire familier au point d'en être grossier, comme si trinquer faisait de nous des conspiratrices de bas étage. En effet, il y avait en elle quelque chose de vulgaire, même si elle se comportait comme une altesse royale en proie à l'ennui. Je ne bois pas, mais je voulais éviter que cette femme me qualifie encore de « petite amie de Rose ».

Elle m'a servi un whisky avant de s'installer sur le canapé en face de moi. Elle ne semblait pas se rendre compte que sa bretelle de gauche avait glissé de son épaule.

— Merci.

— Je comprends que tu sois surprise, ma jolie. Tout le monde l'est, au début. Dieu que tu es jolie.

Je m'en veux de rougir si facilement. Je sentais la colère monter en moi à chaque seconde. « Voilà donc la vie de Rose, me suis-je dit. Avec une telle mère, je serais toujours en rogne, moi aussi. »

— Merci, madame Lacroix, ai-je répondu.

Elle m'a ri au nez une fois de plus. Dans les livres, on emploie souvent le mot *languissant.* Je lui ai enfin trouvé une application dans la vraie vie. Mme Lacroix est languissante.

— Appelle-moi Jeanne, bébé.

« Je ne suis pas ton bébé. »

— Jeanne.

Elle a ri de nouveau. Puis, en me détaillant des pieds à la tête, elle a ajouté :

— Tiens, tiens, tiens.

Je me sentais terriblement mal à l'aise. Affalée, elle me scrutait à la façon d'un oiseau de proie repu qui ne se donne même pas la peine de manger ce qu'il a devant lui.

Rose est entrée. En m'apercevant, elle s'est immobilisée. Je n'arrivais pas à déchiffrer son expression.

— Bonsoir, a-t-elle dit.

— Bonsoir.

Jeanne a souri.

— Rose, ma chérie, ton amie est absolument charmante. J'insiste pour que vous restiez à souper, mademoiselle Piper.

— Je vous en prie, madame... je veux dire Jeanne. Appelez-moi Kathleen.

Elle m'a fait un clin d'œil. J'ai rougi une fois de plus. Je me suis tournée vers Rose, prête à affronter sa mauvaise humeur, mais elle s'est contentée de me demander :

— Tu veux voir ma chambre ?

Je me suis levée, soulagée. L'idée que Rose m'étoufferait en silence avec un oreiller, une fois dans sa chambre, m'est toutefois passée par l'esprit. Sa mère nous a barré la route.

— Tu as pris mes médicaments, Rose ? a-t-elle demandé sans se retourner.

— Oui, mère.

— Bien. Ce sera pour après le souper. Je me sens pleine d'entrain ce soir.

— Bien.

— Allez bavarder. Je vous appellerai quand ce sera prêt.

— Merci, mère.

Voilà le plus étonnant. Découvrir que Rose a non pas une « maman », mais plutôt une « mère ».

Il pleut sur la baie de Fundy. Cette fois, il n'y a pas uniquement un préposé, mais un équipage. Personne ne lui a adressé la parole tandis qu'elle montait à bord du ferry. Personne ne lui a demandé qui étaient ses parents ni n'a semblé préoccupé — bien que certains affichent un air légèrement réprobateur. Vingt-huit jours depuis New Waterford. Que va faire Lily pour la semelle de ses bottes ? Le journal intime serré contre elle, elle regarde au-dessus de la rambarde. La Nouvelle-Écosse continentale est derrière, le Nouveau-Brunswick devant.

La chambre de Rose est aussi différente du reste de l'appartement que faire se peut. Elle a un petit lit sans tête recouvert d'un couvre-lit de coton blanc tout simple. Il n'y a même pas de tapis. Une chaise de bois, un petit secrétaire avec un stylo et une feuille de papier vierge et, surprise, la sainte Bible ouverte à — je n'en sais rien parce qu'elle l'a refermée avant que je puisse voir. Comme si je l'avais surprise à lire un roman osé. Sa chambre m'a fait penser à celle des nonnes au couvent des Saints-Anges. (Je sais parce que, le dernier jour je me suis faufilée dans leur aile, dans l'espoir de trouver une perruque affriolante dans la chambre de sœur Sainte-Monique, mais en vain.) La seule différence, c'est que, sur le mur, une photo de Beethoven remplace le crucifix. Le croiras-tu ? Pas de miroir !

Rose a fermé la porte derrière nous.

— Bon. Tu veux jouer aux dames chinoises ?

— Pourquoi tu ne m'as pas dit qu'elle était blanche ?

— Pourquoi je te l'aurais dit ?

— Je t'ai parlé de ma mère, moi.

— Et alors ?

— Tu as dit qu'elle n'était pas blanche.

— Elle est bronzée en permanence. Ça n'en fait pas une femme de couleur.

— L'autre soir, tu as dit le contraire.

— Ça se discute, non ? Compte tenu de la tête que tu as.

— Je n'aurai jamais le dernier mot, hein ?

— Oh que si. D'ailleurs, on ne peut rien faire pour t'en empêcher.

— Tu m'en veux d'être blanche.

— Je t'en veux d'être si ignorante, merde !

— Éclaire-moi, alors.

— Pourquoi me donnerais-je cette peine ?

— Parce que je suis ton amie.

— Les amies ne s'espionnent pas entre elles.

— Je te demande pardon. Tu ne me laisses pas d'autre choix.

— Si : laisse-moi tranquille.

— Non.

— Pourquoi ?

— Je t'aime bien.

— Pourquoi ?

— Tu es la personne la plus intelligente que je connaisse. Après papa.

— C'est un compliment ?

— Et tu es belle.

Ça lui a coupé le sifflet. Elle m'a regardée comme si je venais de lui annoncer qu'elle n'avait plus qu'une année à vivre. J'ai donc ajouté :

— Mais ta mère t'habille de façon bizarre.

— Ce que je porte n'a aucune importance.

— C'est vrai. Tu es magnifique de toute façon.

— Tais-toi.

— Viens au *Club Mecca* avec moi, ce soir.

— Je t'ai dit que c'est impossible.

— Tu fais tout ce que ta mère te dit ?

Elle s'est assise sur le lit, les mains pliées sur les genoux, et a déclaré, comme si elle citait la Bible :

— Elle veut mon bien.

— C'est-à-dire ?

— Qu'on puisse quitter ce trou.

Je me suis installée à côté d'elle, et j'ai tenté de m'y prendre avec délicatesse :

— Qu'est-ce qu'elle a ?

— Rien. Elle fait de son mieux.

— C'est toi qui as honte.

Rose, soudain assagie, m'a regardée. On aurait dit qu'elle tenait un chiot et qu'elle me suppliait de ne pas lui faire de mal.

— Tu t'imagines qu'elle est une femme de rien parce qu'elle vit ici. Eh bien, c'est uniquement par ma faute qu'elle doit rester là. Tu n'as pas idée de ce qu'ils lui font subir. Ils la traitent comme une sous-merde, sans rien savoir à son sujet, ces nègres ignares.

J'étais médusée. Rose a poursuivi :

— Elle a renoncé à tout pour moi.

— Elle me semble relativement satisfaite de son sort.

— Elle est trop polie pour laisser paraître le contraire.

— Je ne l'ai pas trouvée polie du tout.

Rose avait l'air stupéfaite. Comment peut-elle savoir tant de choses sur tout et si mal connaître sa mère ? Je me suis contentée de demander :

— Où est ton chapeau ?

Je l'ai suivie dans le petit salon, puis dans la cuisine, où Jeanne mettait la table. C'est-à-dire qu'elle était debout, une fourchette à la main, et regardait dans le vide. Rose m'a emmenée jusque dans la chambre de Jeanne — ou plutôt dans son boudoir. Des draps de satin en bataille sur un gigantesque châlit en bois d'acajou, à pieds de griffon. Accrochée au-dessus du lit, une huile de grande taille représentait une grosse femme blanche sortant d'une baignoire. Sur une table de toilette, on voyait, pêle-mêle, des brosses d'argent, des pots de couleur et des touffes de cheveux jaunes — un verre à cocktail en cristal taché de rouge à lèvres, un cendrier débordant de mégots au bout rouge, un fatras de bijoux, des pinces à épiler et un recourbe-cils. Des vêtements jetés n'importe où, et des odeurs bien trop nombreuses pour une seule pièce. Rose a ouvert la porte d'une grande penderie. En fouillant l'étagère du dessus, elle a trouvé le feutre gris foncé.

— Rose !

Jeanne appelait de la cuisine. On aurait dit qu'elle venait de se faire mal. Rose a jeté le chapeau sur l'étagère, puis elle est sortie de la pièce avec précipitation. Je l'ai repris et m'en suis coiffée, et je suis allée dans le petit salon. Rose avait le dos tourné. Mais Jeanne, couchée sur le canapé, regardait dans ma direction. Elle paraissait souffrante, et malgré tout légèrement amusée de me voir porter le chapeau. J'en ai eu le frisson. Rose fouillait dans son cartable. J'apercevais les feuilles de musique à l'intérieur. Elle en a sorti une seringue, qu'elle a remplie à l'aide d'une petite fiole. Jeanne, le bras tendu, ouvrait et serrait le poing. La vigueur du geste contredisait l'affaissement du corps. Son visage se crispait, et elle était encore plus pâle, les yeux maintenant tournés vers le plafond. Pendant l'injection que lui faisait Rose, elle a fermé les yeux. On l'aurait dite perdue dans ses prières, à la façon des nonnes. Son poing s'est ouvert, et elle a produit un petit grognement. De la main, elle a caressé le visage de Rose. Elle a marmonné quelques mots avant de s'assoupir. Rose, après avoir replié le bras de Jeanne contre sa poitrine, s'est levée et m'a aperçue.

— Elle souffre beaucoup.

Rose avait eu à mentir encore une fois. J'en éprouvais de la gêne pour elle.

— Est-ce qu'elle t'a vue avec le chapeau ?

— Je crois que oui.

— Ne fais plus jamais ça. Ça la trouble beaucoup.

— Pardon, ai-je dit en le lui tendant. Tu as une photo de lui ?

— Non.

— Tu n'as donc que ce chapeau ?

Rose, après avoir jeté un coup d'œil à sa mère, sans connaissance sur le canapé, m'a ramenée dans le boudoir. Puis elle a disparu dans la penderie. J'ai eu la folle impression qu'elle était partie à jamais dans un autre temps, une autre dimension. Elle est ressortie quelques instants plus tard avec un costume pour homme accroché sur un cintre.

Pantalon à fines rayures noires et brun-roux. Queues-de-pie et gilet noirs. Cravate brun-roux à pois noirs. Chemise blanche amidonnée et boutons incrustés de brillants.

— Parfait pour le chapeau.

— Ouais.

— Essaie-le.

Elle n'a pas paru choquée, ce qui me fait dire que, dans son for intérieur, l'idée lui en était déjà venue. Du même souffle, j'ai compris que, entre nous, certains obstacles étaient enfin surmontés. Dieu merci.

— Impossible.

— Pourquoi ?

— J'aurais l'impression de commettre un... sacrilège.

— Ce n'était pas Dieu le Père. Seulement un homme.

— C'était mon père.

— Et il ne t'a laissé que ses vêtements.

Elle hésitait. Je me suis mise à me déshabiller.

— Qu'est-ce que tu fais ?

Je n'ai pas répondu parce que je n'en avais pas la moindre idée. J'ai passé ma robe par-dessus ma tête et j'allais m'attaquer à mes bas quand mon stratagème a porté ses fruits.

— Bon, bon, c'est d'accord.

J'ai remis ma robe pendant qu'elle défaisait ses millions de boutons.

— Tourne-toi.

Je me suis exécutée. Elle s'éternisait.

— Ne regarde pas !

— Je ne regarde pas.

Elle a fini par dire :

— C'est bon. Tu peux regarder.

Je me suis retournée.

Elle est un jeune homme mince et élancé vêtu d'un curieux habit noir et brun-roux. Pas un de ceux qu'on trouve entre ici et Battery Park, adossés aux immeubles, ne lui arrive à la cheville.

— De quoi j'ai l'air ?

— Tu sors avec moi. Ce soir.

— Je...

— Regarde-toi.

Comme elle hésitait, j'ai fermé la porte de la penderie pour exposer le miroir en pied. Je suis restée derrière elle pendant qu'elle admirait le charmant jeune homme au visage délicat, entre le chapeau et la cravate. Elle s'est regardée pendant un long moment.

— Tu crois que ? ...

— Ouais.

De la tête, elle s'est fait signe à elle-même, puis elle s'est tournée de côté.

— Ta propre mère ne te reconnaîtrait pas. Encore moins ses amies.

— Tu as de l'argent ?

— Deux dollars.

— J'ai de quoi prendre le tram.

— Allons-y.

— Non.

J'ai pensé : « Ah non, elle ne va pas se dégonfler. » Elle m'a tendu le bras en souriant.

— Mangeons d'abord.

Jeanne était parvenue à mettre la table. C'était une simple table de cuisine logée entre l'évier et le réfrigérateur, mais elle était recouverte d'une nappe de dentelle blanche comme neige et de couverts en argent sur lesquels étaient gravées les initiales « J. B. ». Rose a allumé les chandelles. Elle a rempli les coupes de cristal de bière d'épinette pétillante et rempli des bols en porcelaine véritable de ce que, à la maison, nous appelons du bouilli. Des pommes de terre, des carottes, du jarret de porc (qu'elle appelle « pieds de cochon »), des boulettes de pâte, et, au lieu du chou, comme à la maison, un légume à feuilles vertes. Papa avait raison. J'en suis venue à penser que c'est le plat le plus succulent qui soit. Assises l'une en face de l'autre, nous avons trinqué :

— Au *Club Mecca*.

— Au *Club Mecca*.

Et nous avons bu. Il y avait aussi un couvert pour Jeanne.

Elle ne mange pas beaucoup, de toute façon.

— Un couvert en plus, ça porte bonheur.

— Que veux-tu dire ?

— Au cas où ton ange gardien souhaiterait se joindre à toi.

— Tu vas me flanquer la trouille.

— Ils ne sont pas méchants. Ils veillent sur nous.

— Tu ne crois pas à ces bêtises ?

— Bien sûr que si.

— Pourquoi ? Qu'est-ce que ton ange gardien a fait pour toi ?

— Il m'a conduite à New York. Il m'a permis de faire ta connaissance.

— Quelle chance.

— Nous allons rester amies toute la vie.

Après un moment d'hésitation, elle a dit :

— Je ne crois pas avoir d'ange gardien. Je ne peux compter que sur moi-même.

— Tant que je serai là, tu en auras un.

Elle m'écoutait, et je voyais bien qu'elle ne demandait qu'à me croire. Sans réfléchir à ce que je disais, j'ai ajouté :

— Si je meurs la première, je reviendrai.

Elle avait les larmes aux yeux, et moi aussi. Voilà ce qui arrive quand on parle de fantômes. J'ai repris du bouilli. Difficile de croire que c'est Jeanne qui l'a préparé.

— Elle fait toujours la cuisine.

Ce n'est peut-être pas une mère si incapable, après tout.

— Que représentent les lettres *J. B.* ?

— Julia Burgess, a répondu Rose après un moment d'hésitation.

— Qui est-ce ?

— Ma grand-mère.

— Elle est vivante ?

— Ouais.

— Où vit-elle ?

— À Long Island.

— Tu la vois souvent ?

— Je ne l'ai jamais rencontrée.

— Moi non plus, je n'ai jamais rencontré mes grands-parents.

— Le diable les emporte tous.

— Santé !

Nous avons trinqué de nouveau. Puis j'ai levé mon verre pour la troisième fois.

— Buvons au vingtième siècle. Parce qu'il est à nous.

— Au vingtième siècle.

Crois-tu qu'on puisse s'enivrer de bière d'épinette ?

Lily arrache de grandes feuilles cireuses à un érable pour remplacer la doublure de ce qui reste de la semelle de ses bottes. À pied, elle traverse la frontière des États-Unis et arrive dans l'État du Maine, où, sur la route, le gravier se transforme en bitume. Elle s'agenouille le long de la route et dit une petite prière. Après tout, elle vient de pénétrer dans un pays étranger. Elle est près de Calais. Si vous y allez maintenant, votre montre va s'arrêter.

Lily sait où elle va. Il suffit de longer la côte. Tant qu'il y a l'océan à sa gauche, elle ne peut pas se perdre.

Nous avons fait la vaisselle en vitesse, puis Rose a préparé un plateau en argent : deux verres, un seau à glace, du soda et une bouteille de whisky. Elle l'a posé sur la table basse, près du canapé où sa mère était allongée. Je craignais que Jeanne se réveille et nous prenne en flagrant délit, mais Rose a dit :

— Ne t'en fais pas. Elle ne se réveillera pas avant l'arrivée de son invité.

Pour lui éviter d'avoir à mentir de nouveau, je me suis abstenue de l'interroger. Puis elle m'a conduite à la porte, qu'elle a ouverte pour moi, *très galante* *, en disant :

— Les dames d'abord.

En franchissant le seuil, je me suis retournée pour sourire à Rose. C'est alors que j'ai aperçu Jeanne dans le miroir accroché au-dessus de la cheminée. Parfaitement immobile sur le canapé, elle me fixait.

* *N. d. t.* En français dans le texte.

Crois-tu qu'il existe des fantômes déguisés en humains ? Crois-tu qu'il existe des personnes dont le corps vit toujours, ici, sur la terre, mais dont l'âme est déjà en enfer ?

Lily, qui perd l'eau de vue des jours durant, demande aux passants :

— Où est l'océan ?

Elle est loin d'être seule sur la route. Elle partage un repas de pommes de terre bouillies avec un homme lent et mince de l'Oklahoma, qui voyage sans but. Elle lui demande où est la mer. Il la mène à une voie ferrée qui s'incurve vers le sud-est jusqu'à un point d'où on l'aperçoit. Cette nuit-là, entre les arbres et les rails, sous un ciel noir et pur, il lui parle de son pays, terre de lait et de miel. Lily lui demande pourquoi il est parti.

— La maison s'est envolée, dit-il. Que lis-tu ?

— Le journal de ma mère.

— Où est-elle ?

— Elle est morte.

— Dans ce cas, veille bien sur ce livre. C'est un souvenir précieux.

Puis il lui montre une photo de sa femme et de son bébé.

— Ils sont morts ? demande Lily.

— Pas que je sache.

Lily est tirée du sommeil par les mauvais poumons de l'homme. Elle le regarde dormir et le sifflement s'arrête. Mais lorsqu'elle s'assoupit, les tourments de l'homme reprennent de plus belle. Elle reste donc éveillée. À l'aube, il s'assied et oublie de tousser. Il la prend par la taille et, rajeuni de plusieurs années, l'emporte à grands pas vers les wagons préhistoriques qui défilent lourdement, rouillés et poussifs.

Je n'ai pas dit à Rose que sa mère nous avait vues.

Quelle sensation de marcher au bras de Rose habillée en garçon. On nous regardait d'un air différent. J'ai sans doute trouvé le moyen de me rendre encore plus suspecte aux yeux des habitants du quartier. Il ventait. Rose avait fait reluire ses vieilles chaussures noires à lacets, et j'aurais donné cher pour avoir ma robe neuve. Tant pis. La prochaine fois.

J'ai dû la faire entrer de force, presque à la pointe du revolver. Ce qu'il y a de bien au *Club Mecca*, c'est la diversité. Jamais je ne m'étais laissé imprégner de l'ambiance comme je l'ai fait hier soir avec Rose. Je voyais tout à travers ses yeux, et j'arrivais à reconnaître les habitués. Pour la plupart, ce sont de jeunes Noirs, et les femmes sont peu nombreuses. Les garçons s'habillent avec recherche, si on excepte les trous dans leurs poches, par où sort leur argent. Ils gagnent plus que les mineurs à fabriquer des chars d'assaut et des pièces d'artillerie pour « là-bas ». C'est Aldridge, le type à la cravate de soie, qui me l'a dit. Jamais je n'ai vu des garçons faire les beaux et se pavaner comme eux. Ils s'accoudent au bar, comme des étamines gorgées de nectar, et attendent que les femmes se mettent à bourdonner autour d'eux, et il est clair qu'ils sont tous en train de briser le cœur de leur maman. Un sourire mystérieux aux lèvres, ils s'esclaffent souvent quand ils bavardent avec des Blancs.

Il y a également là deux hommes d'âge moyen, un jockey célèbre qui mange cinq laitues par jour, et un champion de boxe catégorie poids lourds à la retraite, gaillard à la tête chauve originaire de Halifax. Ce sont les seuls à venir accompagnés de leurs épouses, femmes d'un certain âge, à la mine sévère, qui passent le plus clair de leur temps à papoter, leurs têtes vissées l'une à l'autre. Il y a un groupe d'Antillais qui se tiennent ensemble et portent de fines moustaches. Parmi eux, on retrouve un avocat et mon copain Nico, feu follet qui a fait fortune dans l'immobilier et a la manie de sourire sans arrêt. Il m'appelle « *chérie* * ». Il y a un jeune homme studieux qui reste toujours à l'écart et prend des notes dans un calepin et aussi, assis à deux

* *N. d. t.* En français dans le texte.

tables accolées, un groupe bigarré de jeunes gens satisfaits d'eux-mêmes et du monde qui les entoure. Des acteurs, à ce qu'il paraît. Il y a un Chinois qui, tous les soirs, tient salon à la même table, dans le coin.

Ce soir, je remarque trois ou quatre autres filles blanches accompagnées de leurs petits amis de couleur, et j'en profite pour faire remarquer à Rose que, au moins, nous ne formons pas le seul couple mixte.

— Tu te trompes.

— On ne dirait pas des filles de couleur.

— Dis qu'elles n'ont pas l'air de négresses.

Les Blancs ? Une poignée d'Irlandais d'allure redoutable, vêtus de costumes à cinquante dollars, une « dame » au bras. Un Juif toujours accompagné de son carton à chapeau — vieil homme très digne qui ferme les yeux et hoche doucement la tête au son de la musique, même si le rythme est endiablé. Ce soir, il y a aussi une tablée de jeunes gens de la haute venus se dévergonder — des garçons et des filles qui n'ont aucune idée de l'endroit où ils se trouvent, mais qui s'estiment néanmoins très futés d'être là. Ils se font probablement la même réflexion à mon sujet.

On voit également des « professionnelles » de toutes les couleurs arriver seules et repartir accompagnées, à plusieurs reprises au cours de la soirée, sous l'œil vigilant du garde-chasse qui, à son aise dans un coin, consulte sa montre en or massif. Je me demande parfois si c'est beaucoup plus difficile que de récurer des planchers ou de faire sept enfants.

Les affaires doivent être bonnes parce que la direction a installé une petite scène, une rampe lumineuse et un rideau pourpre scintillant où figure le mot *MECCA*, écrit à l'arabe en caractères dorés et pailletés, sur fond de minarets. Dix minutes après notre arrivée, un homme en smoking sort de derrière le rideau et annonce :

— Mesdames et messieurs, le *Club Mecca* est fier de vous présenter *Ali Baba et ses quarante folies*.

Le rideau se lève et laisse apparaître un harem. Des filles

à la peau pâle et un sultan très gras, à la peau foncée, se prélassent sur des coussins. Les filles exécutent la danse des sept voiles, tandis qu'il entonne à l'intention de l'une d'elles — celle dont la peau est la plus claire — un chant de désir illicite, que l'orchestre accompagne d'une musique qui suggère la présence d'une multitude de serpents. La porte de la tente se rabat, et le beau prince Ahmed fait poindre sa tête enturbannée et embrasse l'héroïne. Puis, tout d'un coup, c'est le gai Paris, on danse le cancan, et les jeunes amoureux fuient le sultan diabolique de capitale en capitale, tandis que les danseuses se changent en vitesse et se déhanchent, sans rien avoir à envier à celles des *Ziegfield's Follies*. Nous voilà à Hawaii, au Japon, en Hollande, et au Canada, où elles jouent le rôle d'Esquimaux et d'agents de la Gendarmerie royale ! Et si les filles changent de costume et de pays toutes les cinq secondes, elles ne portent jamais plus de quelques centimètres carrés d'étoffe, même vêtues de fourrure dans les confins gelés du Canada.

Après la revue, l'orchestre a joué de la musique qui se danse, mais je ne suis pas parvenue à déloger Rose de son siège. Cependant, elle a gracieusement fait oui de la tête quand des hommes respectables et d'autres qui l'étaient beaucoup moins sont venus lui demander la permission de m'inviter à danser. J'ai dansé avec l'Irlandais au nez fracturé et bâti comme une souche d'arbre, mais aux pieds si légers... Avec le mercier juif, qui transforme tout en valse. Avec un garçon de Long Island à la peau blanche comme le lis — je lui ai demandé s'il connaissait les Burgess et il m'a répondu sur un ton suffisant que c'étaient ses amis les plus chers. Je lui ai aussi demandé s'il connaissait Jeanne, et il a pris un air ahuri — avant de dire que, à la réflexion, il avait entendu parler d'une fille qui, il y a des années, était morte « à l'étranger, dans des circonstances tragiques ». J'ai ri et il ne m'a plus invitée — ce qui vaut mieux puisque, de toute façon, il était raide comme un piquet.

Pendant ce temps, Rose était penchée sur sa bière, dans

son magnifique costume. Ce n'est que quand j'ai dansé avec mon copain Nico qu'elle a sourcillé. Elle était gênée, je le voyais bien, mais je me demande pourquoi. Quelle différence par rapport aux inconnus blancs ? La seule chose, c'est que les Noirs, si on excepte l'Irlandais râblé, dansent beaucoup mieux. L'orchestre a fait une pause. À mon retour à la table, Rose a dit :

— Si tu m'enseignes, je vais danser avec toi.

C'étaient ses premiers mots en une heure. J'ai compris que j'avais voulu la rendre jalouse. Nous étions venues jusqu'ici, elle était superbe, et elle boudait dans son coin. J'étais irritée. Je lui ai demandé ce qu'elle avait pensé du spectacle.

— D'une puérilité sans remède.

— Les numéros de danse étaient excellents.

— Les costumes sont scandaleux.

— Tu peux bien parler.

— Au moins, je suis habillée.

Je lui ai fait boire une gorgée de mon whisky, puis j'ai eu un geste insensé. Je l'ai embrassée sur les lèvres. Rapidement, tu sais, mais nous avons toutes les deux rougi. Elle n'a pas soulevé d'objection. Elle s'est contentée de faire signe au serveur et de commander deux autres verres, en prenant une grosse voix pour me faire rire. Puis elle a chuchoté à mon oreille, sur un ton désespéré :

— Tu as assez d'argent ?

J'ai effleuré son oreille de ma bouche. Elle est demeurée parfaitement immobile. Je l'ai embrassée dans le cou, entre le col blanc amidonné de sa chemise et le lobe de son oreille. J'ai glissé ma main derrière sa tête, sous le chapeau, et caressé le petit creux à la base du crâne. Elle s'est retournée légèrement et m'a embrassée sur la bouche. Tout doucement. J'en ai oublié où j'étais. Oublié que nous étions quelque part. Nous nous sommes regardées... Ah, c'est toi.

Les verres sont arrivés. Et Rose a détourné les yeux, de nouveau timide. Que m'arrivera-t-il si Rose cesse un jour d'être timide ? Les montagnes de timidité que j'emmagasine me paralyseront.

Puis quelque chose de tout à fait inédit s'est produit. La salle a été envahie de femmes et d'hommes noirs comme l'ébène. Je parie qu'en y regardant d'assez près j'aurais aperçu les commères du perron de l'immeuble de Rose, prêtes à affronter la musique du diable. Depuis mon dernier passage, la rumeur a dû se répandre. On a tamisé les lumières et les feux de la rampe se sont mis à danser sur les minarets. Silence. L'imprésario est apparu pour invoquer la déesse du blues :

— Mesdames et messieurs, je vous présente maintenant la vedette de la soirée : l'impératrice du blues, la Cléopâtre du jazz, l'increvable, l'imbattable, l'incontournable, l'inimitable Jessie Hogan !

Applaudissements et cris dignes des *bravissima* d'une apothéose, même si le rideau est toujours baissé. S'ouvrant sur des tons de pourpre et d'or, il révèle des perles et du bleu paon. Clins d'œil quatorze carats partout où le regard se pose. Elle débute dans une flaque de lumière et pousse une plainte unique. Le manège se poursuit des minutes durant — le son s'amplifie, s'atténue, explose. On ne sait plus si elle prie ou si elle maudit. Elle traîne sa voix dans du gravier, puis l'enrubanne dans la soie, elle se crucifie, meurt, s'enterre et ressuscite, elle reviendra pour sauver les vivants et les morts. Spontanément, on l'applaudit et on l'acclame, parfois en groupe, parfois en solo. Après le sacrement initial, la Hogan demeure silencieuse, tandis que Dieu, invisible, descend pour enquêter. Dès qu'Il a mis les bouts et que la voie est libre, elle éclate comme une trompette jusqu'à ce que la vraie trompette, exaspérée, la frappe à son tour — elles se rendent coup pour coup, jusqu'à ce que Jessie lève les bras pour demander une trêve. Elle descend de scène. Les spectateurs crient, le trombone assène un commentaire outré et d'une voix éclatante elle entame sa chanson sans paroles, en quatre temps, vient au milieu de la salle en se dandinant, en dansant, et les membres de l'orchestre la suivent docilement comme des porteurs de trésor — à l'exception du piano. Le batteur tape sur toutes les surfaces, les spectateurs commencent à battre des mains et la Hogan, on ne sait comment, déploie sa magie parmi les tables bancales et la multitude de ses fidèles. À la fin du premier morceau, elle déclare :

— Bonsoir et bienvenue.

Comme une simple mortelle. Des torrents de sueur dégoulinent de son bandeau de perles. Elle décoche un sourire ivoire et or. Elle doit peser dans les quatre-vingt-dix kilos.

Je me suis tournée vers Rose. Pendant que tout le monde se trémoussait et se balançait et souriait, elle est demeurée grave, tout yeux, tout oreilles.

Tu sais ce qu'elle a dit, à propos de la musique ?

— Grossier, mais prenant.

Quel dithyrambe !

Sous un réverbère qui fume, face à ma bien-aimée, je me suis piqué les doigts aux boutons en strass de sa chemise immaculée. Comme elle est grande, elle a glissé ses mains, tout naturellement, autour de mes hanches, et m'a pressée contre elle. Comme je suis frondeuse, j'ai mis ma bouche sur la sienne. Cette fois, je suis entrée en elle, et je lui ai dit tout ce qu'il me tardait de lui avouer. Sombre et doux, l'élixir d'amour est dans sa bouche. Plus je bois, et plus je me souviens de tout ce que nous n'avons pas fait. Avant de te toucher, j'étais un fantôme. Avant de te goûter, jamais je n'avais avalé de nourritures terrestres. Avant de trouver ta langue, jamais je n'avais compris le sens de la parole. Je marchais tout endormie, somnambule triste, les bras tendus, en quête du repère solide qui m'éveillerait enfin à la vie. Je n'ai jamais été qu'ici, sous ce réverbère, contre ton corps. Tu m'as manqué toute ma vie.

Ses baisers brûlaient mon visage comme le feu. Et c'est arrivé : soudain intimidée, je ne lui ai plus tendu que le dessus de ma tête, qu'elle a embrassé quand même. D'une voix que je ne lui connaissais pas, elle a dit :

— Je croyais que tu n'avais pas d'odeur, mais je me trompais.

J'ai ri. En voilà une chose à dire !

— Non, a-t-elle expliqué. Tout le monde a une odeur. Soit elle nous plaît, soit elle nous déplaît, soit elle nous est indifférente. Et toi tu n'en avais pas. À mes yeux, c'était effrayant.

— Il ne t'en faut pas beaucoup.

J'aime que nous parlions enlacées.

— C'était comme si tu n'avais pas été tout à fait humaine.

— Je ne...

— Ne...

— Poltronne.

Elle m'a embrassée encore, et nous avons continué longtemps. Nous ne nous interrompions que pour sortir du halo de lumière, le temps de laisser passer des chevaux. Nous nous sommes enfoncées dans une ruelle, et j'ai tiré sa chemise de son pantalon. Je me suis pressée contre elle, et elle a soupiré. Il y a eu en moi comme une inondation, la musique la plus douce qui soit. Nous dansions enfin. Mes mains allaient et venaient sur ses flancs lisses, je voulais aller lentement pour bien profiter du moment, mais nous ne pouvions nous retenir, elle s'est agrippée à moi et a bougé sous mon corps. J'ai senti ses mamelons sous mes paumes, et j'ai cru mourir. Rose a gémi comme si je l'avais poignardée, et je me sentais comme une sauvageonne surprise à piller un arbre sacré, sa cuisse entre mes jambes. J'ai guidé sa main vers un endroit que je connais, et je l'ai baisée de ma bouche secrète, puis je l'ai prise en moi et je l'ai aspirée, comme la marée vorace, incapable de décider s'il faut avaler ou restituer. J'ai tout oublié. Et même lorsque j'ai pu enfin m'arrêter, je savais que je n'en aurais jamais assez.

Ô Rose, une seule chose me comblerait : t'avoir en moi

tout entière et te rendre au monde, fraîchement sortie de mon ventre, toute nouvelle.

— Oh.

Voilà tout ce qu'elle a dit.

Pendant très, très longtemps.

Imagine. Une ruelle. Ce ne semble guère romantique. Et pourtant, ce l'était. Terriblement.

Grossier, mais prenant.

Sur l'écriteau, on lit « Lebanon * ». « Est-il possible que j'aie dormi si longtemps ? » se demande Lily.

— Allez, ouste, j'ai dit !

Lily émerge de l'obscurité du wagon, et l'aiguilleur a des remords.

— Vous voulez un coup de main ?

— Merci, monsieur.

— On peut vous demander où vous allez ?

— À New York.

— Dans ce cas, vous avez un peu dévié de votre route, non ?

— Je suis à Lebanon. Où est New York ?

— Vous devez revenir sur vos pas sur environ cent trente kilomètres, jusqu'à Portland, puis tourner à droite, ha, ha ! Attendez ! Que faites-vous ?

— Je reviens sur mes pas.

— À pied ?

— Mais oui. Ne vous inquiétez pas.

Deux heures plus tard.

— Heureux de vous revoir, mademoiselle.

— Bonjour, monsieur. J'ai oublié le journal intime de ma mère dans le train.

À l'aide d'une pompe manuelle, il les fait avancer sur une

* *N. d. t.* Ville du New Hampshire dont le nom signifie « Liban ».

distance de vingt kilomètres, jusqu'au chantier de la scierie. Il monte dans vingt-neuf wagons.

— C'est ce que vous cherchez ?

— Oui. Merci.

— Il n'y a pas de quoi.

— Au revoir.

— Tenez.

— Merci, monsieur.

— N'attendez pas trop pour le manger. Il y a de la mayonnaise.

— Ne vous en faites pas.

Le 6 septembre — Leçon de chant tous les matins. *Club Mecca* tous les soirs. Il est facile de distinguer laquelle des deux Rose est déguisée.

Samedi 7 — Hier, Jeanne s'est penchée vers moi.

— Tu me fais penser à quelqu'un, ma jolie.

— Vraiment, Jeanne ? ai-je dit, mordant à l'hameçon. À qui ?

En souriant de travers, de ce sourire qui, paraît-il, vaut son pesant d'or, elle a répondu :

— À moi.

Je n'ai rien dit. Elle a tiré une longue bouffée de sa clope, l'a gardée, puis l'a laissée aller.

— Je parie que ton papa est fou de toi.

J'ai pris l'habitude de dire le *Je vous salue, Marie* avant d'entrer.

Lundi 9 — Quelles professionnelles nous faisons ! Mes progrès ravissent le kaiser. Quelquefois, il lui arrive de me dire simplement :

— Chantez.

Puis il ajoute, à l'intention de Rose :

— Jouez, mademoiselle Lacroix, voulez-vous ?

Et il nous laisse aller. Le lion a perdu ses griffes. Nous avançons sans heurts en attendant novembre.

Parfois, j'éprouve un choc — je n'ai pas aussitôt quitté Rose, avec ses rubans, ses nœuds et ses compositeurs morts, l'après-midi, que je retrouve mon amoureux, vêtu de son costume chic, pour une nuit de jazz et de marijuana. Nous en avons fait l'essai. C'est le produit d'une plante. À l'arôme agréable. Nous nous sommes approvisionnées auprès du Chinois. Nous avons perdu la notion du temps et entendu les notes de musique comme si elles venaient de partout à la fois. Nous avons fait l'amour avec lenteur. Mais je n'en ai plus acheté, par crainte d'émousser mes sens. Si toutes les musiques sont fascinantes, aucune ne l'est vraiment. Et nous avons tout le temps de prendre notre temps. Nous avons la vie devant nous.

Trois nuits de suite, nous ne sommes pas allées au *Club Mecca*. Je me rendais chez Rose et j'attendais pendant qu'elle prodiguait des soins à Jeanne et se changeait. (Je lui ai donné la ceinture de ma robe verte neuve. Je l'ai enroulée autour de son chapeau gris foncé pour qu'elle pense à moi. Elle n'a pas besoin d'aide pour penser à moi. C'est elle qui l'a dit. Puis elle m'a embrassée de cette façon qui me fait prendre le temps en horreur.) Nous mangions et sortions. Impossible de rester chez elle à cause des « invités » de Jeanne. Le deuxième soir, nous en avons croisé un. Un vieux monsieur à la peau brun clair, avec un gros ventre et un monocle.

— C'est le directeur de la coopérative de crédit, m'a-t-elle dit.

J'ai l'impression que les affaires de Jeanne sont florissantes. Assez pour payer les factures du médecin, en tout cas. Il se trouvera toujours des hommes désireux de retenir les services d'une princesse blonde, même camée, même finie.

Ce n'est pas son métier qui me dérange. C'est elle. Je ne peux tirer d'elle qu'un immense écho. Où est-elle vraiment ? Elle n'a toujours rien dit à propos du soir où elle nous a surprises. J'ai maintenant l'habitude d'être là quand Rose lui fait sa piqûre. C'est tout ce qui l'intéresse. Elle fait la cuisine et, tous les soirs, met trois couverts, même si, à l'heure du souper, elle est invariablement en position horizontale. Quand j'y pense, je ne l'ai jamais vue manger. Et j'ai pris l'habitude de ses manières tantôt douteuses, tantôt pincées. L'autre soir, elle m'a dit d'une voix traînante :

— Je suis une Burgess, tu sais — peut-être Rose te l'a-t-elle dit —, des Burgess de Long Island. Je suis la fille de George Morecombe Burgess.

— Sans blague ? Eh bien, moi, je suis une Piper, des Piper de l'île du Cap-Breton. Vous avez peut-être entendu parler de mon père, James, ai-je répliqué sur un ton traînant.

Désormais, son sourire se fait plus narquois que polisson, ce qui me fait dire qu'elle me respecte un peu. Elle joue au chat et à la souris :

— Kathleen, ma chérie, n'y a-t-il pas quelque part un jeune homme qui se languit loin de toi ?

Et après quelques verres :

— Méfie-toi du fruit noir, ma jolie. Tu vas monter au septième ciel, c'est vrai, mais, une fois redescendue, tu seras sèche. Comme un noyau.

En quoi suis-je différente de Jeanne ? Elle s'intoxique à la morphine, et moi, à Rose. La rose n'est pas le pavot. Voilà ce qui nous distingue.

Passé Boston, quelque chose de curieux se produit. Lily était restée sur la route, avec l'eau scintillante à sa gauche, et tout allait bien jusqu'à ce qu'elle vît qu'il y avait désormais de l'eau des deux côtés. Puis il n'y eut plus de terre du tout. « Est-ce Manhattan ? » Elle mit du temps à trouver quelqu'un pour lui répondre. Un garçon lui jeta une poignée de cailloux et de coquillages.

— Foutue idiote.

Une couvée d'adolescentes à frisettes pouffèrent, se cachèrent le visage dans les mains et s'enfuirent en se pinçant le nez. Une longue voiture décapotable passa à tombeau ouvert.

La mer était jolie. Lily décida donc de s'asseoir sur le quai pour lire et attendre que la situation s'éclaircisse. Un pêcheur de homards lui dit où elle était et lui tendit une pince juteuse, tirée de son chaudron.

— L'eau est si bleue.

— C'est la première fois que vous voyez l'océan ?

— Non. Mais celui que je connais est gris et vert.

— D'où venez-vous ?

— Du Canada.

— Ah bon ? J'ai une cousine à Vancouver. Vous la connaissez peut-être.

— Oui, c'est possible.

Les trois nuits qui suivent la première, nous nous dirigeons d'un pas nonchalant vers Central Park. Un endroit près de l'étang. Rose apporte une couverture et moi une bouteille de vin de cerises de Virginie. Il y a un fourré où on entre comme dans un terrier de lapins. Il faut ramper sur une distance de trois mètres environ, puis on peut se mettre debout et observer les étoiles. Et seules les étoiles vous voient. Nous étendons la couverture. Avant de nous toucher, nous partageons toujours un verre de vin. Je pensais que j'allais m'apaiser, prendre de l'assurance, mais, chaque fois que nous nous rapprochons, je me sens presque défaillir. Comme si chaque occasion conservait en elle l'écho des précédentes. Sans savoir pourquoi, je sens un terrible chagrin me serrer la gorge. Le corps de Rose est le seul remède. Lorsque je me suis allongée près d'elle pour la première fois — à son contact, toute la souffrance dont j'ignorais jusqu'à l'existence s'est envolée en fumée. Est-ce là le purgatoire ? Brûler sans douleur ? Dans ce cas, c'est plutôt le paradis.

Quand mes doigts glissent le long de ma Rose magnifique, quand ils la font s'éclore et qu'elle se gonfle comme une voile sous mon souffle, quand, humides, ils disparaissent en elle, c'est comme si elle était un soldat blessé au combat, la tête sur le côté, que je guérirais. Je lui retire son uniforme, et elle peut enfin rentrer à la maison. Tu ne peux pas savoir comme elle est belle. Enfin libérés, ses cheveux, comme une écume noire. Sa peau, eaux nocturnes adorées par la lune, son amoureuse blanche. Je plie ses vêtements avec soin, et je l'habille de ma langue, de mes mains, de mon centre moite, véritable baume de Galaad. Savais-tu qu'il referme les plaies et ouvre les cœurs ?

À la maison, ma robe de soie vert pâle passerait pour un sous-vêtement. Je ne porte qu'elle. Elle glisse comme une peau et se prête aux plus légères des caresses, à la façon de la chemise des guerriers mongols, qui facilite l'extraction de la flèche de la chair blessée. Quand je m'agenouille sur Rose et que je l'invite à se rafraîchir dans cette clairière, elle jette une ombre arborescente.

— Regarde.

Et je sens la caresse de ses yeux.

— Touche-moi.

Et c'est comme si je n'avais pas de peau.

— Embrasse-moi.

Elle guide mes hanches vers ses lèvres, comme pour s'abreuver à un flacon de légende. Plus on boit, plus il est plein.

Au début, Rose était un peu choquée. Mais j'ai compris quelque chose à propos des timides. Ils attendent leur heure. Puis ils sont les premiers à escalader le mur et à pénétrer dans le temple. Quand elle est en moi, je songe parfois à ses doigts sur le piano. Tordu, je sais, mais c'est la vérité. Elle a un empan d'une dixième. Quelquefois, je chante un vers de *La Traviata* entre ses cuisses, ce qui la scandalise : elle traite le sexe avec le même sérieux que la musique. Avec respect.

Quand comprendra-t-elle que je descends d'une race inférieure d'immortels ? Pour se laisser persuader de venir sur terre, les dieux ont besoin de fées. Quand elle pourra se passer d'intermédiaire, m'aimera-t-elle encore ?

— Je t'aime, Rose.
— Je t'aime, je t'aime, je t'aime.
— Qui ?
— Kathleen.

Puis nous nous baignons dans l'étang.

En rentrant, le troisième soir — le matin, en réalité —, j'ai trouvé Giles déjà levée, du café sur le feu. « Oh non, me suis-je dit, mon compte est bon. » Elle portait sa lourde robe de chambre de brocart, sur laquelle on voit gambader des moutons Louis XIV — dans un boudoir, quelque part, il doit y avoir un fauteuil dénudé. Je ne sais vraiment que penser d'elle. En posant la marmelade sur la table, elle m'a dit, d'une voix menue :

— Kathleen, ma chère, je préférerais que ton amie et toi passiez la nuit ici.

Ici, sur le papier, j'ai l'air sûre de moi, mais j'ai failli vomir.

— Je sais que vous avez conçu une affinité élective et que les amies, naturellement, perdent la notion du temps. Il y a tant à se raconter.

Ma gorge s'est serrée. Impossible d'avaler mon café. Que sait-elle au juste ? Pense-t-elle vraiment que nous passons la nuit à parler de Verdi ? Que nous envisageons toutes deux d'entrer au couvent ?

— Merci, ai-je cependant répondu. J'aimerais bien que Rose passe du temps ici. Sa situation familiale n'est pas des plus saines.

— Pauvre enfant. Elle peut venir passer la nuit ici et utiliser le piano quand bon lui semble.

« Doux Jésus ! »

— C'est très généreux de votre part, Giles.

— Non, Kathleen. C'est égoïste.

Elle m'a fait un clin d'œil, a bu une gorgée de café, puis a déplié son journal. *À cheval donné on ne regarde pas à la bouche.*

« Pas étonnant que, à Cape Cod, on m'ait crue folle, se dit Lily. Quand on a vu l'île de Manhattan, impossible de la confondre avec quoi que ce soit d'autre. »

La route devint Broadway. Après avoir traversé la Harlem River, elle demanda :

— Où est Central Park ?

Cette fois, elle avait des raisons de croire que la question était sensée. On refusait pourtant de lui répondre ; on détournait vite les yeux. Enfin, une grosse dame blanche, avec des fruits sur son chapeau, lui dit :

— Suis-moi, petite.

Lily se retrouva dans une mission de l'East Village, où une bénévole tenta de lui faire prendre un bain et enfiler une robe neuve. Lily marchanda :

— Vous pouvez laver ma robe, mais je n'en veux pas d'autre. Vous pouvez me laver, mais je refuse de retirer mes bottes, merci.

— Tu as les chevilles drôlement enflées.

— J'ai beaucoup marché.

— En fait, tu es plutôt jolie sous toute cette crasse, tu sais ?

— Merci.

— Pauvre petite.

— Je ne suis pas pauvre.

— Tu as l'amour de Dieu.

— Je sais.

À peine sous l'eau, la robe de soie verte de Lily commença à se désintégrer.

— Cette robe est bonne à jeter, dit la dame, avant de pousser un cri de douleur.

La directrice accourut.

— Que s'est-il passé ? demanda-t-elle.

— C'est cette petite garce. Elle m'a mordue, répondit la bénévole.

Lily, après avoir récupéré sa robe, son attelle et son journal, s'était enfuie.

Un homme pâle aux longs cheveux noirs et aux favoris frisés, coiffé d'un haut-de-forme, lui indiqua le nord.

Elle entra dans Central Park par la porte sud. Quand elle trouva l'étang, la nuit tombait. Elle chercha le fourré, mais en vain. Elle trouva un banc inoccupé, s'y recroquevilla, le journal serré contre la poitrine, et s'endormit. Elle dut changer de place à quelques reprises, tirée du sommeil par des coups de gourdin sur la plante des pieds.

— Allez, ouste, tire-toi de là.

Plus d'une fois, tandis qu'elle se mettait en route :

— Pardon, petite. Tu n'as donc nulle part où aller ?

— Si, merci. Ne vous en faites pas pour moi.

— Tu es seule ?

— Non. Mon frère m'accompagne.

Le 23 septembre — Elle a dit :

— Il y a un arbre qui pousse en toi.

Dans ma petite chambre, avec les toits de Greenwich qui se profilent à la fenêtre. Géraniums rouges, fraîcheur nocturne de la métropole, bleu industriel. Nous demeurons allongées côte à côte pendant un long moment, occupées à regarder. Touchers légers, aussi involontaires que l'acte de respirer. Noire et blanche. Sauf que, en réalité, elle me croit verte.

— Là... tu vois ?

Elle trace du doigt les pousses vertes de ce prétendu jeune arbre. Commençant derrière mon oreille, il descend le long de mon cou, où il disparaît, avant de refaire surface à la base de mes seins. Il s'élève et se divise en deux branches pour faire le tour de mes mamelons. Elle trouve d'autres preuves à l'intérieur de mes cuisses.

— Il grimpe jusqu'à ton nombril. Je me demande où sont les racines.

— Ça dépend : je suis un arbre ou une plante aquatique ?

— Tu es verte.

— Mes yeux sont verts.

— Tu es si blanche que tu en es verte.

— Il n'y a pas à dire : tu sais parler aux femmes.

— Tu es magnifique.

— Je suis verte...

— La diva verte, la *Diva Verde*...

— Et je sens...

— Tu as une odeur.

— Toi aussi.

— Laquelle ?

— Celles des alizés...

— Ha, ha !

— Celle de tout ce qui vaut d'être volé.

— Ah bon.

— Et la mienne ?

— Tu as une odeur minérale.

— C'est parce que je te connais bien, tu sais, que j'arrive à traduire. En fait, ce que tu veux dire, c'est : « Mon amour, tu es ravissante, le miel et le lait sont sous ta langue... »

— Et le parfum de tes vêtements est comme le parfum du Liban.

— Ha !

Elle m'a embrassée. Peu après, elle a ajouté :

— En réalité, tu sens la mer.

— Qu'en sais-tu ? Il n'y a pas de mer à New York. Seulement un port crasseux.

— Je te connais, toi.

— C'est quoi, l'odeur ?

— Celle des rochers. D'une maison déserte dont toutes les fenêtres battent au vent. De la pensée. Des larmes. Tu as le parfum de novembre.

— Et l'arbre ?

— C'est la partie vivante de toi.

— ... Tu as froid ?

— Non... Tiens.

— Merci.

— Je ne vais jamais te quitter, Kathleen.

— Ne me quitte jamais.
— Jamais.

Le 1er novembre 1918

Caro diario,

C'est mon chant du cygne. C'est arrivé. Je suis trop heureuse pour écrire. Il y a cependant un dernier événement dont je dois rendre compte avant de t'embrasser et de te refermer pour toujours. Aujourd'hui, le kaiser m'a emmenée au Metropolitan Opera.

Le gardien nous a ouvert la porte. Tout était paisible, tout était sombre, dans l'attente de l'ouverture de la saison, le 11 novembre. Le gardien a levé le rideau doré, et je me suis retrouvée au beau milieu du décor de *Samson et Dalila*, face à la salle.

Au-delà du parterre, le premier balcon et les fauteuils d'orchestre s'étiraient sous mes yeux, mer vernissée de rouge doré s'élançant vers l'arrière et les côtés, à la rencontre des rangées de balcons qui se déployaient en éventail autour de moi, comme les ponts d'un paquebot. Trois mille quatre cent soixante-cinq passagers, sans compter les membres d'équipage. Cet après-midi, il y avait deux spectateurs. Rose et le kaiser. Au centre des fauteuils d'orchestre. J'ai chanté *Quando m'envo*, extrait de *La Bohème*. Et eu droit à une ovation. Je vais chanter pour Gatti-Casazza le 12. À la même époque, l'année prochaine, je ferai mes débuts sur cette scène. Mais aujourd'hui, j'ai eu mon baptême du feu.

Ô journal, ami fidèle. Il y a l'amour, il y a la musique, il n'y a pas de limites, il y a le travail, il y a la certitude précieuse du moment de grâce où toutes choses s'unissent et s'interpénètrent pour créer le reste de ma vie. Je ne crois pas en Dieu, je crois en tout. Et je m'étonne de la chance que j'ai. Merci.

Amour, *Liebe*, *Amore*,

Kathleen Cecilia Piper

LIVRE 9

L'ARBRE GÉNÉALOGIQUE

« Les sables de La Mecque forment une rose. »

LE VOLEUR DE BAGDAD

Sur l'inscription au-dessus de la porte, on lit : « *Ora Pro Nobis*. » Lily s'exécute donc, en refermant ses mains sur le journal intime et en baissant les yeux.

Depuis une heure, elle lit, assise dans l'encadrement de la porte de l'immeuble qui fait face au 85, 135e Rue. Au fond, elle est heureuse que la dame de la mission l'ait trouvée : si ses bottes et sa robe sont en piteux état, ses cheveux, eux, sont propres et soyeux, et son visage resplendit. De l'autre côté de la rue, l'église occupe toujours le premier étage. Elle compte quatre nouveaux vitraux : la sainte Bible fermée, la sainte Bible ouverte, Jésus assis entouré d'agneaux, Jésus debout entouré d'agneaux. La boucherie est toujours là, mais elle porte désormais le nom de *Harlem's Own Community Green Grocer and Butcher Shop*. En revanche, *Dash Daniels Harlem Gentlemen's Emporium* a été remplacé par la *Joyce and Coralee's Beauty School : Bonaparte System*, l'école de conduite *A2Z*, la librairie *Renaissance,* le studio de photographie Johnson, le salon de coiffure Johnson et l'étude du notaire R. W. J. Johnson.

Partout, on retrouve de telles grappes d'immeubles plusieurs fois subdivisés, regorgeant de commerces aux enseignes stylisées, mais flanqués de bâtisses condamnées et désertes sur lesquelles on a placardé : « Danger : défense d'entrer. » Les survivants semblent s'accrocher les uns aux autres, en quête d'un peu de chaleur, dans l'espoir de résister au prochain passage de la Faucheuse dans un quartier où, à une certaine époque, il n'y avait pas assez de place pour abriter les rêves, l'énergie, l'activité bourdonnante et les coups de tonnerre de la foi et de la musique. De plus en plus, Harlem dépend du tourisme. Plus les temps sont durs, et plus on s'amuse dans les estaminets défraîchis et les chapelets de boîtes de nuit bariolées, où le génie entre par la porte de derrière.

Lily observe le manège de trois jeunes garçons coiffés de feutres et vêtus de longs manteaux qui, réunis autour d'une caisse en bois, s'adonnent à un jeu mystérieux. Une femme vêtue comme certaines nonnes la regarde d'un air menaçant puis se ravise et lui dit :

— Dieu vous bénisse.

Des petites filles sautent à la corde. Il y a des enfants partout.

Depuis un certain temps déjà, le boucher, appuyé contre le chambranle de sa porte, examine Lily. C'est un bel homme d'environ trente ans.

— Vous attendez quelqu'un ?

— Non, monsieur.

Il sourit.

— Qui est ta maman, petite ? Où est-elle ?

Lily sourit à son tour — depuis le Cap-Breton, personne ne lui a posé la question dans ces termes.

— Elle est morte.

Il hoche la tête.

— Tu as faim ? Tu as l'air d'avoir faim.

— Tout va bien, merci. On m'attend.

Lily se lève, traverse la rue, passe devant l'homme et monte les marches du perron. Par le porche en pierres, elle entre dans le hall voûté, où il fait frais. Son attelle retentit sur les marches de marbre usées. À gauche, au premier, l'église. Lily passe la tête par la porte pour se faire une idée de ce qu'est une église baptiste. Trois vieilles femmes font le ménage en bavardant. Mais elles s'arrêtent net : la plus vieille, en levant les yeux, a vu la tête inquisitrice de Lily poindre à la porte et a poussé un grand cri, comme si le diable en personne était apparu dans l'église. Les autres femmes s'écrient à leur tour :

— Doux Jésus ! Doux Jésus !

Elles se signeraient, mais elles ne sont pas catholiques.

Lily se retire.

— Pardon.

La plus courageuse des trois s'aventure jusqu'à la porte et observe Lily monter au deuxième. Puis, en se retournant vers ses vieilles compagnes, elle explique :

— C'est la diablesse aux cheveux roux qui a fait le malheur de notre Mlle Rose. Ressuscitée d'entre les morts sous les traits d'une infirme racornie et déguenillée !

Elle dit vrai.

Palier du deuxième. Des portes ouvertes, une haie de visages scrutateurs, des enfants surtout, et une jeune vieille femme sur le point de braire la question habituelle, mais qui se ravise en constatant qu'elle a affaire à une infirme. L'hostilité fait place à la curiosité. De sa démarche chaloupée, Lily s'avance, laissant derrière elle un sillage de murmures. Elle entend un ricanement, aussitôt suivi du son d'une taloche. L'appartement numéro trois. Lily frappe à la porte. Et attend, en se retournant vers son auditoire, maintenant silencieux. Elle sourit. La jeune vieille femme regroupe ses enfants et claque la porte. Lily frappe de nouveau. Il y a quelqu'un, elle entend un piano — une musique douce, jouée d'une main, comme si la main s'était endormie et rêvait.

Elle frappe une troisième fois. Et obtient enfin une réponse assourdie.

— Allez vous faire foutre.

Lily, la bouche dans l'entrebâillement de la porte, dit poliment :

— Mademoiselle Lacroix ? Je m'appelle Lily Piper. Je suis venue vous voir. Je vous apporte quelque chose.

Silence.

Lily attend. Le silence a beau être long, il est loin d'être vide. Enfin, le grincement d'une chaise. Des pas lents, mais fermes.

— Il n'y a pas de Mlle Lacroix ici, dit une voix de l'autre côté de la porte.

Lily attend.

La porte s'ouvre. Un homme baisse les yeux sur elle. Le visage anguleux, beau, la mine sévère. Il est peut-être un peu trop maigre. Des cheveux noirs coupés ras, le cou long, une chemise blanche au col ouvert. Son ample pantalon noir est usé à la corde, ses mains d'une souplesse invraisemblable s'agitent, pressées de regagner leur vraie vie. Mais ses yeux indiquent qu'il a pour le moment oublié la musique.

Lily attend pendant qu'il la dévore des yeux. Il lève une main et, du bout du doigt, effleure le front de Lily — suit le contour de ses paupières, de sa joue, de ses lèvres, de son menton. L'homme pleure.

— Je peux entrer ? demande Lily.

Il recule d'un pas pour la laisser passer. Il ferme la porte derrière elle. Au milieu de la pièce, elle regarde autour d'elle : un piano, un banc, une chaise et une table. Se tournant vers l'homme, Lily dit :

— Bonjour, Rose.

Rose fait un demi-pas et Lily s'avance. Rose tend les mains et palpe l'air, comme si elle cherchait quelque chose dans une armoire sombre. Lily entre dans son étreinte. Rose se met à trembler et à frissonner, mais Lily ne la laisse pas trébucher. Pendant que Rose pleure, Lily supporte un poids de plus en plus lourd — elle a déjà soutenu des malheureux et, à la suite de sa longue marche, elle est en grande forme.

Rose inonde de larmes la nuque et les épaules de Lily en

gémissant dans ses oreilles, comme si on lui extirpait du corps un objet pointu, étranger.

— Non, non, non, se lamente-t-elle.

Parce que, pour elle, c'est tout récent.

C'est important d'assister aux funérailles. C'est important, dit-on, de voir le corps et d'assister à son inhumation ou à son incinération : sinon, l'être cher ne cesse jamais de mourir.

— Non, non, non...

Lily caresse tout doucement le dos de Rose, comme si c'était un bébé. Dans son cou, Rose marmonne :

— Pardon.

Pour quoi ? Pas besoin de raison pour demander pardon. Le pardon circule librement, partout.

— Je t'aime, dit Rose.

— Je sais.

— Je ne te quitterai jamais.

— Ça va.

— Kathleen.

Le mot devient une mélopée funèbre et Rose s'effondre sous le coup de la douleur, au moment où le dernier tesson mortel est extrait. C'est celui qui fait le plus mal. Elle avait essayé de ne pas y toucher pour qu'il la tue à petit feu, ce dernier fragment létal. Son nom.

Lily aide Rose à s'accroupir sur le plancher. Finies les larmes. Elle a maintenant des haut-le-cœur. Jusqu'à ce qu'elle se mette enfin à se balancer sur les talons.

— C'est fini, Rose. Tout va bien.

Et, pour la première fois, Rose respire à fond.

Lily a préparé du thé. Elle verse le liquide fumant dans la tasse de Rose.

— Pourquoi ne l'avez-vous pas sauvée ?

Rose pourrait, comme à son habitude, se réfugier dans le cynisme, mais, à ce moment précis, elle ne se rappelle ni ce qu'elle avait à y perdre ni ce qu'elle avait à y gagner.

— Je lui ai écrit, mais mes lettres sont revenues non

décachetées. « Qu'elle aille au diable », me suis-je dit. Je préférais croire que c'était elle qui les renvoyait. Jamais je n'aurais imaginé qu'elle se laisserait enfermer. Même si j'avais vu son père.

Lily ne pose pas de questions.

Rose remue interminablement son thé, les yeux baissés, puis elle reprend son récit.

— Elle n'en faisait jamais qu'à sa tête, tu vois. C'était sa grande qualité. Mieux valait penser qu'elle ne voulait plus de moi que d'imaginer qu'elle puisse se faire mater. Je me disais : « Un mois ou deux et elle sera de retour. » Sa brillante carrière, tu sais. Elle pouvait me quitter moi, mais pas la musique.

Rose lève les yeux.

— Elle n'est jamais revenue. Quand j'ai eu assez d'argent pour aller en train jusqu'à cette île...

— Du Cap-Breton.

— Ouais, du Cap-Bretagne, dit Rose en souriant. Giles est venue m'apprendre qu'elle était morte. Pas un mot à propos de bébés. La grippe.

Par la fenêtre, Rose contemple une corde à linge sur laquelle sont suspendus des vêtements minuscules.

— Vous auriez pu y aller à pied.

— Ouais. J'aurais pu.

Elles restent silencieuses un moment.

— On est quel jour, aujourd'hui ?

— Sais pas. Nous sommes en juin. Le vingt et un, je crois. Non, le vingt.

— C'est mon anniversaire.

Rose ferme les yeux un instant. Puis les rouvre. Quand elle prend la parole, sa voix est douce :

— Joyeux anniversaire, Lily.

— Je devrais être à Lourdes.

— Sans blague ?

Derrière la porte, sur un crochet, il y a un feutre gris foncé, entouré d'une bande émeraude. Lily va le chercher et le tend à Rose.

— Vous voulez bien me jouer quelque chose ?

Rose pose le chapeau à côté d'elle sur le banc et joue.

Lorsque, à la fin, il y a plus de silence que de musique, Lily lève les yeux et dit :

— Merci.

Rose revient à son thé froid et observe Lily déboucler son attelle, retirer ses bottes et les secouer à la renverse sur la table. Une liasse de papier : lorsque les feuilles d'érable ont été usées, Lily, en guise de doublure pour la semelle de sa botte gauche, a utilisé des photos du président Roosevelt, découpées dans des journaux, parce qu'elle avait confiance en lui. Pour renforcer la droite, elle s'est servie des promesses d'un « *new deal* ». Sur les autres papiers épars sur la table figure un portrait du roi George V, ce qui explique que Rose met un certain temps à comprendre qu'il s'agit de trois mille dollars en coupures de cent.

— À votre avis, ça fait combien en dollars américains ?

— Où diable as-tu pris cet argent, petite ?

— C'est ma sœur Frances qui me l'a donné, répond Lily.

Rose hoche la tête et sourit.

— Nous devrions tous avoir une sœur Frances.

Saint Antoine, patron des objets perdus

La magnifique image en couleurs de Bernadette et de Notre-Dame de Lourdes a été joliment encadrée. Elle est accrochée au-dessus du tableau noir de la classe de Mercedes, à l'école Notre-Dame-du-Mont-Carmel. Mercedes ne se lasse pas de raconter la merveilleuse aventure de Bernadette. Ni de tester les connaissances de sa classe à ce sujet, chose qu'elle fait presque toutes les semaines.

— À combien de reprises Notre-Dame est-elle apparue à Bernadette ?

Bernadette est désormais une sainte. Elle a été canonisée à l'occasion de la Fête de l'Immaculée-Conception, le 8 décembre 1933 — l'année du départ de Lily.

— Et qu'a répondu Notre-Dame quand Bernadette a demandé : « Qui êtes-vous ? »

Debout sur l'estrade devant sa classe, Mercedes, raide comme un piquet, préfigure les années quarante par l'austérité de ses lignes et sa prédilection pour les angles. Avril 1939.

— Corrigez la phrase suivante.

Du bout de sa baguette en noyer, d'une qualité telle qu'elle serait à sa place dans un défilé, elle tape à petits coups sur le tableau noir. À la craie, elle a écrit en lettres cursives irréprochables : *Obéissez votre mère.*

Sa classe de dixième année. Dix-sept élèves en tout. Dieu sait que, en douzième, ils seront peu nombreux. Il est probable qu'aucun garçon ne finira ses études. Déjà, ils ne sont plus que trois. L'un d'entre eux, Bernie « Moose » Muise, lève la main. Mercedes lui lance un regard foudroyant et pince les lèvres. Elle ignore que cette manie a fait d'elle une cible facile dans la cour de récréation. « Qui suis-je ? Cul-de-poule ! »

— Eh bien, Bernard ?

— Voici, mademoiselle : si toutes les filles obéissaient leur mère, la population de l'île du Cap-Breton diminuerait de moitié.

Éclats de rire, vite réprimés et ravalés par les élèves. Ricanements nerveux tandis que Mercedes se dirige vers le pupitre du gros garçon — il sourit, car il est plutôt attaché à cette bonne vieille Cul-de-poule. Une pluie de coups s'abat sur lui, abondante et drue, dans un brouillard de noyer. Avant qu'il ait pu se protéger en levant les bras, il saigne d'un œil, ce qui donne naissance à un nouveau surnom.

— Vous avez besoin d'un peu de repos, Mercedes.

— Oui, sœur Saint-Eustache.

— Un petit changement d'air vous serait sans doute salutaire.

— J'ai des amis à Halifax.

Comté de Halifax.

— Antoine, viens ici, je te prie.

Les mains croisées, la directrice du foyer de la Nouvelle-Écosse pour les enfants de couleur attend que le petit garçon ait jeté la dernière poignée de grains aux poules. C'est le premier voyage de Mercedes sur le continent. Elle se tient près de la directrice. Le petit garçon porte une chemise à carreaux rouges, un pantalon de velours brun, maintenu par des bretelles, et de grosses bottes. Il a l'air en bonne santé. La directrice enlève un brin de paille accroché à ses cheveux.

— Antoine, je te présente mademoiselle Piper.

Le petit garçon, un tantinet timide, baisse les yeux et dit :

— ... Bonjour.

— Bonjour, mademoiselle Piper, corrige la directrice.

— Bonjour, mademoiselle Piper.

Mercedes attend qu'il lève les yeux. Puis elle commence :

— Qui est le créateur du monde ?

Il hésite, entrouvre les lèvres, puis répond :

— Dieu est le créateur du ciel et de la terre et de toutes les choses visibles et invisibles.

— Qu'est-ce que Dieu ?

— Dieu est un esprit infiniment parfait.

— Qu'est-ce que l'homme ?

— L'homme est un être composé d'un corps et d'une âme, et créé par Dieu à son image et à sa ressemblance.

— Pourquoi Dieu vous a-t-il créé ?

— Dieu m'a créé pour le connaître, l'aimer et le servir dans ce monde...

— ... en ce monde...

— ... en ce monde, et pour être heureux avec lui dans le ciel pour l'éternité.

— Que devons-nous faire pour nous sauver ?

— Pour nous sauver, nous devons adorer Dieu par la foi, l'espérance et la charité, c'est-à-dire nous devons croire en lui, espérer en lui et l'aimer de tout cœur.

— ... de tout notre cœur.

— ... de tout notre cœur.

Mercedes hoche la tête.

— Ce sera tout. Vous pouvez disposer, Antoine.

Le petit garçon regarde Mercedes qui s'apprête à partir, accompagnée de la directrice, puis lui pose une question qui la cloue sur place :

— C'est vous, la gentille dame ?

Mercedes se retourne, désemparée. La directrice lui vient en aide :

— La gentille dame qui t'a envoyé ici et qui veille à ce que tu sois vêtu et nourri ? Oui, c'est elle.

Mercedes reste impassible.

— Merci, mademoiselle Piper, dit Antoine.

Timide et ravi, il détale en direction des poules.

— Jolie ferme, dit Mercedes.

— Venez que je vous fasse visiter l'école.

Avant même la naissance d'Antoine, Mercedes avait fait le nécessaire. En 1917, le premier foyer de la Nouvelle-Écosse pour les enfants de couleur avait été détruit, en même temps que la moitié de la ville de Halifax, mais on en avait construit un autre, sur le chemin de Preston. Mercedes ne tenait pas à ce qu'Antoine fût élevé comme un enfant de la charité, même si le foyer est un organisme de bienfaisance de l'Association baptiste unie d'Afrique — des femmes parmi les plus vertueuses font partie du corps auxiliaire féminin. On y propose même des leçons de musique. Antoine étudie le violon. Mercedes pourvoit à ses besoins en puisant dans le fonds de Lourdes. Sa seule exigence, c'est qu'il soit élevé dans la foi catholique. Les dames baptistes ont tenu parole. Elle vient de s'en assurer.

Il a six ans. Mercedes voit bien qu'il n'y a en lui aucune marque du démon. Il a les yeux de sa mère.

Armistice

Je vais chanter une affreuse histoire ;
retirez-vous, jeunes filles ; pères de famille, retirez-vous ;
ou bien, si mes chants ont des séductions pour vous,
n'ajoutez point foi à ce récit ; ne croyez pas au forfait.

OVIDE, *MÉTAMORPHOSES*, LIVRE X, MYRRHA AND CINYRAS

James reçut une lettre signée « Une amie qui vous veut du bien ». Il partit le soir même. Trois jours et demi plus tard, soit le 11 novembre 1918, à 6 h 05, il sortit de Grand Central Station. Il se rendit à pied jusque chez elle parce que aucun taxi n'était libre. Il y avait foule.

Il frappe, mais personne ne répond. La porte n'est pas fermée à clé, en fait, à son arrivée, elle est entrebâillée. Il la pousse et appelle. Toujours pas de réponse. Il entre dans le petit vestibule et tend l'oreille.

— Bonjour... y a quelqu'un ?

Il jette un coup d'œil dans le boudoir, qui fait très vieille fille.

— Giles ? ... Kathleen ?

Il règne un silence de mort. Il pose sa petite valise noire. Soudain, un bruit. Il penche la tête. Des rires. Il retire son chapeau et l'accroche sur la patère. Un cri aigu et des rires étouffés provenant... au-delà du boudoir, au fond du couloir — parfum de lavande —, passé les cabinets, à petits pas feutrés. Une porte close. Il hésite. Pose l'oreille contre la vitre opaque.

C'est Kathleen qui fait ces bruits. Impossible de voir à travers la vitre. Des ombres. Il ferme la main sur la poignée de porcelaine — boutons de rose rose trempés dans le lait. La tourne sans bruit. Entrouvre, l'espace d'un œil humain. Voit.

Cheveux roux doré en bataille sur l'oreiller. Les mains de sa fille vont et viennent sur un dos noir, disparaissent sous la ceinture d'un pantalon à rayures, qui ondule entre les cuisses nues de sa fille ; la voix de sa fille, qui est en même temps la voix d'une autre.

— Oh, oh-h, ohhh...

Afflux de sang derrière ses yeux. Il est dans la pièce. D'une main, il arrache le fils de pute du corps de sa fille et de l'autre le frappe au visage avant de le projeter contre le mur. Nue, sa fille bondit sur lui parce qu'il va tuer son amoureux à coups de pied, mais non, James ne tuerait jamais une femme. Les bras tendus pour se protéger, la bouche en sang, elle se laisse glisser le long du mur. Doux Jésus. James saisit le couvre-lit, se rue sur la jeune fille stupéfaite, l'enveloppe comme si elle était en flammes, la pousse hors de la pièce, dans le vestibule, puis dans le couloir où il la jette à terre, paquet d'os momifié. Il verrouille la porte et tire la chaîne de sécurité.

Dans la chambre, sa fille pleure en tentant de ramasser ses vêtements, épars sur le plancher.

— Pourquoi, Kathleen ?

Il n'est pas en colère.

Masse aveugle et suffocante, elle lève les yeux sur lui. Il lui tend la main. Elle la prend et, les jambes tremblantes, elle se met debout, en saisissant le tapis pour s'en couvrir.

— Pourquoi ? — le revers de sa main — pourquoi ? — sa paume qui accélère — pourquoi ? — le poing fermé.

Le visage de Kathleen, qui enfle déjà, s'immobilise face à

lui. Il contemple son œuvre. Il la prend dans ses bras. Éperdue de honte, elle voudrait se couvrir. S'il te plaît...

— Chut, dit-il en embrassant ses cheveux, son visage tuméfié.

Tout est de sa faute, « jamais je n'aurais dû la laisser partir au loin » — extase sous ses doigts.

— Tout va bien, ma chérie...

— Arrête, dit-elle.

Impossible de parler, il l'aime trop — « viens plus près » — « tu es si douce... ».

— Papa...

Après, il lui dira combien il l'aime — elle a ses paumes contre ses épaules à lui, elle s'efforce de garder l'équilibre...

Ohh, ma chérie.

Elle tombe, ses poings s'abattent contre le dos de James, elle est empêtrée sous son poids, sur le lit mou, sa résistance ne fait qu'agiter la toile d'araignée, le drap et toutes ses fibres se liguent contre elle, elle ne trouve plus ses pieds...

Le goût métallique de sa bouche, là où il l'a frappée, il s'en veut tellement. « Je te ramènerai, Kathleen... »

— Tiens-toi tranquille, la supplie-t-il.

— Arrête.

« Jamais plus on ne te fera de mal. »

— Non !

« Jamais plus on ne te touchera. »

— NON !

« Personne. Personne. Non. Personne... ne te fera... »

Elle a cessé de crier.

« ... plus jamais... »

Elle demeure parfaitement immobile.

« ... mal ! »

Il frissonne.

— Chut. Tout va bien. Chut, mon amour. Tout va bien.

James retire la chaîne de sécurité et laisse entrer Giles.

— Bonjour, Giles.

— Qui... ? Excusez-moi, mais...

— Pardon. Je suis James.

— James !

Il prend son filet à provisions et l'aide à enlever son manteau.

— James... Mon Dieu, je ne vous ai pas vu depuis...

Elle est un peu troublée.

— Étais-je... Suis-je en train de perdre la mémoire ?

— Non, non... je suis arrivé à l'improviste. Je me suis dit que j'allais venir constater *de visu* les progrès de la cantatrice de renommée mondiale.

Il sourit. Ses paupières clignent à deux reprises, très vite.

— Kathleen sait-elle que vous êtes là ?

Soudain alarmée, de crainte que...

— Mais oui, bien sûr, nous nous sommes vus, dit James.

Giles se dirige vers la chambre.

— Kathleen...

James l'arrête.

— Elle fait une petite sieste. Elle ne se sent pas bien.

— Ah bon.

Giles hésite.

— Oh, mon Dieu. Vous avez fait la connaissance de Rose ?

— Oui. Oh oui.

Giles scrute son visage, le soumet à une fouille à nu.

— Je vais aller la voir.

— Non, pas la peine, elle dort. D'ailleurs, regardez, je me suis rendu utile.

Dans la salle à manger minuscule, il a posé une théière et deux tasses.

— Ah bon. C'est très aimable à vous, James. Merci.

Giles fait poliment la conversation tandis qu'ils s'approchent de la table.

— Vous savez, j'étais seulement sortie pour... où ai-je mis mon...

— Le voici.

James lui montre le filet à provisions.

— Ah, très bien. Merci, James. Je ne voulais faire qu'un saut dehors, mais j'ai été retardée, vous savez, coincée dans les festivités. En fait, je me suis retrouvée passablement loin de chez moi.

— Ah bon ?

— Oui, oui. Comment, vous n'êtes pas au courant ?

James lui jette un regard poli mais vide, et sert du thé. Ses mains ne tremblent presque pas. Giles lui adresse un grand sourire tout ridé.

— La guerre est finie, James. Depuis ce matin, à onze heures. Attendez que je l'apprenne à Kathleen. Tout est terminé.

Rose s'est frayé un chemin parmi la foule en liesse. Elle est restée tapie dans Central Park jusqu'à la nuit tombée, des serpentins dans les cheveux, des confettis séchés sur son visage ensanglanté.

Vers vingt et une heures, elle regagne l'appartement de la 135e Rue, passe devant Jeanne qui, couchée sur le canapé, lit un livre français. Jeanne trouve le courage de se redresser.

— Que t'est-il arrivé ?

— J'ai été battue.

Jeanne se lève.

— Par qui ?

Elle retrouve son ton péremptoire.

— Réponds-moi, Rose.

Debout devant l'évier de la cuisine, Rose s'asperge le visage.

— Le père de Kathleen.

Réprimant un sourire triomphant, Jeanne revient à son ton traînant habituel.

— Ne t'en fais pas, ma chérie. Maman va tout arranger.

Rose observe Jeanne, qui met de l'eau à bouillir sur le poêle. Pendant que sa mère tamponne sa lèvre enflée et couverte de croûtes de sang, elle reste sagement assise.

— Mon pauvre amour.

— Vous ne voulez pas savoir pourquoi, mère ?

— Mais non, ma chérie. Nous en parlerons plus tard.

Jeanne ne fait aucun commentaire à propos du couvre-lit taché de sang ou du pantalon qui en dépasse, sous les franges. Elle décroche le téléphone et annule son rendez-vous de la soirée. Puis elle allume des chandelles et met la table pour un « festin grandiose ». Elle remet sa piqûre à plus tard.

— J'ai un peu moins mal, ce soir.

Jeanne est assise en face de Rose. Elle mange. Avec une animation polie, elle évoque le brillant avenir de Rose. C'est comme si elle n'avait jamais quitté Long Island — à ses côtés, elle sent presque la présence du serviteur fantôme qui, sa carafe de cristal à la main, n'attend qu'un signe.

— Tu seras plus célèbre que Portia Washington Pittman, ma chérie.

Rose ne dit rien, mais Jeanne ne semble pas s'en apercevoir, trop occupée à dresser la liste des triomphes futurs : Rose jouera pour des têtes couronnées, au même titre qu'Elizabeth Taylor Greenfield, le Cygne noir. Elle jouera pour le président, comme l'a fait Sissieretta Jones, la Patti noire qui a failli chanter au Met. Elle jouera avec les plus grands orchestres du monde, et Carnegie Hall, à genoux, la suppliera.

— Après tout, il faut bien que quelqu'un commence, Rose. Autant que ce soit toi.

Avec sa serviette de lin, Jeanne se donne deux petits coups sur les lèvres.

— Maman sera si fière de toi.

Tendant le bras, elle serre la main de sa fille.

— Ne va pas croire que je ne le suis pas déjà. Je le suis, Rose. Tu es tout ce que j'ai, tu es tout ce qu'il me reste, et je t'aime.

Par-dessus les chandelles, Jeanne lance à Rose son regard le plus tendrement mélancolique.

— C'est la vérité, ma chérie.

— En quel honneur, mère ?

Jeanne affiche un air de stupéfaction polie. Mais elle est de trop bonne humeur pour faire semblant. Ce soir, elle se sent comme une toute jeune fille. Carrément enjôleuse. Elle décoche à Rose un sourire en demi-cercle qui rappelle l'arc de Cupidon, et se penche dans la lueur des chandelles.

— Écoute-moi bien, mon amour. Tu as dans ton petit doigt vingt fois plus de talent que toutes les Kathleen Piper du monde. Un jour, tu remercieras ta *pauvre petite maman* *.

— Pour quoi ?

Jeanne lui fait un clin d'œil, allume une cigarette, aspire la fumée en regardant Rose d'un air sournois et secoue l'allumette longtemps après que le feu est éteint. « Une amie qui vous veut du bien. »

Mentalement, Rose entreprend de dresser une liste de choses à faire et commence par la première.

— Qui était mon père ?

Sourire affligé de Jeanne — propos malheureux de la part de son invitée.

— Rose, ma chérie, je sais que cette histoire te plaît, mais...

— Je connais l'histoire. Ce que je veux, c'est la vérité.

Jeanne tapote sa cigarette, hausse légèrement les sourcils et soupire. C'est un peu lassant, à la fin.

— Qui était-ce ?

— Alfred Lacroix, ma chérie, tu le sais très bien.

— Que faisait-il ?

— Il était pasteur. Un membre du clergé qui faisait honneur à sa race.

— Où est-il ?

— Au paradis, mon trésor.

Le catéchisme terminé, Rose se lève. La liste est longue. Il n'y a pas de temps à perdre.

— Kathleen est retournée chez elle, Rose.

Quand reviendra-t-elle ?

* *N. d. t.* En français dans le texte.

— Son père n'en a pas parlé.
— Elle a dit quelque chose ?
Giles a l'air fatiguée.
— Rien.
Rose se lève.
— Je pense avoir laissé des vêtements ici.
— Va voir, mon enfant. Je t'en prie.
— Est-ce qu'il lui a fait du mal ?
Giles détourne le regard.
— Je ne sais pas ce qu'il lui a fait. Elle refusait d'ouvrir la bouche.
Rose s'interrompt, oubliant momentanément l'objet de sa visite.
— Tu as un endroit où habiter, Rose ?
— Oui, Giles, merci. Ça va aller.

De retour chez elle, Rose, debout devant le miroir de la salle de bains, se tond les cheveux. Pour la dernière fois de sa vie, elle s'extirpe d'une robe et réveille sa mère.
— Je m'en vais.
Jeanne met du temps à s'arracher du mauvais rêve qui débute quand elle ouvre les yeux. Rose n'attend pas. Elle se contente de transmettre des informations.
— Chaque fois que je jouerai, je te ferai savoir où. Je t'enverrai de l'argent toutes les semaines, que j'en aie ou pas. À ta mort, je reviendrai vivre ici.

La route débute au *Club Mecca.* Sweet Jesse Hogan adore les spaghettis et les boulettes de viande, sans parler de la bière et des jeunes personnes qui se jettent sur le clavier sans pouvoir s'arrêter. Les années vingt, époque bénie du blues.
Jusqu'à ce que le vent tourne et que Rose se mette à jouer ses propres compositions. Doc Rose. Et son trio.

« tu es un jardin fermé, ma sœur...

une source fermée, une fontaine scellée »

LE CANTIQUE DES CANTIQUES

À la mort de Frances, Mercedes peut en toute sécurité poser la photo d'Antoine sur le piano. Dans le cadre d'argent filigrané, il se tient fièrement au garde-à-vous, dans l'uniforme et le chapeau à large bord des scouts de l'Église épiscopale méthodiste africaine de Sion. Il est resté catholique.

Mercedes contemple la pochette de disque posée sur ses genoux. Frances avait réuni une collection assez considérable. Ralph Luvovitz lui envoyait un disque pour Noël, chaque année, et il lui en apportait également un à chacune des visites qu'il rendait à sa mère. Invariablement. Frances est morte tôt ce matin. Les étagères de la cuisine débordent encore de tous les plats qu'elle a préparés.

Mercedes n'a jamais été une grosse mangeuse, et Frances encore moins. Dans les années trente, des gens frappaient à la porte de la cuisine et repartaient avec une voiture remplie de victuailles — des ragoûts copieux, des seaux débordant de porc aux haricots, des galettes à la mélasse, des biscuits à la farine d'avoine, des carrés aux dattes, des petits gâteaux, des pains au maïs, des renversés à la rhubarbe, des roulés à la confiture, des tartes, des croustillants aux bleuets, des mètres de sablés, des centaines de petits pains. À l'heure actuelle, les affamés sont moins nombreux, mais Frances faisait toujours la cuisine pour une armée — Mercedes avait dû prendre des mesures pour que l'hôpital, le presbytère et le couvent absorbent le trop-plein. De jeunes mineurs célibataires se chargeaient du reste et avalaient des repas gargantuesques en remarquant à peine la vieille fille qui s'agitait autour du four, avec trois cigarettes allumées et un verre de whisky irlandais. Frances avait enfin l'air vieux, même si, de loin en loin, elle se donnait la peine de se teindre les cheveux au henné.

Pendant vingt ans, Frances a écouté ses disques. Fait la cuisine. Fumé. Bu. Épié le mouvement de la rue. Dormi sur le plancher du grenier. Marché sur la plage. Elle ne se baladait plus le long du chemin du Rivage, que la mer avait emporté — on l'a remplacé par une route asphaltée qui passe à distance respectueuse de l'eau, mais ce n'est pas pareil. Elle a lu les journaux et les a tous conservés. Fait peur à des enfants, sans le savoir. Recueilli des chats perdus. Tenté de ne jamais changer de vêtements. Peu parlé. Hier, elle a demandé :

— Tu ne te demandes pas où est Lily ?

Comme Mercedes ne répondait pas, Frances se leva avec peine du canapé du salon.

— Dis-moi ce que tu veux, Frances, ma chérie. Je vais aller le chercher.

Frances, cependant, était parvenue jusqu'au banc du piano, ce qui la fit tousser.

— Frances, ma chérie, prends ton mouchoir, je t'en prie.

Frances sort son tout dernier microsillon de sous le banc où il était rangé. Elle le tend à Mercedes avant de se rasseoir, exténuée.

Mercedes déloge un chat tigré de la poitrine de Frances et lance un regard incendiaire à un siamois qui louche et miaule sans arrêt.

— La ferme, dit Mercedes.

Elle jette alors un coup d'œil à la pochette du disque :

Doc Rose Trio, Live in Paris : Wise Child. Bel homme noir, au visage anguleux à demi voilé par un feutre autour duquel on voit une bande émeraude brillante.

— Un de ces jours, Mercedes, tu aurais peut-être intérêt à communiquer avec elle. On ne sait jamais.

— Et pourquoi le ferais-je ?

— Pour mourir en paix.

Mercedes n'aime pas que Frances tienne de tels propos. Habituellement, elle est si gentille, sauf quand elle est soûle. Dans ces cas-là, Mercedes la laisse seule. Pour ne pas entendre le soliloque de Frances, elle se contente de fermer la porte de la pièce où sa sœur se trouve.

— J'ai la conscience tranquille, Frances.

— Papa est mort en paix.

Mercedes se lève dans l'intention de quitter la pièce et de fermer la porte.

— Je ne suis pas soûle, Mercedes. J'ai cessé de boire.

— Depuis quand ?

— Ce matin.

— Allez, Frances, un petit verre. Je t'accompagne. Pour nous ouvrir l'appétit.

— J'ai arrêté. Je tiens à mourir sobre.

Mercedes se pétrifie.

— Tu ne vas pas mourir.

Dans la cour d'école, Mercedes n'est plus « la bonne vieille Cul-de-poule » — elle n'inspire plus assez d'affection pour qu'on l'affuble d'un surnom. Seulement de la crainte. Tout le monde craint Mercedes, Frances exceptée. Si Mercedes était parvenue à la terrifier au point de l'obliger à se rendre dans un sanatorium, Frances irait bien, aujourd'hui. L'argent n'était pas un obstacle. Frances aurait pu choisir l'un des meilleurs sanatoriums du monde, aux États-Unis, en Suisse, mais elle a refusé. Mercedes a dû se contenter de rester là, en témoin. Maintenant il est trop tard. « Que le diable t'emporte, Frances ! En quoi est-ce différent d'un suicide ? »

— Ne sois pas ridicule, Frances. Tu ne vas pas mourir.

— Papa est mort en paix parce qu'il s'est confessé.

Frances tend la main et recueille un chaton blanc aux yeux bleus caché à ses pieds.

— Il s'est confessé à moi. Et je lui ai pardonné.

— Tu n'es pas investie du pouvoir d'administrer le sacrement de la pénitence...

— Si.

— Je ne sais pas pour toi, Frances, mais moi je m'offre une goutte de...

— Je tiens à m'assurer que tu sais qui étaient les parents de Lily.

Mercedes se bouche les oreilles. Frances utilise sa dernière étincelle d'énergie pour lui écarter les mains et prononcer les mots.

Toux sèche et déchirante. Enfer de bassines et de sang et de mucus — des comptines, les deux taches claires sur les joues de Frances, une visite au grenier pour y prendre les poupées. Une histoire à propos de deux petites filles en robe de chambre en tartan et de pain grillé à la cannelle.

— Je t'aime, Frances.

Une bouteille de porto, « À moins que tu ne préfères du blanc-manger ? » — un baiser sur la joue, « Ainsi font, font, font les petites marionnettes ». « Pardonne-moi ».

— Ne pleure pas, Mercedes.

— N'aie pas peur.

— Tu veux dormir avec moi, cette nuit ?

— Frances, tu te souviens de la fois où tu avais affublé Trixie de la robe de baptême ?

— Ne me fais pas rire !

Une serviette fraîche et humide. « Tes yeux sont si beaux, Frances — toujours si beaux — tu iras mieux demain, *Habibti... Te'berini.* »

— Tu te souviens de cette chanson, Mercedes ?

« Pardonne-moi, Frances. »

— Chante-la-moi, tu veux, Mercedes ?

— Ah ! vous dirai-je, maman, / Ce qui cause mon tourment. / Papa veut que je raisonne/ Comme une grande personne ; / Moi, je dis que les bonbons/ Valent mieux que la raison.

Sommeil brisé. « Parfait, repose-toi. »

— Tout va bien, Mercedes.

Frances est si maigre que Mercedes n'a pas de mal à se glisser tout contre elle sur le canapé. Dans ses bras, elle est légère comme une enfant, brûlante comme des charbons ardents. Le terrible sifflement débute et s'éternise. Comment un corps si menu peut-il produire de tels bruits ? « N'aie pas peur. » Tout passe, seul reste l'amour. « Ange de Dieu, toi qui es mon ange gardien, puisque le ciel m'a confiée à toi dans sa bonté, éclaire-moi, dirige-moi et me gouverne aujourd'hui. » Frances exhale un dernier souffle de vie, chaud et épais. Mercedes, qui n'a de toute sa vie jamais été malade, ne craint pas la contagion, pas plus que son père ne craignait les balles. Jusqu'à l'aube, elle garde Frances pressée contre elle, même si sa poitrine a cessé de se soulever. Elle caresse son front moite, maintenant froid comme l'herbe. Embrasse sa tempe où les pulsations se sont éteintes. « Une enfant endormie, ma sœur. »

Mercedes pose la photo d'Antoine sur le piano, range le disque dans le banc, s'agenouille, joint les mains sur le couvercle et demande conseil à la Vierge Marie.

Jésus ait pitié de l'âme de

Frances Euphrasia Piper
morte le 25 avril 1953
à l'âge de 40 ans

« Nous l'avons aimée vivante. Ne l'abandonnons pas
avant de l'avoir conduite, par nos prières,
dans la maison du Père. »
SAINT AMBROISE

Solace Art Co., 202 E. 44th St., N. Y.

Sœur Saint-Eustache est là. M. MacIsaac est là. Mme Luvovitz, veuve désormais, est là. Ralph et un enfant de chœur portent le cercueil. Teresa espérait passer inaperçue, mais c'est difficile dans une assemblée aussi clairsemée. Mercedes l'ignore ouvertement. Ne viens surtout pas me demander pardon. Les anciens admirateurs de Frances, tous absents, se sont étonnés, non pas qu'elle soit morte, mais « qu'elle ne soit pas morte il y a des lustres ».

Au cimetière, Mme Luvovitz s'agenouille et pose des fleurs fraîches sur la tombe de Materia, comme à son habitude. Benny est enterré tout au fond, dans un petit lot béni par un rabbin venu de loin. Quand elle n'est pas à Montréal, Mme Luvovitz vient chaque jour faire un brin de causette à Benny.

Ralph aide sa mère à se relever. À sa vue, Mercedes est envahie par une tristesse inexprimable. Il est presque chauve. Il a un gros ventre et un sourire idiot. Ralph est heureux. Il est obstétricien. Il aime sa famille et il a survécu à la guerre. La deuxième. Quand elle a éclaté, il s'est engagé comme médecin. Il avait promis à sa mère de ne pas se battre et il a tenu parole — même si, dès 1936, Mme Luvovitz s'était rendu compte qu'elle avait beau s'être toujours considérée comme allemande, l'Allemagne, elle, avait maintenant une tout autre opinion d'elle. Malgré tout, elle avait armé Ralph d'une multitude d'adresses de parents en Allemagne et en Pologne. Aux lendemains de la guerre, Ralph avait soigné des survivants dans des camps de déportés, et il lui était apparu clairement que les adresses que lui avait fournies sa mère n'étaient plus d'aucune utilité.

Mme Luvovitz serre le bras de son fils et se rappelle avoir assisté à la naissance de la femme que l'on enterre aujourd'hui. Née coiffée. En regardant la mer, Mme Luvovitz se demande : « Quand cet endroit est-il devenu chez moi ? Quand ai-je enterré Benny ici ? Au début de la deuxième guerre ? » Elle ne discerne pas le moment précis. Tout ce qu'elle sait, c'est que, chaque fois qu'elle revient au Cap-Breton, elle ressent dans ses os cette certitude : « Je suis ici chez moi. » Voilà pourquoi elle a refusé de s'établir à Montréal. Elle n'y passe que la moitié de l'année. Elle aime sa bru, qui l'eût cru ? Et ses cinq petits-enfants, tous parfaits. Ils parlent français à la maison, anglais à l'école et yiddish avec un commerçant sur deux. De vrais Canadiens.

Mme Luvovitz observe la descente du cercueil dans le sol en disant une prière pour la fille perdue. Elle était intelligente. La plus intelligente, peut-être. Que s'est-il passé ? J'aurais dû m'en mêler. Aller là-bas. Il ne méritait pas d'avoir des filles. Quelque chose ne tournait pas rond... En contemplant l'horizon, à l'est, Mme Luvovitz se rappelle une chose qu'elle a apprise : dans la vie, tout s'embrouille. Ce n'est pas rien de savoir où ses morts sont enterrés. Ni de savoir qu'ils sont bel et bien enterrés. La petite Frances. « *Aleiha Ha'Shalom.* »

De la terre s'abat sur le cercueil. Mercedes écoute. Elle regarde l'océan. Elle continuera d'enseigner, bien entendu. De prier pour l'âme de ses chers disparus, afin qu'ils soient promptement libérés du purgatoire et admis au paradis. Qui priera pour elle ? Pour hâter ses retrouvailles avec sa sœur ? « Personne, se dit Mercedes. C'est sans espoir. »

L'espérance est un don. On ne la choisit pas. Croire sans espérance, c'est mourir de soif à côté d'une fontaine. Mercedes contemple l'océan. Aujourd'hui il est vert glacial et houleux. Pourpre, au loin. Elle se demande quand le désespoir l'a envahie. Pendant toutes ces années, elle a cru à une forme de résignation pieuse. Elle constate aujourd'hui la différence. Entre l'état de grâce et l'état de péché mortel, la ligne de démarcation est si ténue. À quoi bon croire en Dieu avec ferveur si vous finissez par Le haïr ? « Depuis combien de temps ai-je pris Dieu en horreur ? se demande Mercedes. Quand ai-je commencé à croire que tout ne dépendait que de moi ? »

Quels sont les péchés contre l'espérance ?

Les péchés contre l'espérance sont la présomption et le désespoir.

Qu'est-ce que le désespoir ?

Le désespoir est la perte de l'espérance en la miséricorde de Dieu, quand il s'agit de la conversion et du salut éternel.

« Je suis damnée », se dit Mercedes.

Érodé, son visage a pris la consistance de l'argile, et le chagrin a asséché ses yeux bruns. L'océan la tente cruellement, à la façon d'un amant — elle s'imagine rasant son corps et entrant dans l'eau sous la morsure du sel, nue et anonyme, battue et étreinte par la rage, impersonnelle. La noyade. Le mot est mélodieux. Il lui fait signe.

Un peu en retrait, Teresa regarde Mercedes contempler l'océan et se met à prier pour elle. Au nom de la fille sous la terre. Teresa s'attarde et prie jusqu'à ce qu'il n'y ait plus personne, hormis Mercedes et elle. La nuit tombe. À la fin, Mercedes hésite... fait demi-tour et se met en route vers la maison plutôt qu'en direction de l'océan.

Cette nuit-là, la Vierge Marie lui dit quoi faire.

Lueur subite

Rose a soixante-cinq ans. C'est vieux, pour un jazzman. Le *rock and roll* règne en maître, et les engagements se font rares. Elle a accédé à un statut prestigieux mais ingrat : Doc Rose est le pianiste de jazz que les pianistes de jazz célèbres citent le plus souvent comme leur pianiste de jazz préféré. Connaître Doc Rose : voilà la marque des vrais amateurs. Gardés jalousement par les initiés, les disques sont difficiles à trouver. Les admirateurs de Doc Rose, de moins en moins nombreux, savent tout de leur idole, excepté le fait qu'il vit au jour le jour avec son imprésario, sur la 135e Rue.

Lily fait le ménage dans des églises, y compris celle du premier. Au coin de la rue, Rose joue aux échecs et aux dames avec d'autres vieillards. Lily ne s'est jamais coupé les cheveux. Parsemés de gris, ils lui arrivent aux genoux. On trouve maintenant des attelles légères en aluminium, mais elle n'y a pas pensé quand elles avaient de l'argent. Ses traits se sont quelque peu affaissés, mais elle reste jolie ; elle a les mêmes yeux. Elle a quarante-cinq ans.

Peu après vingt heures, un dimanche, elles regardent le *Ed Sullivan Show* à la télévision, quand on frappe à la porte. Lily ouvre, et Antoine sourit, confus.

— Bonsoir. Vous êtes mademoiselle Piper ?

— Oui.

— Vous ne me connaissez pas, bien que nous portions le même nom. Je connaissais votre sœur, Mlle Mercedes Piper. Je m'appelle Antoine Piper.

Lily regarde le jeune homme. Sans quitter Topo Gigio des yeux, Rose grogne du coin de la bouche :

— Quelqu'un a cassé sa pipe et nous a laissé de l'argent ?

— Je... non... pas exactement.

— Dans ce cas, foutez-moi le camp.

— Eddie, fais-moi un bisou, dit une voix à la télé.

— Aloysius, dit Lily.

— Je vous demande pardon? répond Antoine, convaincu de s'être trompé d'appartement et d'être tombé sur un vieux couple sénile baignant dans une antique odeur de chou...

— Entre, dit Lily.

— Vous êtes Lily Piper ? demande-t-il.

— C'est exact.

— Entrez ou sortez : il faut choisir, dit Rose, qui commence à s'amuser.

Il entre. Quelle journée. Sa première visite à New York. En métro jusque dans la métropole noire, à la fois étrange et familière. Il est chez lui partout ; il n'est chez lui nulle part. Antoine a déjà connu cette sensation — où qu'il soit, il y a dans les efforts que chacun déploie pour préserver ses souvenirs quelque chose qui lui meurtrit le cœur, trop mou pour se briser. Le monde est son orphelinat. Il ignore pourquoi la misère du monde l'affecte tant. En fait, il est très heureux. Seulement, il ne fait pas la différence entre l'amour et l'empathie. Et il ne se demande pas pourquoi il lui arrive si souvent d'être pris de nostalgie à la pensée d'époques et de lieux qu'il n'a pas connus. Il ne voit pas les différences. Seulement la diversité. C'est un bon voyageur.

Son cœur tendre alimente une charpente nerveuse qui ne connaît pas de repos. Il joue des cuillères, du violon et de l'harmonica. Il s'initie aux claquettes auprès d'un certain Wild Archie — détail curieux, Archie vient lui aussi d'un orphelinat —, qu'il a rencontré au *Cape Breton Club,* à Halifax. Antoine porte des bottines lacées, des jeans blancs, un col roulé noir ; ses cheveux sont coiffés à l'afro. Mince et animé, un sou neuf qui brille. Des lueurs vertes dans ses yeux noisette.

— Tu as fini par être heureux, dit Lily.

Il l'étudie de plus près. Il se défie de l'impression qu'il a de l'avoir déjà vue quelque part, comme cela lui arrive souvent. L'inverse est aussi vrai. Si familière.

— Vous devez être au courant, dit-il prudemment. Mlle Piper est décédée. Assez récemment.

— Non, je l'ignorais.

Il y a longtemps, dès la nuit de son départ, Lily a fait le deuil de Frances, mais elle n'avait jamais imaginé que Mercedes finirait par mourir, même si elle avait prié chaque soir pour le salut de son âme.

— Je suis désolé, dit-il en lui tendant son mouchoir.

— Non, je t'en prie... c'était ma sœur.

— Je me demande bien pourquoi tu chiales, ronchonne Rose. Elle a voulu te faire extrader.

— Exorciser.

« Où suis-je ? se demande Antoine. Qui sont ces gens ? »

Lily se mouche.

— Tu connaissais Frances, Aloysius ? Elle a pu te voir ?

— En fait, je m'appelle Antoine. Heu... Quelle Frances ?

— Vous faites quoi dans la vie ? demande Rose, à la recherche d'un bénéfice.

— Je suis musicien...

— Eh ! merde, fait Rose en se retournant vers la télé.

— ... et j'enseigne l'ethnomusicologie.

Rose augmente le volume. Encore un foutu groupe de *rock and roll* venu d'Angleterre.

Antoine n'abandonne pas.

— Il faut que je vous explique que Mlle Piper m'avait plus ou moins adopté à distance, si vous voyez ce que je veux dire. À sa mort, elle m'a légué sa maison et m'a demandé de...

— Elle avait de l'argent ? demande Rose dans une ultime tentative.

— Non. J'ai bien peur qu'elle ait tout dépensé pour moi. J'ignore pourquoi. Elle était gentille.

— Notre-Dame de Lourdes, dit Lily.

« Notre-Dame est lourde », pense Antoine, immédiatement repentant. Ces idées lui viennent sans qu'il sache pourquoi, malgré son humanisme.

— La boîte de cacao, dit Lily.

« Cinglée », se dit Antoine. Puis il se rappelle l'objet de sa visite. De son sac à dos, il tire un tube de carton scellé.

— À sa mort, Mlle Piper m'a laissé un mot dans lequel figuraient votre nom et votre adresse. Elle m'a aussi chargé de vous remettre ceci en mains propres.

Il tend le tube à Lily. Après avoir brisé le sceau à une extrémité, elle retire un rouleau de papier. Elle le déroule sur la table.

— Qu'est-ce que c'est ? demande Antoine.

— Notre arbre généalogique. Venez voir. Nous y figurons tous.

Rose éteint la télé, s'approche en laissant traîner ses pantoufles dépenaillées et essaie de mettre la main sur ses lunettes.

— Tu vois ? demande Lily à Antoine. En réalité, tu as plusieurs frères et sœurs. Ton père est toujours en vie, mais — oh ! comme c'est triste ! — ta belle-mère, Adelaide, est morte.

— Leo (Ginger) Taylor, lit-il à voix haute.

— C'est ton père, mon chéri. Apparemment, ta tante Teresa vit toujours, elle aussi — regarde, tu as en plus une cousine. Adele Claire.

— Je ne comprends pas.

— Regarde. Te voici.

Lily pointe du doigt la descendance de Frances Euphrasia et de Leo (Ginger). À l'encre verte, un nom émerge de l'union de leurs branches : Antoine (Aloysius).

Ambroise est là, lui aussi, jumelé à Lily. Sous son nom, on lit : « Mort à la naissance. » Le frère et la sœur sont accrochés à un rameau de la branche qui lie James et

Kathleen. Rose regarde Lily. Mais Lily se contente de croiser les mains.

Le nom de Kathleen est relié à celui de Rose par le symbole « égale ». Rose enlève ses lunettes.

Peut-être à cause de l'air vicié, du mélange vertigineux d'étrange et de familier, de l'océan qui rend enfin ses morts — Antoine a soudain le mal de mer.

— Assieds-toi, dit Lily.

Il s'accroupit, la tête entre les genoux. Lily va chercher une serviette humide à la cuisine et la lui pose sur la nuque.

— Respire, dit-elle.

Il obéit.

Ça va mieux.

— C'est quoi, au juste, l'ethnomusicologie ? demande Rose en traînant ses savates jusqu'au piano.

Antoine se lève avec précaution.

— Excusez-moi...

— Allons, mon chéri. Assieds-toi et prends une tasse de thé pendant que je te parle de ta mère.

FIN

À propos de l'auteur

Auteur et comédienne, Ann-Marie MacDonald vit à Toronto. Cette Canadienne, née en Allemagne de l'Ouest il y a trente-neuf ans, a déjà derrière elle une longue carrière artistique. Une vocation précoce d'actrice – dès l'âge de cinq ans, elle avait décidé de devenir humoriste de scène et régalait ses petits camarades de classe de numéros comiques – la conduit à dix-huit ans à la National Theater School de Montréal. Très vite, elle ne se contente pas de jouer mais s'engage dans l'écriture théâtrale, participant à la création d'œuvres collectives.

En 1988, elle signe sa première pièce en solo, *Goodnight Desdemona (Good morning Juliet)*, qui met en scène, sur le mode humoristique, les deux personnages féminins les plus célèbres de Shakespeare. La pièce est un succès, reçoit plusieurs prix nationaux et a, depuis sa parution, fait l'objet de plus de soixante-dix productions, au Canada comme à l'étranger. Plusieurs autres pièces ont suivi, qui lui ont permis de continuer à satisfaire sa double vocation d'auteur et d'actrice, ainsi que le livret d'un opéra, *Nigredo Hotel.*

Un parfum de cèdre est le premier roman d'Ann-Marie MacDonald. Il lui a fallu cinq ans pour en venir à bout, tout en écrivant régulièrement pour la télévision afin de gagner sa vie. Parue en 1996 au Canada, cette saga sombre et burlesque qui retrace la vie d'une famille libano-écossaise au tournant du siècle sur l'île de

Cap-Breton, en Nouvelle-Écosse, a été accueillie par la critique comme un brillant coup de maître et a reçu, entre autres hommages, le prix roman du Commonwealth. *Un parfum de cèdre* s'est vendu à plus de 160 000 exemplaires au Canada et a été publié à ce jour dans dix-sept pays.

© Tim Leyes

« J'ai voulu raconter l'histoire de gens qui s'aiment, mais de la mauvaise manière »

Une interview exclusive d'Ann-Marie MacDonald pour France Loisirs

Pourquoi avez-vous écrit ce roman ?

J'ai commencé par écrire une pièce de théâtre. Puis, au bout de plusieurs mois, je me suis retrouvée complètement bloquée, incapable d'avancer. J'ai alors réalisé que j'étais en train d'écrire un roman. Chaque histoire requiert sa propre manière d'être racontée. J'ai compris que celle que j'avais en tête avait non seulement besoin d'être racontée sur le mode épique, mais qu'il lui fallait de plus cette intimité entre le lecteur et la page écrite que seul un roman peut procurer. Ce qui n'a pas manqué de m'alarmer bien sûr, car je n'avais encore jamais écrit de roman...

Comment est née l'histoire ?

Tout a commencé avec les quatre sœurs Piper, qui se sont imposées à moi de manière très visuelle. Elles me sont apparues comme ces statues de saints que l'on voit dans les églises et qui portent avec eux l'emblème de leur martyre. Frances tenait dans ses mains une chaussure rouge à talon haut, Mercedes une tresse de cheveux coupée, Lily une béquille. Quant à Kathleen, elle fut la première à se présenter à moi, non pas directement mais à travers l'image d'une longue robe vert pâle accrochée à une penderie. J'avais lu peu auparavant l'histoire d'une jeune diva morte avant d'atteindre la vraie reconnaissance publique. Après sa mort, sa sœur a rencontré des journalistes, l'une de ses robes de scène suspendue à la porte d'un placard derrière elle, mais a refusé de leur donner la moindre information. Cette histoire m'a impressionnée et j'ai essayé d'imaginer le destin d'une jeune cantatrice fauchée par la mort avant d'atteindre le succès auquel elle semblait destinée.

Pourquoi ces quatre martyres ? Souhaitiez-vous écrire un livre sur l'oppression féminine et l'inceste ?

Non, pas véritablement. Mon roman n'est pas un livre militant. Je suis certainement une féministe et j'ai, dans le passé, écrit des textes qui prenaient directement position. Ces thèmes sont présents dans mon livre, mais de manière intériorisée et ils n'en sont pas le sujet principal. Ce que j'ai voulu, c'est raconter l'histoire de gens qui s'aiment, mais de la mauvaise manière. Qui essayent désespérément de faire bien les choses mais qui, ce faisant, commettent des actes terribles les uns envers les autres. Je n'ai pas cherché à justifier ces actes, mais plutôt à aller à l'encontre de la notion catholique traditionnelle du mal et du bien, en montrant que l'amour prenait parfois sa source au même endroit que le mal. Ainsi James aime profondément ses filles mais il ne peut s'empêcher de leur faire du mal. Le drame de ces quatre sœurs me permettait de raconter une histoire d'amour et de pardon. Car les Piper s'efforcent coûte que coûte de continuer à s'aimer. Frances n'a qu'un seul but, pardonner à son père. Elle est habitée par une grande force de vie et a beaucoup d'amour à donner en dépit des violences qu'elle a subies et qui l'ont profondément perturbée. C'est une roublarde, un démon, non pas au sens religieux mais au sens païen du terme.

Pourquoi avoir choisi une veine aussi mélodramatique pour parler d'amour et de pardon ?

Parce que vous ne pouvez pas écrire sur le pardon s'il n'y a pas grand-chose à pardonner. Pour qu'une histoire d'amour et de rédemption soit vraiment intense, il faut qu'elle repose sur un crime très grave. J'aime, aussi, montrer le contraste entre la banalité de la vie quotidienne et les grandes forces souterraines qui l'animent. Je vois l'amour dans mon livre comme une force qui permet de lever le voile sur la vérité, car il faut beaucoup d'amour pour regarder les choses telles qu'elles sont vraiment et non telles qu'on voudrait qu'elles soient. Et puis je crois que je suis très marquée par mon expérience du théâtre. Quand j'écris, je pense toujours à mes lecteurs comme à un public. Je veux qu'ils soient captivés par mon histoire.

La première phrase de votre livre : « Ils sont tous morts maintenant », donne le ton...

J'ai toujours été fascinée par ces pierres tombales sur lesquelles on peut lire la vie de quelqu'un résumée en quelques mots. L'île de Cap-Breton est remplie de ces cimetières donnant sur la mer qui semblent vous inviter à rêver et imaginer la vie passée des gens. Cette fascination est certainement due à mon éducation catholique qui rappelle constamment l'insignifiance de notre passage sur terre. « Tu es née poussière et tu retourneras à la poussière » dit le rituel. C'est vrai, nous finissons tous de la même manière : deux phrases sur une pierre tombale... J'avais aussi envie de me placer dans la perspective du lecteur. J'aime beaucoup ces vieux films qui s'ouvrent sur la couverture d'un livre, puis une page du livre se tourne et les personnages reviennent à la vie. De la même façon, j'ai voulu faire revivre les membres de cette famille, les faire parler, crier, souffrir, aimer, agir... J'ai été très marquée par des livres comme *Alice au Pays des Merveilles* ou *L'Enfer* de Dante.

La musique occupe une grande place dans votre roman...

Pour moi, les mots sont musicaux et j'ai voulu construire mon livre autour de sons et de mouvements. J'ai eu aussi l'envie de montrer, à travers la musique, la collision qui s'opère, en ce début de XXe siècle, entre le vieux monde et la culture populaire contemporaine qui est alors en train de naître en Amérique du Nord. Pour Materia par exemple, la découverte du ragtime est une libération. Quant à Kathleen, qui serait certainement devenue une diva classique si elle avait vécu, j'ai souhaité la montrer à un moment critique de sa vie, son adolescence, prise entre deux mondes musicaux. Celui de l'opéra, qui symbolise encore, mais plus pour longtemps, la suprématie de la vieille Europe, et celui du blues et du jazz, qu'elle découvre dans les clubs de Harlem.

Vous ne révélez qu'à la fin la nature de l'histoire d'amour de Kathleen. Est-ce intentionnel ?

Cette révélation ne pouvait intervenir qu'à la fin car je n'allais pas livrer plus tôt à Lily le secret de sa naissance.

Mais cela tombait bien car j'évitais ainsi le risque que des lecteurs gênés par cette histoire d'amour non conventionnelle ne laissent tomber le livre en cours de route. À ce stade, il est bien trop tard pour ne pas aller jusqu'au bout ! De plus, d'un point de vue strictement dramatique, l'accumulation de ces révélations leur donne encore plus de poids et cela se présentait donc très bien. Je dois dire que c'est cette partie du livre qui m'a donné le plus de mal. Je voulais que l'histoire d'amour entre ces deux femmes soit à la fois authentiquement romantique et très érotique. La littérature ne fournit pas beaucoup de modèles en la matière et l'on y rencontre en général que des clichés, que ce soit dans l'excès de crudité ou la mièvrerie. J'ai passé un temps considérable à essayer de trouver une manière vraiment nouvelle d'écrire ces scènes, que je voulais très sexy. Je peux vous assurer qu'il m'a été dix fois plus facile de décrire des cadavres sur les champs de batailles !

Vous ne peignez pas les hommes sous un jour très favorable. Avez-vous eu des réactions de lecteurs masculins ?

Elles ont été très positives dans l'ensemble. James est sans doute le personnage envers lequel j'ai manifesté le plus d'amour. Reconnaissez qu'il en faut une bonne dose pour l'accepter tel qu'il est ! Je tiens à le dire une nouvelle fois : mon livre n'est pas un manuel sur l'inceste.

Vous avez dit dans une autre interview que tout ce que vous écriviez avait trait à la diversité, que vous écriviez pour rendre le monde plus grand et non pas plus petit...

Voilà au moins quelque chose que je reconnais comme l'un des sujets de mon livre. Je suis passionnée par tout ce qui a trait à la différence et à l'identité. J'ai voulu rendre hommage aux communautés immigrées qui sont arrivées sur ce continent animées par un désir très fort d'intégration tout en étant conscientes des risques qu'elles encouraient. Ainsi les Mahmoud et les Luvovitz de mon histoire s'efforcent de s'insérer dans la société blanche gaélique de Cap-Breton mais ils savent qu'ils auront un prix très cher à payer, celui de la perte de leur identité.

Quelle est la part autobiographique de votre livre ?

Je suis moi-même d'une famille de Cap-Breton. Ma mère est d'origine libanaise, mon père d'origine écossaise. Je me suis donc largement inspirée de l'histoire de ma propre famille. Mais j'ai dû faire beaucoup de recherches, en particulier du côté de ma mère. C'est étonnant à quel point on croit tout savoir sur ses origines alors qu'en réalité, on est très ignorant. Par exemple, ne serait-ce que pour le vocabulaire, j'ai dû faire appel à l'une de mes amies qui parle couramment l'arabe du Liban afin de ne pas commettre d'erreurs. J'ai également enquêté sur la place socio-économique qu'occupaient les immigrés libanais dans cette région du Canada au tournant du siècle. De fait, mes grands-parents maternels ont commencé à gagner leur vie comme vendeurs en porte-à-porte. Ils ont appris le gaélique, la langue majoritairement parlée en Nouvelle-Écosse à cette époque, avant même d'apprendre l'anglais. Enfin, je me suis inspirée de l'histoire de mes propres parents pour recréer les tensions, les relations d'amour-haine, entre les deux communautés. Mon père, qui a le teint très clair et les yeux bleus, est toujours appelé « l'Anglese » dans la famille de sa femme. Mais en réalité, mes parents, qui sont tous les deux nés à Cap-Breton, ont beaucoup plus de points communs que de divergences : ce sont tous deux des hybrides transplantés dans une autre culture. Cap-Breton est leur seul port d'attache.

Vous êtes-vous inspirée de secrets de famille ?

Partiellement. Je tiens au moins pour vrai que mes grands-parents maternels se sont enfuis de leur famille pour se marier. Ma grand-mère avait alors 12 ans. Elle a eu ensuite treize enfants. L'idée de ma grand-mère se mariant à 12 ans m'a toujours impressionnée, et je l'ai donc reprise pour mon livre. Mais surtout, j'ai été une petite fille hantée par des histoires imaginaires. Cela vient, je crois, du fait que mon père travaillait dans l'Armée de l'air et que nous n'avons cessé de déménager d'un lieu à l'autre, si bien que durant mon enfance, j'avais le sentiment de n'être de nulle part et je passais mon temps à m'inventer de sombres origines familiales.

Comment votre famille a-t-elle réagi à votre livre ?

J'étais très nerveuse à sa parution. J'ai eu droit à quelques réactions mécontentes de certains parents éloignés. Je leur ai dit que s'ils s'étaient reconnus dans le livre, c'est sans doute parce qu'ils se faisaient une idée trop flatteuse d'eux-mêmes... Mais je redoutais surtout la réaction de ma mère. Je savais qu'elle était anxieuse à l'idée que j'aie pu dépeindre les siens de manière négative. Elle a été soulagée quand elle a découvert que tout était de la fiction, même si je m'étais inspirée de la réalité. En fait, elle a été tout de suite conquise par le livre. Elle a même commandé cinquante exemplaires de la première édition pour les distribuer aux membres de son groupe de femmes catholiques, qui ont eu elles aussi une réaction très positive. Elles m'ont même dit qu'elles avaient trouvé mon livre profondément catholique. Un vrai miracle !

Vous semblez pourtant avoir pris vos distances par rapport à l'Église...

En effet, je ne suis pas pratiquante, et ne me demandez pas ce que je pense du Vatican et du pape. Je ne suis pas prête à aller baiser l'anneau pontifical... Cependant mon imagination a été forgée par la religion catholique. Tout le rituel qui accompagne la notion de rédemption est pour moi d'une grande beauté. L'imagerie, le chemin de croix, l'encens, les mystères, les pièces secrètes où l'on se confesse, tout ceci a eu une très forte influence sur moi et fait maintenant partie de mon lexique imaginaire. J'y perçois quelque chose de très théâtral, au sens noble du terme, et je ne peux pas m'empêcher de voir un lien très fort entre les rites catholiques et les rites païens qui les ont précédés.

Poursuivez-vous votre carrière d'actrice ?

Je joue encore de temps en temps au théâtre et au cinéma, surtout pour le plaisir. Je viens de jouer un film qui sort actuellement au Canada, *Better than Chocolate*. Mais désormais, c'est mon métier d'auteur qui a la priorité. Je suis en train d'écrire une comédie musicale, un vrai bonheur pour moi car j'aime énormément marier les mots et la musique. Je suis aussi en train d'écrire mon deuxième roman.

Quel en est le sujet ?

Je ne peux pas en parler. J'ai écrit environ le tiers du livre et je pense l'avoir fini d'ici un an et demi. Mais bizarrement, je sens que si j'en parle, je vais lui faire du tort.

***Un parfum de cèdre* sera-t-il adapté au cinéma ?**

Je n'ai encore rien vu venir qui m'inspire suffisamment confiance...

Si vous deviez interpréter l'un de vos personnages, quel serait-il ?

Mon Dieu, comment choisir... Je crois que j'y ferais plutôt une apparition à la Hitchcock, juste quelques secondes, sans doute dans un club de Harlem. J'aurais les cheveux coupés à la garçonne et je porterais des plumes et une robe en lamé. Ou alors je serais un homme dangereux avec une moustache...

Propos recueillis par Laurence de Bélizal
Juillet 1999

Achevé d'imprimer
en août 1999
par Printer Industria
Gráfica, S.A.
08620 Sant Vicenç dels Horts 1999
Depósito Legal: B. 38231-1999
pour le compte de
France Loisirs
123, boulevard de Grenelle,
Paris

***Cet ouvrage à été imprimé
sur du papier sans bois et sans acide.***

Numéro d'éditeur : 32183
Dépôt légal : août 1999
Imprimé en Espagne